당신에게
말을
걸다

당신에게 말을 걸다

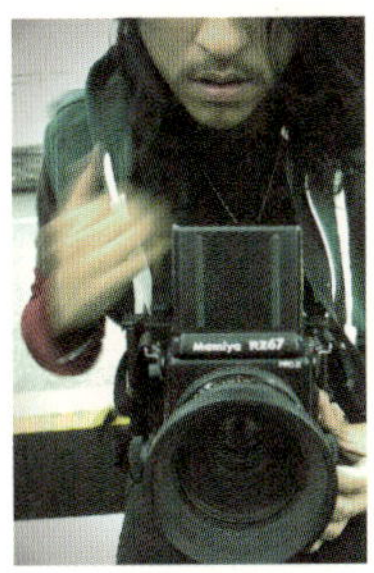

백 성 현

포 토
에 세 이

북하우스

시작하며…

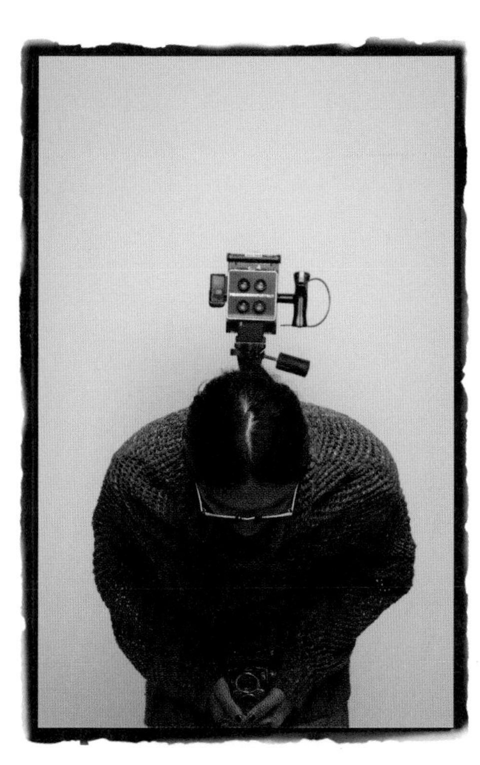

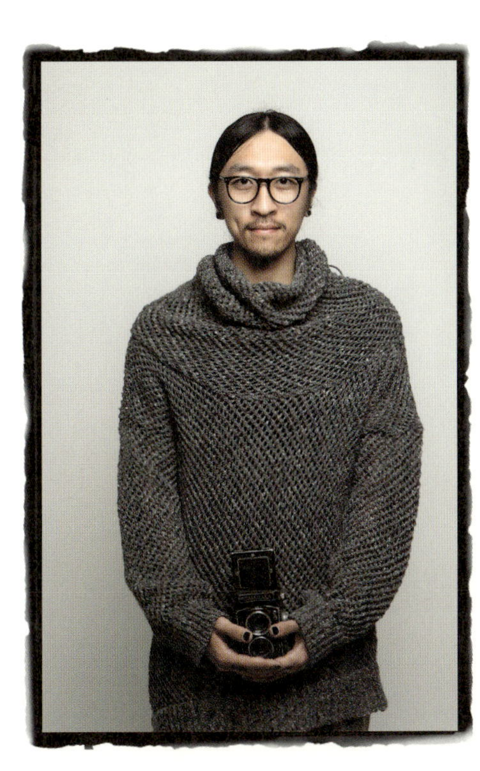

저는 초등학교 시절부터 사진 찍는 것과 글을 쓰는 것을
묵묵이나 좋아했습니다.
그것은 저의 삶의 한 조각들이 되어
제 감성 깊은 곳까지 뿌리를 내렸습니다.
어디를 가든 마음에 다가오는 무언가를 카메라에 담는 것과
일상에서 떠오르는 글과 순간순간 기억에 남은
감정들을 메모하고 기록하는 것은 저의 습관으로 굳어졌습니다
그것들은 엄청난 양의 데이터가 되어, 그리고
몇 권의 낡은 노트와 구겨진 메모지가 되어
제 방 책꽂이 여기 저기에 치워져 있습니다
사진들 안에 담겨진 찰나의 추억들,
노트안에 빼곡히 적혀 있는 잉크와 연필심,
그리고 수많은 저의 생각들과 감성들을
떨리고 설레는 마음으로 당신에게 펼쳐 보이려 합니다
제 겉모습과 이미지 너머에 있는 진실된 제 마음을 열어,
저의 사진과 글로 당신에게 말을 겁니다
  하나, 둘, 셋

  찰칵!
지금부터 들어가겠습니다.

contents

가끔 어린 시절 사진을 보면,

꼬질꼬질한 모습으로 연탄을 들고 있거나

고물상 박스 위에 올라가서

포즈를 취하고 있는 식의

이상한 사진들이 꽤나 많다.

지금이야 웃음이 나지만,

그때에는 목숨 걸고 찍은 사진들이었다.

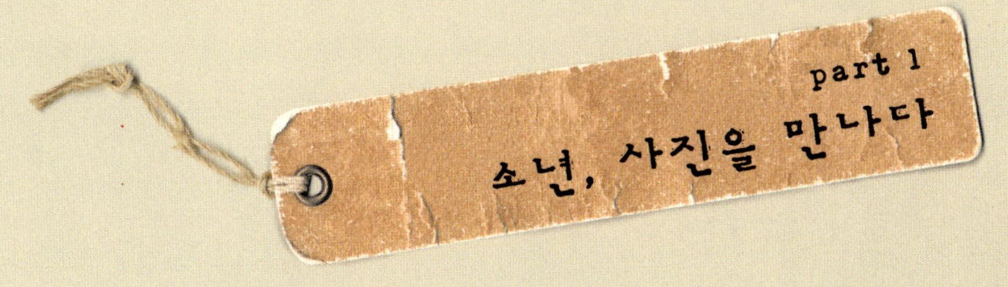

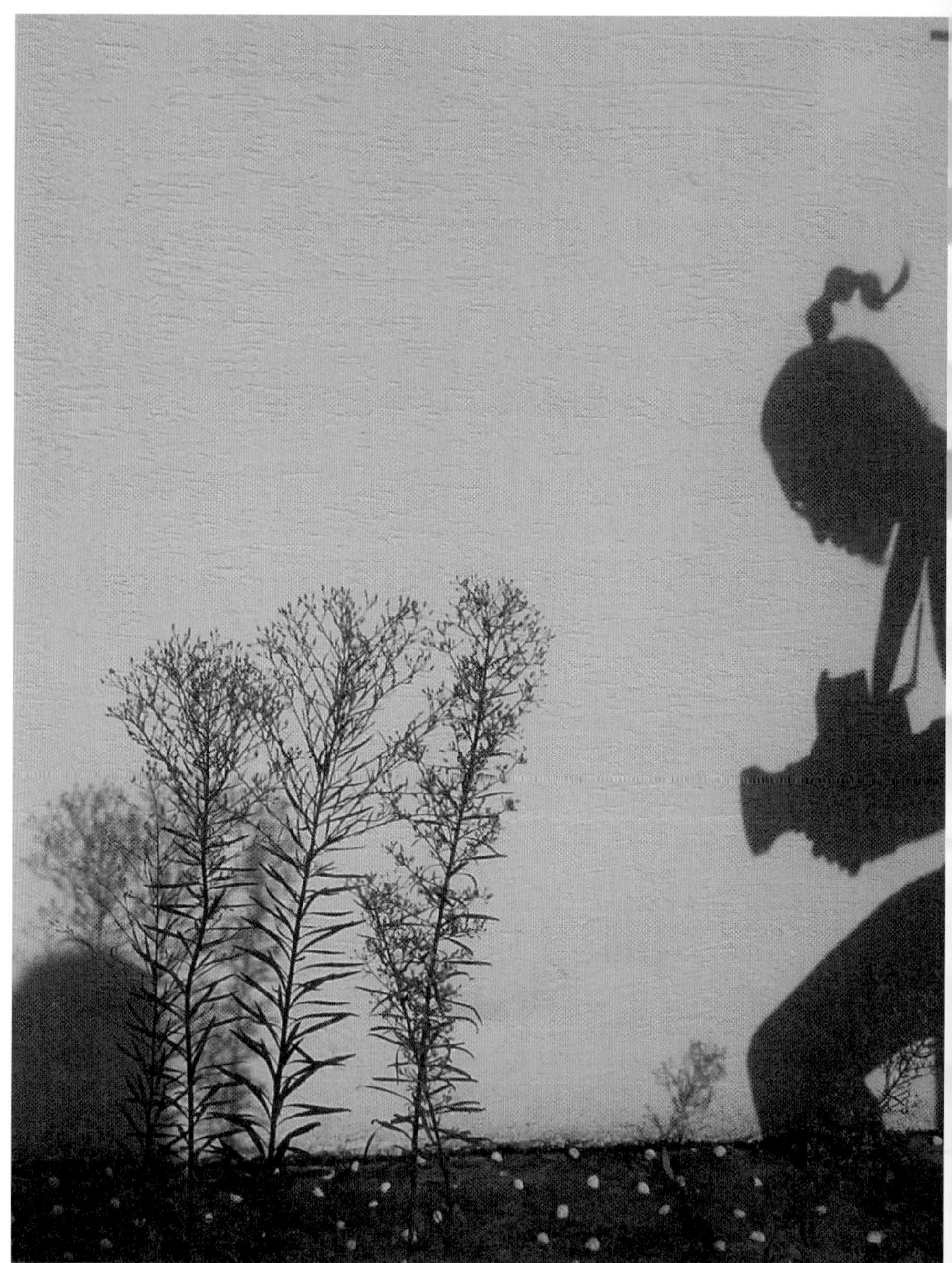

photo by KIM JI EUN

1989년 아홉살, 여름 즈음.

학교를 마치고 돌아온 나는 그날도 엄마의 눈치를 보다가, 엄마가 화장실 문을 완전히 닫고 들어가자 살금살금 장롱으로 다가간다. 그리고 장롱 안에 모셔진 올림푸스 필름카메라와 필름 한 롤을 집어 들고 쫓기듯 문밖으로 도망을 나온다.

그리고 한 집 한 집, 친구들 집을 돌며 동네 아지트로 친구들을 불러 모은다. 그곳에서 나는 친구들에게 말도 안 되는 온갖 요상하고 신기한 포즈를 부탁한다.

경험이 많은 친구들은 권총을 기본으로, 타월, 빨래집게, 부모님 옷에 선글라스까지, 집에서 준비해온 잡다한 소품으로 치장들을 하고 당시 유행하던 영화와 만화 주인공으로 변신을 한다. 로봇으로 변신하여 점프를 하거나 날아차기를 하는 식의 포즈였다. 그러면 나는 꼬마 포토그래퍼가 되어 친구들의 요상한 포즈를 열심히 카메라에 담아댔다.

내 친구들은 내가 찍어주는 사진을 무척이나 좋아했다.

당시에는 카메라가 있는 집이 많지 않았을 뿐더러 특히나 '미제'는 무조건적인 힘을 발휘했던 시절이라, '미제 카메라' 하나로 나는 동네 친구들 사이에서 가장 특별한 존재였다. (4남매이신 아버지 형제분들은 우리집만 빼고 모두들 미국에 사셨기 때문에 우리집에는 미제 물건이 꽤나 많았었다.)

한 장 한 장 찍는 동안, 나는 완전한 몰입으로 모든 걸 잊은 채 사진을 찍었다. 하지만 마지막 컷을 찍고 필름이 감아지는 순간, 그때부터 엄마의 얼굴이 떠올라 심장이 콩알만 해진다.

태연한 척 집으로 들어가지만, 쥐새끼마냥 몰래 카메라를 장롱 안 원래 자리에 갖다 놓기 위해 나는 엄마의 눈치만 본다. 하지만 이미 상습범으로 찍혀 있던 나는 그날도 여지없이 엄마한테 들통이 나고 만다. 그리고 두들겨 맞는다.

하지만 엉엉 울면서도 다시는 안 그러겠다는 말은 하지 않았다. 내가 또 그럴 것이라는 걸 알았고, 어쩐지 그 말을 해버리면 정말 다시는 카메라를 만지지 못하게 될까봐 두려웠던 것이다.

그렇게 혼나고 나면 엄마는 맛있는 거 먹으러 가자며 내 손을 잡아주셨다. 나는 흐느끼며 엄마 손을 잡고, 엄마는 밥을 먹으러 가기 전에 동네 사진관에 들러 필름 인화를 맡겨주셨다. 나는 그 순간 세상에서 엄마가 제일 좋았다.

밥을 먹고 나오면서, 엄마랑 사진관에 다시 들러 인화된 사진들을 보며 친구들에게 보여줄 생각에 들떠 있던 내가 기억이 난다.

가끔 어린 시절 사진을 보면, 꼬질꼬질한 모습으로 연탄을 들고 있거나 고물상 박스 위에 올라가서 포즈를 취하고 있는 식의 이상한 사진들이 꽤나 많다. 지금이야 웃음이 나지만, 그때에는 목숨 걸고 찍은 사진들이었다.

아마 그때부터였던 것 같다.
내가 사진에 빠지게 된 것이······.

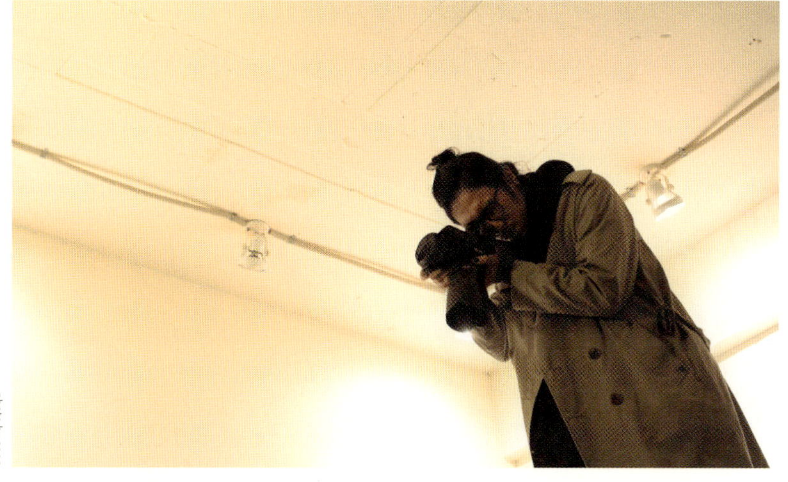

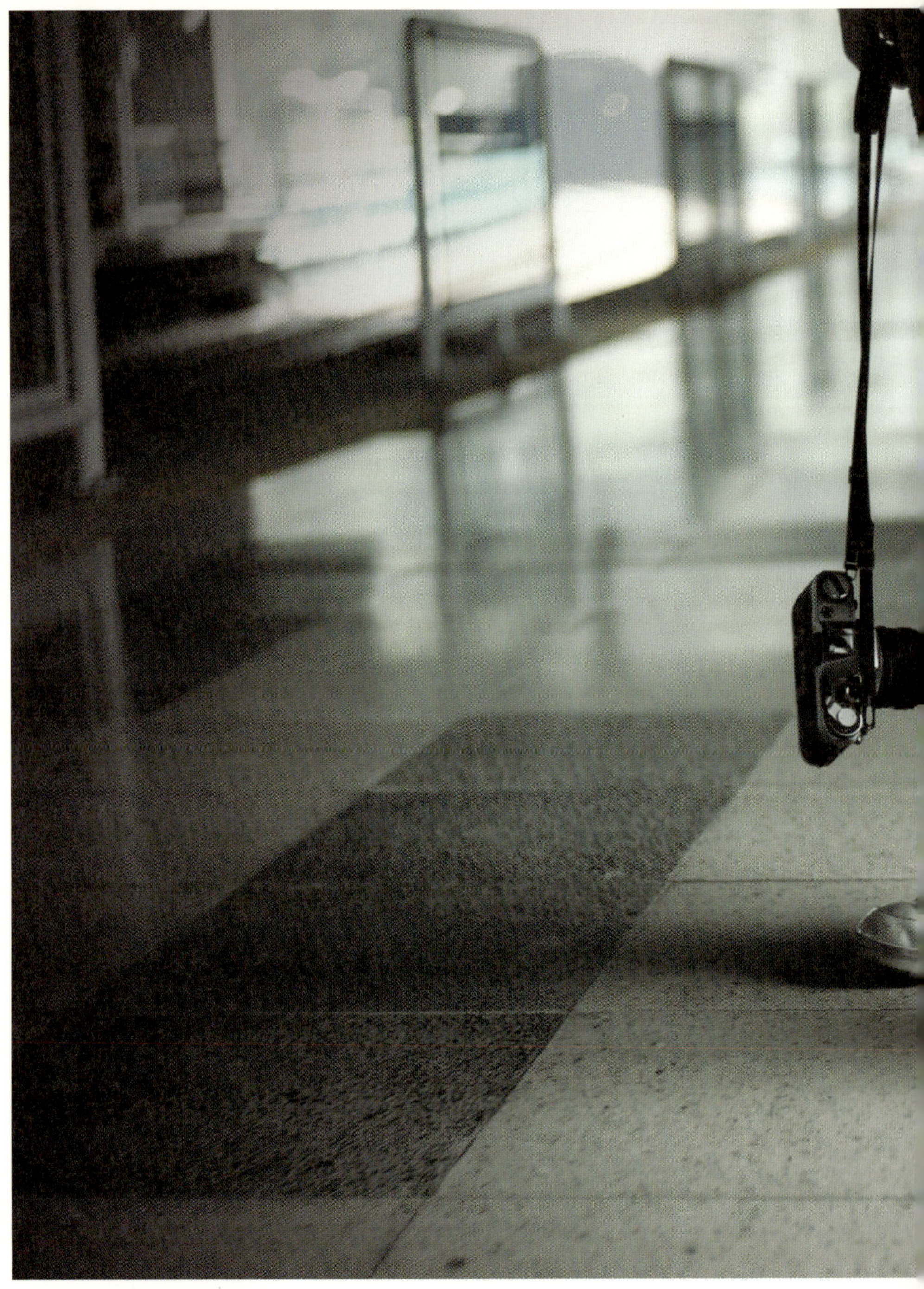

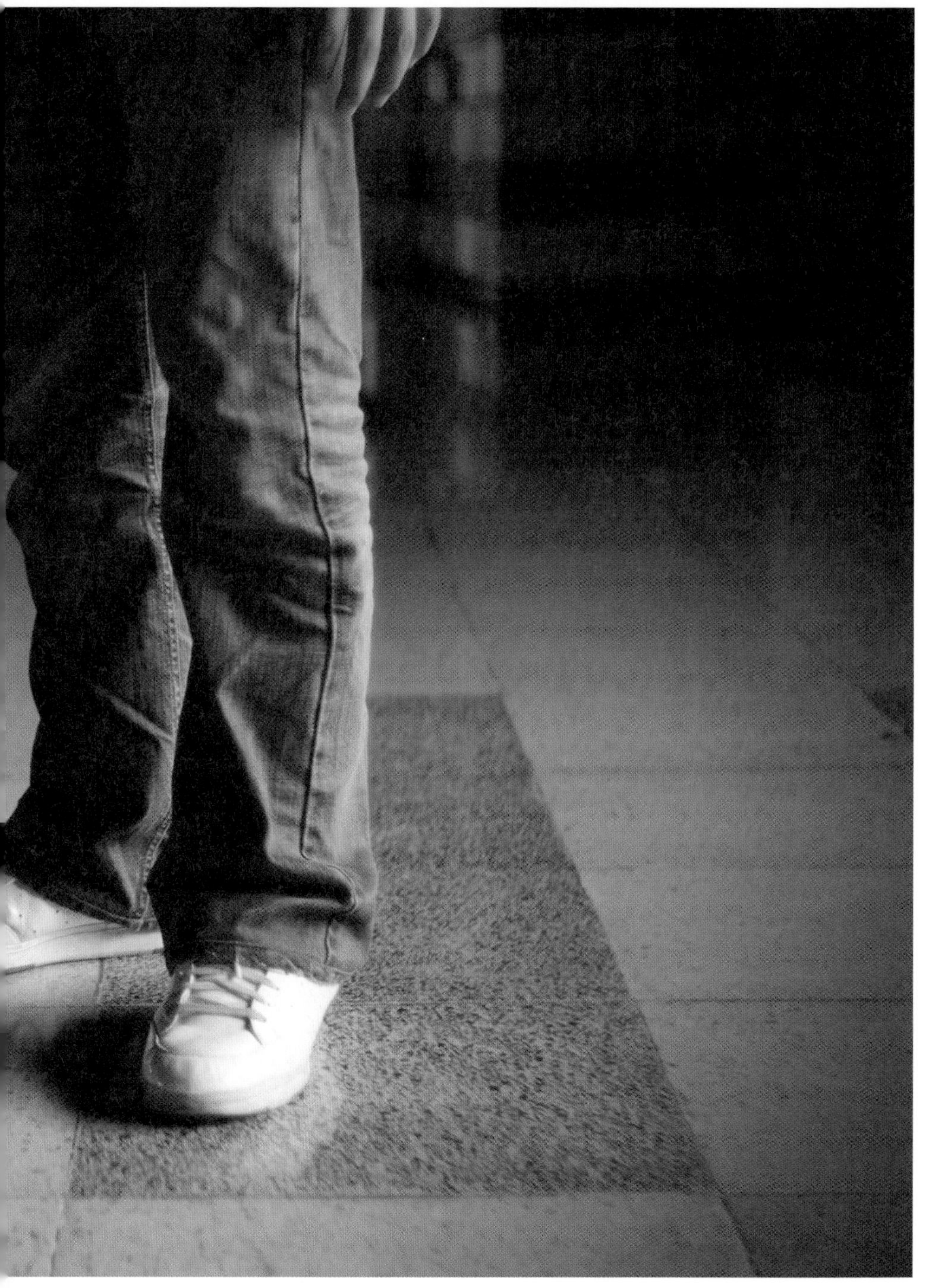

02 교복을 맞추다

사춘기에 접어든 나는 학교에서도 집에서도 진로 문제 때문에 꽤나 머리가 아팠다. 여느 부모님처럼 우리 부모님도 내가 인문계 고등학교에 입학해서 공부 열심히 하여 좋은 대학 가서 돈 많이 버는 직업을 갖길 바라셨다.

하지만 나는 솔직히 공부를 하고 싶지 않았다.

나는 내가 하고 싶은 일을 하고 싶었다.

그 당시 나는 테니스와 사진 두 가지 사이에서 고민을 하고 있었다.

중학교에 입학하고 학교에 테니스부가 생겼는데, 체육 선생님의 권유로 나는 테니스부에 들게 되었다. 그리고 곧 테니스의 커다란 매력에 빠지게 되었다.

어릴 때부터 승부욕이 강했던 나는 테니스부에서도 친구들보다 더 열심히 하기 위해 노력했다. 큰 키와 긴 팔은 내게 유리한 조건을 제공해주어 나는 테니스부 주장까지 하게 되었다. 가볍게 생각했던 테니스였는데 그 안에서 나름의 책임감을 가진 입장이 되어버렸고, 실제로도 나는 테니스 치는 게 너무 좋았기 때문에 신중하게 생각할 수밖에 없었다.

그때까지만 해도 사진은 혼자서 찍으러 돌아다니는 정도에 불과했지만, 사진에 대한 마음속 불꽃은 쉽사리 꺼지지 않고 가슴 한켠에서 계속 나를 자극하고 있었다.

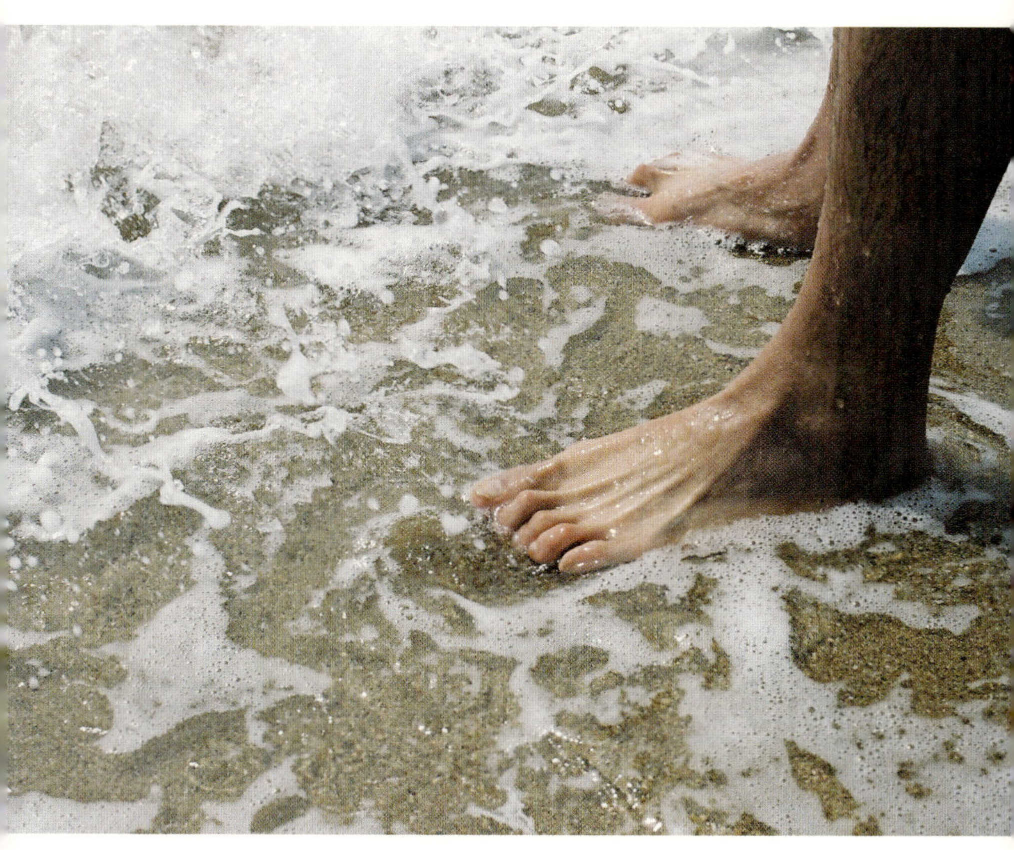

　그러던 어느 날, 감독님께서 부르시더니 서울체고에 나를 입학시키고 싶다고 말씀하셨다. 분명 혼자 결정할 문제가 아니었지만, 나는 흔쾌히 그러겠다고 했다. 그리고 부모님께 말씀 드리지도 않은 채 혼자서 연습을 몇 배로 더 하기 시작했다.

　그렇게 서울체고 테니스반을 목표에 두고 밤낮으로 테니스에만 빠져 살고 있었다. 온몸에 알이 박혀 아침에 일어나기 힘이 들 때에도 머릿속에 펼쳐지는 미래를 그리며 정말 열심히 연습하고 또 연습했다.

　그런데 전혀 엉뚱한 쪽에서 아이러니한 일이 벌어지는 바람에, 나는 서울체고는 고사하고 테니스를 칠 수조차 없게 되어버렸다.

　그날 아침도 연습을 하러 테니스 코트로 나갔는데, 감독님께서 나오질 않으셨다. 쉬는 시간마다 찾아가도 감독님은 보이질 않았다. 그렇게 이틀 정도가 지난 뒤, 나는 다른 선생님께 감독님 이야기를 들을 수 있었다.

　찬 바닥에서 주무시다 입이 돌아가셔서 일년 정도 쉬셔야 한다는 것이었다.

　세상에 이런 날벼락이 어디 있나.

　우리 학교에서는 그분 말고는 테니스를 코치해주실 분이 없었다. 자연히 테니스부는 자동해체되었다.

　속이 상했다. 안타까웠다. 머릿속이 엉망이었다.

　하지만 어쩔 방법이 없었다. 이제 내게 남은 선택권은 사진 아니면 공부뿐이었다.

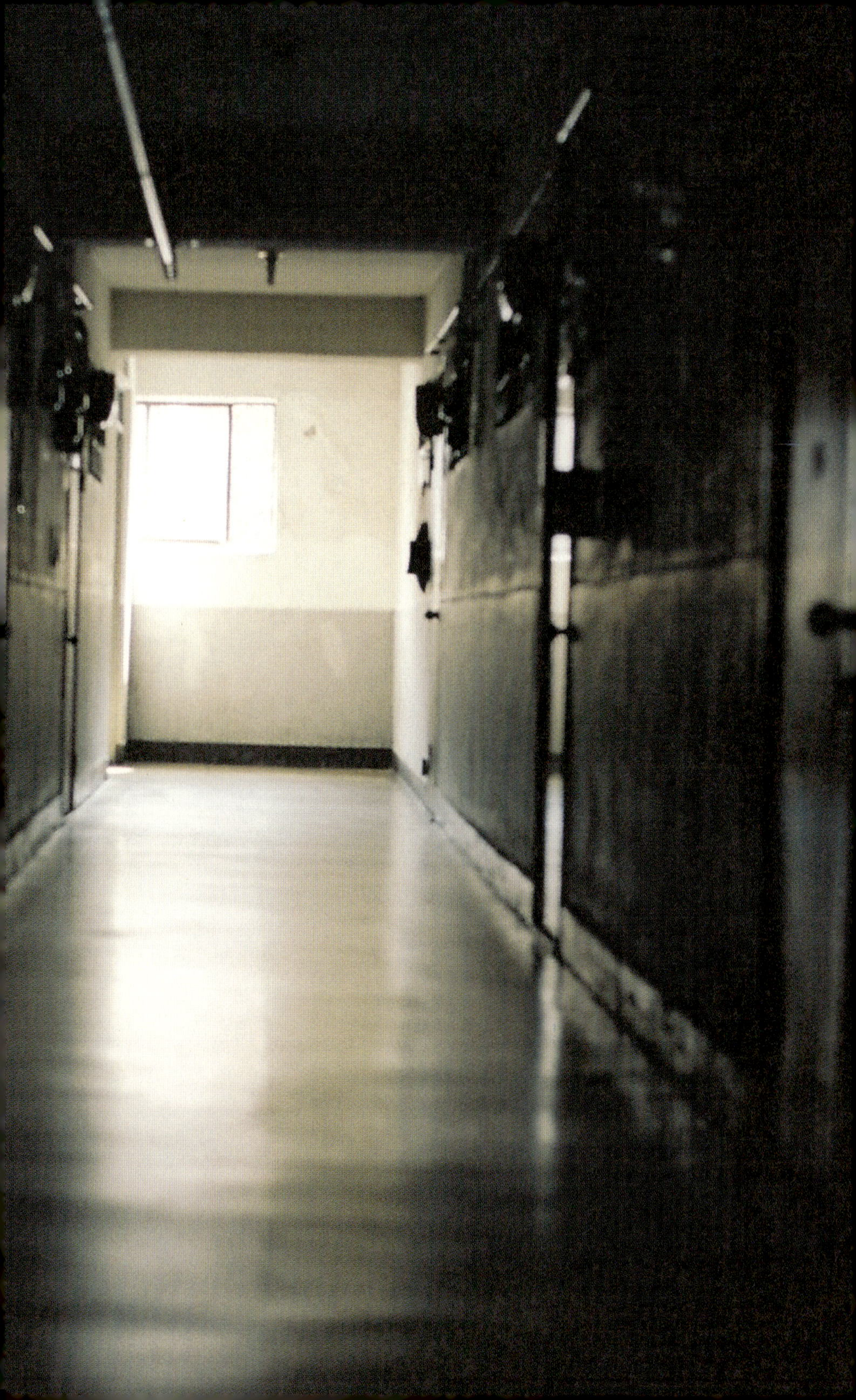

나는 큰마음 먹고 부모님께 내가 생각하는 진로에 대해 솔직하게 말씀 드렸다. 3학년 1학기 5월쯤이었다. 테니스는 못 치게 되었고, 공부보다는 사진을 하고 싶다고.

두 분 다 완강하게 반대하셨다. 그도 그럴 것이, 그 당시 사진이라고 해봤자 동네 사진관 말고는 딱히 떠오르는 게 없었으니, 부모님 마음으로는 당연한 반응이셨다.

하지만 나는 오늘이 아니면 안 될 것 같다는 생각이 들었다. 처음으로 반항적인 말투와 행동으로 내 뜻을 분명하게 내비췄다. 아버지가 조금 생각하시더니 말씀하셨다.

"실업계를 가려면 경기공고, 수도공고, 서울공고 셋 중에 하나를 가든가 아니면 인문계에 가서 열심히 공부를 해라."

그 당시 사진과가 있는 고등학교는 안양예고와 서울공고 둘뿐이었기 때문에, 내가 결정할 수 있는 선택권은 서울공고 하나뿐이었다. 하지만 공부를 그렇게 잘하지 못했던 나는 서울공고에 들어갈 실력이 되지 못했다.

나는 이거 아니면 안 된다는 생각으로 그냥 무조건 공부했다. 일등 안 해도 되니까 서울공고에 들어가기만 하자는 생각으로, 무작정 무조건 공부했다. 그리고 서울공고의 합격자 발표를 애타는 마음으로 기다렸다.

기다리고 기다리던 합격자 발표날, 서울공고 합격자 게시판에는 백성현의 이름과 수험번호가 적혀 있었다. 나는 소리를 지르고 방방 뛰고 난리를 치고는, 부모님과 학교 근처 식당에 돼지갈비를 먹으러 갔다.

그리고 며칠 뒤.
나는 엄마와 학교 앞 교복점에 서울공고 교복을 맞추러 갔다.

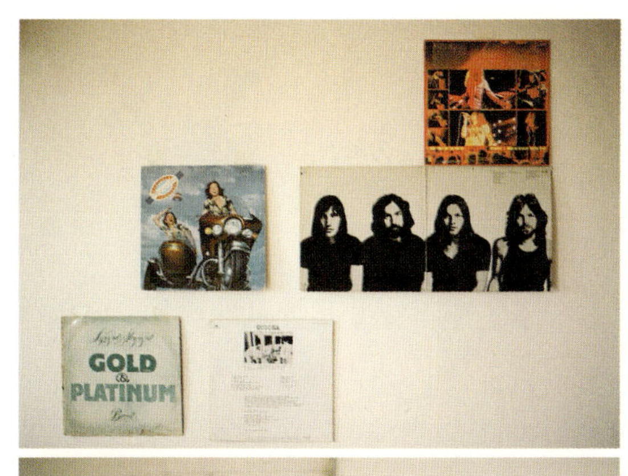

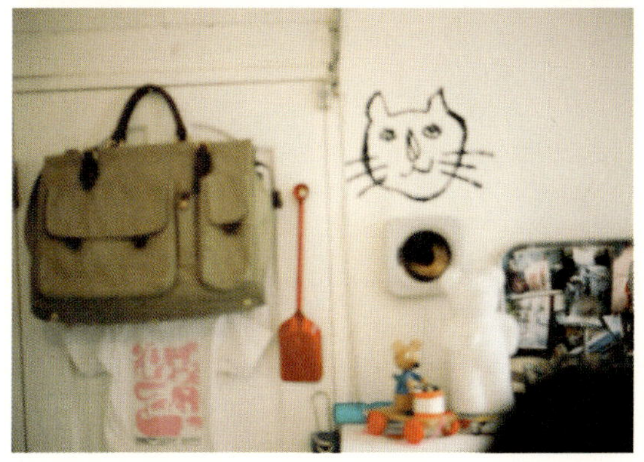

 보도반

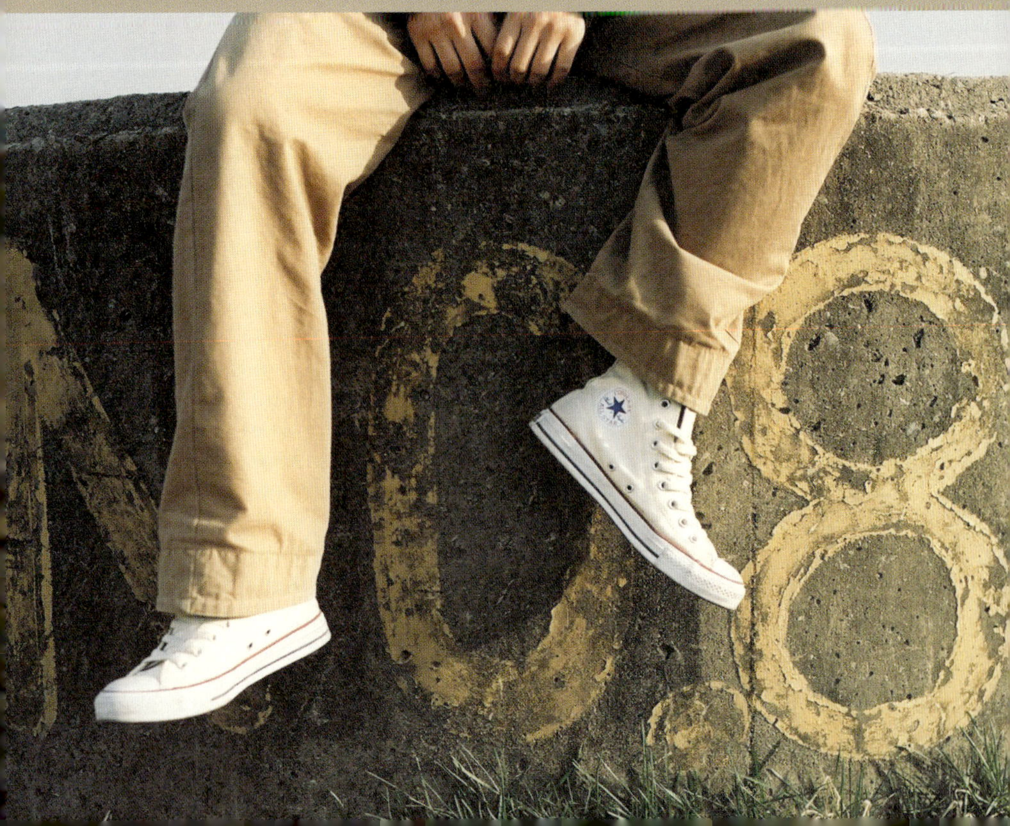

입학 첫날.

낯선 친구들과 낯선 학교는 참으로 어색했다.

우리 중학교에서 서울공고에 입학한 사람은 나 혼자였기 때문에 아는 친구가 한 명도 없었다. 게다가 15년간 살던 이태원에서 일산으로 집이 이사를 했다. 학교는 동작구 대방동인데 집은 일산이니, 학교 가는 것이 나에게는 일이 아닌 일이 되어버렸다. 동네친구도 학교친구도 없이, 나는 며칠 동안 존재감 없이 조용히 지냈다.

그래도 학교는 꽤나 좋았다. 한국에서 제일 큰 실업계 고등학교라고 했다. 실제로도 꽤나 커서 전국 고등학교 기능경기대회를 우리 학교에서 모두 할 정도였다. 심지어는 학교 안에 다른 학교를 만들어서 세를 줄 정도였으니, 스케일 하나는 정말 컸다.

조용하고 무미건조하게 학교생활을 하던 중, 쉬는 시간에 갑자기 선배들이 들이닥쳤다. 선배들은 보도반으로 활동할 다섯명이 필요하다고 했다. 보도반은 학교에서 진행하는 행사의 모든 촬영을 맡았다. 그래서 사진과 학생이라면 누구나 들어가고 싶어하는 특별등급 같은 곳이었다.

물론 아무나 보도반에 들어갈 수 있는 것은 아니었다. 1차 필기시험과 2차 면접을 본 뒤, 가입이 된다고 했다.

덕분에 나는 입학 후 얼마 안 되어 또 한 번의 시험을 치르게 되었다.

서점에서 《사진기술개론》이라는 책을 샀다.

여태껏 사진을 찍기만 했을 뿐, 사진의 역사나 기초이론에 대해서는 어떠한 지식도 없었기 때문에 이해를 하면서 책을 읽어나가기가 꽤나 어려웠다.

그렇게 공부해서 2주 뒤 방과 후 교실에서 필기시험을 치르게 되었다. 그런데 함께 시험을 보는 친구들과 보도반 선배들이 친분이 있었는지 몇몇 아이들에게 답을 알려주는 모습을 보게 되었다.

나는 나름 열심히 공부했는데, 답을 알려주는 선배들과 그렇게 시험을 치르는 친구들을 보고 있노라니 신경이 쓰여 집중도 잘 되지 않을뿐더러 속이 부글부글 끓기 시작했다.

시험이 끝나고 선배들이 채점을 마친 뒤 합격자를 부르는데, 아니나다를까 답을 알려주던 그 녀석들이 합격하고 나는 떨어졌다. 선배들은, 합격자는 5층 보도반으로 가고 불합격자들은 가방을 싸서 나가라고 했다.

가방을 정리하고 있는데 갑자기 울컥, 했다.

부정행위를 목격한 나는 항의하고 싶었지만, 괜히 선배들한테 찍혀서 학교생활이 힘들까봐 꾹 참고 나가려고 했다. 실업계는 일년마다 반이 바뀌는 체제가 아니라 3년 동안 같은 과 친구들과 지내야 하고 선배 역시 같은 과 선배들이기 때문에 선후배 간의 예의가 굉장히 강하고 중요시되는 분위기였다.

그런데,

눈물이 몇 방울 쪼로록 흘러내렸다.

울면서 나가는 나를 선배 한 명이 불러 세우더니 왜 우냐고 무섭게 물었다.

열심히 공부했는데 떨어진 게 속상해서 우는 거라고 죄송하다고 했다.

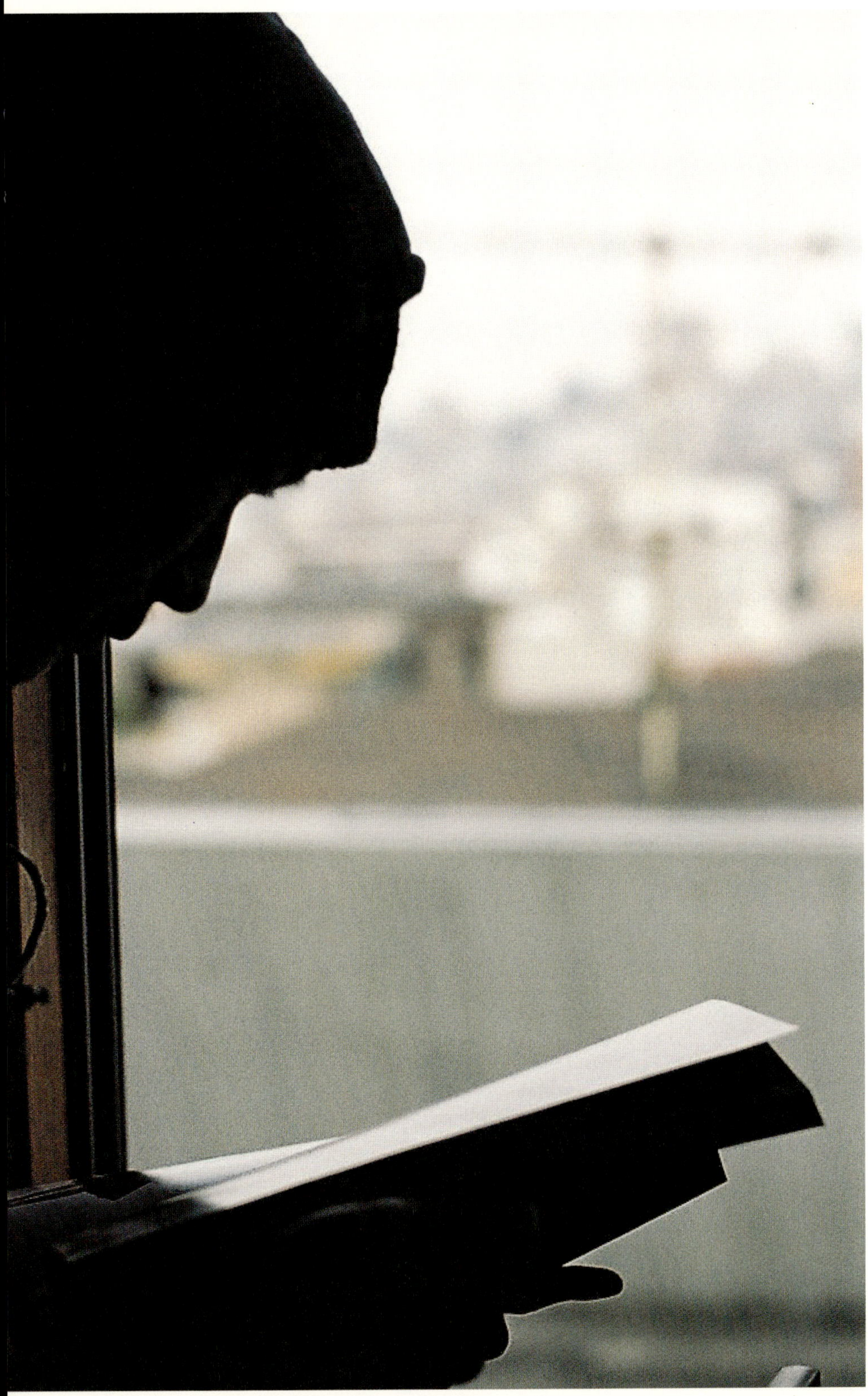

선배는 내 이름을 물어보더니 시험지를 다시 보았다. 동점자가 있었는데 규정상 다섯명만 뽑게 되어 있어서 둘 중 한 명을 뽑은 것이 다른 친구라고 했다.

나는, 알겠습니다, 죄송합니다,라고 말한 뒤 교실문을 나서는데 그때 다른 선배가 물었다.

"너 사진이 그렇게 좋아? 정말 열심히 할 자신 있어?"

나는 생각할 겨를도 없이 살짝 메인 목소리로 대답했다.

"네, 열심히 할 수 있습니다."

선배들은 눈으로 대화를 나누더니 한마디 던졌다.

"보도반이 된 걸 축하한다. 5층 보도반으로 와."

그때가 태어나서 '감사합니다'라는 말을 연속으로 제일 많이 한 날로 기억된다.

5층 보도반으로 올라갔다.

암실 두 개와 장비들, 큰 테이블이 있었다. 창문으로 들어오는 햇살이 참 보기 좋은 곳이었다.

우리는 선배들에게 간단한 지침사항을 들었다. 학교생활보다 앞으로 배우고 해나갈 작업에 대한 설렘과 기대감에 들떠 집으로 돌아가던 그날 저녁이 기억난다.

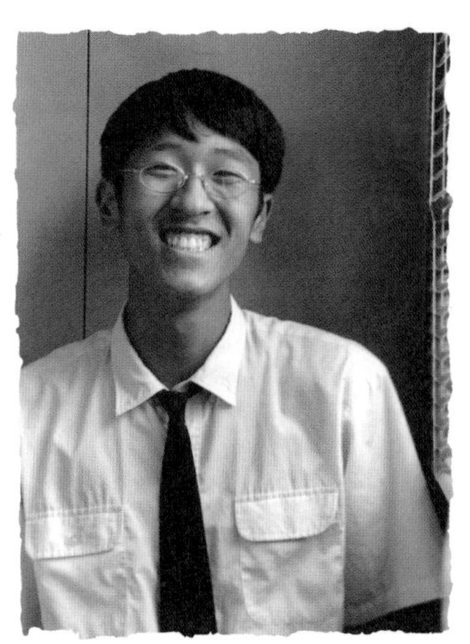

고등학생 사진학도 백성현에게 용기를 주었던 첫 셀프 포트레이트. 신입생인 나는 감히 인화를 할 수 없었지만, 선배들 몰래 인화할 마음으로 셀프 포트레이트를 찍었다. 얼굴에 초점을 맞추기 위해, 대걸레 막대기 끝에 라면을 매달고 그걸 내 머리가 올 지점에 놓고 초첨을 맞추었다. 보도반 창문 옆에 서서, 교복 배지는 빼두고, 카메라를 향해 환하게 웃음을 날리며, 찰칵.

04 못생긴 카메라

친구들과 가벼운 대화도 나누고 조심스레 장난도 치기 시작할 때쯤, 카메라를 구입하라는 말이 나왔다.

당시에는 디지털카메라가 나오기 전이라, 모두 필름카메라를 구입해야 했다. 선생님께서는 몇 개의 카메라를 추천해주셨고, 나는 방과 후 보도반 선배들에게 카메라를 추천해달라고 부탁했다.

선배들은 캐논 eos5 혹은 eos1, eos1n과 28-70 L렌즈를 추천해주었다. 그리고 트라이포드^{삼각대}와 스트로보^{플래시} 등의 액세서리도 함께 추천해주었다.

eos5, eos1……. 그건 선배들이 사용하는 까맣고 커다란 렌즈가 달린 카메라였는데, 그냥 보기에도 비싸 보였다. 선배들은 보도반이라는 자부심과 함께, 보여지는 것에도 꽤나 신경을 쓰는 듯했다.

나는 선배들의 마음을 대충 파악하고, 집에 돌아가 부모님께 상의를 드렸다. 부모님도 사진과에 입학한 이상 카메라가 필요하다고 생각하셨는지 남대문 수입상가에 가보자고 말씀하셨다. 며칠 뒤 나는 엄마와 둘이서 남대문 수입상가 카메라 상점들을 돌아다니기 시작했다.

선배들이 추천해준 카메라 가격을 알아보니 2백만원 가까이 됐다. 2백만원이라면 지금도 큰돈인데 그 당시 우리집 형편에는 꿈도 꿀 수 없는 어마어마한 돈이었다. 그 카메라들은 포기할 수밖에 없었다. 그런데 아무리 여기저기 돌아다녀 보아도 카메라 가격은 만만치 않았다.

그래서 구입한 것이 펜탁스me였다.

그 당시 10만원 조금 더 주고 구입했던 걸로 기억이 나는데, 꽤나 무겁고 못생겨서 기분이 영 좋지 않았다.

요즘이야 디지털카메라를 쓰는 사람들이 워낙 많아서 수동 필름카메라를 보면 괜히 예뻐 보이고 무언가 특별한 듯 시선을 주곤 하지만, 그때는 단지 한물간 카메라를 구입했다는 생각에 속상하기만 했다.

집에 와서도 계속 인상을 쓰고 툴툴거리고 있는데 아버지가 들어오셨다.

새 카메라를 구경하자고 하셨는데, 나는 오만가지 인상을 쓰며 보여드렸다. 아버지는 내게 왜 기분이 그리 안 좋은지 물어보셨다. 나는 철없는 소리만 해댔다.

"다른 친구들과 선배들은 모두 좋은 카메라 쓰는데 나만 싸구려 옛날 카메라 쓰는 게 창피해요!"

나의 철없는 투정을 다 들으시더니 아버지께서 말씀하셨다.

"좋은 펜을 쓴다고 글씨가 잘 써지는 것이 아니다."

다음날 보도반 선배들이 한 명씩 새로 구입한 카메라를 보자고 했다.

아니나다를까 다른 친구들은 모두 선배들이 추천해준 좋은 카메라를 자랑하듯 꺼냈다. 나는 풀이 죽은 채 가방 안에 숨겨두었던 카메라를 꺼내들었다. 선배들과 친구들은 표현하지는 않았지만, 내 카메라를 본 순간 보도반 안에는 묘한 기운이 돌았다.

선배들은 별다른 말을 하지 않았고, 다들 카메라를 새로 샀으니 열심히 하자며 교실로 돌아가자고 했다. 친구들은 어깨에, 목에, 카메라를 자랑하듯 걸었고, 나는 카메라를 가방에 다시 집어넣었다.

그리고 우리는 다 같이 아침자습을 하기 위해 교실로 걸어갔다.

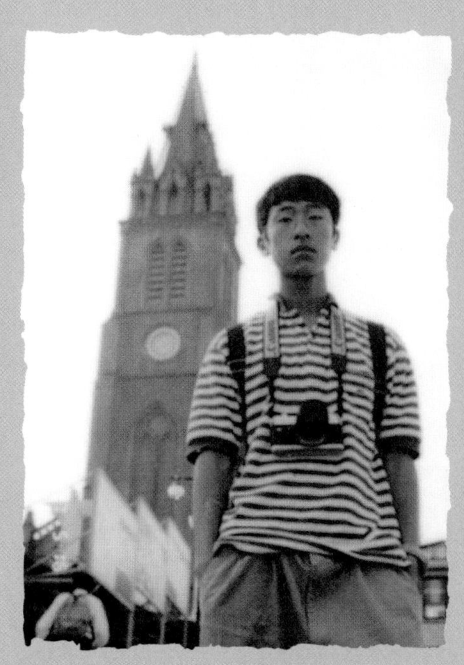

보도반 첫 명동 출사. 명동을 엄마 따라가지 않고 가본 건 그때가 처음이었다. 학교 아니면 집 외에 갈 곳이 없던 내게, 사람들이 많은 곳에 간다는 것은 그 자체로 자유롭다는 느낌을 주었다. 나는 아끼고 아끼던 폴로스포츠 티셔츠를 꺼내 입고 못생긴 카메라를 목에 걸고 명동으로 갔다. 사진을 찍기 위해 사람들에게 다가가 말을 거는 것이 무척 무섭고 창피했다. 말 못 걸고 겁 많다고 선배들에게 혼났던 기억이 난다.

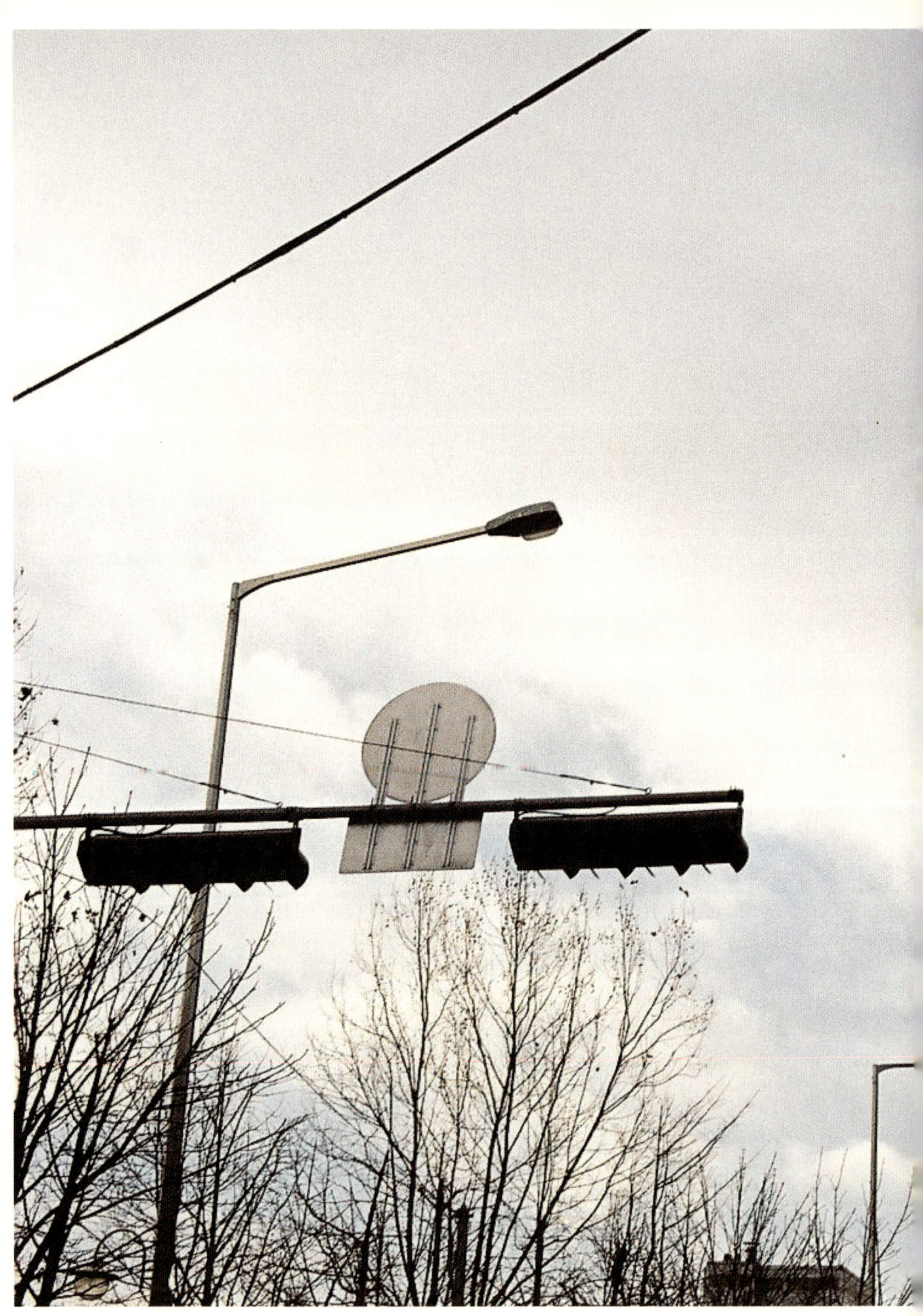

05 머나먼 학교

보도반에 들어가고 난 뒤, 나는 아마도 서울공고에서 제일 부지런한 학생이었을 것이다.

보도반은 등교시간이 7시까지였다. 다른 학생들보다 한 시간 정도 먼저 등교해야 하는 셈이었는데, 문제는 학교와 집까지의 거리였다.

집에서 15분 정도를 걸어서 버스정류장에 가서, 거기서 82번 좌석버스를 타고, 자유로와 강변북로를 지나 영등포에 도착, 다시 버스를 갈아타고 동작구 대방동까지 가는, 대장정이었다.

나는 새벽 5시대에 일어나야만 했다. 장거리 출퇴근자들은 알겠지만, 10분 20분의 차이는 엄청났다. 특히 비 오는 월요일 아침은 교통대란이 일어난다. 자유로부터 막히기 시작하는 날은, 그냥 포기해버리고 푹 자버린다.

한달에 한 번 정도는 완전히 늦어버리는 날이 있는데, 그때는 개그콘서트 봉숭아학당에서 여성과 남성의 평등을 주장하는 박지선 씨가 부르는 "라라랄라 라라라랄 랄라라 달려가는 여성시대~~" 이 노래가 버스 안에서 흘러나왔다. 여성중창단 같은 사람들이 떼지어 부르는, 아주 듣기 싫은 곡이었다.

세대로 된 학생이라면 등교하면서 절대로 이 노래를 들을 수가 없다. 아침 9시 라디오 프로그램의 오프닝곡이기 때문이다. 버스에서 잠이 들었다가도 이 노래가 나오면, 나는 작은 버스의자에 웅크려 자던 자세 그대로 생각만 한다.

'아, 난 오늘 죽었구나…….'

그나마 여성시대 오프닝곡을 듣는 날은 나은 편이다.

다시 잠이 든 나의 귀를 정말 솔깃하게, 그리고 소름 끼치게 하는 곡은, 9시에 들었던 여성시대 오프닝곡의 멜로디에 목소리만 바뀌어 남성중창단이 부르는 노래였다.

그건 여성시대 1부가 끝나고, 2부 남성시대가 시작됨을 알리는 오프닝곡이었다. 오전 9시 1부 여성시대, 오전 10시 2부 남성시대…….

3년간 등교하면서 남성시대 오프닝곡을 스무 번 정도 들었던 걸로 기억한다.

그 두꺼운 목소리의 아저씨들이 "라라랄라 라라라랄 랄라라~"를 부르는 노랫소리가 들리면, 버스기사 아저씨에게 라디오를 꺼달라고 소리를 꽥꽥 지르고 싶었다. (물론 한 번도 그러진 못했지만.)

그렇게 여성시대와 남성시대를 들으며 등교하는 날은,

담임선생님께,

그리고

무시무시한 보도반 선배들에게…….

·
·
·
·
·
·
·
·

나머지는 상상에 맡기겠다.

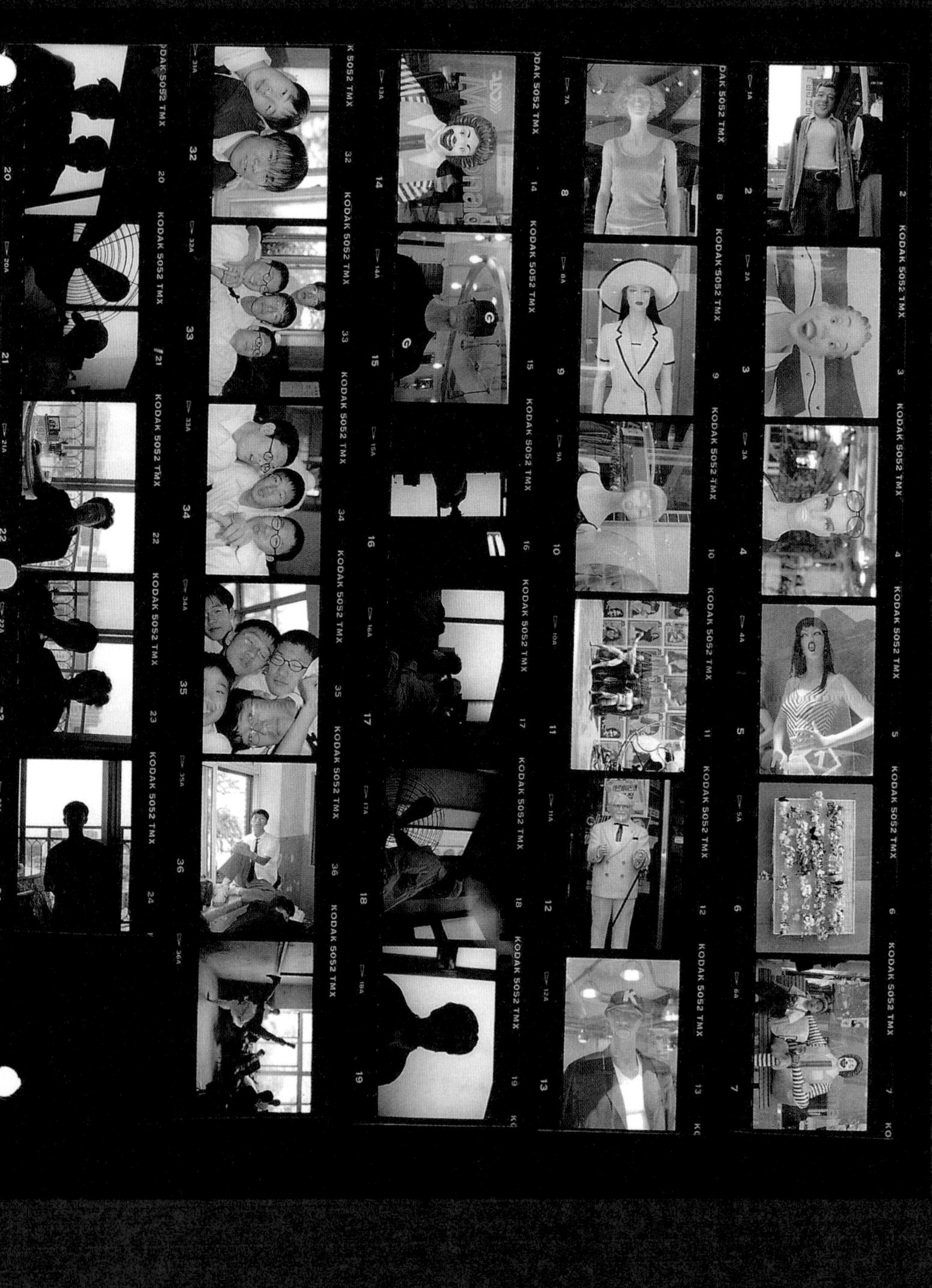

보도반의 등교시간은 아침 7시.

선배들은 보통 7시 30분쯤 오는데, 그전에 우리는 미리 도착하여 모든 준비를 끝내놓아야 한다.

준비라 함은, 우선 청소다.

여섯 명이 두 명씩 3조로 나뉘어서 1. 바닥 쓸기 2. 바닥 닦기 3. 장비와 먼지 걸레질하기를 한다. 이렇게 기본적인 청소를 아주, 깨끗이, 끝내놓아야 한다.

선배들이 기분이 좋지 않은 날은(이른 아침이라 그런지 매일 기분이 안 좋은 거 같았지만), 검지와 중지로 바닥을 진하게 문지르거나, 말도 안 되는 곳, 예를 들면 캐비닛 뒤쪽 구석진, 평생 거들떠보지도 않는 이상한 곳들까지 먼지가 없는지 확인을 했기 때문에, 우리는 술래잡기를 하듯 먼지 하나 없게 깨끗이 청소를 했다.

그 다음 준비는, 작은 가스난로에 물을 데우는 것이다.

보도반 선배 중에 아침마다 머리와 얼굴에 개기름이 가득한 채 등교하는 선배 한 명이 있었는데, 꼭 보도반에 와서 세수를 하고 머리를 감고 젤을 바르곤 했다. 그 선배를 위해, 그리고 아침밥을 먹지 않고 등교해 배가 고플지도 모를 선배들을 위해, 작은 가스난로에 물을 데워놓고 대기하고 있어야 했다.(지금 생각해보면 열여덟살, 열아홉살 되는 애들이 벌써부터 그런 식으로 생활을 했나 아이러니한 생각도 들지만, 그때는 정말 무서웠다.)

어쨌든 그러고 있으면 선배들이 하나 둘 어슬렁어슬렁 들어오기 시작한다. 그리고 우리는 목청 터지게 인사를 하고, 선배 한 명 한 명 오늘의 컨디션과 기분이 어떠한지 파악한다. 행여 한 명이라도 컨디션이 별로인 날이면 하루가 지옥처럼 괴로워지기 때문이다.

1학년 여섯명, 2학년 다섯명, 3학년 다섯명.

이렇게 열대여섯명이 모두 모이면, 그날의 촬영이나 작업할 것들에 대한 지침이나 스케줄을 이야기하고, 그 밖에 잡다한 수다—여자친구 이야기나 전날 뭐 했나 하는 잡다한 이야기를 하다가, 수업시간 전에 해산한다.

점심시간에 보도반은 다시 모인다.

모여서 도시락을 나눠먹고, 선배들과 라면을 끓여먹고, 설거지를 하고, 다시 교실로 돌아간다.

그리고 하교 후, 보도반은 다시 모인다.

나는 하교 후 모이는 그때가 제일 좋았다.

그때는 정말 사진을 제대로 배우고 실습할 수 있었기 때문에, 나는 매일매일 그 시간을 기다렸다.

처음에는 선배들이 작업하는 것을 보면서 배우기 시작한다. 처음 암실에 들어가서 선배들이 인화하는 것을 보았을 때, 정말 신기했다.

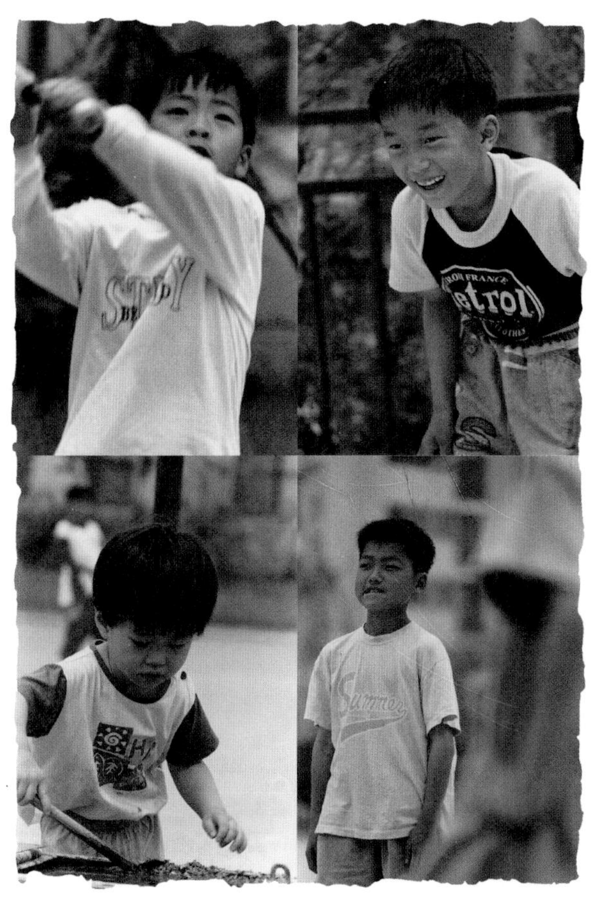

'어린이 찍어오기'가 과제였다. 나는 학교 근처 놀이터로 나갔다. 명동 출사 때 셔터스피드를 빨리 해서 찍으면 사람들을 포착할 수 있다는 걸 알게 된 나. 그래서 아이들 사진은 그다지 날리지 않은 채 많이 건질 수 있었다.

나도 저렇게 할수 있겠지, 빨리 해보고 싶다······.

사소한 것 하나도 놓치지 않기 위해, 집중력을 최고로 높여서, 나무에 붙어 있는 매미마냥 나는 선배 곁에 바싹 달라붙어 있었다.

그렇게 하루종일 작업실에 있다가, 해가 지고 저녁 7시나 8시가 되면 선배들이 귀가하는 것을 다 보고, 보도반 청소와 마무리 뒷정리를 다 끝내놓고, 그리고 집으로 돌아갔다.

길고 긴 보도반의 하루는 그렇게 지나갔다.

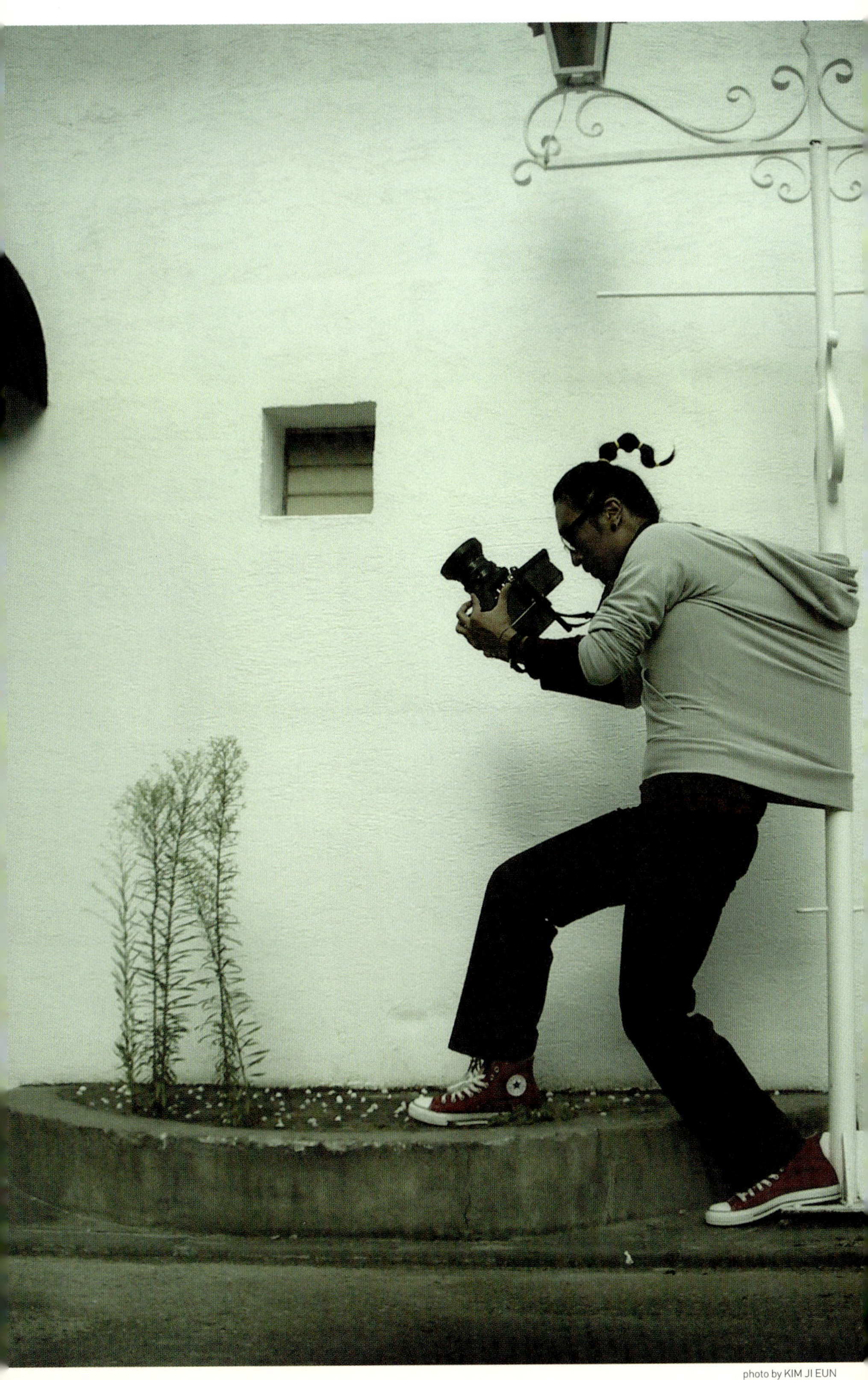

photo by KIM JI EUN

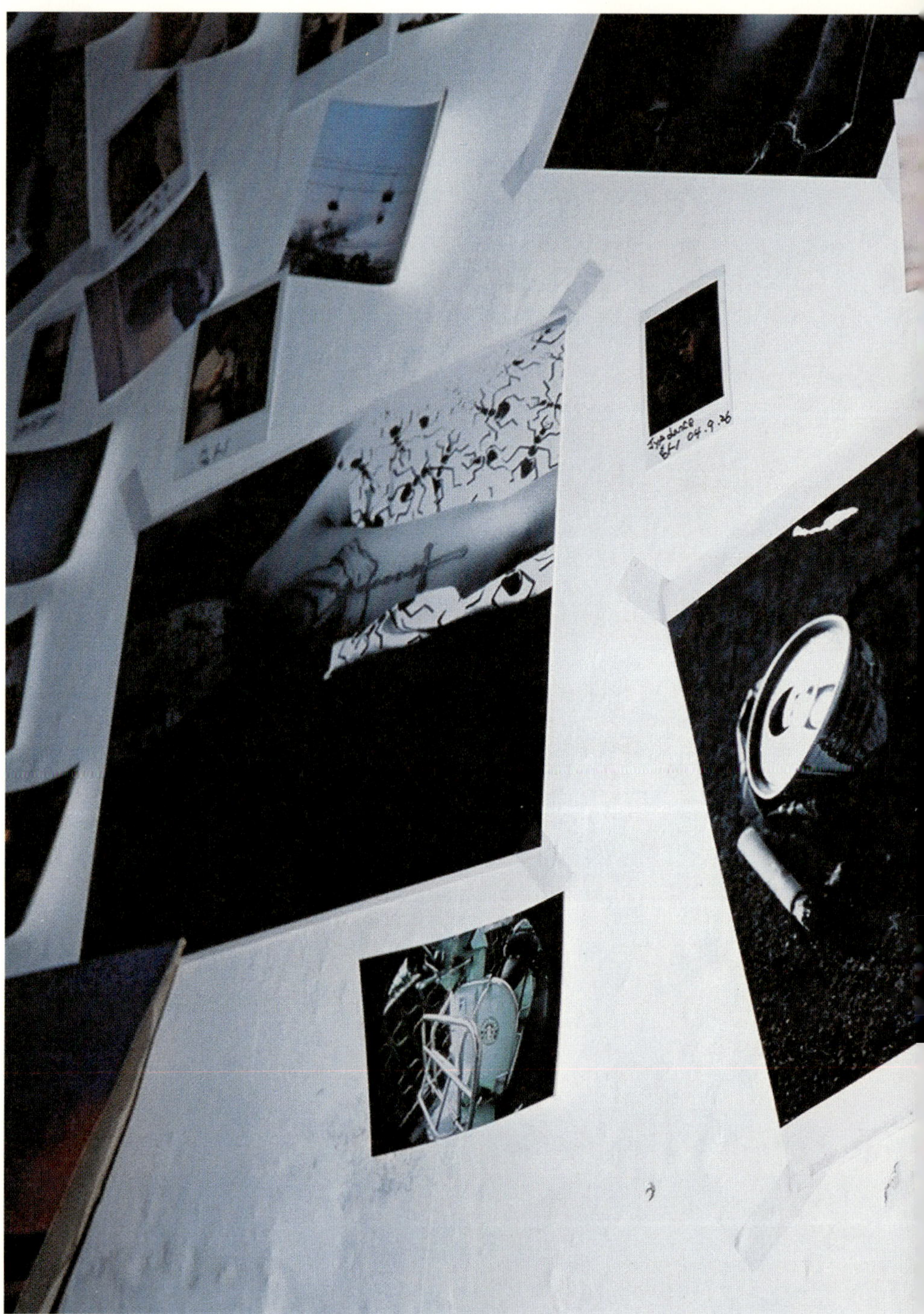

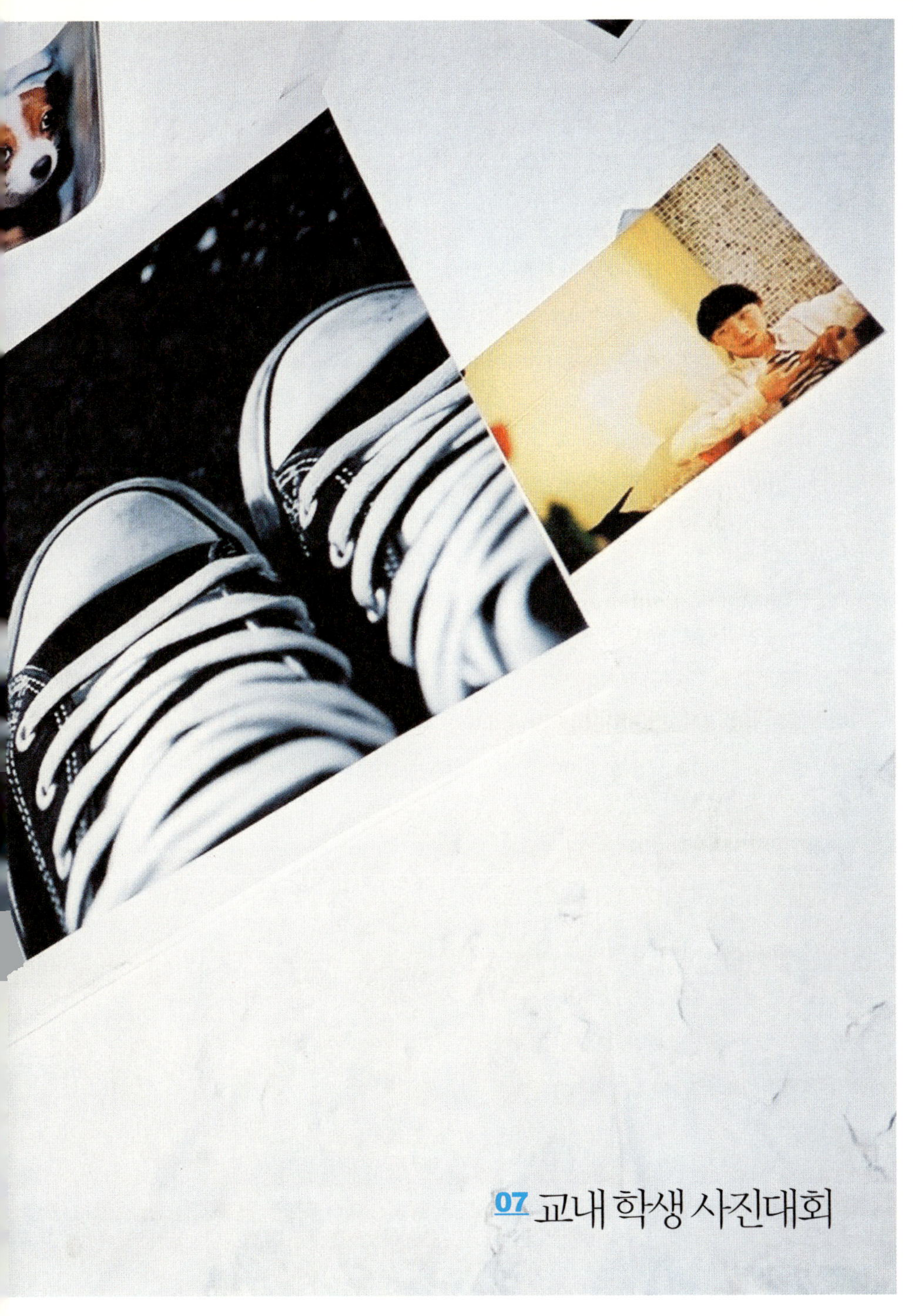

07 교내 학생 사진대회

어느 날 학교에서 공고문이 내려왔다.

교내 학생 사진선발대회였다.

우리 학교 학생만을 대상으로 실시하는 것이었지만, 우리 학교 전교생이라 함은 3천 명을 훌쩍 넘는 인원이었기 때문에, 스케일이 정말 큰 대회였다.

그날 보도반 회의시간은 사뭇 진지했다. 선배들과 모두 모여서 대회에 대해 심각하게 이야기했다. 이건 자존심이 걸린 문제였다. 다른 과에게 절대로 상을 빼앗겨서는 안 됐다. 무조건 보도반, 그것도 선배들이 꼭 상을 타야했다. 처음으로 선배들의 패기에 가득 찬 매서운 눈빛을 읽을 수 있었다.

보도반의 막내들인 1학년 또한, 그리고 나 또한 교내 사진대회 입상에 욕심을 가지고 있었다. 대학 갈 때 큰 부분으로 작용함은 물론이고, 내 열정과 실력을 테스트해볼 수 있는 좋은 계기가 될 수 있을 거라는 생각이 들었다.

하지만 나는 또다시 괜한 기에 눌려 있었다.

나는 또 장비 탓을 하고 있었다.

선배들을 실력에서도 장비에서도 당연히 이길 수 없다고.

보도반 동기들도 좋은 장비를 가지고 있기 때문에 고물 같은 무거운 내 카메라로는 그들을 이길 수 없다고.

사진 제출 마감일까지 2주 정도의 기간이 주어졌다.

나는 집에 돌아가 엄마한테 필름 30롤을 사달라고 졸라댔다. 엄마는 평상시보다 많은 양의 필름을 사달라고 하는 나를 의아해하셨다. 나는 자초지종을 말씀 드리고 조르고 졸라 필름 값을 받아냈다.

그리고 그 주 토요일, 충무로를 나가 일반 필름보다 비싸지만 퀄리티가 좋은 슬라이드 필름을 샀다. 사실 슬라이드 필름을 사고 싶은 마음에 엄마한테 필름 30롤 값을 달라고 조른 것이었다.

슬라이드 필름을 받아들면서 생각했다.

'좋고 비싼 필름이니, 더욱 신중하게 잘 찍어야겠다.'

그리고 하루의 빈 공간만 생겨나면 셔터를 누르러 다니기에 바빴다.

명동도 나가보고, 일산의 넓은 들판에도 나가보고, 기차도 타고, 지하철에서도 버스에서도, 그렇게 2주 동안 열심히 촬영을 했다. 그리고 최종 세 장 중 고민고민하다가 마지막 한 장을 셀렉해서 학교에 제출했다.

그때 우리는 아무도 서로의 사진에 대해 보려 하지도, 보고 싶어하지도, 보여주려 하지도 않았다. 선배들도 그랬고 우리도 그랬다. 보이지 않는 무언의 전쟁 같은 경쟁이 불꽃 튀게 벌어지고 있었다.

다음 주 월요일 애국조회시간.

드디어 디데이가 오고야 말았다.

세상에서 제일 지루한 교장선생님 훈화말씀이 끝나고, 드디어 사진대회 시상식이 시작되었다.

나는 심장이 콩알만 해지고 터질 듯한 심장박동수를 느꼈다. 보도반 친구 녀석들도 긴장된 얼굴을 해가지곤 시상을 기다리고 있었다.

입상 5명, 장려상 2명, 동상 1명, 은상 1명, 금상 1명 이렇게 총 열명에게 시상을 하는 것이었다.

먼저 입상.

입상에는 다른 과에서 세명, 사진과 선배 두명이 받은 걸로 기억이 난다.

다음은 장려상.

장려상도 다른 과 학생이 수상하게 되었다.

입상이라도 하길 바랐는데, 내가 받아야 할 부분은 이미 훌쩍 지나가버려서 나는 내심 풀이 죽어 있었다.

'그럼 그렇지. 내가 무슨…… 좋은 장비로 멋진 사진 찍은 니들이 다 해먹어라.'

그리고 동상을 발표했다.

보도반 선배 중 한명이 받았다. 우리는 박수를 치며 소리를 질러댔다.

그리고 은상은 다른 과의 학생이 받았다.

이제 남은 건 마지막 금상.

나는 이미 포기한 상태였고, 과연 어떤 녀석이 받을까, 궁금한 마음으로 이름이 불리길 기다리고 있었다. 선배들끼리의 자존심 싸움이었기에, 보도반 선배 중 한명이 받았으면 좋겠다고 생각했다. 그렇다면 누가 받을까? 나는 그런 생각으로 가득 차 있었다.

바로 그때, 금상 발표가 났다.

백 · 성 · 현

마이크소리가 페이드아웃 되면서 메아리가 울려 퍼졌다. 나는 그저, 정말 그저, 멍했다. 머릿속에서는 이런 생각만 들었다. '뭐지? 어? 뭐지 이거?'

멍하니 있는데, 앞에 옆에 있던 친구녀석들이 축하한답시고 밀고 때리고 소리를 질렀다. 조금씩 실감이 났다. 터벅터벅 교단 위로 올라가서, 처음으로 가까이에서 교장선생님 얼굴을 봤고, 상을 받고, 악수를 하고, 내려왔다.

머리는 멍하고 심장은 터질 것 같았다. 엔돌핀이 난리를 피우는 것이 느껴졌다. 그리고 괜히 실실 웃음이 나기 시작했다.

애국조회가 끝나고,
나는 공중전화 부스로 전속력으로 뛰어가 집으로 전화를 걸었다.

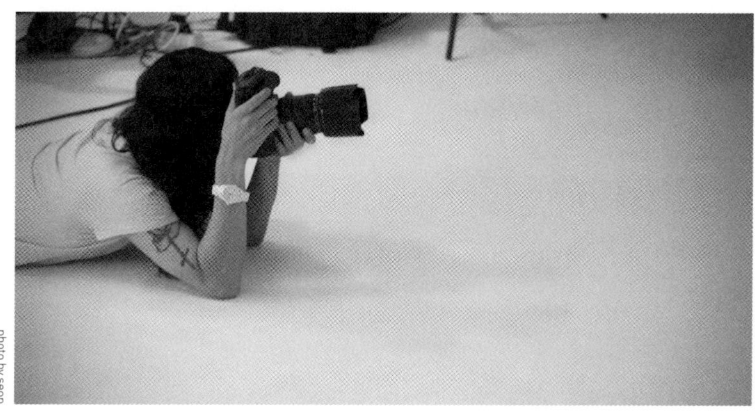

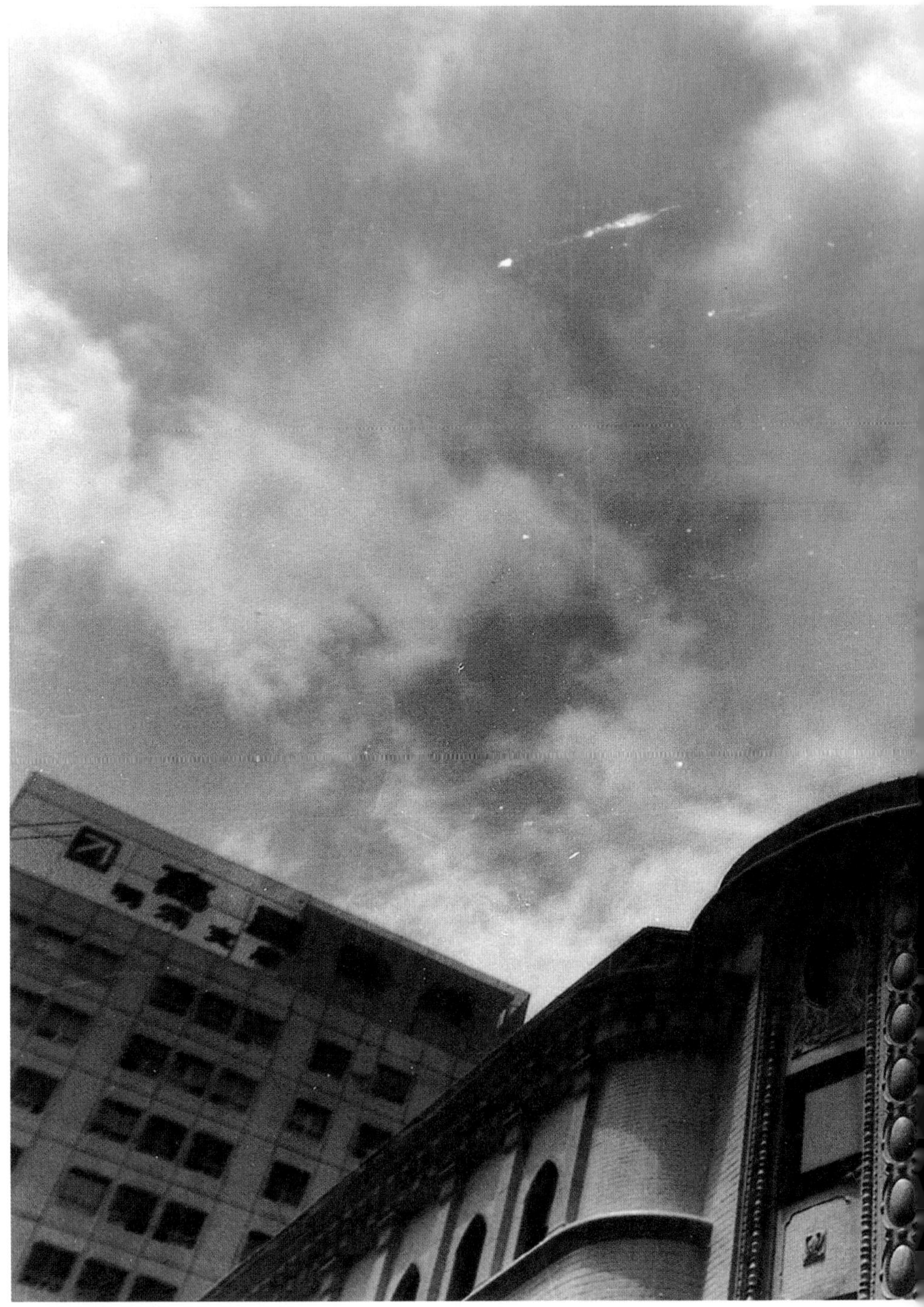

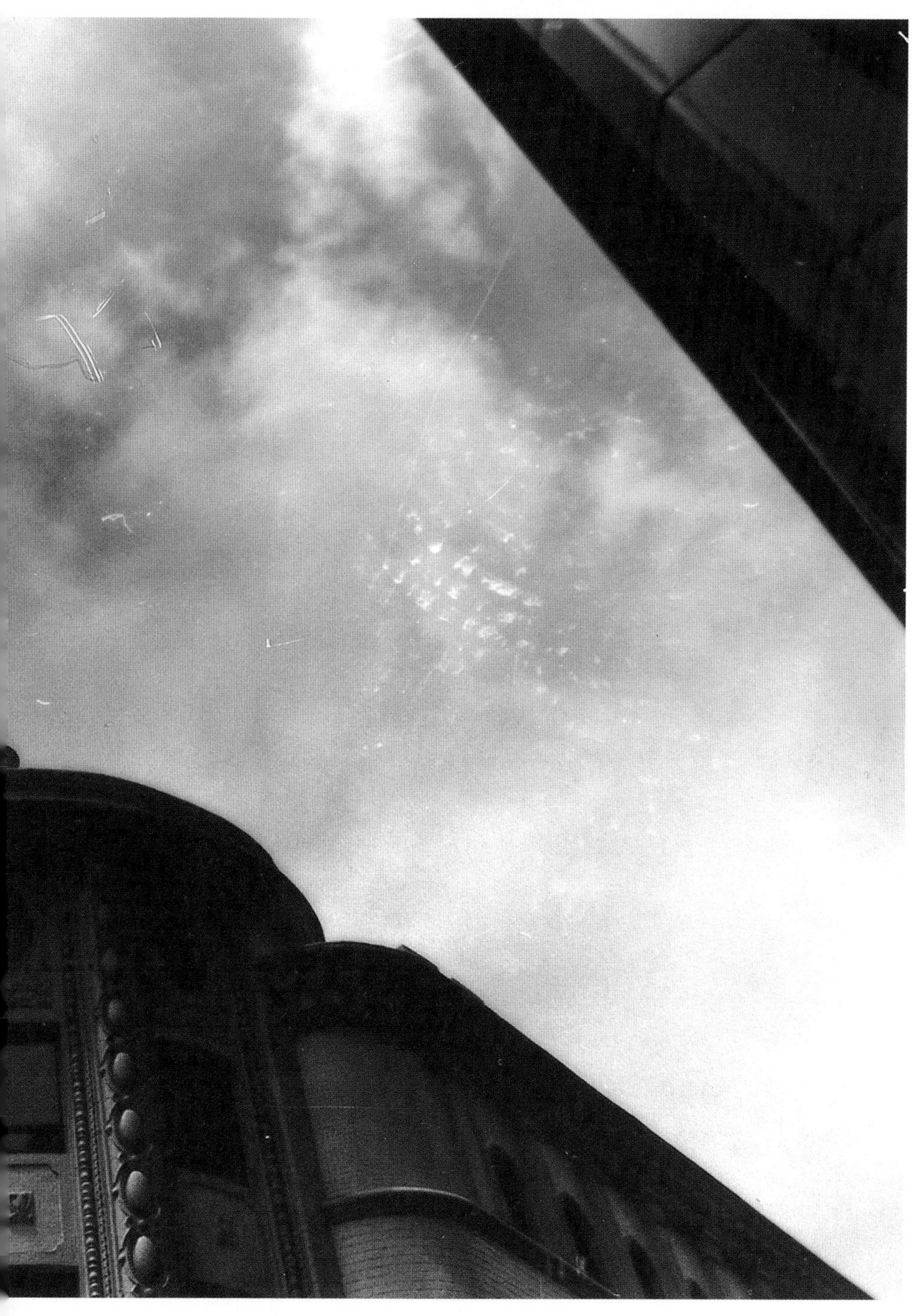

97년도 시청. 음산한 분위기로 시청을 표현하고 싶어서 삼각구도를 선택했다. 사진을 제출하고 엄청 혼났다. 사진에 스크래치도 많고 심지어 지문까지 찍혀 있었기 때문이다. 건조를 제대로 못해서 스크래치가 났고, 필름 관리를 제대로 못해서 지문이 찍혀 나온 채로 인화가 되었다. 암실에 들어가기 전에 제대로 체크하지 못한 나의 실수였다. 교내 사진대회에서 금상을 받은 사진은 아무리 찾아도 나오지 않았다. 상장만 고이 보관되어 있었다. 아무래도 엄마가 들고 다니시며 자랑하시다 잃어버리신 것 같다.

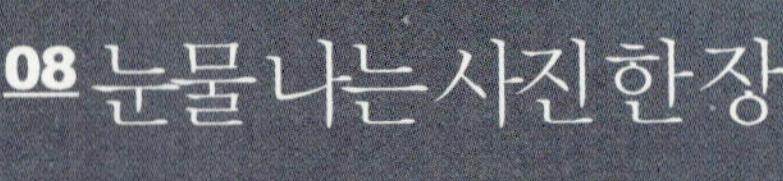

08 눈물 나는 사진 한 장

전화를 걸어 엄마에게 상 받은 걸 이야기했더니 엄마는 축하한다며 상장 가져오면 외식이랑 바꿔준다고 말씀하셨다.

나는 1교시가 시작하기도 전부터 빨리 학교가 끝나기만을 기다렸다. 머릿속에는 엄마랑 함께 내가 제일 좋아하는 갈비를 먹으러 갈 생각뿐이었다.

지루하기만 한 수업을 마치고, 언제나 그랬듯 우선 보도반으로 갔다.

선배들과 친구들이 축하한다면 한턱 쏘라고 했다. 나는 아껴둔 비상금 5천원짜리를 꺼내 학교 앞 튀김집으로 가서 튀김 7천원어치를 사가지고 돌아왔다. 5천원을 내고 7천원어치를 사가지고 돌아온 건, 튀김집 아주머니의 허술한 감시 탓에 매번 튀김을 몇 개씩 더 집어오는 것을 말하는 것이다. (지금 생각하니, 아주머니에게 갑자기 죄송하다. 시간 나면 꼭 찾아가 갚아야겠다.)

보도반은 튀김파티에 간만에 즐거운 대화가 오고갔다.

나는 엄마랑 갈비 먹을 생각에 튀김을 조금만 먹고 있었다. 튀김을 다 먹고 정리를 할 무렵, 보도반의 한 선배가 나를 밖으로 불러냈다. 그리고 갑자기 공포 분위기를 조성했다. 선배가 내게 물었다.

"좋냐? 선배들 받을 상 니가 받으니까 좋아?"

나는 "아닙니다. 죄송합니다"라고 대답했다. 솔직히 나는 내가 무엇을 잘못했는지 몰랐지만, 선배가 나를 이렇게 대하는 상황이나 질문에 대해서 이해는 갔다. 하지만 점점 기분이 상해가고 있었다.

'참자. 참고, 엄마랑 갈비 먹으러 가자.'

그때 선배가 내게 또 물었다.

"내가 이러는 게 꼽냐?"

"아니요."

"그럼 아니꼽냐?"

"아니요."

"그럼 꼽냐? 아니꼽냐?"

아니, 세상에 뭐 이런 질문이 다 있나. 꼽다 그러면 꼽다 그래서 맞을 것 같고, 아니꼽다 하면 아니꼽다고 해서 맞을 것 같고.

결국 그날 나는 그 선배에게 맞았다. 선배가 묻는 말을 씹었다는 이유로. 나는 대답할 수가 없었고, 선배는 내가 대답을 안 했다는 이유로 나를 때렸다. 맞으면서 너무 화가 났지만, 어쩔 수 없었다. 그냥 계속 맞았다.

집으로 돌아가는 버스 안에서, 구겨질까봐 파일함에 잘 챙겨넣은 상장을 꼭 껴안고 창밖을 보면서, 정말 서럽게 펑펑 울었다. 너무 서러웠다.

나는 엄마한테 상장을 보여드리고, 튀김을 너무 많이 먹어서 갈비를 못 먹겠다고 다음에 먹자고 하고 방으로 들어왔다. 그리고 갈비 못 먹은 게 또 서러워 베개에 얼굴을 묻고 엉엉 울었다.

뭐가 그리 서러운 게 많았는지 백성현은…….

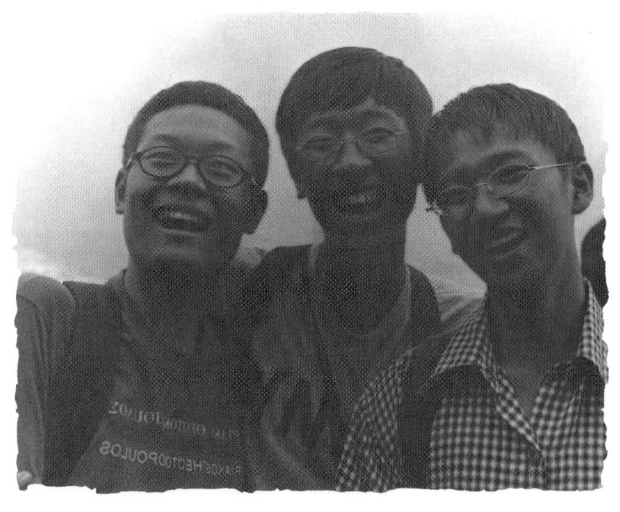

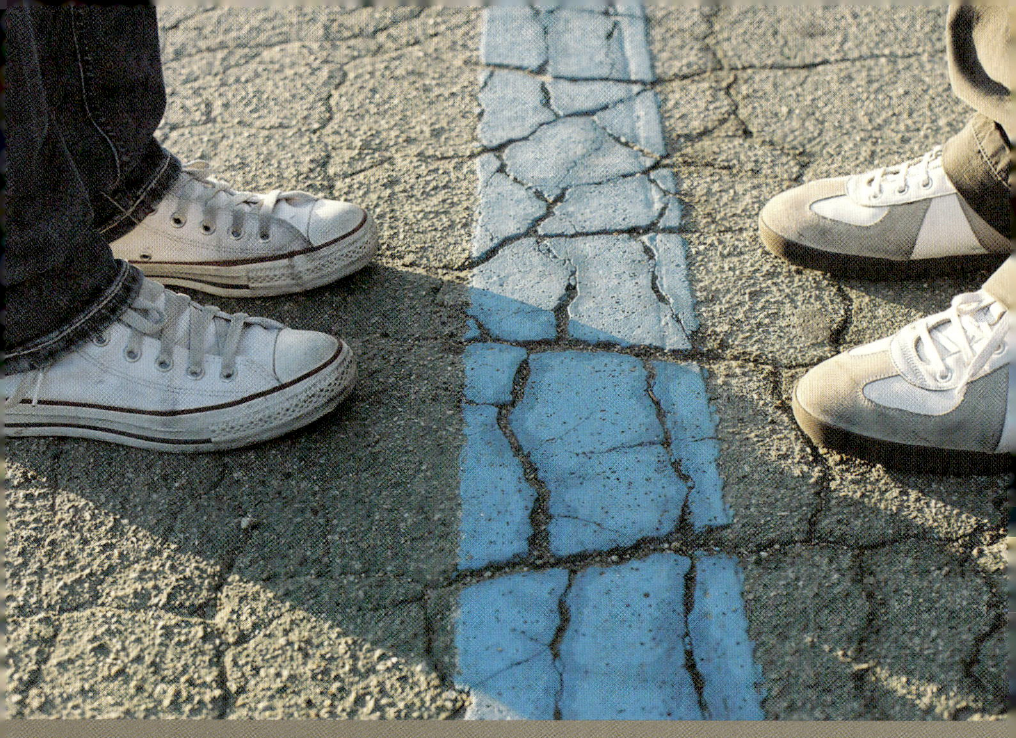

09 데이트를 망치다

1998년 여름 즈음 고등학교 2학년 시절.

나는 동네에서 우연히 친구를 사귀게 되었다.

이태원 부근에 있는 중학교를 졸업한 후 곧바로 일산으로 이사를 오게 된 나는 동네에 친구가 단 한 명도 없을 때였다. 아는 형과 밥을 먹는데 친한 여자동생이라며 그 아이가 나왔고, 함께 식사를 하다 예쁘고 착한 성격에 그 아이를 좋아하게 되었다. 나는 그 아이와 연락처를 주고받고 조심스레 연락을 했다. 이제 나에게도 동네에서 만날 사람이 생긴 것이다. 그것도 아주 예쁘고 착한 여학생을……

그날은 학교 행사가 있어 오전수업만 하게 된 날이었다.

그날도 우리 아파트 앞 공원에서 그 아이를 만나기로 했고, 나는 수업이 끝나기 무섭게 그 아이를 만나러 공원으로 향했다. 알게 된 지 얼마 안 됐을 무렵이라 잘 보이고 싶은 마음이 굴뚝같았지만, 그래도 우리는 학생답게 교복을 입고 공원에서 만났다.

오후의 공원은 어린아이를 데리고 나온 젊은 엄마들이 몇몇 있을 뿐, 대체적으로 한산하고 조용한 분위기였다. 우리는 인사를 나누고 무얼 할까 이야기를 나누고 있었다.

그런데 그때.

30대 중반의 웬 남자가 커다란 가방을 오른쪽 어깨에 둘러메고 쏜살같이 우리 앞을 지나 아파트 울타리를 넘어 찻길 건너 인도로 지나갔다. 그리고 잠시 뒤, 한 아주머니가 급박한 목소리로 외치면서 뛰어오고 있었다. "강도야! 강도 잡아라!!!"

우리는 방금 그 남자가 강도임을 직감적으로 인지했다.

그때 공원에 남자는 고등학생인 나 하나뿐이었다. 그리고 나를 쳐다보던 그 여학생의 눈빛은 '빨리 뛰어가서 네가 강도를 잡아'라고 말하고 있었다.

나는 가방을 내팽개치고 아파트 울타리를 넘어 그 사람을 쫓아가기 시작했다. 인도에 들어섰을 때 그 남자는 이미 꽤 멀리 가 있었지만, 초등학교와 중학교 때 육상과 테니스로 나름 다져진 몸이었기에 나는 쉽사리 잡을 수 있을 거라 생각했다. 그리고 있는 힘을 다해 전속력으로 그 사람을 쫓아갔다.

솔직한 마음은 지나가는 남자가 한 명이라도 나타나 나를 도와주겠지, 라는 생각이었다. 하지만 일산 신도시가 개발된 지 얼마 안 됐을 무렵인 당시의 우리 동네는 사람은 고사하고 동네 똥개 한 마리 없는 한적한 곳이었고, 나를 도와줄 그 어떤 남자도 나타나지 않았다.

그 남자와 나의 거리는 어느덧 30미터 정도로 좁혀져 있었다.

그때, 도망가던 그 남자가 뒤를 돌아보았다. 그리고 나와 정확히 눈이 마주쳤다. 남자는 어이없다는 듯 나를 다시 한번 돌아보더니, 쫓아오면 죽이겠다고 말했다.

순간 나는 심장이 콩알만 해져서 "네?"라고 묻듯이 대답을 했지만, 조그만 게 무슨 생각이었는지 다시 그 남자를 쫓기 시작했다. 계속 거리를 좁혀가며 쫓아가고 있는데, 남자가 갑자기 가슴 안쪽에서 칼을 꺼내들더니 이렇게 말했다.

"너 자꾸 쫓아오면 진짜로 죽여버릴 거야."

별일이야 생기겠어, 라는 생각으로 그 남자를 쫓고 있던 나는 칼을 본 순간 무서워서 몸이 꽁꽁 얼어버렸다.

남자는 다시 도망을 쳤다. 나는 또 그를 쫓아갔다. 조금 뛰어가다 그 남자가 다시 한번 칼을 꺼내 보이며 진짜로 죽여버리겠다고 말했다.

그런데 그 순간, 나는 그 남자를 잡을 수 있을 것 같다는 생각이 들었다.

나는 육체적으로 전혀 힘들지 않았는데, 그 남자는 거칠게 숨을 헐떡이며 얼굴에 지친 기색이 역력했던 것이다.

그래서 나는 머리를 썼다. 저 사람이 돌아보기 직전에 전속력으로 달려가 뒤에서 안으면서 넘어뜨린 뒤, 칼을 휘두르지 못하게 꽉 안고 있으면 누군가 오겠지. 작전은 정확히 맞아떨어졌다.

남자는 헤어나려 안간힘을 썼지만, 나 또한 죽을힘을 다해 그 남자를 붙잡고 있었기 때문에 쉽사리 풀려나지 못했다. 사실 그 순간엔 '지금 이거 놓치면 진짜 죽는다' 라는 생각이었다.

대한민국에 존재하는 온갖 욕을 나에게 퍼부으며 벗어나려 발버둥치는 아저씨를 나는 타이르기 시작했다.

"아저씨, 금방 경찰 오니까 조금만 기다리세요."

5분 정도의 시간이 흐른 뒤 사이렌 소리와 함께 경찰차가 도착했고, 경찰 아저씨들은 그 남자의 칼부터 빼앗고 수갑을 채운 뒤 경찰차에 태웠다.

'이제 살았구나.' 안도의 한숨을 쉬며 경찰아저씨에게 수고하시라는 인사를 했다. 그리고 나를 기다리고 있을 예쁜 여학생이 있는 공원으로 발걸음을 돌리려는데, 경찰아저씨 말씀이 학생도 같이 가서 조사를 받아야 한다는 것이었다. 나는 무전기 소리로 정신없는 경찰차를 타고 경찰서로 가게 되었다.

　사건의 대략적인 개요는 이러했다.

　은행에서 돈을 인출하는 여자를 노리고 있던 그 강도가 아주머니를 칼로 위협한 뒤 돈가방을 빼앗아 도망치다 나에게 잡힌 것이었다. 아주머니의 가방에는 몇백만원의 현찰이 들어 있었다고 했다.

　어쨌든 나는 내가 본 모두를 있는 그대로 말하였다. 내 이야기를 전부 들은 경찰아저씨는 내게 진지하게 이렇게 물어보셨다.

　"학생, 고등학교 졸업하고 경찰학교에 입학하는 것이 어떻겠어? 이 정도면 가산점도 많이 받고 특례로 입학할 수도 있는데."

　"싫은데요."

　나는 경찰아저씨의 제의를 단번에 거절했다.

　왜냐하면 그 순간 나는 그곳에서 경찰아저씨와 그런 이야기를 나눌 때가 아니었던 것이다. 나는 공원에서 나를 기다리고 있을 그 아이 생각뿐이었다.

　조서를 모두 마치고, 학교와 집주소, 연락처 등 나의 세부 가족사항까지 모두 말씀 드린 뒤, 나는 정신없이 경찰서를 빠져나왔다. 그리고 강도를 쫓을 때보다 더 빠른 속도로 그 아이에게 미친 듯이 달려갔다.

　하지만 공원에 그 아이는 없었다.

　나는 강도 잡은 것은 안중에도 없었다. 그저 그 아이와의 데이트가 무산된 것이 너무 억울했다. 집에 돌아와 씩씩거리며 몇 시간을 방에 처박혀, 그렇게 한탄의 하루를 지나 보내고 있었다…….

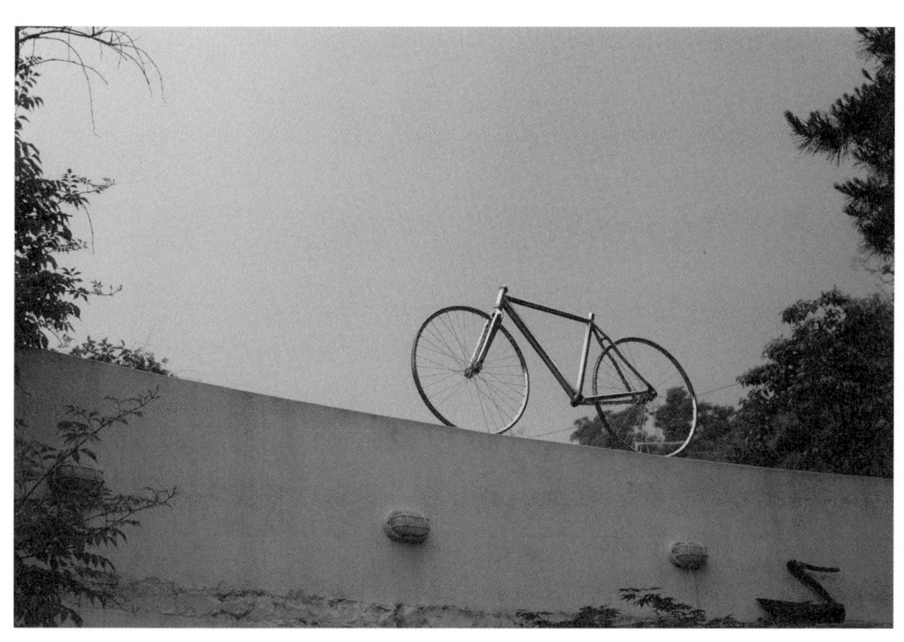

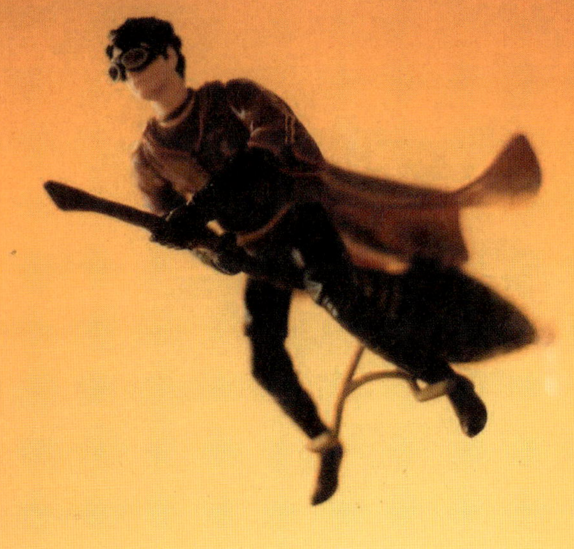

10 슈퍼스타 백성현

다음날 늦잠을 잔 나는 부랴부랴 등교를 했다.

보도반 등교시간보다는 늦었지만, 그래도 선배들이 오기 전에 도착한 나는 안도의 한숨을 내쉬고 친구들의 아침정리에 자연스럽게 동참했다. 다행히도 그날은 선배들이 보도반에 오지 않아서 우리는 그나마 편한 마음으로 아침을 보내고 교실로 들어가 수업을 받았다.

2교시 일본어 시간이었다. 평소와 별 다를 것 없이 수업이 진행되고 있는데, 교실 앞문 쪽에 붙어 있는 스피커에서 이런 소리가 들려나왔다.

"사진과 백성현 학생, 백성현 학생은 지금 교장실로 오세요."

나와 친구들, 그리고 일본어 선생님은 모두 어리둥절한 표정을 지었다. 나는 물음표로 가득 차서 교장실로 내려갔다.

'얼마나 급한 일이기에 수업시간에 나를 불러낸 걸까? 내가 뭘 잘못했나?'

온갖 잡다한 상상을 하며 교장실에 도착해 노크를 하고 손잡이를 돌렸다.

조심스레 들어간 교장실에는 얼마 전 사진대회 시상식 때 처음으로 가까이에서 보았던 교장선생님과 몇몇 사람들이 웅성거리고 있었다. 나와 눈이 마주친 교장선생님은 대뜸 내 앞으로 걸어오시더니 이렇게 말씀하셨다.

"자네가 백성현군인가?"

"네. 제가 백성현인데요……."

교장선생님은 환한 미소를 지으며 나를 꼭 껴안고 등을 두드려주시며 이렇게 말씀하셨다.

"장하네, 장해. 아주 자랑스럽군. 자네가 학교의 명예를 빛냈네."

나는 의아했다.

그 장면은 마치 ‘달려라 하니’나 ‘영심이’ 같은 만화에서나 나올 법한 교장선생님의 말투와 행동이었다. 교장선생님께서 그렇게 간지러운 말씀을 하시며 나를 안아주자 뒤에 있던 사람들이 플래시를 터뜨리며 사진을 찍어대기 시작했다. 그러고는 어디 신문사 기자고 어디 방송국 기자라며 내게 인터뷰를 하기 시작했다.

그제서야 나는 잊고 있던 어제 그 사건 때문이라는 걸 알 수 있었다.

나는 한 명 한 명 기자들의 질문에 대답을 하는 와중에도 이 사람들이 어제 그 일을 어떻게 알았을까 궁금한 생각뿐이었다. 전날 있었던 일을 별로 대수롭지 않게 생각했기 때문에 나는 아무에게도 이야기를 하지 않았던 것이다.

뒤늦게 알게 된 사실이지만, 경찰서에는 원래 기자들이 취재거리를 찾기 위해 항상 상주해 있던 탓이었다. 나는 인터뷰를 하고, 몇 가지 신상명세를 적어주고, 두 시간 가까이 수업을 받지 않고 점심시간이 다 되어서야 교장실에서 나올 수 있었다.

교실로 들어갔더니, 이미 소식을 전해들은 친구들이 박수를 치고 머리를 때리고 껴안아주고 난리도 아니었다. 나는 내가 한 일이 조금씩 실감이 났다.

다음날 나는 신문에도 나오고 학교방송에도 나오고, 사건이 있고 난 다음주 애국조회시간에 또 한번 이름이 불려 단상에 올라가 교육부장관상과 경찰청에서 주는 상, 동네에서 주는 상, 학교에서 주는 상 등 난생처음 보는 가지각색의 상을 받았다.

그런데 그것보다 더 좋았던 것은, 여기저기서 상금이라며 돈이 나왔다는 것이다. 가방을 되찾은 아주머니께서도 감사하다며 꽤 많은 돈을 보내주셨다.

나는 받은 돈들을 봉투째 고스란히 모아서 돈 좋아하는 우리 엄마한테 갖다드렸다. 엄마는 무슨 돈이냐고 물어보셨고 나는 자초지종을 말씀 드렸다. 그리고 엄마한테 복날 개 패듯 두들겨 맞고 욕을 한보따리 먹었다. 엄마는 보복당하면 어쩌려고 그러냐고, 니가 형사냐고, 쓸데없는 짓 하고 돌아다닌다며 마구 화를 내셨다.

엄마에게 꾸중을 듣고 기분이 조금 상했지만, 나는 그 후로도 한동안 학교 친구들과 선생님들 사이에서 스타가 되었고, 엄마는 상금으로 받은 돈으로 내가 그토록 갖고 싶어하던, 선배들 것과 똑같은 좋은 카메라와 렌즈, 스트로보와 트라이포드까지 풀세트로 사주셨다.

착한 일을 하면 복을 받는다더니…….

하늘을 날아갈 듯 기분이 좋았다.

강도를 잡아서 상을 받고 유명해진 것 때문이 아니라, 그토록 갖고 싶어하던, 크고 검은 선배들의 카메라를 갖게 된 것이 너무나 좋았기 때문이었다.

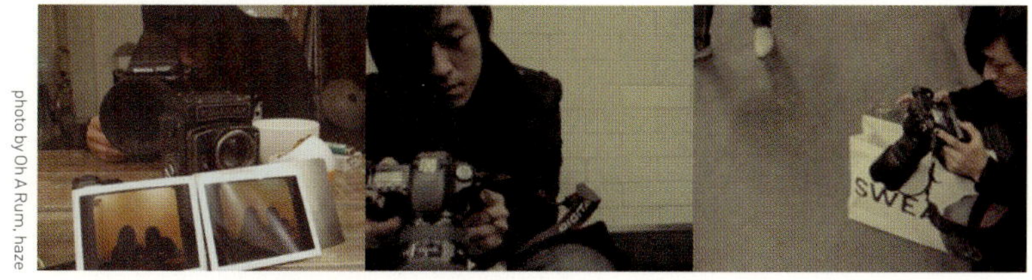

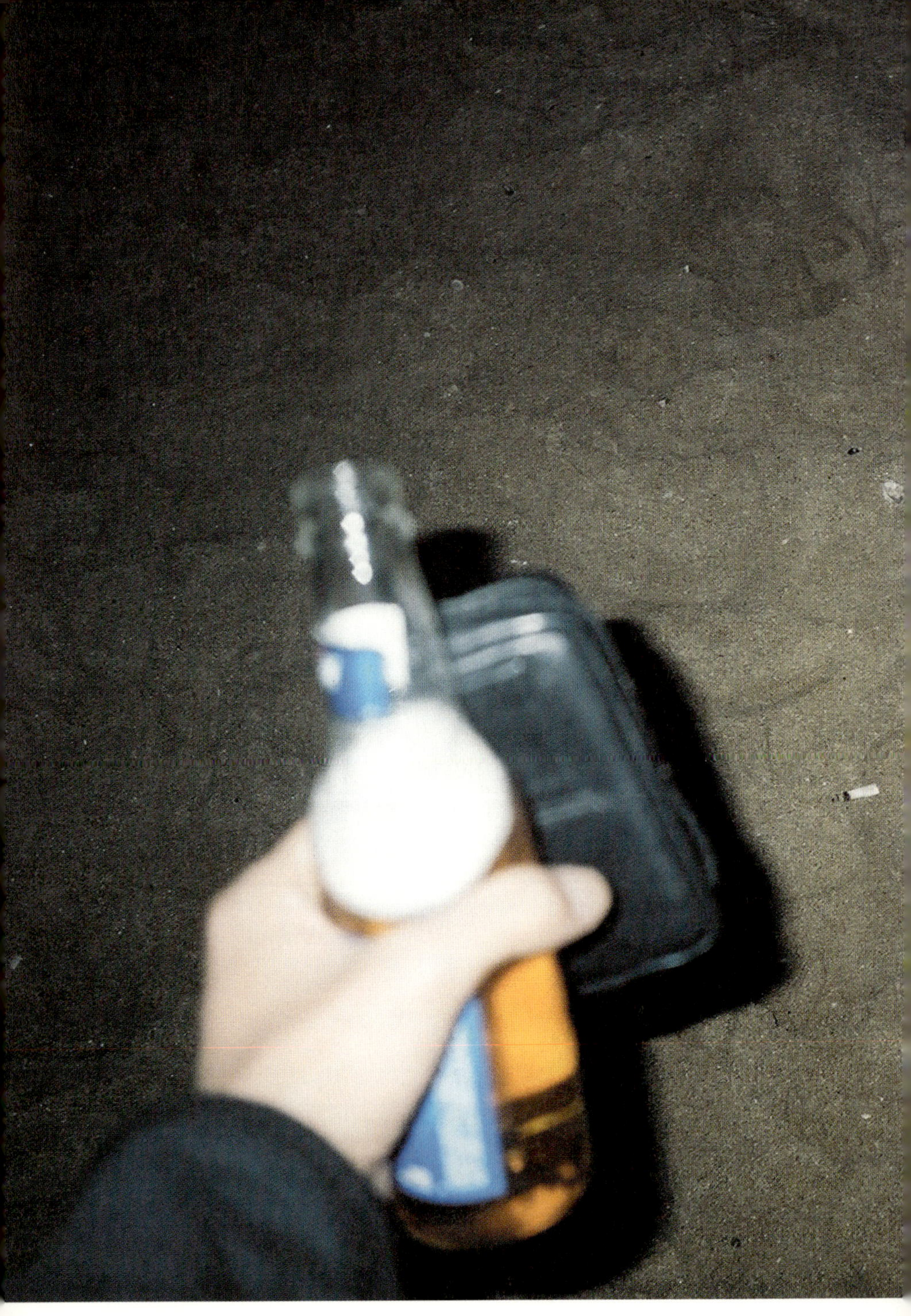

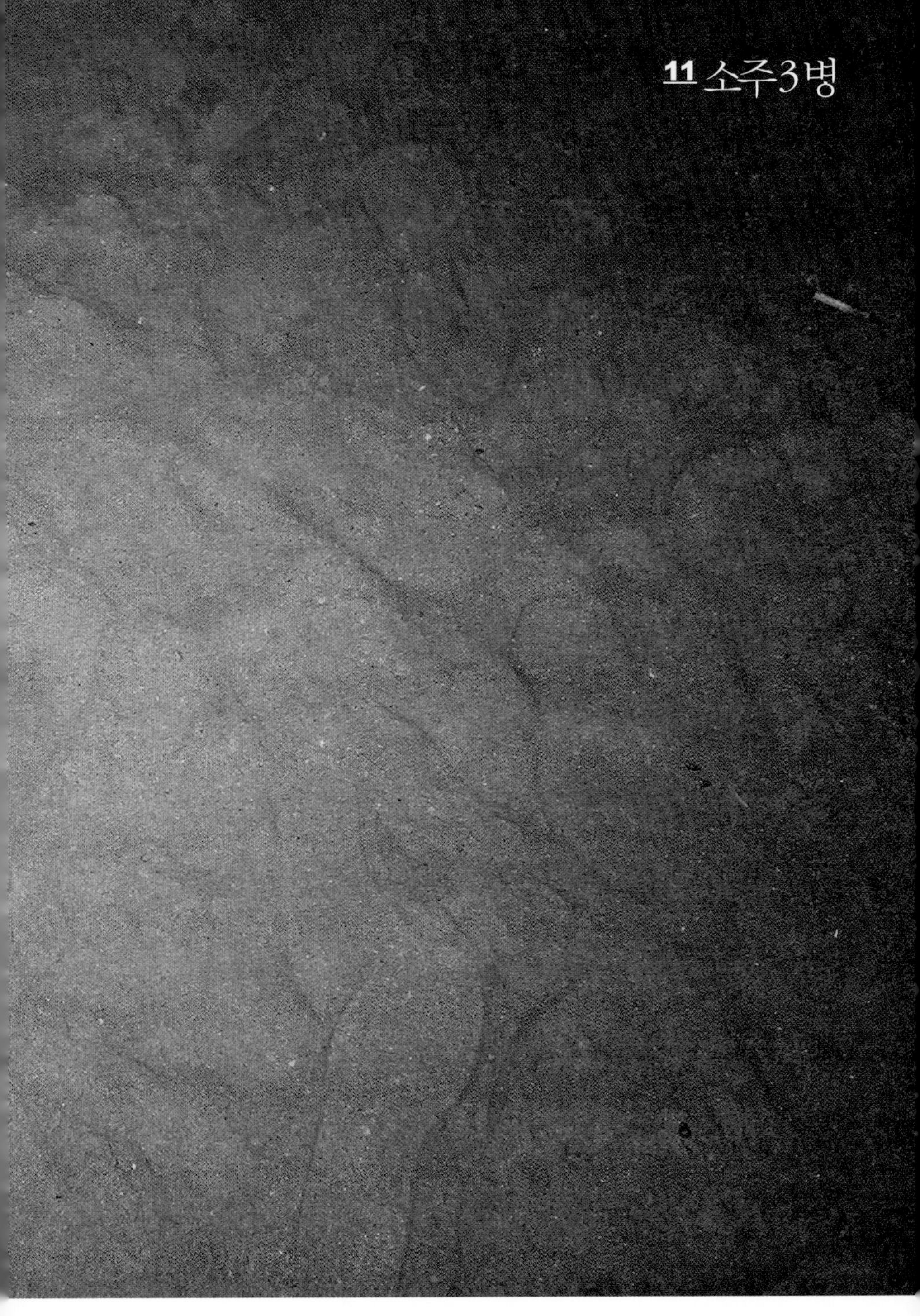
11 소주3병

고생고생 눈칫밥과 욕을 먹어가며 보도반 선배들의 어시스턴트 노릇을 제대로 버텨온 나는, 고등학교 3학년이 되면서 보도반에서 가장 높은 선배가 되어 있었고 열명이 넘는 1, 2학년 후배들을 거느린 고등학생 사진학도가 되어 있었다.

열정도 더욱 뜨거워졌고, 노출 재고 조명 치고 인화나 현상하는 일은 이제 누워서 떡 먹기보다 쉬워져 있었다. 마지막으로 내게 남은 건, 대학이라는 높고 큰 벽이었다.

우리 학교는 실업계 고등학교였기 때문에 수능보다는 내신성적이 더욱 크게 반영되었다. 그리고 우리 학교는 반에서 3등 안에 들면 장학생으로 선발되어 장학금 명목으로 학비를 면제 받을 수 있었다.

나는 지기 싫어하는 특유의 승부근성 덕분에 열심히 공부를 했고, 학비를 거의 내지 않고 고등학교를 다닐 수 있었다. 그래서 내신성적은 크게 걱정하지 않았지만 대신 실기를 준비하느라 정신이 없었다.

나는 네군데 학교에 원서를 넣었다. 실기 준비도 일년 동안 탄탄히 해서 자신감과 희망, 열정으로 가득 차 있었다. 나는 원서 접수와 실기 시험을 모두 마치고 합격자 발표만을 기다리고 있었다.

학교마다 합격자 발표날이 달랐는데, 마지막 학교 발표날까지 전부 확인했을 때 나는 한군데만 예비 2번이었고 나머지 세군데는 모두 합격을 했다. 그날 저녁, 나는 부모님을 앉혀놓고 말씀을 드렸다. 두 분은 너무 좋아해주셨다.

그런데 뭔가 이상했다.

아니, 뭔가 달랐다.

부모님이 평소 좋아하실 때의 표정과 뉘앙스가 아니었다. 나는 영문을 알 수 없었고, 한동안 적막이 흘렀다. 엄마가 조심스레 말씀을 하시기 시작했다.

"대학, 내년에 가면 안 되겠니?"

감이 잡혔다.

그때 우리집은 대학 등록금을 낼 만큼의 형편이 되질 않았다. 몰랐던 것은 아니었다. 하지만 이기적인 나의 마음은 부모님이 내 학비는 따로 챙겨놓으셨으리라 생각했고, 그래서 대학 합격 사실을 자신 있게 말씀 드릴 수 있었던 것이었는데…….

나는 웃으며 알았다고 말씀 드렸다.

그렇지만 웃는 게 웃는 게 아니었다. 살짝만 건드려도 울음이 와락 쏟아져 내릴 것만 같아서 더이상 말을 할 수가 없었다. 나는 그 자리를 피해 바깥으로 나가 동네 공원으로 갔다. 그곳에서 세상 누구보다 서럽게 울었다.

3년 동안 그 먼 거리를, 다른 친구들보다 일찍 일어나 등교하고, 갖은 욕에 고생고생 눈치 보며 노력한 그간의 준비가 수포로 돌아가버린 것이 너무 서러웠다.

드라마에서나 나올 법한 일이 나에게 벌어지다니, 화가 났다. 드라마에서는 엄마가 학비를 몰래 숨겨놓거나 뜻하지 않게 누군가가 도움을 주거나 하는 일들이 벌어지곤 했지만, 나에겐 그런 희망적인 반전은 일어나지 않았다.

나는 이제 뭘 해야 할까. 다른 일을 해도 카메라는 놓고 싶지 않은데…….

하지만 집안 사정상 카메라도 나에겐 사치가 되어버렸다.

나는 결심했다.

사진도 카메라도 다 있는 집 자식들이나 하는 거다. 이다음에 돈을 많이 벌면 그때 다시 하자. 카메라 장비들을 팔자. 그래서 집에 보탬이 되도록 하는 게 낫겠다.

다음날, 나는 장비들을 다 짊어 메고 남대문시장에 있는 카메라상가에 나가 친한 단골 아저씨네 가게에 갔다. 아저씨는 3년 동안 나와 거래하면서 내게 특별한 관심과 친절을 베풀어주셔서 꽤 두터운 친분이 쌓인 사이였다.

그날도 역시 아저씨는 나를 반갑게 맞이해주시며 뭐가 필요하냐고 물어보셨다. 그런데 장비들을 팔러 왔다는 말이 입에서 쉽게 나오질 않았다.

머뭇거리며 표정이 일그러지기 시작하는 나를 보더니 아저씨는 무슨 일이냐며 물으셨다. 그 한마디 질문에 나는 또 서러움이 북받쳐 울음이 터져나왔고, 그 정신없는 상가 한복판에서 엉엉 울기 시작했다.

한참을 울다 장비들을 처분하러 왔다고 말씀 드렸더니, 아저씨는 왜 그러냐며 팔지 말라고 몇 번을 말리셨다. 하지만 나는 어젯밤 굳은 마음을 먹었기 때문에 흔들리지 않기로 했다.

아저씨는 한숨만 계속 쉬시더니, 받기는 하겠지만 다른 사람한테 팔지는 않을 테니 생각이 바뀌면 다시 오라고 하시며 가격을 꽤 두둑하게 책정하셔서 돈을 주셨다.

아저씨게 인사를 드리고 나온 나는 어디로 가야 할지 뭘 해야 할지 갈피를 잡을 수 없었다. 그냥 하염없이 남산 방향으로 걸어 올라가면서,

울다가

소리 지르다

욕하다가

그저 멍하니 있다가

지나가는 사람에게 괜히 시비까지 걸면서

미친놈처럼 그러고 돌아다니고 있었다.

그러다가 길거리 슈퍼에서 소주를 3병 샀다. 그리고 어떤 집 옥상으로 올라갔다.

나는 술을 마실 줄 몰랐다. 물론 담배도 피지 않았다. 그런데 그때 왜 소주 3병을 샀는지 알 수 없다.

지금이야 괴로울 때 소주 생각이 나지만, 그땐 생전 마셔보지도 않았던 소주를 왜 3병이나 사서, 그것도 엄한 남의 집 옥상으로 올라갔는지 모르겠다. 그냥 넋이 나가 있었던 것 같다.

거기에서 마신 소주는 쓴맛만 조금 날 뿐 무슨 맛인지도 잘 몰랐다. 한 병을 벌컥벌컥 마시고 조금 지나니 속이 뒤집히기 시작했다. 구토가 쏠리기 시작하는데도 꾹꾹 참으며 다시 내려 보냈다.

속이 조금 나아지자 두 병째 소주를 마시기 시작했다. 두 번째 소주가 목구멍을 지나 내려가자마자 속이 더이상 견딜 수 없었는지 구토가 나오기 시작했다. 그리고 조금 지나자 머리가 깨질 듯이 아파왔다. 구토를 다했는데도, 속은 계속 뒤집혔고 머리는 더욱더 아팠다. 그렇게 괴로워하다가 그곳에서 잠이 들었다.

잠에서 깨어,

나는 후회와 결심, 그리고 포기를 한꺼번에 했다.

힘들다고 병신같이 술 마시고 몸 망가뜨린 것에 대한 후회.

너 이상 이 일 때문에 울거나 힘들어하지 않겠다는 결심.

그리고
.
.
.
.
.
.
.
.
사진 포기.

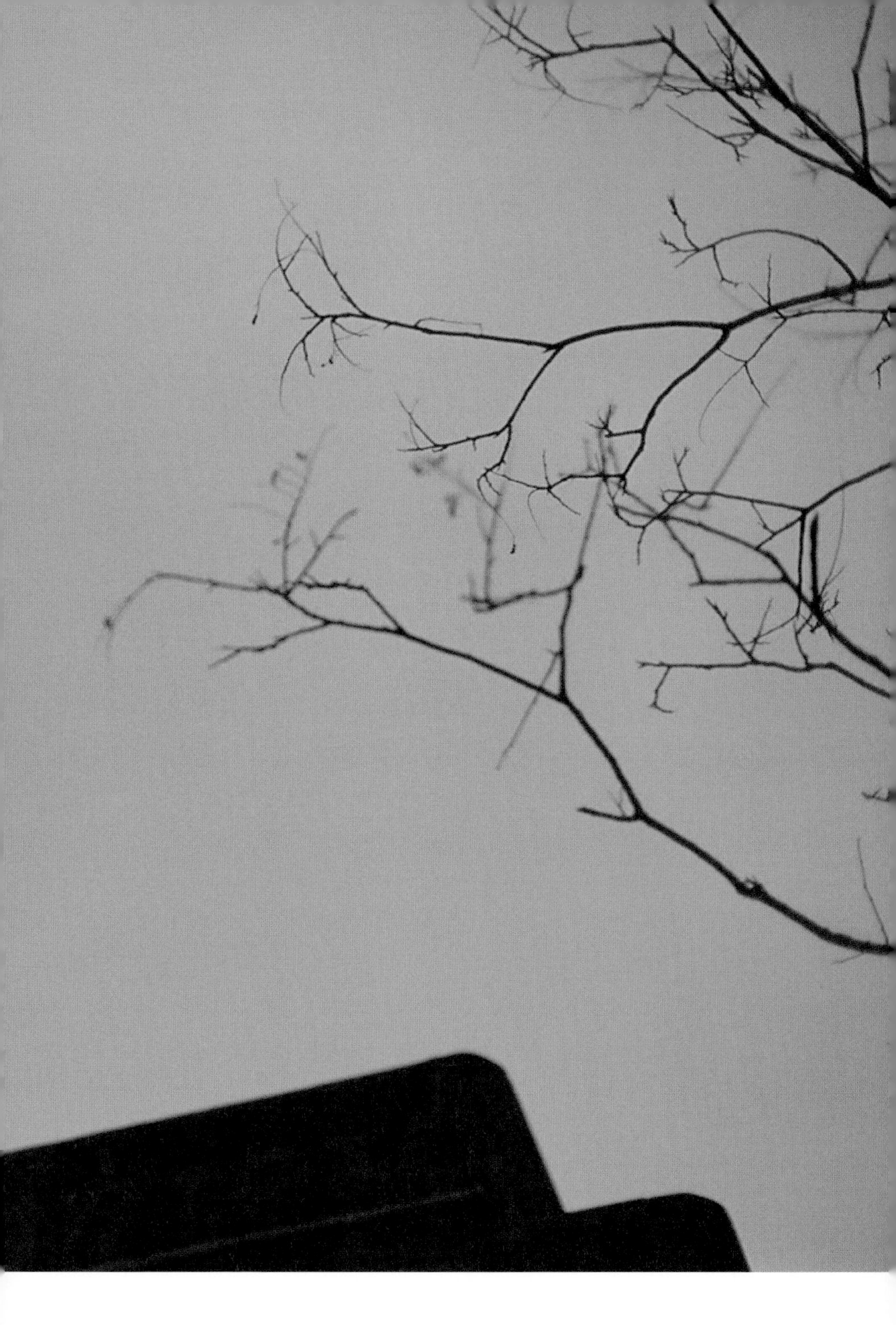

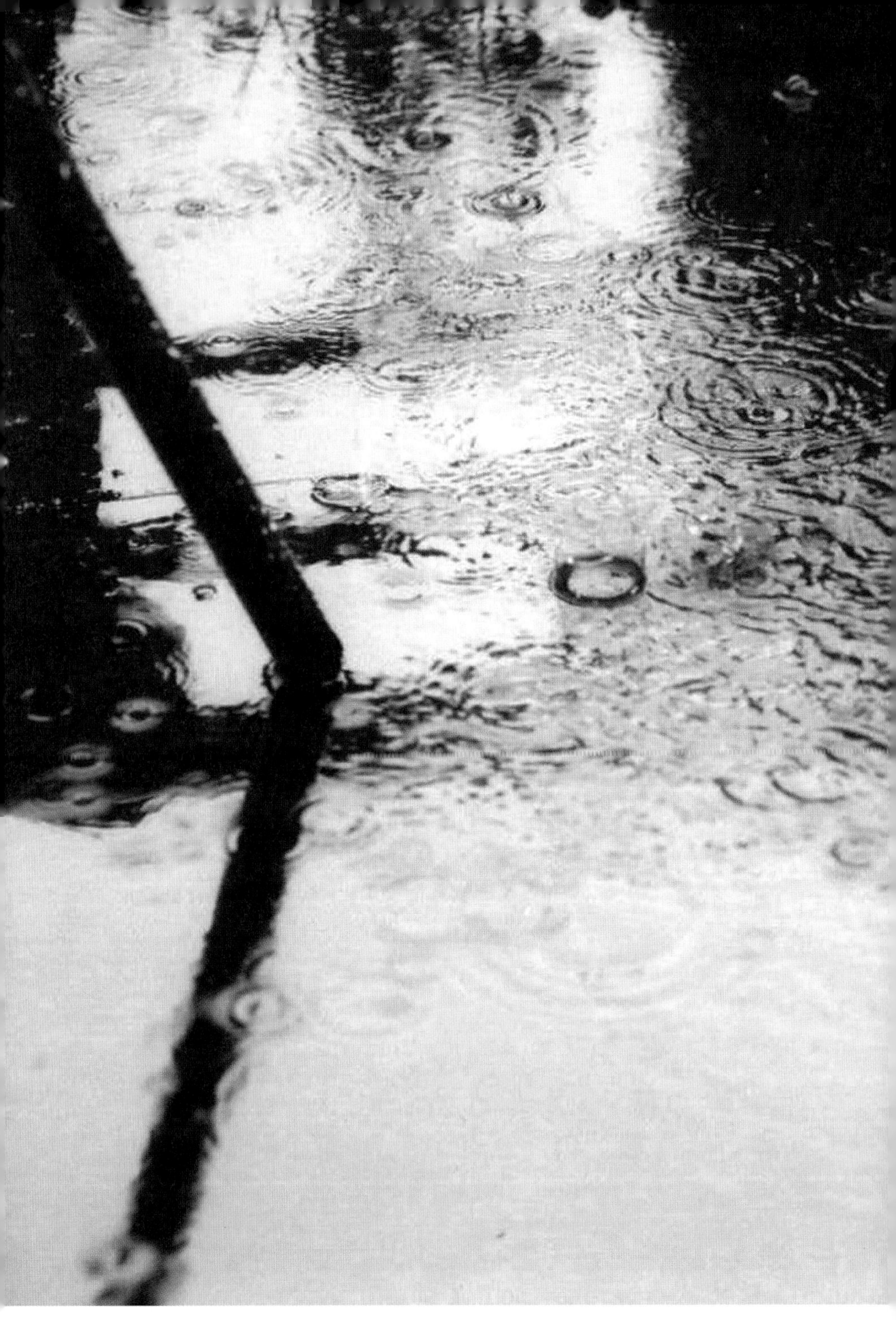

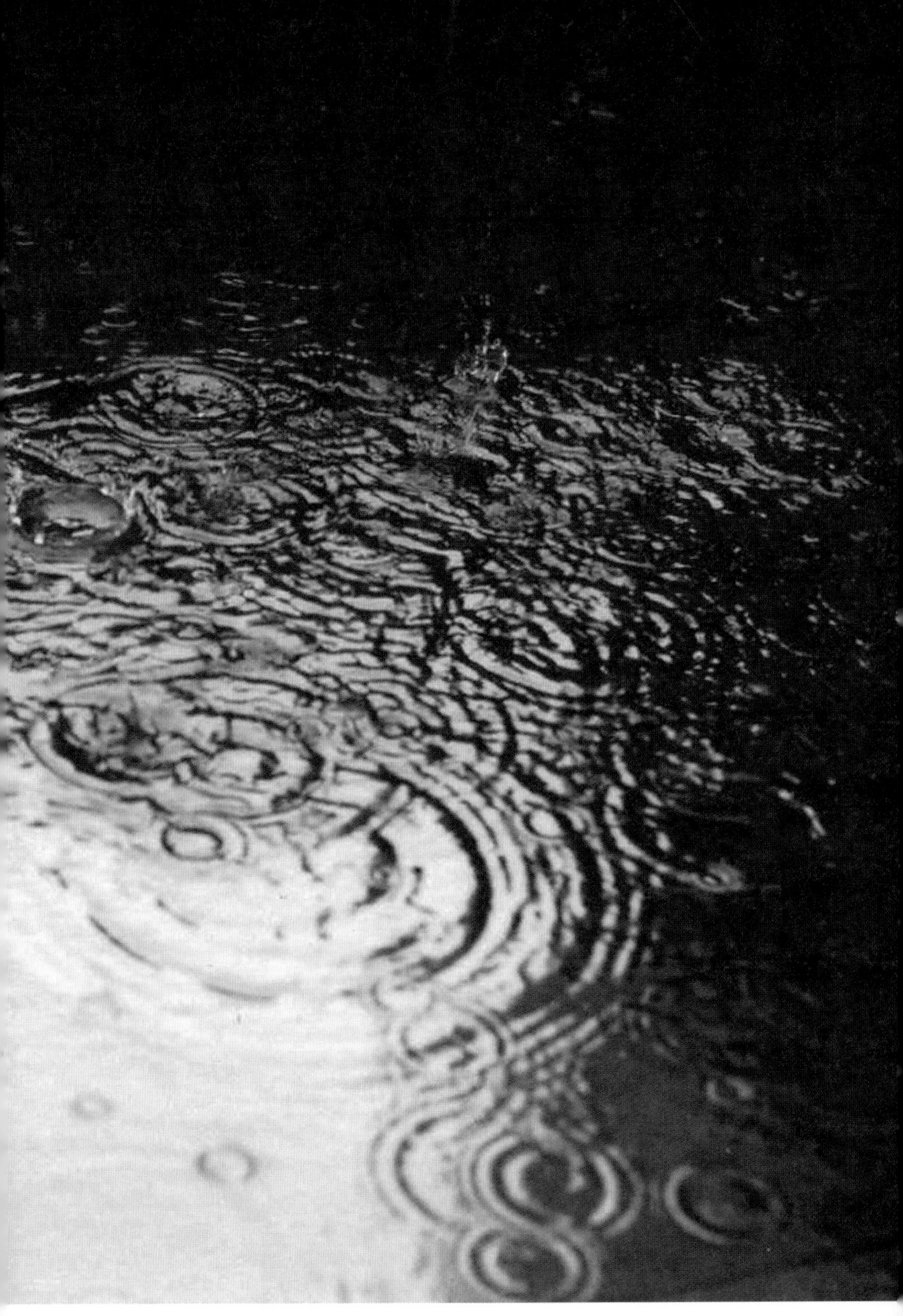

12 필름 없는 카메라

후유증[後遺症] [명사]
1 〈의학〉 어떤 병을 앓고 난 뒤에도 남아 있는 병적인 증상. 뇌졸중에서의 수족 마비,
뇌염에서의 정신적·신체적 장애 따위이다.
2 어떤 일을 치르고 난 뒤에 생긴 부작용.

어느 정도 시간이 흘렀을 때쯤, 머릿속에서 그리고 내 손에서 카메라가 없어졌다는 사실이 실감 나기 시작하였다. 내 눈에 비춰진 세상, 풍경, 사람들, 거리, 하늘, 비…… 그 모든 게 아름답고도 아쉽게 보였다.

저 걸 찍었어야 하는데…….

못내 아쉬워하는 자신이 안타깝기도, 가엾기도 했다.

그렇게 하루하루 깊은 수렁과도 같은 슬럼프에 빠져 있을 때, 머릿속에서 문득 어떤 생각이 떠올랐다.

물질적 어려움에서 분명 언젠가는 벗어날 터이고, 나는 다시 카메라를 살 수 있을 거다. 지금 아쉬움으로 비춰지는 아름다움들을 잊지 않으려면 구도와 느낌을 메모해두어야 다시 그때의 느낌으로 사진을 찍을 수 있을 거다.

그런 생각이 들자 한없이 무거웠던 내 마음의 무게가 어느 정도 가벼워지는 듯했다. 나는 집으로 돌아가 장롱 구석에 처박혀 있던 고장 난 똑딱이 카메라와 작은 노트 하나를 꺼냈다. 그리고 돌아다니며 사진을 찍기 시작했다.

제대로 된 카메라가 있었다면 찍었을 법한 것들을 보면, 좋은 구도를 잡고는 필름 없는 카메라의 셔터를 눌러댔다. 그리고 잊지 않기 위해 노트에 촬영 데이터를 메모하고 그 구도를 그렸다. 그림 실력은 영 꽝이었지만, 내 자신이 알아볼 수 있을 정도면 충분했다.

그렇게 나는 필름 없는 카메라로 사진을 찍고 펜으로 사진을 그리기 시작

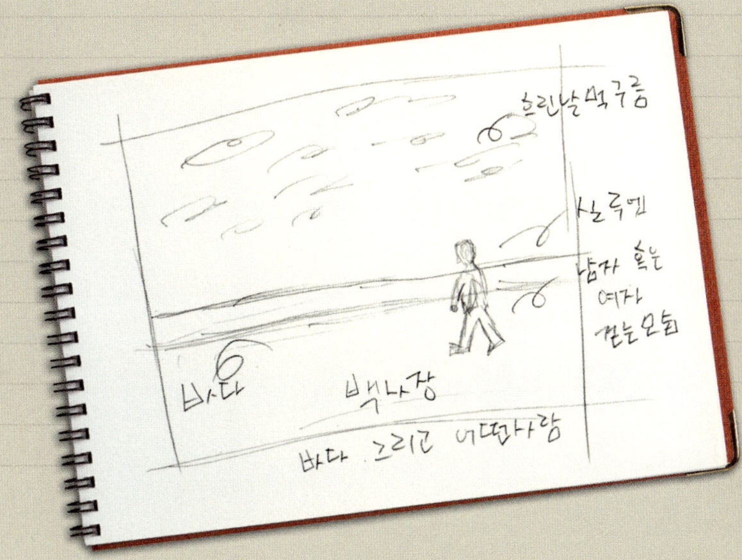
흐린날 먹구름
실루엣
남자 혹은
여자
걷는 모습
바다
백사장
바다 그리고 어떡하람

했다. 이상한 사람처럼 보일 수도 있겠지만, 그것은 나에게 큰 위안이 되었다. 언젠가 제대로 된 카메라를 다시 잡게 될 때 찍어야 할 것과 가야 할 곳이 점점 늘어난다는 생각에, 통장에 잔고가 쌓여가는 것처럼 여유와 자신감이 생겨났다.

그때의 습관은 아직까지도 이어져, 자려고 누워 있다가 머릿속에 크리에이티브한 장면이나 연출이 떠오를 때면 나는 그것들을 메모하고 그림으로 그려놓았다가 촬영 때나 시안 미팅 때 유용하게 활용하기도 한다.

그때를 생각하면, 어른도 아이도 아닌 스무살 청년의 내 자신이 가엾기도 하지만, 덕분에 사진일을 할 때 꽤 괜찮은 나만의 노하우가 생긴 것에 뿌듯함과 감사함을 가져보기도 한다.

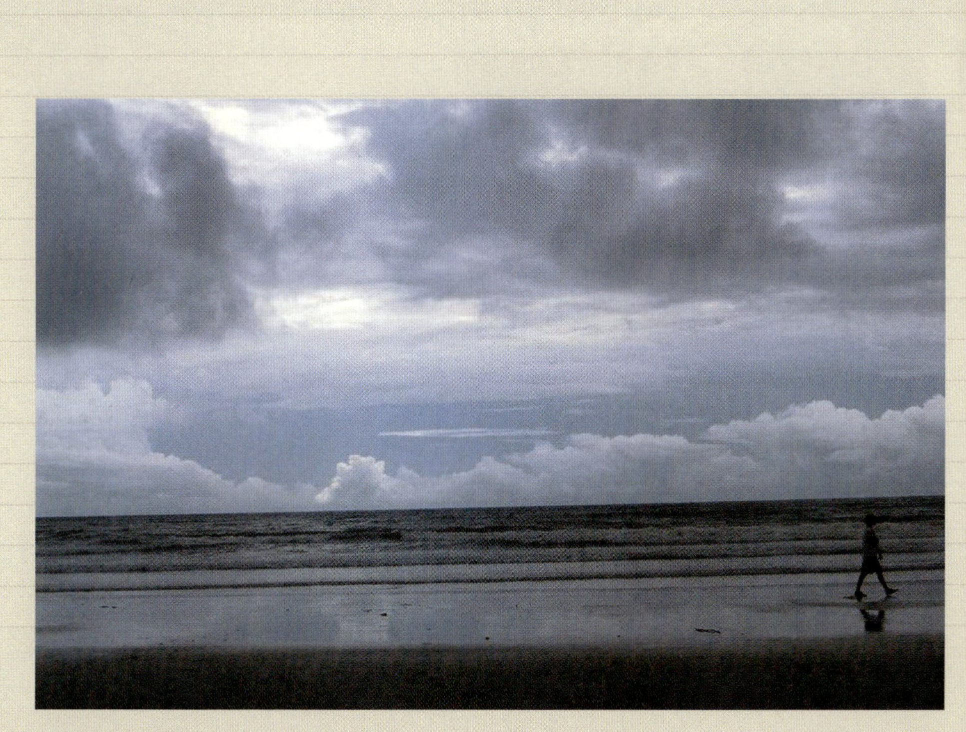

13 춤

일년 정도 시간이 흐른 뒤, 나는 그럭저럭 마음을 정리하고 조용히 지내고 있었다.

패스트푸드점, 바^{bar}, 일용직…… 이런 일들을 하며 돈을 벌고 무료한 시간을 보내며 그냥 살아가고 있었다. 그러던 어느 날 전화가 한 통 걸려왔다.

지훈이었다.

지훈이는 가수 박진영이 JYP라는 회사를 설립하는데 그 회사에 가수로 들어가게 됐다며 내게 자기와 함께 일하자고 했다.

중고등학교 시절 사진 말고 유일하게 좋아하던 게 춤추는 것이었는데, 지훈이는 중학생 때부터 춤 때문에 알게 된 친한 동생이었다.

그 당시는 175~178cm의 신장이 댄서로서 가장 좋은 조건이었기 때문에 나나 지훈이처럼 180cm가 넘는 사람들은 춤추기도 힘들었을 뿐더러 제대로 인정도 받지 못할 때였다. 그래서 우리 둘은 남들보다 더 열심히 연습하고 누구보다 고생도 더 많이 했었다.

딱히 목표도 없이 지내던 내게 지훈이의 제안은 꽤 흥미로운 것이었다.

열심히 연습하고 땀도 흘리고 그래서 방송도 하고 돈도 벌고 무엇보다 친한 동생이 옆에 있으니 심심하지 않아서 좋을 듯했다. 나는 지훈이의 제의를 받아들였다.

하던 일을 다 접고 다음날부터 나는 JYP로 출근을 하게 되었다. 댄서 형들은 이 회사를 만만하게 봤다간 큰코 다친다며 정말 힘들 거라고 말했다. 그곳에서 나는 기초부터 다시 배우기 시작했다.

지훈이가 음반 준비에 한창일 때, 나는 진영이 형의 무대에 서고 있었다. '난 여자가 있는데'라는 곡으로 연습을 했는데, 정말 힘들었다.

진영이 형은 진정 프로페셔널했다. 연습 때도 실제 무대에서 공연을 하는 것처럼 정확하고 파워풀한 모습을 보여주었다. 가수가 그 정도로 연습을 했기 때문에 댄서인 더군다나 막내인 나는 더 열심히 할 수밖에 없었다.

실력도 열정도 노력도 조금조금 늘어가는 것이 보였고, 나도 모르게 이곳에 적응을 하고 있었다.

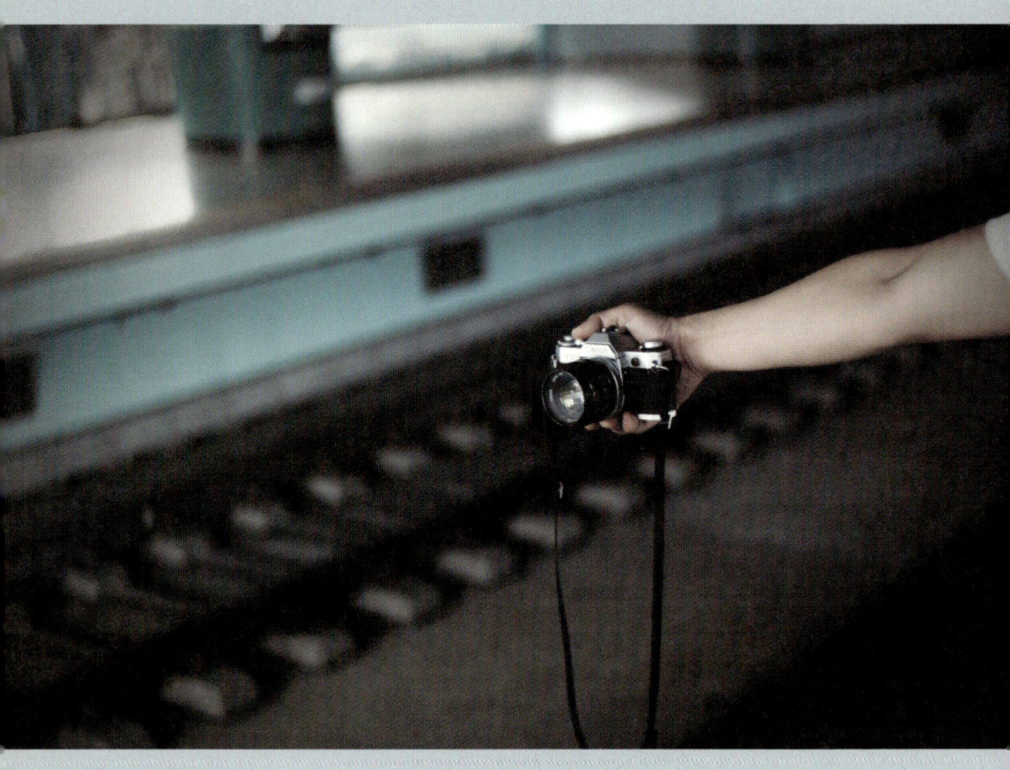

<u>14</u> 일회용 카메라

진영이 형의 앨범이 끝나고, 다음은 박지윤의 새 앨범이었다.

그날도 여느 때와 다름없이 연습실에서 연습 중이던 나는 깜짝 놀랐다. 누군가 문을 열고 들어오는데 후광이 비치면서 슬로모션으로 화면이 변환되었다. 박지윤이었다.

지윤이는 정말 예뻤다. 지금 지윤이가 이 글을 본다면 깔깔대고 웃겠지만, 그땐 진짜 그랬다. 그 덕분에 나는 더욱 열심히 연습을 하게 되었고, 함께 연습하고 활동을 다니면서 우리는 좋은 친구로 지내게 되었다.

그렇게 지윤이와의 활동도 끝나갈 때 즈음, 나는 드디어 지훈이의 데뷔무대 연습에 들어갔다. 지훈이는 '비'라는 이름으로 활동을 할 것이라고 말했다.

지훈이의 삶도 웬만한 영화나 드라마 못지않았고 어린 마음에 상처와 고생투성이였기 때문에, 지훈이에 대한 내 마음은 더욱 각별했고 지훈이가 잘 되길 누구보다 간절히 바라고 있었다.

우리는 정말 빡세게 연습했다. 그 독기 가득한 아이가 첫 데뷔무대를 연습한다고 생각해보라. 지금 생각해도 숨이 턱까지 차오르는 기분이다.

우리는 밤낮 할 것 없이 땀으로 샤워하듯 연습에 연습만을 강행했다. 그리고 멤버가 구축되고 연습이 거의 완벽해졌을 때, 뮤직비디오를 찍으러 호주에 갔다.

호주를 처음 가본 나는 너무 놀랐다.

우리가 간 곳은 멜번이었는데, 여유로움과 평화, 옛것과 현대가 조화를 이루며 어우러진 광경이 놀라울 따름이었다. 반사적으로, 이곳을 카메라에 담고 싶다는 생각이 들었다.

하지만 카메라도 없었고, 카메라 생각을 하니 또다시 머릿속이 혼돈되는 것 같아 그냥 생각을 접었다.

촬영은 일주일 정도 이루어졌는데, 생각보다 여유로운 시간을 많이 가질 수 있었다. 매일매일 사진을 찍고 싶다는 생각뿐이었지만, 그 생각을 접어두려 마음을 다잡는 게 여간 어려운 일이 아니었다.

촬영 4일째 되는 날.

그날은 지훈이만 촬영이 있어서 나는 아침부터 혼자 돌아다니기 시작했다. 그렇게 한참을 돌아다니다 코닥샵을 발견했다. 나는 그 앞에서 10분가량 고민했다.

들어가? 말아? 들어가? 말아?

결국 가게로 들어갔고 일회용 카메라를 하나만 샀다. 몇 개 더 살 수도 있었지만, 나는 하나만 사서 그곳을 나왔다. 그때부터 흥분된 감정을 주체하기 힘들었다.

뭘 찍지?
어떻게 찍지?

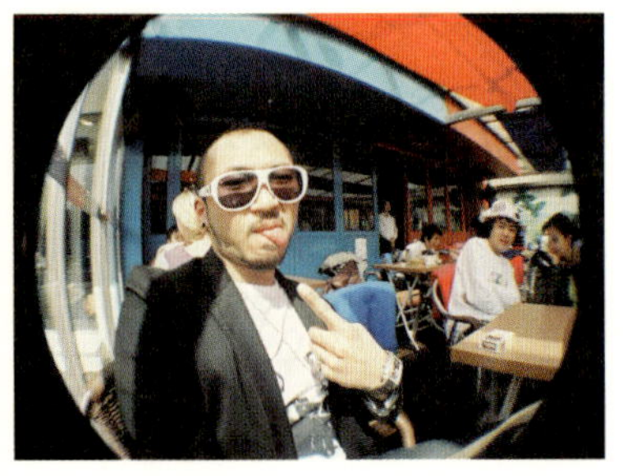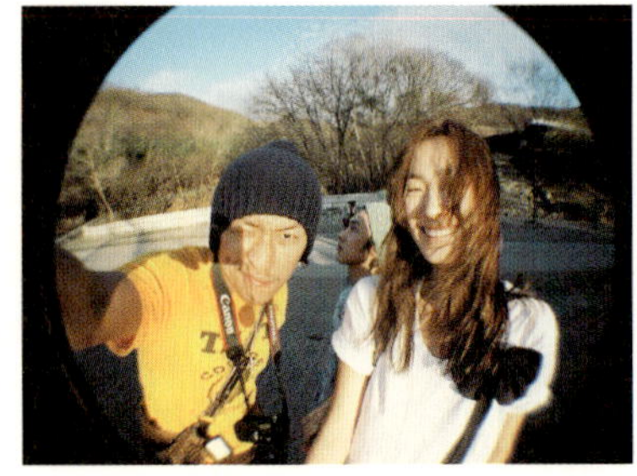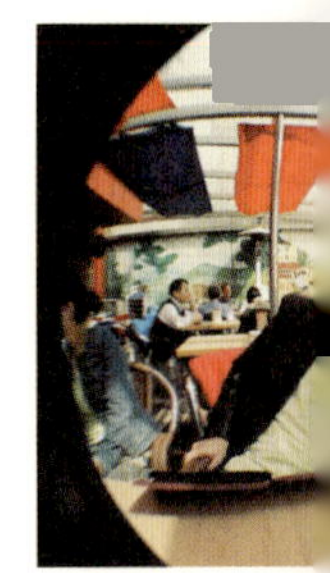

혼자 이런저런 생각을 하다, 갑자기 초등학교 소풍 때 친구들 사진을 찍어 줬던 기억이 났다. 그래, 쓸데없는 생각 하지 말고 진짜 관광객처럼 함께 온 형들과 지훈이랑 기념사진이나 찍자.

그날부터 나는 촬영하다 짬이 나거나 자유시간이 되면 형들과 너무나 당연한 기념사진들을 찍으며 나름대로 즐거운 포토 타임을 가졌다. 그렇게 일회용 카메라 한 통을 다 쓰고, 뮤직비디오 촬영도 잘 마치고 한국으로 돌아왔다.

한국에 돌아와 제일 먼저 한 일은 사진관으로 달려가서 카메라를 맡긴 것이었다. 다음날 사진을 찾아 연습실에 들고 갔다. 사진을 찾아왔다는 말에 모두들 나에게 달려들었다. 한 장 한 장 사진을 보며 다들 말도 많고 웃음이 흐르는 즐거운 분위기가 조성되었다. 모두들 자기 사진을 보며 웃고 떠드는데, 나는 혼자 흐뭇함과 복잡함에 휩싸였다. 그 순간 이런 생각이 들었던 것이다.

사진이라는 것은 이런 거구나.
사람들이 참 좋아하는 거구나……

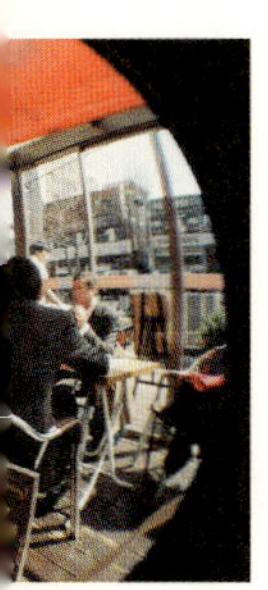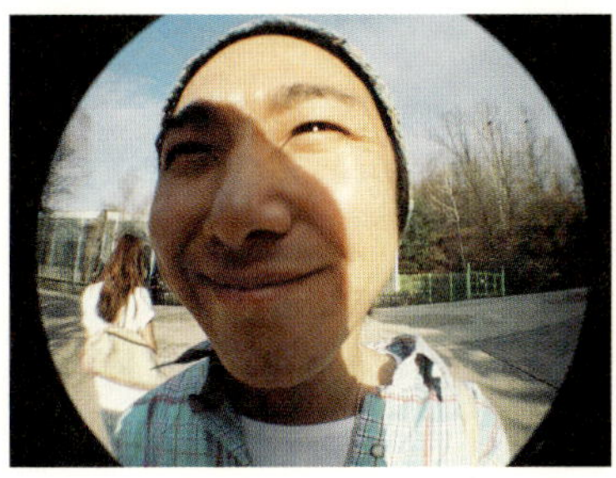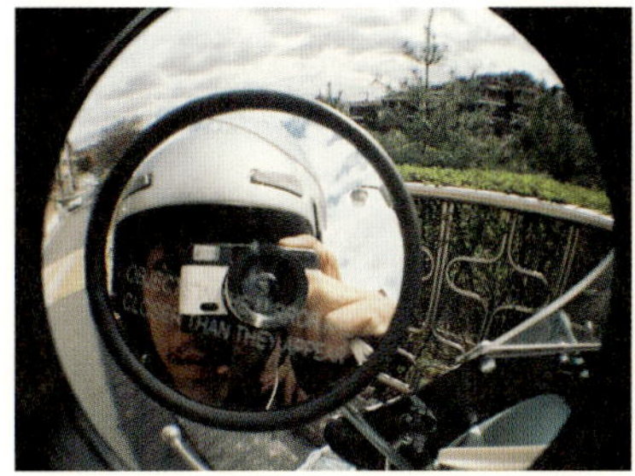

15 기회

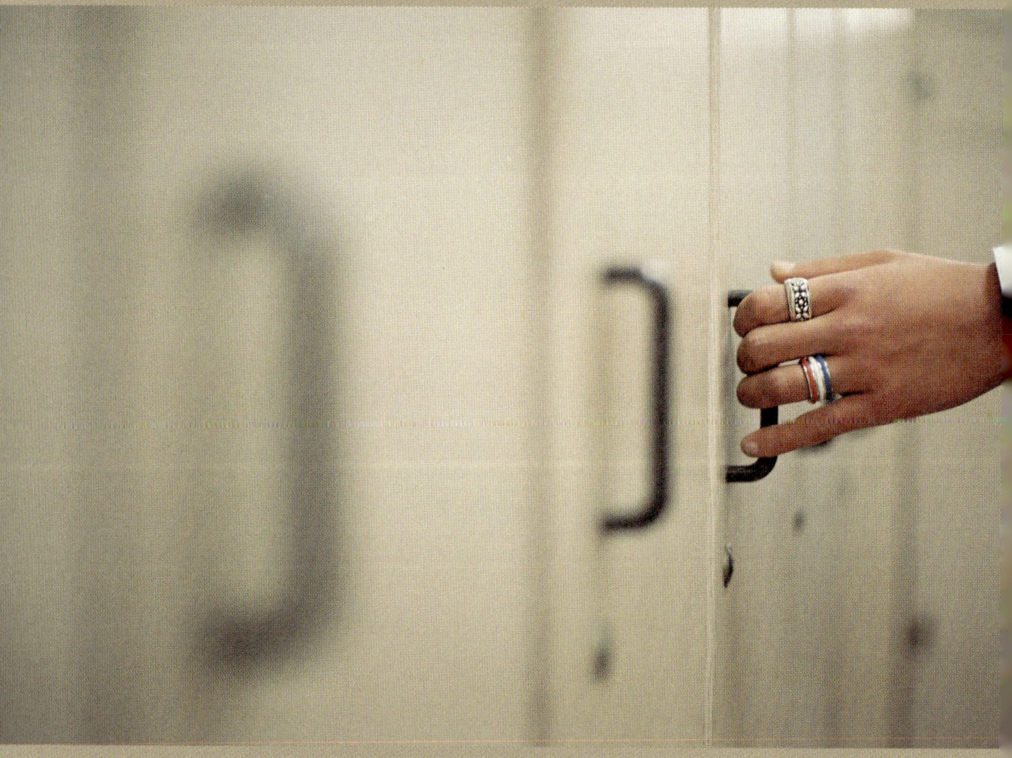

지훈이의 활약은 대단했다.

데뷔하자마자 반응이 굉장히 좋았다. 그리고 '안녕이란 말 대신'이란 후속곡으로 자리매김을 제대로 하며 '비'라는 이름을 확실하게 알리고 있었다. 그렇게 비의 1집 앨범이 성공적으로 끝이 나고, 지훈이는 드라마에 캐스팅되어 정신없이 활동하고 있을 무렵이었다. 한 통의 전화가 걸려온 것은.

신지였다.

신지는 그 당시 코요태의 보컬로, 그리고 버라이어티의 패널로 왕성한 활동을 하고 있는 꽤 유명한 친구였다. 나는 내 친구의 소개로 신지를 알게 되었고, 종종 연락하며 술도 마시고 대화도 나누는 친구가 되었다.

신지는 내게 코요태의 래퍼 오디션을 보라고 제안했다. 그 당시 코요태는 김종민과 신지, 그리고 래퍼 체제로 돌아가는 시스템의 그룹이었는데, 나에게 래퍼를 해보는 게 어떻겠냐는 것이었다. 신지는 지금 하는 일보다 수입도 좋고, 열심히 하면 더 보장된 미래를 바라볼 수 있을 거라고 했다.

하지만 나는 랩을 좋아하는 사람이었을 뿐, 랩 실력이 뛰어나거나 그런 사람이 아니었기 때문에 자신이 없었다. 그리고 지훈이와 끝까지 함께 하겠다는 약속도 마음에 걸렸다.

신지는 내게 몇 주간의 시간을 주었고, 그때부터 나는 고민의 시간을 보내게 되었다. 내가 고민하는 이유는 오로지 하나였다. 돈을 벌어 집의 빚을 청산하고 가족의 여유와 화목을 되찾는 것.

그러나 쉽게 결정할 수 있는 문제도 아니었고, 게다가 오디션이라는 게 될지 안 될지도 모르는 것이기 때문에 나는 아무에게도 말하지 않고 몇 주간 랩 연습을 열심히 했다.

사실 어릴 때부터 힙합음악을 좋아했기 때문에 평소에 랩 연습을 많이 하는 편이었지만, 그때는 오로지 그 하나에만 몰두해서 연습에 연습을 거듭했다.

드디어 디데이가 왔다.

나는 약속시간에 맞춰 녹음실로 향했다. 사장님과 코요태 멤버, 그리고 기획사 매니저들이 나를 기다리고 있었다.

정말 많이 떨렸다. 머릿속이 하얗게 변했다. 나는 인사를 드리고 준비한 랩을 하기 시작했다. 정확한 발음으로 들려주기 위해 집중력을 최고조로 높였다.

나는 자기소개, 준비한 곡, 앞으로의 각오 등을 말씀 드렸다. 사장님께서는 아무 말 없이 한참 생각을 하시더니, 내일부터 녹음을 하자며 열심히 해보라고 말씀하셨다.

우선은 기분이 너무나 좋았다. 가족들의 어려움을 덜어줄 수 있다는 생각을 하니 더없이 기뻤다.

하지만 곧이어 두려움이 밀려왔다. 지훈이에게, 그리고 함께 땀 흘리며 고생한 연습실 식구들에게 뭐라고 말을 해야 할지.

나는 먼저 지훈이에게 할 얘기가 있으니 둘이서 소주 한잔 마시자고 했다. 이미 우리집 사정을 알고 있던 지훈이는 나의 오디션 이야기와 앞으로의 계획에 대해 다 듣고선 살짝 놀라는 기색이었다.

나는 끝까지 함께 하겠다는 약속을 지키지 못해 미안하다고 말했다. 그런 나에게 지훈이는 오히려 잘됐다고, 꼭 열심히 해서 잘되었으면 좋겠다며 축하를 해주었다.

너무 고마웠고 그만큼 미안했다.

정이 많은 지훈이는 자기 사람에게 의지하고 잘 챙기는 스타일이라 더 미안했다. 게다가 예전부터 지훈이가 어떻게 지내왔는지, 얼마나 힘들었는지 잘 알고 있고 서로에게 많이 의지했던 우리였기에 더더욱 미안했다. 하지만 나는 고맙다고 말하고 더이상 이야기하지 않았다.

그리고 그때부터 코요태에만 집중했다.

사실 코요태라는 그룹은 김종민과 신지로 인해 이미 자리를 잡은 그룹이었기 때문에, 나는 괜스레 팀에 민폐를 끼칠까 조심해야겠다는 생각과 무조건 열심히 해야겠다는 생각뿐이었다. 그리고 그런 마음 밑바닥에는 항상 사랑하는 가족이 있었다.

그렇게 녹음과 안무 연습으로 밤을 새우며 하루하루를 보냈고, 드디어 첫 방송을 하는 날이 다가왔다.

생방송 무대에 올라가기 전, 나는 엄마한테 전화를 걸어 잘 할 수 있게 기도해달라고 말씀 드렸다. 그리고 무대 위로 올라가 떨리는 가슴을 다잡으며, 실수하지 않게 조심하며, 최선을 다하고 무대에서 내려왔다.

방송이 끝나고 제일 먼저 엄마에게 다시 전화를 걸었다. 엄마는 울먹거리시며 우리 아들이 제일 멋지다고 말해주셨다.

사랑하는 가족, 사랑하는 친구들, 사랑하는 주님.

내 곁에 있는 너무나 좋은 그들이 있어서 나의 방송활동은 큰 문제 없이 진행되었고, 점차 멤버들과 팀워크를 쌓아가며 하루하루 조금씩 나아질 수 있었다. 그렇게 나에겐 인생이 바뀔 운명적인 기회가 찾아와 주었다.

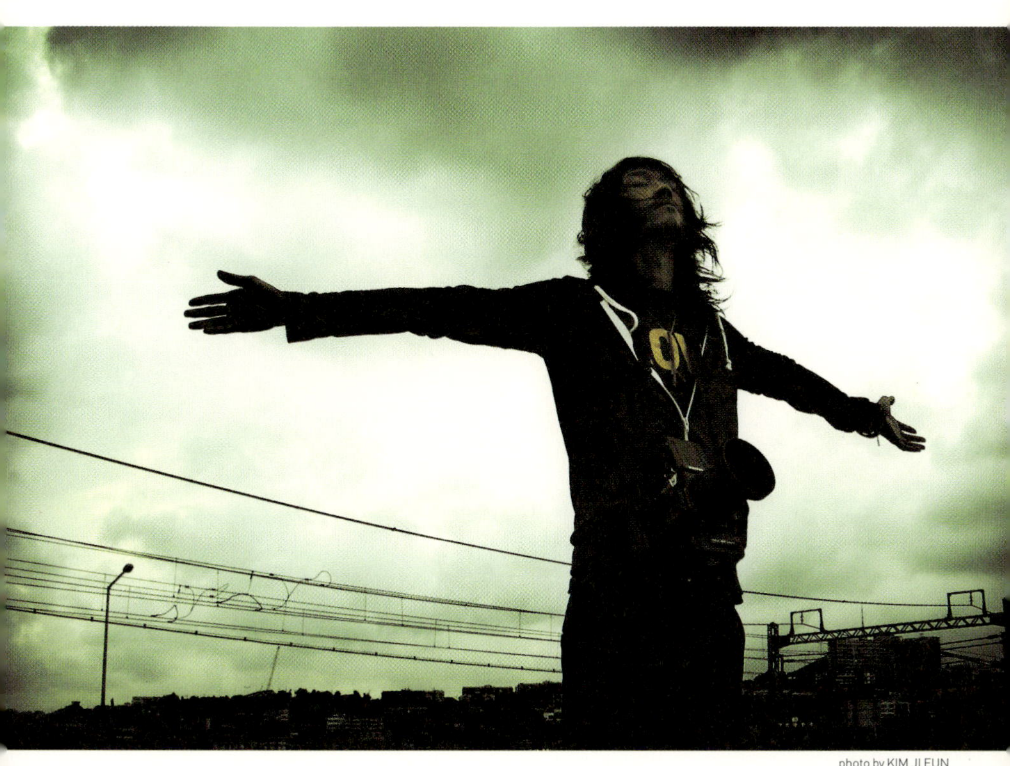

photo by KIM JI EUN

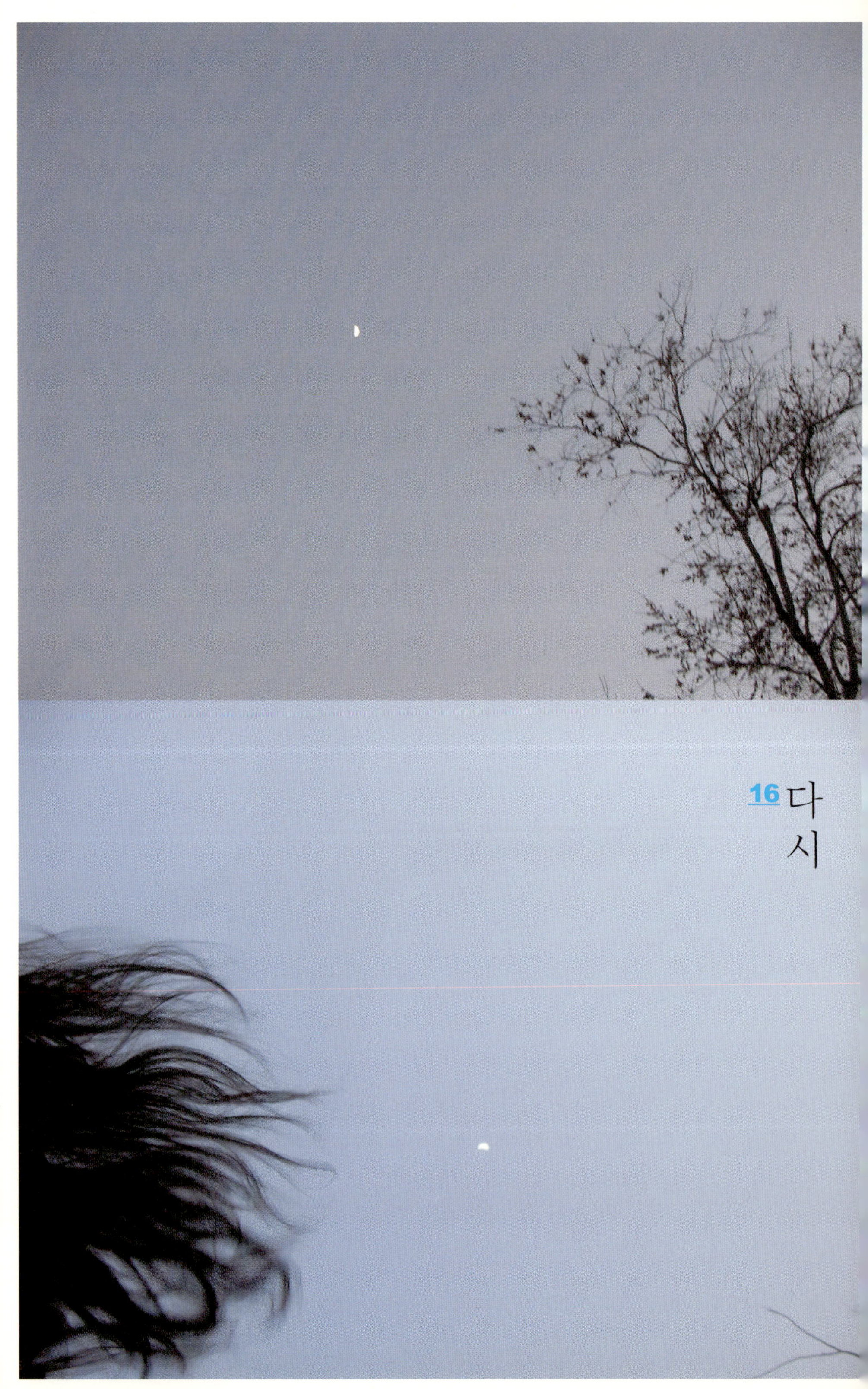
16 다
시

코요태 6집 앨범이 끝났다.

회사는 나에게 정식 멤버로 계약하자고 제안해왔다. 코요태는 객원 래퍼 체제여서 멤버가 매번 바뀌는데, 사장님과 멤버들이 나에게 정식 멤버로서 앞으로도 쭉 함께 하자며 제의를 해준 것이다.

나는 감사한 마음으로 제의를 받아들였고, 객원 래퍼가 아닌 정식 멤버로 코요태에 합류하게 되었다.

나의 첫 번째 코요태 앨범 활동이 끝났을 때, 나는 분명히 6개월 전보다 훨씬 안정적인 상태가 되어 있었다. 그것은 금전적인 것과 심적인 것, 육체적인 것 모든 면에서 그러했다.

나는 돈을 버는 족족 집에 갖다 드렸고 수입의 5%만을 가지고 생활했다. 사실 돈을 쓸 일도 시간도 없었다.

코요태의 스케줄은 살인적이었다. 하루 적게는 4개에서 많게는 10개의 스케줄을 뛰어야 하는 날도 비일비재했다. 정말 돈을 쓸 시간이 없어서 쓰지 못한다는 게 정확한 표현이었다.

나는 그 5%를 가지고 무엇을 할까 생각했다.

우선, 그동안 보지 못했던 친구들과 진하게 삼겹살에 소주를 쏴야겠다는 생각을 하였다.

그리고 그 다음은

……

……

……

카메라였다.

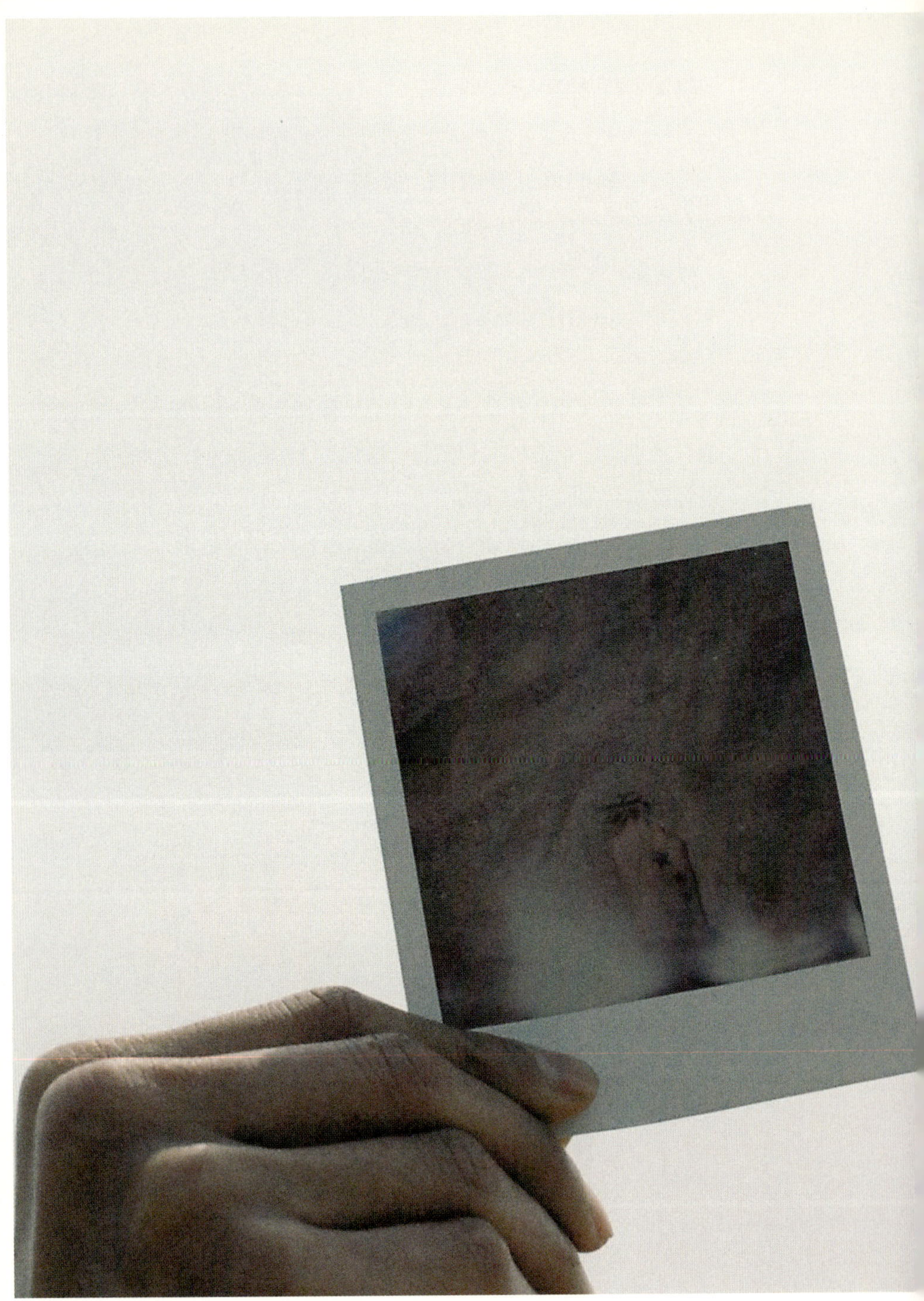

내가 한창 사진을 찍던 90년대 후반에는 대부분이 필름카메라였는데, 4~5년이 지난 2005년에는 디지털카메라가 이미 자리를 잡고 있었다.

나는 디지털카메라를 써본 적이 없었기 때문에 두려움이 앞섰다. 딱 내가 사진을 그만둘 때쯤 디지털카메라가 들어온 것이 아쉬울 따름이었다. 어느 날 눈을 뜨고 정신을 차려보니 이미 세상의 모든 사진작업은 거의 디지털화 되어 있었다. 나처럼 아날로그로만 작업을 하던 사람에게 디지털카메라는 공부와 노력 없이는 그저 무용지물 겉멋 든 카메라일 수밖에 없었다.

사실, 디지털을 공부하는 건 둘째 치고, 이전에 쓰던 아날로그 수동카메라 로도 잘 찍을 수 있을지가 의문이었다.

나는 수동카메라부터 천천히 다시 시작해야겠다는 마음으로 남대문을 찾 았다. 항상 웃으며 반갑게 나를 맞아주시던 그 사장님의 미소가 보고 싶어져 발걸음은 점점 급해졌다.

하지만 그곳엔 나의 단골 주인아저씨가 계시지 않았다. 건강이 안 좋으셔서 3년 전 가게를 접으시고 시골로 내려가 요양하고 계신다는 소식을 옆가게 아저씨가 말씀해주셨다.

가슴이 아팠다.

언젠가 꼭 한번 다시 찾아뵙고 싶었는데, 가게를 그만두신 것도 모자라 건강까지 안 좋으시다는 이야기를 들으니 더더욱 가슴이 아프고 저려왔다. 그리고 문득, 카메라를 팔러 갔다가 아저씨 앞에서 엉엉 울었던 어린 그때의 내가 떠올라 가슴이 짠해졌다.

나는 무거운 마음으로 남대문 지하상가를 나와 충무로로 갔다.

학교 다닐 때는 필름과 인화지를 사기 위해 밥 먹듯 다니던 골목이, 그날은 어쩐지 처음 가보는 곳처럼 낯설고 어렵게만 느껴졌다.

나는 카메라를 구입하기 위해 몇 곳의 카메라 상점을 신중히 돌아다녔다. 예상대로 대부분 디지털카메라와 화려한 렌즈들 위주로 팔고 있었다. 나는 고민 고민하며 돌아다니다 아날로그만 취급하는 가게를 찾아냈다. 그리고 니콘 FM2와 감도 100의 컬러필름 10롤을 구입하였다.

그런데,
떨렸다.

그렇게나 사고 싶고 찍고 싶던 카메라를 막상 다시 구입하고 나니 왜 그렇게 무서운 기분이 드는 건지.

스케줄이 없는 그 주 주말.

나는 제일 친한 친구 주호를 불러내 도와달라고 부탁했다. 날씨가 꽤나 추웠던 2월의 어느 날, 나와 주호는 함께 삼청동을 찾았다. 낮인데도 불구하고 날씨가 너무 추워서인지 사람들의 발길이 그다지 많지 않았다.

그곳에서 제일 처음으로 찍은 것은, 나의 손이었다. 나는 그동안 사진 찍고 싶어 안달이 나 있던 나의 손을 쭈욱 뻗어 첫 번째 셔터를 눌렀다.

그리고 여기저기 돌아다니며 삼청동의 2월을 카메라에 담았다. 한 롤을 다 찍고 나서, 저녁을 먹으며 주호에게 물었다.

"이거 뽑았는데 사진 다 날아가고 엉망이 되어 있으면 어떡하지?"

주호가 대답했다.

"그럼 더 연습해 이 새끼야."

냉정하고 정확한 대답을 툭 건넨 주호는 쩝쩝거리며 계속 밥을 먹었고, 소심해진 나는 더이상 밥도 먹지 못한 채 식탁 위에 놓인 필름을 쳐다보며 계속 고민만 하고 있었다.

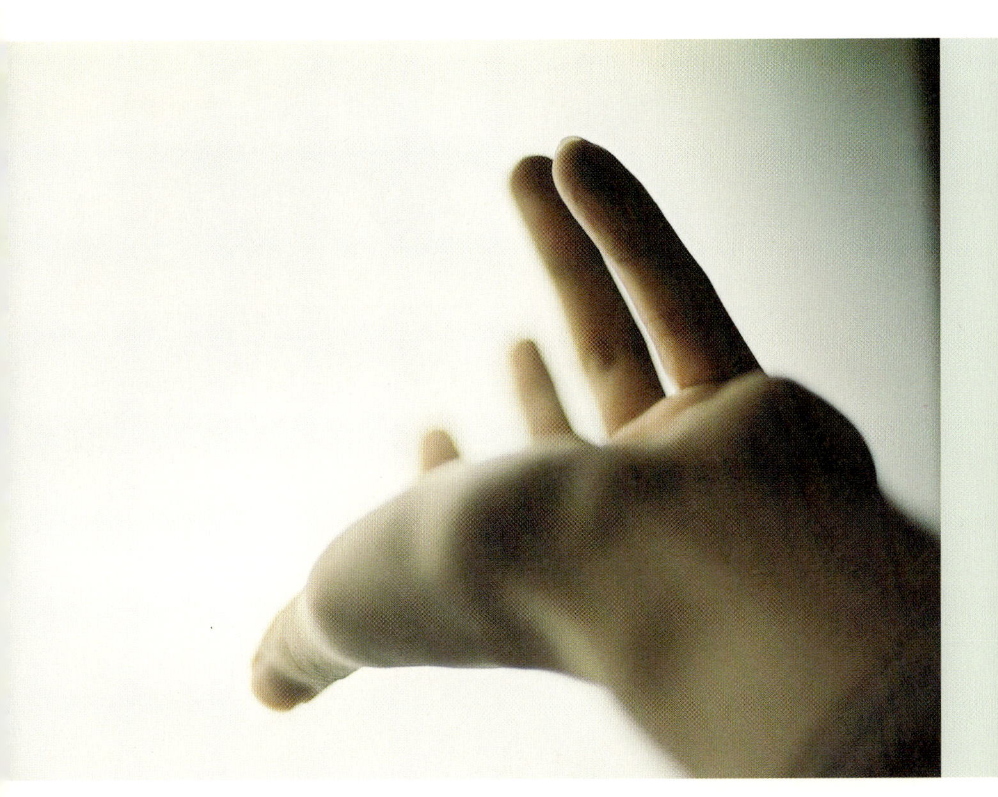

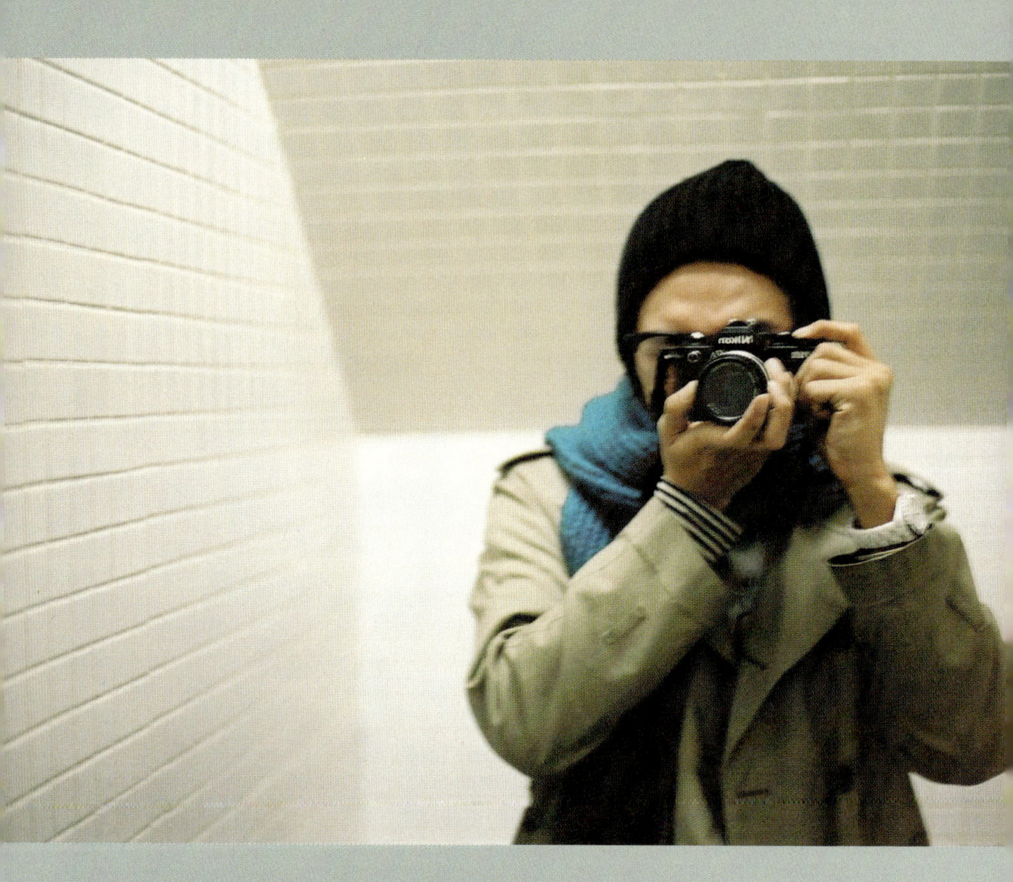

17 희망

전날 추운 날씨에 사진을 찍느라 삼청동을 너무 오래 돌아다닌 탓인지 늦잠을 자고 오후에 일어난 나는, 눈을 뜨자마자 대충 옷을 껴입고 사진관으로 달려갔다.

처음 간 사진관 아저씨는 나를 알아보시곤 "아이고, 빽가 씨 아닙니까? 반갑습니다"라며 정말 반갑게 맞아주셨다. 나는 인사를 드리고 아저씨에게 물었다.

"아저씨, 이거 3×5 사이즈로 인화해주시고요, 밀착이랑 스캔까지 해주세요. 제일 빨리 하면 얼마나 걸릴까요?"

"두 시간 정도 있다가 오세요."

나는 근처 커피 전문점에 들어가 제일 큰 사이즈의 아메리카노를 시켜놓고 초조한 기다림을 시작했다.

잡지를 보아도 집중이 안 되었다. 계속 커피를 마시고 담배를 피우며 빈속을 엉망으로 만들어가며 정말로 느리게 가는 두 시간을 기다렸다. 그리고 두 시간을 딱 맞춰 다시 사진관을 찾았다.

아저씨는 다 됐다며 내용물들이 들어 있는 종이봉투를 건네시며 내게 물으셨다.

"이거 빽가 씨가 직접 찍은 거예요?"

"네."

"카메라 뭐 쓰셨어요?"

"니콘 FM2로 찍었는데요."

"아, 사진 잘 찍으시네. 사진 좋던데요. 평소에 사진 많이 찍으시나봐요?"

"진짜요? 정말이요?"

나는 아저씨께 감사하다는 인사를 드리고 사진관을 뛰어나왔다.

그리고 차를 타자마자 굶주린 짐승마냥 종이봉투를 뜯어 어제 찍은 사진들을 보았다. 잘 찍은 건지는 모르겠지만, 핀이 나가거나 노출이 안 맞은 사진은 하나도 없었고 찍으면서 내가 생각한 그대로의 결과물들이 나와 있었다.

너무 기뻤다. 그리고 용기가 생겼다. (조금 재수 없지만) '백성현 좀 하는데……' 혼잣말을 중얼거리고는 주호에게 전화를 걸어 만나기로 약속을 했다.

주호는 사진을 보더니 "잘 찍었네! 앞으로 계속 더 열심히 많이 찍어봐라"라고 말해주었다. 어제 그렇게 재수 없게 톡 쏘며 이야기하더니, 막상 칭찬을 해주니까 어제 일은 싹 가시면서 어깨가 으쓱해졌다.

그때부터 나는 필름과 인화지를 사러 또다시 밥 먹듯 충무로에 나가기 시작했다. 그리고 조만간 그 골목이 더이상 낯설게 느껴지지 않았다.

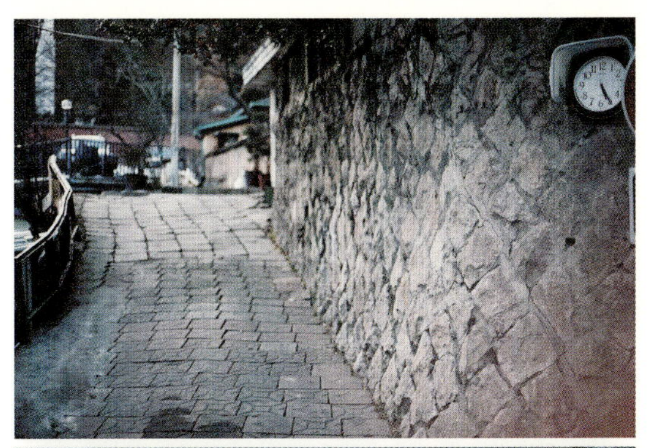

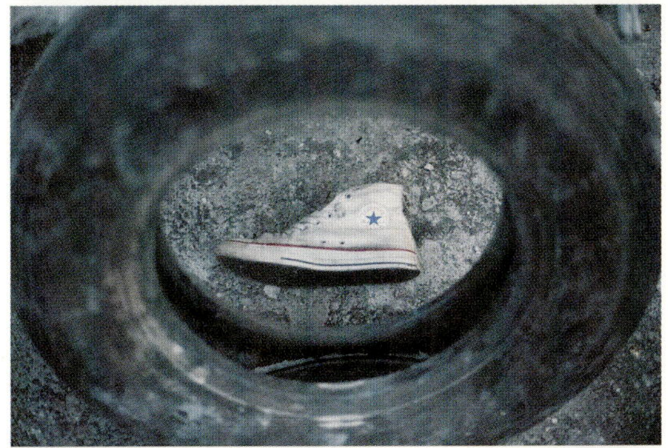

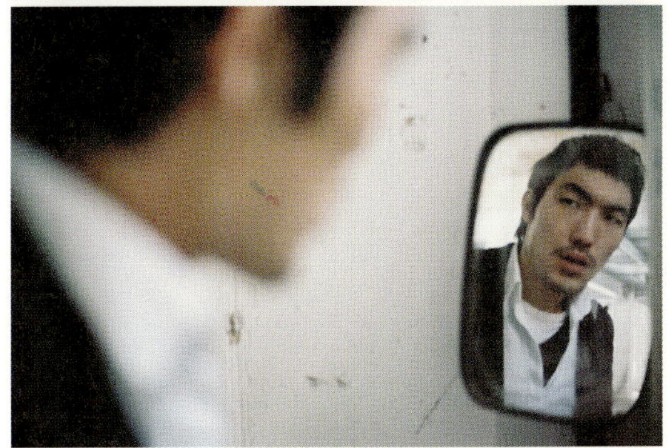

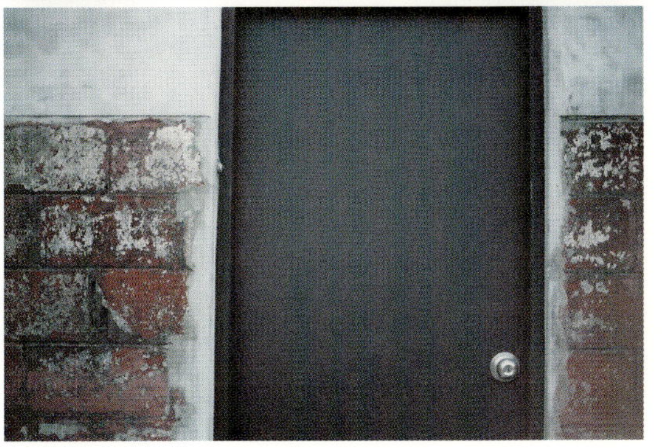

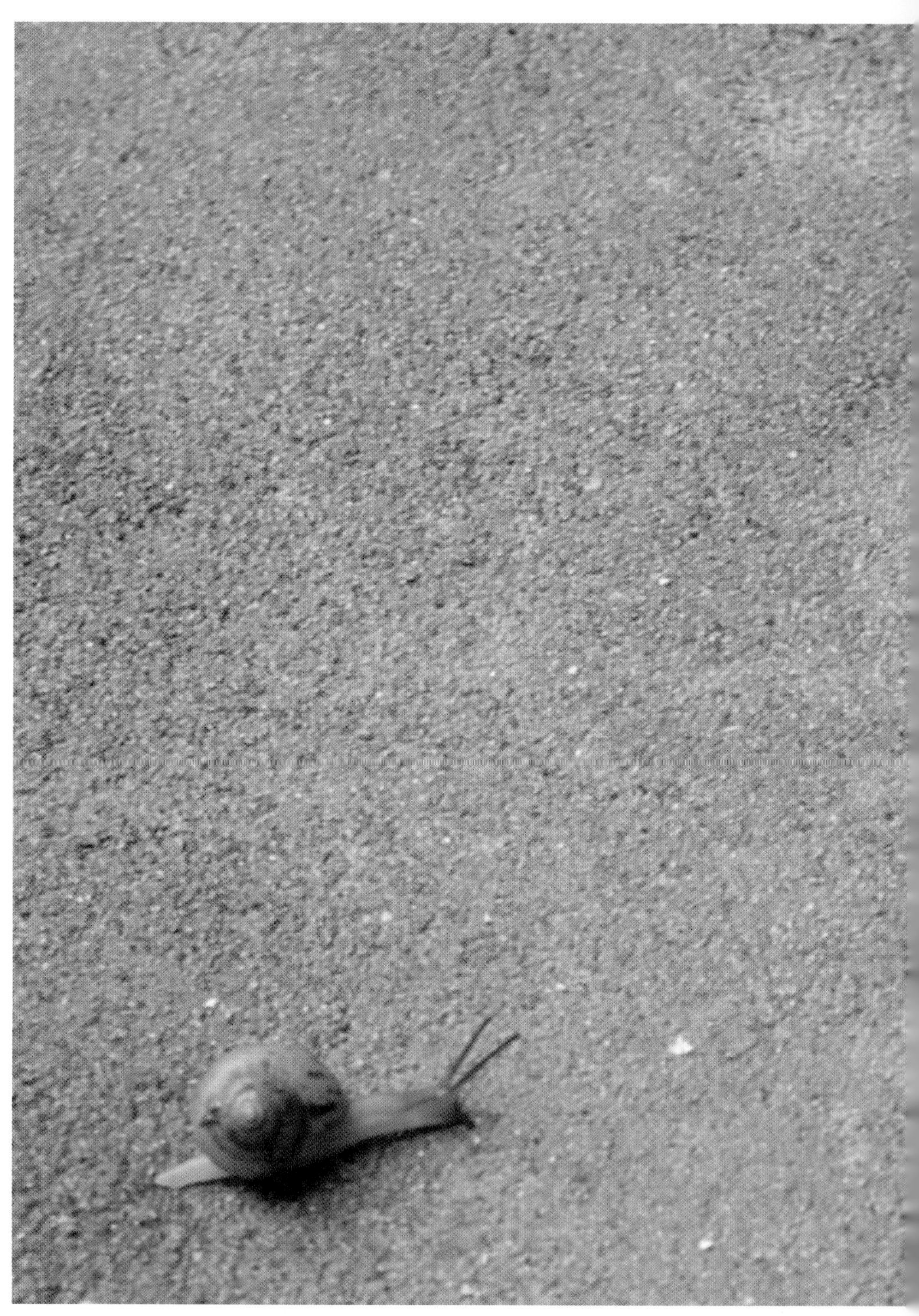

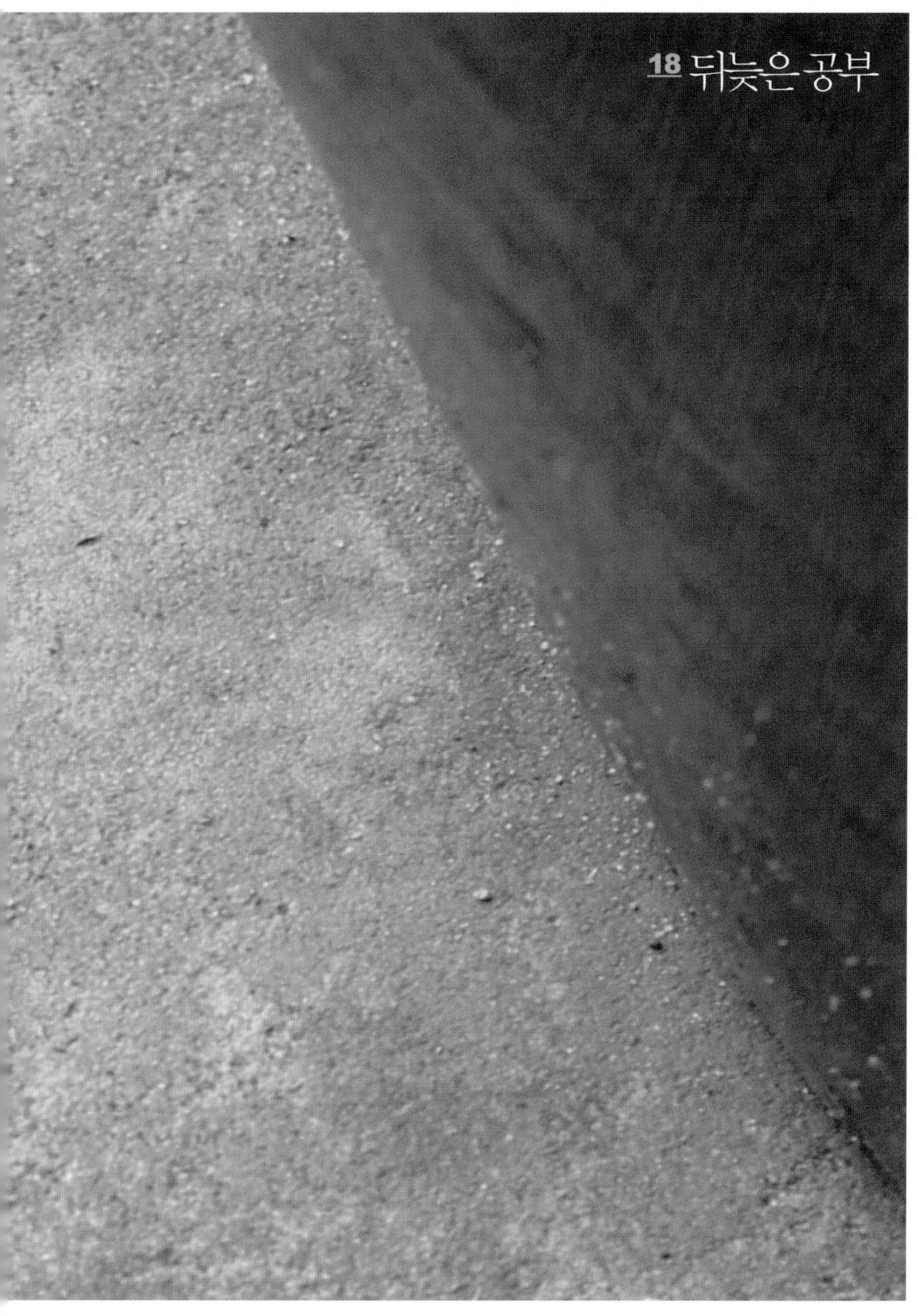
18 뒤늦은 공부

첫 필름의 결과물을 보고 난 뒤, 나는 일주일에 10롤의 필름을 쓰는 사진쟁이로 변해버렸다.

무거운 카메라와 필름을 꿋꿋이 가방에 넣고 다니며 닥치는 대로 찍었다. 감을 다시 찾기 위해, 그리고 그동안 굶주려 있던 사진에 대한 갈증을 한꺼번에 풀듯이, 어디를 가든 무엇을 하든 눈 뜰 때부터 눈 감을 때까지 나는 항상 카메라와 함께였다.

조금씩 감을 되찾아가며 몇 달이 지났을 때, 나는 그 카메라를 자유자재로 찍을 수 있게 되었다. 그러자 이제 디지털카메라도 공부를 해야겠다는 생각이 들기 시작했다.

먼저 인터넷으로 디지털의 활용도와 카메라의 종류, 성능, 렌즈의 호환, 시세 등 디지털카메라와 관련된 많은 정보들을 알아보았다. 그리고 지금 캐논에서 나오는 디지털카메라가 내가 예전에 팔았던 SLR카메라 매뉴얼에 바탕을 두고 있다는 사실을 알게 되었다. 심지어 그때 쓰던 렌즈와 호환이 된다는 것도 알게 되었다. 나는 캐논의 디지털카메라를 더 공부하였다.

그리고 캐논 20D와 24-70mm, 70-200mm, 그 밖에 스트로보, 트라이포드, 노출계 등등 정말 큰돈을 들여 장비를 구입하였다. 사실 그때 내가 모아둔 거의 전 재산을 들인 것이었다.(2005년 당시 20D는 현재 시세의 두 배가 넘는 가격이었다.)

장비를 사오고 그때부터 또 한번의 고비가 시작되었다.

처음 접하는 디지털카메라.

막상 사고 나니 어디에서부터 어떻게 공부해야 할지 난감했다. 하지만 나는 매뉴얼도 너무 많고 기능도 너무 많은 이 비싼 기계덩어리를 어설프게 쓰고 싶은 마음은 눈꼽만큼도 없었다.

그래서 그냥 무식하게 공부를 하기 시작했다. 매뉴얼에 있는 걸 하나하나 다 찍어보고, 메모해두고, 인터넷 검색을 통해 물어보고…… 그렇게 하다보니 3개월의 시간이 지났고 그때쯤 되니 어느 정도 대략적인 파악이 가능해졌다.

그래도 모르는 게 많았다.

계속 공부하고 고민하기를 반복하는 수밖에 없었다.

어릴 때 아버지께서 공부는 할 때 해야지 나이 먹으면 공부하고 싶어도 머리가 녹슬어 못 한다며 혼을 내시곤 했는데, 그 말이 정말 맞았다. 외워도 외워도 뭐가 뭔지 알 수가 없었다.

인터넷에 돌아다니는, 디지털만의 느낌이 담뿍 담긴 멋진 사진들을 보면 부러운 마음만 앞서고, 그런데 아무리 찍어봐도 그렇게 나오질 않으니 속만 상하고…….

그렇게 답답해하고 있던 중, 리터치 혹은 후반작업이라 불리는 포토샵의 위력이 큰 도움을 준다는 사실을 뒤늦게 알게 되었다.

고등학교 2학년인 1998년, 학교의 대선배들이 후배들을 위해 사진과 실습실에 매킨토시 50대를 선물해주셨는데, 그때 포토샵을 처음 접했었다. 5.0버전이었던 걸로 기억한다.

하지만 그 당시 우리 과에는 디지털카메라를 가진 사람이 단 한 명도 없었

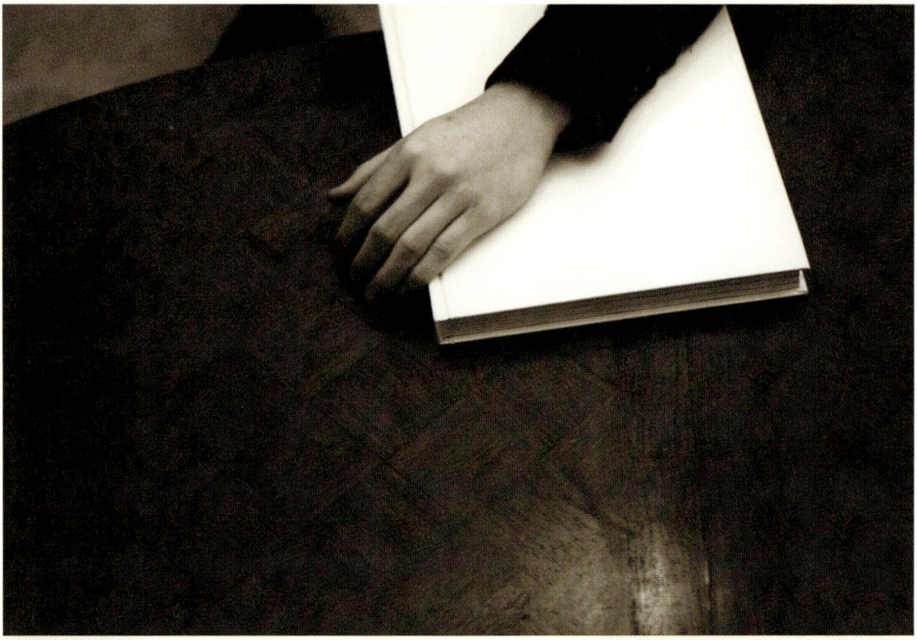

photo by seop

다. 그래서 선물해주신 선배들에 대한 예의로 그냥 켜놓고 있었던 것일 뿐, 포토샵에 관심을 가진 친구는 단 한 명도 없었다. 그때 그 포토샵이 발전해서 지금 이렇게나 크게 영향을 끼칠 줄 꿈에나 알았을까.

나는 포토샵을 공부하기 시작했다.

하지만 이것도 보통 일이 아니었다.

밝기, 색상, 채도 같은 아주 기초적인 것부터 공부를 시작해야 했다. 독하게 매달려 공부를 하는 수밖에 없었다. 답답한 마음에 6개월 정도 포토샵 학원을 다니기도 하였다. 그리고 어느 순간, 나는 150cm에 100kg 정도의 초비만 여인을 168cm에 48kg의 미녀로 만들어놓을 수 있는 사람이 되어 있었다.

물론 나는 그런 작업을 하지는 않는다. 필요에 따라 늘리고 코를 세워주고 날씬하고 예쁘고 잘생기게 만들어놓을 순 있지만, 실제 그런 작업은 극히 드물다. 나는 그런 작업을 잘 하는 포토그래퍼가 되고 싶진 않다. 그건 전문 리터처의 몫이며, 나는 원본을 최대한 멋지게 촬영하여 그들이 조금 더 포장을 해주는 게 맞다고 생각한다.

하지만 그렇다고 해도 공부를 소홀히 할 수는 없다.

카메라와 프로그램은 계속 진보해가는데 공부할 준비를 해놓지 않다가는 뒤처지는 사진가로 남을 수밖에 없다. 특히 패션처럼 항상 새로운 크리에이티브가 난무하는 분야의 사진가들은 더더욱 이런 현실을 공감할지도 모르겠다.

그러니 울며 겨자 먹기일지라도 열심히 공부하고 트렌드를 따라 노력하고 연구해야 한다. 그리고 그러한 자기노력은 어떤 식으로든 배신하지 않는다고 나는 믿는다.

Paek Sung Hyun

Another My World

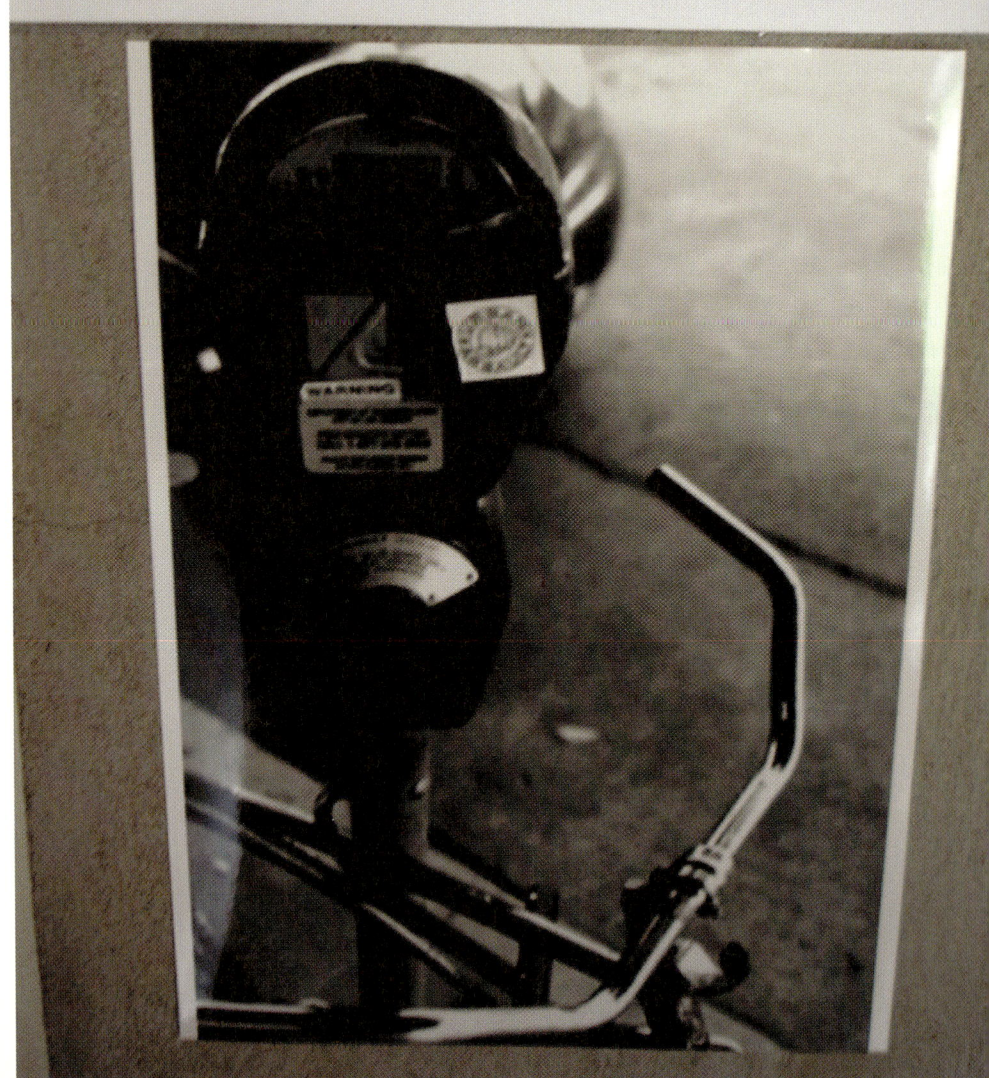

어느 날 친구가 아는 언니라며 어떤 분을 소개해주었다.

그분은 전시를 기획하는 큐레이터였는데, 갑자기 내게 전시를 제의하셨다. 나는 당황스러웠다.

'내가? 전시?'

나는 정중히 거절했다.

전시를 할 만큼의 실력도 위치도 되지 않는다는 생각이었고, 어설픈 실력으로 전시를 했다가 망신만 당할까봐 지레 겁을 먹은 부분도 있었다.

하지만 그분은 빽가라는 이름을 쓰지 않아도 되며 본명을 쓰길 바란다고 하셨다. 정말 순수하게 나의 사진이 좋아서 전시를 기획하시는 거라고도 하셨다. 칭찬을 들으면 겸손해질 수 있고 쓴소리를 들으면 앞으로 발전하는 데 큰 도움이 될 거라며 꽤나 논리적이고 멋진 말씀으로 그분은 계속 제안을 해오셨다.

나와 다른 신인작가, 두 사람이 함께 전시를 할 것이라고 했다. 그 사람은 낸시 랭 씨였다. 그 당시 낸시 랭 씨는 이름이 알려지지 않은 신예 예술가였다. 그분은 나 또한 신인작가 차원에서 바라보며 전시를 제의하시는 것이었다.

고민을 거듭 했지만 끝내 그분의 설득에 넘어가게 된 나는 결국 일을 벌이고 말았다.

전시회에서는 '빽가'라는 이름을 쓰지 않기로 했다.

나 또한 빽가라는 이름으로 전시를 하고 싶진 않았다. 대부분의 사람들은 내가 사진을 찍는다는 것 자체에 일단 색안경을 쓰고 바라보곤 한다.

코요태 빽가? 걔가 무슨 사진을 찍어???

이런 식의 반응.

연예인이니까 좋은 카메라를 쓸 테고, 좋은 카메라를 쓰면 사진은 잘 나오게 마련이라는 식의 반응.

그런 반응들에 속이 상한 적이 많았다.

최소한 내 사진을 보고 이러쿵저러쿵 이야기를 했으면 하는 바람과 아쉬움. 내 실력이 부족하고 사진이 마음에 안 들어서 보이는 반응이라면 괜찮다. 그런데 그들은 나를 '날라리 사진가'로 규정하고 그런 색안경을 쓴 채 내 사진을 바라보았다.

그래서 나는 빽가라는 이름으로는 사진을 찍고 싶지 않은 건지도 모르겠다. 나는 'photo by100'이라는 이름을 시작으로, 지금은 'by100'이라는 이름으로 활동하고 있다.

그렇게 'by100'으로 전시를 준비하게 된 나는 그런 아쉬움들을 표현하고 픈 마음에 전시 주제를 'another my self'로 정했다. 빽가가 아닌, 사진을 찍는 백성현을 표현하고 싶은 마음으로 정한 주제, '또 다른 나의 모습'.

이번 전시에서 사람들의 편견을 조금이라도 벗고 싶다면 진실되게 작업을 해야겠다는 생각이 들었다.

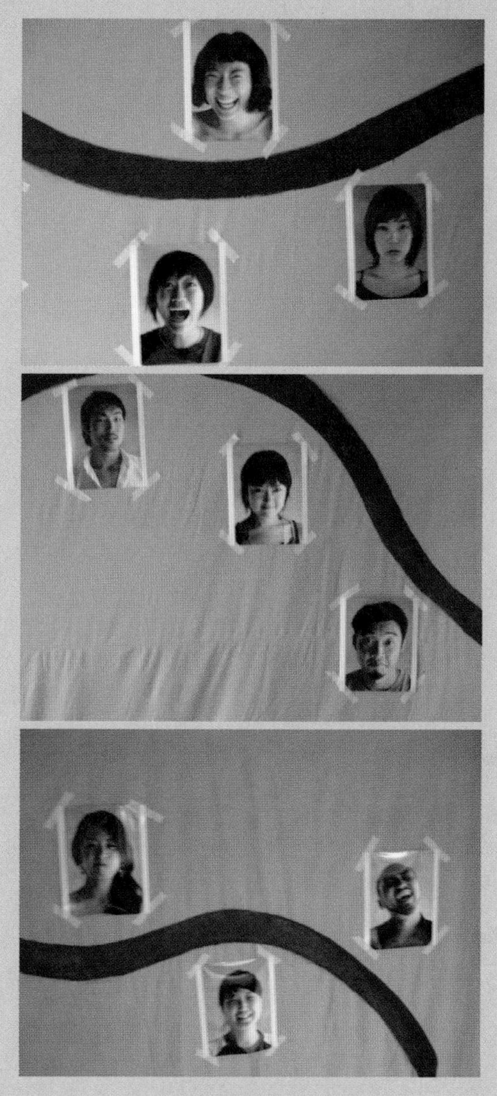

우선 친한 사람들의 포트레이트를 찍기로 정하였다.

하지만 그 사진에는 연예인이나 유명한 사람은 단 한 명도 촬영하지 않았다. 내 주변의 나와 정말 가까운 이들을 촬영하기로 하고, 그들이 가지고 있는 가장 자신 있는 표정을 카메라에 담았다.

그리고 내가 정말 좋아하는 것들을 촬영하였다. 레고, 음악, 패션, 스팸, 책…… 등등. 평소의 내 모습을 그대로 재연하기 위해 그것들의 특성을 어떻게 잡을지 고민하며 촬영을 하였다.

그리고 침대와 옷, 신발 등 내 방에 있는 모든 것들을 전시장으로 가져와 내 방과 똑같이 인테리어를 한 후, 벽, 화장실, 책상 위 등 곳곳에 촬영한 사진들을 배치하였다. 나는 내가 정말 좋아하는 것들과 내 삶의 스타일을 보여주고 싶었다.

그렇게 모든 전시 준비가 끝나고, 나는 간절히 기도 드렸다.

제발 이번 전시만큼은 나의 사진을 순수하고 진실된 시선과 마음으로 바라볼 수 있도록 해달라고.

전시 첫날.

나는 중간에 잠깐 들어가서 분위기만 보고 다시 나왔다. '작가와의 만남'과 같은 시간이 있다고 했지만, 그런 자리에는 자신이 없었다.

그렇게 일주일간의 전시가 지나갔다. 전시장을 정리하러 갔더니, 전시를 기획하신 큐레이터께서 꽤나 많은 분들이 와주셨고 전시가 성공적이었다며 축하와 함께 전시장에 나타나지 않은 것에 대한 아쉬움을 표현하셨다. 나는

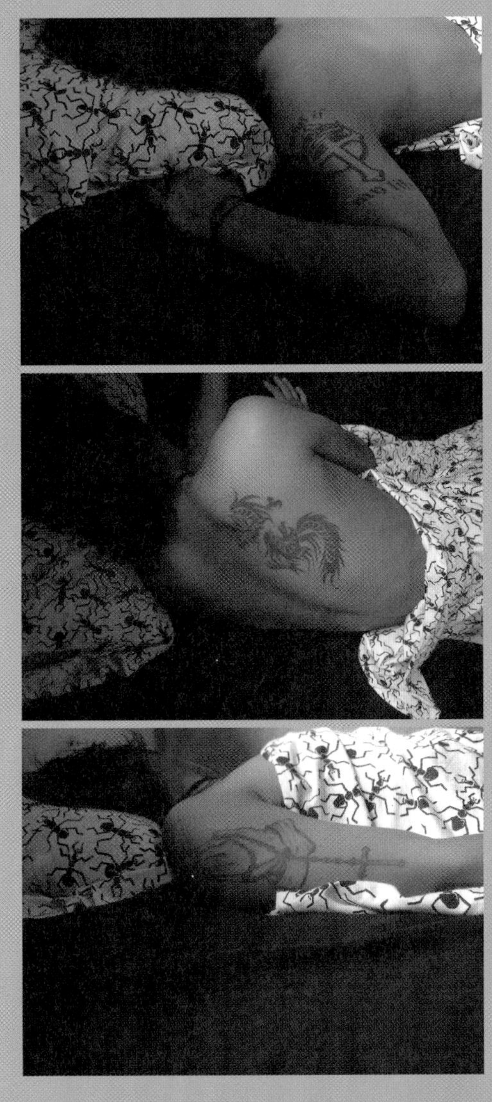

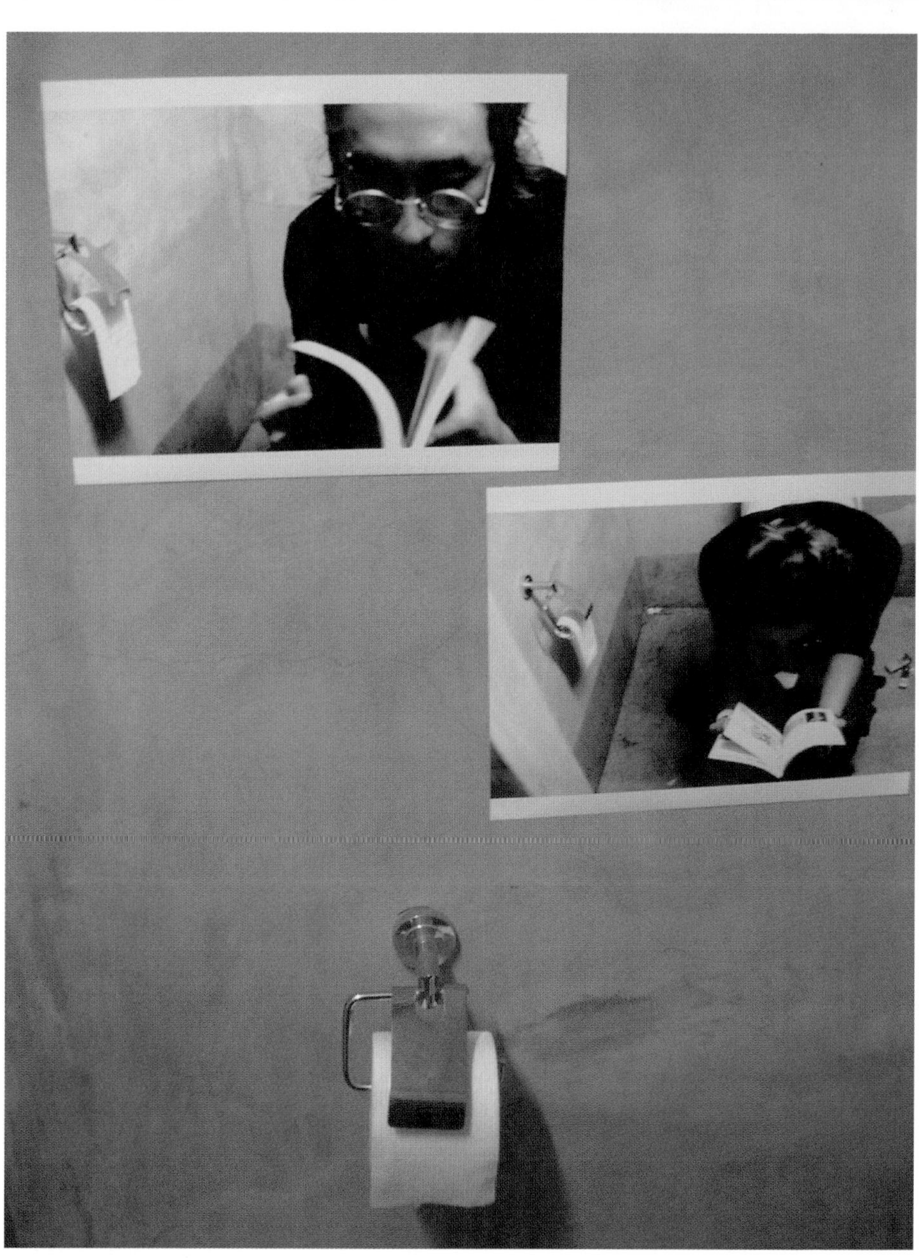

'감사합니다, 그리고 죄송합니다'라고 말씀 드리고 전시장을 정리했다.

한참을 정리하다가, 200페이쯤 되는 두께의 노트 몇 권이 전시장에 놓여 있는 것을 발견했다. 궁금증과 함께 노트를 펼쳐보았다. 그 안에는 나의 전시를 다녀간 이들이 내게 보내는 소감, 축하, 응원의 메시지가 담겨 있었다.

코끝이 아팠다.

눈도 뜨거워졌다.

그리고 너무나 감사했다.

나의 바보 같고 어리석은 생각 때문에 비겁하게 모습을 나타내지 않은 것에 대한 자책이 가슴속에서 강하게 소용돌이치는 기분이었다.

시간 날 때 전시장에 가서 사진도 함께 찍고 사람들도 찍어주고 이야기도 나누었더라면 더 좋았을 텐데······.

아쉽고 안타까운 마음에 내가 자꾸 싫어졌다. 무슨 피해의식인지 미리 겁부터 먹어버리는 나의 안 좋은 습성 때문에 결국 나 스스로에게 상처를 주는 결과를 또다시 만들어버린 것이다.

집으로 돌아와서, 혼자서 정말 많은 생각을 했다.

그리고 굳게 다짐했다.

이런 식의 비겁하고 어리석은 후회는 절대 다시 하지 말자······.

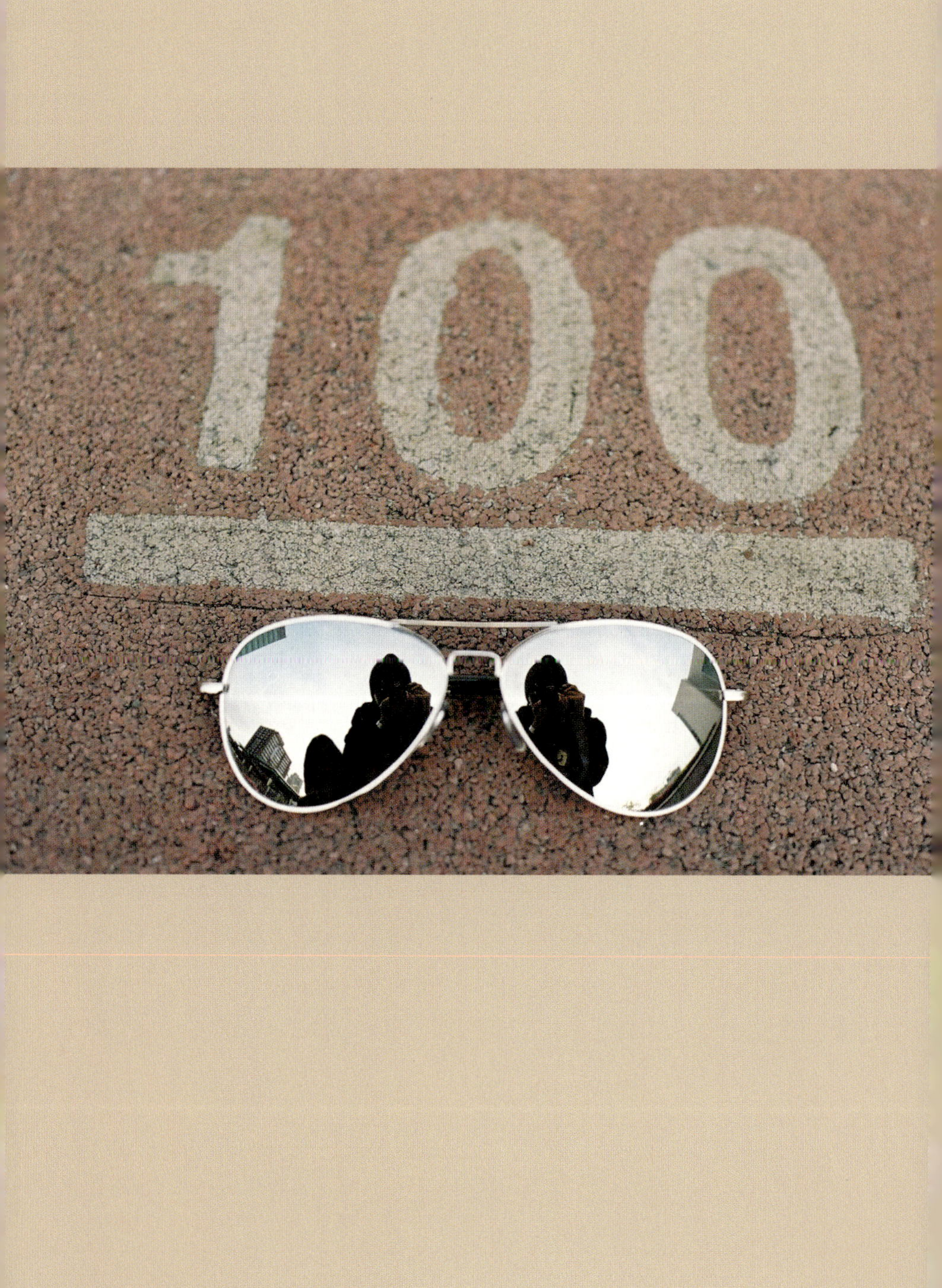

어느 날 한 통의 전화가 걸려왔다.

"여보세요?"

"안녕하세요? 저는 보그걸의 ○○○기자라고 하는데요. 백성현 씨 사진을 잡지에 싣고 싶어서 연락 드렸습니다."

순간, 머리가 핑 도는 것 같았다. 그리고 곧바로 '감사합니다'라고 대답했다. 내가 찍은 사진이 패션 매거진에 실린다는 그 자체만으로도 나에게는 믿을 수 없는 일이었다. 몇 장의 사진을 셀렉해서 기자분에게 보내주었고, 그 사진은 정말 다음 달 그 잡지에 실렸다.

나는 그 잡지를 보고 또 보았다. 봐도 봐도 실감이 안 나고 신기한 마음뿐이었다. 사진이 크게 실린 것도, 많이 실린 것도 아니었지만, 그냥 그 자체만으로 나는 매료되었던 것이다.

그런데 그것은 시작에 불과했다.

얼마 뒤, 그 에디터가 다시 연락을 해왔고, 내게 일을 할 수 있겠느냐고 물었다.

"무슨 일이요?"

"저희 부장님께서 성현 씨 사진이 마음에 드신다고 혹시 포토그래퍼로 참여하셔서 촬영해주실 수 있는지 여쭈어보셔서요."

내가?

보그걸에?

포토그래퍼로 사진을 찍는다고?

말이 안 됐다.

다시 물어보았다.

정말로 하시는 말씀이 맞으시냐고.

"네, 물론이죠!"

믿을 수 없는 내용의 한 통의 전화는 현실이 되었다.

다음 달 나는 타블로의 인터뷰 화보를 찍게 되었다. 촬영일이 잡히고, 나는 모든 것을 혼자 준비해야만 했다. 그런데 막상 촬영을 진행하려니 무엇을 어떻게 해야 할지 난감하였다.

우선 촬영지를 찾으러 돌아다녔다. 원래 그런 건 대부분 에디터 분들의 몫이지만, 처음 하는 촬영인지라 뭘 모르던 나는 열정이 너무 앞섰던 것이다. 그때 나는 모든 걸 잘 해보고 싶은 마음뿐이었다.

나는 촬영지도 정하고 나름대로 컨셉도 정해, 2006년 8월 〈보그걸〉에 타블로 화보 촬영으로 정식으로 돈을 받고 사진을 싣는 포토그래퍼로 데뷔하게 되었다.

내가 원하는 컷을 담기 위해 타블로는 한여름에 스튜디오와 야외를 오가며 몇 번씩 반복되는 포즈와 동작으로 나와 호흡을 맞춰주었고, 그렇게 나온 결과물은 당당하게 잡지에 실리게 되었다.

잡지를 본 타블로는 내게 전화를 걸어 진심으로 사진이 정말 마음에 든다고 고맙다고 말해주었고, 나 역시 첫 데뷔촬영을 수월하게 풀어갈 수 있게끔 도와준 타블로에게 고맙다고 말하였다.

타블로와 나의 인연은 좀 특별하다.

방송 데뷔 이후, 방송하는 사람들과 어울리지 못하고 그 많은 스케줄에도 인사 정도만 하고 다니던 나는, 우연히 거의 모든 스케줄이 타블로와 겹쳤다. 타블로도 그맘때쯤 방송을 시작하였는데, 블로도 사람들과 어울리지 못하는 성격이어서 대기실에서 보면 나와 비슷한 모습으로 인사 정도만 하고 어딘가에 조용히 앉아 있었다.

그러다 퀴즈 프로그램에서 타블로와 나는 한 팀이 되어 퀴즈를 풀게 되었고 1등을 하여 상금을 받게 되었다. 그리고 그날 밤 처음으로 타블로와 술자리를 갖게 되었다.

대화를 풀어가면서 우리는 서로 비슷한 부분이 정말 많다는 것을 알게 되었다. 그렇게 많은 공감대와 웃음으로 이야기를 나누며 밤을 지새웠다. 그리고 지금까지도 서로 의지하고 자주 만나는, 친한 친구가 되었다.

평소 친하게 지내던 우리 둘은 화보 촬영에서 꽤 괜찮은 호흡을 맞추었고,

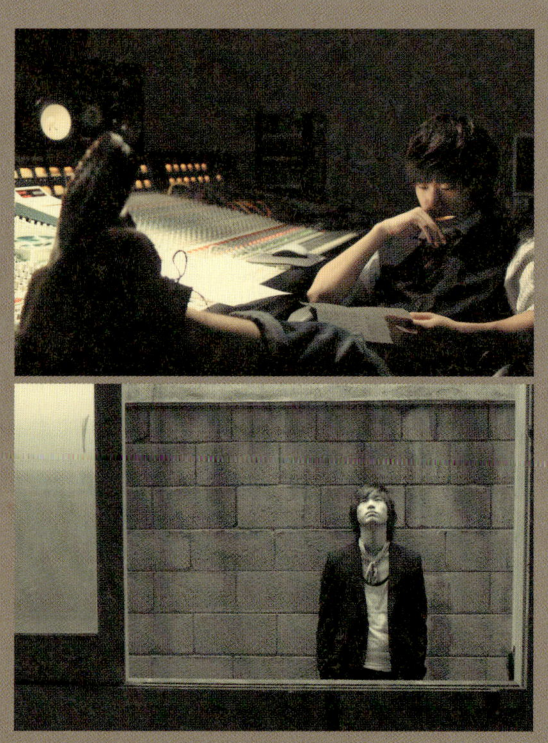

그것을 계기로 나는 에픽하이의 거의 모든 화보를 찍게 되었다. 더불어 에픽하이의 4집 앨범과 5집 앨범의 재킷 사진도 맡게 되어 함께 작업을 하면서 우리는 더욱 돈독하고 깊은 사이가 되었다.

그때부터 시작된 나의 포토그래퍼 일은 지금까지 이어지고 있다.
그 한 통의 전화가 계기가 된 것이다. 그때 나를 믿고 일을 맡겨준 에디터 분과 부장님께 나는 항상 감사한 마음을 가지고 있다. 정말 멋지고 깊이 있는 포토그래퍼가 될 때 즈음 꼭 다시 찾아뵙고 감사하다는 말씀을 드리고 싶다.

21 사라지다

타블로와 화보를 무사히 마치고, 많은 일거리들이 들어오기 시작했다.

나는 더더욱 열심히 촬영에 몰두하며 하루하루 감사함으로 가득 찬 나날을 보내고 있었다.

어느 날 외출 후 집에 들어와 침대에 누워 방을 바라보고 있었다. 그런데 뭔가 이상한 느낌이 들기 시작했다. 무언가가 빠진 듯한 그런 느낌. 굉장히 불길한 느낌이 들기 시작했고, 나는 주변을 둘러보기 시작했다. 무엇이 잘못된 걸까.

너무나 어이없게도, 카메라 가방이 통째로 사라진 것이다.

내 심장은 터질 듯 뛰기 시작했다. 온 집안을 샅샅이 뒤지기 시작했다.

카메라가 놓여 있는 자리는 언제나 책꽂이 가운데칸이었다.

하지만 너무 당황하여 정신이 나간 나는 세탁기 안부터 냉장고, 화장실 등 말도 안 되는 모든 곳들을 뒤지기 시작했다. 하지만 그 어디에도 카메라 가방은 보이지 않았다.

넋이 나가버린 나는 매니저에게 전화를 걸었다. 도둑이 들어 카메라를 가져갔다고. 매니저는 10분도 채 안 되어 우리집으로 달려와서는 내게 자세하게 말해보라고 했다.

그날은 촬영도 없었고, 그 전날 잠들기 전에 렌즈 청소까지 하고 카메라가 확실히 집에 있는 걸 알고 외출을 나갔다 돌아온 것이었는데, 집에 들어와 보니 카메라 가방과 처음 데뷔촬영을 하던 날 샀던 그리고 그날부터 열심히 저금해오던 저금통, 이렇게 두 개만 없어져 있었다.

매니저가 경찰에 신고를 했고, 얼마 뒤 경찰관 두 분이 왔다.

나는 자초지종을 설명했고, 두 분은 내 이야기를 메모하기 시작했다. 집 구조상 가스관을 타고 들어온 것도 아니고, 현관문 키박스에도 아무런 흔적이 없었다. 경찰은 침입 흔적이 없다는 점, 카메라 가방과 저금통만 가지고 나간 점으로 봤을 때 현관문 번호를 알고 있는 주변인의 소행 같다며 번호를 알고 있는 사람이 누구인지 물었다.

내 집 비밀번호를 아는 사람은 나의 베스트 주호와 홍시 형, 그리고 내 친동생 광현이뿐이었다.

하지만 세 사람은 절대 아니었다. 누구보다 나와 친하고, 힘들고 어려울 때마다 곁에서 함께 했던 이들인데다, 그 카메라가 내게 얼마나 귀하고 소중한 것인지 누구보다 잘 알고 있는 이들이었기에 나는 그들을 의심하지도, 할 수도 없었다. 나는 경찰에게 그 사람들은 아니라고 말했다.

방송을 하며 아끼고 아껴 큰마음 먹고 구입한 카메라와 렌즈들, 그리고 장비들. 2천만원가량 되는 그것들을 가져갈 내 주변인은 단 한 명도 존재할 수가 없었다.

경찰은 범인을 잡고 싶다면 그 사람들의 인적사항을 불러달라고 했다. 그러면 용의선상에 올라온 그들을 모두 경찰서로 소환한 뒤 조사를 할 것이라는 것이다.

하지만 나는 그럴 수가 없었다. 그들일 거라고 믿지도, 생각하지도 않았을 뿐더러 그토록 친하다고 생각하는 그들을 도둑으로 의심한 파렴치한이 되는 것이 두렵기도 했다. 의심 때문에 내게 정말 소중한 사람을 잃어버리는 경우가 생기게 된다면…….

　그렇다면 도대체 누가 번호를 누르고 들어와 내가 가장 아끼는 물건을 통째로 가져갔단 말인가. 도저히 알 수 없었다. 나는 답답함과 당황스러움에 반쯤 정신이 나가 있었다.

　경찰은 번호키를 보더니 이렇게 말했다.

　"보통 사람 지문 감식을 할 때 12줄 이상 나와야 하는데, 백성현 씨 집 번호키 버튼은 작아서 8줄 정도밖에 나오질 않습니다. 이런 경우는 지문 감식을 해도 범인을 잡을 수 없습니다."

　그러고는 혹시라도 그들이 의심되면 신고를 하라며 돌아갔다.

　경찰이 문을 쿵, 하고 닫는 동시에 나는 그대로 바닥에 주저앉아 울기 시작했다. 미친 사람처럼 울고 소리 지르고 난리를 쳤다. 나는 혼자 있고 싶으니 매니저에게 나가달라고 말했다. 매니저는 혼자 울게 나를 내버려두었다.

　캄캄한 방에 혼자 남겨진 나는, 그날 밤을 꼬박 새워 다음날 아침까지 계속 울었다. 힘들게 힘들게 노력해서 겨우 카메라를 샀는데, 그리고 다시 한 번 사진을 시작해보려는 시점이었는데, 그 찰나에 카메라가 사라졌다. 마치 사진을 하지 말라는 신의 계시 같은 것으로까지 느껴졌다.

　다음날 약간 정신을 차린 나는 잡혀 있던 촬영들을 모두 취소했다. 그리고 집에 처박혀 한달 동안 문 앞에도 나가지 않았다. 밥도 먹지 않고 술과 담배만으로 하루하루 폐인 같은 생활을 하며 지냈다.

한달쯤 지났을까.

아무도 보고 싶지 않았는데, 갑자기 타블로가 생각났다. 나는 블로에게 전화를 걸어 집 앞에서 보자고 했다. 목소리가 이상하다며 무슨 일이 있냐는 블로의 말에 갑자기 서러움이 북받쳐오르기 시작했다.

몇 분 뒤 블로가 집으로 왔다. 투컷과 미쓰라도 함께였다. 내 상황을 궁금해하는 에픽하이 친구들에게 나는 한달 전 일어난 일을 이야기했다. 또 눈물이 흘렀다.

에픽 친구들도 나의 과거를 알고 있었고, 내가 얼마나 큰 용기와 열정으로 사진을 찍는지 알고 있었다. 그리고 항상 나와 나의 사진을 응원해주는 소중한 사람들 중 하나였다. 그들은 자기 일처럼 함께 슬퍼해주고 위로해주었다. 결국 그날 포장마차에서 우리 네 명은 모두 눈물을 흘리며 울었다. 에픽하이 세 멤버 모두 너무나 고마웠다.

집으로 돌아온 나는 심각한 고민에 빠졌다.

앞으로 어떻게 해야 할까.

한창 일이 많이 들어오던 상황이었는데 카메라가 없어졌으니, 뭘 어떻게 해야 할지 몰랐다.

갑자기 사진이라는 단어가 역겹게 느껴졌고, 사람도 세상도 모든 게 다 싫어졌다. 하나님에게 물었다. 도대체 나를 얼마나 잘되게 하시려고 이런 시험을 주시는지 모르겠다고. 나는 계속 하늘을 향해 신세한탄을 해댔다.

나는 며칠 동안 더 깊고 신중히 생각을 했다.

하지만 사진 말고는 별로 하고 싶은 것도 할 줄 아는 것도 없었다. 나는 굳은 마음을 먹고 또다시 사진이라는 이 이상한 인연을 시작해보기로 했다.

그리고 다음날부터 주변에 사진하시는 분들을 찾아가 카메라를 빌려달라는 당돌하고도 예의 없는 부탁을 드렸다. 몇몇 분은 거절하셨고 몇몇 분은 빌려주시겠다고 하셨다. 그때 내 부탁을 거절하신 분들을 나는 절대 원망하지 않는다. 사진하는 사람이 자기 카메라를 남에게 빌려주는 것이 얼마나 껄끄럽고 달갑지 않은 부탁인지 누구보다 잘 알기 때문이다.

나는 이 사람 저 사람의 카메라를 빌리러 다니며 다시 촬영을 시작했다.

그때 내 수중에는 카메라를 다시 살 만큼의 돈도 여유도 없었기 때문에 나는 다시 일을 해야만 했던 것이다. 그렇게 타인의 카메라를 빌리러 다니며 6개월 정도 일을 했다.

코요태 활동으로 벌어들인 수입에서 집에 드리고 남은 일부, 6개월간 다른 사람의 카메라로 촬영해서 모은 돈, 그리고 아끼던 옷과 액세서리를 팔아 돈을 모았다. 그리고 카메라 하나와 렌즈를 구입했다.

힘들었다.

카메라를 구입하고 나서도 마음이 무거웠고 무언가 답답한 기분을 떨쳐 버릴 수 없었다. 그때 나는 한번 더 다짐했다.

더 강한 사람이 되자.

이래도 저래도 나는 사진을 찍고 싶다.

카메라를 손에 잡아야만 마음의 안정을 찾을 수 있다.

그 사건은 다시는 꺼내기 싫은, 잊고 싶은 기억이다.

그때를 생각하면 아직도 소름이 끼친다. 다시는 그런 일이 일어나지 않기를 진심으로 바란다.

하지만 또한 나는 믿어 의심치 않는다. 분명 그때의 고난이 나의 낮은 자리에 높은 계단을 제공해주었음을…….

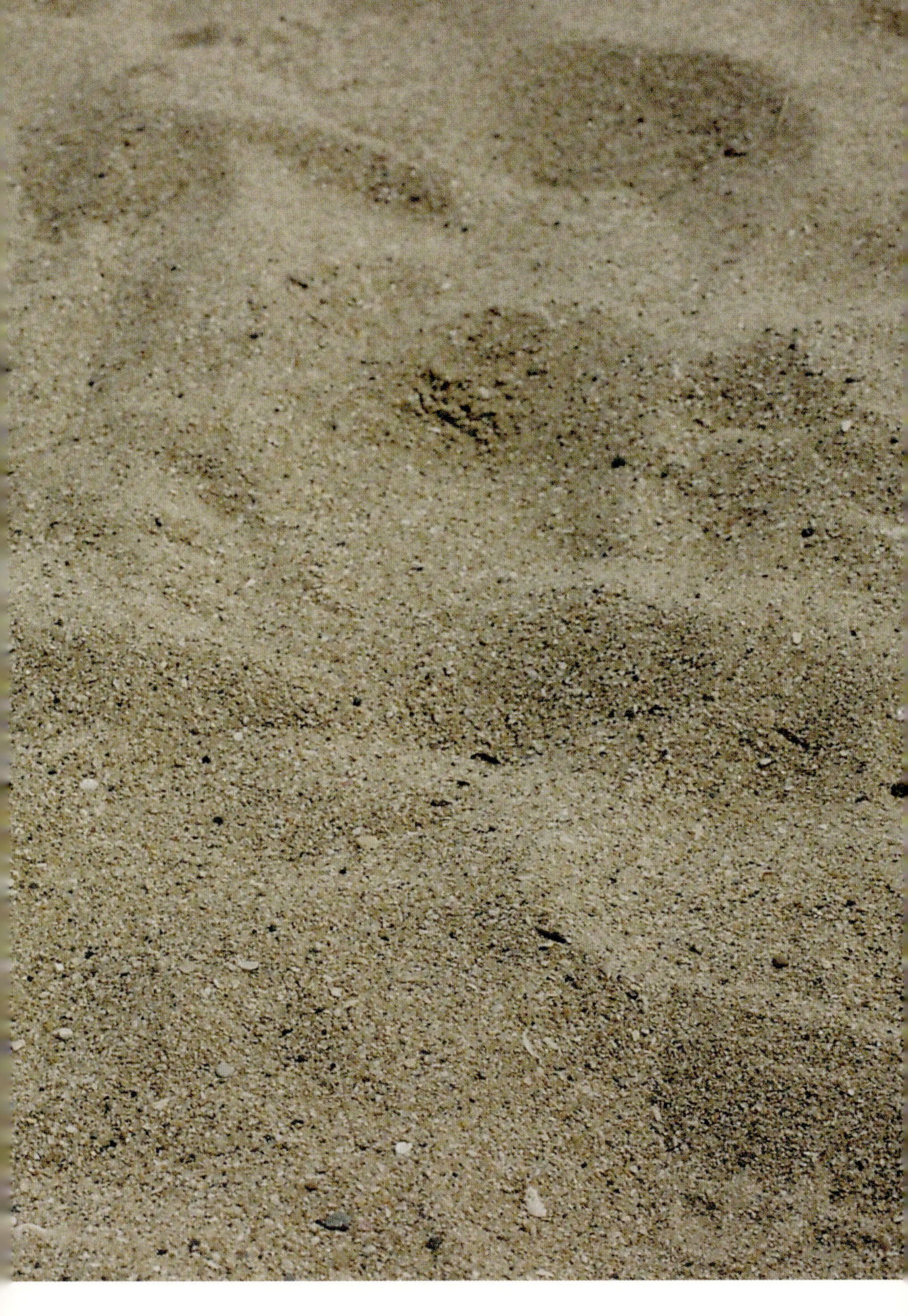

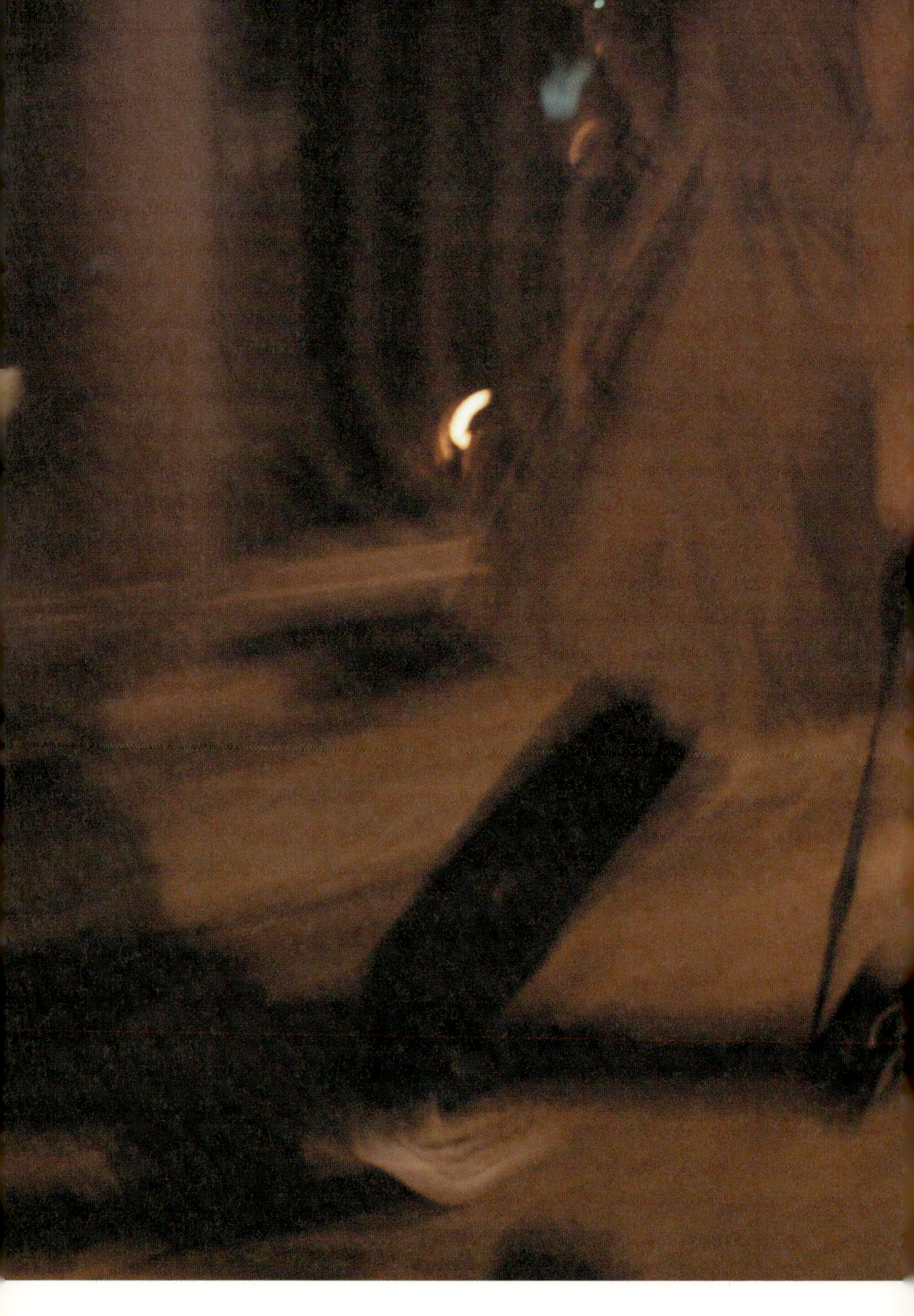

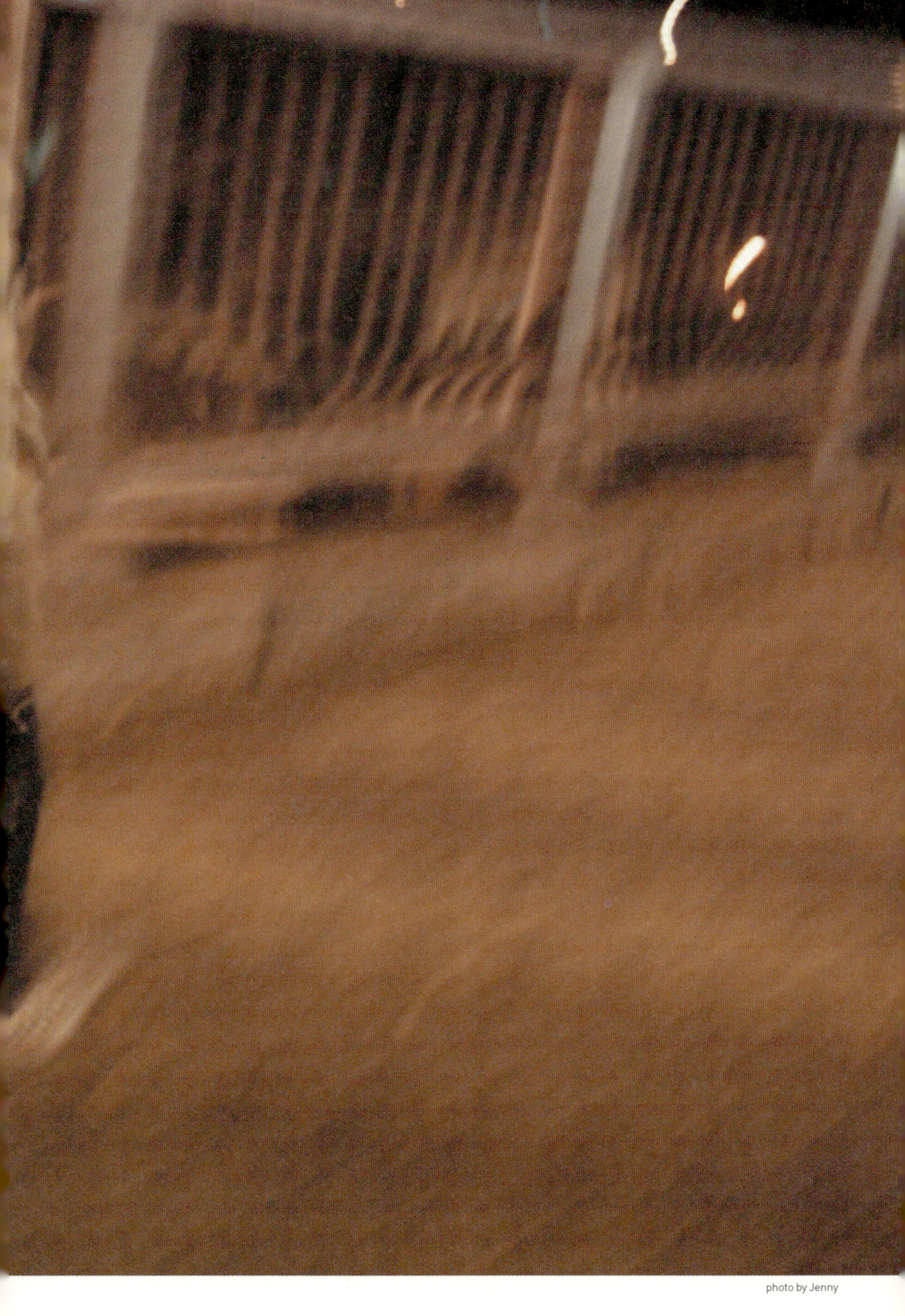

photo by Jenny

My Photo Story

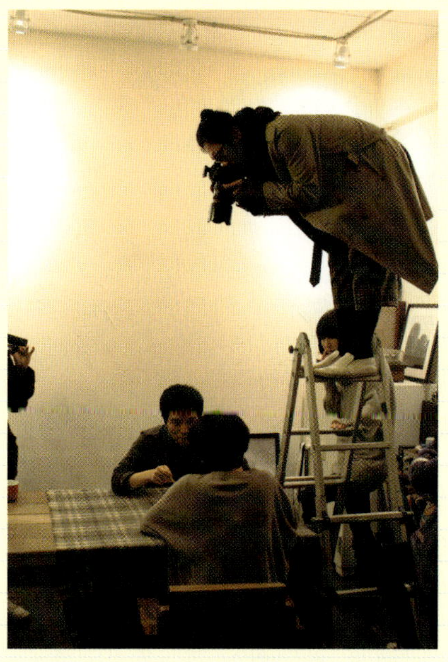

Casker 4th album

photo by seop
Nov. 2008

My Photo Story

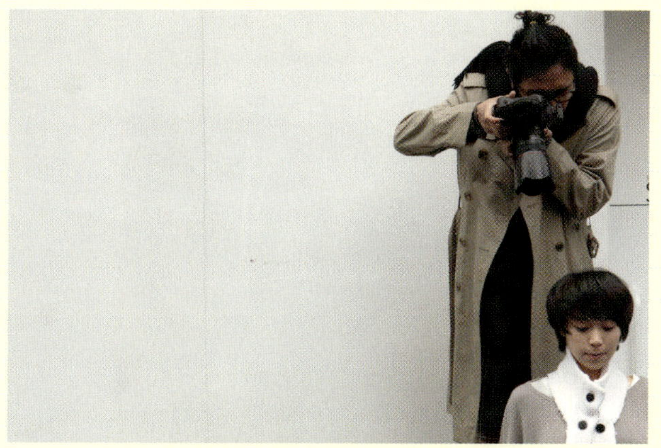

Casker 4th album

photo by seop
Nov. 2008

My Photo Story

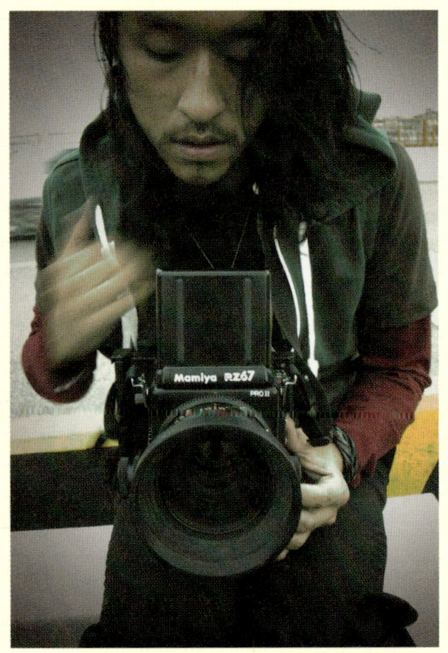

Han River

photo by KIM JI EUN
Oct. 2007

My Photo Story

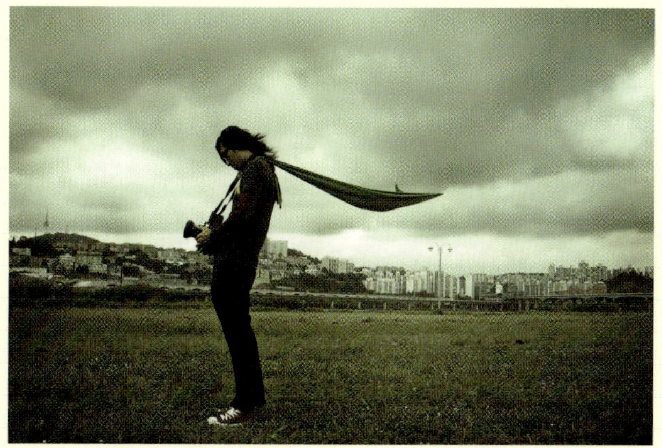

Han River

photo by KIM JI EUN

Oct. 2007

내가 지금까지 볼 수 없었고

그래서 카메라에 한 번도 담을 수 없었던 것을,

나는 매일매일 보고 느끼고 찍었다.

그렇게 찍은 사진은 한 장 한 장

그 자체가 소중했다.

자연히 사진에 대한 마음은 더 깊어졌다.

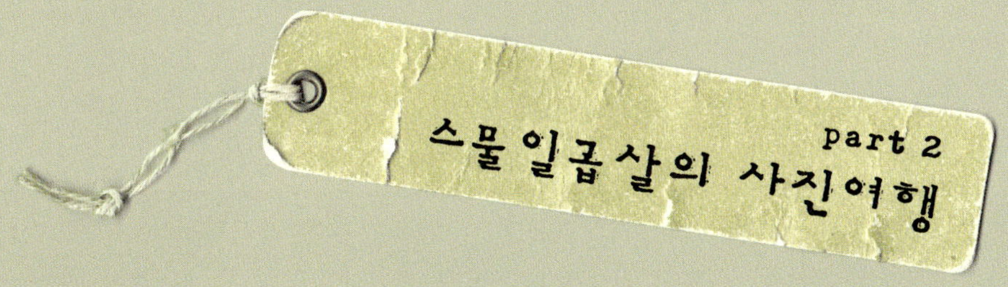

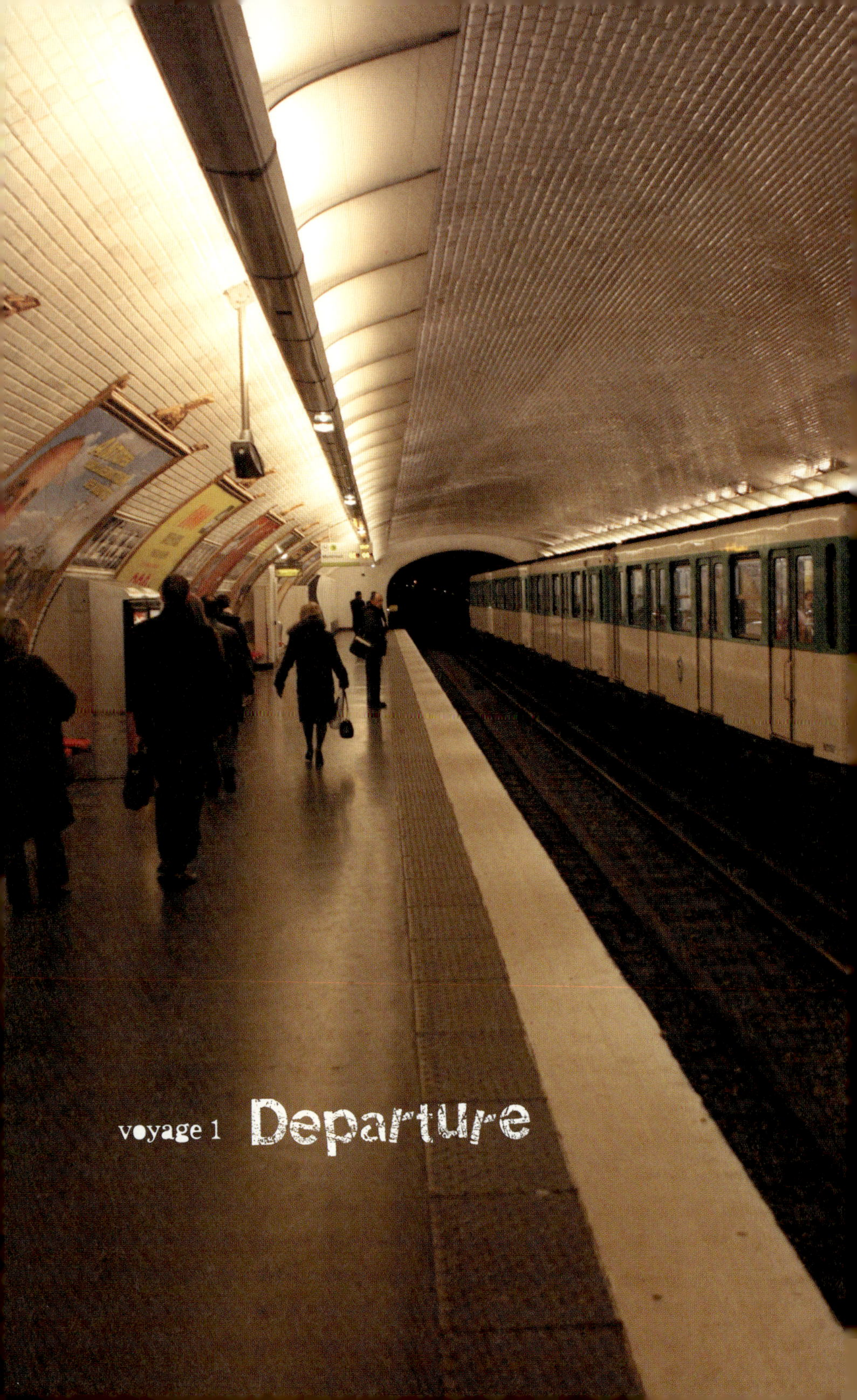

voyage 1 Departure

첫 데뷔촬영 이후, 신기하게도 여기저기에서 일이 끊임없이 들어왔다. 다른 잡지사에서도 촬영을 제의했고, 가수들의 앨범 재킷 촬영이며 사사로운 촬영들까지, 혼자서 감당할 수 없을 정도로 일이 들어오기 시작했다.

놀라움과 감사함에 하루하루를 열심히 즐겁게 촬영에 임했다. 그해 여름부터 가을을 지나 겨울까지, 단 일주일의 여유도 없이 나는 촬영에만 매진했다.

늘어난 일을 마치면 그 배에 달하는 일이 다시 들어왔다.

뭔지 모를 두려움이 생겨나기 시작했다. 솔직히, 너무 힘이 들었다. 그건 비단 육체적인 것만을 뜻하는 것이 아니었다.

하지만 나는 신인 포토그래퍼.

일을 가리면 안 된다는 생각에 들어오는 스케줄을 거절할 수 없었다. 그렇게 시작부터 넘치는 스케줄을 진행하던 나는 급기야 육체적, 심적 부담이 견디기 힘들 지경에 이르렀다.

12월 31일까지 잡혀 있던 스케줄까지만 작업하고 이후 촬영 스케줄을 모두 거절했다. 그때 내겐 휴식이 필요했다.

여행으로 채우자……

어디로 떠날까…….

고민에 고민을 하다 코요태 8집 앨범 재킷을 촬영하기 위해 갔던 런던이 생각났다. 내 기억 속의 런던은, 빡빡하고 짧은 일정 속에 떠나기 싫었던 아쉬움뿐인 곳이었다. 지금 나의 여행지로 적합했다.

2007년 1월, 나는 런던행 비행기 티켓을 끊고 런던 히드로 공항에 도착하였다.

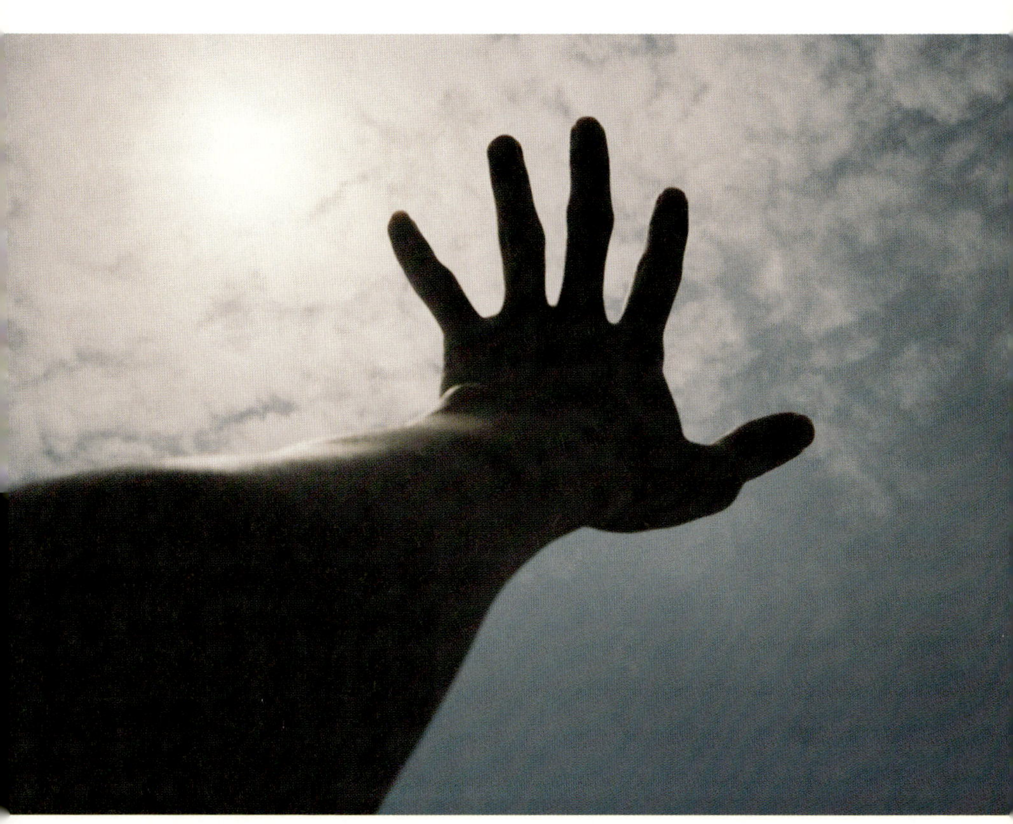

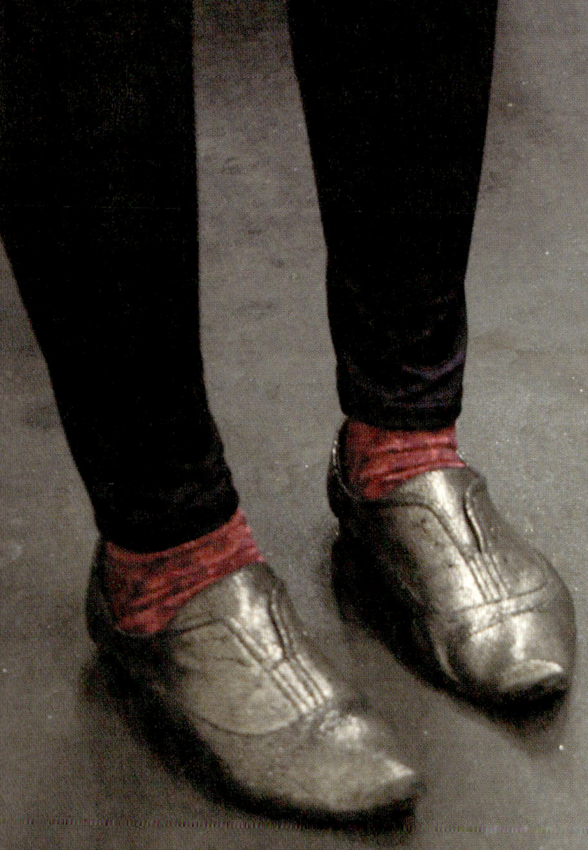

voyage 2 **Another Beginning**

히드로 공항에 도착해서 수속을 마치고 바깥으로 나와 담배 한 대를 물었다. 그리고 그때부터 고민에 빠지기 시작했다.

어디로 가야 하나.

뭘 해야 하나.

영어도 중학교 1학년 수준이던 나는 말 그대로 눈앞이 깜깜했다.

한국에서 미리 알아온 숙소는 킹스 크로스에 있는 호스텔이었는데, 한국인은 오지 않고 대부분 가까운 유럽에서 온 여행객들이 묵는 곳이었다. 그런데 나는 히드로 공항에서 그곳까지 가는 루트조차 알 수 없었다. 나의 막막함은 거의 경지에 이르러 있었다.

담뱃재가 필터에 닿을 듯한 거리에 왔을 때, 나는 담배 한 개비를 더 피우기 위해 주머니를 뒤적거렸다. 그때, 한 여자와 눈이 마주쳤다.

우리 둘 사이는 3미터 정도의 거리가 떨어져 있었는데 한눈에 보기에도 그녀는 굉장한 미녀였다. 나는 깜짝 놀랐다. 무척이나 아름다워 보이는 그 여자가 나와 눈이 마주침과 동시에 내게 웃으며 눈인사를 건넸던 것이다. 얼떨결에 나도 그녀에게 눈인사를 건넸다.

그녀는 성큼성큼 내게로 걸어오더니 내게 담배를 달라고 했다. 우리의 대화는 그렇게 시작되었다.

"너 일본인이니? 중국인이니?"

"난 한국인이야."

"정말? 난 한국을 너무 사랑해!"

처음 본 여자가 내게 다른 아시아 나라를 들먹이다가, 한국인이라니까 갑자기 한국을 사랑한다고 한다. 불쑥, 그녀가 범죄조직에 관련된 미끼가 아닐까 싶은 생각이 들었다. 혼자 오는 여행객을 미인계로 꼬셔서 강도짓을 하는. 영화에서나 나올 법한 이상한 생각이 들기 시작했다.

나는 그녀를 경계하기 시작했다. 그녀에게 물었다.

"너는 왜 한국을 사랑하니?"

"내 직업은 모델인데, 한국에서도 활동을 많이 했어."

그 말을 듣고 그녀의 얼굴을 자세히 보니, 그녀가 누군지, 어떤 CF를 찍었는지 기억이 났다.

"아! 나 너 본 적 있어. 이런저런 CF에 출연했었지?"

"맞아! 그 밖에도 이러저러한 거에 출연했었어."

그녀는 자신의 프로필을 내게 말해주었다. 나는 그녀가 확실히 기억이 났고, 그제서야 안심이 되었다. 우리는 서로 통성명을 하고 간단한 대화를 좀 더 나누었다.

그녀는 내가 킹스 크로스까지 가는 것을 도와주겠다며, 표 끊는 것부터 도착할 때까지 모든 것을 챙겨주었다. 우리는 전화번호를 주고받고 다시 만나기로 약속했다.

그녀와 헤어지고 숙소에 들어온 나는 긴장이 풀리면서 피로가 몰려와 침대에 눕자마자 곯아떨어졌다. 그리고 일어나니 24시간이 훌쩍 지나 있었다.

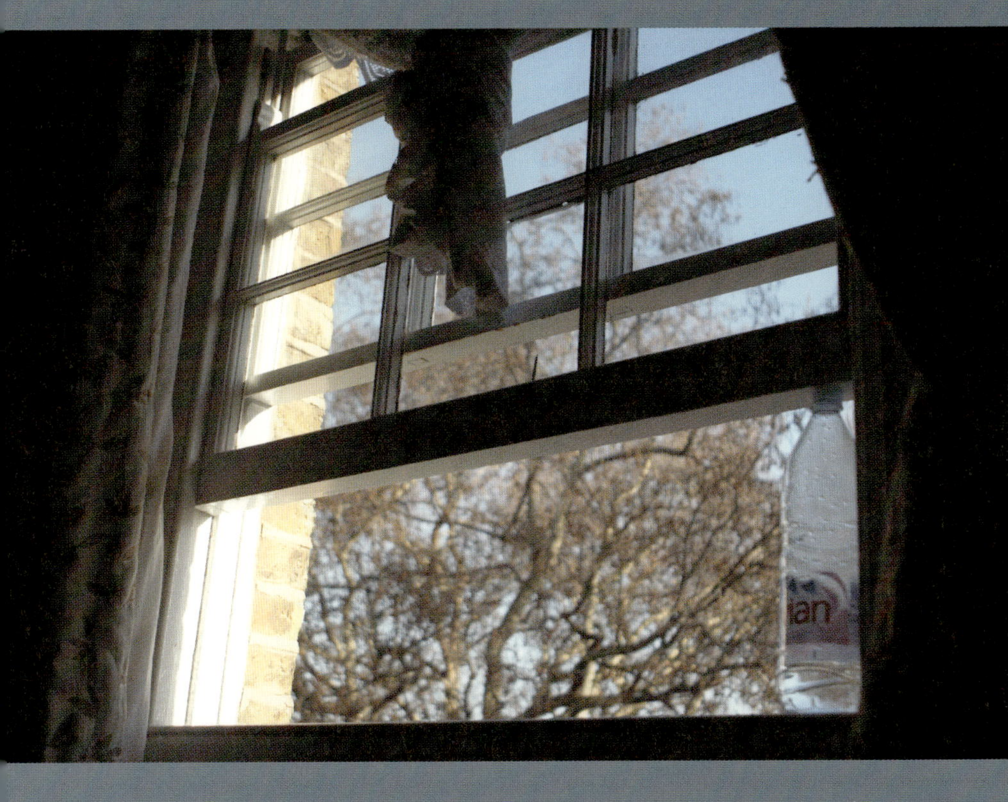

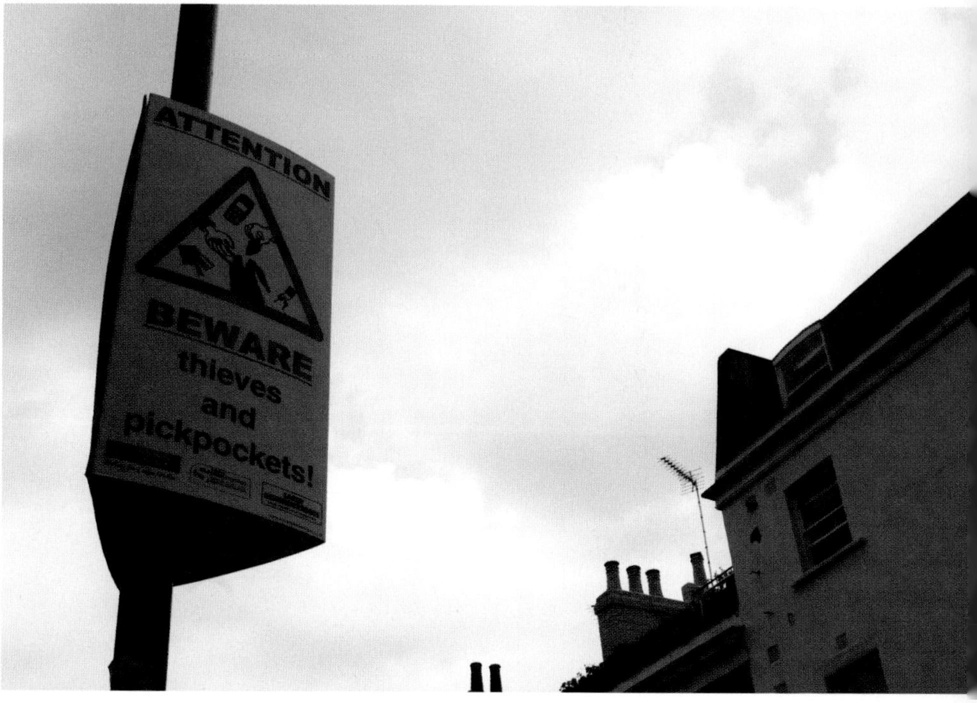

ATTENTION
BEWARE
thieves
and
pickpockets!

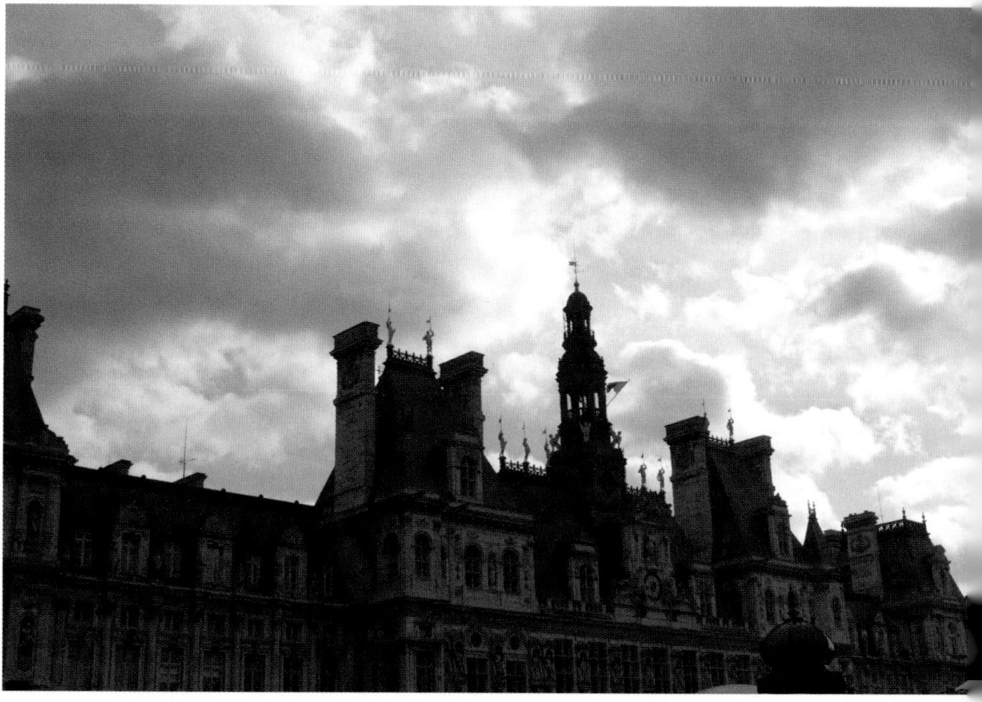

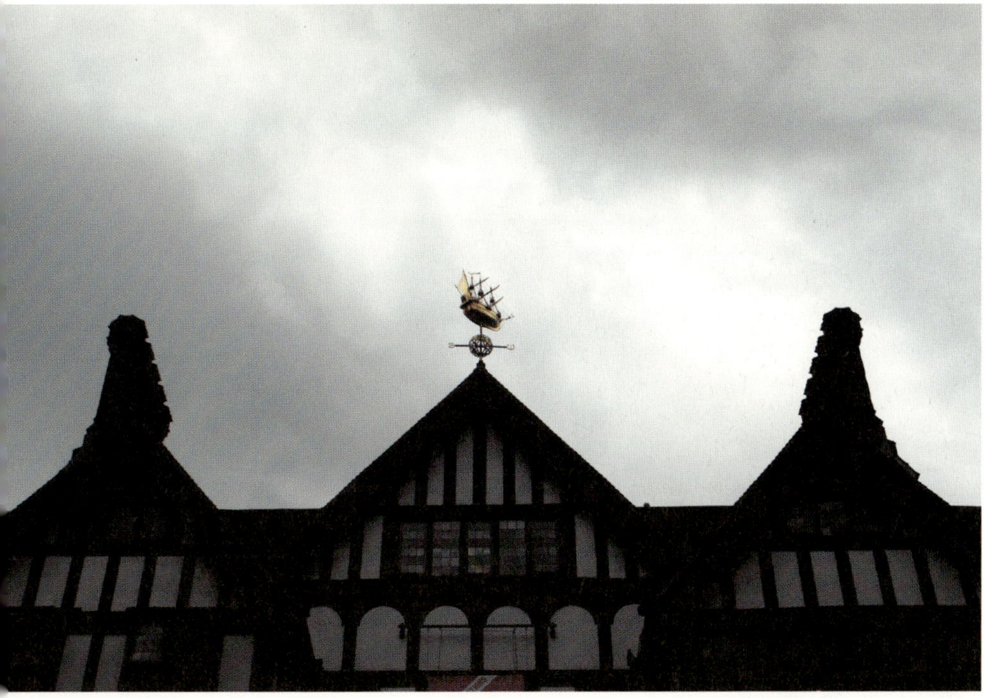

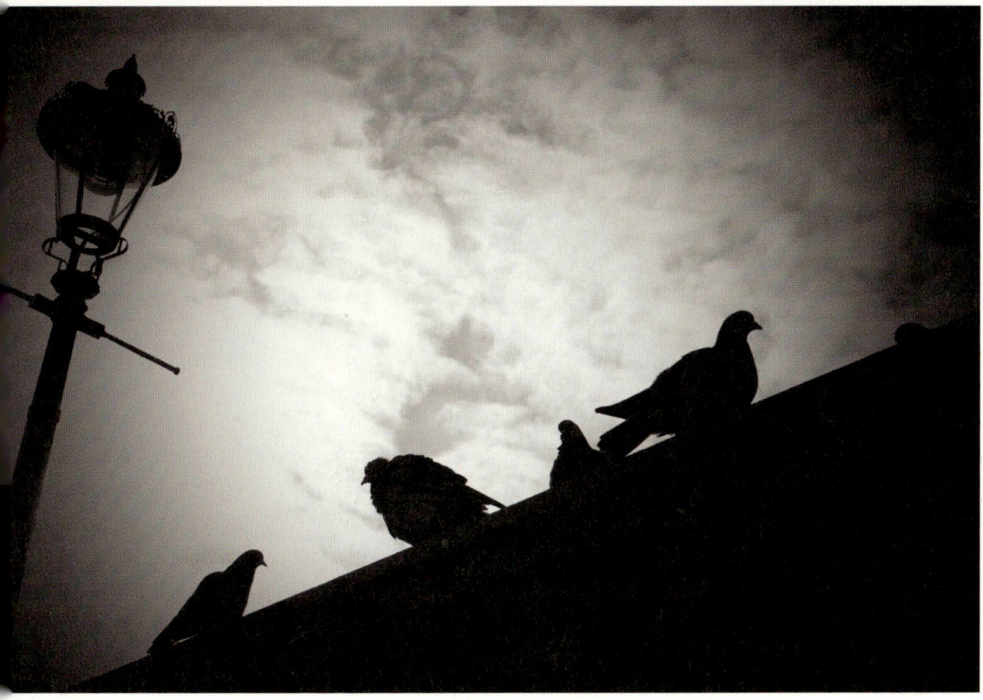

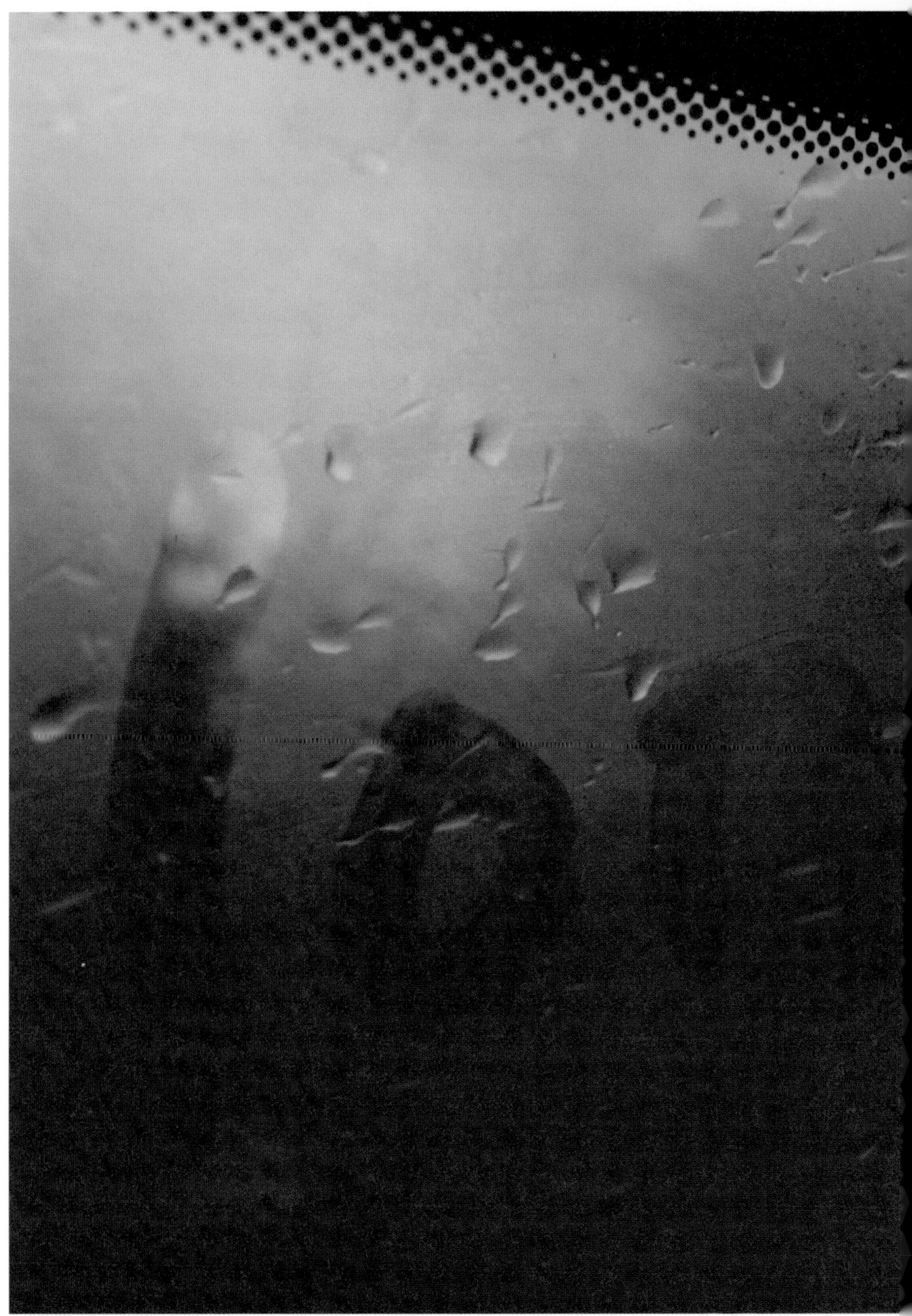

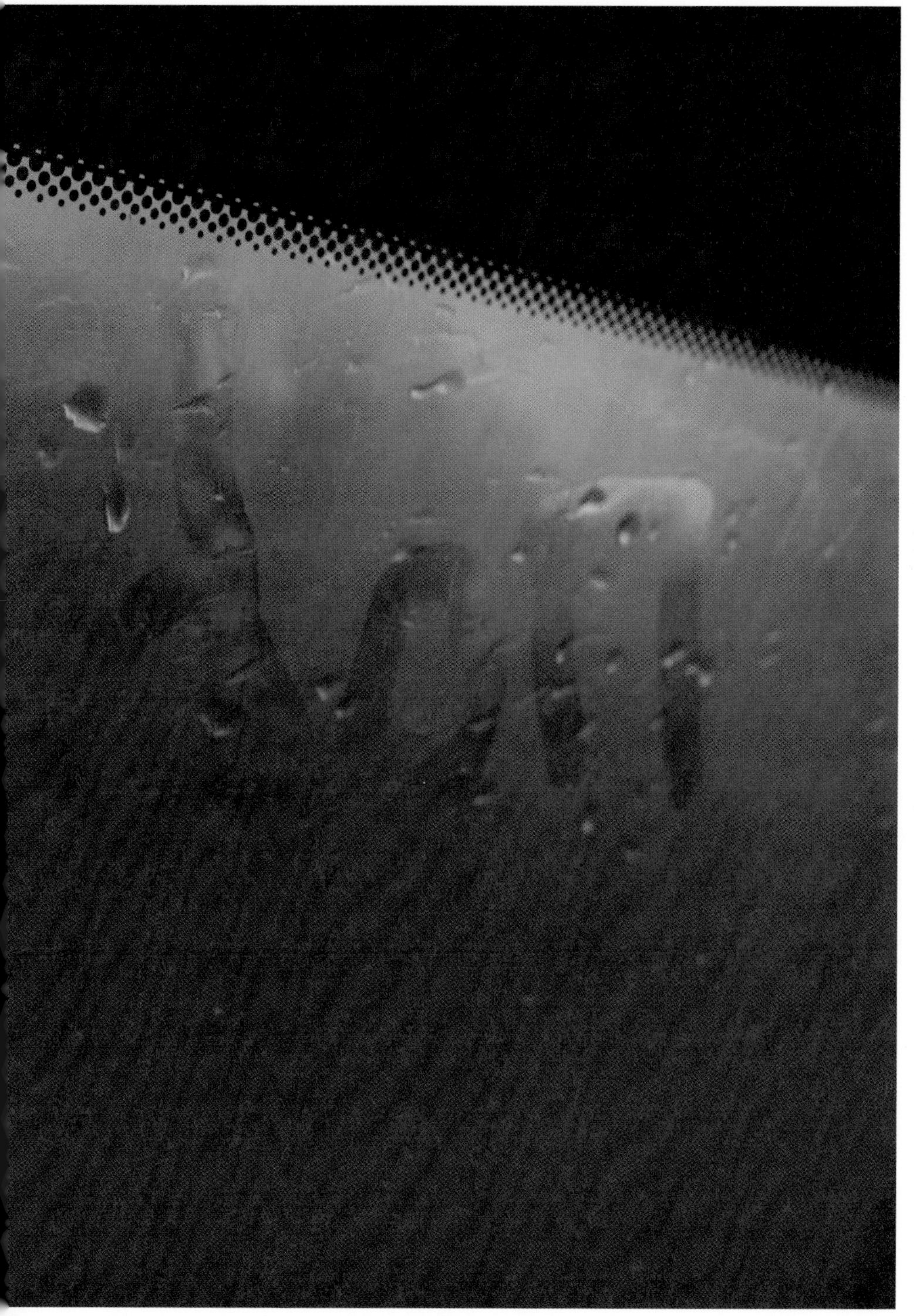

voyage 3 LONDON

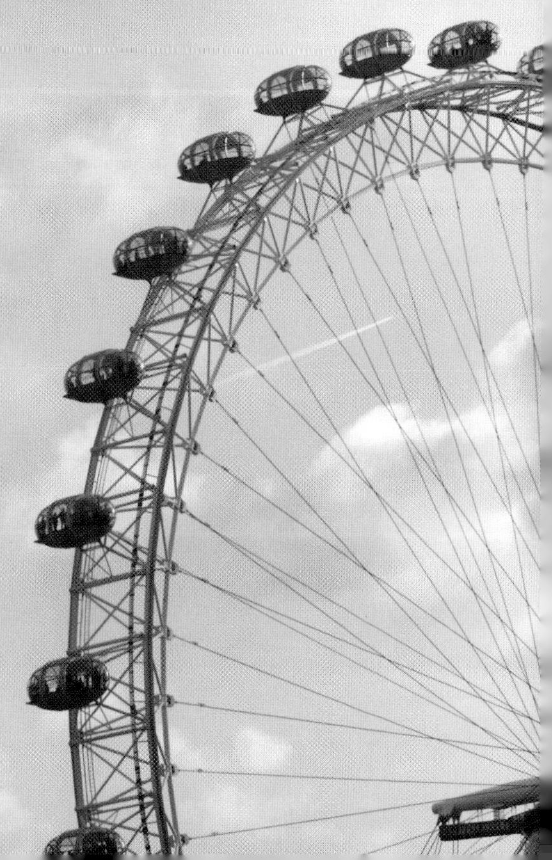

이틀 뒤 그녀에게 전화가 왔다. (참고로 그녀의 이름은 루시이다.)

루시는 친구들과 함께 있다며 시간이 괜찮으면 함께 저녁을 먹고 술도 한잔 하자고 했다. 약속 장소는 소호 근처의 바^{bar}였다.

그곳에 도착하니 예닐곱명 정도 친구들이 모여 있었는데, 물론 한국인이나 한국말을 할 줄 아는 사람은 단 한 명도 없었다.

그들은 반갑게 나를 맞이해주었고, 나는 아주 부족한 영어로 그들에게 나를 소개하였다. 우리는 저녁을 먹으며 이런저런 이야기를 나누었는데, 나를 배려해 아주 쉽고 간단하게 대화가 이루어졌다.

흑인남자 네명, 백인남자 두명, 백인여자 한명.

그들은 대부분 패션계에 종사하는 사람들이었다. 나이도 20대 후반에서 30대 초반들이었고, 패션잡지 에디터, 헤어디자이너, 포토그래퍼, 셀렉트샵 매니저 등 런던에서 활발하게 활동 중인 패션피플들이었다.

그들은 나에게 관심을 보이기 시작했다. 지나고 나서 알게 된 사실이지만, 그곳에 있던 남자들은 모두 게이였다. 평소 게이에 대해 부정적인 편견을 가지고 있지 않았던 나는 그들의 성정체성에 그닥 신경이 쓰이진 않았다. (물론 나는 게이가 아니다.)

저녁식사와 함께 간단히 와인을 마시고 기분이 살짝 업된 우리는 그들이 자주 간다는 게이펍에 가게 되었다. 그곳에는 동성연애를 하는 친구들이 대부분이었는데, 분위기가 굉장히 즐겁고 따뜻해 보였다.

우리는 와인과 맥주를 마시기 시작했다. 하지만 긴장한 탓인지 나는 술이 취하지 않았다. 와인병이 7병 정도 쌓였을 때쯤, 그들은 완전히 흥분되어 있었다. 그러나 나의 존재감은 계속 가라앉고 있었다.

나는 술을 조금 더 마셨다. 기분이 약간 풀렸다. 나는 그들에게 게임을 하자고 제안하였다.

나는 아주 간단한 영어로 369게임의 룰을 설명해주었다. 그들이 이해했다고 답하자 게임은 시작되었다.

그들은 쉽고 간단하면서도 재미있는 369게임에 굉장한 흥미를 보였다. 적당히 했으니 게임을 바꿀까? 내가 제안할 때마다 그들은 조금만 더! 조금만 더!를 외쳤다. 결국 우리는 2시간 반 동안 369게임을 했다. 와인병은 10병이나 더 늘어나 있었다.

술들도 적당히 취한데다 웃음소리와 제스처가 유난히 오버스럽던 그들 덕에 우리 테이블은 그 펍에서 가장 시끄러운 테이블이 되었다. 펍에 있는 다른 사람들도 모여들기 시작했다. 369게임을 하고 있는 우리를 부러운 듯 쳐다보던 그들은 자기들도 게임에 끼워달라고 했다. 30분 정도 지났을까? 펍의 거의 모든 테이블에서 369게임이 진행되고 있었다.

그 장면이 너무나 웃겨 갑자기 웃음이 터졌다. 나는 10분간 배와 목이 아플 정도로 박장대소했다.

런던의 잘나가는 패션피플들이 모여 있는 소호의 바에서 거의 보는 사람들이(그것도 모두 외국인들이) 영어로 369게임을 하는 모습을 상상해보라.

즐거운 술자리를 마칠 때쯤, 우리는 어색함에서 벗어나 친한 친구들처럼 대화를 나누고 있었다. 작별인사를 하려 하자 친구들은 아쉽다며 나를 붙잡았다.

그들이 나를 데려간 곳은 패브릭이라는, 런던에서도 가장 유명한 클럽이었다. 클럽 밖에는 이미 줄이 몇백 미터나 늘어서 있었지만, 나름 런던에서 잘나가는 친구들이라 줄을 서지 않고 바로 들어갈 수 있었다.

클럽 안으로 들어가니, 한국이나 일본 클럽과는 확연히 다른 느낌을 받을 수 있었다.

우선 패션이 제일 크게 느껴졌다. 멋을 부리는 차원을 넘어서, 화려함과 튀는 것으로 승부를 보려는 듯 아예 파티 복장으로 준비를 해오는 것 같았다. 외계인이나 괴물처럼 느껴지는 사람들이 가득했지만, 그 누구도 남의 시선 따위는 신경 쓰지 않았다. 그저 미친 사람들처럼 진짜 신나게 노는 모습들이 보기 좋았다.

우리도 뒤질세라 클럽 한복판으로 들어가 미친 듯이 춤추고 즐기기 시작했다.

그렇게 즐거운 주말을 보내고 우리는 그 뒤로도 몇 번의 술자리와 대화를 나누었다. 그리고 나는 그 친구들에게 한국의 술자리용 게임을 다섯 가지 정도 더 전수해주었다.

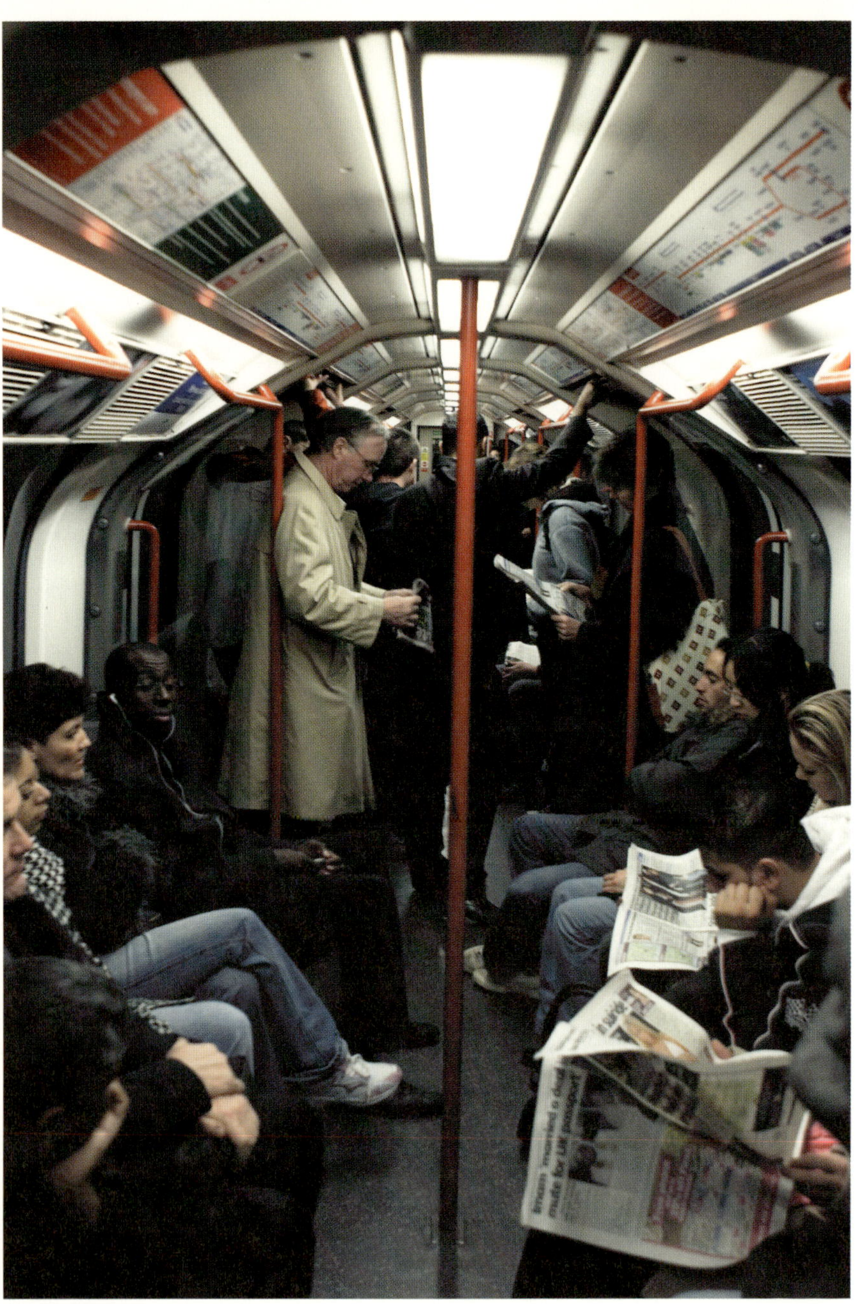

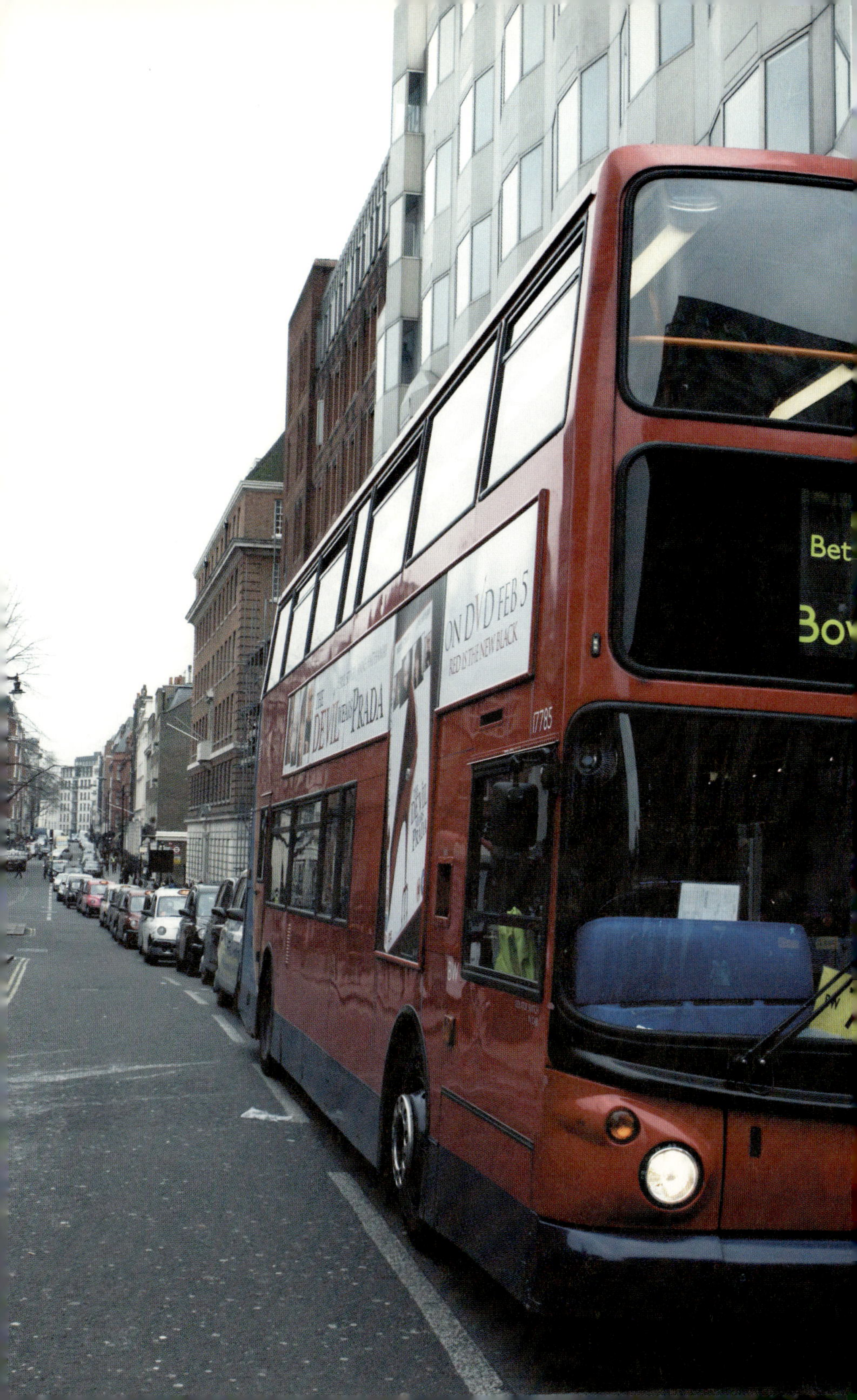
THE DEVIL WEARS PRADA
ON DVD FEB 5
RED IS THE NEW BLACK
17785

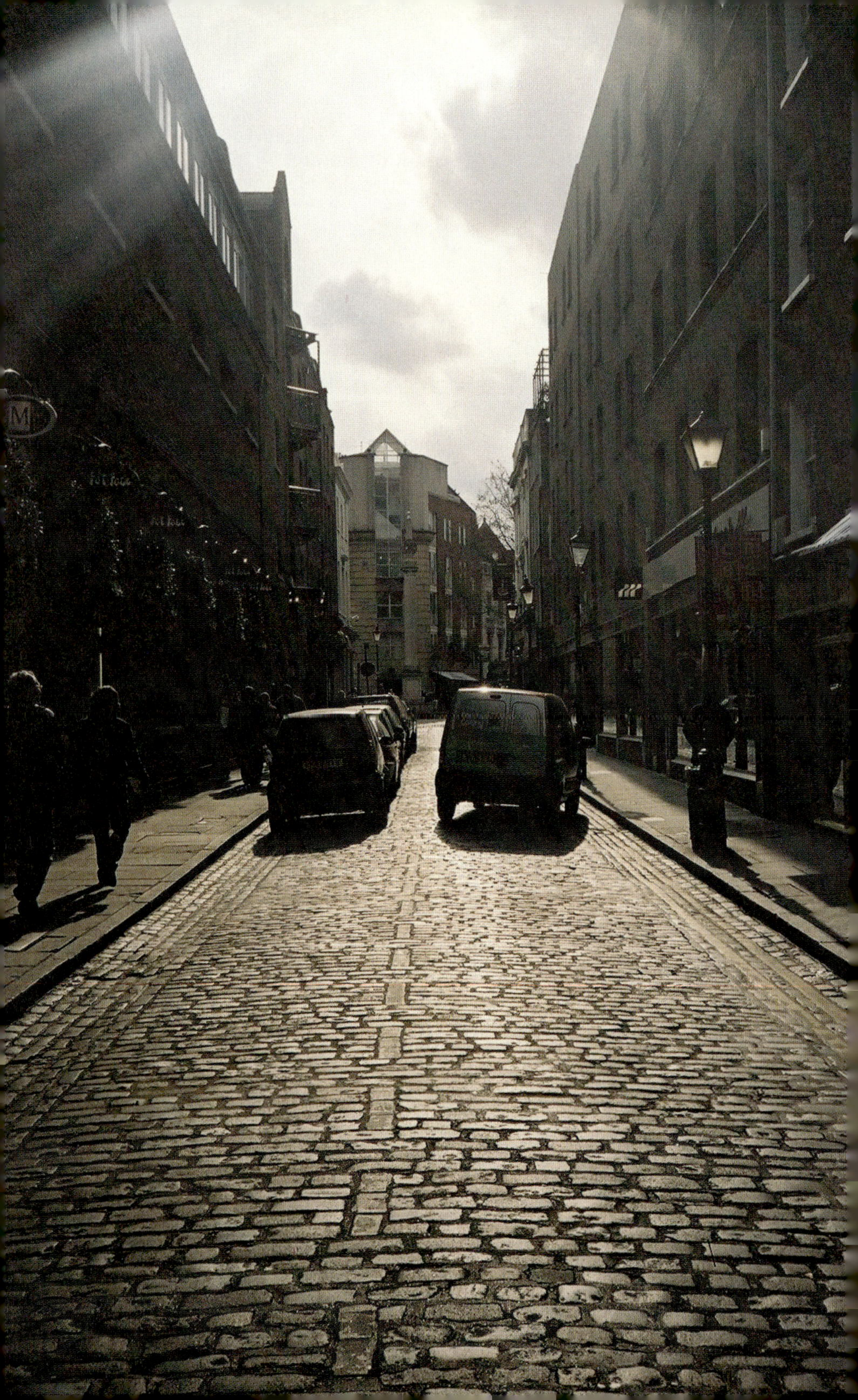

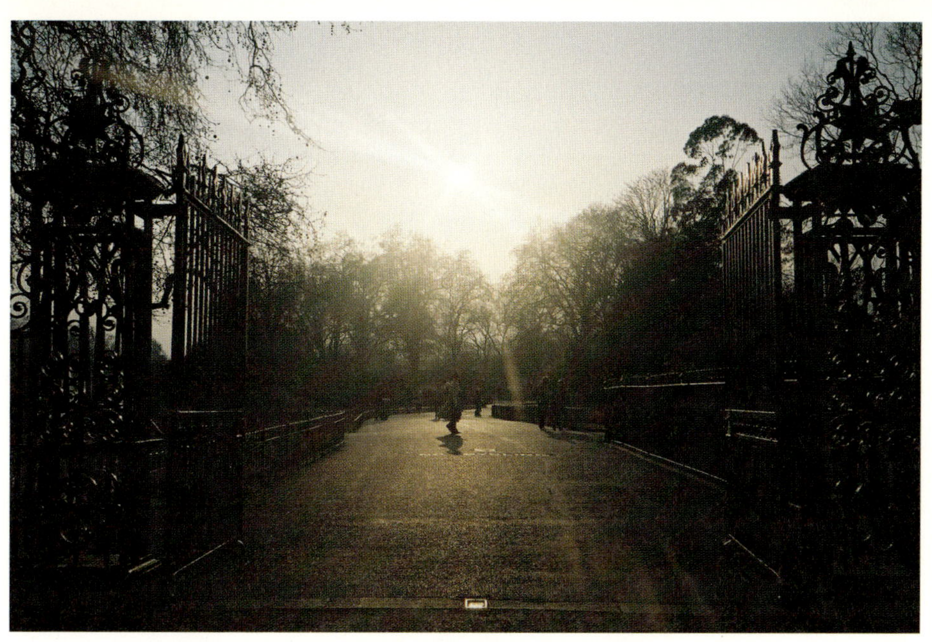

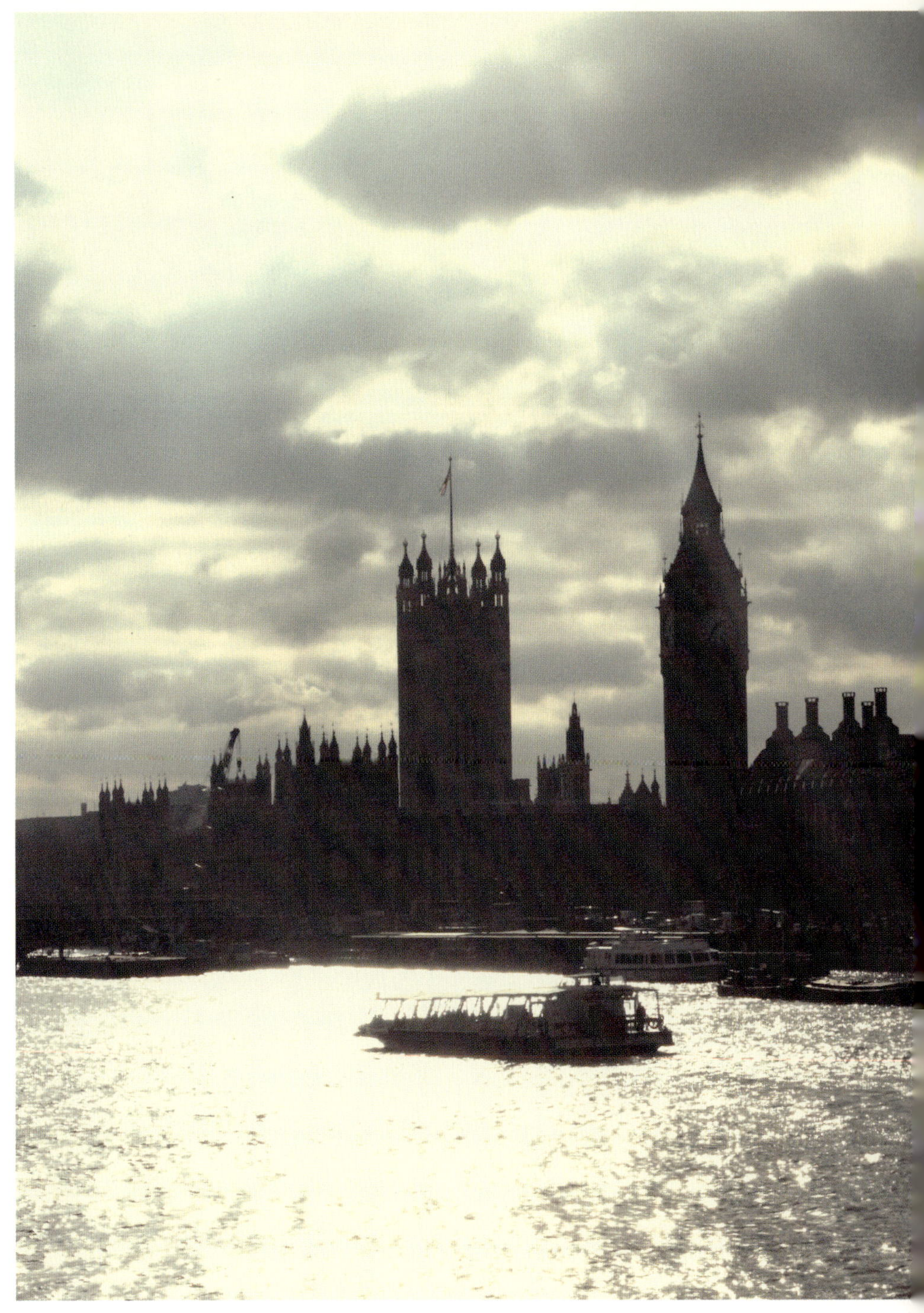

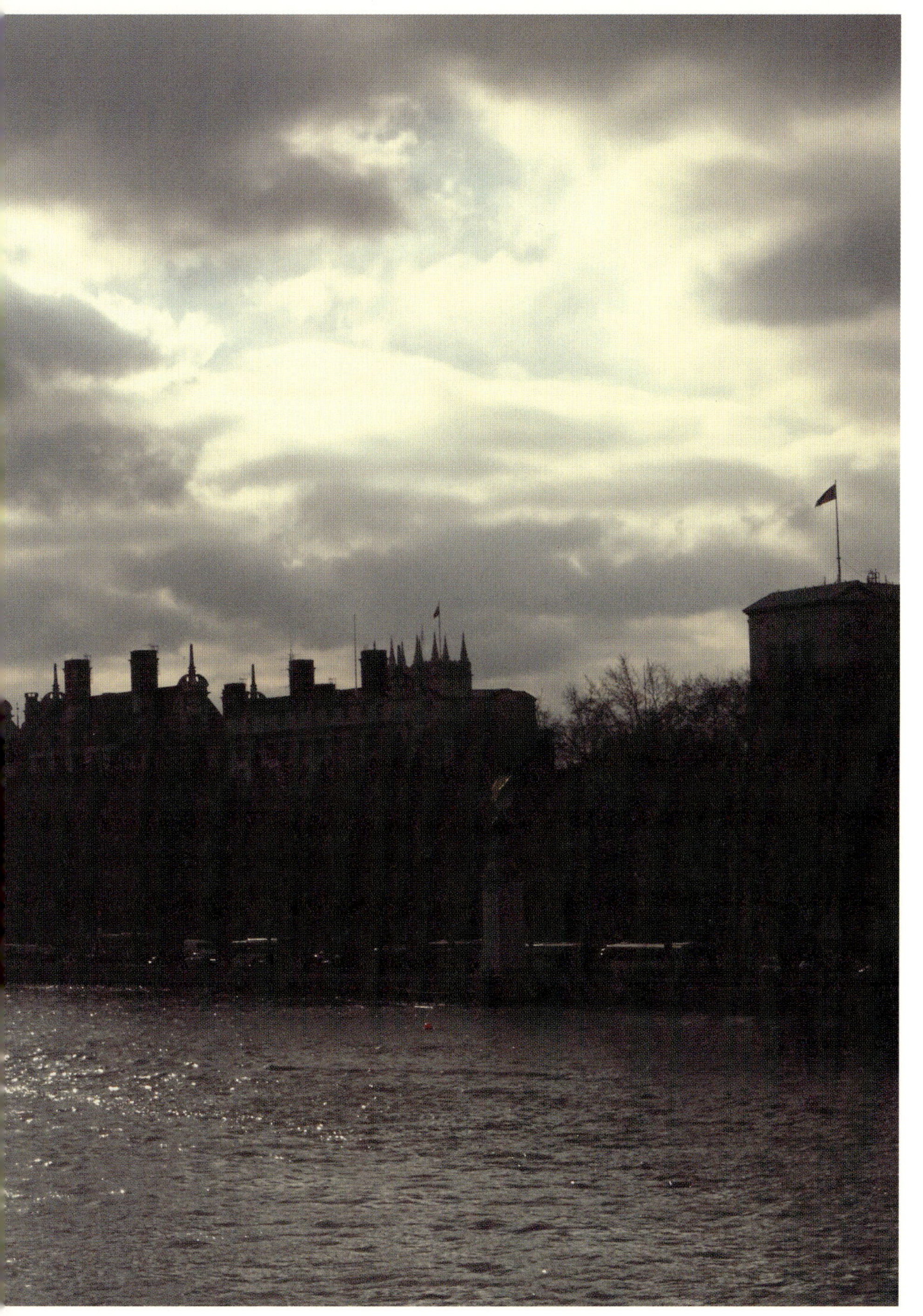

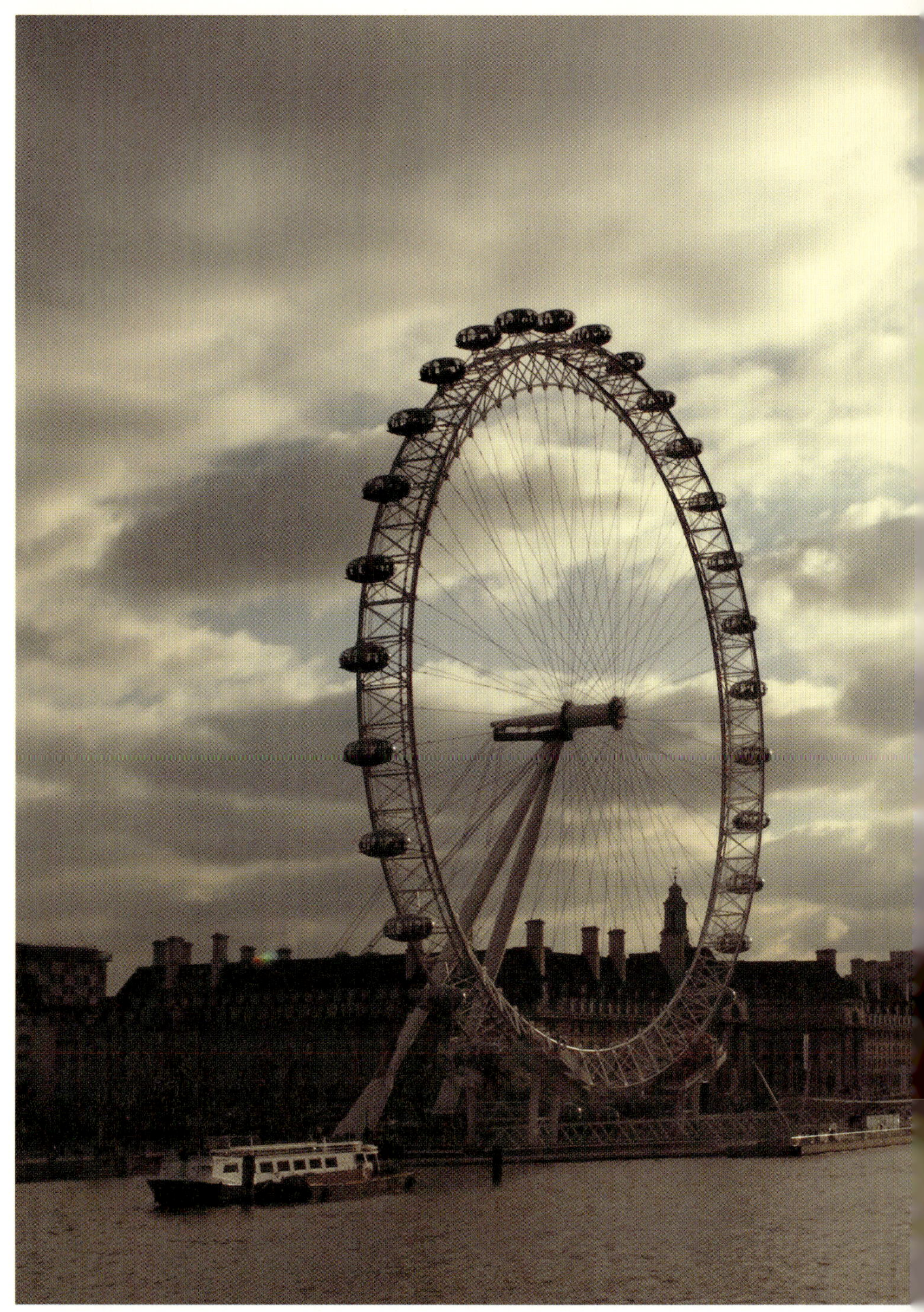

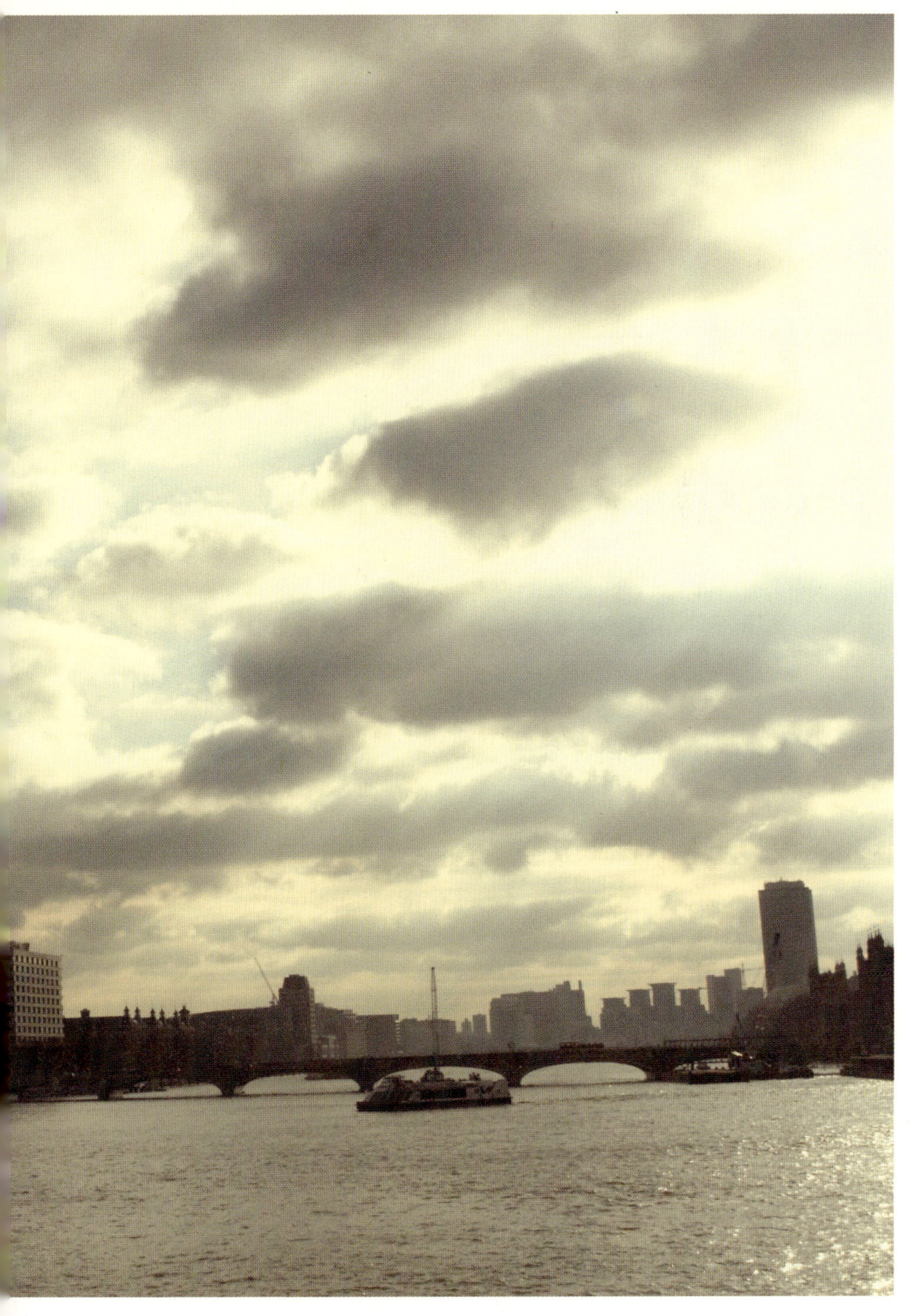

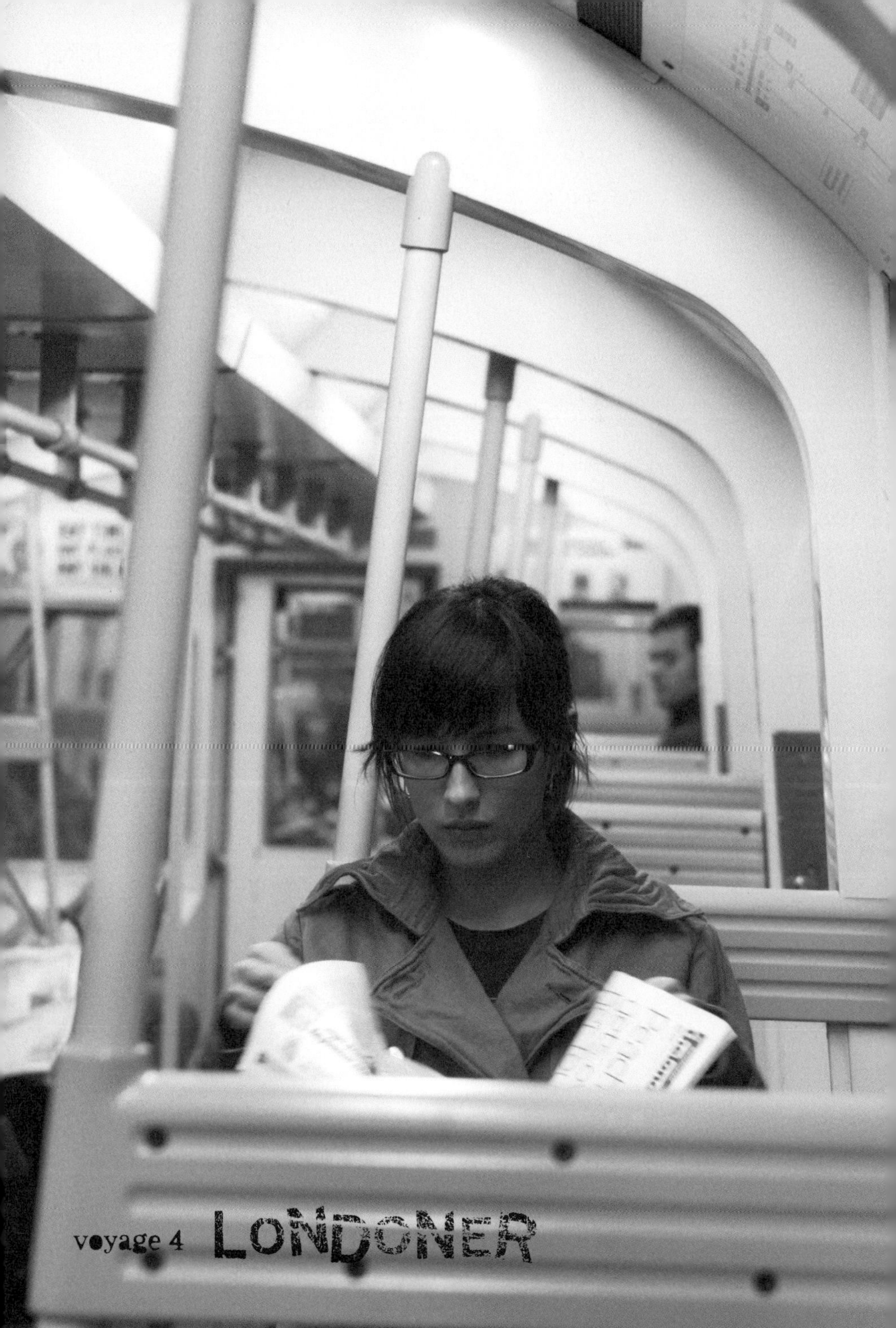

voyage 4   LoNDoNeR

#1

런던의 한 노천카페 앞.

열살 남짓한 꼬마가 대낮에 맥주를 마시고 있었다.

처음에 나는 그저 어이없이 그 아이를 쳐다보고 있었다. 하지만 계속 지켜보다 보니, 아이의 표정에서 뭔가 알 수 없는 고통과 상처가 느껴졌다. 너무나 진지한 표정의 아이를 보며, 쉽게 카메라를 들이댈 수가 없었다.

무엇이 이리도 순수한 나이의 아이를 저렇게까지 만들었을까? 의문과 함께 안타까움마저 들고 있었다. 나는 카메라의 노출을 적정으로 맞춘 뒤, 아이가 있는 쪽으로 천천히 다가가 순간을 놓치지 않기 위해 셔터를 눌렀다.

'찰칵'

순간, 셔터 소리를 들은 아이가 나와 정확히 눈이 마주쳤다.

사진을 찍힌 아이는 내게 맥주캔을 집어던지더니 사람들 사이로 빠르게 사라졌다. 황당함은 둘째 치고, 누군가의 휴식을 방해했다는 생각에 아이에게 미안할 뿐이었다.

그 아이는 무엇인가에 스트레스를 받았고, 그것을 풀기 위해 그곳을 찾았을 것이다. 그런데 처음 보는 동양인 남자가 카메라를 들이대고 사진을 찍어댔으니…….

아직도 그 아이에게 너무나 미안한 마음이 든다.

다시 그때로 돌아가 나도 맥주 한 캔을 들고 그 옆에 앉아 시원하게 한잔 마시며 말동무나 되어주었으면 좋으련만…….

그 아이와의 만남은, 피사체에 대한 예의와 매너를 좀 더 공부해야 겠다는 다짐을 하게 된 계기가 되었다. 나의 욕심을 채우기 위해, 상대방의 기분이나 상황을 계산하지 않고 범한 무례한 행동에 반성을 하게 된다. 안타깝고 미안한 마음이 사진을 보는 내내 나를 계속 찌른다…….

#2

런던에 가게 되면 꼭 가보리라 마음먹은 곳이 있었는데, 그곳은 바로 노팅 힐이었다. '노팅 힐'이라는 영화의 영향도 있었고 런던에 다녀온 이들의 이야기를 들었던 것도 있었기에, 나는 노팅 힐의 그 분위기를 꼭 한번 느껴보고 싶었다.

그날은 일찌감치 숙소에서 나와 지하철을 타고 노팅 힐 역에 내렸다. 그런데 지하철역에서 나와서 보게 된 노팅 힐의 풍경은 영화 속에서 보아온 것과, 그리고 내가 상상해온 것과 너무나 달랐다. 조금 실망을 한 나는, 분명 이곳 어딘가에 영화 속의 그런 느낌을 전해줄 스팟이 있으리라 믿고 돌아다니기 시작했다.

하지만 한참을 돌아다녀도 그곳은 나타나지 않았다. 사람들에게 물어보고 싶었지만, 부족한 영어 실력에 괜한 고생만 할까봐 쉽사리 입이 떨어지질 않았다.

그렇게 한 시간쯤 지났을까.

다리가 아파 잠시 길가에 멈춰 서서 어떻게 해야 하나 생각을 하고 있었다. 그때 웬 아저씨가 내게 다가와 말을 걸었다.

아저씨는, 카메라가 좋아 보인다고 하더니 대뜸 샌드위치를 사먹으라고 했다. 황당한 마음, 반가운 마음, 두려운 마음이 교차했다. 문득, 아저씨에게 길을 물어봐야겠다는 생각이 들었다. 나는 아저씨를 보며 웃었다.

아저씨는 친절하게 내게 길을 설명해주셨다.

아저씨가 길을 설명해주신 뒤 이러쿵저러쿵 샌드위치에 대해 설명하며 사먹으라고 말씀하시는 그 와중에, 나는 카메라를 꺼내 웃으며 셔터를 눌렀다.

아저씨는 3초간 가만히 계시더니, 다시 멋지게 찍어달라고 하셨다. 하지만 나는 이 사진이 더 좋다고 대답하며 카메라를 집어넣었다.

그러자 아저씨는 찍은 사진을 보여달라고 하셨다. 그리고 카메라 액정 속 당신의 모습을 보며 피식 웃으시고는 샌드위치 가게로 돌아가셨다.

아저씨를 정식으로 멋지게 찍은 사진보다 나는 이 사진이 훨씬 멋질 거라는 생각이 들었다. 아저씨는 런던에서 처음으로 나에게 먼저 말을 걸어준 사람이었던 것이다…….

#3

영국의 택시는 크게 두 종류로 나뉜다.

런던이나 맨체스터처럼 유명하고 큰 도시에서 자주 볼 수 있는 검은색의 빈티지한 택시 블랙 캡Black Cab. 그리고 작은 동네에서 콜택시 역할을 하는 택시 미니 캡Mini Cab.

블랙 캡은 대도시의 중심가를 제외한 일반 주택가에서는 자주 볼 수 없는 데 반해, 미니 캡은 동네마다 있으며 전화로 부를 수 있다. 미니 캡은 요금이 대부분 흥정으로 결정되어지고, 블랙 캡은 한국처럼 택시에 미터기가 달려 있어 그에 따라 요금을 지불한다. 블랙 캡과 미니 캡은 한국의 모범택시와 일반택시의 요금 차이 정도로 보면 비슷할 것이다.

하루 밥값을 아껴가며 생활하던 나는 블랙 캡을 탈 기회도, 생각도 없었다. 대신 나는 오이스터 카드라는 한국의 교통카드와 같은 카드를 구입해 지하철과 버스로만 이동을 했다.

그런 내게도 어쩔 수 없이 블랙 캡을 타야만 했던 때가 있었다.

그날도 역시 카메라를 들고 시내를 돌아다니다 마지막 지하철을 타고 숙소로 돌아가던 중이었다. 그런데 갑자기 지하철이 멈추더니, 더 이상 운행을 하지 않으니 모두 내리라는 방송이 나왔다.

말이 안 됐다. 한국에서는 지하철 정차시간이 조금만 길어져도 뉴스에 방송될 정도로 난리가 나는데…….

지하철이 최초로 생긴 나라이기도 한 런던의 지하철은 오랜 전통을 지키기 위해 되도록 예전 모습 그대로 유지하고 내부만 새롭게 고치는 정도라고 한다. 그래서 지하철이 가다가 멈추거나 완전히 서버리는 사태가 벌어져도 그들은 아무렇지 않은 듯 그냥 내리고들 한다는 것이다.

나는 어쩔 수 없이 지하철에서 내려 블랙 캡을 탈 수밖에 없었다.

당시 파운드의 환율은 1,850원 정도였다. 무서울 정도로 높은 런던의 물가는 장기간 여행을 하는 나를 짠돌이로 만들어놓았으니, 그런 내가 블랙 캡을 타고 숙소로 돌아간다는 것은 금전적으로 큰 타격을 입는 것이었다.

걸어갈까 생각도 했지만, 길도 모르고 위험할 수도 있었다. 할 수 없이 울며 겨자 먹기 식으로 나는 블랙 캡을 탔다.

그때부터 나의 시선은 오직 미터기에만 집중되었다. 미터기의 액정이 바뀌면서 요금이 올라갈 때마다 나의 심장박동 수도 함께 올라갔다. 그렇게 떨리는 심장을 부여잡고 숙소로 돌아가는 택시 안. 그런데 앞을 자세히 보니 어떤 문구가 적혀 있었다.

'MAKE LOVE, NOT WAR! ALL YOU NEED IS LOVE.'

블랙 캡 뒷자리 손님들을 위해 나이 지긋한 기사 아저씨가 손수 쓴

듯한 녹색 사인펜의 그 문구는 아주 짧은 순간 나를 소름 돋게 만들었다. 참 따뜻하고 아름답다는 생각이 들었다.

택시를 타기 전 택시비 걱정하던 나의 고민과는 차원이 다른, 훨씬 더 큰 메시지를 전달해주는 블랙 캡의 문구를 보면서 나는 비싼 택시 요금보다 훨씬 더 큰 달란트를 받은 기분이었다.

나는 가방 안에 있던 작은 필름카메라를 꺼내 조용히 그 문구를 찍었다. 올라가는 미터기의 요금이 더이상 중요하게 느껴지지 않았다. 나는 한참동안을 깊은 생각에 빠졌다.

숙소 앞에 도착해서 택시비를 지불하면서, 기사아저씨에게 문구가 너무 좋았다며 감사하다고 인사를 했다.

지금 글을 쓰며 사진 속 블랙 캡의 아름다운 문구를 보고 있자니, 따뜻함과 아름다움에 젖어 숙소로 돌아가던 그날 밤의 나로 되돌아간 듯하다.

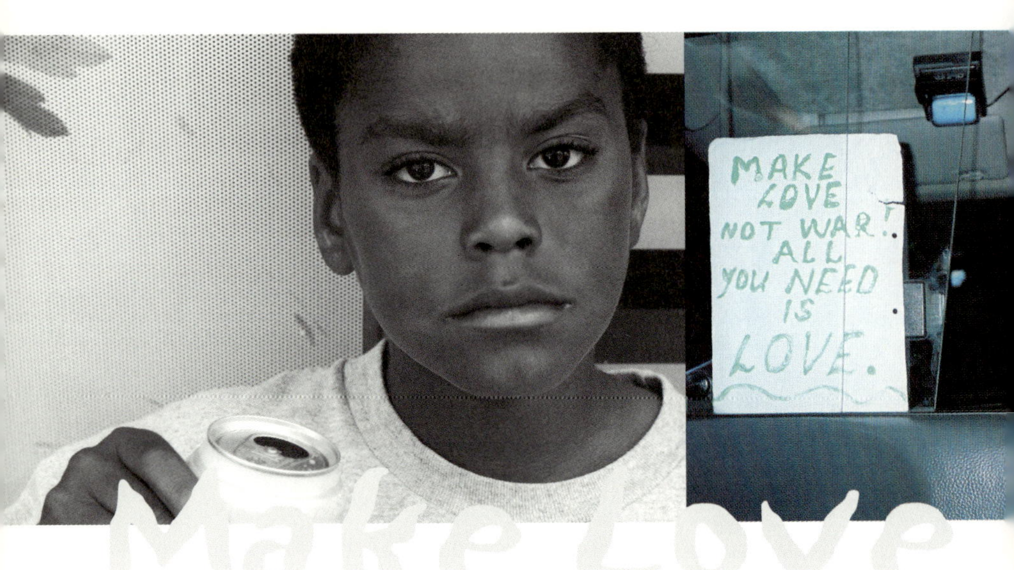

Make Love

All You Nee

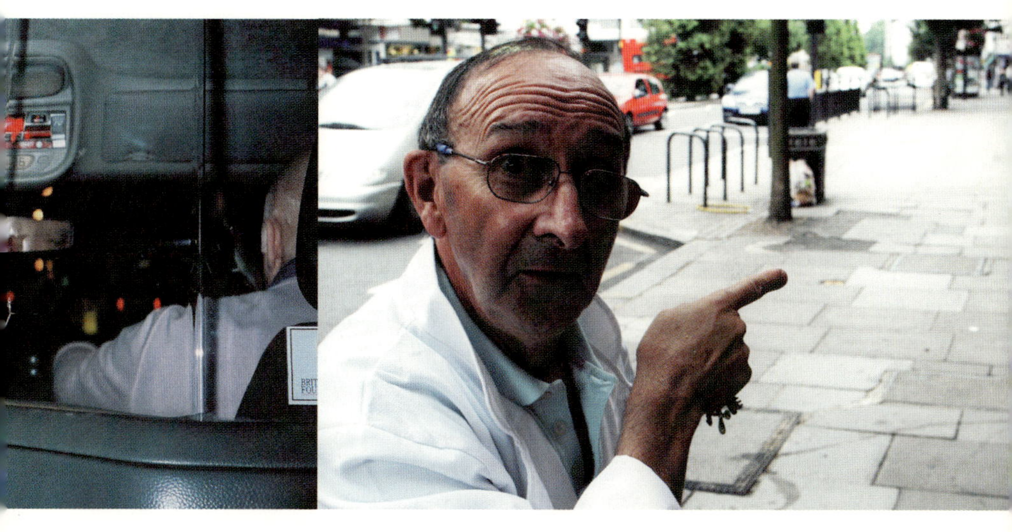

Not War
is Love

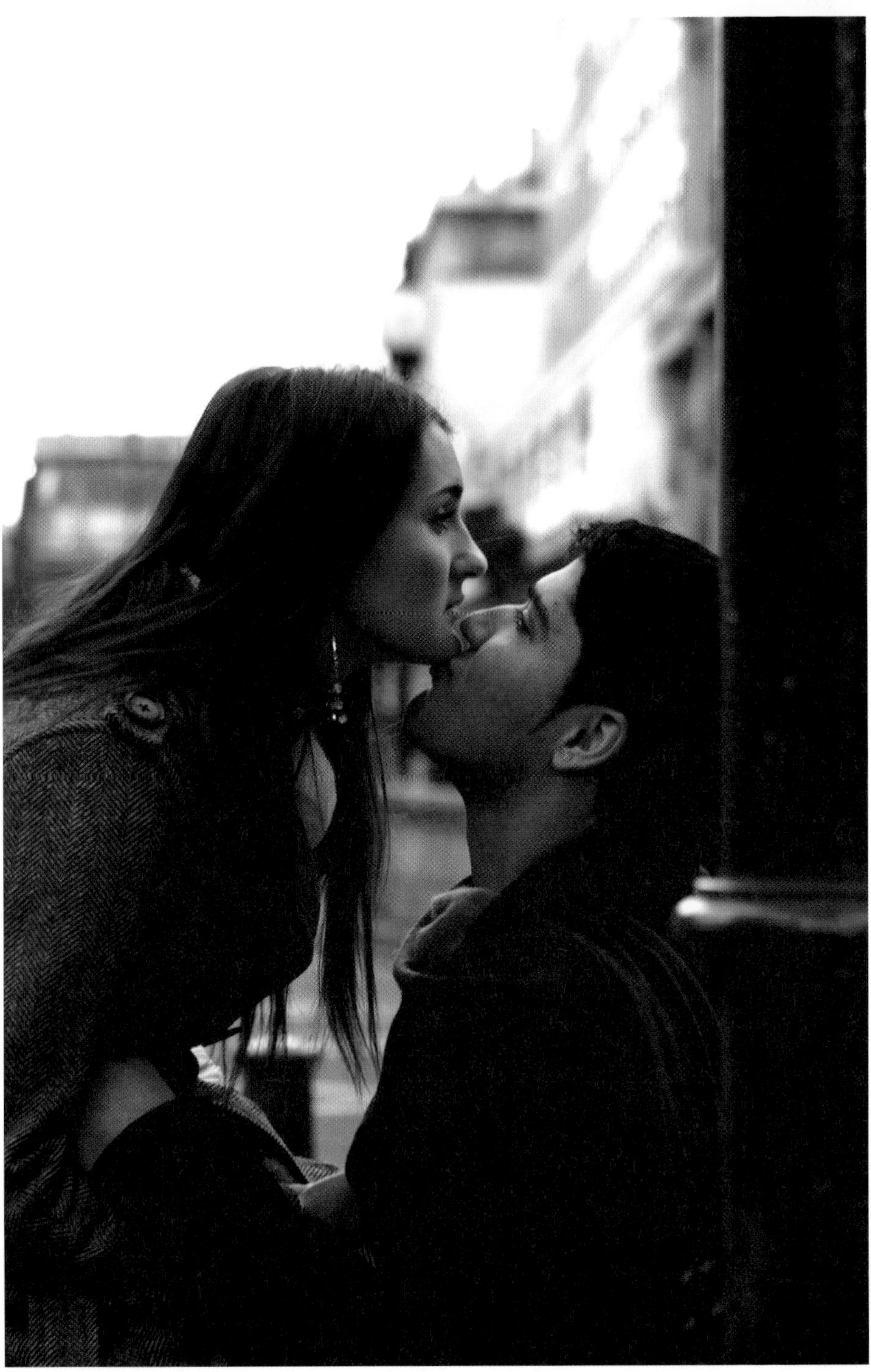

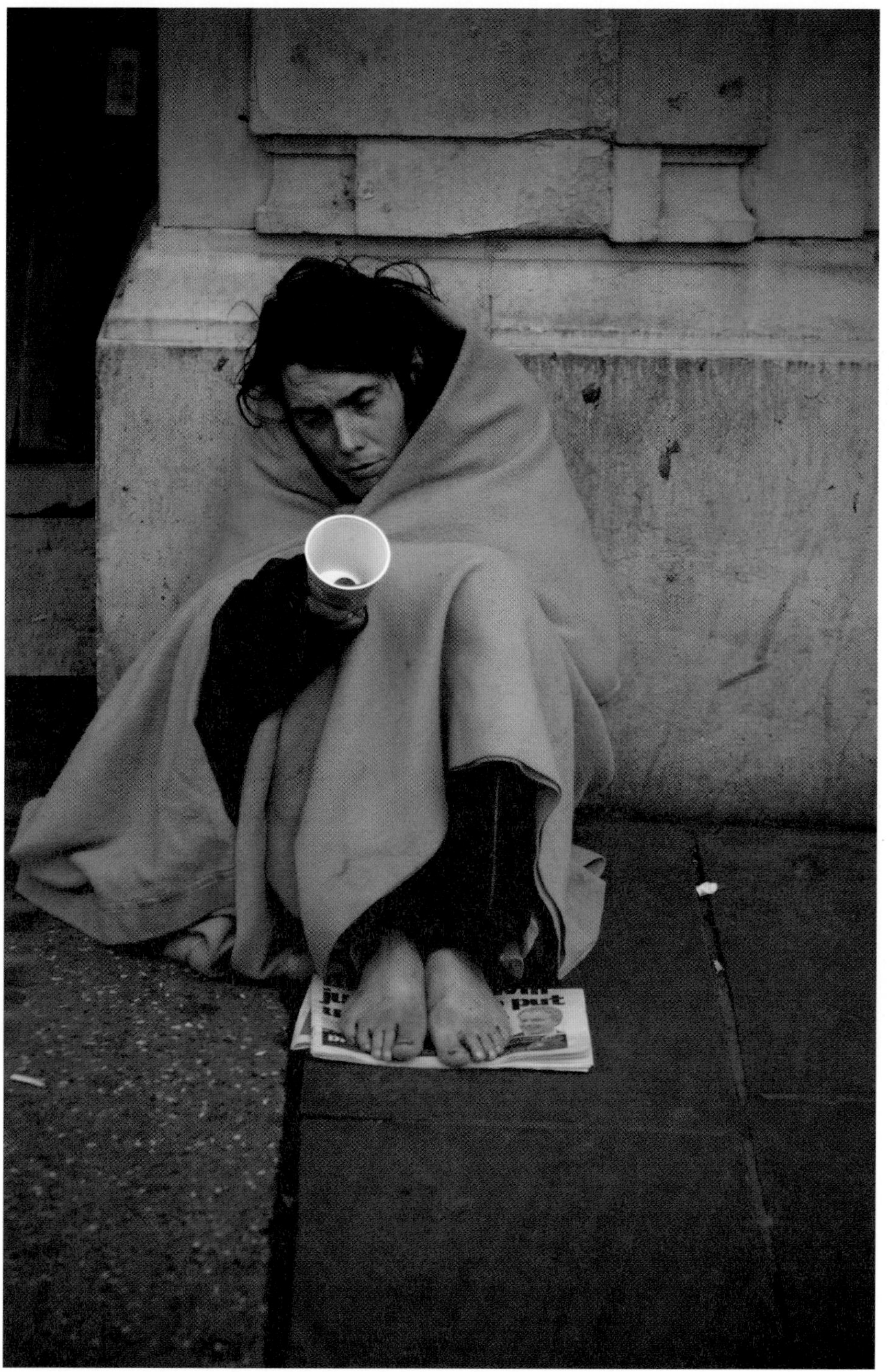

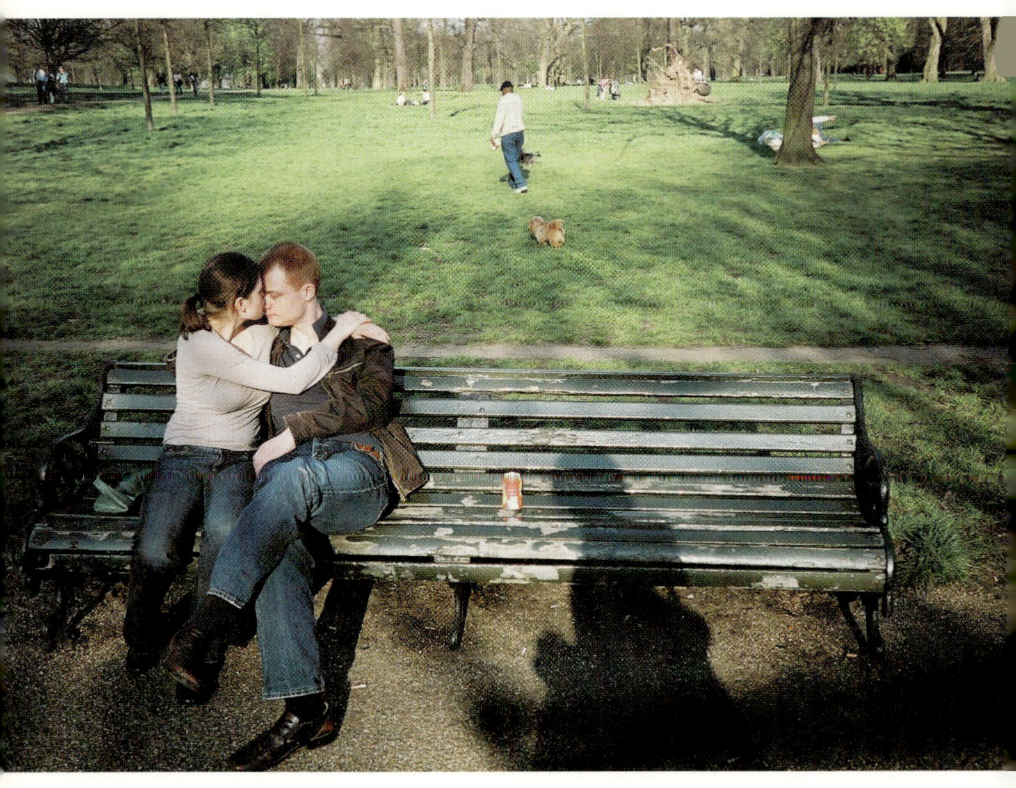

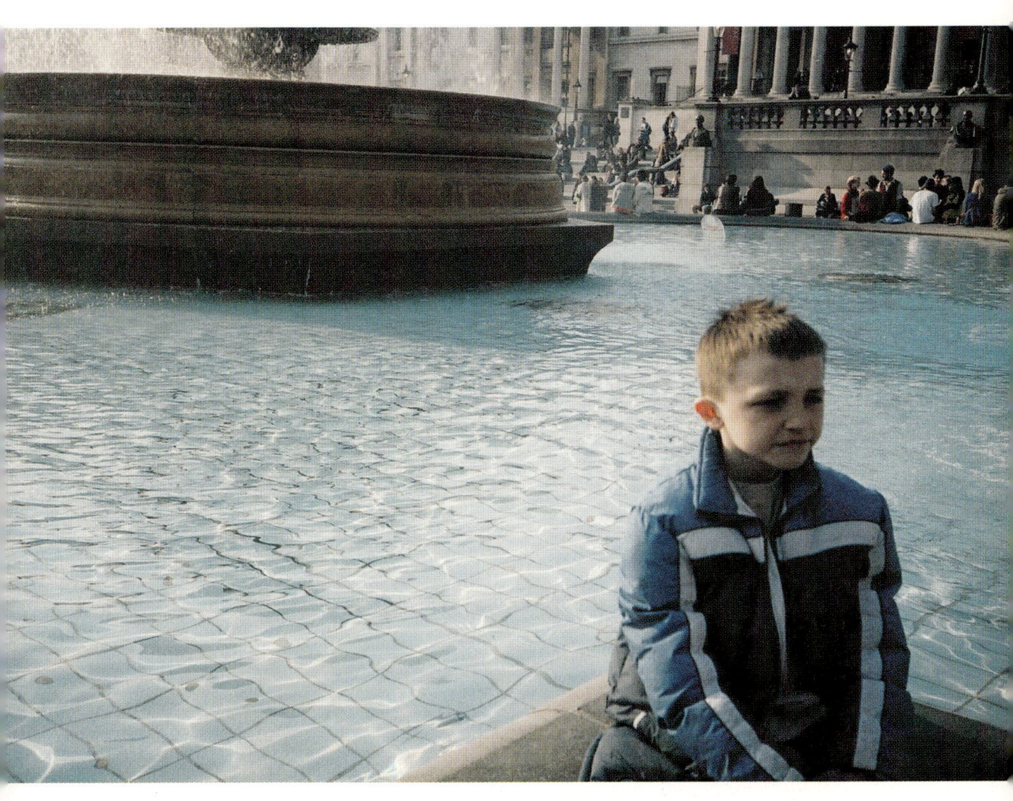

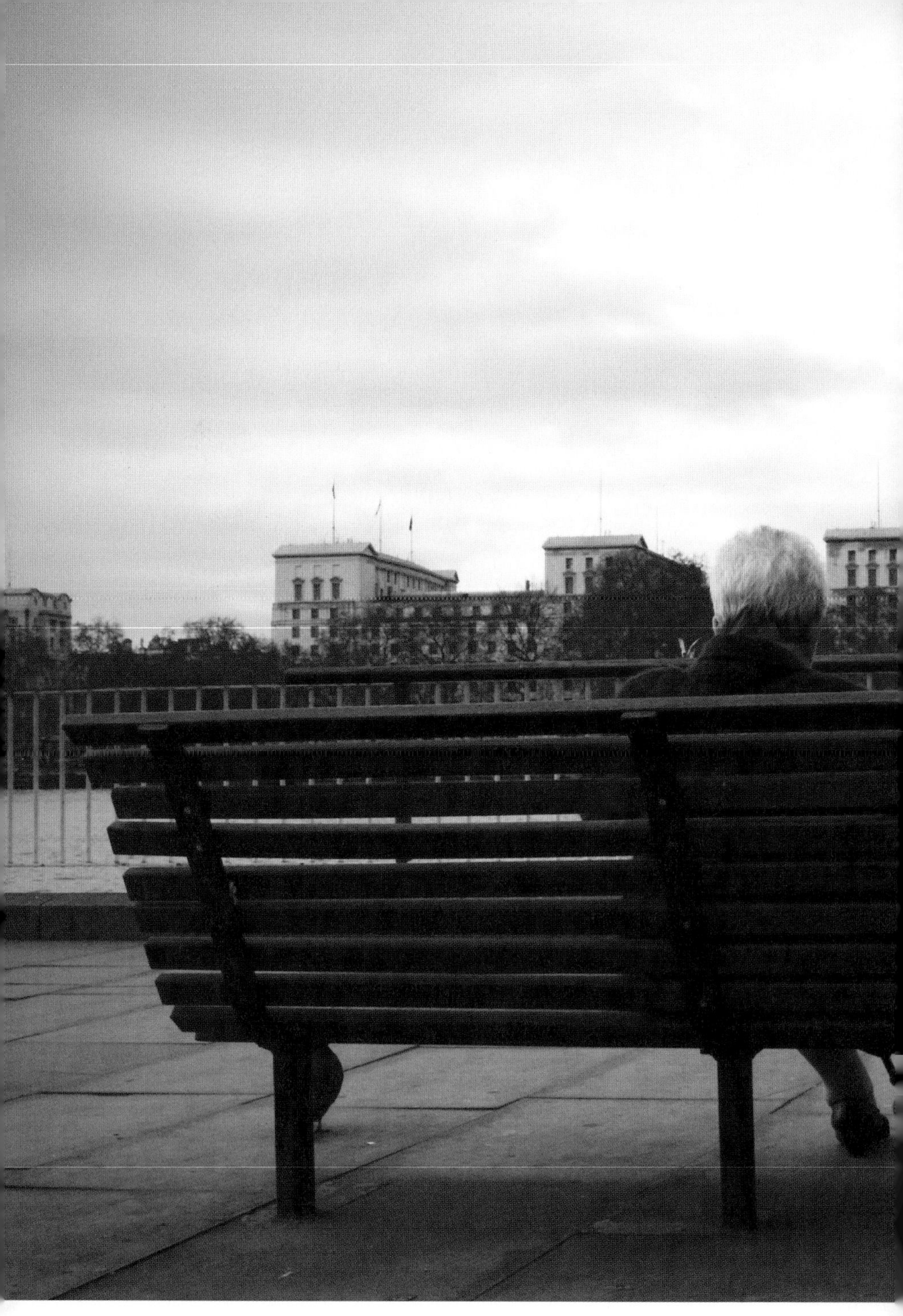

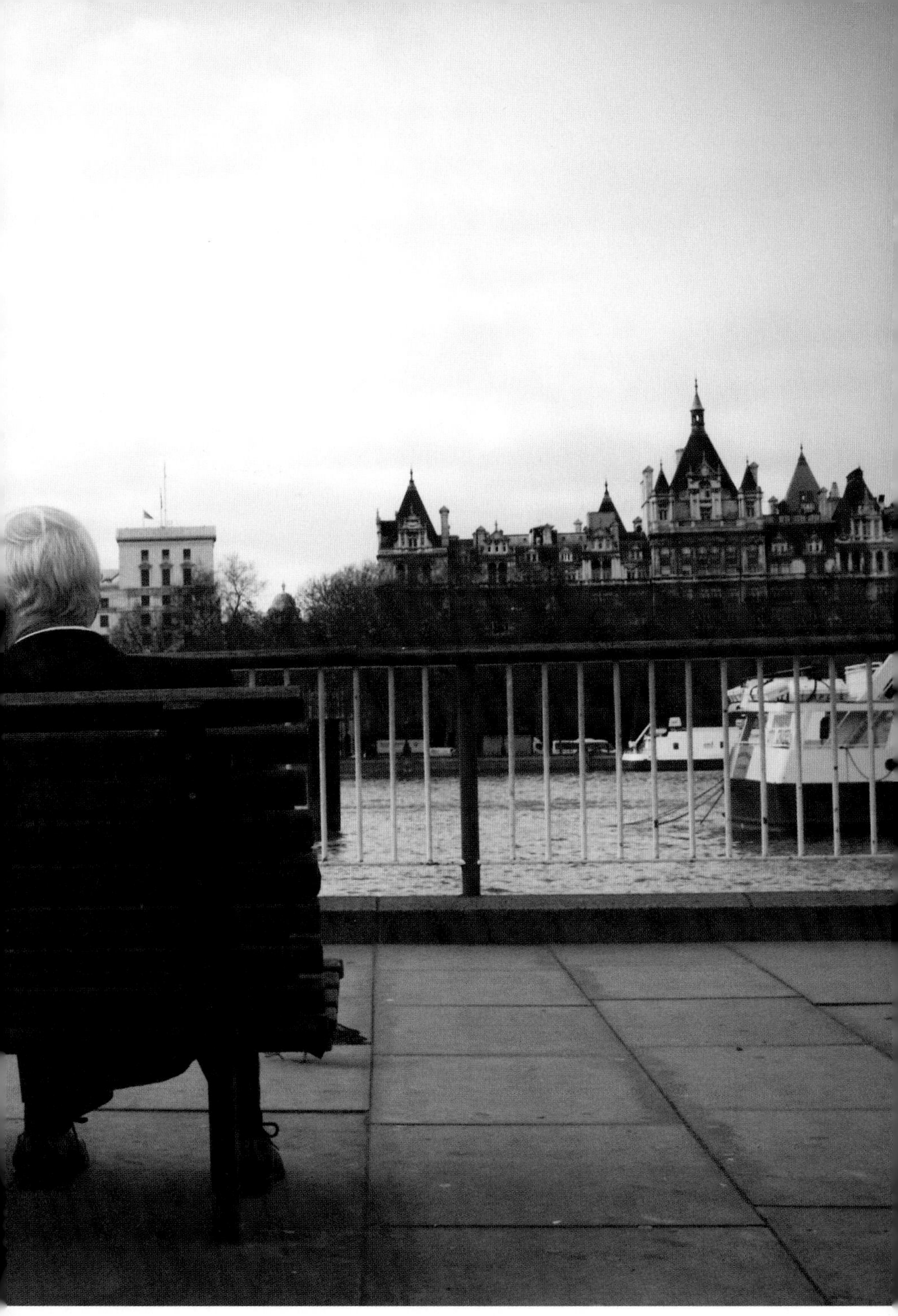

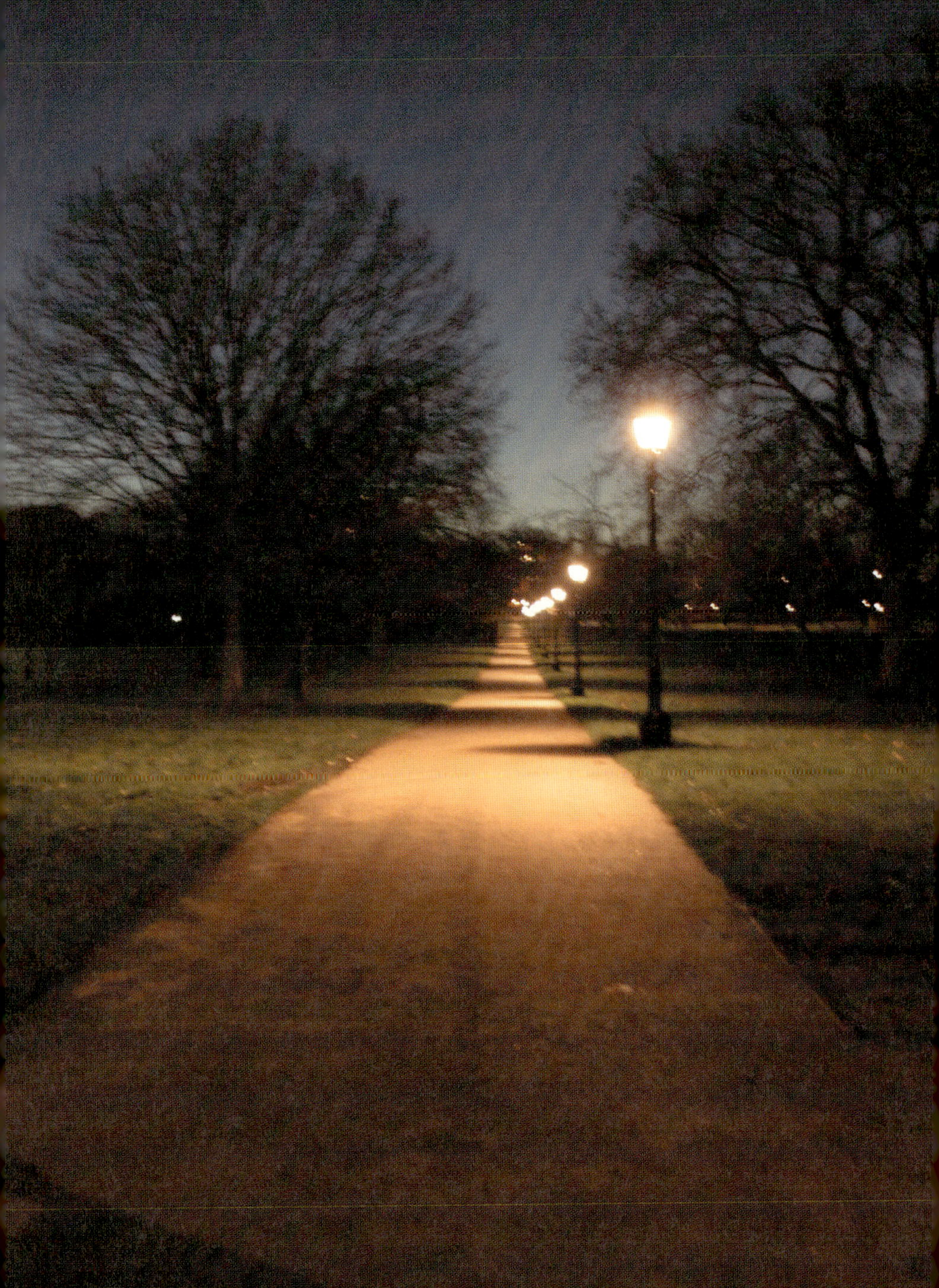

voyage 5 Oneday in LONDON

애초 내가 예정한 여행기간은 한달이었다. 그런데 나는 이미 그 기간을 훌쩍 넘겨 두달째에 접어들고 있었다.

하루도 빠짐없이 카메라를 들고 돌아다닌 덕분에 나는 런던의 지리를 제대로 파악하게 되었다. 지하철이나 버스도 문제없이 타고 다녔고, 환승이나 요금에 대해서도 막힘이 없었다. 맛있는 한국식당과 타이식당, 런던식당, 바 혹은 펍, 클럽, 옷가게, 서점…… 등 나의 관심사와 관련된 곳에 대한 확실한 정보도 가지게 되었다. 매일 카메라를 들고 나가 찍었더니 사진도 거의 5만장 가까운 용량이 되어 있었다.

런던의 이름난 동네 구석구석을 돌아다니며 유명한 곳들은 거의 다 가보고 나니 문득 이런 생각이 들었다.

'왜 런던에서는 산을 보지 못했을까?'

사실 그랬다. 런던에 있는 동안 오래된 건축물은 많이 보았지만, 산은 한 번도 보지 못했다. 나는 그곳 친구에게 이런 의문을 이야기했다. 그 친구는 내게 '프림로즈 힐'을 소개해주었다.

친구에게 그곳까지 가는 대략적인 약도를 받아들고, 어느 날 나는 프림로즈 힐을 찾아나섰다. 약도를 받긴 했지만 어디가 어디인지 알 수가 없었다. 나는 거리를 지나가는 사람들에게 "웨얼 이즈 프림로즈 힐?"을 반복해 물으며 겨우겨우 이동을 하고 있었다.

한참을 가다 길을 잃어 왔던 길을 다시 되돌아가고, 그렇게 길을 되짚어 가다가 또다시 길을 잃었다. 나는 지하철에서 내려 두 시간이 넘도록 이상한 길을 헤매고 있었다.

햇살이 좋았던 그날, 나는 자연광을 받으며 촬영을 하고 싶었다. 하지만 길을 헤매던 중 답답한 마음에 고개를 들어 하늘을 쳐다봤을 땐 이미 해가 저 반대편으로 지고 있었다.

한숨을 한 번 푹 내쉬고 다시 길을 걸었다. 걸으면서도 낯선 그곳의 여기저기를 계속 찍었다.

그러다 드디어,

저 멀리 낮은 언덕 같은 것이 내 시야에 들어왔다.

드디어 찾았구나.

그 언덕만 바라보며 하염없이 걸었다.

그렇게 또 한참을 걸어 그곳 입구를 찾았을 때, 해는 이미 언덕 반대편으로 떨어져 있었다. 자연광 사진은 벌써 포기했고, 그래도 힘들게 찾아왔으니 언덕 위로 올라가 보기나 하자는 생각에 언덕을 올라가고 있었다.

그때, 내 눈에 전혀 상상하지 못했던 광경이 펼쳐졌다.

언덕 너머의 햇살에 비춰 저 멀리 언덕 위 나무와 사람들이 마치 작은 인형들처럼 실루엣으로만 보였다. 저녁노을에 적셔진 하늘은 칠판 지우개로 스윽스윽 문지른 듯, 구름들과 함께 여기저기 줄을 지은 채 흩어서 있었다.

나는 낮은 자세로 엎드렸다. 그리고 그 풍경을 카메라에 담았다.

다시 일어서서 발걸음을 옮겼다.

드디어 언덕 정상.

눈을 감고 코로 숨을 깊게 들여 마신 뒤, 시선을 아래로 향해 내려다보니 저 멀리 런던아이까지 다 보일 정도로 그곳은 꽤나 높은 위치에 있는 언덕이었다.

주변에는 친구들과 함께 놀러온 무리, 강아지를 데리고 산책 나온 사람들, 체크무늬 담요와 와인을 손에 들고 놀러온 연인 등 꽤 많은 사람들이 그곳의 풍경과 풀, 나무, 바람들을 즐기고 있었다. 문득, 달랑 카메라만 들고 혼자 찾아온 내 모습이 그렇게 초라해 보일 수가 없었다.

언젠가, 꼭, 친구들과 이곳을 다시 찾으리라.

그런 다짐을 하며 나는 그곳의 풍경을 계속 음미했다.

남은 해가 완전히 지고 나서야 나는 언덕을 내려오기 시작했다. 어두컴컴한 하늘에 달이 떠 있었고, 가로등 불빛만이 그곳을 비추고 있었다. 한참을 걸어 내려가고 있는데, 저 멀리 가로등 옆 벤치에 노년의 한 신사가 앉아 있는 것이 보였다.

할아버지는 정장 차림에 중절모를 멋지게 눌러쓰고, 집에서 가져온 듯한 와인을 와인잔에 따라놓고 담배를 피우고 있었다.

그 장면이 너무나 인상적이었다. 나는 또다시 카메라를 꺼내 저 멀리 있는 그 노신사를 찍었다. 그는 런던에서 본 사람들 중 가장 인상적인 느낌으로 내게 남았다.

프림로즈 힐을 찾아 떠난 런던에서의 그날.

하루하루 런던의 많은 곳을 돌아다녔지만, 프림로즈 힐은 런던에서의 나에게 가장 인상적인 하루를 선물해주었다.

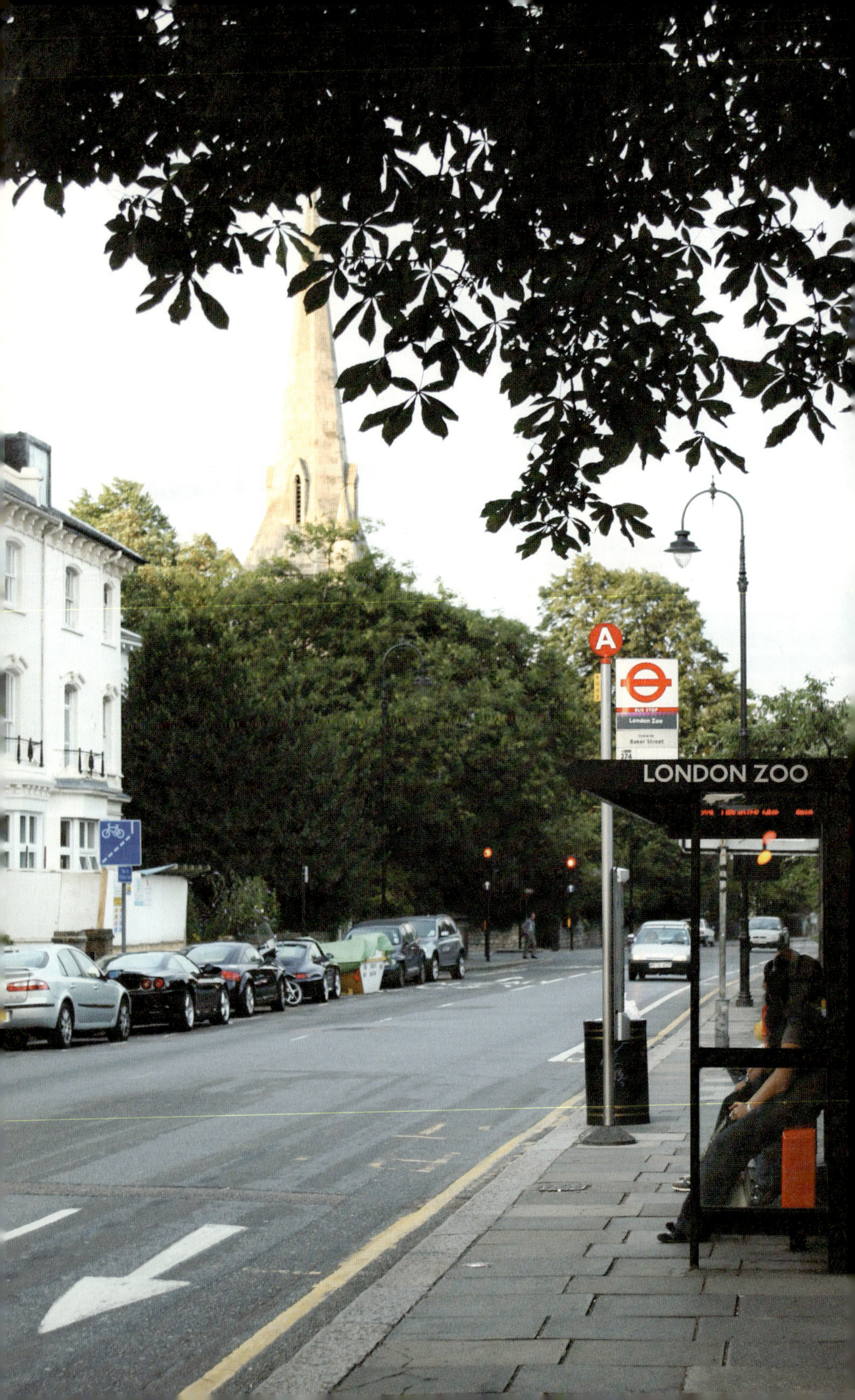
A
BUS STOP
London Zoo
towards
Baker Street
274
LONDON ZOO

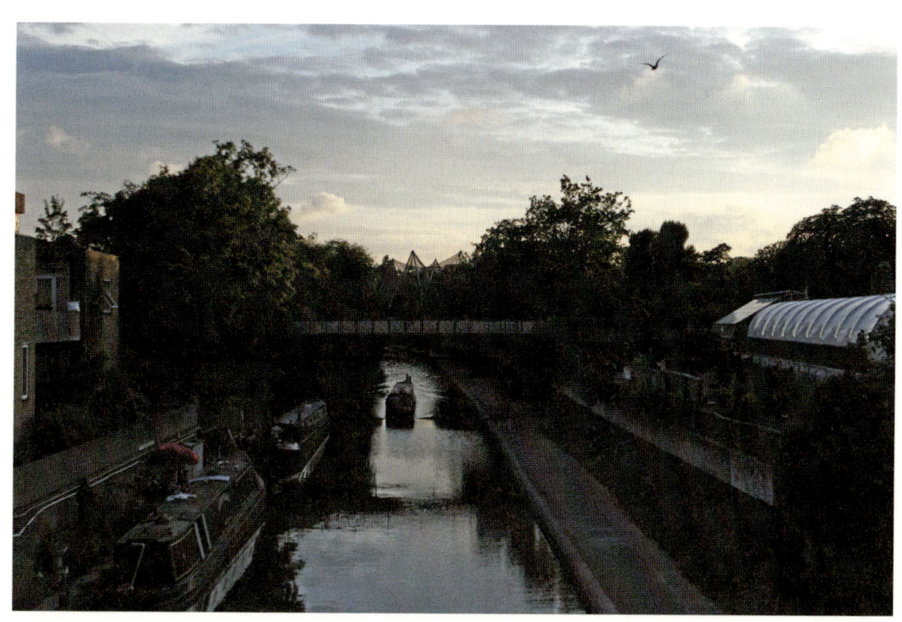

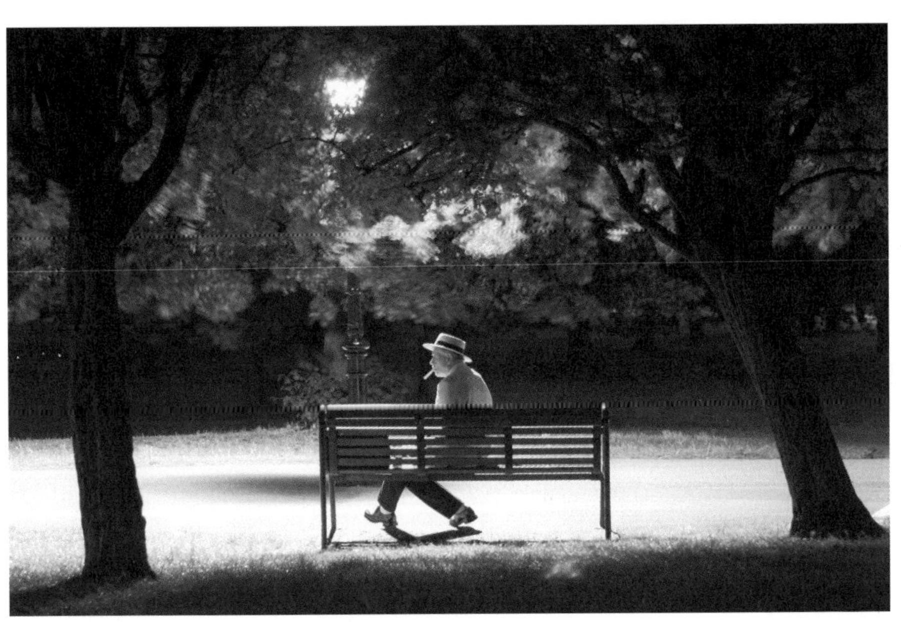

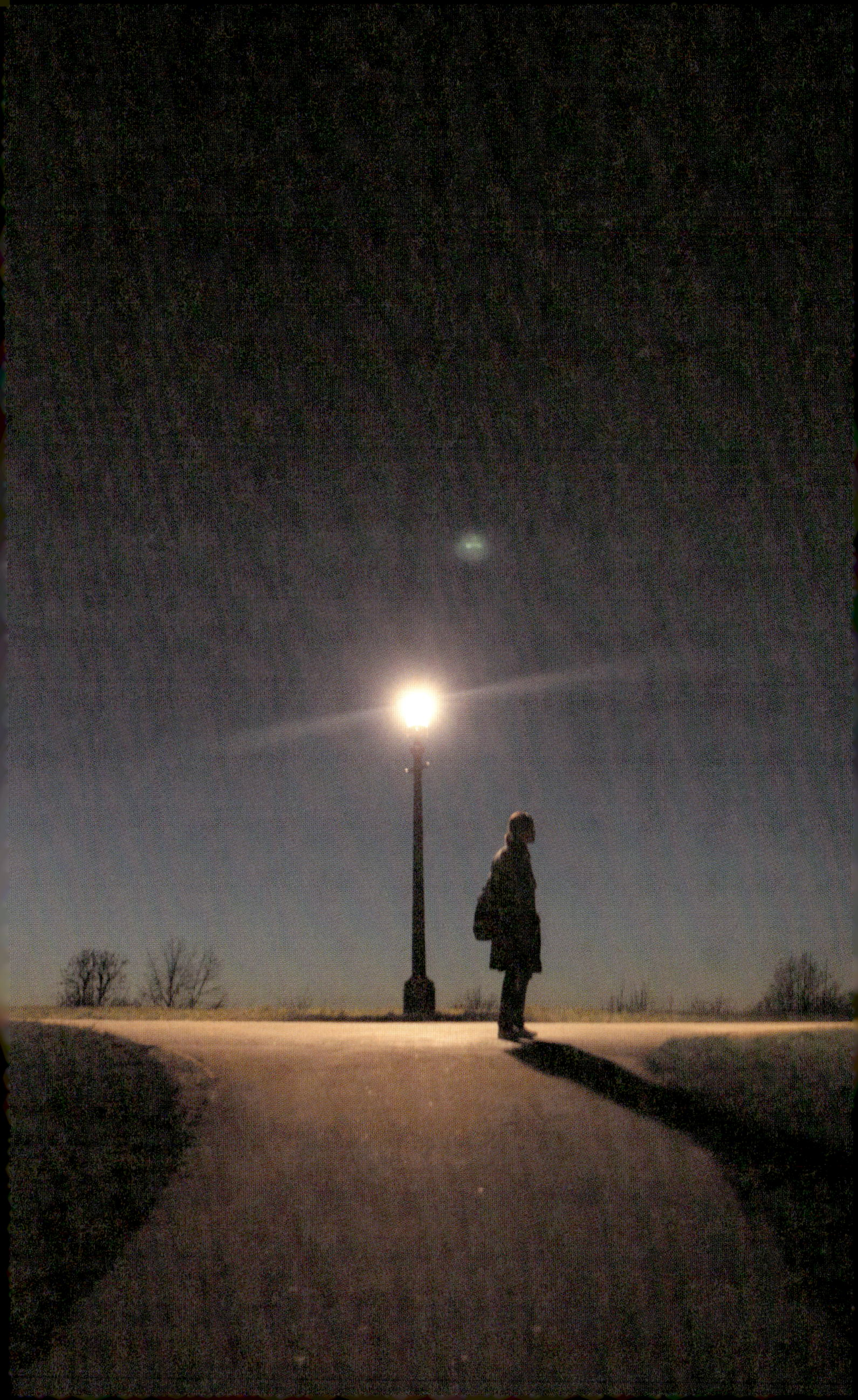

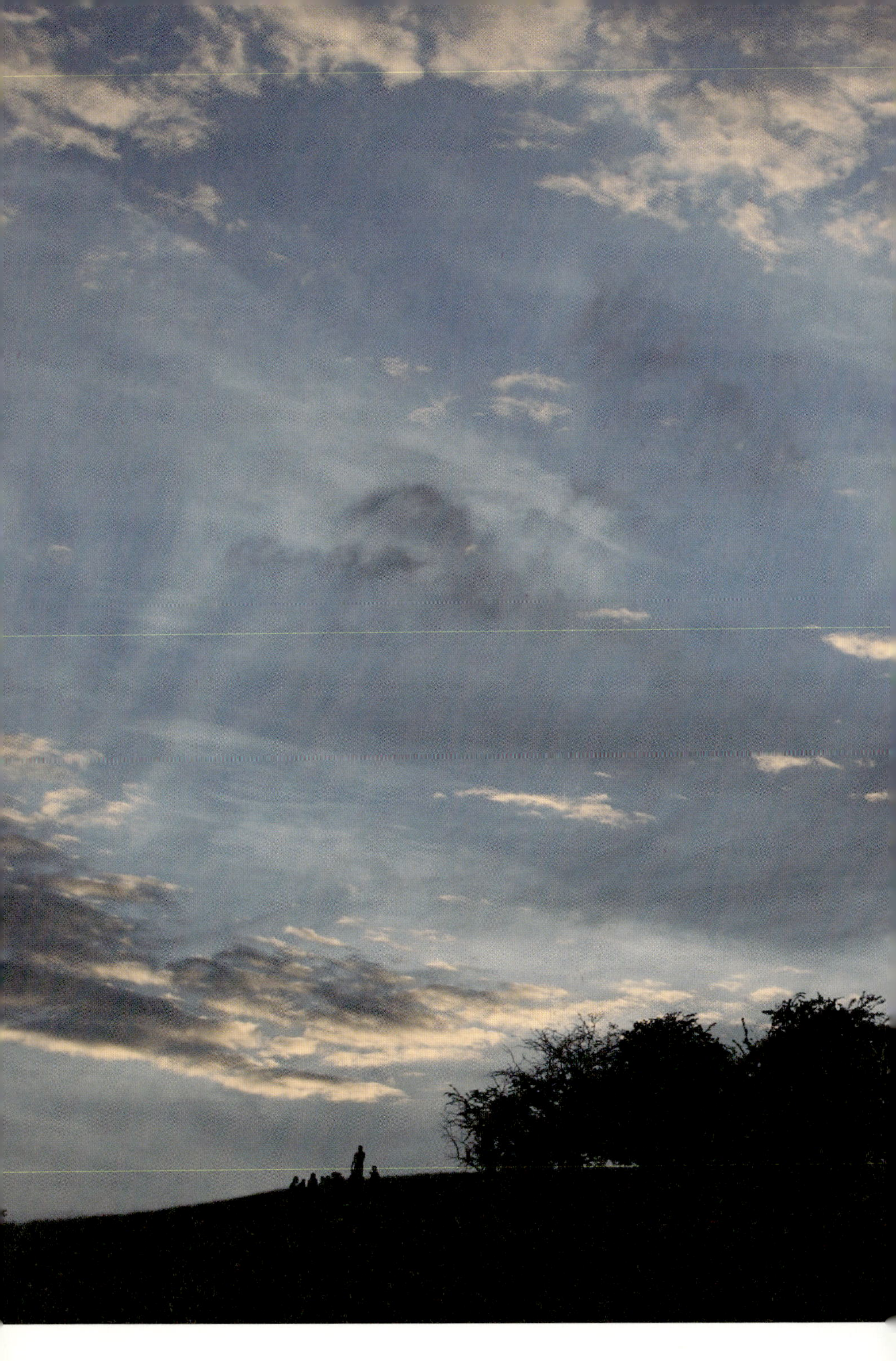

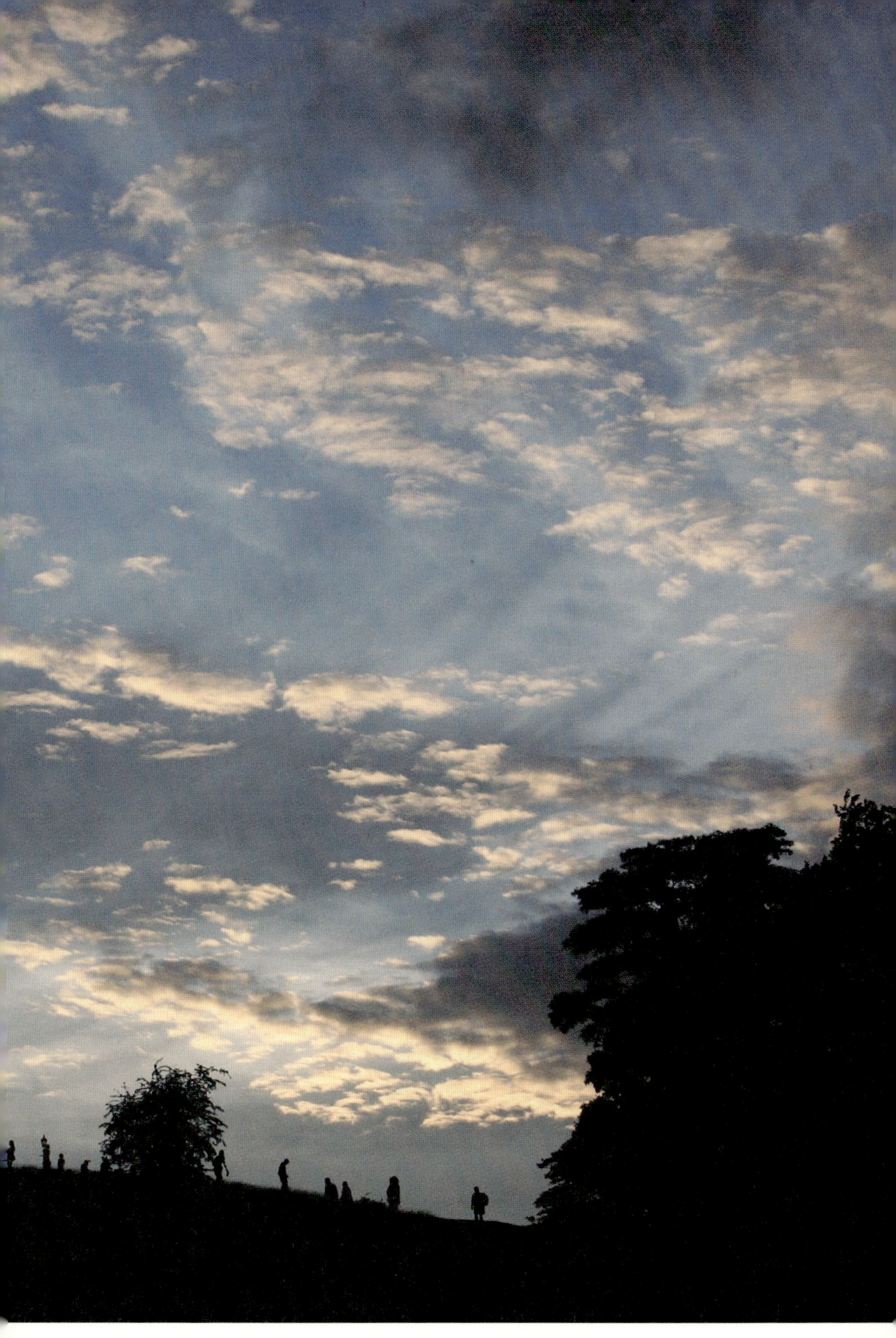

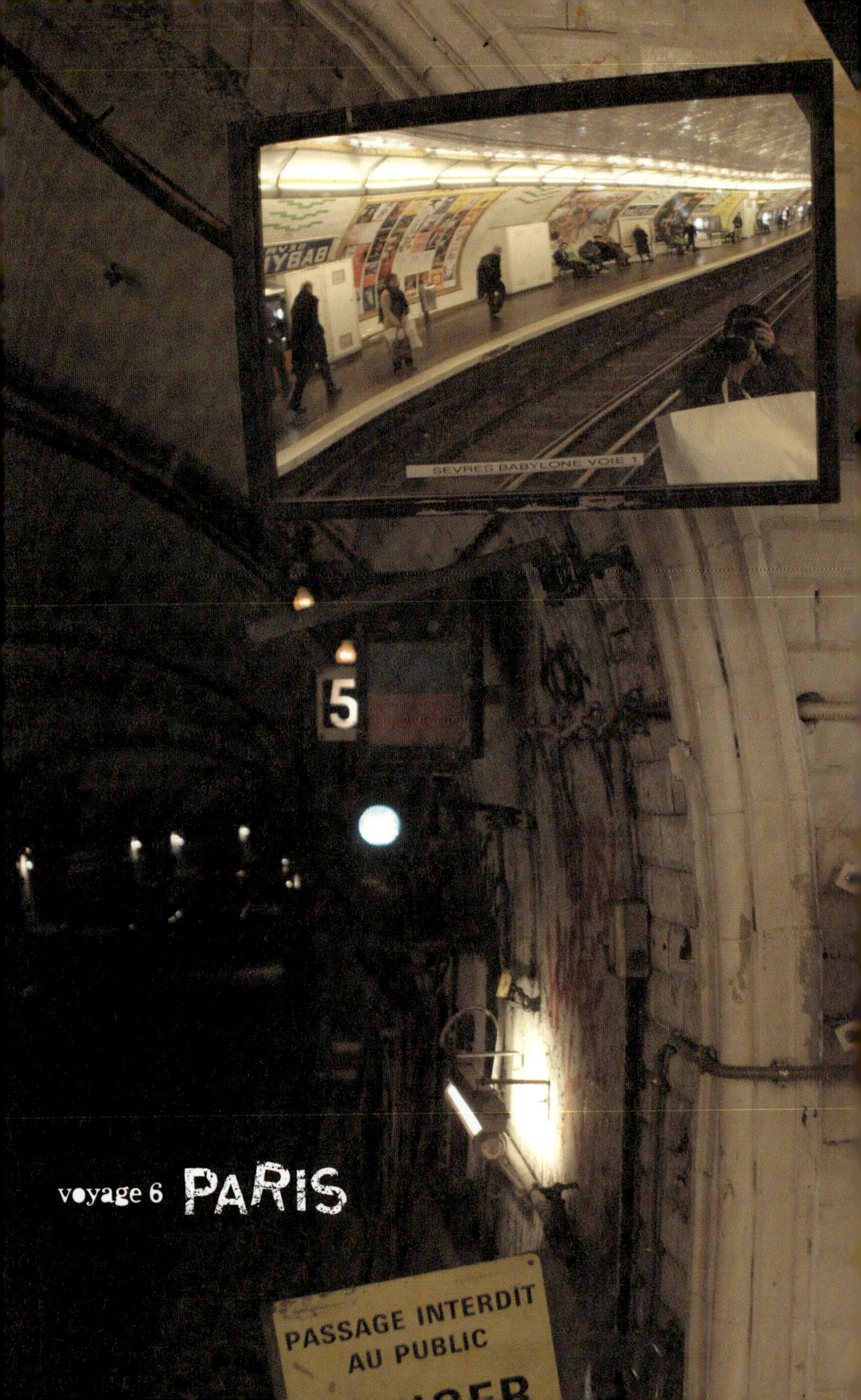
SEVRES BABYLONE VOIE 1
5
voyage 6 PARIS
PASSAGE INTERDIT
AU PUBLIC

런던 생활은 벌써 두달을 넘어가고 있었다.

흥미가 조금씩 떨어짐을 나는 감지하고 있었다. 한국으로 돌아갈까 생각도 해봤지만, 어쩐지 후회할 것 같았다. 조금만 조금만, 이라고 나는 스스로에게 말했다.

다른 곳으로 여행을 가자.

그렇게 마음을 먹고 그날 저녁 숙소로 돌아와서 짐을 쌌다. 그리고 파리로 가는 열차 티켓을 샀다. 또다시 무작정 떠나기로 한 것이다.

그리고 얼마 뒤, 나는 유로스타에 몸을 싣고 파리북역으로 가는 기차에 앉아 있었다.

기차 안은 생각보다 한가했다. 가는 동안 잠을 청해보려 했으나, 뒤에서 계속 내 머리카락을 만지며 장난을 치는 꼬마아이 때문에 도통 잠을 잘 수 없었다.

피곤함에 짜증이 나 있던 나는 그 아이에게 건드리지 말라는 말을 하려 뒤를 돌아보았다. 인형처럼 생긴 아이가 호기심 가득한 얼굴로 나를 쳐다보고 있었다.

웃음이 나왔다. 나는 아이의 얼굴을 한 컷 찍었다. 장난꾸러기 아이 덕분에 바깥 풍경을 구경하며 파리에 도착했다.

파리는 흐렸다.

흐리지만 기분 좋은, 뭔가 오묘한 날씨를 하고 있었다.

어디선가 아랍사람인지 인도사람인지 구분하기 힘든 인종의 꼬마아이들과 여자들이 내게 다가왔다. 스무 명 정도 되는 사람들이 한꺼번에 달려드니 무섭기도 하고 당황스럽기도 했다. 나는 앞에 서 있던 택시에 무작정 올라탔다.

내 숙소는 에펠탑과 개선문 중간에 위치한 곳이었다. 걸어서 10분 정도면 에펠탑과 개선문을 볼 수 있었다.

숙소에 도착해 짐을 풀고 우선 샤워를 했다. 그리고 잠깐의 휴식을 취한 뒤 카메라를 메고 바깥으로 나왔다.

다른 건 몰라도 에펠탑은 빨리 보고 싶었다.

꼭 한 번, 정말 꼭 한 번 직접 내 눈으로 보고 싶었던 그곳을 향해 나아갔다. 10분 정도 걸어가니 정말 내 눈앞에 에펠탑이 펼쳐졌다.

나는 멍하니 에펠탑을 바라보며 이상한 전율에 휩싸였다.

그곳에 여러 번 가본 사람들은 내게 촌스럽다고 할 수도 있겠지만, 나의 여행의 로망 중 하나였던 그곳은 내게 엄청난 감동을 전해주었다.

그렇게 나는 계속 에펠탑을 바라보며 사진을 찍고 커피를 마시고 말없이 늘어지듯 정착해 있다가 밤이 되어서야 성큼성큼 걸어 들어와 피곤함이 가득한 몸을 침대에 누이고 깊은 숙면에 들어갔다.

2007년 3월

그곳은
나의 감성과 마인드를 새롭게 바꿔준 곳.
밀폐되어 있던 나를 꺼내준 곳.
곰팡이 같은 하늘과
그 아래 높게 선 에펠탑은
마치 검은 바다 위 등대와도 같아 보였다.
아무런 말을 하지 않아도
한 소절의 음악이 없어도
1도의 알코올 기운 없이도
그저 내 시야에 들어온 모습들과
그것을 보고 느끼고 있는 내 자신의 존재감이
나를 실감하고 파리를 실감하고 있음을 일깨워주었다.
묘한 뿌듯함과 안정감 속에서 부풀어오르는 감정들.
태어나 처음 가본 파리와 에펠탑 앞에서
나는 그저 아무 말 하지 않고
서로를 바라볼 뿐이었다.

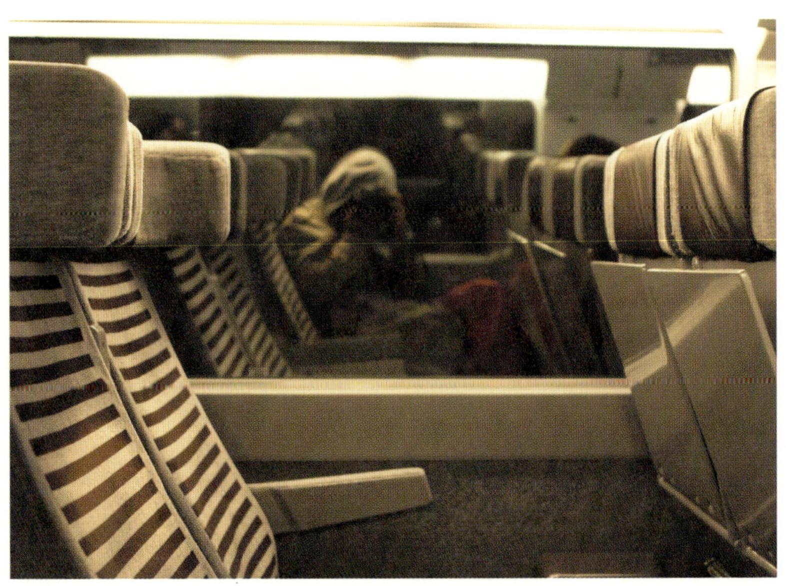

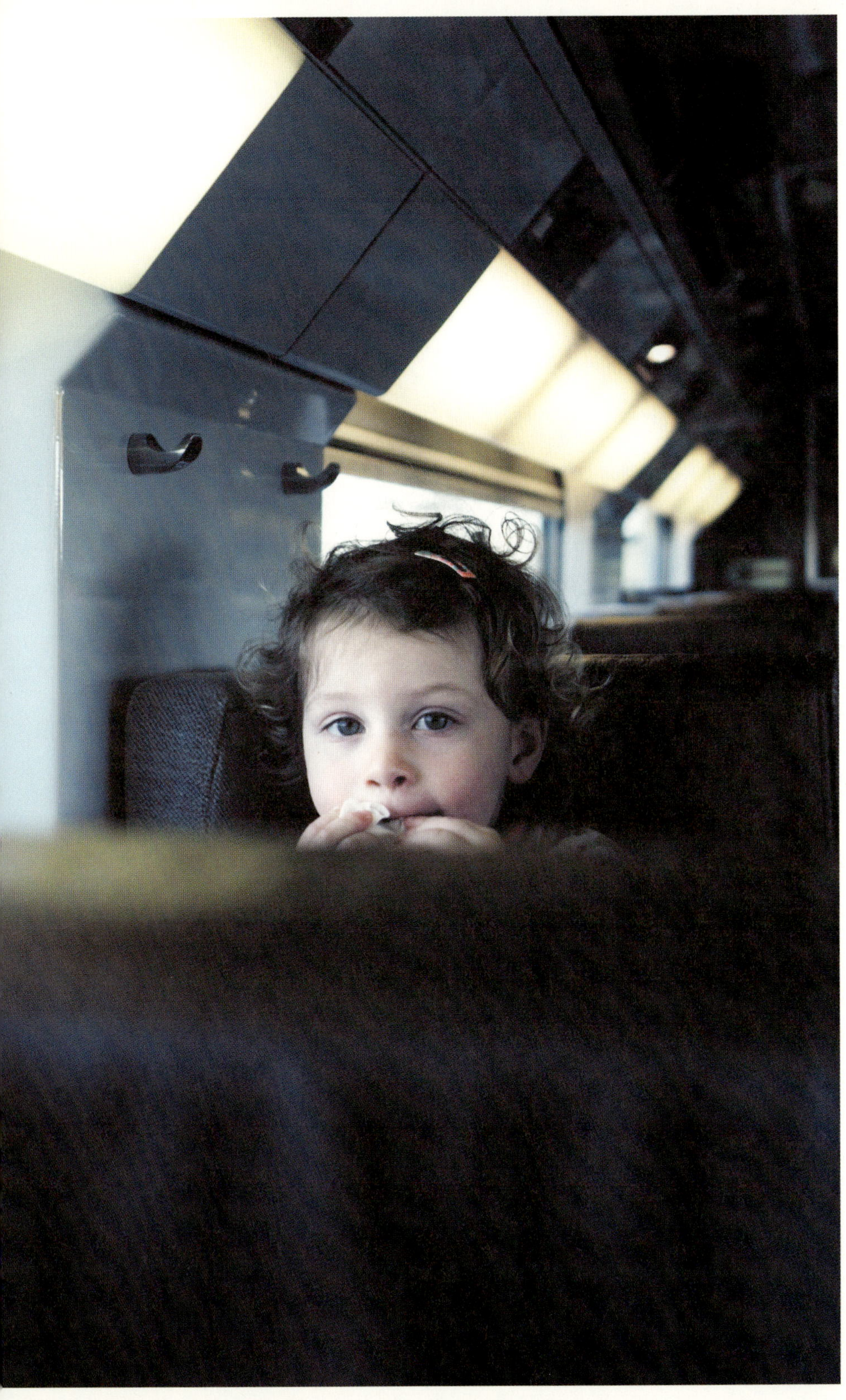

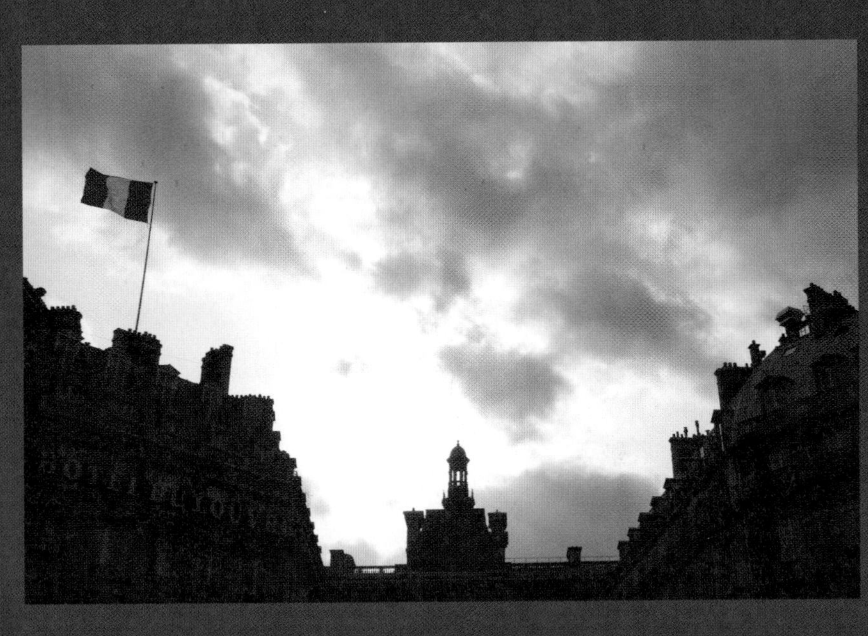

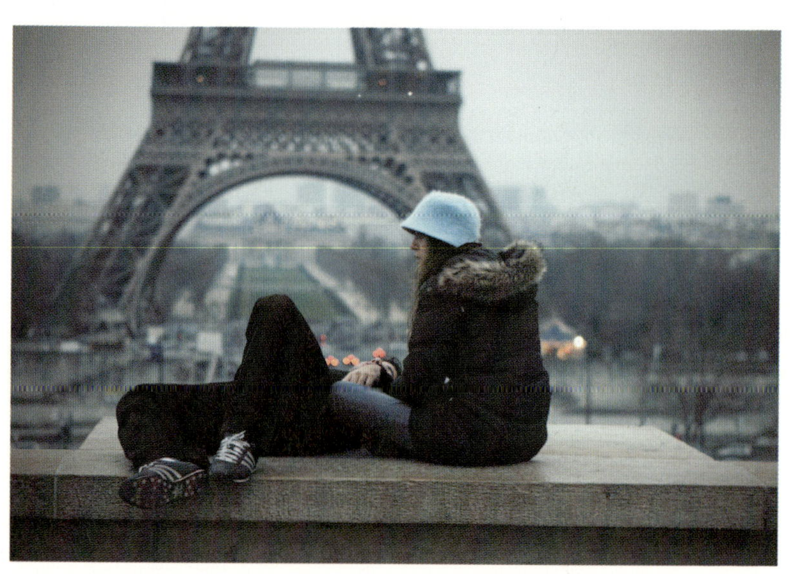

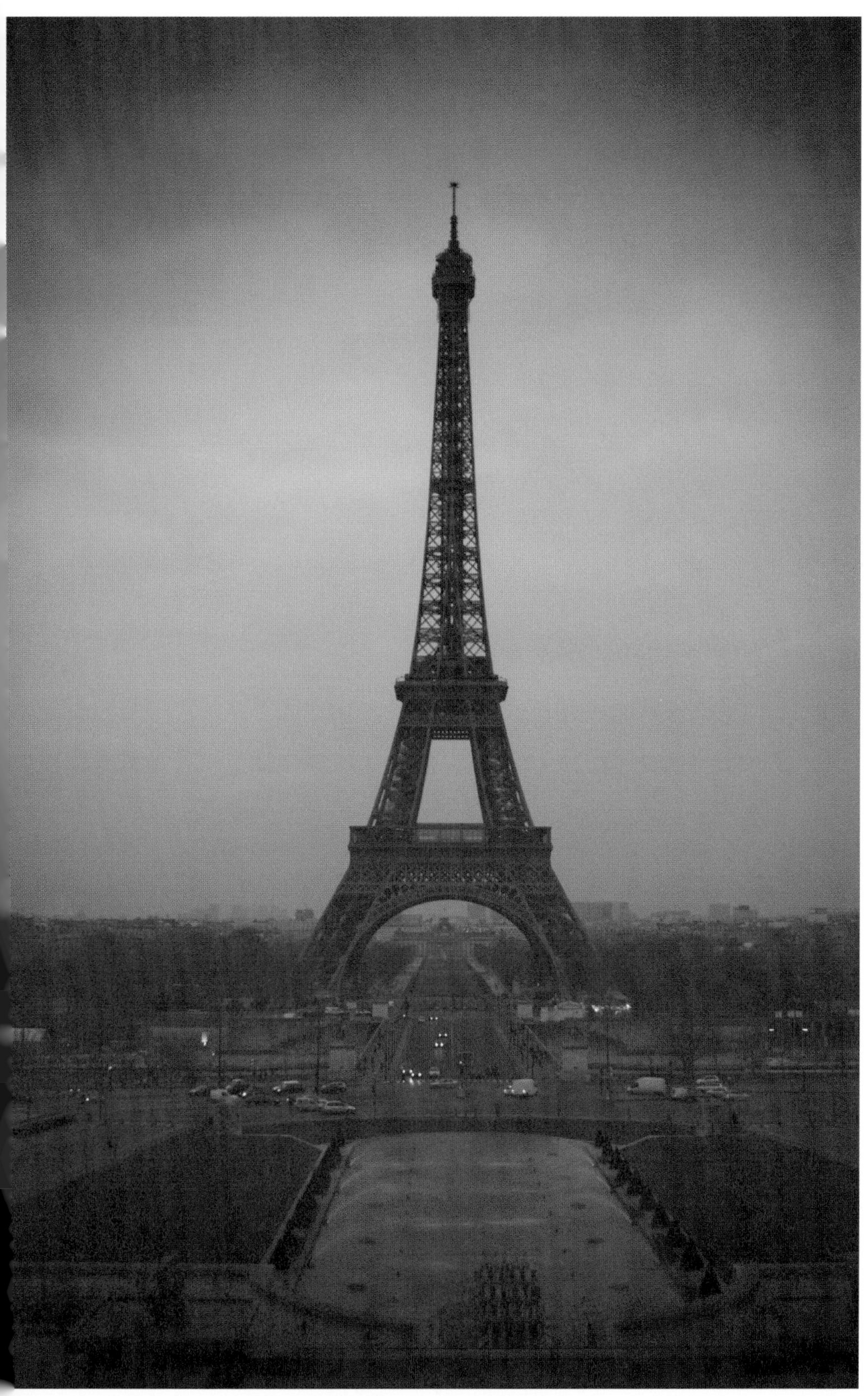

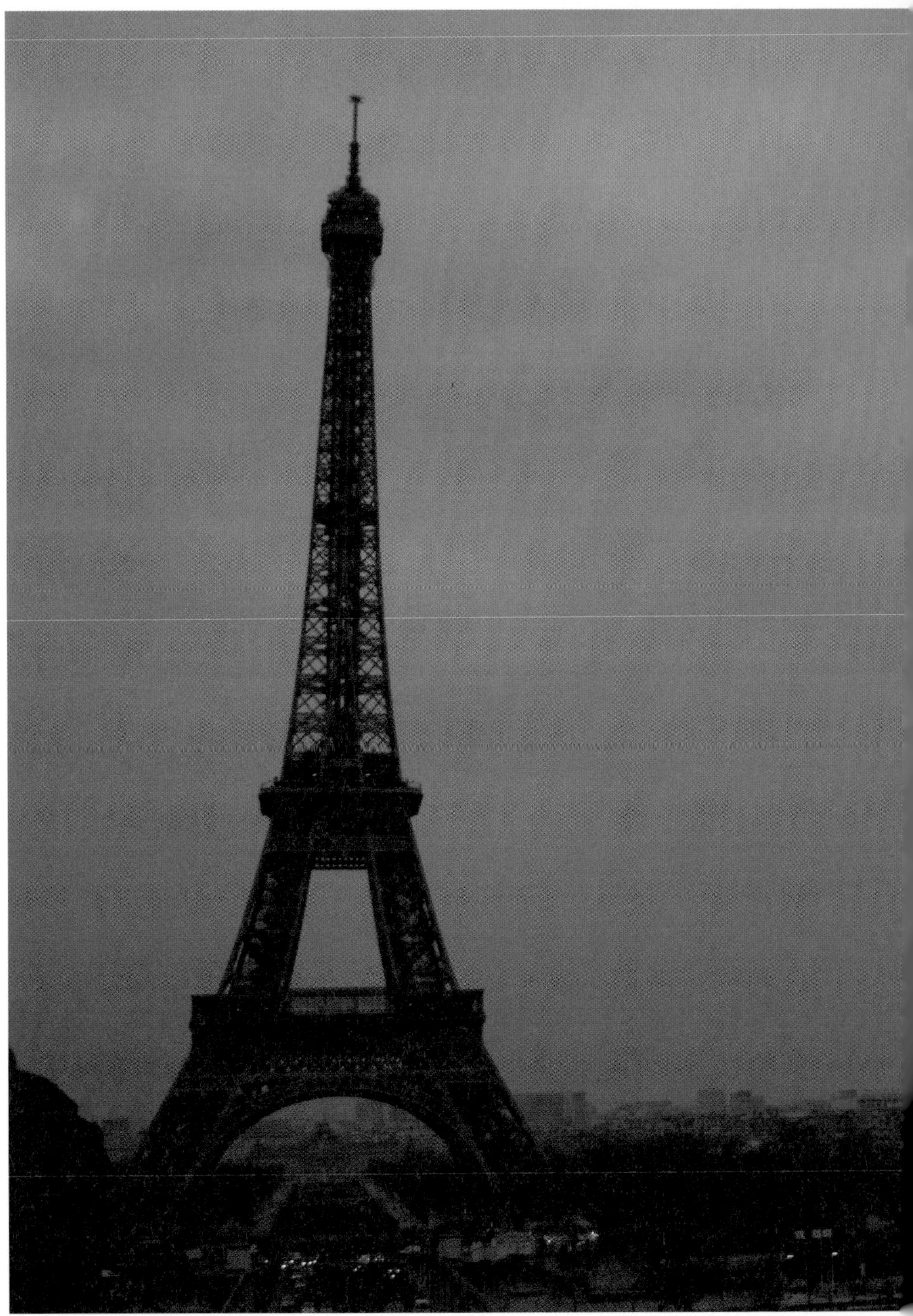

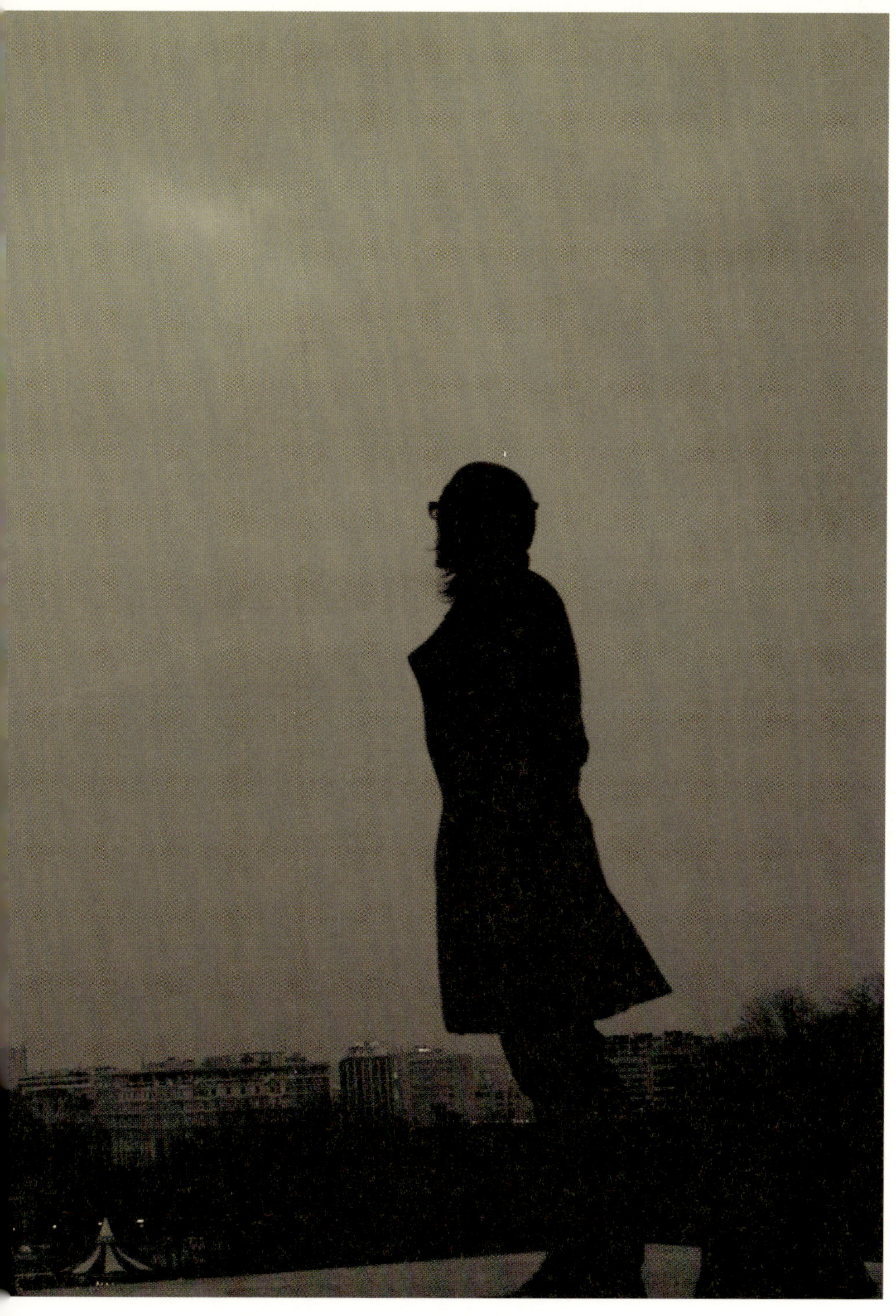

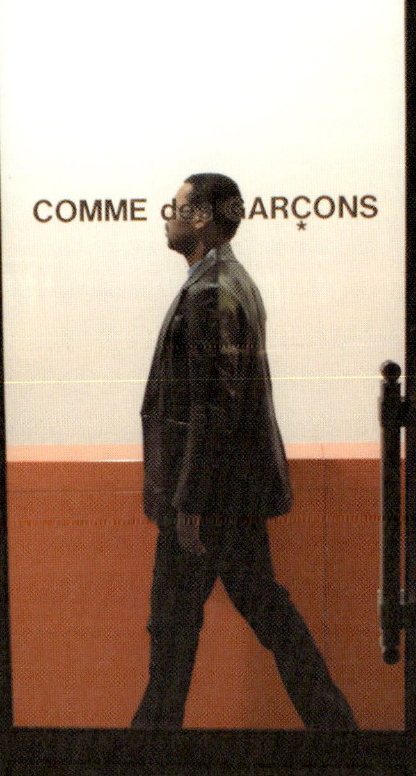
COMME des GARÇONS
*

#1

파리의 숙소에서 에펠탑까지는 걸어서 10분 정도의 거리였다.

나는 파리에 도착한 첫날 에펠탑을 가보고 이상하게 그곳에는 또다시 가지 않았다. 별다른 이유가 있어서라기보다 머릿속에 다닐 곳과 가보고 싶은 곳이 너무도 많았기 때문이었다. 그럼에도 '에펠탑에 언젠가 또 한번은 가겠지' 라는 생각은 늘 품고 있었다.

그러던 어느 날, 문득 에펠탑이 보고 싶었다.

광장에서 지켜보는 에펠탑이 가장 보기 좋았기에, 나는 파리에 도착한 첫날 에펠탑을 바라보았던 그때 그 자리를 찾아가 난간에 기대앉았다. 그리고 커피와 담배를 즐기며 조용히 에펠탑과 사람들을 구경하고 있었다.

몇 분이 지났을까.

누군가가 내 등을 살며시 두드렸다. 뒤를 돌아보니 아이를 안고 있는 한 여자가 나를 쳐다보고 있었다. 그녀는 내게 아기와 자기를 위해 사진을 찍어줄 수 있겠느냐고 물었다.

나는 주저 없이 오케이했다.

어디서 어떻게 찍을까 주변을 둘러보았다.

아무래도 에펠탑을 걸고 찍는 것이 좋을 것 같았다. 나는 그녀와 아이를 난간 앞쪽에 조심스레 세웠다. 그녀의 아기는 사진을 찍는 나보다는 에펠탑이 더 좋은지 계속 에펠탑 쪽으로 고개를 돌렸다.

원, 투, 쓰리를 크게 외치고, 웃지 않는 그녀와 카메라를 외면하는 아이, 에펠탑의 중간 부분을 걸고 힘있게 셔터를 눌렀다.

사진을 확인해보니, 뭔가 조금 아쉬운 사진이었지만 느낌은 꽤 좋았다. 나는 굿, 이라고 외치며 그녀에게 카메라의 액정을 보여주었다. 한참을 조용히 사진을 보던 그녀는 흐뭇한 듯 앳된 미소를 살짝 지으며 고맙다는 인사를 했다.

나는 그녀에게 사진을 어떻게 할지 물었다. 그녀는 괜찮다며 그냥 자기와 아이를 본 것으로 됐다고 대답했다. (물론 나의 해석이지만……) 나는 눈인사와 목례로 가벼운 인사를 건넸고, 그녀 또한 웃으며 아이를 안고 그곳을 벗어났다.

나는 원래의 자리로 돌아가 방금 일어난 일들에 대해 생각해보았다. 큰일을 한 건 아니지만 뭔가 마음이 뿌듯하고 좋았다.

#2

인연이란 작고도 귀한 것이라는 걸 한 살 한 살 나이를 먹을수록 실감한다.

파리 에틴마셀에서 촬영을 하다 잠시 앉아 쉬는 중이었다. 어깨에 앵무새를 앉힌 채 자전거를 타고 지나가던 한 남자와 눈이 맞았다.

그는 타고 가던 자전거를 갑자기 돌려 나에게 다가와서 다짜고짜 말을 걸었다.

"Can you speak english?"

"Yes, but very little…….'"

이렇게 시작된 우리의 대화는 20분간 이어졌다.

그는 자기 어깨 위의 앵무새를 가리키며 앵무새를 가지고 티셔츠를 만들 계획이라고 했다. 그리고 굉장히 자세하게 자신의 사업 프로젝트를 설명하기 시작했다.

물론 나는 자세히 알아듣지 못했지만, 다 이해한다는 듯한 표정을 지으며 여유 있게 듣고 있었다. 하지만 솔직히 마음속으로는 '이 남자는 도대체 왜 가던 길까지 돌려가며 나한테 왔을까? 그리고 왜 내게 이런 말을 하는 것일까?'라는 의문뿐이었다.

남자의 이야기는 끝이 없이 계속될 것만 같았다. 나는 조금씩 짜증이 났다. 그곳을 벗어나고 싶은 생각뿐이었다. 하지만 영어를 잘하지 못하는 나는 에너지 넘치는 그의 말을 쉽게 끊기 어려웠다. 계속 웃으면서 들어주고 받아쳐주면서도, 그의 말이 어서 끝이 나서 이 진땀 나는 순간이 지나가길 바랐다.

남자는 20분 동안 그렇게 이야기를 하다가, 내 손에 쥐여진 카메라를 보고는 자기와 함께 사진을 찍자고 했다. 우리는 옆에 있던 사람에게 부탁해 함께 사진을 찍었다.

그리고 나서 그는 다시 자전거에 올라타 갈 채비를 하더니 내게 명함을 건넸다. 그리고 나와 친구가 되고 싶다고 했다. 그는 한국에 돌아가면 MSN으로 꼭 다시 연락하라고 말하고는, 앵무새와 함께 쏜살같이 그곳에서 사라졌다. 그의 명함을 보니, 그는 〈보그〉에서 헤어스타일리스트로 활동하는 사람이었다.

한국에 돌아와서 우리는 MSN으로 대화를 하는 친구가 되었다. (물론 그가 80% 이상 이야기를 하지만.)

파리의 길거리에서 우연히 내게 다가온 그.

그와의 대화는 이제는 신선하고 즐거운 가끔의 일상이 되었다. 그 인연의 작고도 귀함이 내게는 특별하다.

#3

앵무새 아저씨를 만났던 에틴마셀은 유명 패션샵과 셀렉트샵이 밀집한 지역이다. 패셔너블한 파리지앵들을 많이 볼 수 있는 그곳을 나는 이후로도 몇 번인가 더 찾았다.

그날도 나는 앵무새 아저씨를 만났던 그 자리에서 담배를 피우고 있었는데, 한 흑인아이가 다가왔다. 힙합에 심취해 있는 건지 일렉트로니카에 빠져 있는 건지 알 수 없는 그 흑인아이는 나름 화려한 패션을 하고 있었다.

그는 내게 미국 흑인들처럼 "Hey! What's up!"이라고 인사를 하며 하이파이브를 건넸다. 나는 얼떨결에 반사적으로 그와 오른손을 맞부딪히고 손바닥을 비비며 인사를 나누었다.

그 아이는 내게 어느 나라에서 왔느냐고 물었다. 한국에서 왔다고 대답하자, 그는 어딘지 잘 모른다는 듯한 표정을 지었다. 그러더니 내게 힙합을 좋아하느냐고 물었다.

그렇다고 대답했더니, 누구를 좋아하느냐고 묻는다.

윌 아이 앰, 패럴 윌리엄스, 스눕 독…….

소년은 놀랍다는 듯, 네가 그런 가수들을 어떻게 아느냐는 듯 잠시 묘한 표정을 짓더니, 자기도 그들을 좋아한다며 그들의 노래를 부르기 시작했다. 소년은 노래를 부르고, 나는 생각했다.

'얘는 뭐하는 앨까?'

'얼마 동안이나 이 아이와 대화를 해야 할까?'

'왜 파리 사람들은 나한테 자꾸 말을 걸까?'

이런저런 생각에 빠져 있는 내게 아이는 다시 말을 걸었다. 자신은 열일곱살이고, 파리에서 힙합을 해서 세계적인 힙합 뮤지션이 될 것이라고. 나는 '그래, 꼭 그렇게 될 거다. 열심히 해라'라고 격려를 해주었다.

열일곱살 힙합 소년과의 대화도 거의 끝나갈 무렵, 그 아이가 나의 카메라를 보며 자기를 찍으라고 했다. 언젠가 자기가 유명해지면 그 사진을 팔아도 된다는 말을 덧붙이며.

그래, 넌 훌륭한 힙합퍼가 될 거야.

마음속으로 그런 말을 건네며 나는 소년을 향해 카메라를 들었다.

나름의 포즈를 취하는 소년. 그 자유분방하고 자신감에 찬 모습이 은근히 귀엽다는 생각이 들었다. 그렇게 몇 컷의 촬영을 끝내고, 우리는 다시 하이파이브를 하고 헤어졌다.

파리에서 만난 사람들.

그땐 그 만남이 낯설기도 하고 어색하기도 했다. 하지만 지금 돌이켜 생각해보니 나름 내 기억에 남는 장면들이 되었다.

그 순간을 담은 사진까지 함께 하니, 그날의 기억들이 더더욱 선명해진다. 사진의 매력은 이런 것 같다.

감성과 기억의 증폭기 역할을 해주는 '사진'.

사진이 불러일으키는 기억의 회복능력, 사진이 지니고 있는 추억의 재생능력에 다시 한번 고마움을 느껴본다.

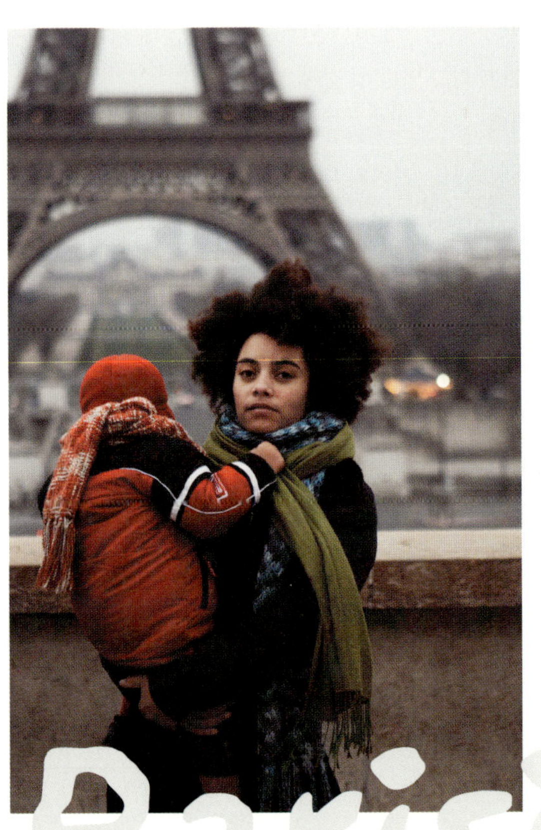
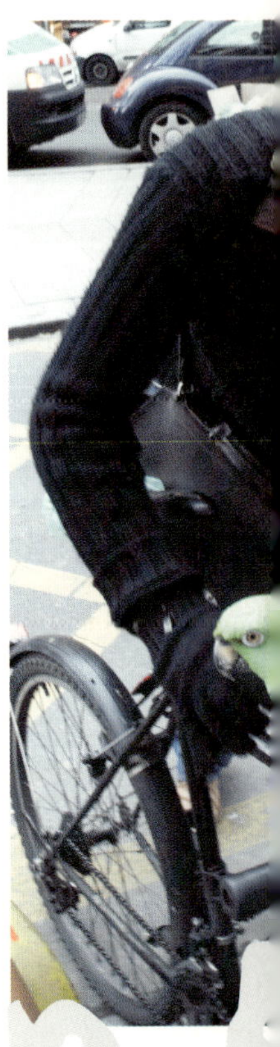

Parisien

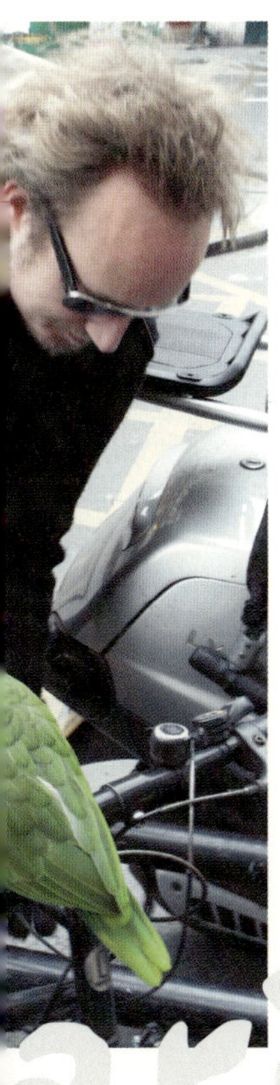
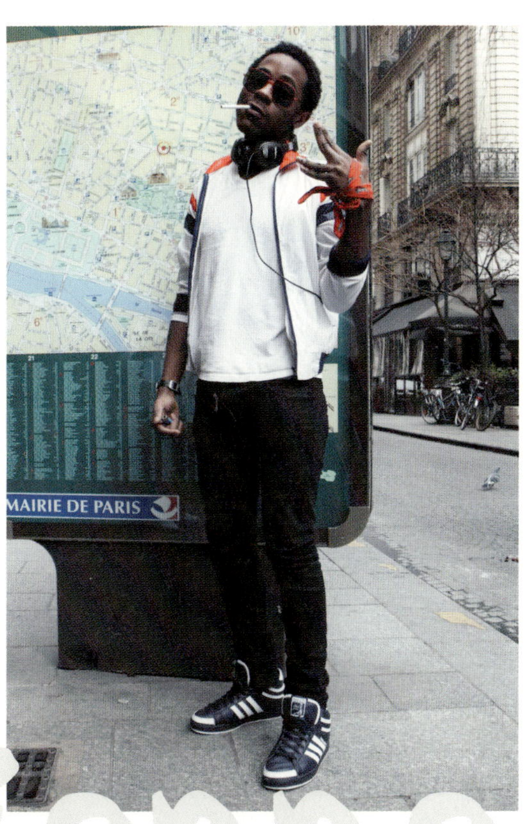

arisienne

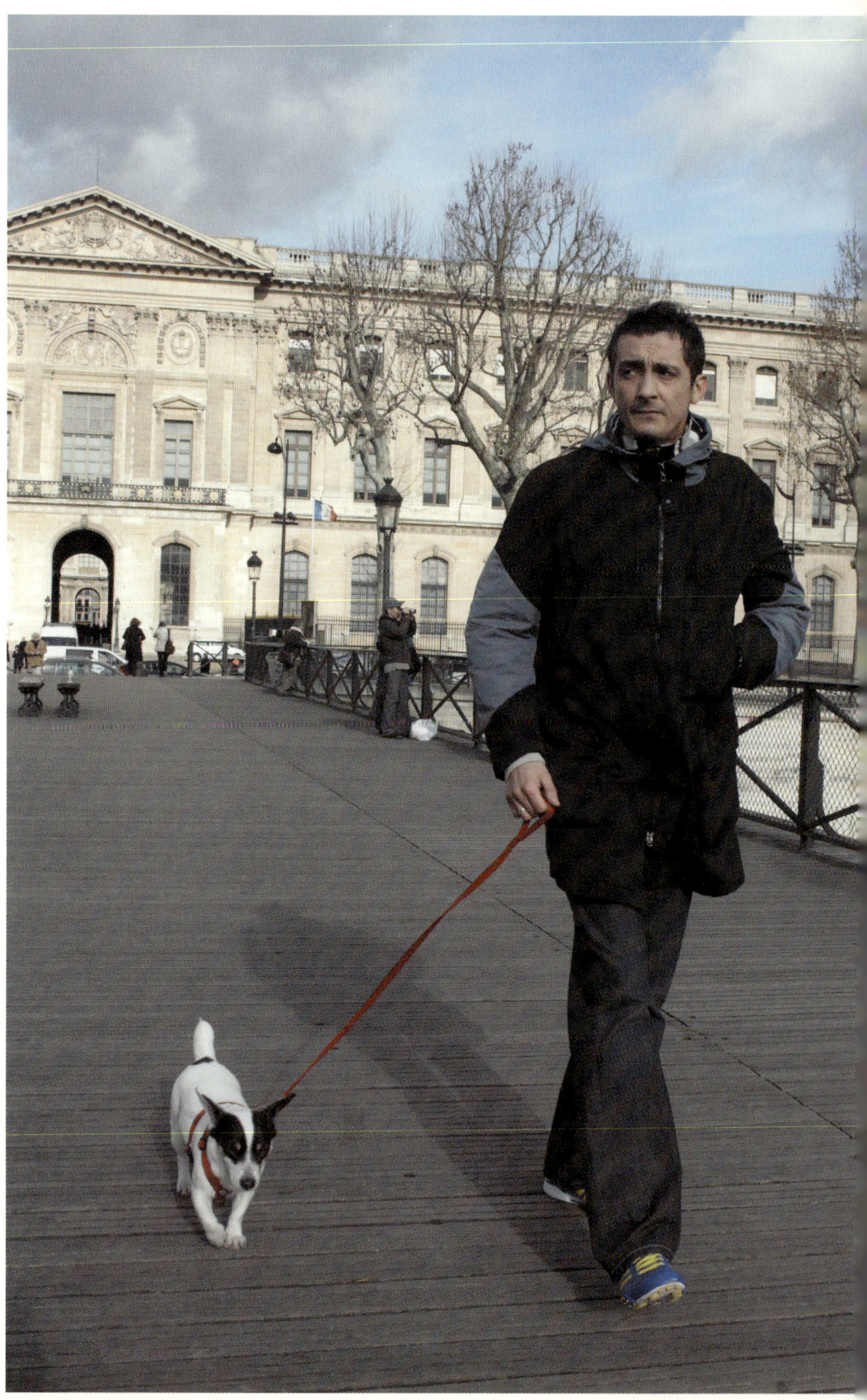

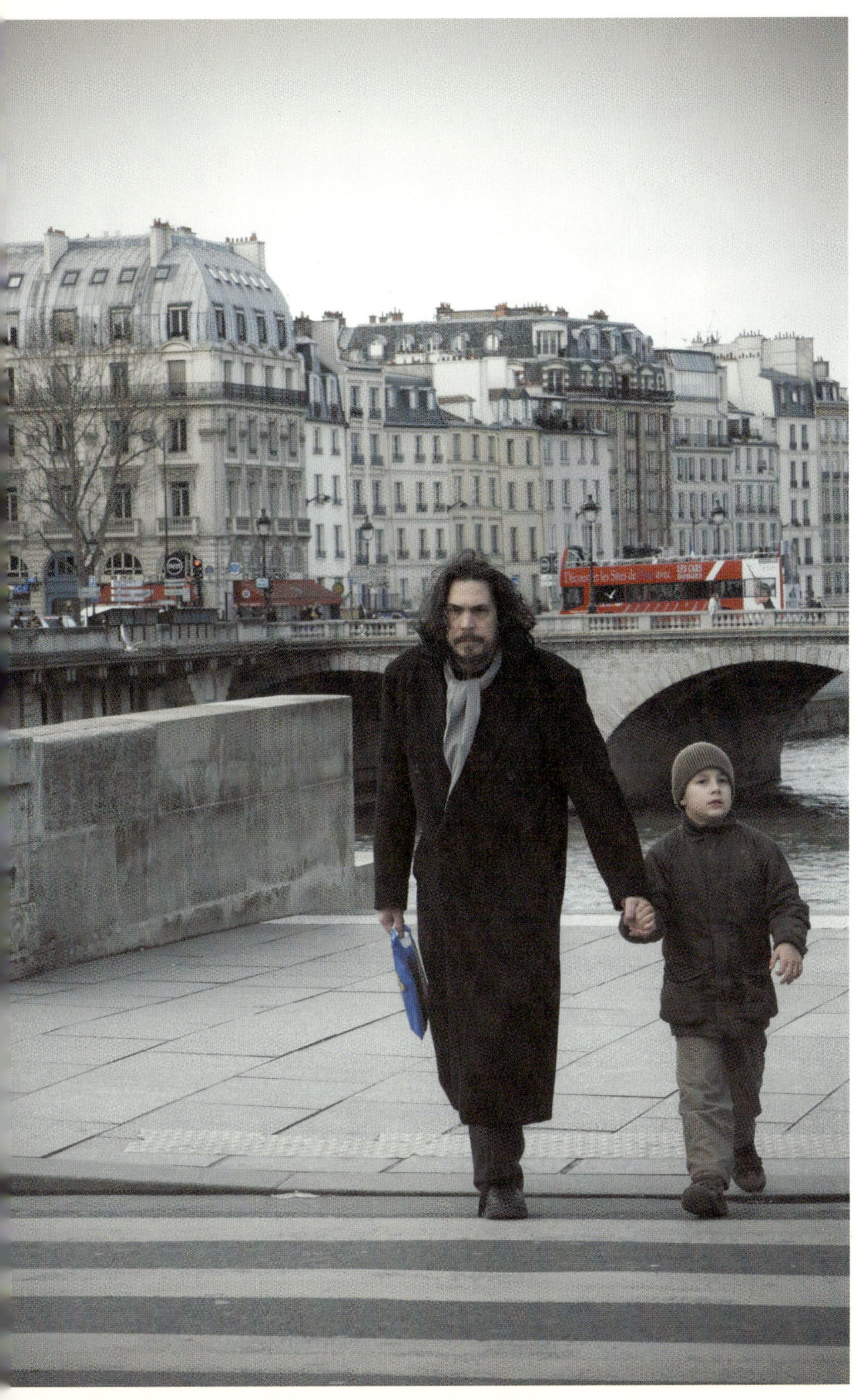

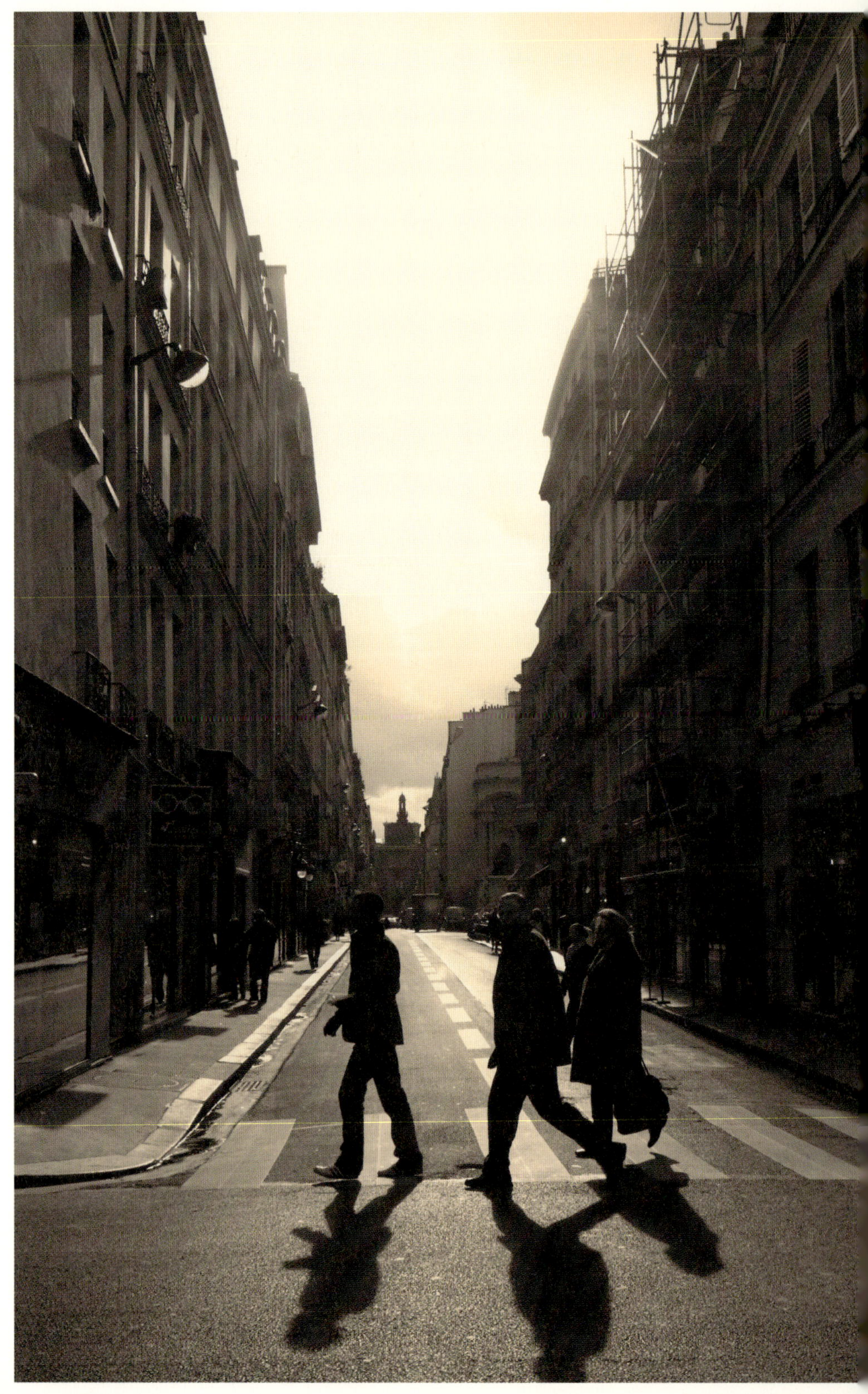

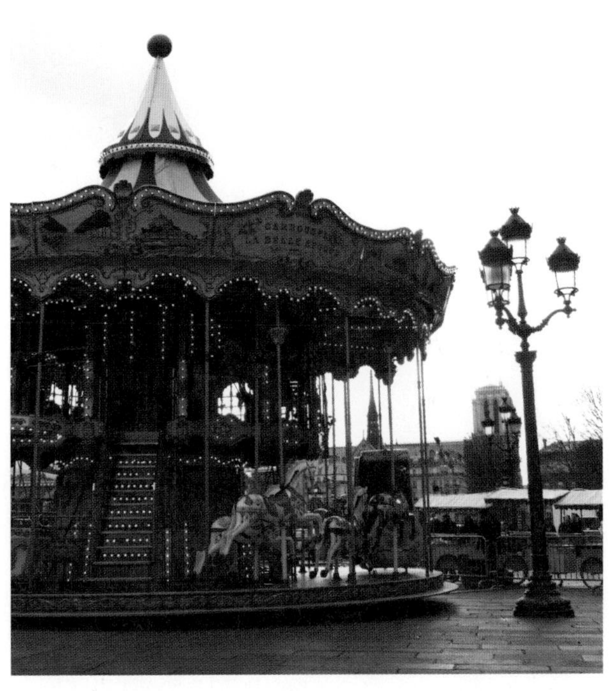

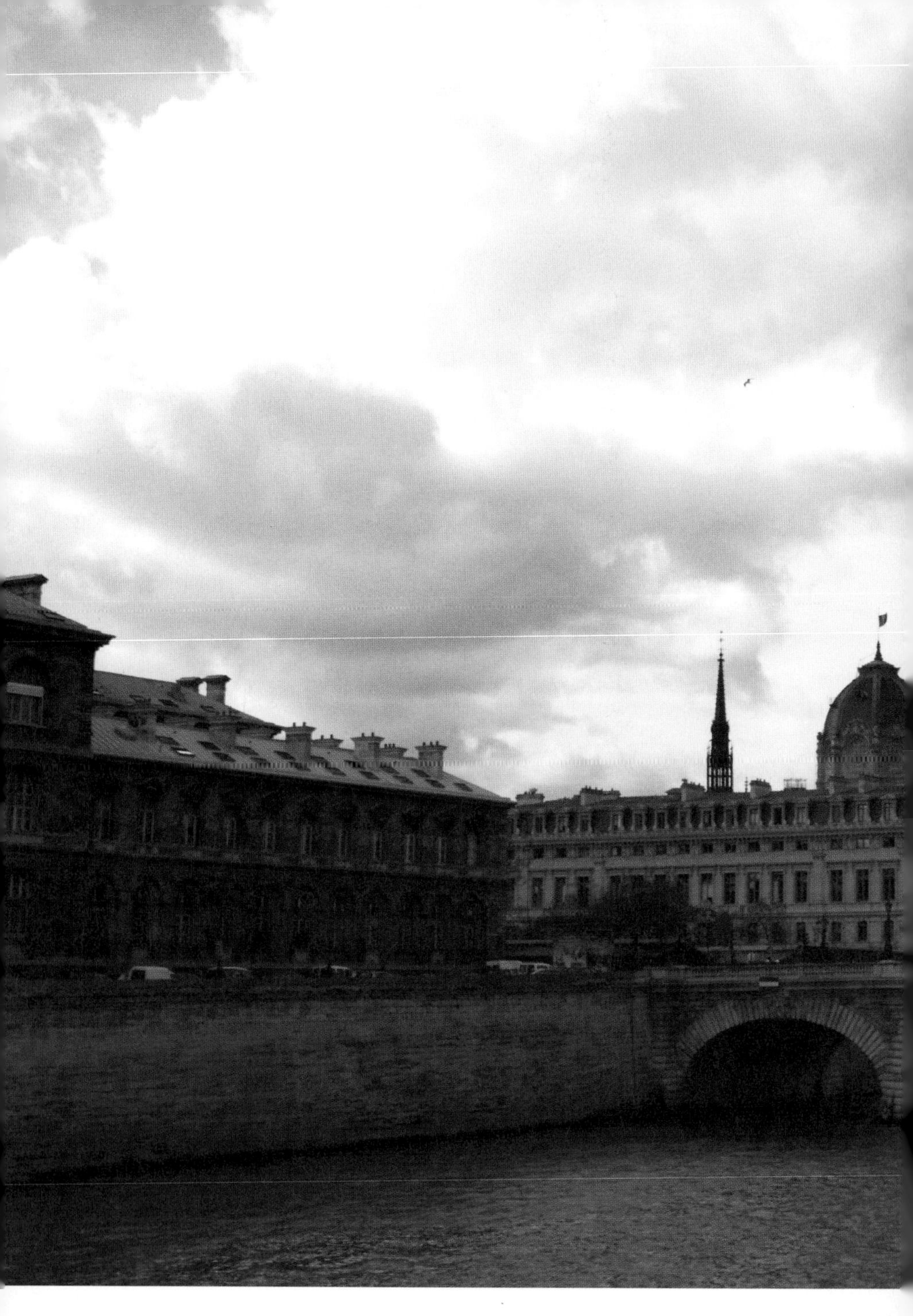

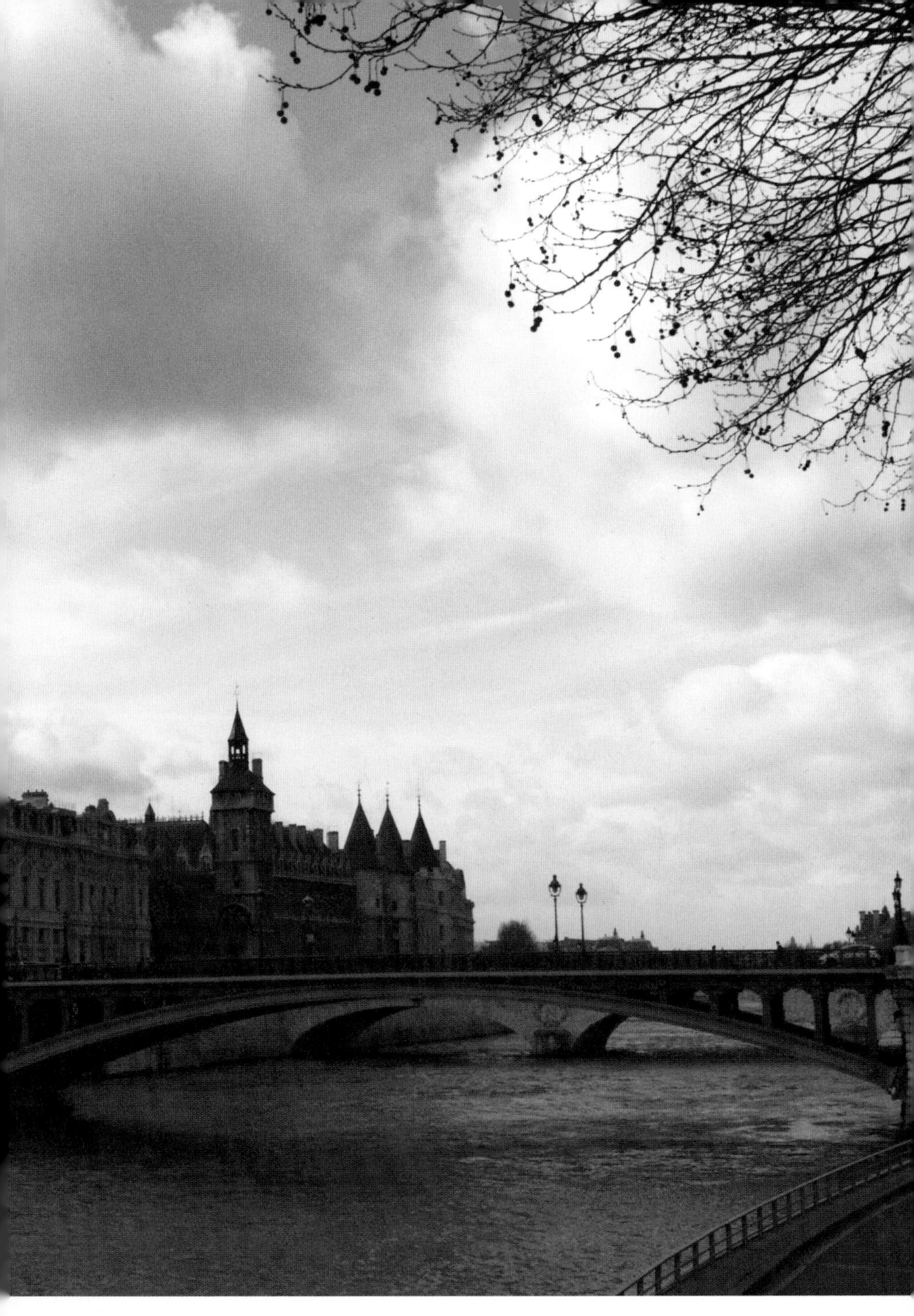

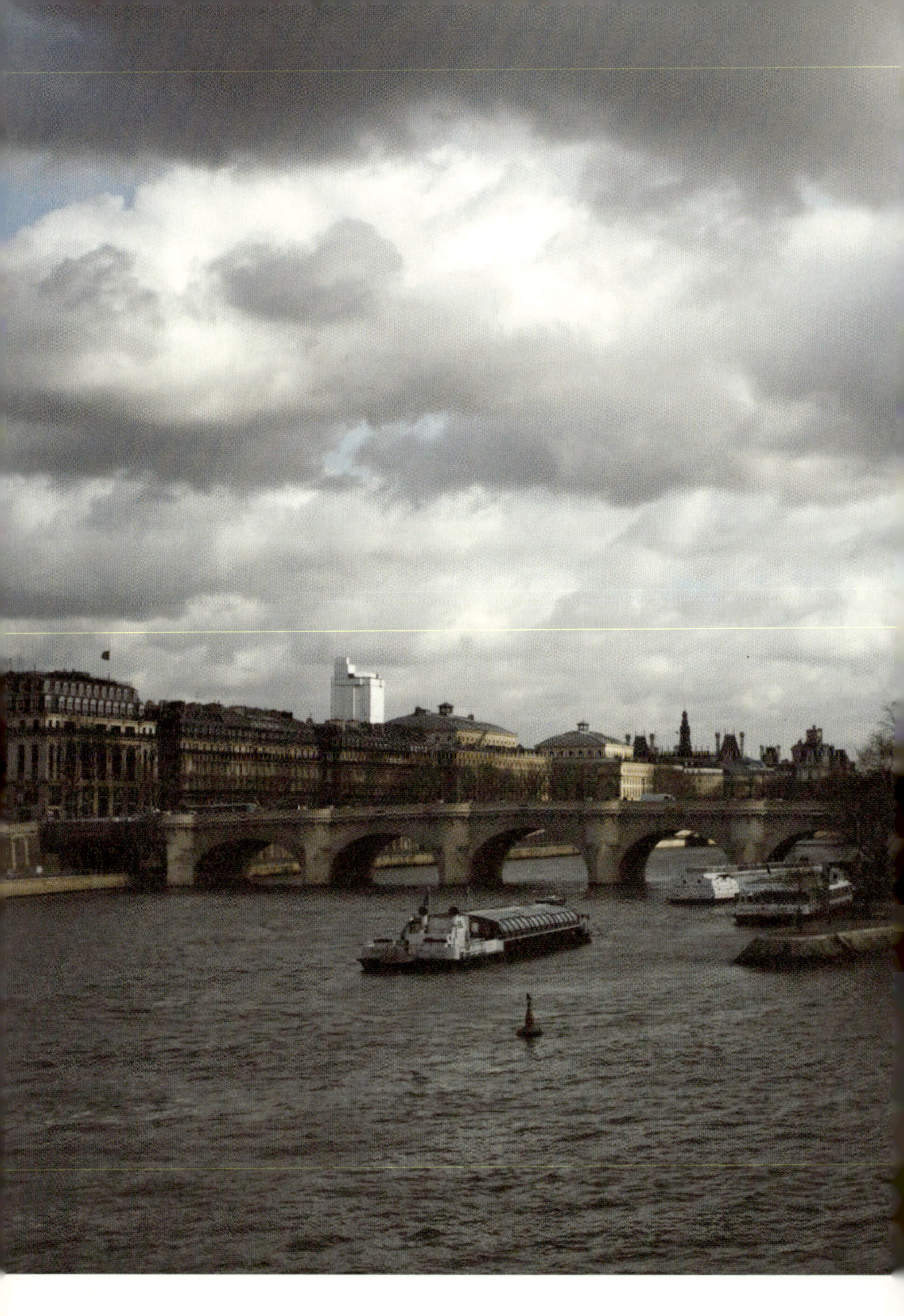

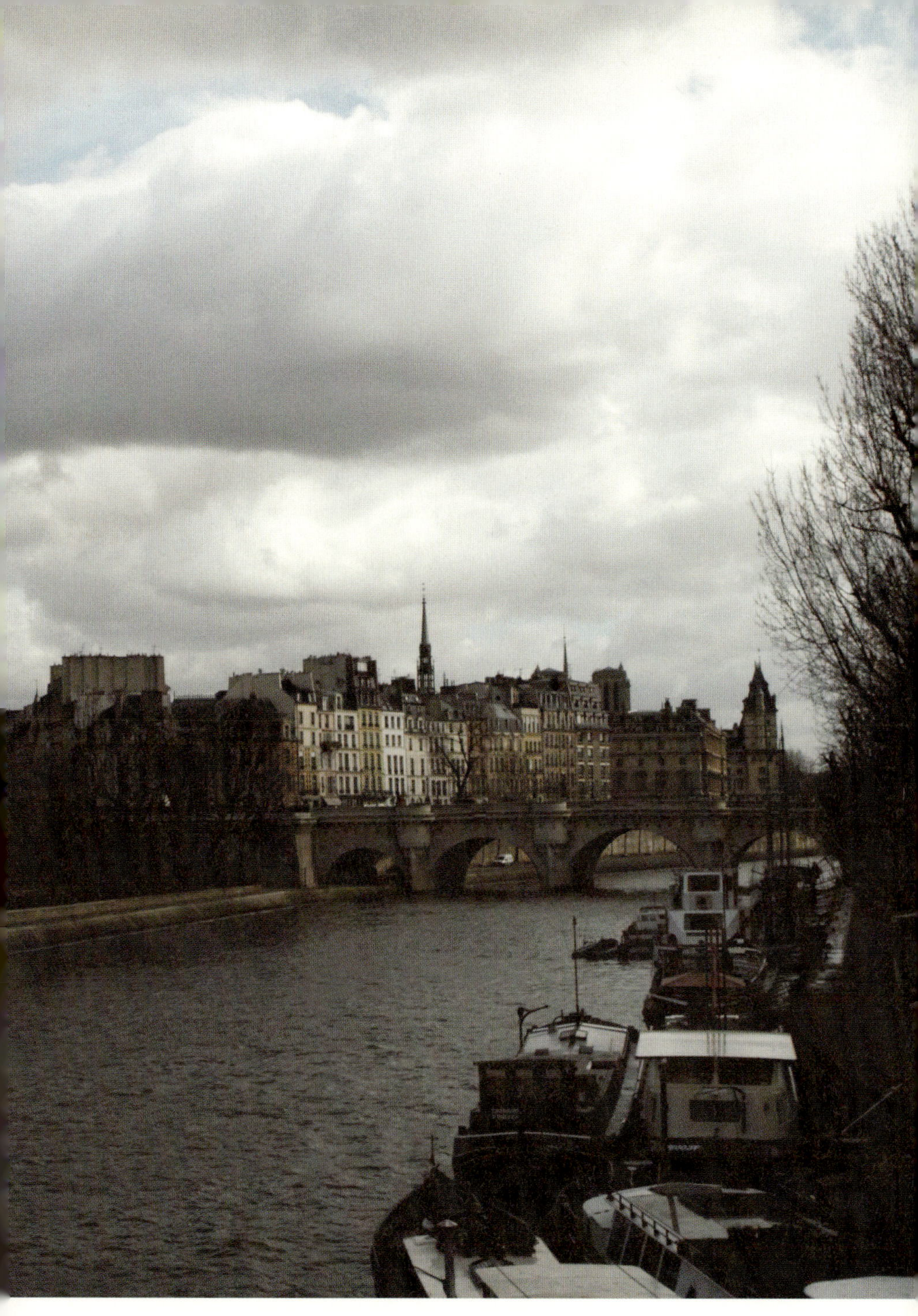

voyage 8 Oneday in PARIS

파리에 도착한 후 며칠간은 숙소 앞의 메트로를 타고 파리의 유명한 동네들을 이곳저곳 돌아다니며 촬영을 하였다.

그러던 어느 날, 커피도 마시고 동네 산책도 할까 싶어서 늦은 점심을 먹고 카메라만 챙겨 가볍게 걷기 시작했다. 내가 머물던 숙소는 골목 깊숙한 곳에 자리 잡고 있어서 조용한 편이었는데, 그곳을 벗어나 조금만 걸어나가니 건물들도 사람들도 꽤 많이 보였다.

입구에 바게트 바구니가 진열된 작은 카페에 들어가 커피를 한잔 마시면서 거리의 사람들, 건물, 지나가는 자동차를 찍으며 한가한 오후 구경을 하고 있던 중, 저 멀리 학창시절 교과서에서 본 듯한 낯익은 건물이 눈앞에 들어왔다.

개선문이었다.

분명 근처 어딘가에 개선문이 있을 거라고 생각은 했었는데, 잊고 있던 터에 발견한 개선문은 신기하기도 반갑기도 했다.

나는 개선문을 향해 걸어갔다. 그리고 개선문과 어느 정도 가까워졌을 때, 차도로 나가 사진을 찍었다.

찍은 사진을 확인해보니 개선문 옥상에 사람들이 아주 자그맣게 찍혀 있었다. 순간, 개선문 옥상을 올라갈 수 있다는 것을 알았다.

개선문 앞에 도착했지만, 정작 그곳으로 건너갈 수 있는 방법을 알 수 없었다. 5차선 정도 되는 차도들이 동그랗게 개선문을 둘러싸고 있었는데, 그 차도를 건너가는 횡단보도가 보이지 않았던 것이다.

무단횡단을 해야 하나? 프랑스의 대표적인 유적이라고는 하지만 그렇게 해서 보러 가기엔 너무 위험한 것 아닌가?

하염없이 주위를 빙빙 돌다 마침내 지하보도를 통해 건너가야 한다는 것을 알았다. 뭐야? 표지판이나 안내문이라도 설치해놓든가……궁시렁거리며 지하보도를 통해 개선문 안으로 들어갔다.

개선문 안에는 이런저런 글들이 적혀 있었다. 물론 나는 그것이 무엇을 의미하는지는 알 수 없었다.

그렇게 개선문 안을 구경하다가 티켓박스로 갔다. 그런데 마침 그날은 엘리베이터가 고장이라 걸어서 개선문 옥상까지 올라가야 한다는 것이었다.

그래도 이왕 왔는데 까짓 걸어서라도 올라가자.

그런 마음으로 나는 개선문 옥상으로 통하는 첫 번째 계단을 밟았다. 그리고 그것이 고생의 시작이었다.

개선문 옥상까지 이르는 계단은 일반 아파트의 20층이 넘는 높이였던 것이다. 게다가 폭이 좁은 원형계단으로 설계되어 있어서 어느 정도 올라가다보니 다리도 아픈데 심지어 구토까지 쏠렸다.

다시 내려갈까 하는 생각도 들었지만, 그러기엔 올라온 계단이 너무 아까웠다. 나는 쏠리는 구토를 꾹 참으며 다시 한 계단 한 계단 밟고 올라갔다.

다리가 심하게 아플 정도로 계단을 올라갔을 때쯤 원형계단은 끝이 났다. 나는 아래를 내려다보며 원형계단을 촬영했다. 끝없이 둘러진 원형계단을 향해 셔터를 누르며, 이건 너무한다는 생각이 절로 들었다. 끝까지 올라온 내가 대견스럽다는 생각마저 들었다.

그리고도 몇 개의 계단이 더 나왔고, 파리의 하늘이 보이는 마지막 계단을 올라 드디어 개선문 옥상에 도착할 수 있었다.

하늘은 해가 저물어 어둑어둑해지고 있었다. 콧속으로 스미는 바람이 꽤 차갑게 느껴졌다.

옥상 위에는 나와 같은 고생을 한 사람들이 보상이라도 받는 듯 다정하고 뿌듯한 표정으로 그곳에서의 여유를 즐기고 있었다. 나 또한 천천히 코로 숨을 쉬며 옥상 끝 난간 쪽으로 걸어갔다.

난간에 올라 아래를 내려다보았다. 약한 소름이 내 몸을 훑고 지나간 듯 찌릿찌릿한 기분이 들었다.

파리 시내가 한눈에 들어왔다. 개선문을 중심으로 쭉 뻗어 있는 도로들의 곡선과 직선의 아름다움이 눈 아래에 펼쳐져 있었다.
'힘들었지만 올라온 보람이 있구나.'

나는 난간을 붙잡고 옥상을 한 바퀴 돌았다.
쌀쌀한 바람이 불던 어둑한 저녁, 개선문에서 내려다본 파리 시내의 모습은 평온하면서도 아름다워 보였다.
그날도 꿋꿋이 파리를 지키던 에펠탑,
어디론가 향하는 자동차들과 모든 것이 멈춘 듯한 건물들,
분주한 사람들과 여유로운 사람들이 교차하는 거리의 모습,
살짝 낀 안개에 페이드아웃 되는 듯한 하늘까지,
그 모든 것이 한꺼번에 내 눈과 마음에 들어왔다.
나는 어깨에 멘 카메라를 조용히 손으로 옮겨 잡고 그것들을 향해 천천히 셔터를 눌렀다.

한참을 사진 찍기에 열중하는 사이에 어둑어둑했던 해가 완전히 졌다. 센티멘털한 감정에 흠뻑 젖을 때쯤, 에펠탑에서, 불빛이 새어나왔다.
몰랐다.
밤이 되면 에펠탑에서 라이트를 쏜다는 것을…….
마치 등대가 바다를 비추는 듯했다.
나는 또다시 그것을 향해 셔터를 눌렀다.

파리는 런던과는 다른 무료함과 드라이한 느낌이 있다.
분주함과 화려한 차분함을 물론 가지고 있지만, 파리는 뭐랄까, 조금 더 침착한 인상을 전해준다.
보기만 하고 듣기만 하던 곳을 실제로 가본다는 것은, 생각과 현실 사이의 벽을 깨는 시발점이 되는 것 같다. 보고 듣고 맡으며 느끼고 생

각하는, 여행이라는 경험이 주는 수많은 선물들……. 그 경험은 돈 주
고도 살 수 없는 것이라는 말을 나는 알 수 있을 것 같다.

여행을 좋아하고 사랑하는 나는, 앞으로도 수많은 곳을 다니며 돈
보다 더 귀한 경험을 하게 될 것이다. 그리고 분명 그것들은 훗날 내
삶에 소중한 자양분이 될 것이다.

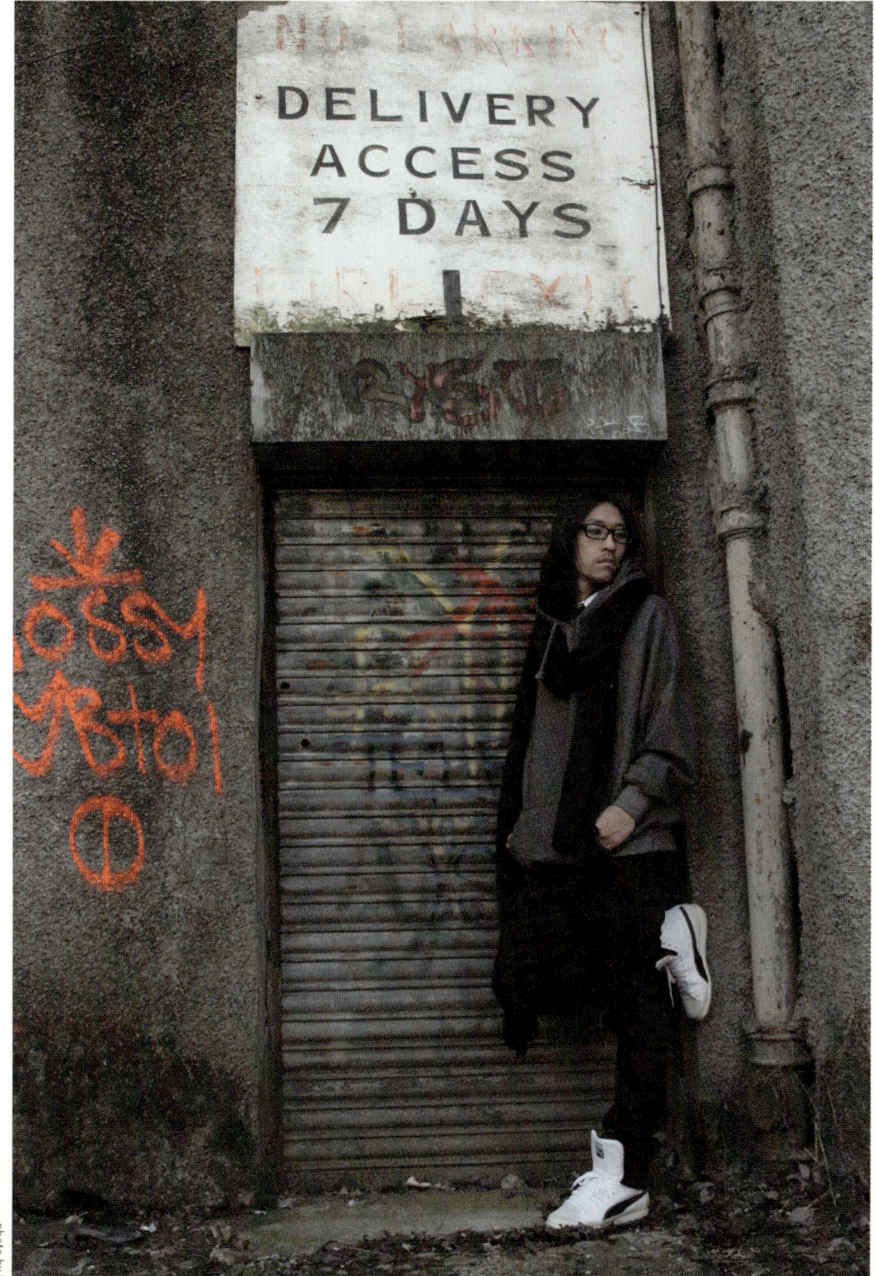
NO PARKING
DELIVERY
ACCESS
7 DAYS
FIRE EXIT

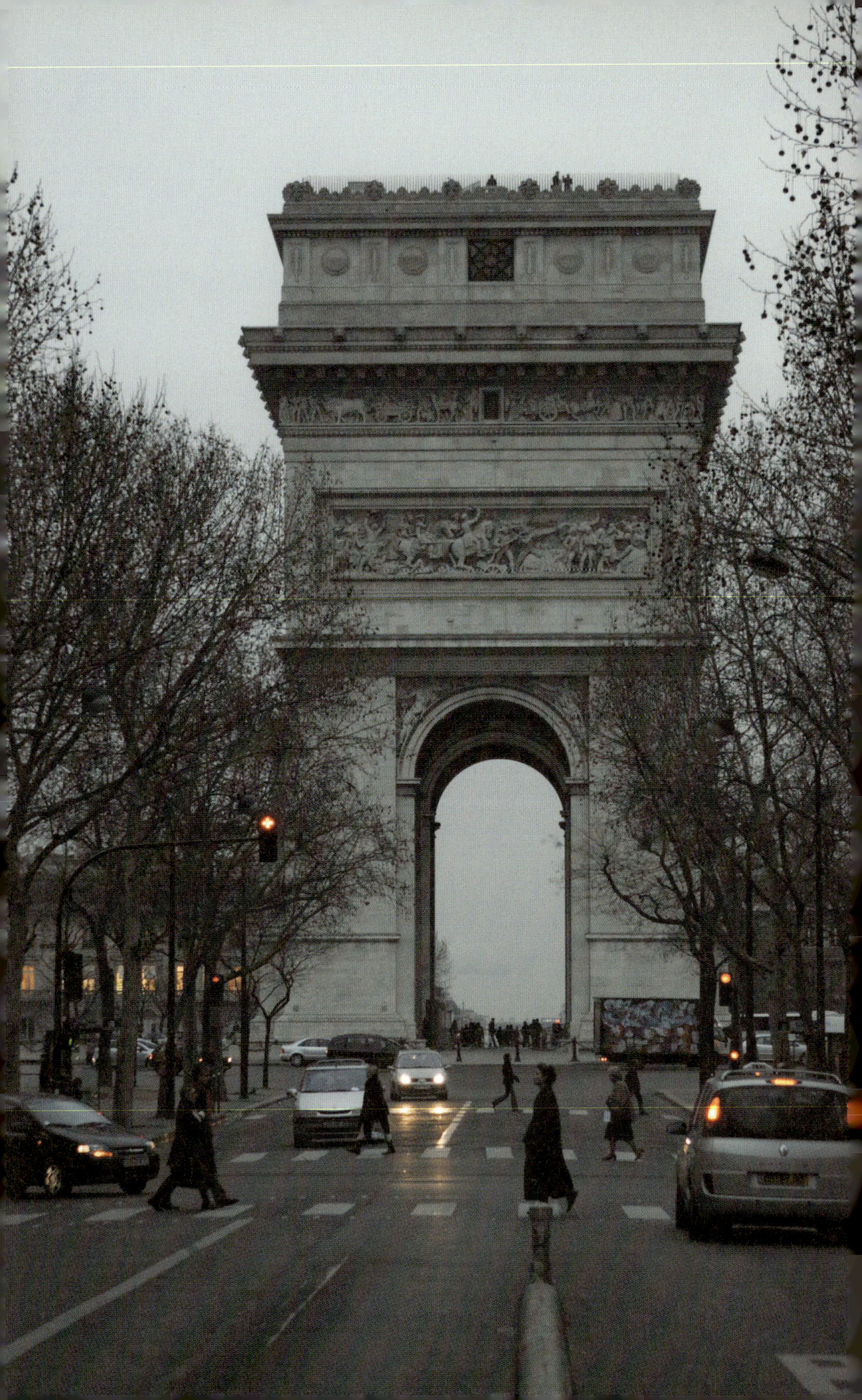

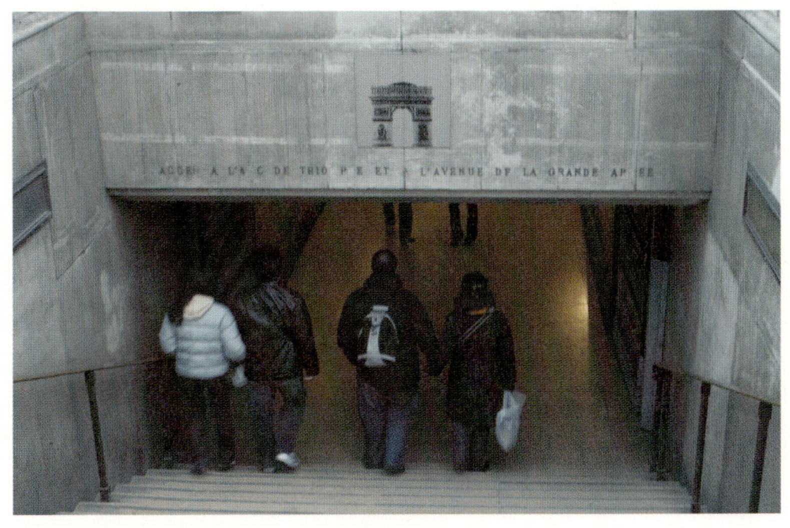

ACCÈS À L'ARC DE TRIOMPHE ET À L'AVENUE DE LA GRANDE ARMÉE

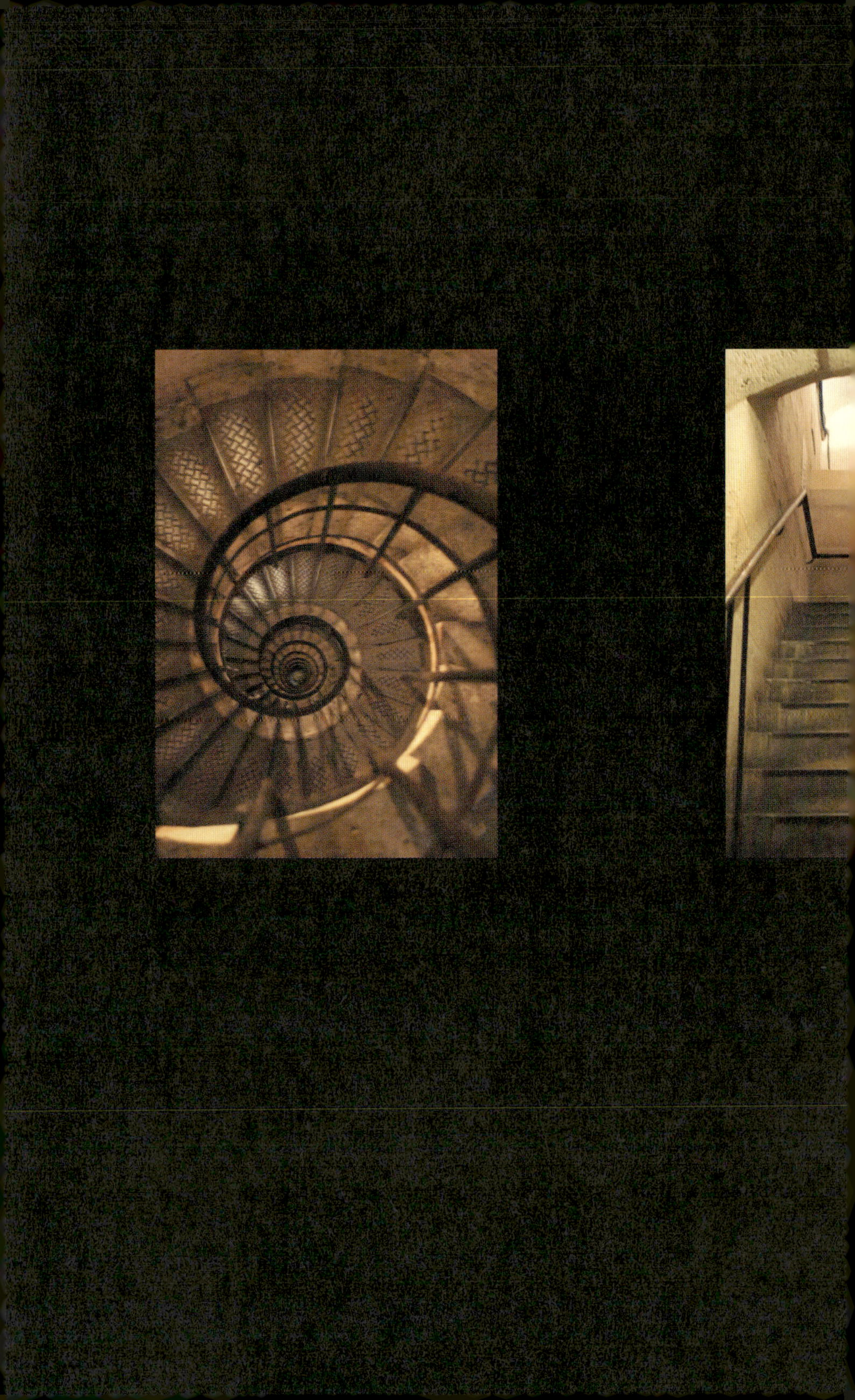

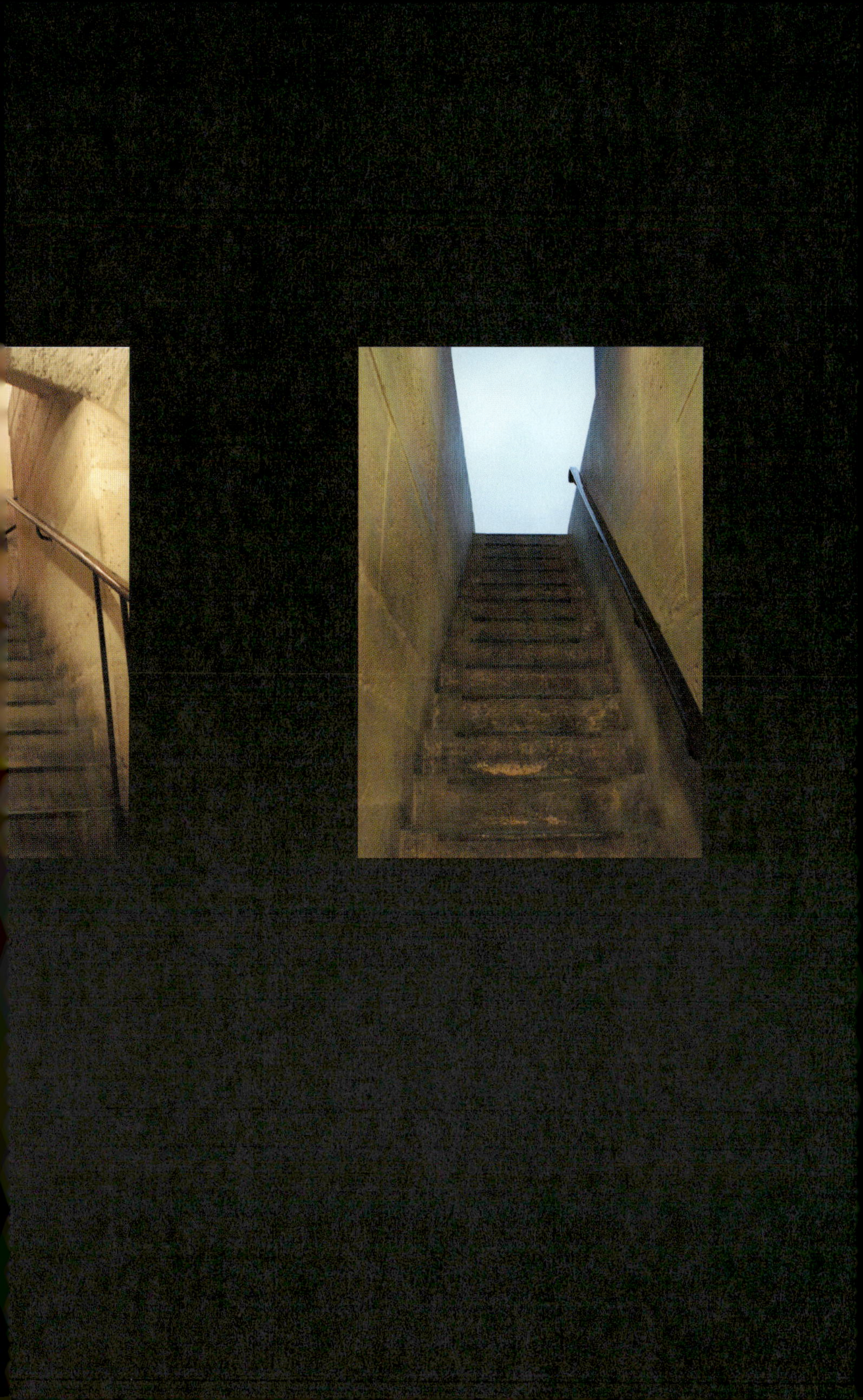

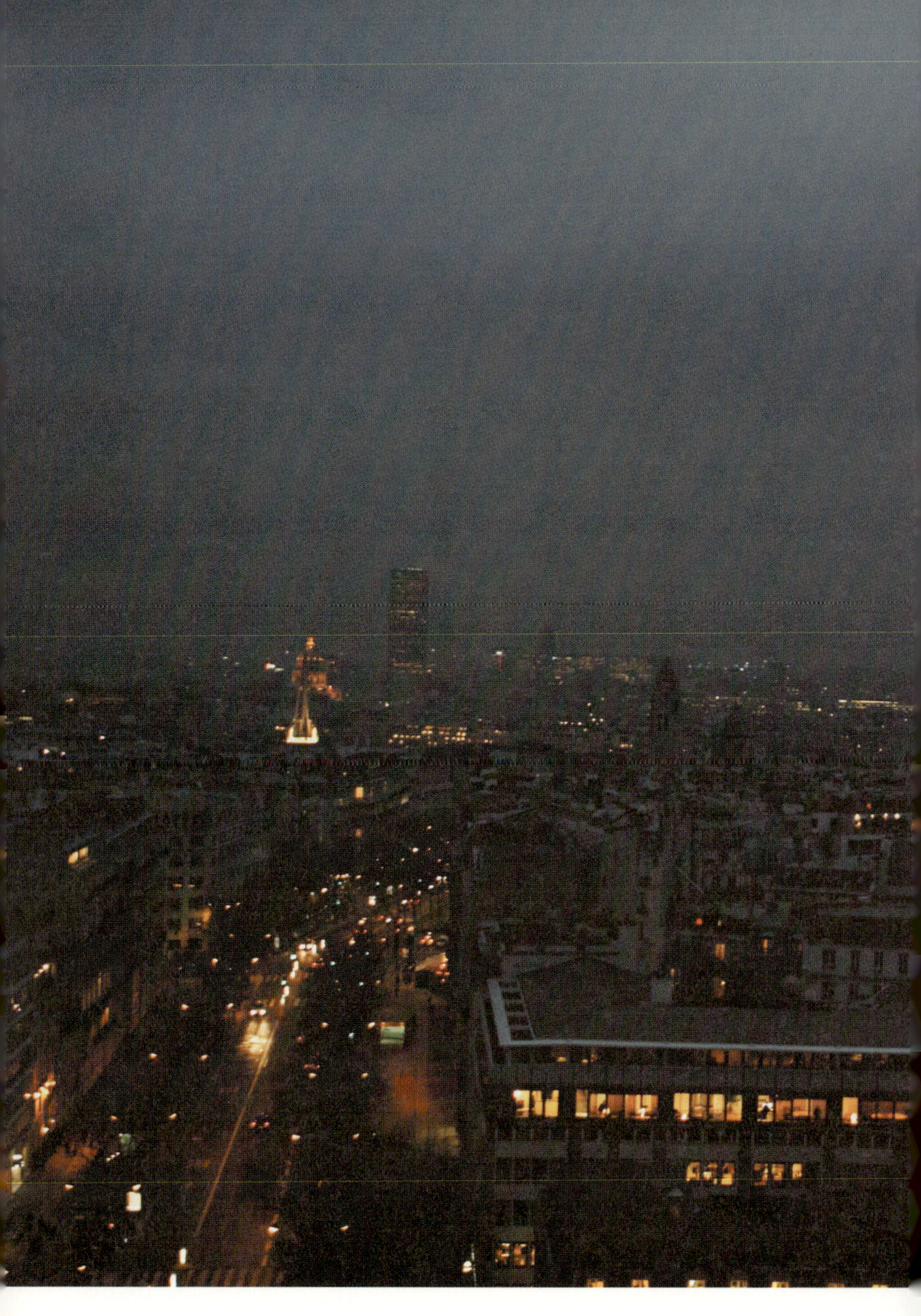

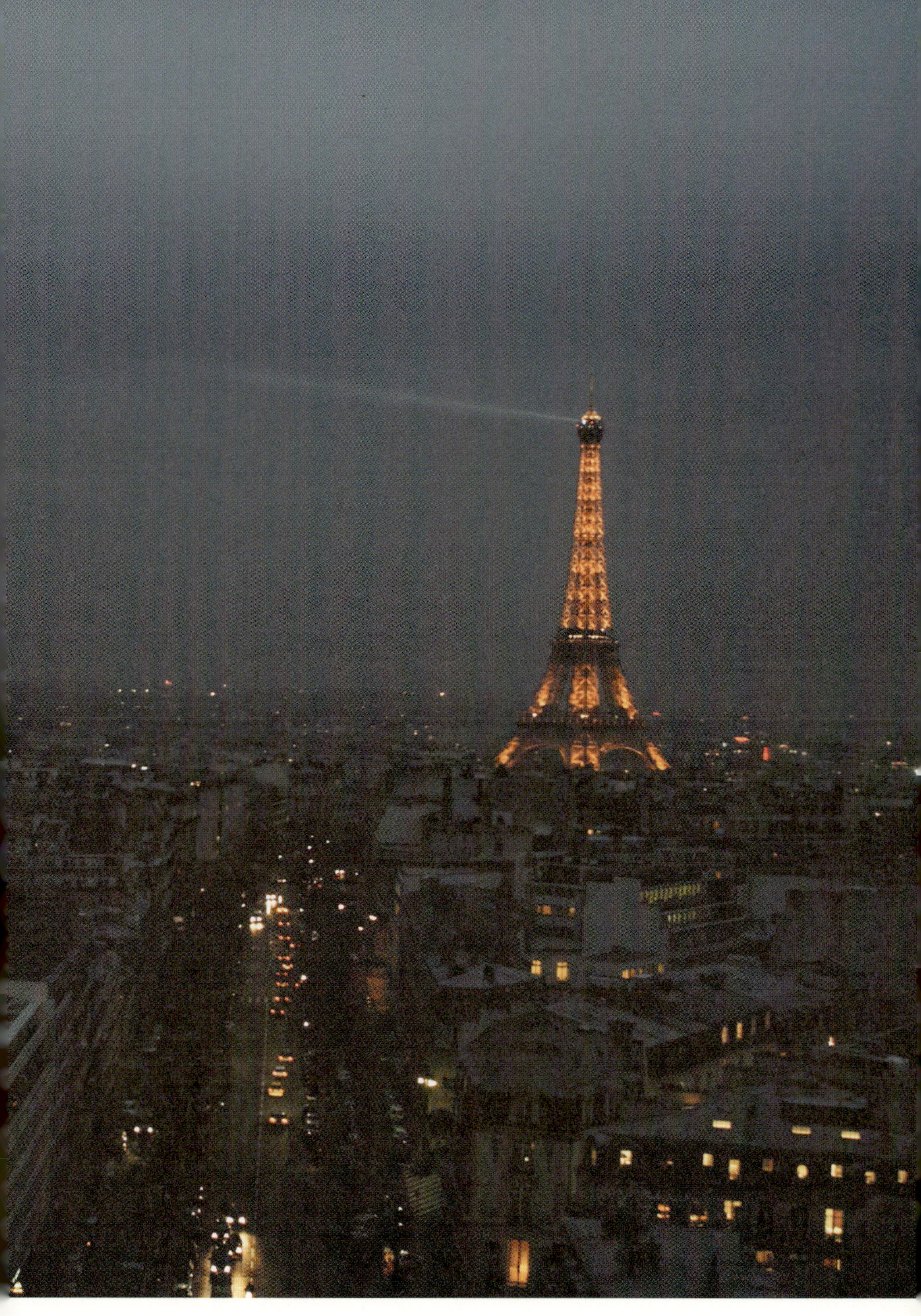

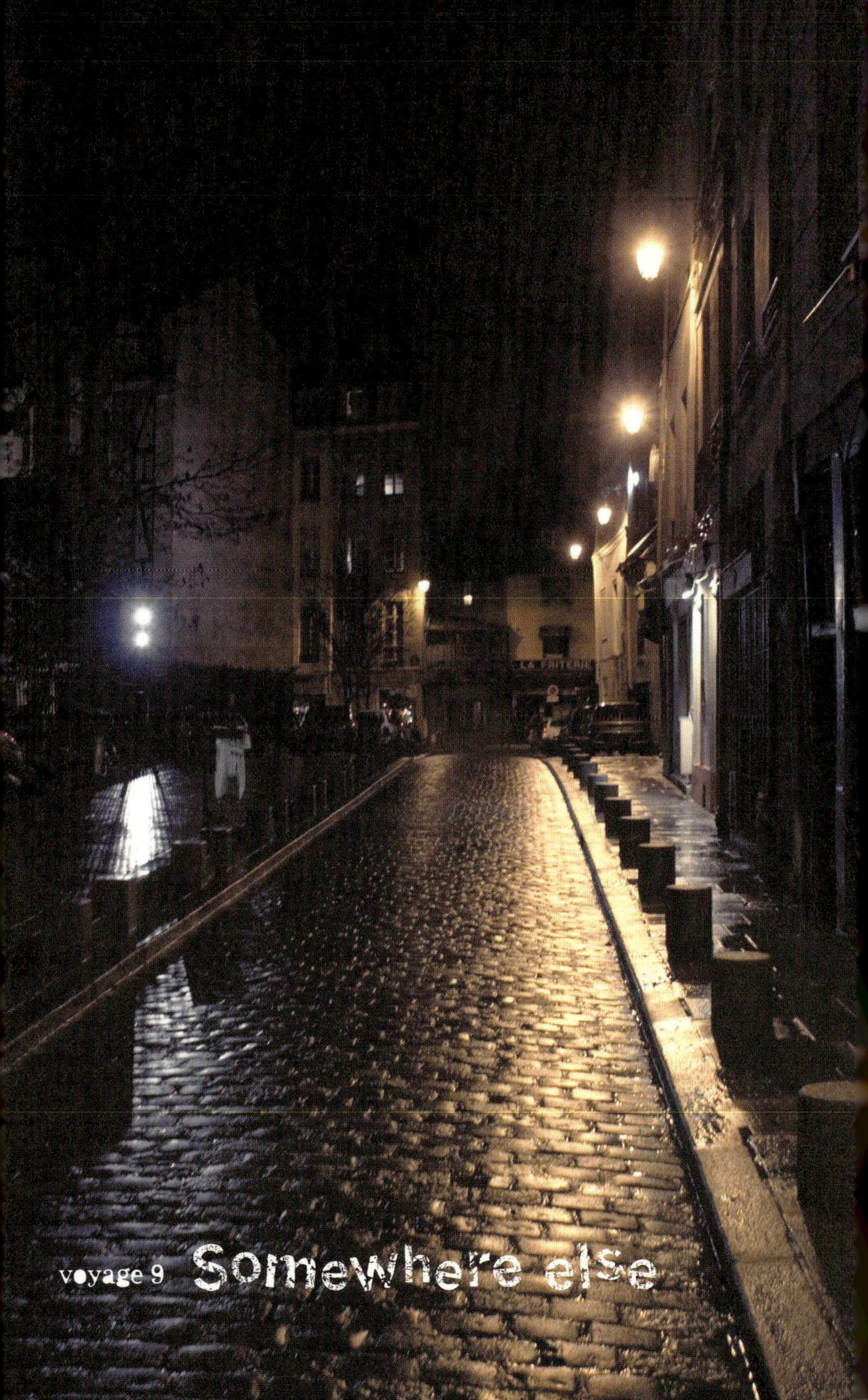

voyage 9 Somewhere else

파리에서의 생활은 런던과는 달리 꽹장히 여유롭고 한가했다. 3주 정도 파리에서 지낸 나는 결국 또다시 여행을 떠나기로 마음먹었다.

중학교 동창녀석 중 독일에서 공부하고 있는 친구가 생각났다. 타지에서 몇 년간 외롭게 공부만 하던 그 친구는 내 전화를 받고 꽤나 반가워했다. 나는 프랑크푸르트행 비행기 티켓을 끊었다.

떠나기로 한 날.

아침 일찍 일어나 짐을 챙겨 드골 공항으로 향했다.

지하철을 두 번 갈아타고 기차로 또 한 번 갈아타서 도착한 드골 공항은 생각보다 엄청나게 큰 스케일을 가지고 있었다. 나는 헤매고 헤매다 겨우 티켓팅 하는 곳을 찾을 수 있었다. 내 비행기는 오전 9시 40분 비행기였는데, 티켓팅 장소에 도착한 시각은 8시 30분쯤이었다.

그런데 뭔가 이상했다.

줄이 너무나도 길게 늘어져 있는 것이었다. 엄청나게 큰 비행기라 해도 절대 태울 수 없을 만큼 길게 늘어서 있는 줄.

그래도 그냥 그러려니 하고 나 역시 줄을 섰다.

오전 9시 15분. 한 시간 넘게 기다려 드디어 내 차례가 되었다.

그런데 티켓팅 하는 그녀가 말하기를, 나는 비행기에 탈 수 없다는 것이다. 왜 그러냐고 물었더니, 비행기 출발시간 30분 전에는 티켓팅이 끝나 있어야만 탑승이 가능하다고 했다. 나는 8시 30분에 도착하였다, 그런데 당신들의 불찰로 오랫동안 기다렸다, 라고 말을 했지만 그녀는 동양인을 무시하는 표정과 말투로 나의 탑승을 강력하게 저지했다. 언어의 한계에도 불구하고 계속되던 나의 항변은 결국 그녀가 경찰을 부르겠다는 말에 중단이 되었다.

억울했다.

화도 많이 났다.

그렇지만 어쩔 도리가 없었다.

뒤늦게 알게 된 사실인데, 그때 공항에 문제가 생겨 티켓팅 박스가 몇 군데만 오픈이 되었고, 그래서 그 많은 사람들이 그토록 오래 기다려야 하는 상황이 벌어진 것이었다.

하지만 그것은 순전히 공항측의 문제였다. 두 시간이 넘는 거리를 고생고생해서 찾아왔는데 되돌아갈 수밖에 없는 나는 서럽기도 하고 분노가 끓어올랐다. 게다가 친구에게 전화를 걸려고 핸드폰을 찾다가 설상가상 핸드폰을 숙소에 두고 온 걸 뒤늦게 깨달았다.

어쩔 수 없이 왔던 길을 다시 갈 수밖에 없었다.

숙소에 도착하자마자 친구에게 전화를 걸었다. 이미 시간은 오전 11시가 넘어 있었다. 전화를 받은 친구는 너무나 어이없는 목소리였다.

"야, 네가 이 시간에 왜 나한테 전화를 해? 비행기 안에 있어야 하는 거 아냐?"

자초지종을 들은 친구는 자기가 공항에 전화를 해보겠다며 전화를 끊었다.

5분 뒤 다시 전화가 왔다. 친구의 말이, 그 상황은 어쩔 수 없는 것이었지만 마침 그 비행기가 연착되어 아직 출발하지 않았으니 빨리 다시 공항으로 가란다. 비행기는 12시 50분에 출발한다고 했다. 손목에 찬 시계를 보았다. 11시 20분이었다.

12시 10분 전까지는 티켓팅을 끝내야 한다. 숙소에서 두 시간 정도 걸리는 거리를 다시 찾아가 그 비행기를 탄다는 것은 불가능한 상황이었다.

그러나 친구는 택시를 타면 갈 수 있을 거라고 했다. 나는 1분 정도 고민하다가 아침의 일도 너무 억울하고 친구도 보고 싶었기에 다시 짐을 들고 미친 듯이 뛰어나갔다. 3분 정도 걸려 택시 정류장에 도착할 수 있었고, 비행기 값 정도의 택시비를 지불하고 다시 드골 공항으로 향했다.

초조함에 조마조마하여 공항까지 가는 내내 택시 좌석이 가시방석처럼 느껴졌다. 죽어도 비행기를 타야 한다는 생각뿐이었다.

마침내 드골 공항에 도착했다. 시계는 12시 3분을 가리키고 있었다. 나는 택시에서 내려 죽을힘을 다해 티켓팅 창구로 달려갔다.

도착해서 보니 아니나다를까. 길게 늘어선 줄이 또다시 나를 기다리고 있었다. 시계는 12시 7분을 가리키고 있었다.

나는 다시 친구에게 전화를 걸었다. 친구는 무조건 앞으로 가서 꼭 비행기를 타라고 했다. 나는 무작정 티켓팅 창구로 갔다. 아까 나를 매몰차게 내쫓았던 그녀는 여지없이 그곳에 앉아 심술궂은 표정으로 다른 사람의 티켓팅을 도와주고 있었다.

나는 그녀에게, 아까 나 기억나지? 다시 왔으니까 빨리 부탁한다고 말했다. 그녀는 네가 왜 여기에 와 있느냐, 맨 뒤로 가서 줄을 서라고 했다. 나는 플리즈, 플리즈를 외쳤다. 하지만 그녀는 냉정하게 나를 외면한 채 제 할 일만 했다. 시계는 12시 8분을 향해 가고 있었다.

안 되겠다 싶었다.

나는 맨 앞줄에 서 있던 사람들에게 내 티켓을 보여주며 쏘리 쏘리, 플리즈 플리즈만 간구하듯 말했다. 다행히도, 나를 이해해준 그들은 내게 오케이 퍼스트, 라며 맨 앞줄에 설 수 있도록 해주었다.

시계는 12시 9분을 향해 가고 있었고, 그때 드디어 자리가 났다. 나는 쏜살같이 달려가 '허리 업!'을 외쳤다.

그러나 심술궂은 그녀는 또다시 네가 여기 왜 와 있느냐며 뒤로 가라고 했다. 나는 앞사람들에게 양해를 구했다고 말했다. 그들도 그녀를 향해 먼저 해주라고들 말해주었다. 그리고 시계를 보니 12시 11분이 되어 있었다.

그녀는 1분이 지났으므로 탑승할 수 없다며 '넥스트!'를 외쳤다.

약이 오를 대로 오른 나는 그녀에게 한국말로 욕을 해버렸다.

큰 목소리로 계속 욕을 하며 태워달라고 했지만, 그녀는 또다시 내게 경찰을 부르겠다고 말했다.

어쩔 수 없이 물러났다.

막막했고 화가 머리끝까지 났다.

공항에 마중 나와 있을 친구에게 전화를 걸어 상황을 설명했더니 친구 또한 분노했지만 어쩔 도리가 없었다. 나는 언제일지 모를 나중을 기약하며 아쉬움을 가득 품고 친구와의 전화통화를 마쳤다.

눈앞이 캄캄했다.

뭘 해야 하나 생각해봤지만, 숙소로 다시 돌아가기는 죽을 만큼 싫었다. 나는 고민 고민하다 한국에 있는 베스트 프렌드 주호에게 전화를 걸었다.

주호는 이름과 전화번호를 불러주며 이 번호로 전화해 그가 있는 곳으로 가보라고 했다. 나는 주호가 알려준 번호로 전화를 걸었다. 전화를 받은 그와 몇 분간의 통화 끝에 그곳으로 가기로 했다.

그렇게 나는 프랑크푸르트가 아닌 다른 곳으로 떠날 수밖에 없었다.

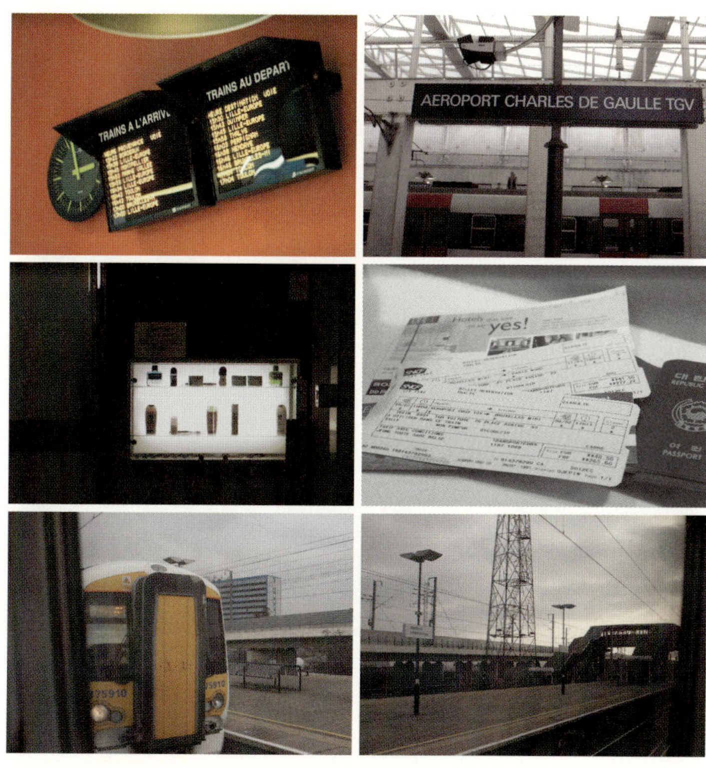

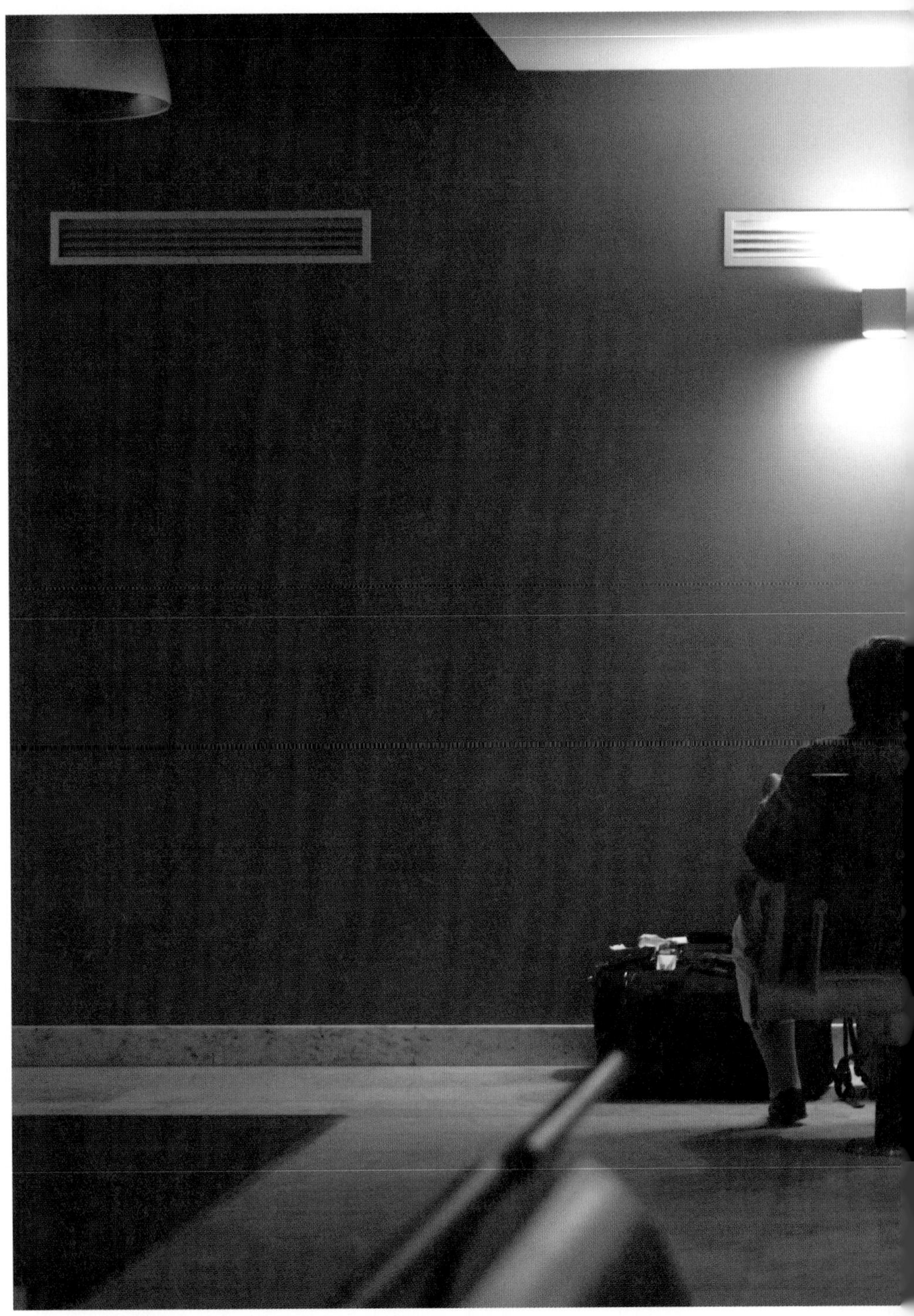

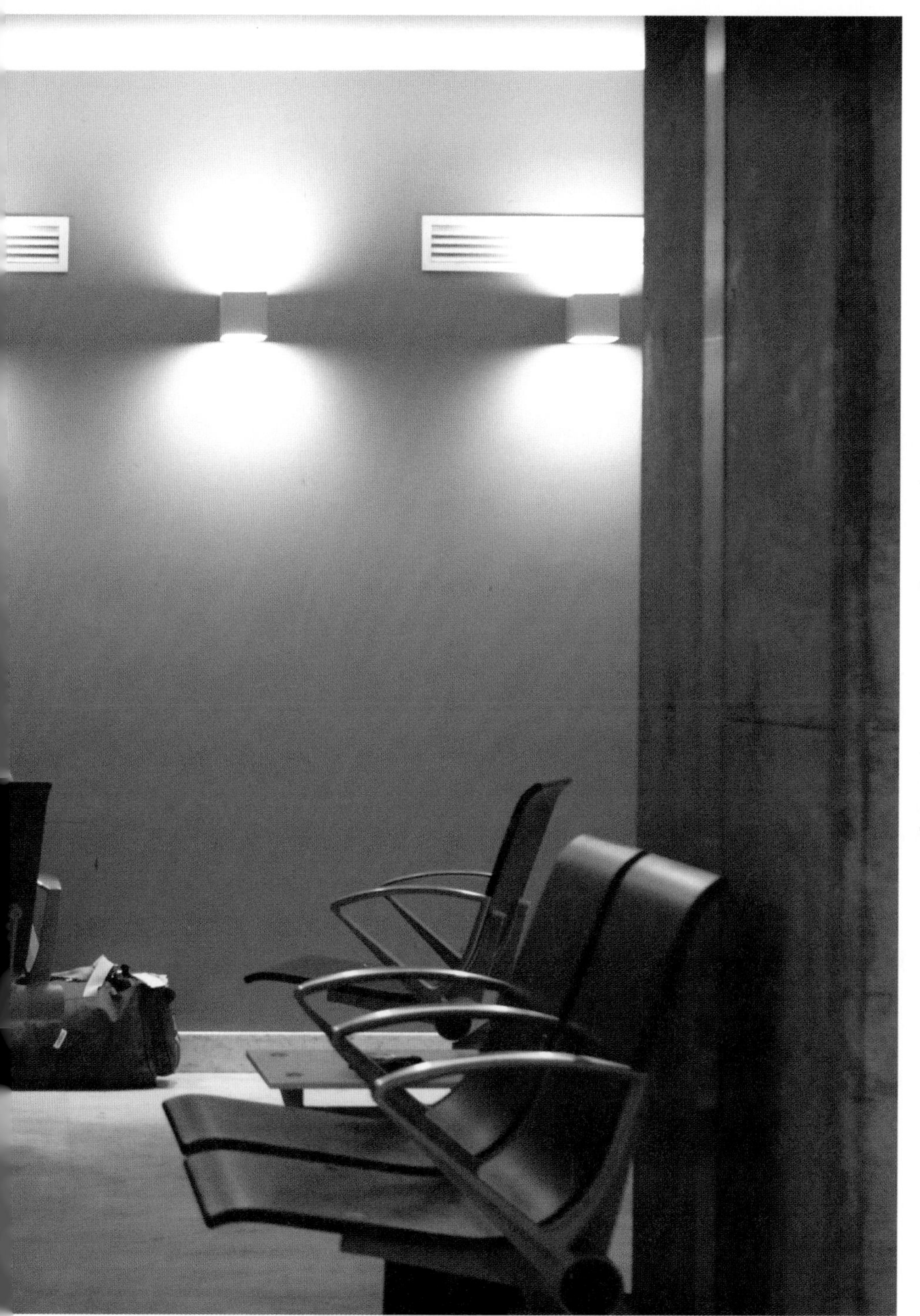

Antwerp

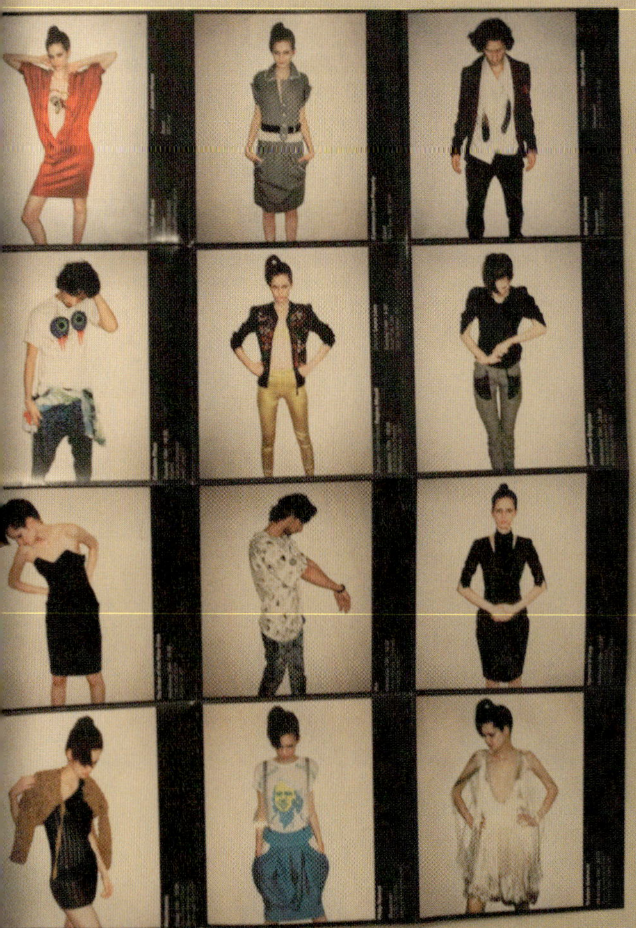

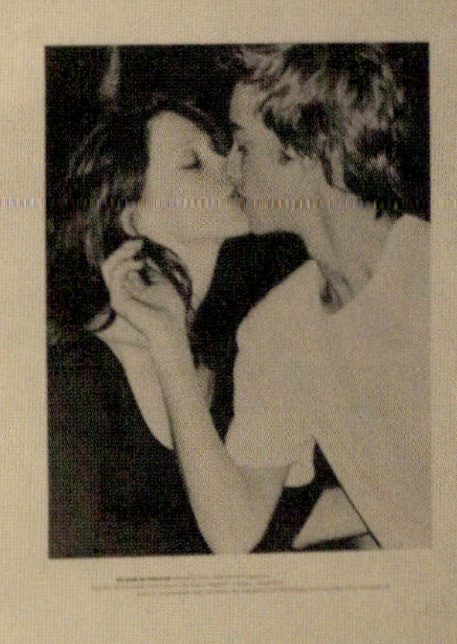

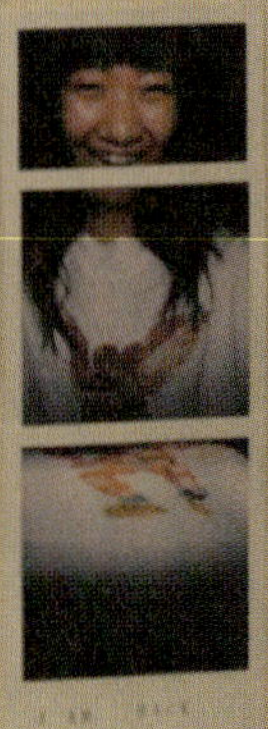

주호의 소개로 통화를 하게 된 그가 있는 곳은 벨기에의 앤트워프였다. 앤트워프라면 마틴 마르지엘라, 버나드 윌햄, 라프 시몬스, 드리스 반 노튼 등 패션계의 새로운 트렌드를 만든 세계적인 신예 디자이너들을 대거 배출한 곳이었다.

나는 평소 패션에 관심이 많은 편이었고 더군다나 앤트워프 출신 디자이너들의 옷에 푹 빠져 있던 터라, 앤트워프로 향하는 내 발길은 꽤나 큰 흥미와 호기심으로 들떠 있었다.

피곤함과 스트레스로 가득 차 있던 몸을 이끌고 나는 드골 공항 아래층에 위치한 떼제베 열차 터미널을 향해 걸어 내려갔다. 몇 분 뒤, 나는 앤트워프행 열차표를 구입했다. 제일 빠른 티켓이었는데도 앞으로 세 시간을 기다려야 했다.

새벽같이 숙소에서 나와 파리 시내와 드골 공항을 두 번이나 왔다 갔다 한 나는 피곤에 찌들어 죽을 지경이었다. 눈꺼풀은 무의식적으로 자꾸 내려왔다. 행여 열차를 놓칠까봐 쏟아지는 잠을 뿌리치며 간신히 세 시간을 견뎌 결국 나는 열차에 올랐다.

기차는 브뤼셀에서 한 번 갈아타서 앤트워프에 도착하는 경로였다.

그래서 혹시라도 역을 놓칠까봐 기차에 타서도 눈을 붙일 수가 없었다. 한국이라면 역을 지나쳐도 다시 표를 구입하거나 갈아타면 되지만, 이곳에서 그런 일이 벌어지면 영어 실력이 부족한 나 같은 여행객은 너무 힘들어지기 때문에 정신을 바짝 차릴 수밖에 없었다.

기차는 한 시간을 넘게 달려 브뤼셀에 도착하였다.

브뤼셀에 잠시 내린 나는 잠을 깨기 위해 계속해서 담배를 피워댔다. 하지만 한적하고 조용한 브뤼셀 역은 오히려 기차 안 의자에 앉아 있는 것보다 더 나를 나른하게 만들었다. 브뤼셀 역의 그 나른한 분위기와, 졸음과 싸우고 있는 지금의 내가 꽤 닮아 있다는 생각이 들었다. 나는 카메라를 꺼내들고 셀프 포트레이트를 찍는 기분으로 브뤼셀 역을 카메라에 담았다.

그렇게 브뤼셀에서 쏟아지는 잠과 20분간의 사투를 벌이는 동안 기차가 도착하였고 드디어 나는 앤트워프행 열차를 타게 되었다.

또다시 기차에 몸을 싣고 한 시간 남짓 달렸더니 앤트워프 북역이 나왔다. 그리고 그곳에는 주호가 소개해준 누나가 연락을 받고 마중을 나와 있었다.

누나의 이름은 고율희였다.

율희 누나는 나를 반갑게 맞아주었다. 오랜만에 만나는 한국인이라 그런지 나 또한 왠지 모를 동질감에 휩싸여 율희 누나가 너무나도 반가웠다. 우리는 그곳에서 트램을 타고 앤트워프 중심가에 위치한 누나의 집으로 향했다.

1층은 빵집이었고, 빵집 2층이 누나네 집이었다. 아늑하고 조용한 분위기가 내가 딱 좋아하는 스타일이었다.

들어가자마자 나는 짐을 풀고 누나에게 실례한다고 말한 뒤 욕실에 들어가 천근만근 피곤한 몸을 뜨거운 물에 담갔다. 샤워 후 커피를 마시며 늘어져 있는데, 누나가 파티에 가자고 했다.

그때 앤트워프에 살고 있는 한국인은 10명도 채 되지 않았는데, 오늘은 앤트워프 왕립학교 시험이 끝나고 뒤풀이 파티가 있는 날이라며 친구들을 소개시켜 주겠다는 것이었다. 하루종일 한 끼도 먹지 못한 나는 무엇보다 한국 음식을 먹을 수 있다는 말에 들뜬 마음으로 후다닥 옷을 챙겨 입고 누나를 따라나섰다.

파티를 하기로 한 곳은 순미라는 친구의 집이었다. 순미는 나랑 동갑이었고 초등학교 때 반장같이 생긴 아이였다.

건효라는 친구도 소개받았는데, 앤트워프 왕립학교에서 패션을 공부하고 있는 패션학도라고 했다. (건효는 우수한 성적으로 앤트워프 왕립학교를 졸업한 뒤 현재 드리스 반 노튼의 여성복 디자이너로 활동하고 있다.)

그 외에도 한국인이 3명 더 있었고, 일본친구와 홍콩친구, 미국친구 이렇게 10명 남짓한 사람들이 모였다.

파티는 저녁식사와 가벼운 술, 음악과 대화로 이어진 조촐한 홈 파티였다. 무엇보다 좋았던 건 타지에서 한국인들을 만난 것과 불고기를 비롯한 한국 음식을 먹을 수 있다는 것이었다.

그동안 내가 묵었던 숙소는 외국인들만 있는 곳이었기 때문에 아침마다 잉글리쉬 블랙퍼스트라는, 요상한 맛이 나는 소시지와 흰자가 익지 않은 계란 프라이, 딱딱한 바게트가 식사로 나왔다. 나의 비위와는 맞지 않았지만 여행자금을 아끼기 위해서 그런 음식들로 억지로 배를 채우며 지내왔던 것이다.

우리는 서로 서로 금방 친해질 수 있었다. 몇 시간이 지났을 때는 말도 편하게 하고 마치 오래된 친구들처럼 즐거운 분위기가 형성되었다. 나는 그것들을 잊지 않기 위해 카메라를 잡고 그 순간들을 기록하며 파티를 즐겼다.

우리는 밤이 새도록 즐거운 대화를 나누고 클럽에 가서 땀에 흠뻑 젖어 다시 돌아와서 어느 순간 모두 함께 잠이 들었다.

다음날 아침.

함께 눈을 뜬 우리는 3층짜리 중국 대형 마트에 가서 장을 봐와 한국 음식을 만들어 먹었다. 그리고 함께 트램을 타고 돌아다니고 거리를 산책했다. 친구들과 함께 여유롭게 도시를 즐기는 이번 여행이 앤트워프의 분위기와도 잘 맞는다는 생각이 들었다.

내가 느낀 앤트워프는 비 오는 날의 런던보다도 더 암울한 느낌이었다. 그리고 나는 앤트워프의 그 분위기가 좋았다.

그렇게 즐거운 며칠을 보냈다. 나는 전혀 예상하지 않았던 앤트워프에서의 추억을 가지고 다시 파리행 열차에 올랐다.

돌아가는 파리행 열차 안에서 창밖을 바라보다 문득 이런 생각이
들었다.

내가 과연 괜찮은 여행을 하고 있는 것일까?
많은 시간과 돈을 투자하며 몇 개월을 간신히 간신히 버티듯 지내고
있는 이 여행이 과연 나에게 무엇을 남겨줄 수 있을까?

사실 그때는 무엇이 옳고 그른지 아무것도 알 수가 없었지만, 일년
이 훌쩍 넘은 지금 그때를 다시 돌이켜보니 스물일곱살 내 청춘의 홀
로 떠난 6개월간의 여행은 아주 특별하게 내 가슴속에 새겨져 있음을
본다. 그것은 먼 훗날 아저씨가 되고 할아버지가 되었을 그때에 더욱
크게 느껴질, 많은 것을 얻은 여행이었다.

낯선 곳에서 홀로 6개월을 살다보니 한국에서의 내 모습을 다시 볼
수 있었다. 그렇게 힘들게 시작한 방송이었는데, 어느 순간 나도 모르
는 사이에 나는 나태해져 있었다. 술 마시고 클럽 가고, 화려한 생활
을 즐기고 있다고 생각했다. 그런데 낯선 곳에서 나는 깨닫게 되었다.
그것들의 의미 없음을. 그런 삶이 부질없는 낭비임을……

낯선 곳에서 영어도 제대로 못 하는 내가 혼자서 모든 것을 생각하
고, 판단하고, 행동하면서 조금은 더 용감해져 있음을 또한 알게 되었
다. 그것은 아마도 외로움을 직면하면서 얻게 된, 외로움에 대한 용기
일 것이다.

무엇보다 사진에 대한 소중함을 다시 새기게 되었다.

예전엔 필름 한 롤이 귀해서 사진이 소중했다면, 여행에서 깨달은
건 사진 한 장 한 장 그 자체에 대한 소중함이었다. 내가 지금까지 볼
수 없었고 그래서 카메라에 한 번도 담을 수 없었던 것을, 나는 매일
매일 보고 느끼고 찍었다. 그렇게 찍은 사진은 한 장 한 장 그 자체가
소중했다. 자연히 사진에 대한 마음은 더 깊어졌다.

나의 감성이 크게 바뀌어서 돌아왔다는 것만으로도 벅찬 감사함과 소중함을 느끼게 되는 내 스물일곱살의 여행.

마음고생 몸고생에 괜한 서러움으로 몇 번의 위기도 더러 있긴 했지만, 시간이 지나 돌이켜보아도 어떠한 후회도 없는, 멋진 청년기의 한 부분으로 남길 만한 추억으로 내게는 다가온다.

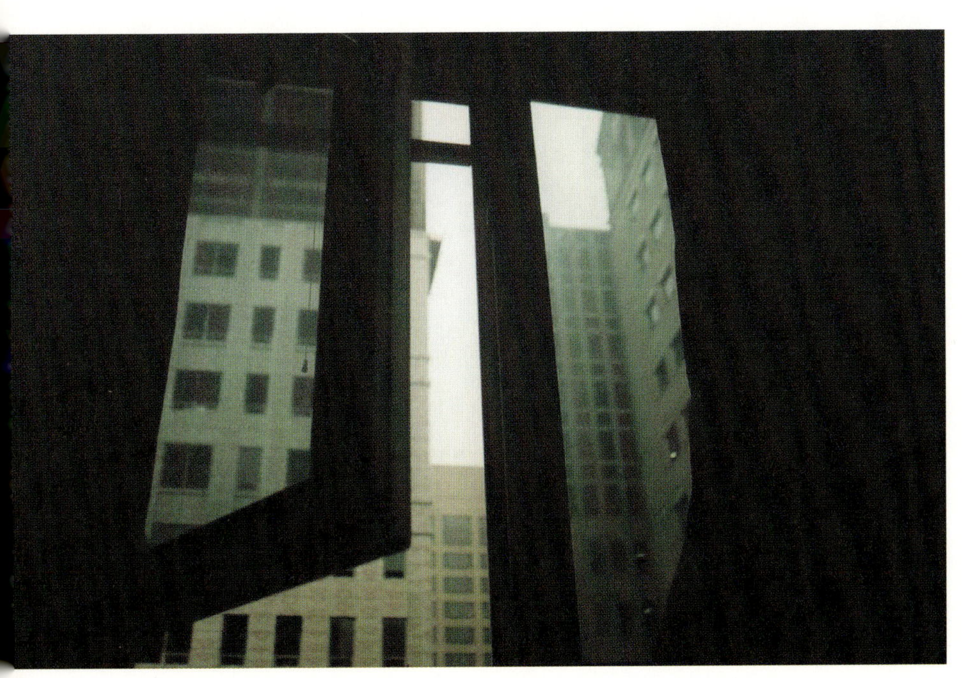

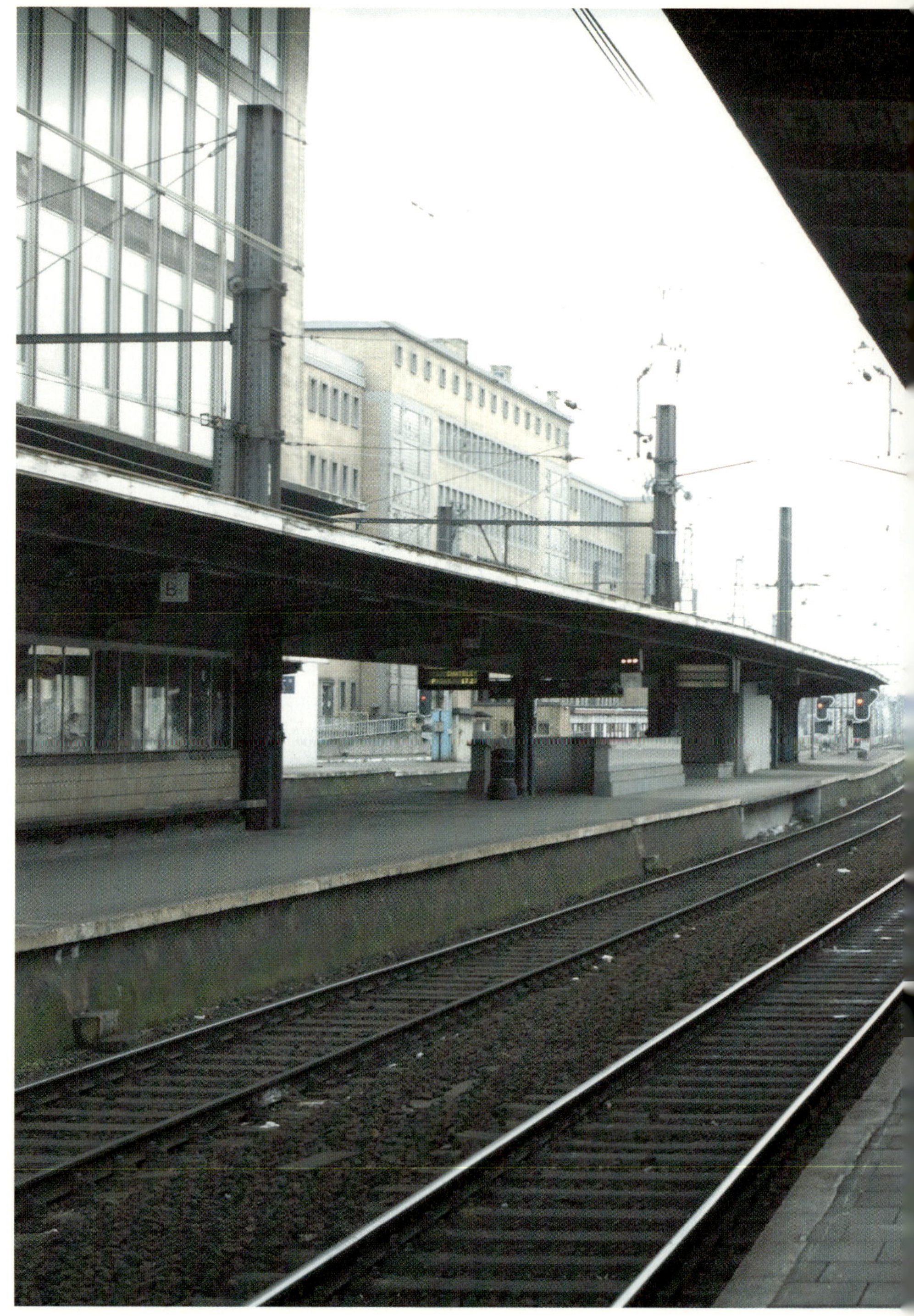

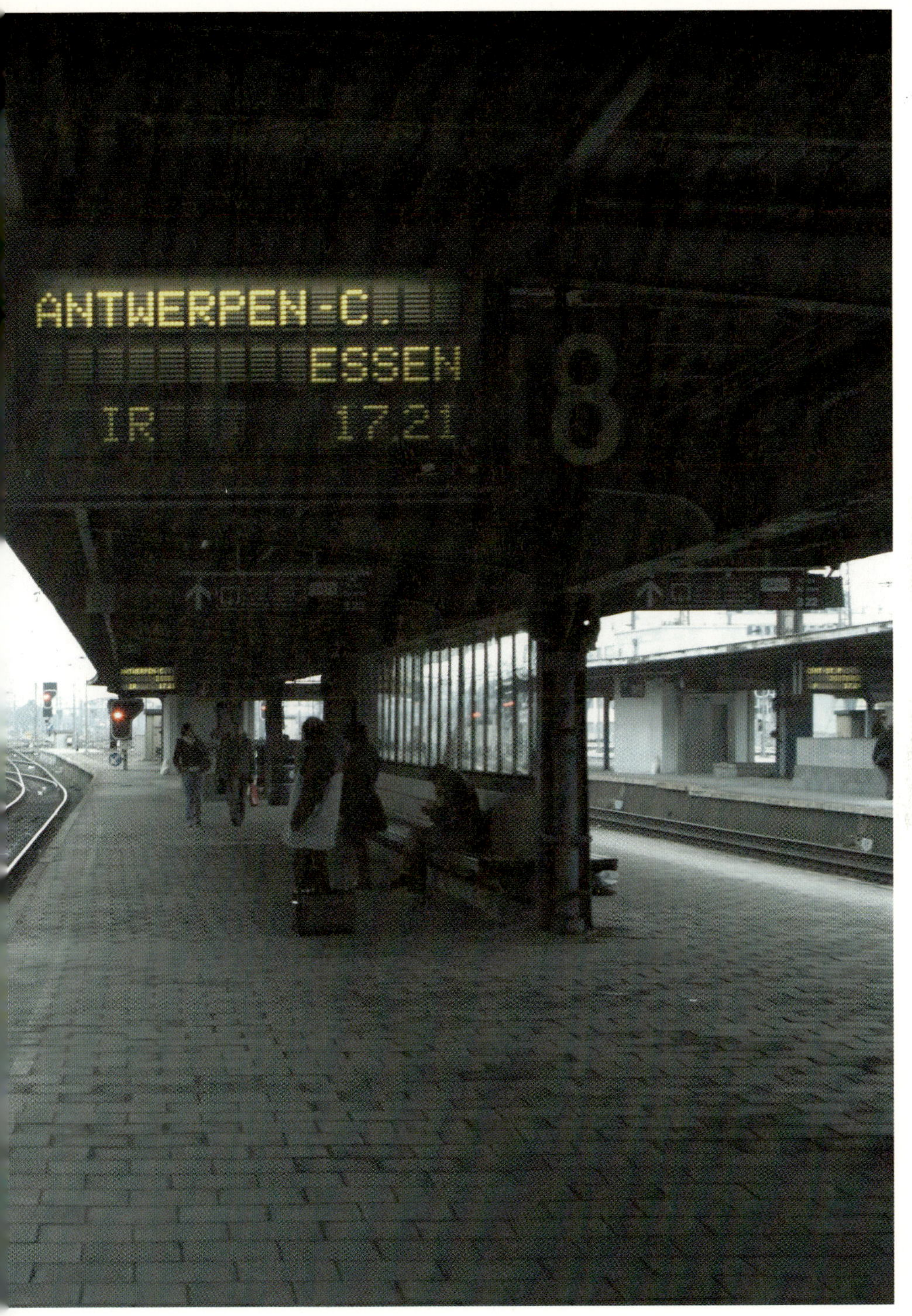
ANTWERPEN-C.
ESSEN
IR   1721
8

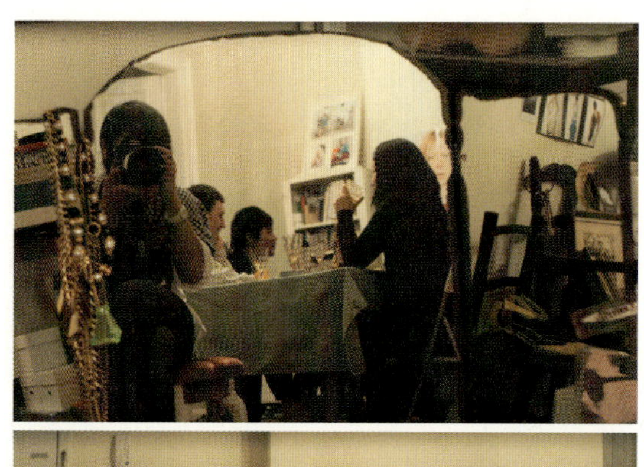
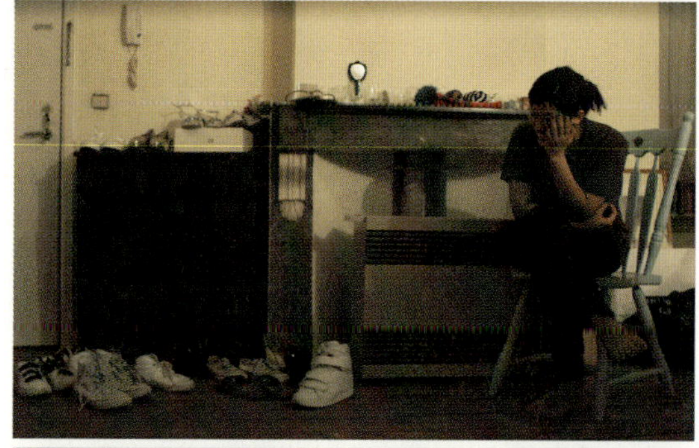
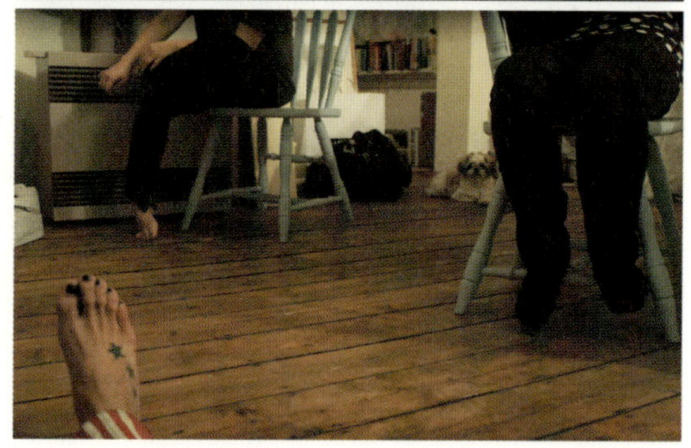

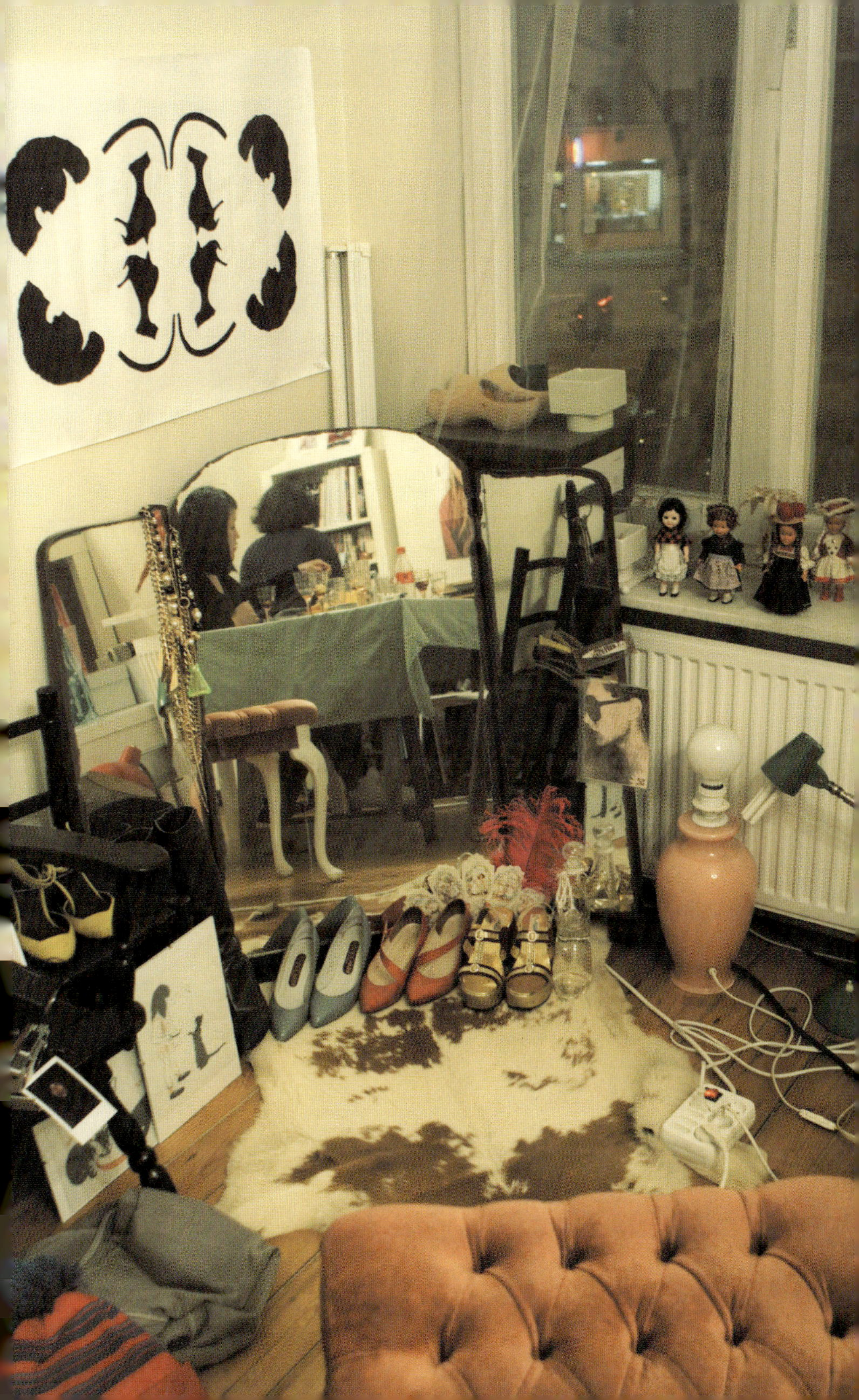

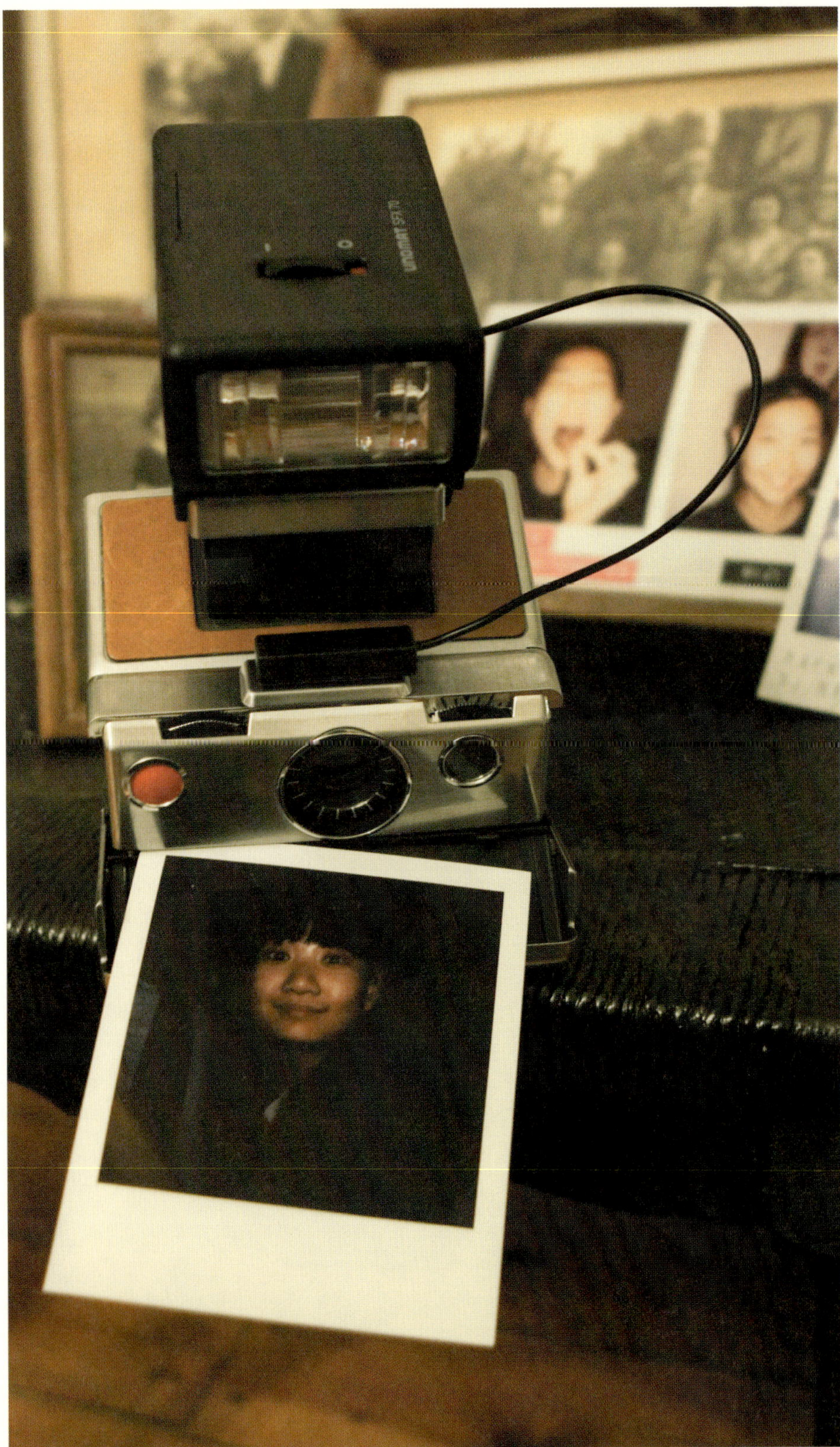

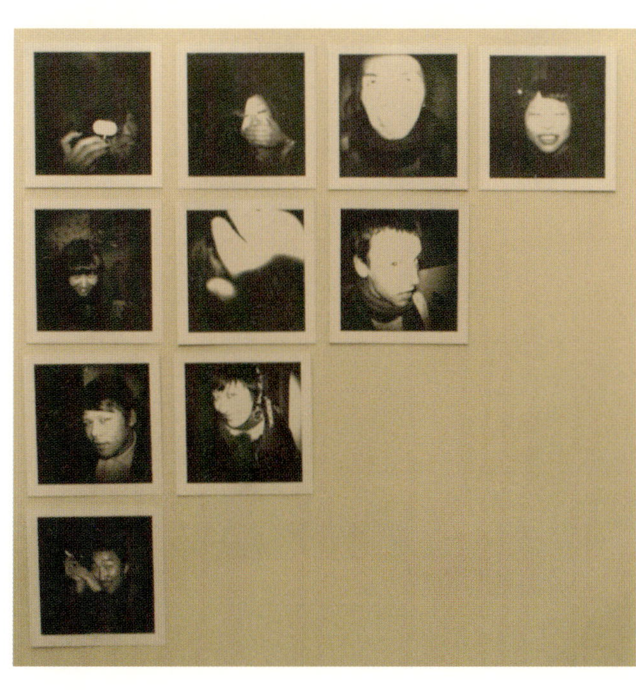

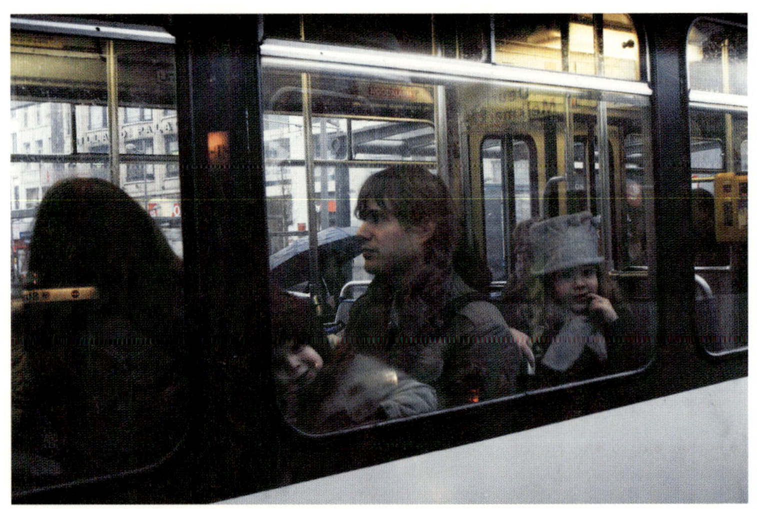

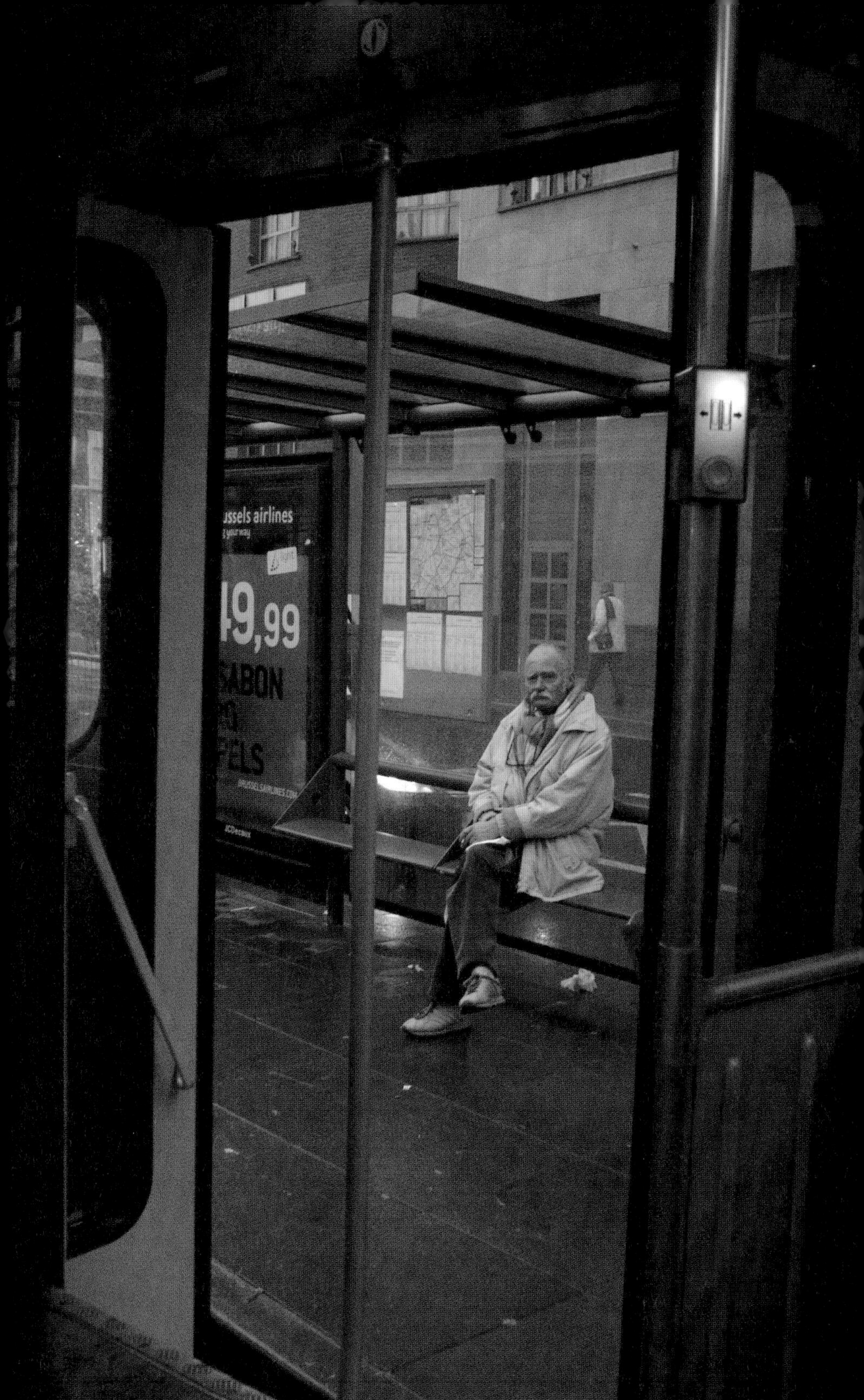

ussels airlines
g yourway
9,99
SABON
PO
FELS

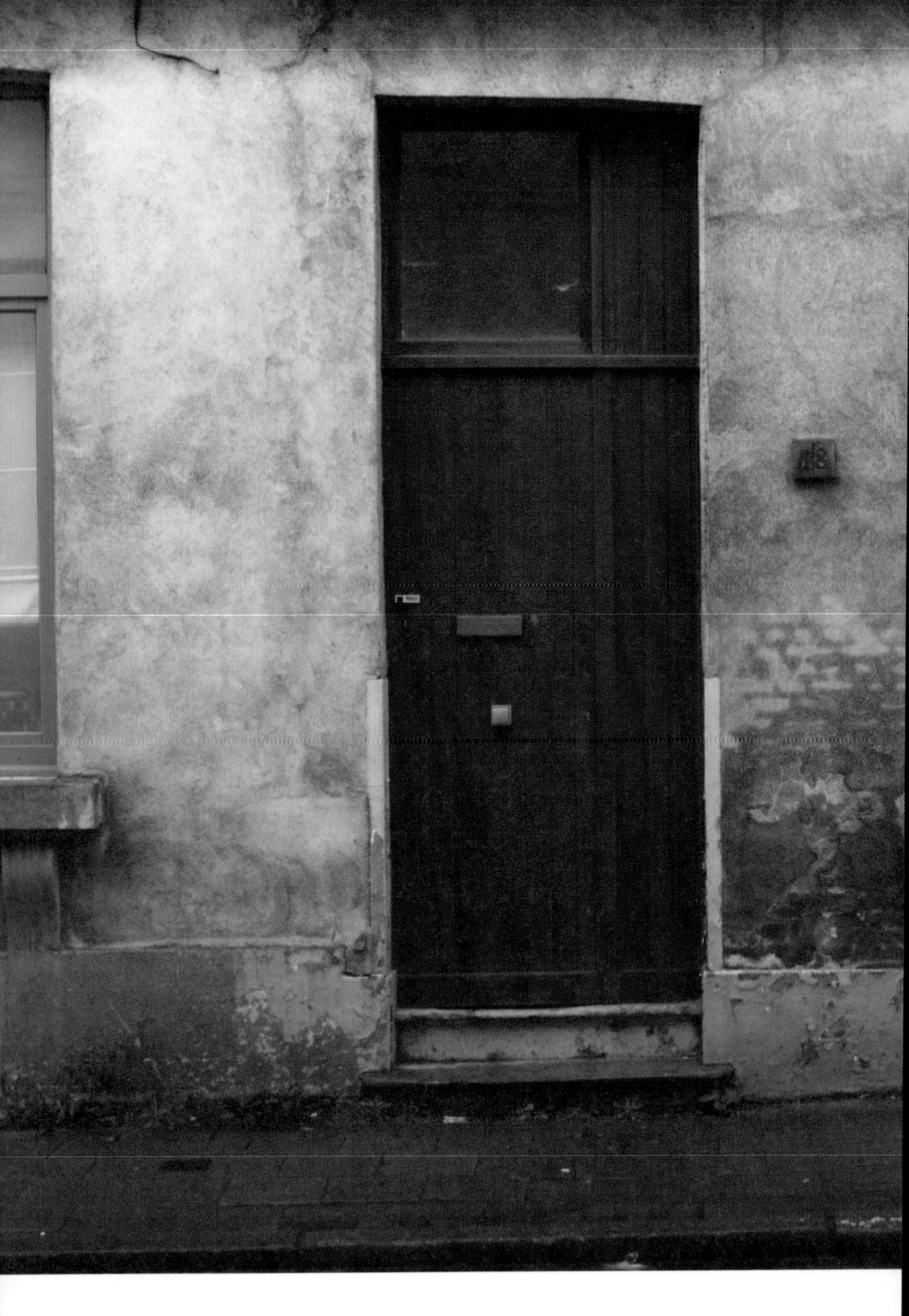

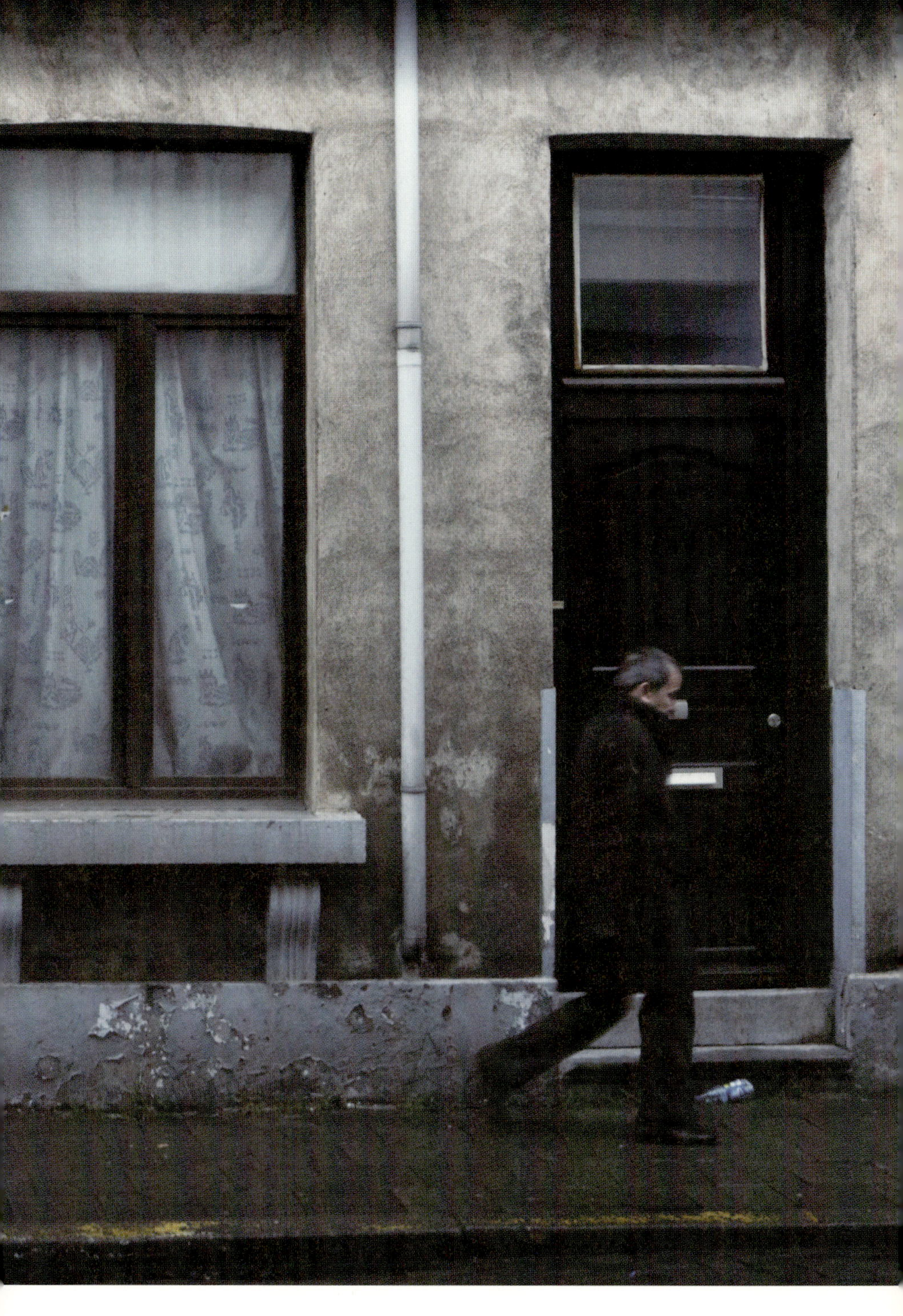

Voyage with a Camera

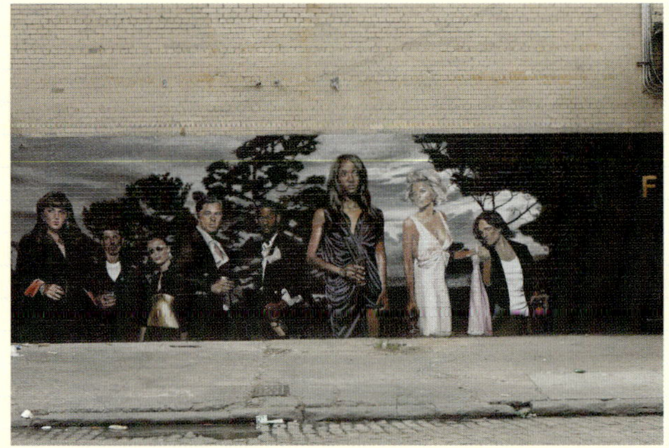

New York

a wall painting
Aug. 2007

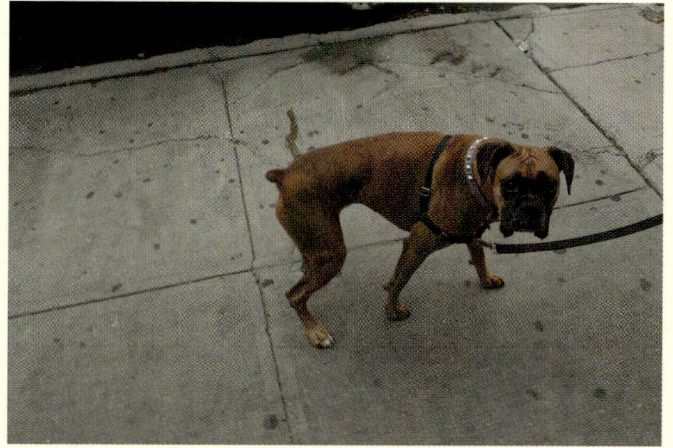

New York

a bulldog
Aug. 2007

Voyage with a Camera

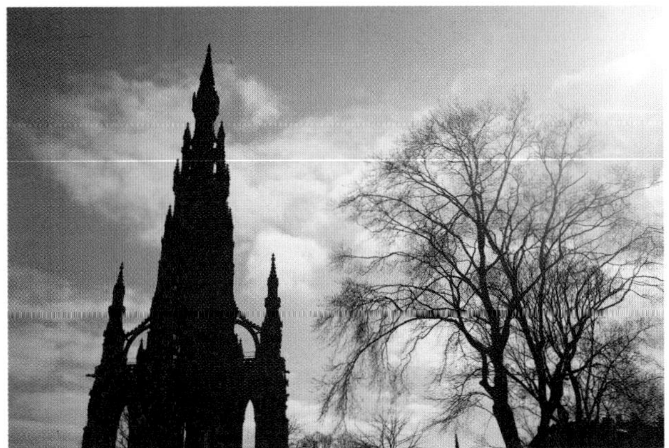

Scotland

Edinburgh
May 2007

Voyage with a Camera

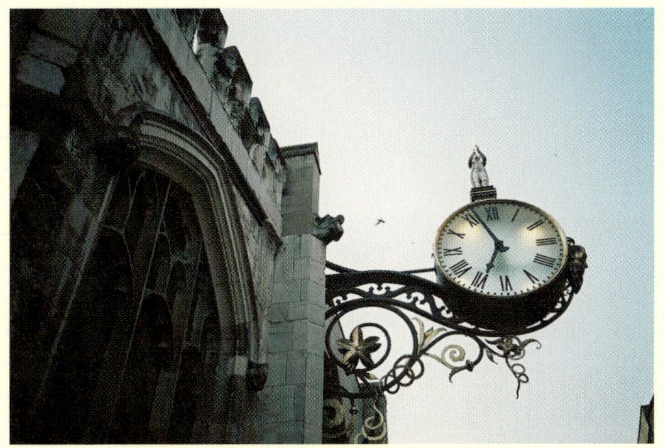

Scotland

Glasgow
May 2007

Voyage with a Camera

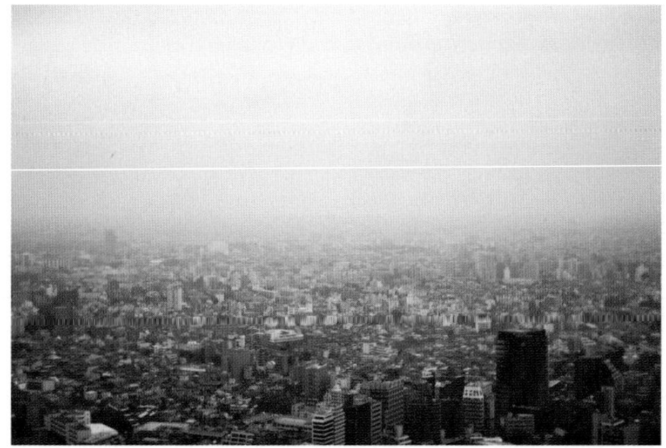

Japan

Tokyo
July 2008

Voyage with a Camera

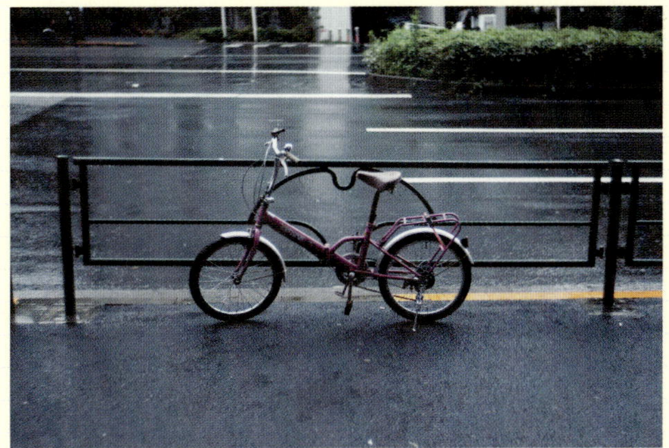

Japan

Yoyogi

Aug. 2008

Voyage with a Camera

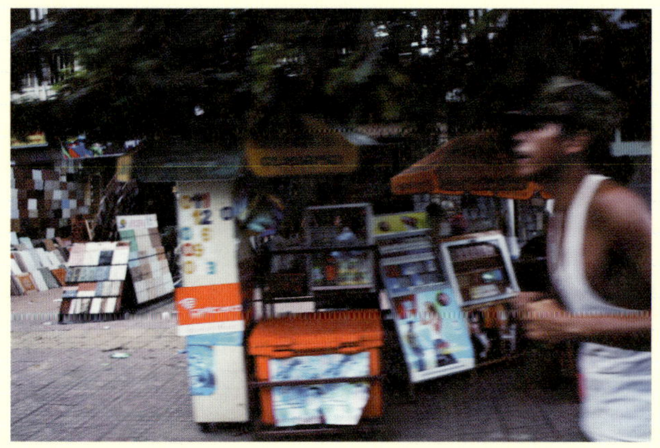

Cambodia

Sep. 2008

Voyage with a Camera

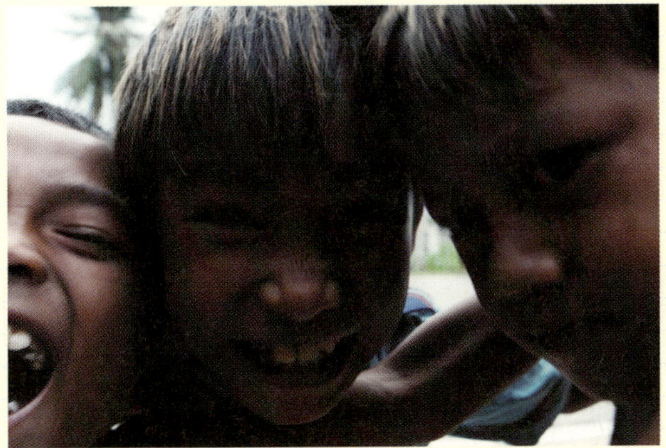

Cambodia

Sep. 2008

잊지 말아야겠다.

더 깊이 새겨넣어야겠다.

앞으로 펼쳐질 나와 우리 가족, 지훈이,

주호, 홍시를 비롯한 내 사람들에게

부끄럽지 않도록.

이다음에 우리 친구들과 형들이 모두 결혼하고

아버지와 아저씨가 되었을 그때

다 같이 모여 생색내며

멋진 기념사진을 찍어줄 수 있도록.

M Y F

첫 번째
우리집 이야기

나에게는 나를 포함한 네 명의 가족이 있다. 엄마, 아빠, 남동생, 그리고 나. 이렇게 네 식구가 내가 태어난 날부터 28년간 나와 함께 살아온 나의 가족이다. 내가 지금까지 겪었던 고난과 시련, 어려움을 견뎌낼 수 있었던 최고의 원동력이기도 한, 세상에서 내가 제일 사랑하는 우리집 사람들의 이야기로 '나의 사람들' 이야기를 시작하려 한다.

A M I

L

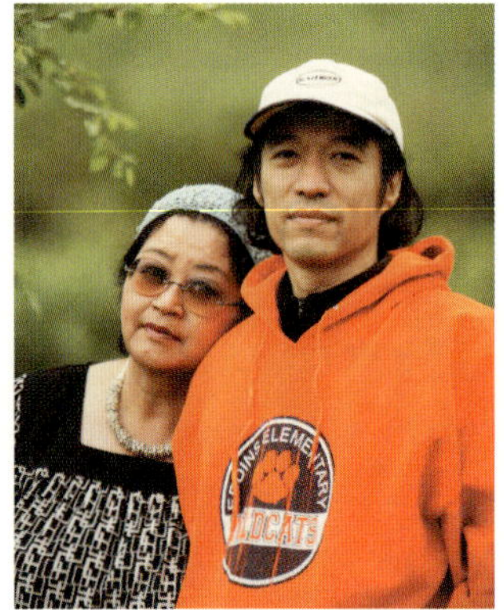

Y

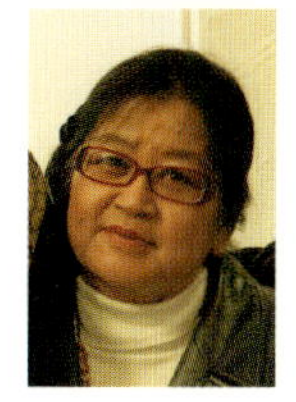

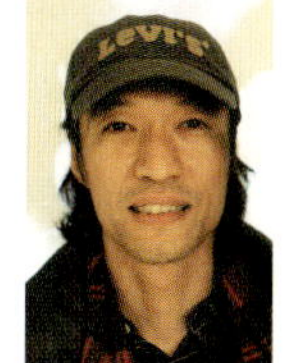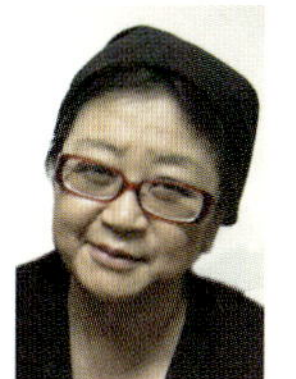

나의 아버지
나의 어머니

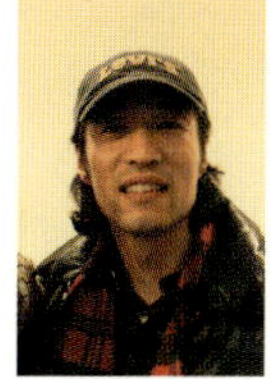

나의 아버지

내 어릴 적 기억 속의 첫 단락 때부터 아버지께서 입이 닳도록 하신 말씀이 있다.

절대 결혼 일찍 하지 말거라.

나는 아직까지도 부모님이 어떻게 만나서 결혼을 하시게 되었는지 모른다. 나와 우리 아버지의 나이 차이가 스무살가량 나니까, 아버지 나이 스물한살 때 나를 낳고 기르셨다고 볼 수 있다.

아버지는 내 아버지여서가 아니라 얼굴도 미남이시고 몸도 굉장히 좋으시고 심지어 동안이시다. 거기에 성품이나 말투는 거의 도인 수준이시다.

그래서 우리 아버지를 본 내 친구들과 주변인들은 아버지와 나 사이를 형과 동생, 혹은 삼촌과 조카 정도가 더 어울린다고 말들 하곤 한다. (물론 그 이유에는 내 나이보다 들어 보이는 나의 얼굴 요인도 포함되어 있다.)

그런 아버지께서는 스무살 어린 나이에 엄마를 만나 한창 청춘이란 특권을 누려야 할 때에 한 가정의 가장이 되어 사회생활을 시작하셨으니, 아직 결혼을 하지 않은 나와 내 친구들이 느끼고 누리고 있는 청춘의 자유로움을 가져보지 못하셨을 것이다.

아버지는 그 점이 가슴속 깊은 한이 되셨는지, 유치원도 들어가기 전부터 지금까지, 나에게 결혼을 일찍 하지 말라고 말씀하시는 것 같다.

그래서일까?

나는 친구들 중에서도 더 자유분방한 편이고, 그것을 만끽하며 살기 위해 부단한 노력을 한다. 또 다행인 것은 아직 여자친구도, 결혼 생각도 없다는 것이다. 아버지는 하고 싶은 일을 하고 자유롭게 사는 나를 보시며 항상 보기 좋다고 하신다.

얼마 전 아버지는 내게 이런 말씀을 해주셨다.

"결혼하기 전에 하고 싶은 일 다 하고, 먹고 싶은 것 다 먹고, 가고 싶은 곳 모두 가보거라."

나는 이 말씀을 결혼해서는 가정에만 충실하라는 뜻으로 이해하였고, 그렇게 살아가고 있다.

나의 음악적, 예술적 감성은 아버지의 영향이 굉장히 크다.

아버지는 아홉살 때부터 기타를 치셨고 지금까지 기타를 치신다. 어린 시절을 떠올리면 아버지는 항상 기타를 치시고 이해하기 어려운 음악을 들으셨다. 뒤늦게 알게 된 사실이지만, 그 당시 아버지가 틀어놓으셨던 음악들은 조지 벤슨이나 포플레이, 스탄 게츠와 같은 뮤지션들의 음악이었다. 그땐 알지도 이해하지도 못했던 음악들이었지만, 어린 시절부터 항상 음악 속에서 살아온 것이 나에게 중요한 시너지로 작용한 것 같다는 생각이 든다.

그리고 아버지는 굉장히 엉뚱한 부분이 있으시다.

매사가 진지하고 깊이 생각하시고 바르게 사시려는 분이라 그런지 상식 밖의 해프닝들이 많았는데, 그중 두 가지 정도만 이야기해보겠다.

#1

내 나이 스물세살 어느 날이었다.

엄마와 마트에 가서 장을 보고 함께 점심을 먹고 집에 들어왔다. 그런데 이게 웬일인가. 화장실을 제외한 모든 방문이 없어져 있었다. 나와 엄마는 황당함에 어안이 벙벙하여 방문 없는 문틀을 쳐다보고 있었다.

그때, 아버지께서 스윽 방에서 나오셨다. 나와 엄마는 누가 먼저랄 것도 없이 방문이 다 어디 갔느냐고 아버지께 물었다. 아버지는 흐뭇한 미소를 지으시며 이렇게 말씀하셨다.

아버지　요즘 우리 가족 간에 대화가 줄어든 것 같아 방문을 다 제거하였소, 부인.

엄마, 나　………….

#2

아버지는 아주 검소하시다.

특별한 날이 아니면 자동차를 타지 않으시고 대중교통만을 이용하신다. 그리고 3년 전 부터는 자전거만 타고 다니신다. 부모님 집은 일산이고 내가 사는 곳은 강남인데, 일산에

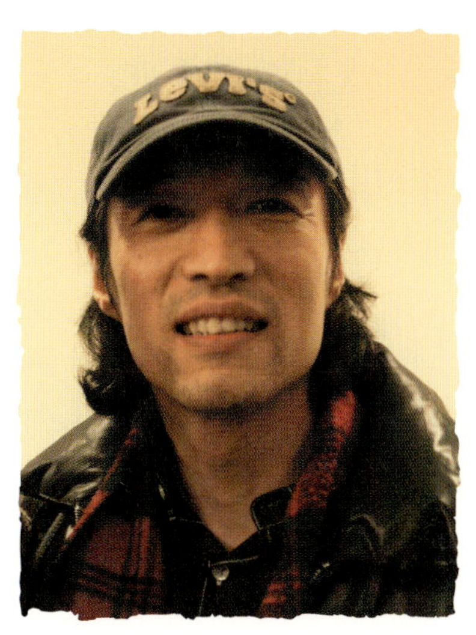

서 강남까지도 자전거를 타고 다니신다.

그렇게 검소하신 아버지께서 어느 날 엄마한테 용돈을 달라고 하셨다.

엄마가 정해준 아주 적은 액수의 생활비 외에는 10원도 쓰시지 않는 분이 갑자기 용돈을 달라고 하시니 나와 엄마는 살짝 놀랬다. 10만원가량을 받은 아버지는 잠시 외출을 하신다며 밖으로 나가셨다. 그리고 나와 엄마도 잠시 외출을 했다.

몇 시간 뒤 들어오니 아버지는 이미 들어오신 후였다.

그런데 아버지는 이번에도 방문을 제거하셨을 때와 같은 미소를 띠시며 현관문을 열고 나와 엄마를 맞아주셨다. 나는 뭔가 이상한 느낌이 들었다. 집 안으로 들어서자 나와 엄마는 입이 벌어진 채 멍하니 한 곳만을 쳐다보았다.

아버지가 엄마한테 돈을 받고 나가셔서 구입하신 건, 어마어마한 크기의 태극기였다.

거실 한쪽 벽면 전체에 대형 태극기가 조금의 틈도 남기지 않은 채 가득 차 있었다. 아버지는 또 흐뭇한 미소를 지으시며 이렇게 말씀하셨다.

아버지　나라가 있기에 우리가 있고, 우리가 있기에 나라가 있소. 요즘 우리 가족이 나라 사랑하는 애국심이 줄어든 것 같아 집에 태극기를 붙여놨으니 저걸 보면서 나라 사랑하는 마음을 키우길 바라오.

엄마, 나　…………．

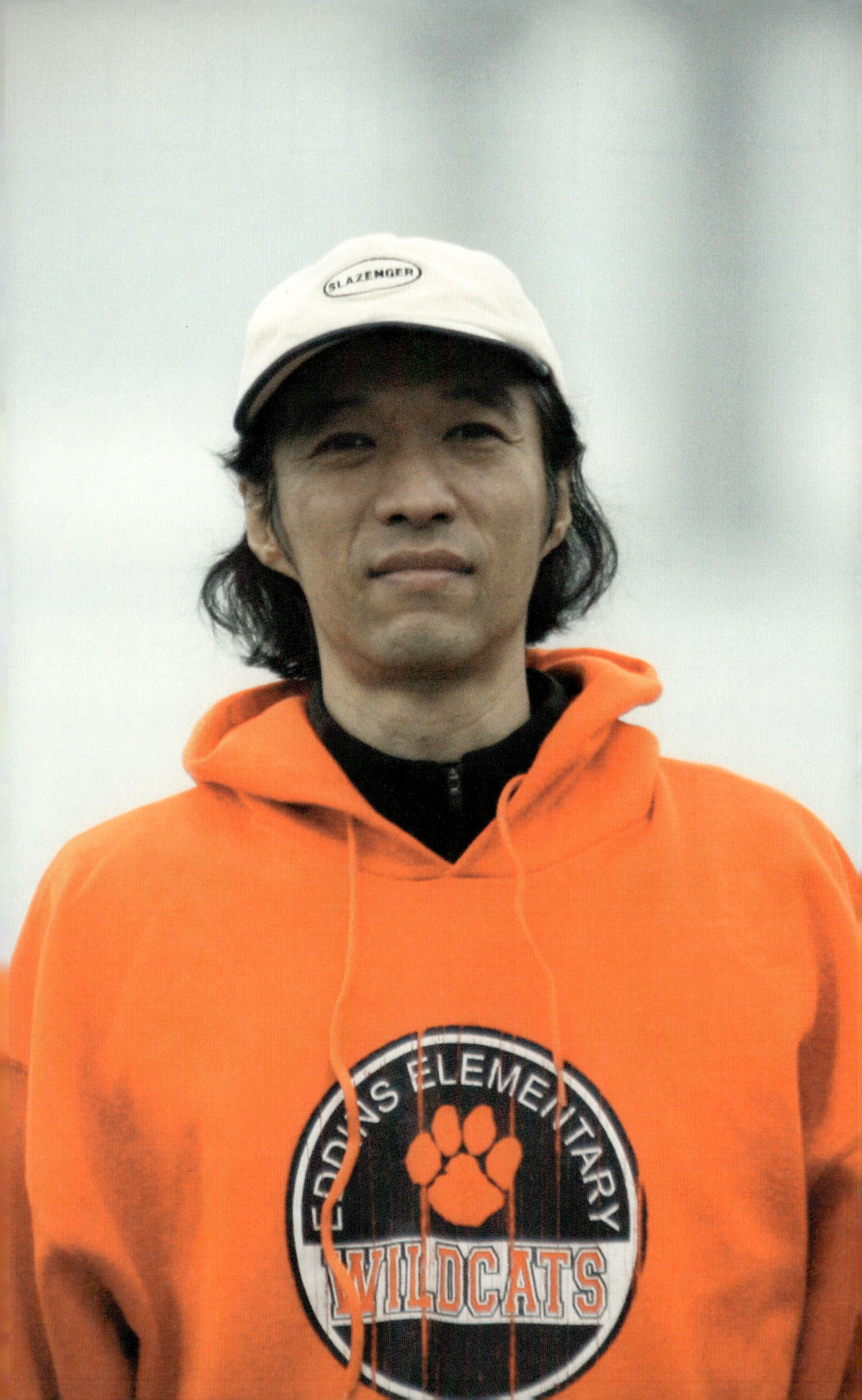

나의 어머니

자, 이제 우리 엄마 이야기다.

우리 엄마는 아버지와는 완전 정반대의 사람이다. 내가 어릴 때부터 학창시절까지 우리 엄마는 동네와 학교에 소문난 무서운 엄마, 그리고 무서운 아줌마였다.

욕도 잘하고, 어릴 때 두들겨 맞았던 기억을 떠올리면 과연 친엄마가 맞나 하는 생각이 들 정도로 무섭고 엄하고 보수적인 분이었는데, 지금은 세상 여리고 유머러스한 분이 되셨다.

사실 그래서 나는 스무살 전까지 술, 담배, 가출, 단 하루의 외박도 해본 적도, 할 수도 없었다. 통금시간도 정해져 있어서 친구들과 늦게까지 놀아본 적도 단 한 번 없었다. 물론, 학창시절 친구들과의 여행이나 그맘때 또래 친구들이 한두 번쯤 해봄직한 말썽도 부려본 적이 없다.

친구들 사이에서 나는 '마마보이'라는 별명이 붙을 정도였는데, 오리지널 마마보이는 엄마를 너무 사랑해서 엄마 말을 잘 듣는 아이였고, 백성현의 마마보이는 엄마를 너무 무서워해서 엄마 말을 잘 듣는 아이였다.

엄마는 가끔 말씀하신다.

사실 엄마는 재미있고 좋은 사람인데, 어릴 때부터 말 안 듣는 나와 내 동생 때문에 우리를 그렇게 키우셨다고. (그닥 신뢰가 가진 않지만 어쨌든 그렇다는 것이 엄마의 말씀이다.)

엄마는 요리 솜씨가 무척 뛰어나시고 통이 크신 걸로 유명하시다.

학창시절 비가 오는 날이면 엄마는 어김없이 집에서 해물파전이나 비 오는 날 생각날 법한 음식들을 준비하셔서 나도 모르게 학교에 찾아와 전 교직원이 드실 양을 갖다주곤 하셨다.

나는 영문도 모른 채 수업마다 들어오시는 각각의 선생님들께 어머니께 음식 잘 먹었다고 전해드려라,라는 인사를 들었다. 그런 이야기를 몇 번 듣고 나자, 비 오는 날이면 당연히 '엄마가 오시겠구나'라고 생각했다.

엄마 음식은 정말 맛있는데, 엄마 친구분들이나 아파트의 다른 이웃분들도 집에 큰 행사나 잔치 같은 게 있으면 엄마에게 음식 전체를 맡기실 정도였다. 내 친구들도 걸핏하면 엄마 음식 먹고 싶다며 일산까지 가자고 보채고들 한다. 명절 때가 되면 엄마 얼굴은 둘째치고 엄마 음식이 먹고 싶어서 엄마한테 인사 드리러 가자고들 한다.

나 또한 엄마의 음식에 길들여져 친구네 집이나 남의 집에 가면 밥을 먹지 않는 이상한 습성이 있다.

자, 그럼 이쯤에서 우리 엄마의 에피소드도 몇 가지 이야기해보겠다.

#1

나와 내 동생은 학창시절 도시락을 싸가지고 다닌 적이 없다.

그땐 학교에 급식시설이 생기기 전이었다. 그렇다면 당연히 의문이 생길 것이다. 어째서 급식도 안 하는 학교에 학생이 도시락을 한 번도 싸가지고 다닌 적이 없을까?

두 살 터울인 우리 형제는 같은 학교에 다녔는데, 점심시간이 되면 동생이 우리 반으로 내려왔다. 그러면 나와 내 동생은 학교 등나무 그늘 벤치로 간다.

그곳에 가면 항상 같은 자리에 엄마가 기다리고 계셨다. 우리집과 학교는 도보로 15~20분 정도 거리에 있었는데, 엄마는 식은 밥을 먹이기 싫으셔서 매일매일 점심시간이 되면 집에서 음식을 준비하셔서 학교로 오셨다.

새로 지은 따끈따끈한 밥을 밥통째로 들고 오셨고, 삼겹살을 구워서 싸오기도 하셨고, 닭볶음탕을 솥째 들고 오기도 하셨다. 우리는 점심시간마다 엄마가 손으로 쩍쩍 찢어주시는 신김치에 방금 지은 따끈따끈한 밥을 먹어가며 학창시절을 보냈다.

그땐 매일 그렇게 점심을 먹으니까 그게 당연한 것이라고 생각했었는데, 지금 돌이켜보면 두 아들녀석 학교에 보내시고 열심히 공부하라고 따뜻한 밥 먹이시겠다며 매일 무거운 점심상을 짊어지고 학교까지 오셔서 따뜻한 밥을 먹여주셨던 것이 너무나 감사하다. 어머니의 그 정성이란 감히 표현할 수 없을 정도의 깊이였다는 생각이 든다.

그렇게 무섭고 엄한 엄마였지만, 그래도 엄마를 무척이나 좋아했던 건 엄마의 그런 정성과 사랑 때문이었는지도 모른다. 그래서 지금은 성인이 된 나와 내 동생은 아직도 엄마 말이라면 무조건 '예스'가 된다. 어찌 보면 부모 말에 자식의 예스는 당연한 것이겠지만, 나와 내 동생은 부모님께서 우리를 어떻게 키우셨는지 너무나 잘 알기 때문에 더더욱 엄마와 아버지 알기를 어렵고 높게 바라보고 있다.

#2

중학교 때 우리 학교에는 학생이 봐서는 안 될 성인용 비디오테이프를 많이 가지고 있는 친구가 있었다.

도대체 그 녀석은 어디에서 그런 걸 그렇게도 잘 구했는지, 하루 대여료를 500원씩 받으며 비디오를 친구들에게 돌리곤 했다. 한창 사춘기가 시작되고 성에 대한 호기심이 왕성한 시기, 그 유혹이 나라고 해서 예외는 아니었다.

비디오를 본 아이들의 이야기는 비디오 내용보다 더 과장되어 우리들의 성욕과 호기심을 자극했다. 엄마 얼굴을 생각하며 무서운 마음에 꾹꾹 참고 있던 나의 인내심도 결국 유혹을 뿌리치지 못하고 급기야 폭발을 해버렸다.

그 당시 나의 하루 용돈은 회수권을 제외하고 300원이었다.

중학생이 300원은 너무 적지 않나 싶겠지만, 나는 정말로 중학교 3학년 때까지 하루 용돈이 300원이었다. 그런 내게 500원은 너무나 큰돈이었다.

하지만 사춘기를 맞이한 건강한 남학생 백성현의 호기심은 그것마저 뛰어넘어버렸다. 나는 그 친구에게 거금 500원을 주고 비디오테이프를 빌렸다.

하교 후 집에 돌아온 나는 가슴이 콩딱콩딱 터질 듯 뛰었다. 머릿속은 오로지 비디오 생각뿐이었다.

'나가라. 이 집에서 백성현 빼놓고 모두 다 나가라. 제발. 이 집에 나 혼자만 있게 해줘라……'

내일까지 테이프를 돌려주지 않으면 연체료 때문에 내 하루 용돈이 또 날아갈 판이었다. 나는 무슨 일이 있어도 오늘 이 비디오를 봐야만 했다.

마음속에서 주문을 끝없이 외치고 있는데, 갑자기 엄마가 동생을 데리고 시장에 갔다 오신다는 것이었다. 나는 '아이구, 어머니 조심히 천천히 다녀오십시오'라고 인사를 드린 뒤

들뜬 마음을 다스리며 심호흡을 했다. 아버지는 이미 외출하신 상태였기 때문에 그 타이밍은 내겐 일생일대 절호의 찬스였다.

대문을 꼭 잠그고, 비디오를 넣고 빼는 시간까지 계산해서 연습을 두세 차례 정도 한 다음, 갑자기 누군가 왔을 때 비디오를 빼고 숨길 시간까지 충분히 정리한 뒤, 떨리는 마음으로 비디오테이프를 넣고 플레이 버튼을 눌렀다.

그리고 나온 장면은…….

정말 친구들의 이야기처럼 아주 그냥 이거 뭐 아이구…….

그런데 5분쯤 지났을까.

갑자기 철컥, 대문 열리는 소리가 났다.

나는 아까 연습한 그대로 대처하려 했지만 긴장을 한 탓인지 정지버튼 누르는 것을 버벅거렸고, 결국 아버지가 방문을 열고 들어오시는 순간 덜커덕 덜커덕거리며 비디오테이프가 나왔다.

아버지는 이상한 표정과 몸짓을 하고 있는 나와, 따끈따끈하게 방금 튀어나온 비디오테이프를 번갈아 보시며 잠깐 동안 생각을 하시더니, 테이프를 빼서 나와 내 동생이 쓰던 방으로 들어오라고 하셨다.

아, 나는 이제 죽었구나.

후회에 후회를 거듭하며 고개를 푹 숙이고 떨어지지 않는 발걸음을 겨우겨우 옮겨 아버지가 계신 방으로 들어갔다. 아버지는 고개를 들라고 하시더니 차분한 목소리로 침착하게 말씀하셨다.

"성현아, 아빠는 남자니까 이런 비디오 보고 싶은 그 마음을 이해한다. 물론 봐서는 안 되지만, 호기심에 본 것이라면 용서할 수 있으니 너무 상심 말고 다시는 이런 비디오 보지 말거라. 만약 엄마가 들어왔다면 어쩔 뻔했니? 그게 남자로서 무슨 창피냐? 너희 엄마 성격 몰라서 그러니? 이번 일은 비밀로 할 테니, 다시는 보지 말거라.”

'역시 우리 아버지가 최고다. 아버지 사랑합니다!'
나는 속으로 계속 말씀 드렸다. 그때 세상에서 아버지가 제일 멋져 보였다.
그런데 지금 생각해보니 웃긴 건, 그때 그 비디오테이프를 왜 아버지가 챙기셨을까 하는 것이다. 분명 친구한테 빌린 거라 갖다주겠다고 말씀 드렸는데도 아무렇지 않은 듯 태연하게 비디오테이프를 가지고 방으로 들어가시던 아버지가 생각나니 갑자기 웃음이 난다.

다음날 나는 학교에 가서 테이프를 빌려준 친구녀석에게 아버지가 아닌 엄마한테 걸렸다고 말했다. 우리 엄마 성격을 아는 친구녀석은 세상에서 제일 구린 표정을 지으며 자포자기하듯 괜찮다고 대답했다.
그리고 며칠 뒤.
집에 아무도 없었다.
갑자기, 아주 갑자기 그 테이프가 생각났다.
이러면 안 되는데 안 되는데 하면서도 나는 이미 장롱을 뒤지고 있었고, 마침내 사막에서 오아시스가 나타나듯 장롱 안 가득한 옷가지들 사이에서 비디오테이프가 나왔다.
나는 다시 한번 대문을 잠그고, 비디오테이프를 넣고 빼는 연습을 한번 더 한 뒤, 플레이 버튼을 누르고 파라다이스로의 여행을 시작하였다.

한참 자막 없는 비디오에 집중하고 있는데, 덜컥, 대문 열리는 소리가 났다. 나는 분명 연습한 대로 했으나, 이번에도 역시 제대로 하지 못하고 한 템포 놓치고 말았다. 방문을 열고 들어온 사람은, 오 마이 갓, 엄마였다.

엄마   이놈의 새끼, 저 비디오테이프 뭐야? 어? 너 지금 뭐 봤어?

나   ……

엄마   이게 아주 죽으려고 작정을 했구만.

나   ……

엄마는 나에게 앉아보라고 말씀하시더니, 목소리와 톤을 바꾸시고 이렇게 말씀하셨다.

"너 이거 아빠한테 걸렸으면 어떻게 하려고 그랬어? 엄마니까 다행인 줄 알아! 알았어? 이번 일은 아빠한테 비밀로 할 테니까 다시는 이런 거 보지 말아. 그건 빨리 갖다 줘."

나는 죄송하다고 대답했지만, 속으로는 '엄마 아빠 사랑합니다' 라고 수없이 외치고 있었다.

다음날 나는 그 테이프를 친구에게 돌려주었다. 그리고 성인이 되기 전까지 두 번 다시는 성인 비디오를 보지 않겠다는 말도 안 되는 맹세를 하고 또 했다. 그리고 그 사건은 아직까지도 비밀로 지켜지고 있다. 만약 이 글을 엄마와 아버지가 보신다면 모든 비밀이 밝혀지겠지만 말이다.

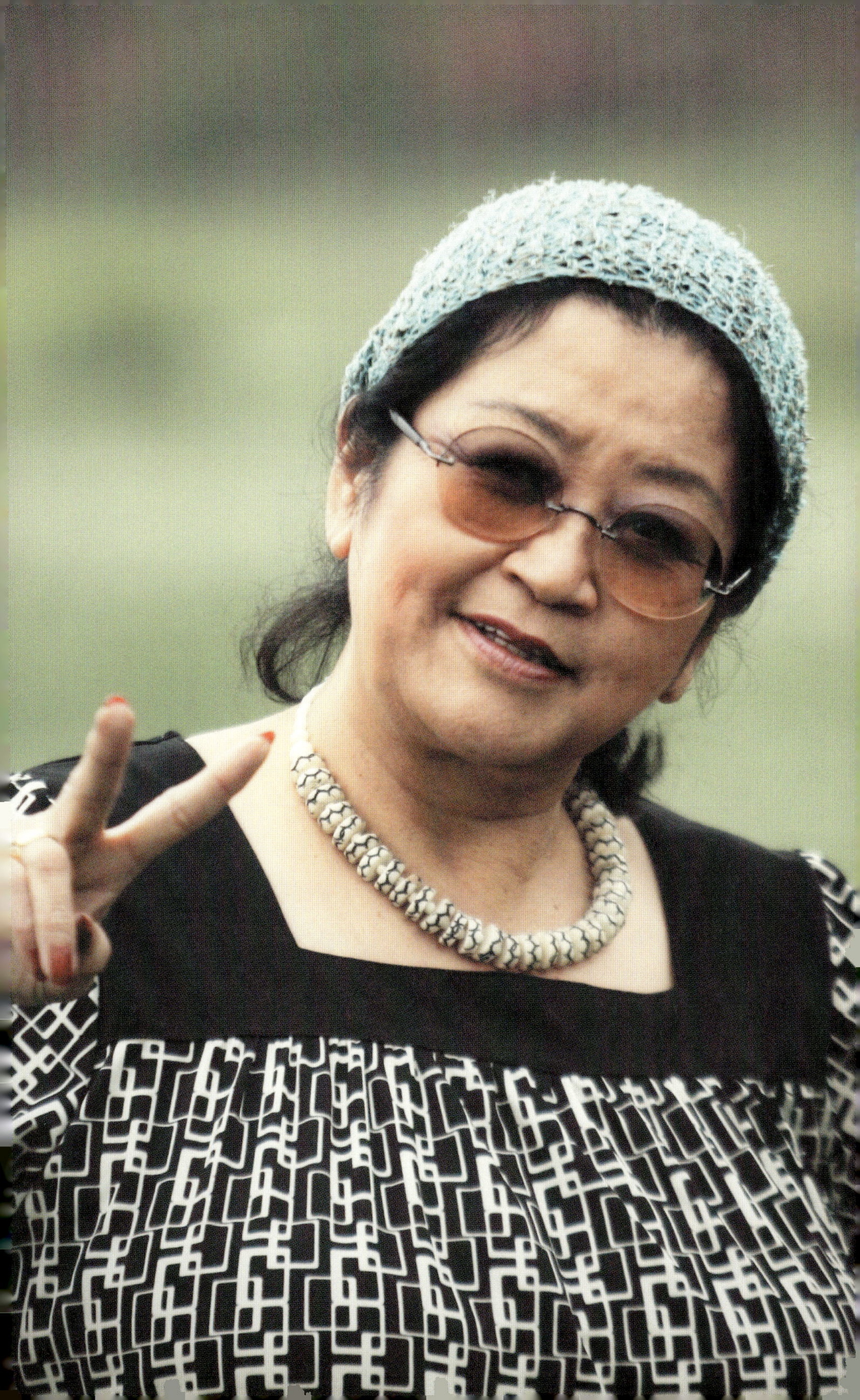

이제 사랑하는 엄마 아빠 이야기를 마치면서, 엄마, 아빠, 그리고 나의 갑작스런 나들이가 있던 날의 일기로 마무리를 하려 한다.

2008년 6월 8일 맑음

엊그제 오후 늦게까지 잠을 자는데 누군가 누른 벨소리에 달콤한 나의 단잠이 깨어졌다. 짜증과 궁금증이 동시다발적으로 일어났다. 연락 없이 찾아올 만한 사람도 없는데.

"누구세요?" 하며 밖을 봤더니, 엄마와 아빠가 서 계셨다.

두 분의 갑작스런 방문에 왜 오셨는지 여쭈어보니, 오랜만에 쉬는 날이라 두 분이서 데이트하러 대학로에 나가셨다가 촛불집회 때문에 차를 돌려 돌아다니시다 마땅히 갈 데가 없으셔서 오셨다고 하셨다.

나는 비몽사몽 잠이 덜 깬 상태에서 부모님의 얘기를 듣고 무의식적으로 옷을 갈아입었다.

아버지는 아들 얼굴 봤으니 됐다고 말씀하셨지만, 엄마는 무언가 아쉬워하는 눈치셨다. 어지간해서는 일산을 벗어나지 않으시는 두 분이신데…….

그래서 일단 나가자며 두 분을 모시고 밖으로 나왔다. 하지만 나가보니 나도 머리가 텅 비어졌다. 사실 두 분을 모시고 어디로 가야 할지 아무것도 떠오르지 않았다. 태연한 척 부모님을 차에 태웠지만 동시에 머릿속을 불나듯 굴리고 있었다.

어디 가지? 어디 갔었지?? 갈 데 없나???

그러다 우리는 그냥 한강둔치로 향했다. 그런데 막상 한강둔치로 가보니 마땅히 할 것이 없었다.

우리는 그냥 좀 걸었다. 걸으면서 이런저런 이야기를 나누었다. 나는 머리와 정신과 육체가 아직 원위치로 돌아오지 않은 상태인지라 별 의미 없는 질문 따위로 겨우겨우 대화를 유지해가고 있었는데, 두 분은 뭐가 그리 좋으신지 싱글벙글이셨다.

그때 아버지께서 한강둔치에 왔으면 라면이나 우동을 먹어야 한다며 엄마와 나를 데리고 매점으로 향하셨다.

거기에서 우리는 컵라면을 먹었다. 엄마는 집에서 가져왔다며 구운 감자와 토마토, 삶은 계란을 꺼내놓으셨다. 다 식어서 맛이 없어 보였지만 엄마 눈치가 보여 예의상 꾸역꾸역 몇 개 먹고 있었다.

그런데 갑자기, 가슴이 울컥, 했다.

뭔지 잘 모르겠다.

울기 전 코끝이 아파지듯 코가 저리기 시작하더니, 자꾸 눈물이 날 것 같았다. 죄송스런 마음이 온몸을 둘러싸는 기분이었다. 최근에 특별히 실수하거나 다툰 적도 없고 전화통화도 자주 하는데, 왜 그런지 자꾸 눈물이 쏟아질 것처럼 목이 메여와 더이상 거기에 앉아 있을 수가 없었다.

잠깐 저쪽 가서 담배 한 대 피우고 오겠다고 말씀 드리고 나는 조금 떨어진 곳의 차 뒤에 숨어서 감정을 조절했다. 그리고 다시 웃으며 돌아와 먹은 것을 정리하고 돌아가려는 찰나, 나는 두 분께 물었다.

"엄마 아빠, 사진 찍어 드릴까요?"

두 분은 좋다고 하셨다.

한가한 곳으로 가서 두 분을 세워두고 사진을 찍기 시작했다.

지금껏 정말 많은 사진을 찍었지만, 뷰파인더 안에서 본 두 분의 모습은 처음이었다. 두 분 다 너무 멋지고 아름다워 보였다.

촬영을 하는 내내 계속 드는 죄송스러움에 내 자신이 부끄럽기도 하고 한심하기도 하고 못돼 처먹었다는 생각까지 들었다. 내가 이렇게 될 수 있기까지 뒤에서 조언을 해주신 두 분에 대한 감사함이야 이루 말할 수 없는데도, 정말 소중한 게 무엇인지 정말 중요한 게 무엇인지 망각하고 살아왔나 보다는 생각이 들었다. 정작 부모님 사진을 처음으로 찍어보다니……

곁에 있는 이들의 소중함을 다시 생각하게 되었다. 그리고 그런 교훈을 제공해주신 부모님께 다시 한번 감사의 마음을 가져야겠다고 다짐했다.

엄마 아빠 정말 사랑합니다.

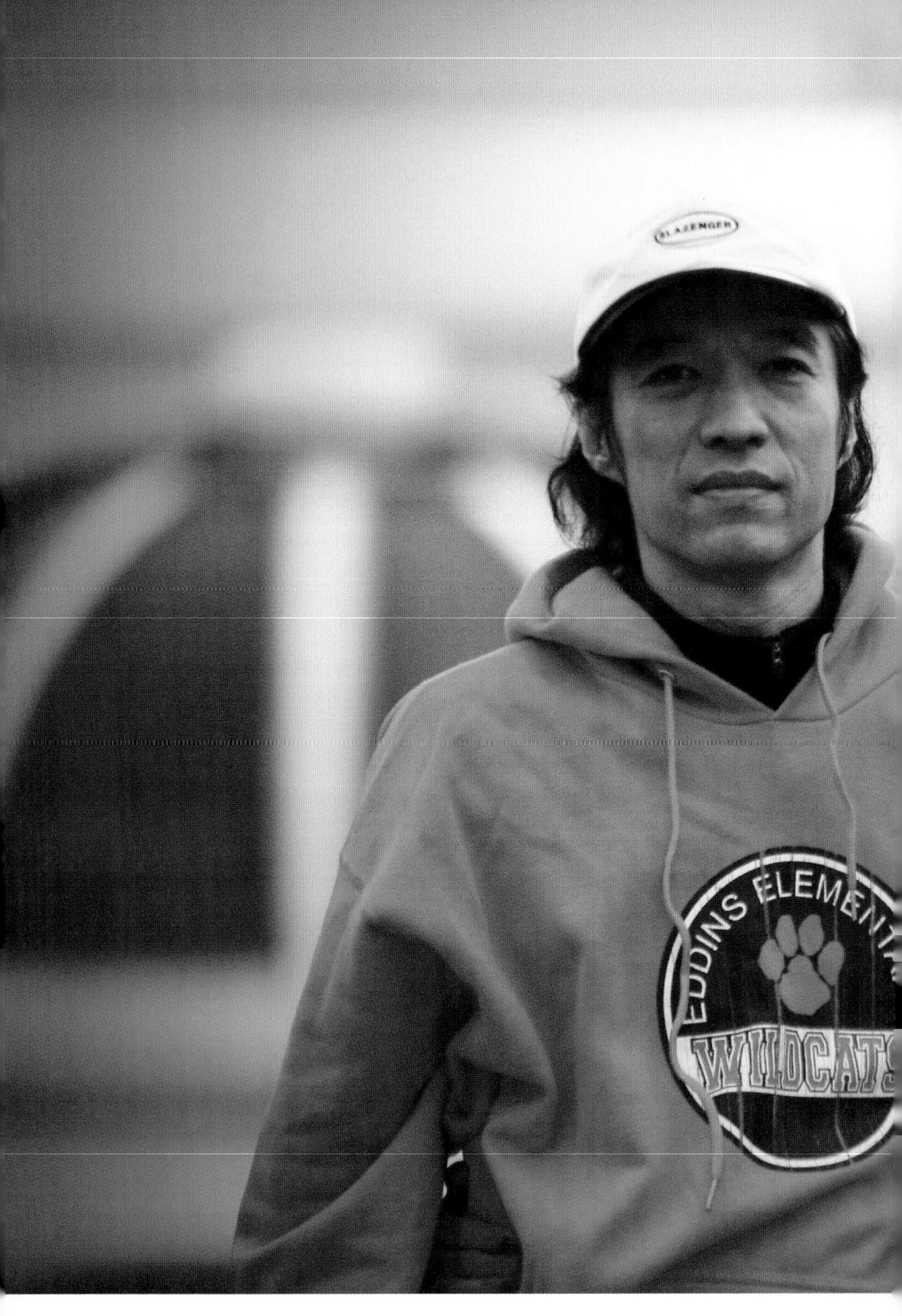
SLAZENGER
EDDINS ELEMENTARY
WILDCATS

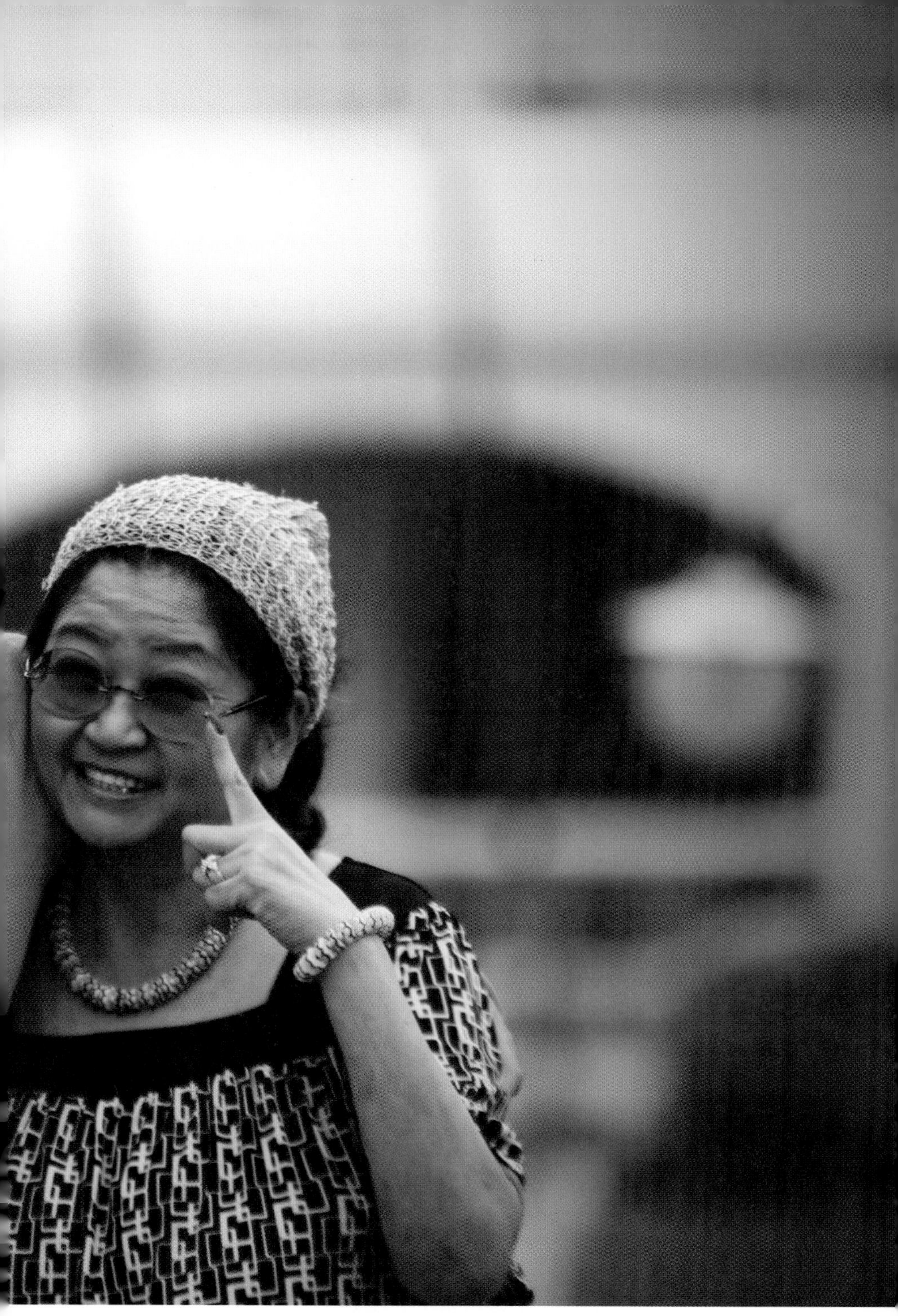

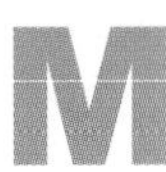 M

Y

F

두 번째
내 주변의 연예인

새로운 사람들을 알게 되면 내게 꼭 묻는 말이 있다. "연예인 누구랑 친해요?" 하지만 나는 고민하지 않는다. 친한 방송인의 수가 너무 적기 때문이다. 2003년에 데뷔해서 횟수로 6년째 방송일을 했지만, 이상하게도 방송하는 분들과는 친해지지 못했다. 그건 소심하고 이상한 낯가림을 하는 내 성격 탓이라고 할 수 있다. 상대방의 질문에 나는 이렇게 대답한다. "많지 않아요. 비, 양동근, 타블로, 김종완 이렇게요." 물론 그 외에도 친분 있는 분들이 계시긴 하지만, 자주 보고 자주 연락하고 거의 대부분의 시간을 함께 보내는 저들이 나와 친한 사람들이다.

R

I

E

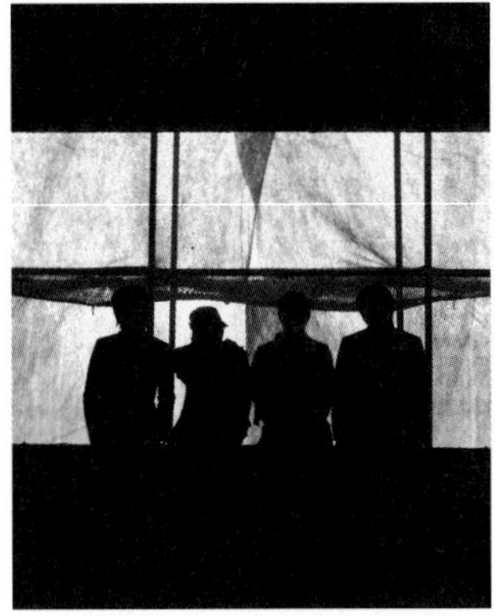

N

D

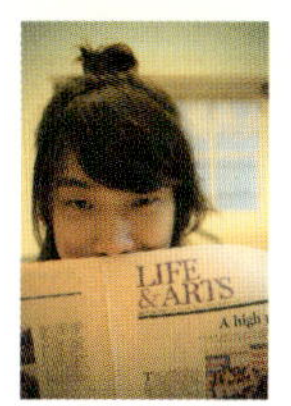

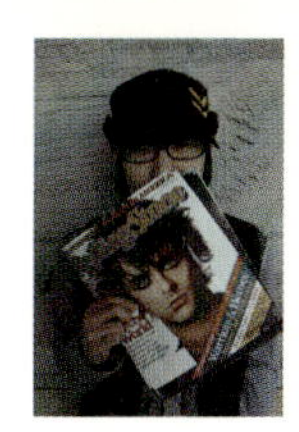

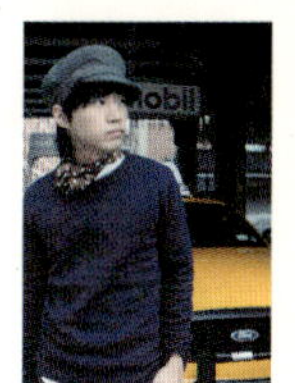

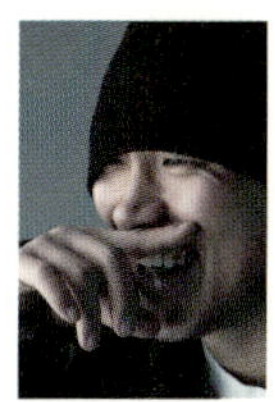

정지훈
양동근
이선웅
김종완

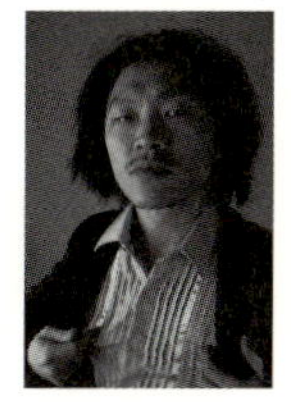

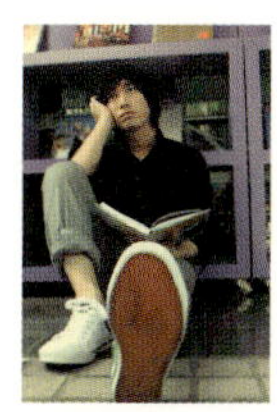

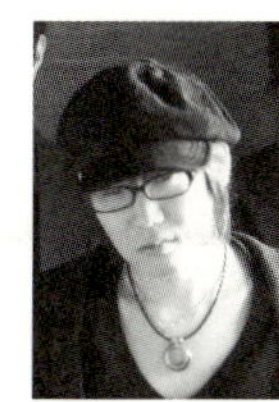

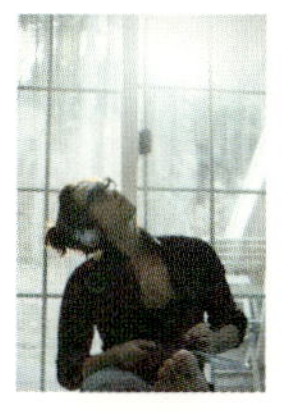

정지훈 RAIN

지훈이를 처음 만난 건 내 나이 열일곱살, 지훈이가 열여섯살 때였다.

그날도 연습실에서 춤 연습을 하고 있는데, 선배 형이 연습실 막내라며 누군가를 데리고 들어왔다. 처음 든 생각은 '잘 만났다'였다. 당시 춤추는 사람들 중에 180cm를 넘는 사람이 드물어서 나는 늘 센터에 혼자 서야만 했다. 그런데 지훈이의 키가 나와 비슷했던 것이다.

이제 내 옆에서 함께 호흡할 수 있는 친구가 생기겠구나.

막내라 신경쓰지 않는 척 겉으로는 텃세를 부렸지만 내심 반가웠다.

그렇게 지훈이와의 인연은 어린 시절 돈 없고 힘들고 어려울 때 함께 춤추고 동고동락하며 쌓아온 것이다. 지훈이는 내가 친한 네 명의 사람들 중에서도 가장 많이 만나고 가장 자주 연락하는 사람이다. 알고 지낸 것도 가장 오래 되었고, 힘든 시절부터 함께한 정이 가장 크기도 하다.

카메라 가방이 갑자기 통째로 사라지고 다른 사진가의 카메라를 빌려서 사진일을 하고 있을 때였다. 나는 그때 내가 모아둔 전 재산을 사라져버린 카메라와 장비에 써버린 상태여서 새로 카메라를 장만할 여윳돈이 없었다. 게다가 집에 또 일이 생겼다.

지훈이는 새벽 5시건 낮 1시건 상관없이 시간 날 때면 언제든 편하게 나에게 전화를 걸곤 하는데, 그날은 밤 12시에 지훈이에게서 밥 먹자고 전화가 왔다. 내가 밥을 잘 못 먹고 있으니까 지훈이가 무슨 일이냐며 물었다.

나는 너에게 부담 주려는 것은 아니다, 지금 내 사정이 이렇다며, 내 전 재산을 들인 카메라는 사라져버리고 돈은 없고 그런데 집에 돈이 필요한 지금의 나의 상황을 말했다.

우리는 편의점에서 캔커피를 사서 차 안에서 다섯 시간 동안 이야기를 나누기 시작했다. 솔직히 말하자면 다섯 시간을 지훈이가 내게 훈계를 했다고 하는 편이 맞겠다.

지훈이는, 형이 지금 돈이 없는 건 전부 집에 갖다드렸기 때문이 아니지 않냐, 형도 술 먹고 옷 사고 놀러 다니면서 살지 않았냐, 나라면 그런 것도 안 했을 거다, 형은 동생이 벤츠를 샀는데 배알이 꼴리지도 않냐(그때 마침 지훈이가 벤츠를 샀을 때다), 형은 정신상태가 덜 되어먹었다…… 이런 내용의, 정말이지 지훈이와 나 사이가 아니었다면 도저히 참고 들을 수 없는 적나라한 말들을 장장 다섯 시간에 걸쳐 토해냈다.

그러면서 지훈이가 말했다. 3년 뒤에 우리가 같이 벤츠를 탔으면 좋겠다고.

그때 지훈이가 내게 했던 한 마디 한 마디는 충격 그 자체였다. 그 어떤 계기보다 정신이

번쩍 들었다. 그건 웬만큼 친한 관계를 뛰어넘은, 그저 친한 형 동생 사이를 뛰어넘은, 인간 대 인간으로서, 진짜 친구 대 친구로서 나눈 대화였다.

그날 새벽, 나는 집으로 돌아와 정말이지 곰곰이 생각을 하기 시작했다. 그동안 내가 잘못한 것과, 지금 내게 필요한 것과, 그리고 내가 해야 할 일에 대해서. 그리고 나는 목록을 작성하기 시작했다. 그리고 지금도 그 목록은 내 방 컴퓨터에 그대로 붙어 있다.

내가 지금껏 지켜본 지훈이는 착하고 강하고 여리고 독하고 재미가 없다. 내가 아는 이 중 재미없는 사람으로 둘째가라면 서러울 것이다.

방송이나 매체에서는 말도 조리 있게 잘하고 재치와 센스로 똘똘 무장하고 나타나지만, 실상 우리들끼리의 대화에서 지훈이의 개그는 늘 썰렁한 분위기를 만들어내곤 한다. 친한 주변 형들이 너무나 웃기고 재미있는 사람들이 많아서 우리의 유머 스타일이 빛을 발하지 못하는 것일 수도 있다. 그럼에도 나와 지훈이는 그런 썰렁한 유머를 너무 좋아하고 즐긴다.

우리는 커피와 와플, 케이크, 음악, 춤, 맛있는 음식 먹으러 가기, 스노보드와 대화로 대부분의 시간을 보낸다. 하지만 지훈이가 워낙 유명해서 사람들이 많은 어딘가를 함께 다니는 게 쉬운 일은 아니다. 그러나 우리에게도 기회가 찾아왔다.

2008년 6월, 나는 촬영 출장 건으로 일본에 가게 되었다. 일주일간의 출장이었는데 친한 홍시 형과 동행하게 되었다. (홍시 형은 본명이 송재홍이고, 나와 지훈이와는 가족 같은 사이이다. 지훈이의 안무도 함께 하고 있는 홍시 형은 우리가 아는 사람 중에서 제일 재미있고 유머러스한 멋쟁이다.)

그런데 마침 지훈이도 화보 발간 홍보와 팬미팅을 위해 일본에 온다고 연락을 해왔다. 해외로 같이 놀러 가면 참 좋겠다는 말을 늘 우리끼리 해왔었는데, 절묘하게 타이밍이 맞아떨어진 것이다. 더군다나 일본에서 출간되는 그 화보집은 내가 촬영을 맡았던 것이라 우리의 이번 만남은 더더욱 의미가 있었다.

그렇게 우리는 일본에서 멋지게 상봉하였다.

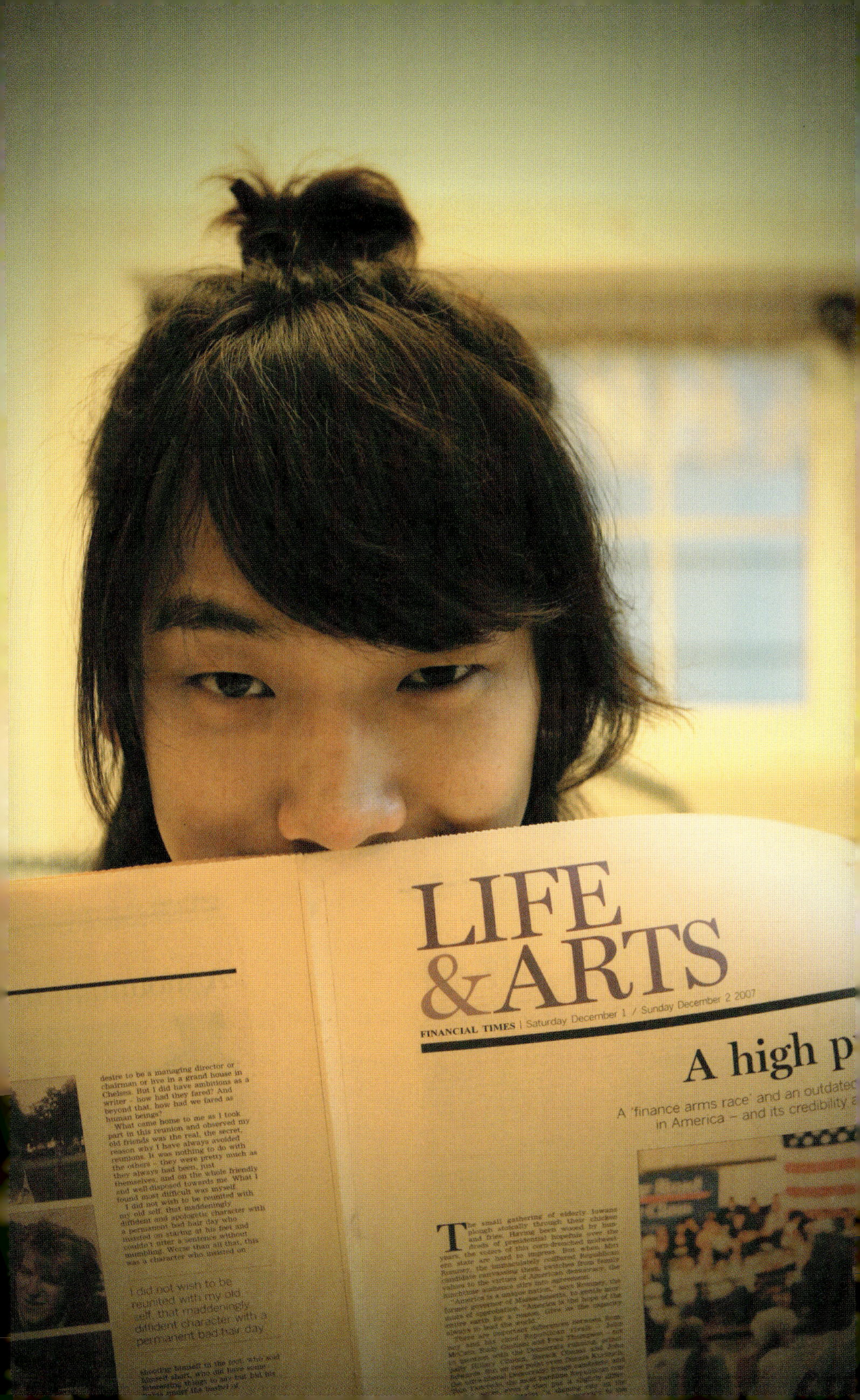

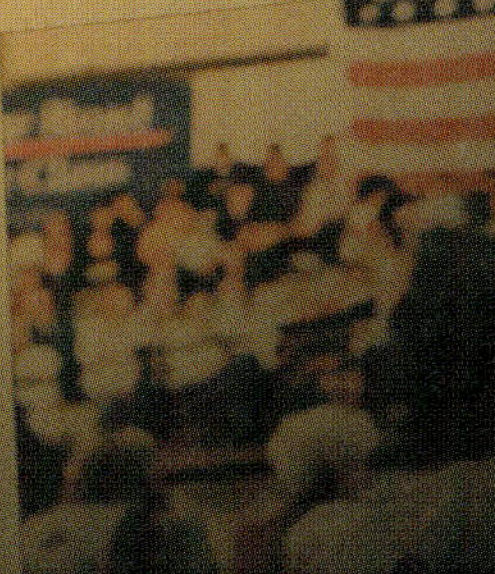

LIFE & ARTS
FINANCIAL TIMES | Saturday December 1 / Sunday December 2 2007
A high p
A 'finance arms race' and an outdated
in America – and its credibility a
desire to be a managing director or
chairman or live in a grand house in
Chelsea. But I did have ambitions as a
writer – how had they fared? And
beyond that, how had we fared as
human beings?
What came home to me as I took
part in this reunion and observed my
old friends was the real, the secret,
reason why I have always avoided
reunions. It was nothing to do with
the others – they were pretty much as
they always had been, just
themselves, and on the whole friendly
and well-disposed towards me. What I
found most difficult was myself.
I did not wish to be reunited with
my old self, that maddeningly
diffident and apologetic character with
a permanent bad hair day who
insisted on staring at his feet and
mumbling. Worse than all that, this
was a character who insisted on
I did not wish to be
reunited with my old
self, that maddeningly
diffident character with a
permanent bad hair day

지훈이는 그동안 영화 '닌자 어쌔신' 촬영을 위해 독일에서 지내면서 정말 힘든 음식 조절과 운동으로 반년을 보낸 상태였다. 독일에 있는 지훈이와 한국에 있는 나는 늘 그랬던 것처럼 자주 문자와 통화를 주고받았다. 지훈이는 보고 싶다, 먹고 싶은 게 너무 많다고 말했고, 나는 먹지 말아라 먹으면 죽여버린다며 격려 아닌 격려를 하곤 했다. 그러던 어느 날 지훈이에게서 포토메일이 왔다. 그걸 보고 나는 할 말을 잃었다.

'형, 나 해낸 것 같아.'

이런 문자와 함께 지훈이가 자신의 상반신을 사진으로 찍어서 보내준 것이다.

지훈이의 몸은 원래 큼직큼직하게 좋은 몸이다. 그런데 사진 속에는 지방이라곤 하나도 없는, 불필요한 근육이라곤 하나도 없는, 가장 필요한 근육으로만 잘 조여진 단단한 몸의 지훈이가 서 있었다.

이 몸을 만들기까지 얼마나 독하게 훈련했을지, 그 독기가 무서워 나는 답장으로 욕을 했다. 그리고 덧붙였다. '잘 했다.'

일본의 호텔방에서 지훈이를 만나자마자 나는 지훈이의 웃통을 벗기고 그의 몸부터 찍었다. 그건 어쩌면 내가 가장 아끼는 친구에게 내가 사랑하는 사진으로 표현하는 나의 격려와 축하였을 것이다.

각자의 스케줄을 모두 끝내고 호텔방에 모인 우리는, 알차고 후회 없는 여행을 위한 작전을 구상하였다. 그리고 다음날, 우리는 아침기차를 타고 하코네로 향하였다. 차창 밖을 보며 설레는 마음으로 우리의 일본여행은 시작되었다.

우리는 하코네에 도착해서 이곳저곳을 돌아다니고 온천도 하고 여느 관광객들처럼 기념사진도 많이 찍었다. 그리고 마치 걸신들린 사람들처럼 한 시간 간격으로 엄청나게 많은 음식들을 먹어댔다. 그렇게 며칠을 완벽한 관광객이 되어 함께 누리는 여행의 즐거움은 더욱 특별하게 다가왔다.

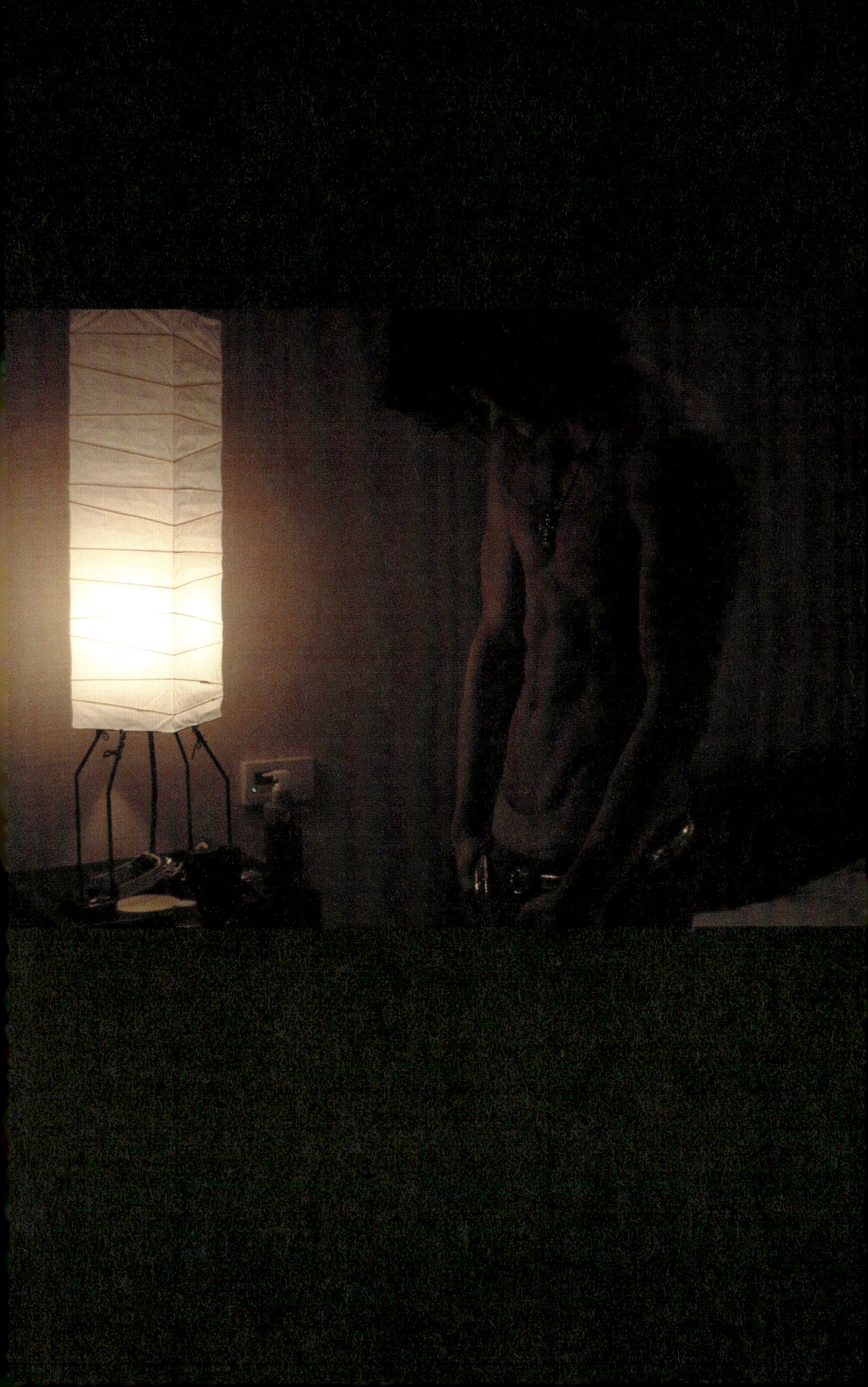

지훈이는 얼마 전 5집 정규앨범 〈레이니즘〉을 발표하고 왕성한 방송활동을 하고 있다. 그리고 나는 열심히 사진 촬영을 하고 있다. 서로 바쁘다보니 요즘은 자주 보지 못하지만 그래도 우리는 매일 통화하고 문자를 주고받는다. 그리고 일주일에 두세 번은 늦은 밤이라도 커피와 와플을 함께 나누는 여유를 갖는다.

사실 이런 이야기를 하면 어떤 이들은 내가 '비'를 팔아먹어 유명해지거나 있어 보이려 한다고도 한다. 물론 사실이 아니고, 비와 친하다고 해서 내가 더 높게 올라가는 것도 아니기에 그런 말은 신경쓰지 않는다. 막상 돌이켜 생각해봐도 6년간의 방송활동에서 지훈이의 이야기를 한 적은 한 번밖에 없다. 그저 나는 내 책에서 지훈이와의 우정에 대해 진실되게 표현하고 싶을 뿐이다.

얼마 전 커피를 마시다 지훈이와 나는 이런 대화를 나누었다.

차비와 밥값이 없어 힘들어하던 때가 아직 너무나 생생하게 기억이 나는데, 이제는 적어도 그런 걱정하지 않고 맛있는 음식 많이 먹고 각자 하고 싶은 일 하면서 변치 않고 여기까지 온 것에 감사를 드린다고.

생각해보니 정말 그랬다.

지하철 무임승차하며 필름 값이 없어 빈 카메라를 들고 다니며 셔터를 누르고 노트에 그림으로 그려놓던 기억이,

목숨만큼 아끼는 카메라를 팔고 남대문 카메라상가 한가운데서 엄마 잃어버린 아이마냥 소리 내어 엉엉 울던 그때가,

나는 아직도 너무나 생생하게 기억이 나는데,

이제는 적어도 그런 걱정은 하지 않으며 사진을 찍을 수 있다는 것이 얼마나 감사한 일인지.

더 잊지 말아야겠다.

더 깊이 새겨넣어야겠다.

앞으로 펼쳐질 미래의 나와 우리 가족, 지훈이, 주호, 홍시를 비롯한 내 사람들에게 부끄럽지 않도록,

열심히 노력해서 이다음에 우리 친구들과 형들이 모두 결혼하고 아버지와 아저씨가 되었을 그때 다 같이 모여 생색내며 멋진 기념사진을 찍어줄 수 있도록,

절대 잊지 말아야겠다.

나와 지훈이의 우정, 그리고 우리의 약속이 앞으로도 변함없이 나아가길 진심으로 바라고 또 바란다.

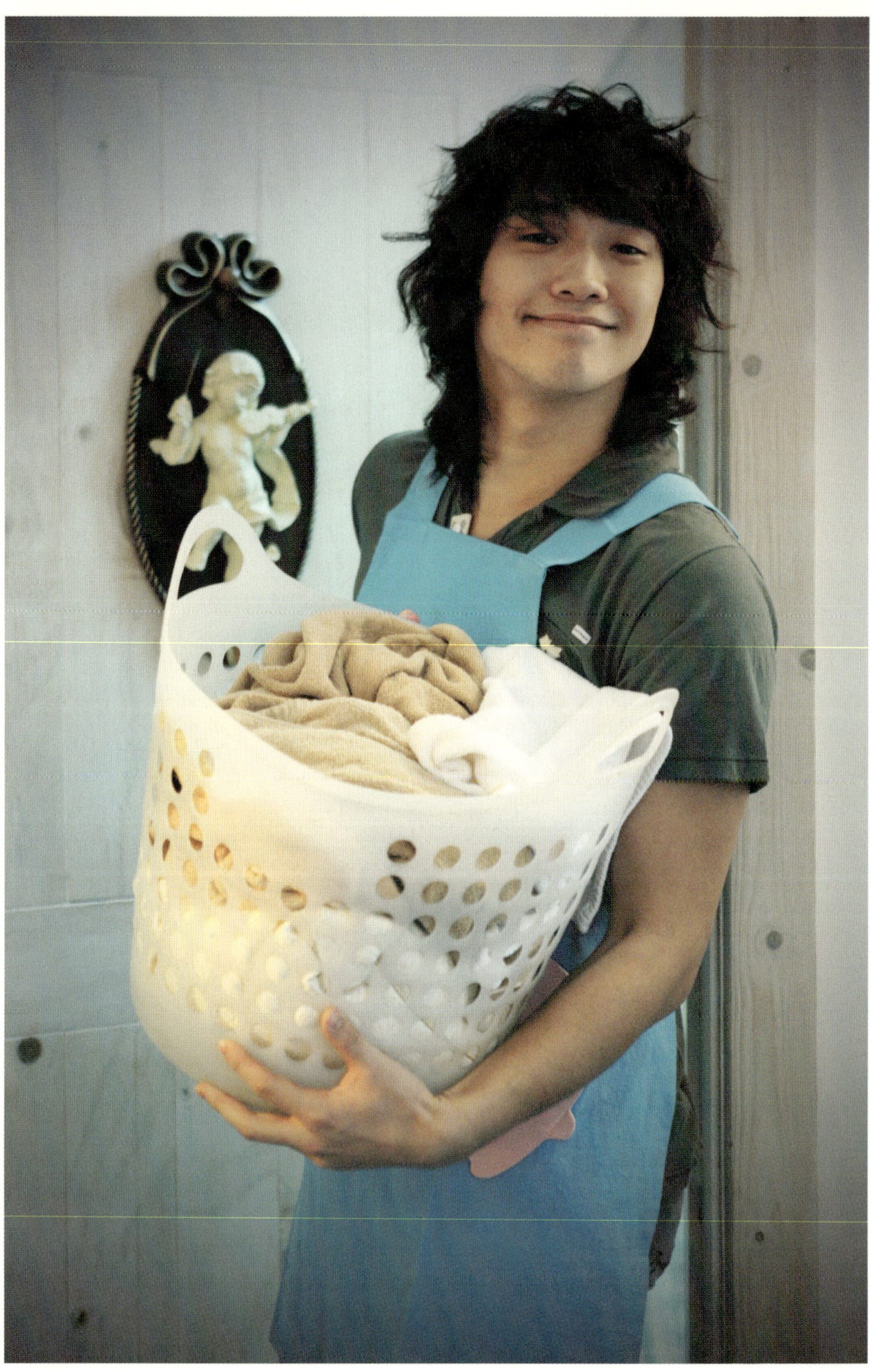

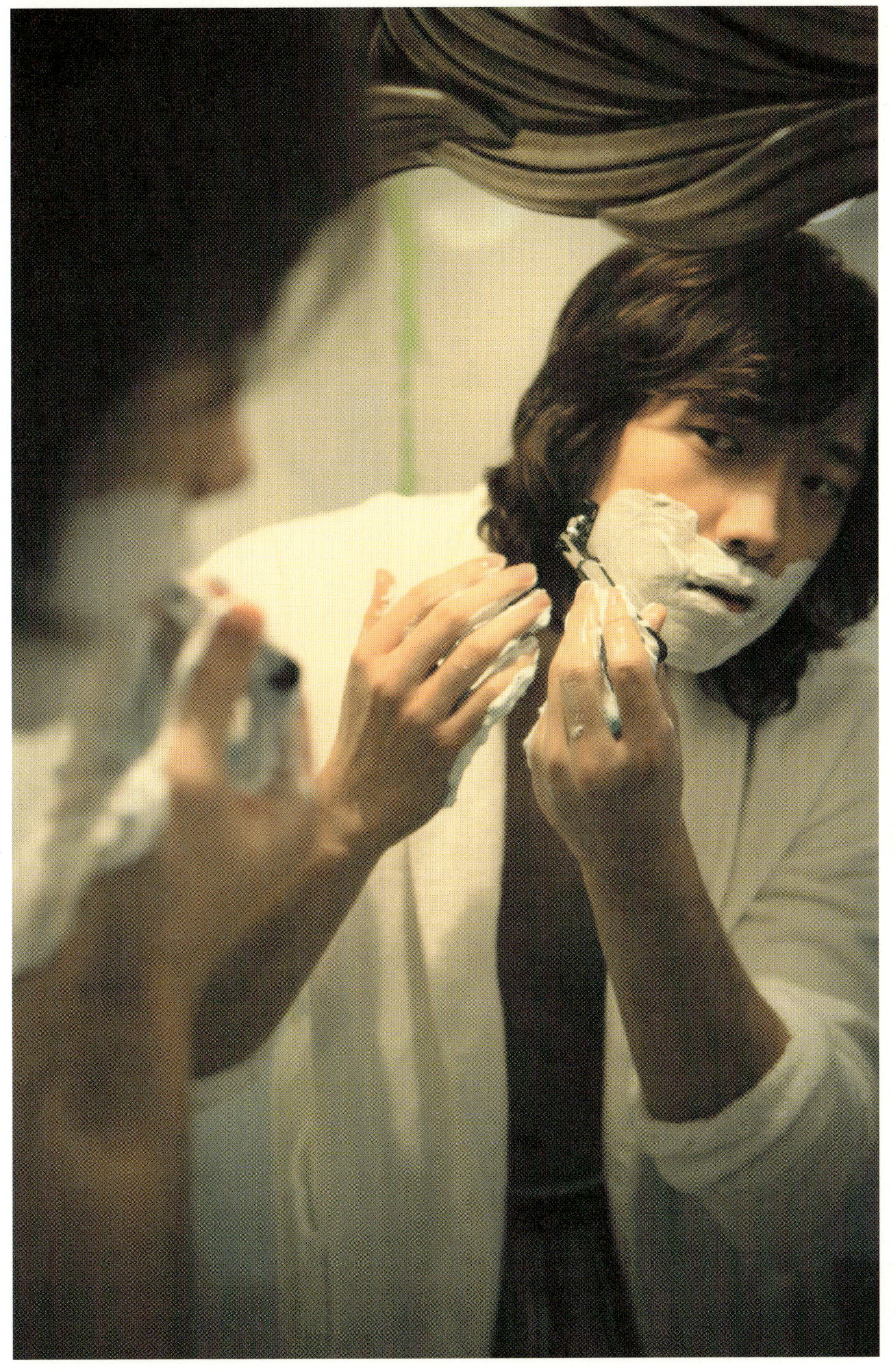

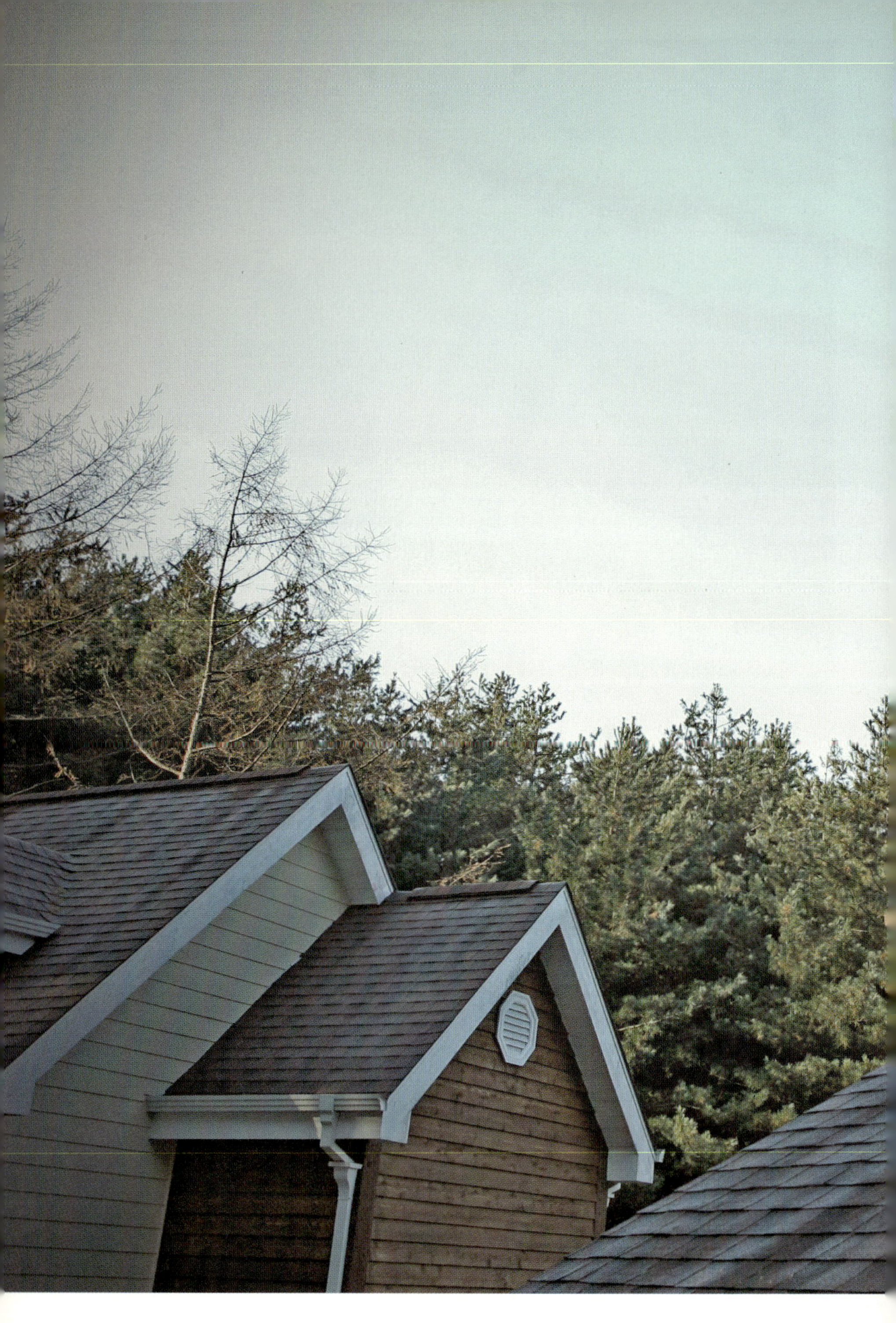

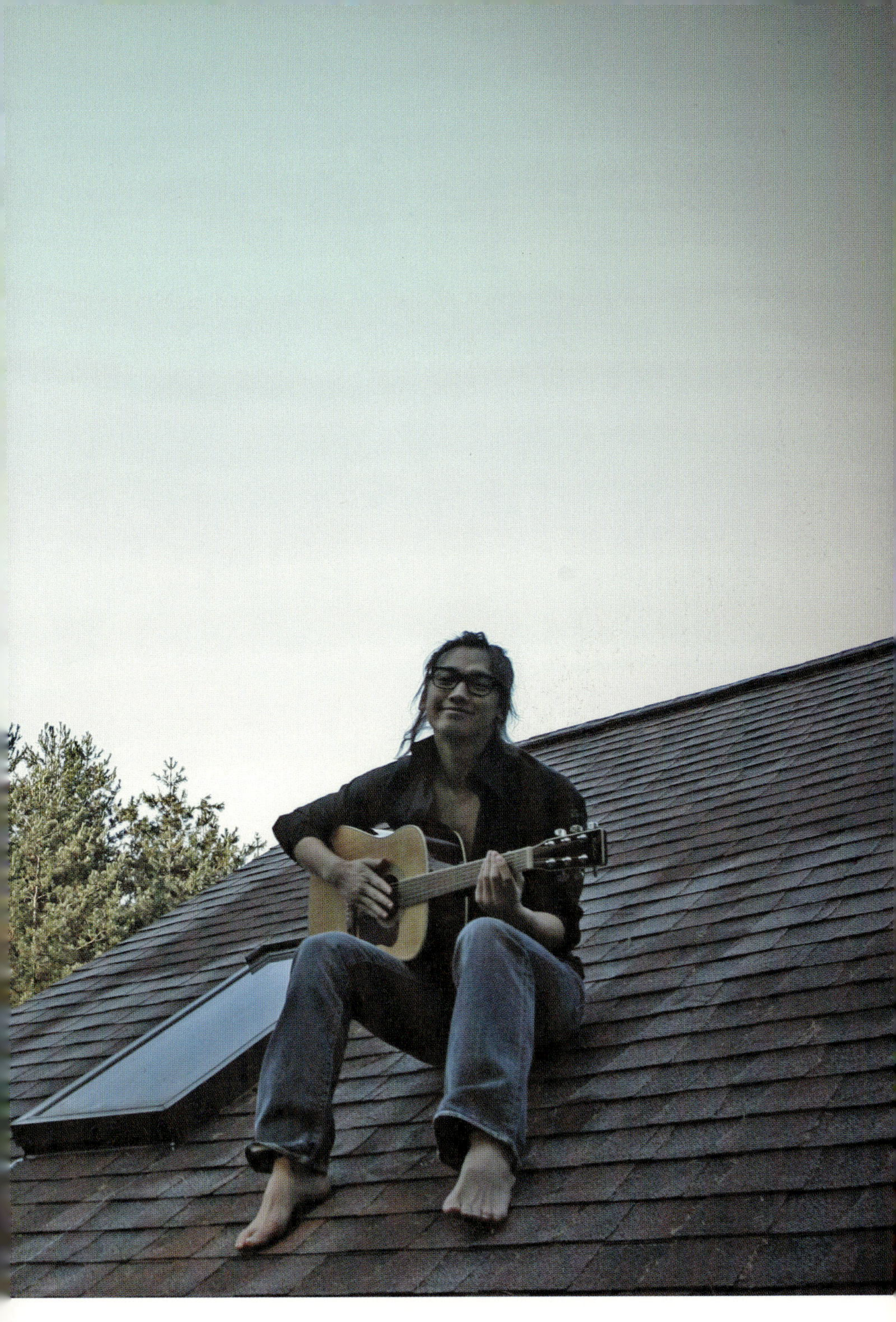

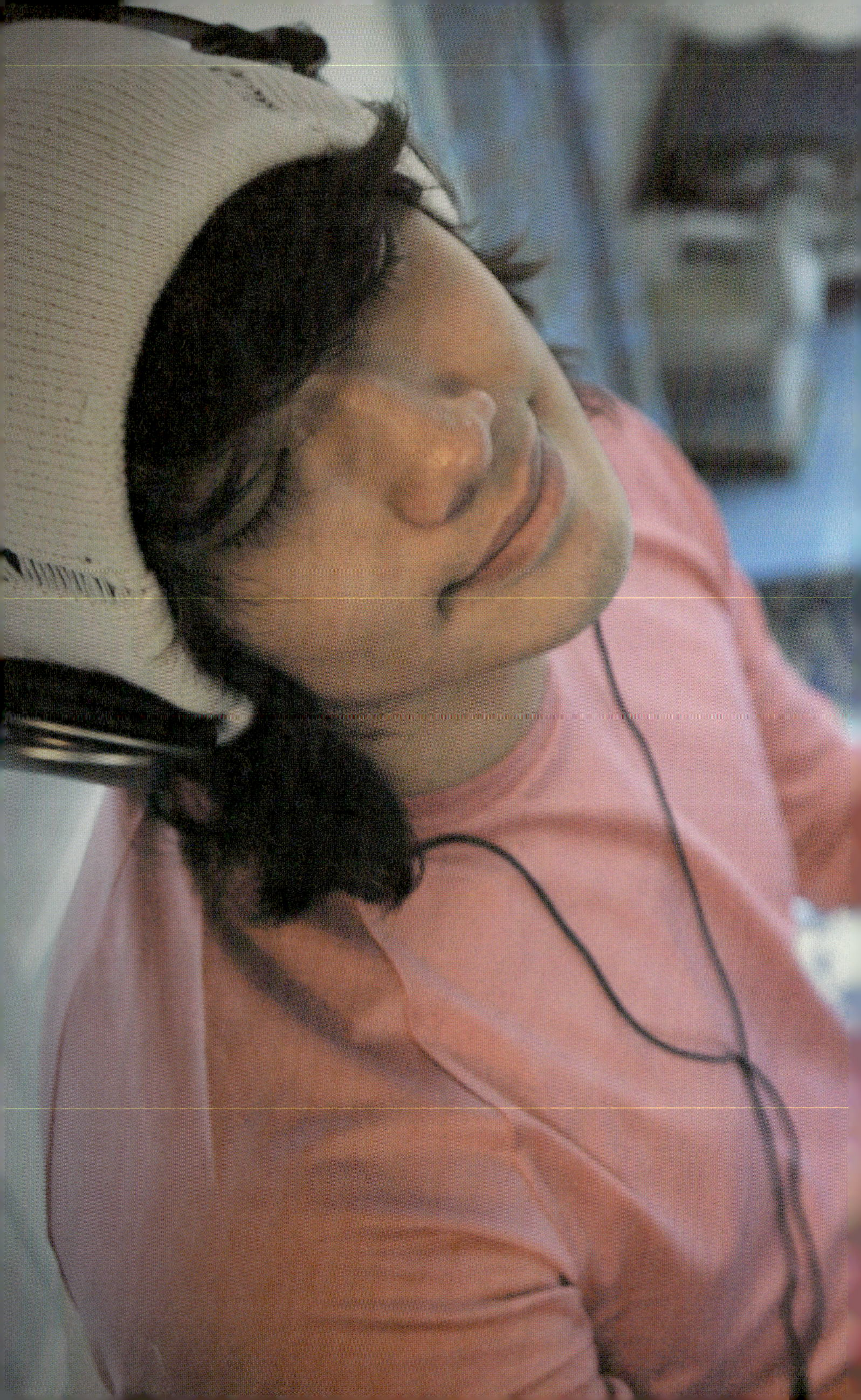

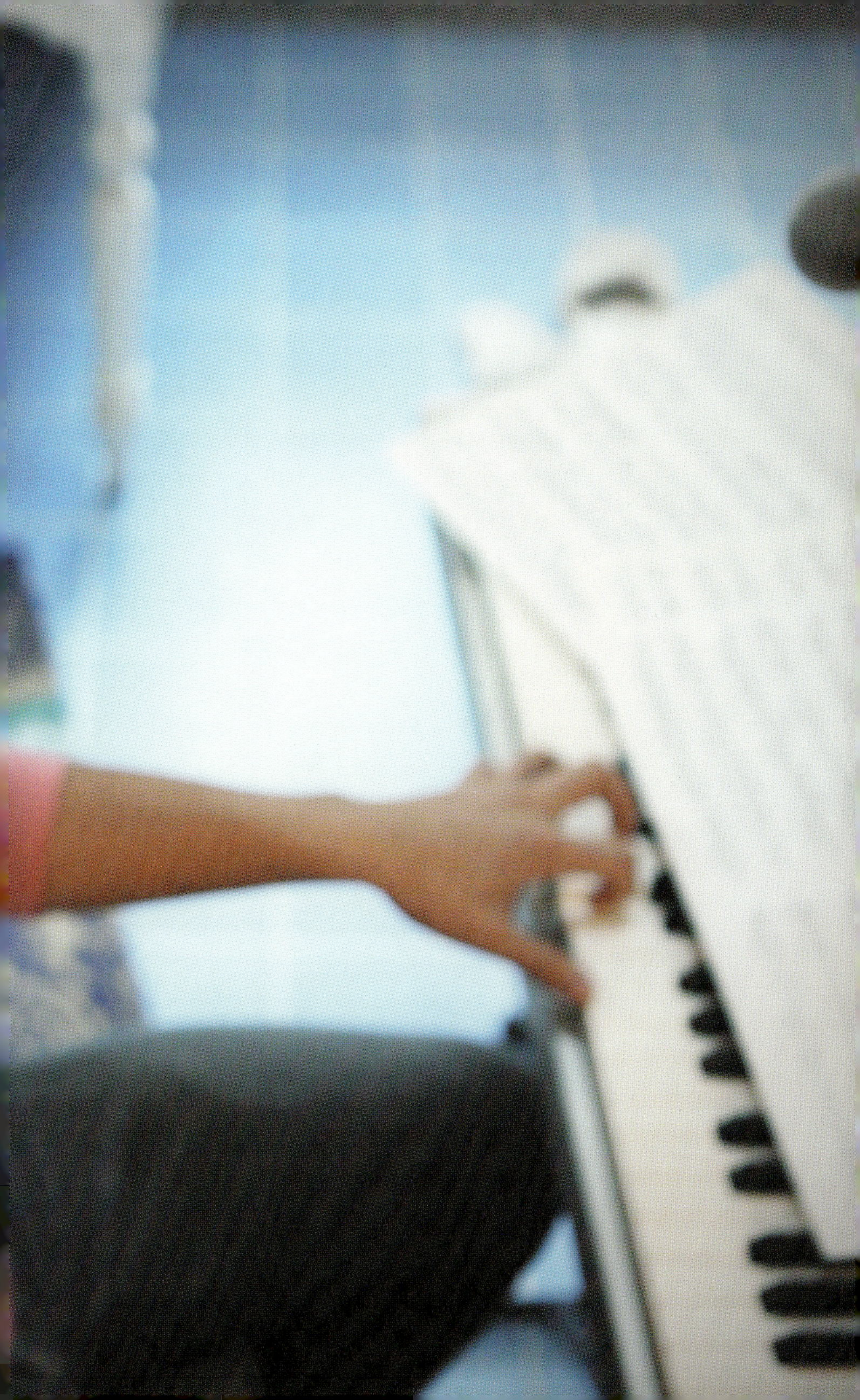

양동근 Y D G

　동근 형은 2001년 여름, 노인네라 불리는 JYP 안무팀의 팀장 이창훈 형을 통해 알게 되었다.

　창훈 형은 우리집 사정이 어려웠던 시절 형네 집에서 함께 지낼 수 있도록 해준 감사한 형이기도 한데, 창훈 형의 베스트 프렌드가 동근 형이었다. 동근 형과 창훈 형은 어린 시절부터 함께 춤을 추고 음악을 나누며 자란 죽마고우이다.

　그렇게 알게 된 동근 형의 첫 느낌은 말이 없는 사람이었다. 항상 조용히 조용히 표정으로 말을 하는 사람이어서, 나는 동근 형을 만날 때면 답답함을 각오하곤 했었다.

　우리는 함께 신앙생활을 했었는데, 사실 형을 만나고도 3년 동안은 별다른 대화를 나누지 않았다. 동근 형이 원래 말수가 없는 편인데다 나 또한 동근 형한테는 쉽게 말을 걸 수가 없었다.

　그러던 어느 날 동근 형과 맥주 한잔을 마시며 대화를 나눌 기회가 생겼는데, 우리는 그날 봇물 터지듯 대화를 나누게 되었다.

　대화를 해보니 형은 생각이 많고 깊은 류의 사람이라는 생각이 들었다. 형은 자신도 힘든 시절을 겪었고 지금도 힘든 일이 있긴 하지만, 교회를 다니며 회개와 구원을 받았다고 신앙생활을 열심히 하자고 말해주었다. 그렇게 한번 많은 대화를 나눈 뒤 우리는 만나면 만날수록 더 많은 대화를 나누는 사이가 되었다.

TV를 보지 않는 나는 형이 출연했던 영화와 드라마들을 구해 거의 모든 작품들을 보았고, 형의 노래들도 모두 들어보았다. 그리고 이런 생각이 들었다.

'이 사람 멋지다.'

나는 동근 형을 만날 때면 이런저런 고민 상담을 하곤 했는데, 그때마다 형은 엉뚱하지만 의미 있는 해답을 주곤 했다.

2005년 생일날이 기억난다.

그날도 새벽에 일이 끝났는데, 창훈이 형에게서 전화가 왔다. 생일인데 밥은 먹었냐고. 그러더니 형은 어느 중국집으로 지금 오라고 했다. 창훈 형과 동근 형 등 형들이 요리를 시켜놓고 나를 기다리고 있었던 것이다.

그걸 보자마자 갑자기 눈물이 나왔다. 나는 울다가, 안 하던 방송일을 하는 게 힘들다고 말했다. 나는 그동안 누구에게도 힘들다는 말을 하지 않았다. 그런데 그 생일날, 나를 위해 자리를 마련하고 기다려준 형들 앞에서 처음으로 속내를 털어놓았던 것이다.

그런 나를 다른 형들은 모두 위로해주는데 동근 형은 피식피식 웃고만 있었다. 그러더니

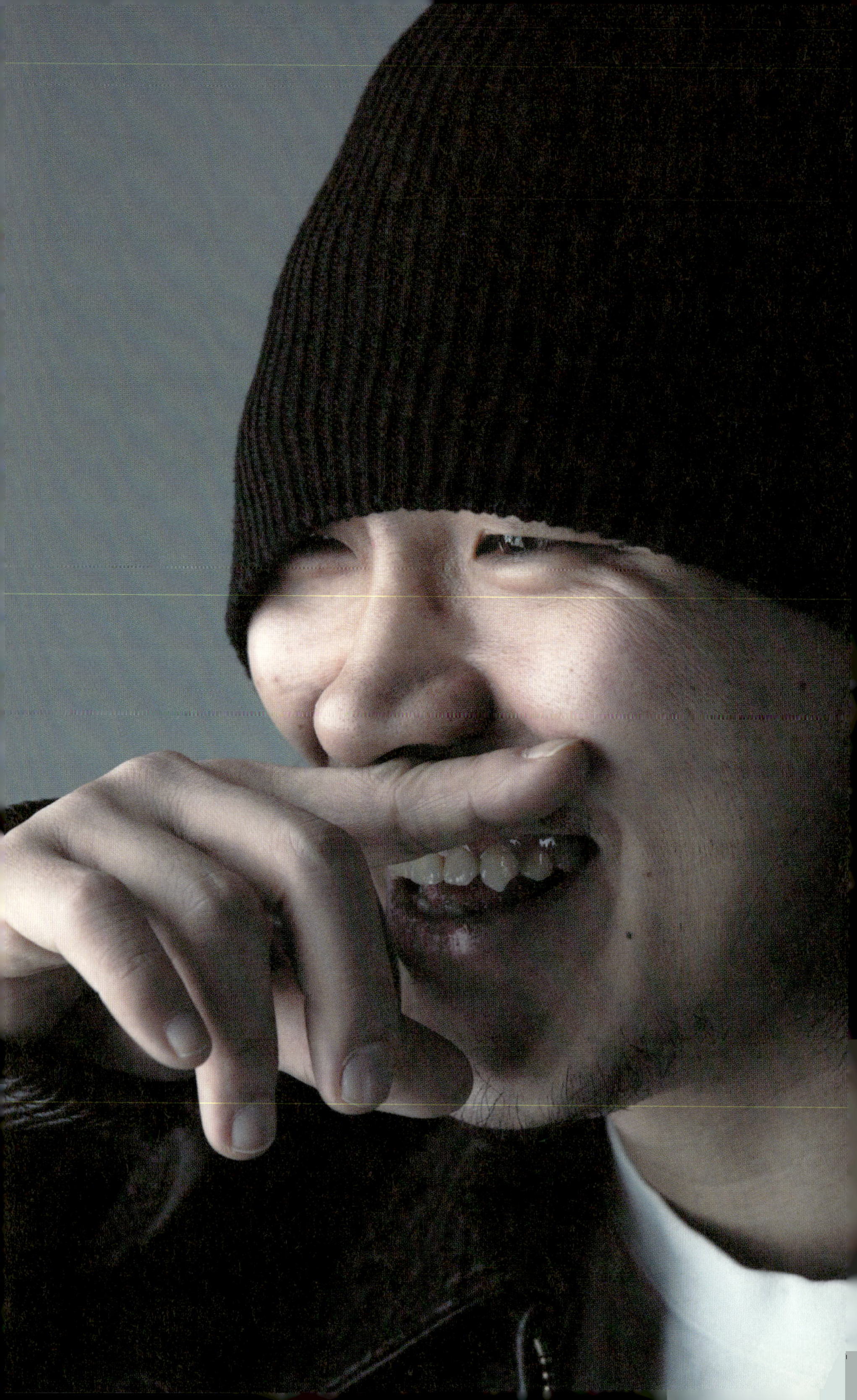

한마디 했다.

넌 굉장히 잘될 애다.

그렇게 우리는 친분을 쌓아갔다.

그러던 2007년 가을 어느 날, 동근 형이 미니홈피를 통해 내게 이런 메시지를 보내왔다.

'내가 그리고 너의 사진이 이 정도일 줄은 몰랐어.'

원래 그런 말을 잘 하지 않는 사람의 입에서 나온 말이어서인지 동근 형의 메시지를 받고 나는 기분이 꽤 좋았다.

그리고 얼마 뒤 나는 동근 형을 촬영하게 되었다. 그때는 내가 스튜디오를 오픈하기 전이라 거의 모든 촬영을 포토그래퍼 최동훈 실장님의 스튜디오를 빌려서 촬영했다. (최 실장님은 지금은 나와 친한 형 동생 사이이기도 한, 내게 사진에 필요한 많은 것을 알려준 고마운 형이다.)

나는 일찌감치 스튜디오에 도착해 조명을 세팅하고 형을 기다리고 있었다. 평소 동근 형을 보며 꼭 한번 촬영해보고 싶은 멋진 연기자라고 생각해왔던 터인데다 원래 사진 촬영을 잘 하지 않는 형이 내게 촬영을 의뢰했을 때는 뭔가 이유가 있을 거라는 생각에 나는 촬영에 집중하기로 굳게 마음을 먹고 있었다. 그때 불쑥 동근 형이 들어왔다.

그런데 뭔가 이상했다. 형은 메이크업을 전혀 하지 않은 상태였다.

대부분의 사람들은 촬영을 하러 올 때 메이크업과 헤어는 기본으로 하고 오는데, 형은 메이크업이나 헤어는커녕 심지어 면도도 하지 않은 채 내게 촬영을 시작하자고 했다.

"형, 촬영하는데 이렇게 하고 찍어도 괜찮겠어요?"

나의 물음에 형은 이렇게 대답했다.

"이게 나잖아. 이게 원래의 나잖아. 나를 찍을 거면 나를 보여줘야지."

참 멋져 보였다. 지금까지 그렇게 촬영했던 사람은, 그리고 그 이후 아직까지 그렇게 촬영한 사람은 단 한 명도 없었다.

나는 촬영에 들어갔다.

첫 번째 셔터를 누르자 형이 잠깐만, 이라고 하더니 말했다.

"내가 지금부터 연기를 할 테니까 너는 나를 그냥 계속 찍어."

동근 형은 영화나 드라마에서처럼 실제로 이야기하고 대사를 내뱉고 내게 질문을 하고 웃고 울면서, 그렇게 30분 동안 내 앞에서 연기를 해주었다.

나는 촬영을 하면서 카메라 뒤에 얼굴을 숨긴 채 영화를 보듯 형의 연기에 빠져들어갔다. 그리고 그렇게 찍은 사진은 단 한 장도, 정말 단 한 장도 버릴 것이 없었다.

형은 지금껏 멋진 연기도 바보 같은 연기도 촌스러운 것도 럭셔리한 것도 정말 많은 역을 해왔기 때문에 그 모든 사진이 이리 생각하면 이런 장면 같고 저리 생각하면 저런 장면 같은 그런 사진들이 나왔다.

나는 너무나 만족했다.

그렇게 혼이 빠진 사람처럼 촬영이 끝나고 집에 돌아와 다시 한번 사진을 정리하면서 나는 놀라움을 감출 수 없었다. 그리고 훌륭한 피사체를 촬영했다는 생각에 감사하는 마음이 들었다. 형을 촬영하고 정말 많은 것을 깨달은 것 같다. 진심으로 감사하다.

동근 형은 지금 현역에 입대해 군인의 신분이 되어 있다. 형이 군대 가기 며칠 전 내 스튜디오 근처 카페에서 만나 커피를 마시며 이런저런 대화를 나누었다. 나는 빡빡 밀고 온 머리도 형에게 잘 어울린다고 생각했다.

형이 제대하고 다시 활동을 재개할 때 꼭 한번 다시 형을 촬영하고 싶다.

동근 형, 군 생활 열심히 하고 돌아와 다시 멋진 모습으로 사람들 앞에 나타나 그 미묘한 매력을 뿌려줬으면 좋겠다.

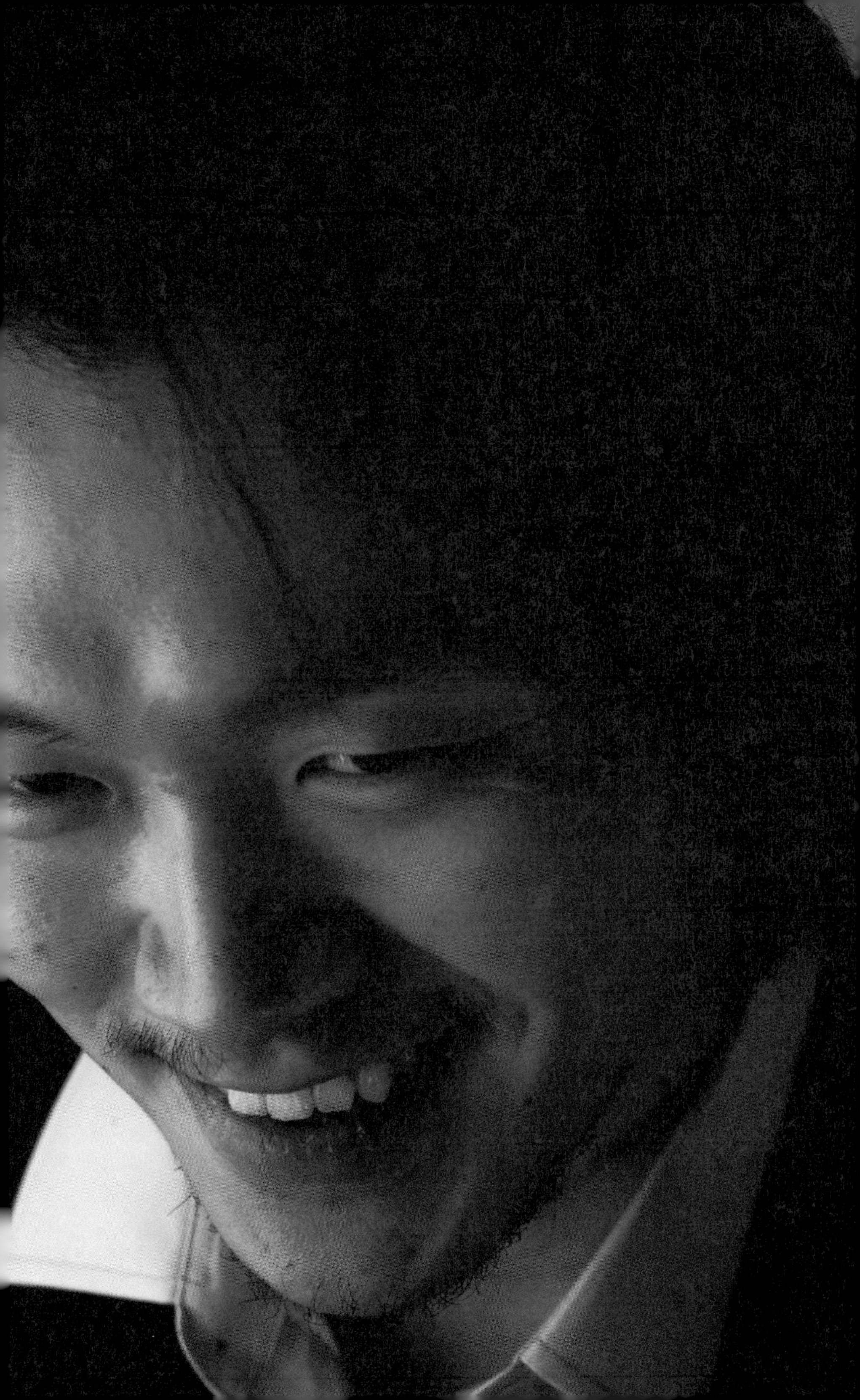

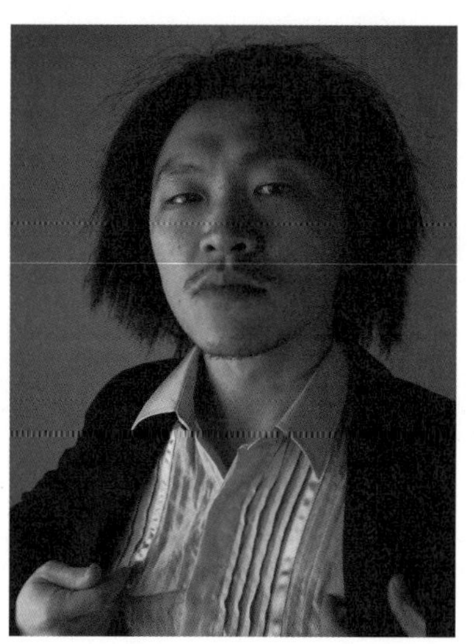

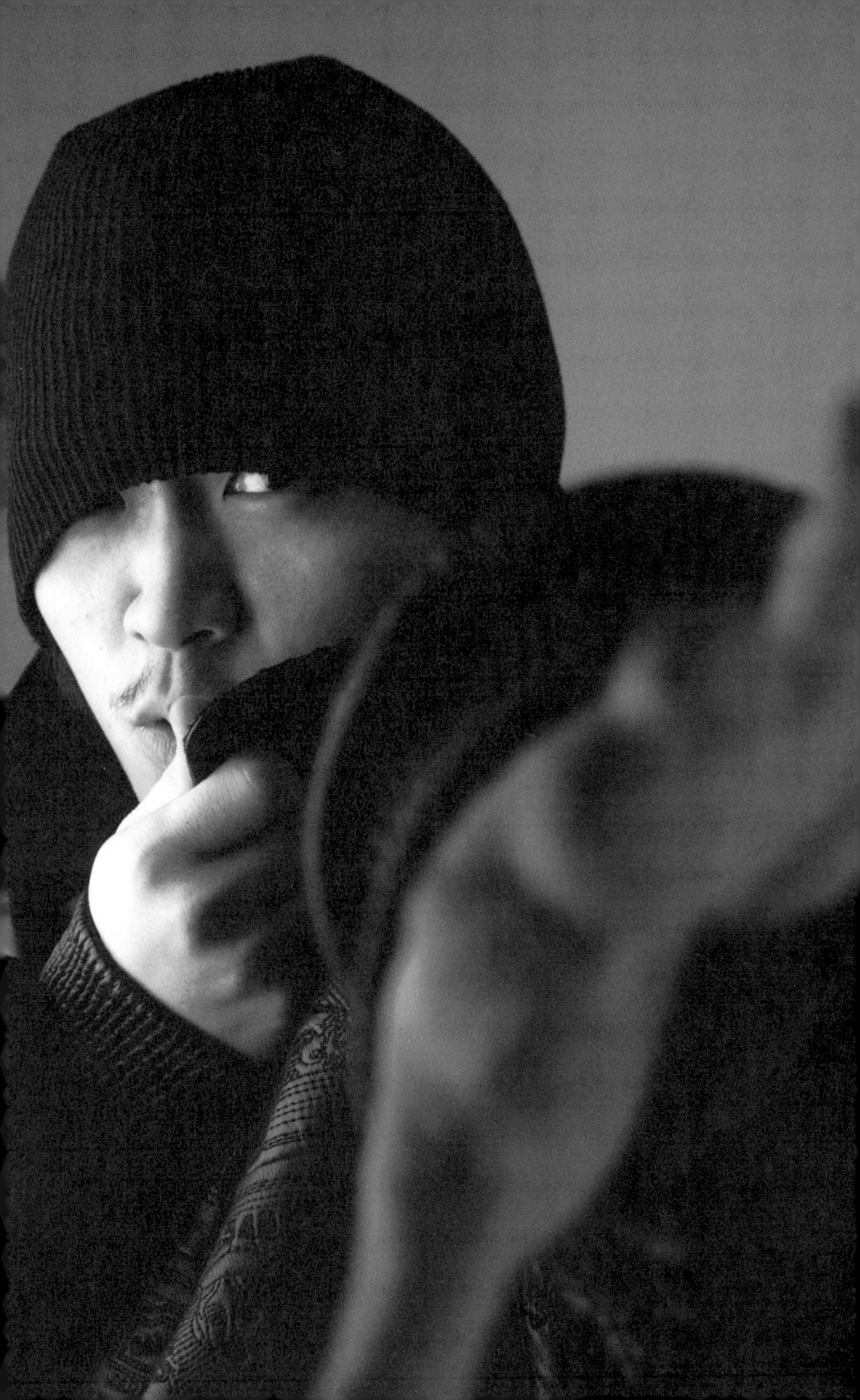

이선웅 Tablo

데뷔 초 스케줄마다 겹치는 사람이 있었는데, 타블로였다.

둘 다 방송 초기라 그닥 아는 사람도 없이 조용조용 인사만 열심히 하던 우리 둘이었다. 그러던 어느 날 두세 명이 팀을 이뤄 퀴즈를 푸는 프로그램에서 나와 블로가 같은 팀이 되었고, 우리는 1등을 해서 50만 원씩 상금을 받았다. 그리고 그날 밤 우리는 처음으로 술자리를 가졌다. 뒤늦게 알게 된 사실이지만, 소심하고 낯가리는 우리 두 사람이 각자 나름 큰 용기를 내어 나간 술자리였다.

그 술자리에서 우리는 완전히 다른 두 사람으로 대화를 나누었다. 빽가와 타블로가 아닌 백성현과 이선웅이 되어, 꿈꿔왔던 것과 꿈꾸는 것, 서로의 가치관과 마인드까지……이미 해가 떠오른 뒤에도 이어진 자리에서 우리는 서로를 알 수 있었다. 그렇게 단 한 번의 술자리에서의 대화로 우리는 급격히 가까워졌다.

이후로도 우리는 자주 만나 많은 대화를 나누었다. 그리고 시간이 지날수록 나와 블로는 더욱 가까워졌다.

나는 신기했다. 나랑 비슷한 생각을 하고, 싫은 것과 좋은 것이 이리도 같은 사람이 이 세상에 또 한 명 살고 있었다는 사실 때문이었다.

어느 자리에선가 친구들과 사랑에 관한 대화를 나눈 적이 있다. 그런데 그 자리에 있는 사람들 중 나와 블로를 뺀 모든 사람들이 사랑을 할 때 상처받을까봐 자신의 전부를 다 주지는 않는다고 했다. 우리 둘은 사랑할 때 어떻게 다 주지 않을 수 있느냐고 반문했다.

사랑에 대한 가치관뿐만 아니라, 좋아하는 뮤지션, 좋아하는 방 분위기, 좋아하는 사람들, 싫어하고 가리는 것까지 우리 둘은 정말 공통점이 많다.

어느 순간, 블로는 우리집 단골손님이 되기에 이르렀다.

블로는 우리집 2층 로프트를 굉장히 좋아한다.

어두운 조명 아래, 담배를 피우고 술도 마시고, 음악을 듣다가 노래도 부르고, 어느 순간 축 늘어져 서로 아무 말도 하지 않고, 그러다 졸리면 그냥 자버리고…… 우리는 이런 식이다. 서로간의 마음의 부담이나 불신 따위가 전혀 존재하지 않는 공간과 시간이 주어진, 우리 둘은 그냥 그런 사이가 되어버렸다.

더욱 놀라운 점은, 그렇게나 많은 시간을 함께했지만 단 한 번도 다툰 적이 없다는 것이다.

나도 가끔 의문이 들지만, 우리는 서로 싸우지 않는다. 사소한 말다툼조차 하지 않는다. 어쩌면 서로를 너무 잘 알고 비슷한 게 많아서일 수도 있다.

그래서 나는 블로가 참, 좋다.

신기하게도 블로는 나의 사진일에도 특별한 인연을 가지고 있다.

2006년 여름, 나는 첫 화보 촬영을 하게 되는데 그 주인공이 타블로였다.

성공적인 첫 데뷔촬영은 우리가 한 번 더 서로를 확인하는 계기가 되었다. 블로는 내 사진을 굉장히 마음에 들어해주었고, 나는 멋지게 나온 블로가 너무 마음에 들었다.

그리고 몇 달 뒤, 나는 에픽하이의 4집 앨범 재킷 촬영을 맡게 되었다.

나는 에픽하이의 음악을 들으며 느껴지는 것들을 최대한 싣기 위해, 나의 감성을 끝까지 세워올렸다. 그리고 그들의 음악처럼 실험적이고 과감하지만 감성적인 촬영 시안을 준비해 그것들을 사진에 고스란히 담아냈다. 그리고 다행히 그들의 감성에 맞는 컷들이 많이 나와 멋진 앨범 재킷을 완성할 수 있었다.

2007년 여름, 우리는 에픽하이의 5집 재킷 촬영을 위해 뉴욕으로 떠난다.

좋아하는 사람들과 좋아하는 일을 하러 가는 것이 얼마나 큰 기쁨인지는 겪어본 사람만이 안다. 나는 지금까지 20개국 가까이 일이나 여행을 하러 가보았지만, 그중 기억에 남는 나라는 몇 개국 되질 않는다. 그런데 에픽하이와 함께 갔던 뉴욕은 너무 좋았다.

우리는 가벼운 마음으로 시내를 돌아다니다 내키면 촬영을 했다. 나는 일이라는 강박관념을 살짝 벗긴 채 자유로움 속에서 그들을 카메라에 담고 싶었다.

우리는 뉴욕의 거리를 자유롭게 거닐다가 괜찮은 스팟이 나타나면 그곳에서의 느낌이나 그날의 기분에 따라 각자 알아서 하고 싶은 표정이나 포즈로 촬영을 하였다. 이미 5집 가수인 그들은 포즈가 특별하지 않아도 그들 자체에서 풍기는 느낌만으로 멋진 모델이 되어주었고, 나는 그것들을 놓치지 않기 위해 촬영하는 순간만큼은 집중력을 최대치로 끌어올렸다.

그렇게 우리는 뉴욕과 라스베이거스에서 여유롭고 자유로운 촬영과 여행을 즐기며 멋지게 촬영을 마쳤다.

촬영 기간 동안 나는 블로와 함께 방을 썼는데, 우리는 어떤 날은 방에서 6~7시간씩 대화를 나누곤 했다. 음악을 틀어둔 채 서로 침대에 누워 마치 우리집 2층에 있는 것처럼 편하게 늘어져 서로의 이야기를 들려주고 또 들어주며, 서로의 깊은 곳까지 인식하는 시간을

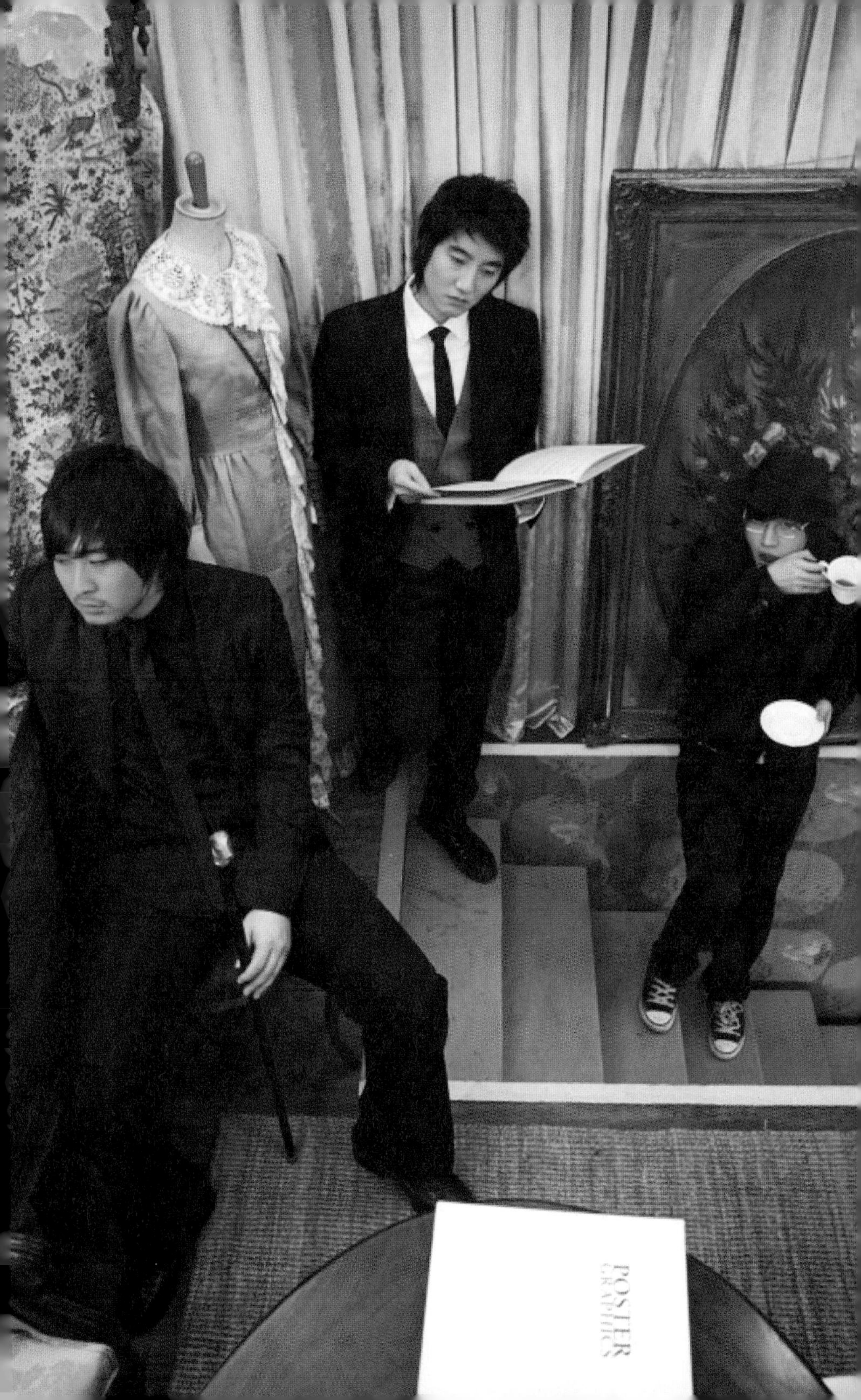
POSTER
GRAPHICS

가지기도 했다.

　요즘도 우리는 자주 보는 편이다. 각자의 스케줄로 바쁠 땐 이해하고 풀어졌다가, 한번 뭉치면 깊고 진한 만남을 갖곤 한다. 사실 지훈이나 동근 형은 데뷔 전부터 알고 지낸 사이지만, 타블로는 방송을 하면서 얻게 된 유일한 사람이다. 분명 언젠가 우리도 다투기도 하고 싸우기도 할 날이 오겠지만, 블로와 나는 감성적인 부분이 너무나 잘 맞아서 평생토록 좋은 사이가 될 수 있을 것 같다.

고마워 이선웅.

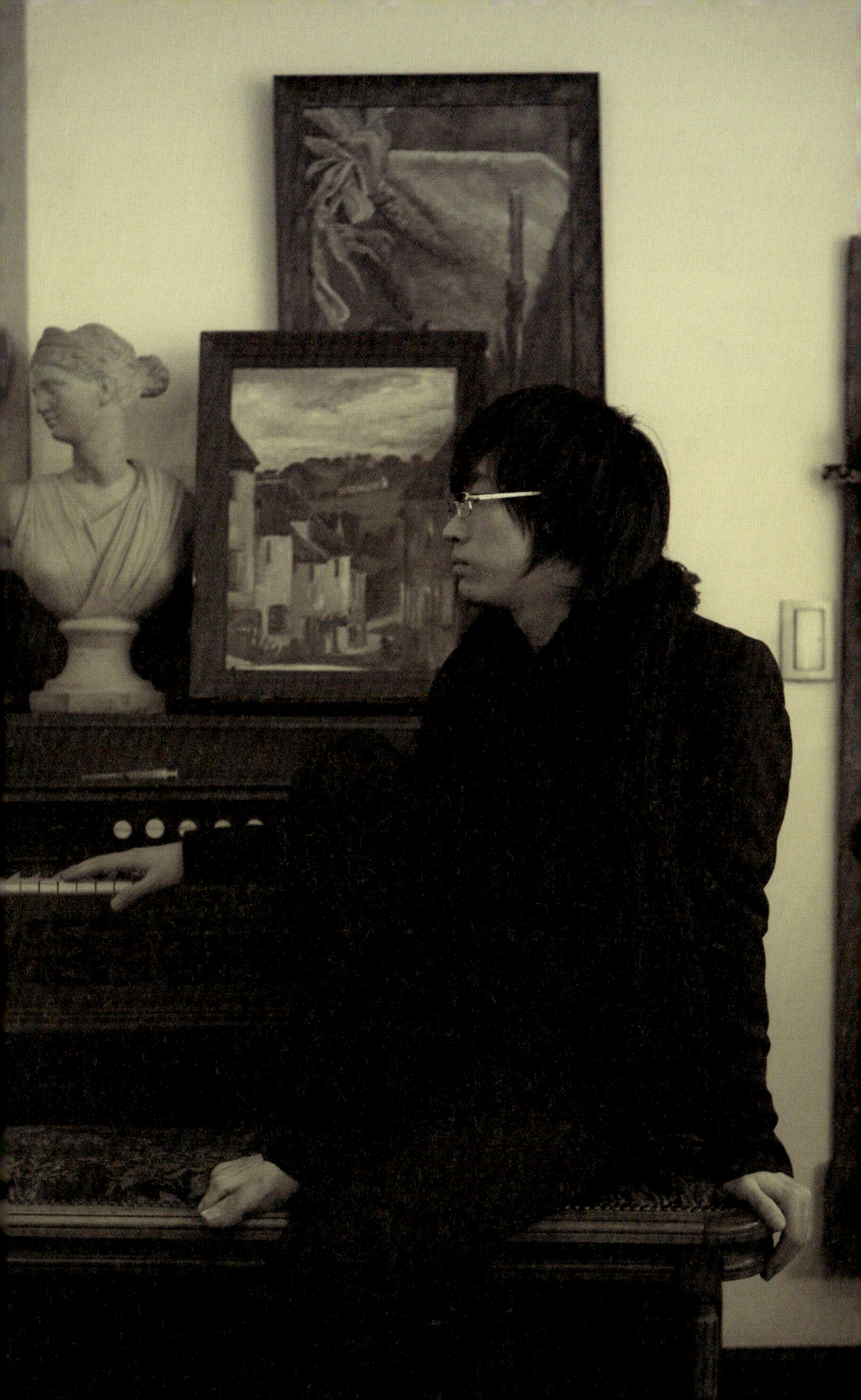

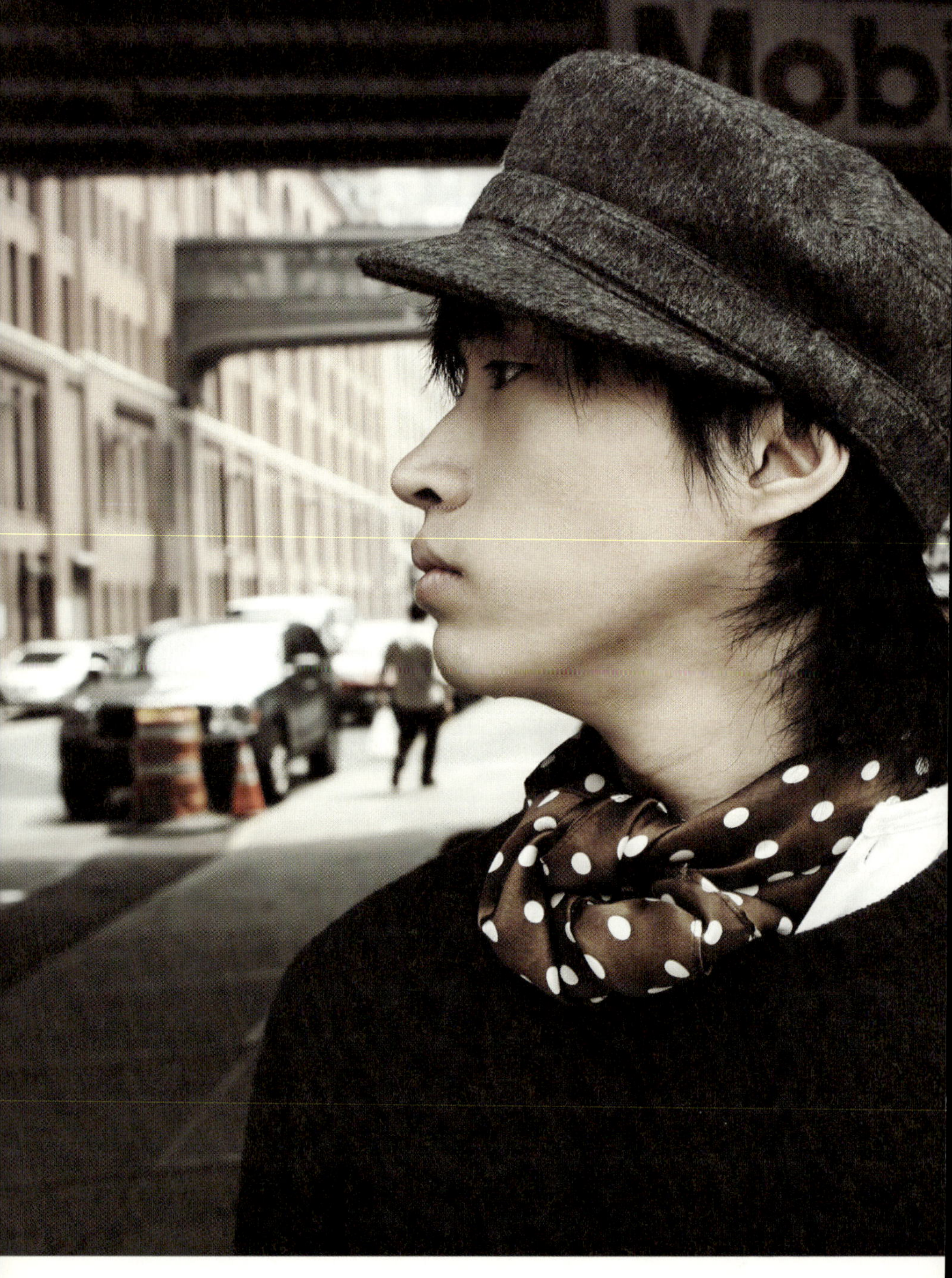

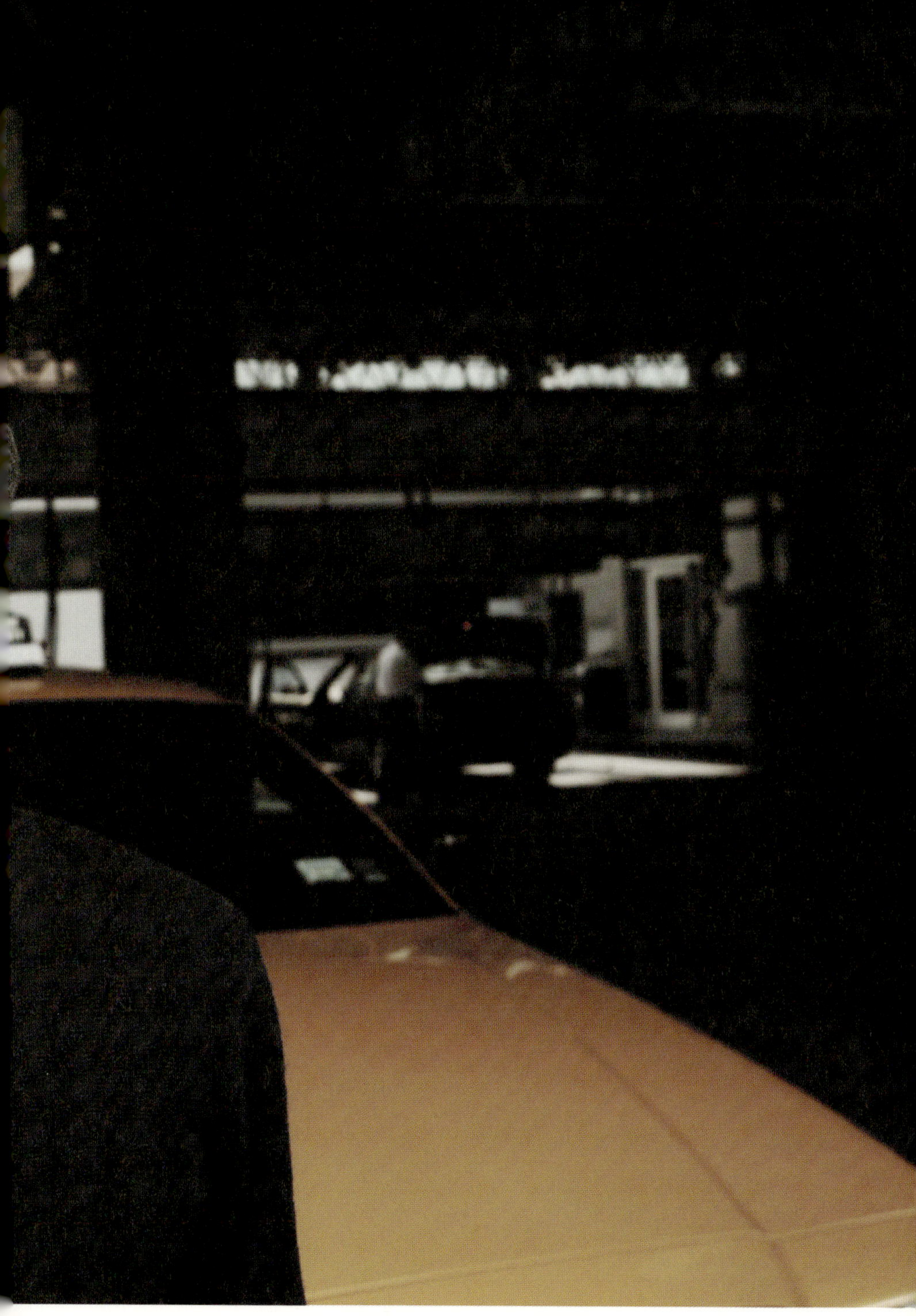

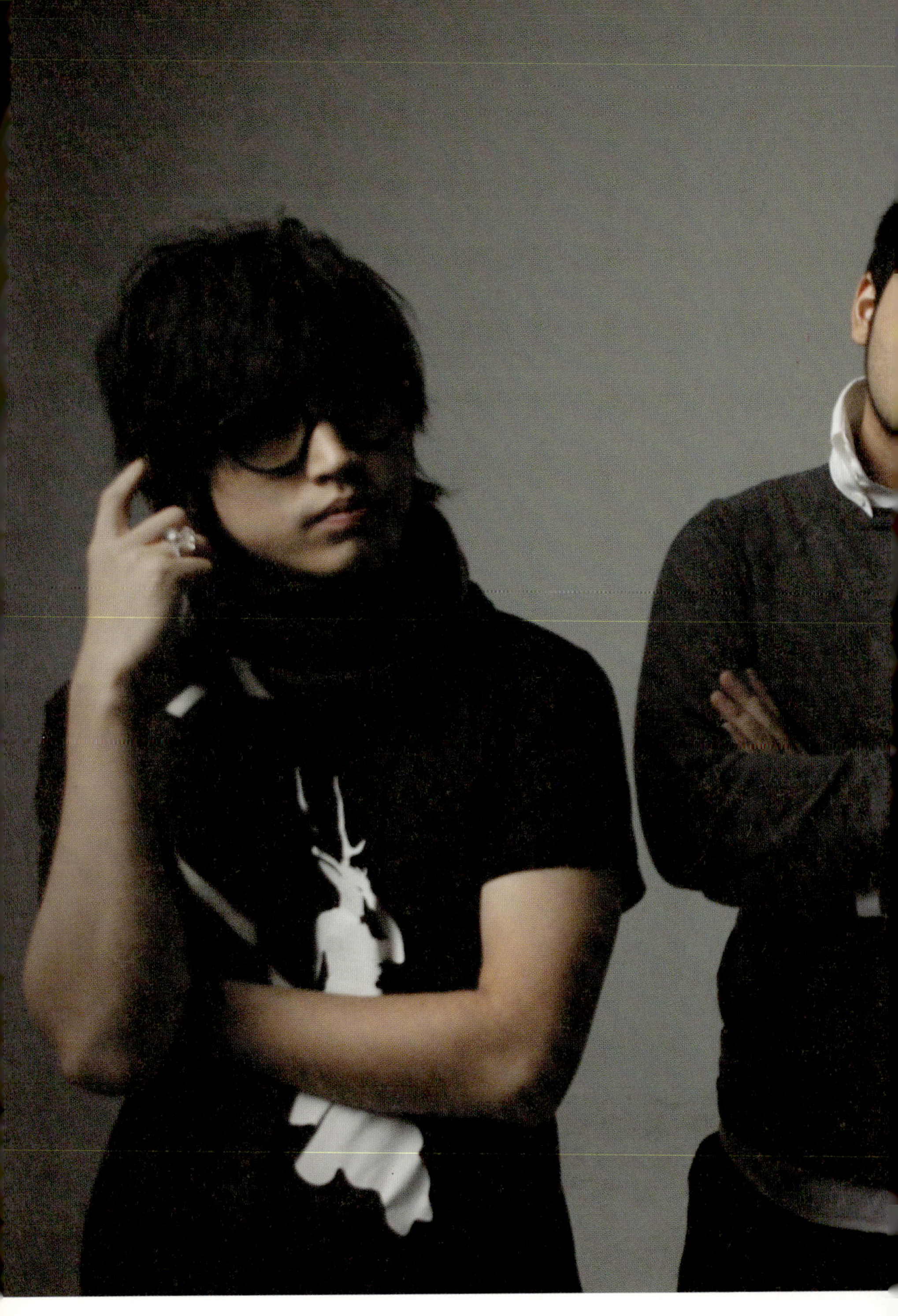

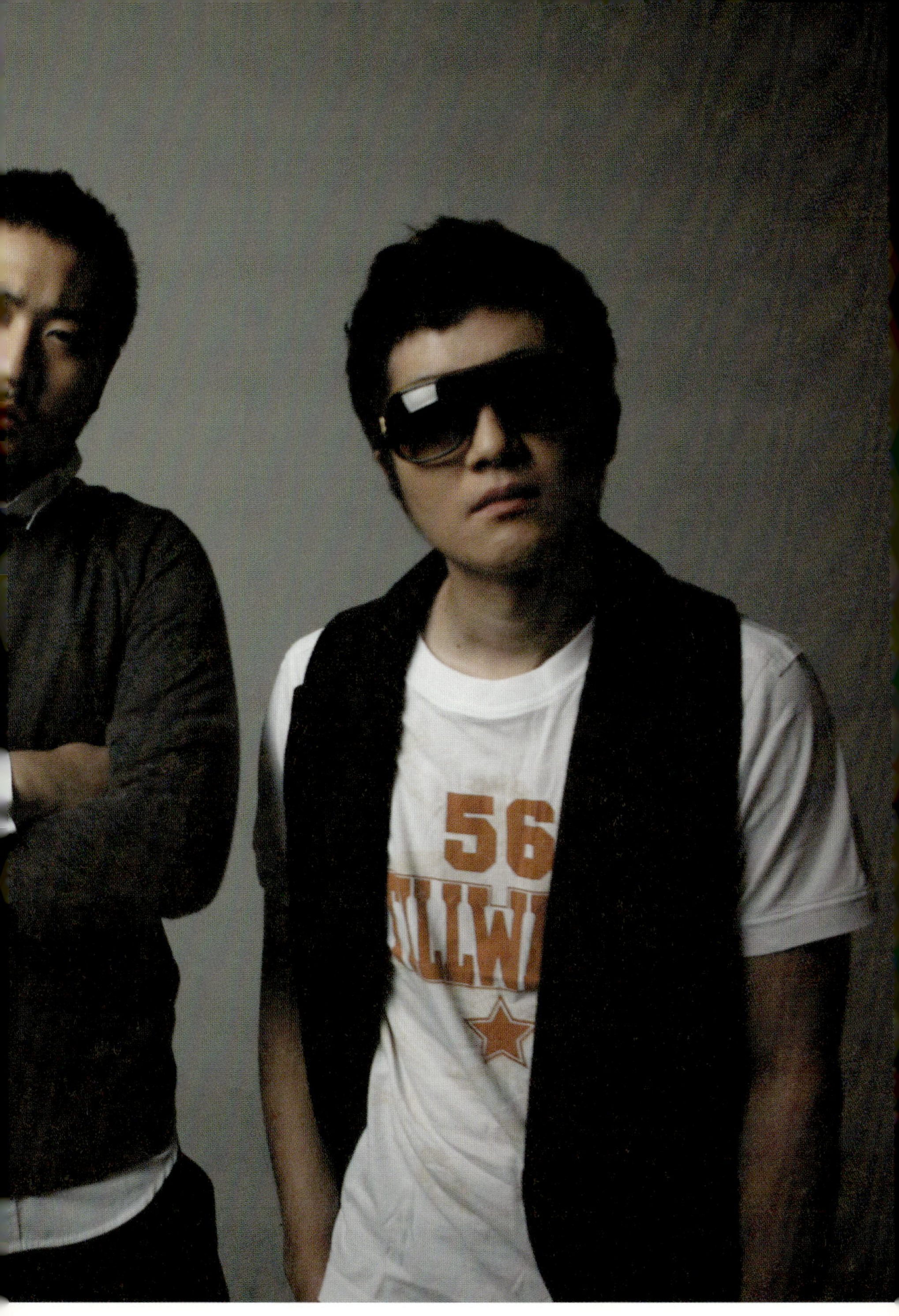
56
LLW

김종완 Nell

블로와 주구장창 붙어 다니던 3년 전, 언젠가부터 블로가 나에게 꼭 소개시켜 주고 싶은 사람이 있다고 했다.

사실 우리 둘은 서로에게 누구를 소개시켜 주는 타입이 아니다. 워낙 사람을 가리는 편이라 새로운 사람을 알게 되는 것에도 큰 관심이 없고 그냥 알고 지내는 소수의 사람들과 즐겁게 보내는 걸 좋아하는 편이기 때문이다. 그래서 소개시켜 주고 싶은 사람이 있다는 블로의 말에 나는 이미 50%는 믿고 들어갔다.

그리고 얼마 뒤, 블로가 소개시켜 준 사람은 넬Nell의 보컬 김종완이었다.

나는 평소 넬의 음악을 즐겨듣는 편이었다. 그래서 종완 형을 소개받았을 때 살짝 놀랐다.

종완 형은 깊게 눌러쓴 모자에 뿔테안경을 끼고는 개미가 기어가는 듯한 목소리로 흘리듯 내게 인사를 했고, 나 역시 자신감 없는 목소리로 인사를 했다. 블로는 나와 종완 형 사이의 대화를 열기 위해 중간에서 이런저런 주제를 펼쳐놓았지만, 서로 너무 견제를 하고 있었는지 우리는 별말을 하지 않았다.

나는 속으로 생각했다.

'저 인간도 예사로워 보이지 않는데. 더군다나 약간 제정신이 아니라고 들었는데…….'
벌쭘한지 우리는 서로 술만 훌쩍훌쩍 마셔댔다.

그렇게 한참을 술만 마시니 술이 취하는 것 같았다. 종완 형도 살짝 취한 것 같아 보였다. 그래도 우리는 계속 술을 마셨다. 그러다 어느 순간 우리 둘은 바싹 붙어 앉아 서로의 이야기를 하고 있었다. (첫 대화를 누가 어떻게 시작했는지 기억이 나질 않는다.)

나는 나대로, 종완 형은 형대로 서로의 이야기를 하는데, 대화 중 잠깐 '이 사람하고도 뭔가 잘 맞는구나'라고 생각했던 기억이 난다.

대화가 어느 정도 무르익었을 때, 종완 형이 내 얼굴을 쳐다보더니 말했다.

"나 누구한테 전화번호 먼저 물어본 적 없는데, 너한테는 그래도 될 것 같아. 번호 좀 알려줘."

형은 내게 핸드폰을 건넸다. 나 또한 누군가가 내 전화번호를 물어볼 때 통화버튼까지 눌러서 상대방의 번호를 받는 편이 아니다. 그런데 나는 종완 형의 핸드폰에 내 번호를 하나하나 찍은 뒤, 통화버튼을 눌러 내 핸드폰으로 형의 번호가 온 것을 확인하고 형에게 핸드폰을 넘겨줬다.

그때 서로를 경계하면서도 조심스레 마음을 열었던 우리 둘의 느낌은 정확히 맞았다. 종완 형은 확고한 고집이 있고, 우리 셋 중에서 가장 폐쇄적이기도 하다. 나와 블로처럼, 종완 형 또한 비슷한 감성과 생각을 가지고 있었다. 그래서 사회생활을 하면서 만난 다른 이들보다 훨씬 빠르게 깊게 우리들은 가까워질 수 있었다.

게다가 우리는 커다란 공통점을 지니고 있었는데, 셋 다 모두 사랑에 큰 상처를 받은 사람들이라는 점이다. 음악 이야기를 하다보면 꼭 사랑 이야기로 이어지는데, 서로의 지난 사랑 이야기가 희대의 소설이나 비극적인 영화에나 나올 법한 내용들이었다. 보통 사람들이 잘 겪지 않는, 상상초월의 러브 스토리를 가지고 있는 사람들이다보니 서로 그 상처를 치유해주려 서로를 아끼는 마음이 생겨난 것인지도 모르겠다.

그렇게 나, 블로, 종완 형 우리 셋은 자주 대화를 나누며 마음을 소통하는 사이가 되었다.

2007년 겨울, 나는 넬의 화보 촬영을 맡게 되었다.

나는 혼자 한남대교를 촬영하러 갔다가 우연히 발견한 공사 중인 8층 건물을 넬의 이번 촬영장소로 정했다. 겨울이라 날씨가 꽤나 추웠지만 우리는 즐겁게 촬영을 했다.

나는 넬만이 가진, 말로 표현하기 어려운 그 느낌을 생각하며 신중히 셔터를 눌렀다. 디지털, 필름, 그리고 로모 피쉬아이를 써서 촬영을 했는데, 재미있고 진지한 사진들이 적절히 나와서 멋진 작업이 되었다.

그리고 2008년 9월, 나는 Nell Limited Edition DVD 작업을 맡게 되었다.

지금까지 나왔던 앨범과는 완전히 다른 사진을 필요로 한다는 말에 어깨가 무거웠다. 사실 넬은 일러스트 작업을 많이 하는 편이었기 때문에 사진으로 작업하는 이번 앨범 재킷은 포토그래퍼로서 커다란 책임감이 필요했고, 그만큼 부담이 되었다.

물론 매 작업마다 책임감을 가지고 임하지만, 친분이 있는 사람과의 작업이기에 그 책임감은 더욱 큰 무게감을 가지게 된다. 나와 친한 사람들이라고 해서 친분으로 작업이 진행되는 경우는 거의 없다. 그렇기에 작업하는 그 순간만큼은 그들을 날카롭고 예리한 클라이언트로 생각하고 더더욱 신경을 쓰며 작업을 한다.

더군다나 넬의 이번 작업은 50장이 넘는 사진이 들어가기 때문에 여러 스타일의 사진이 필요했다. 촬영이 결정되고 촬영일이 잡히는 날까지 나는 하루종일 넬의 음악을 들으며 그들을 상상하면서 촬영 시안을 짰다.

우리는 강도 높은 수위의 촬영을 진행했다. 글로 쓰기 힘들 정도의 수위의 촬영이었다. 촬영하면서도 섬뜩하고 소름 끼치는 일이 몇 번이나 일어났다. 무척이나 기대하고 있지만, 사실 어떤 사진들이 심의에 걸렸는지 아직은 모른다. 특히 종완 형은 다른 멤버들보다 그 수위가 너무 높아서 사진이 실릴 수 있을지 의문이다.

그런데 얼마 전 블로가 내게 이렇게 말했다.

"넬 이번 앨범 사진 봤는데, 다 너무나 좋았어. 깜짝 놀랐어!"

고마웠다.

그런 칭찬 한마디에 나는 일의 보람을 느낀다.

물론 내가 찍은 사진들이 다 잘 나올 수는 없다. 그리고 부족한 사진들은 자신을 반성하고 더 나아지기 위해 노력하는 계단이 되어준다. 하지만 나의 사진에 대한 칭찬은 나의 노력에 따른 땀을 말끔히 씻겨주는, 커다란 느티나무의 그늘 아래서 맞는 바람이 되어준다.

언젠가 나와 블로, 종완 형 우리 셋은 '행복'에 관한 고민에 빠졌다.

어느 날 나는 뜬금없이 '행복이 무엇일까?'라는 의문이 들었다. 그리고 만나는 사람마다 물어보기 시작했다. 지인들에게는 물론이고, 처음 만난 기자에게도, 동네 슈퍼마켓 아저씨에게도, 심지어 중국집 배달원에게도 "얼마예요? 그런데 행복이 뭐예요?"라고 물었다.

나는 블로와 종완 형에게도 각각 물어보았다.

블로의 대답은 '몰라.'

종완 형의 대답은 '행복이 어딨어?'

우리는 한달이 넘는 시간 동안 행복에 대해 이야기하고 묻고 고민했다. 그리고 결국 우리 셋이 내린 결론은 '행복은 없다'였다.

　어떤 이는 행복이 사랑하는 이와 있는 것이라 했고, 또 어떤 이는 행복을 맛있는 음식을 먹는 것이라고 했으며, 어떤 이는…… 어떤 이는…… 모두가 다른 대답을 했듯이 우리가 내린 결론 또한 잘못된 것이라고 할 수 없다.

　하지만 나는 아직도 행복이 무엇인지 모르겠다. 어쩌면 그래서 우리가 내린 결론이 행복은 없다,가 되어버린 건지도 모르겠다. 어쩌면 우리 셋이 행복을 모르는 게 우리한테는 행복일 수도 있는 것처럼, 우리의 쉽고도 어려운 고민에 셋 다 똑같은 대답과 결론이 나왔다는 것으로 나는 만족한다.

　같은 것을 꿈꾸고 같은 것을 좋아하고 같은 마인드를 가지고 서로를 이해하고 아껴주는 친구가 있다는 것만으로도 그 얼마나 감사드릴 일인가!

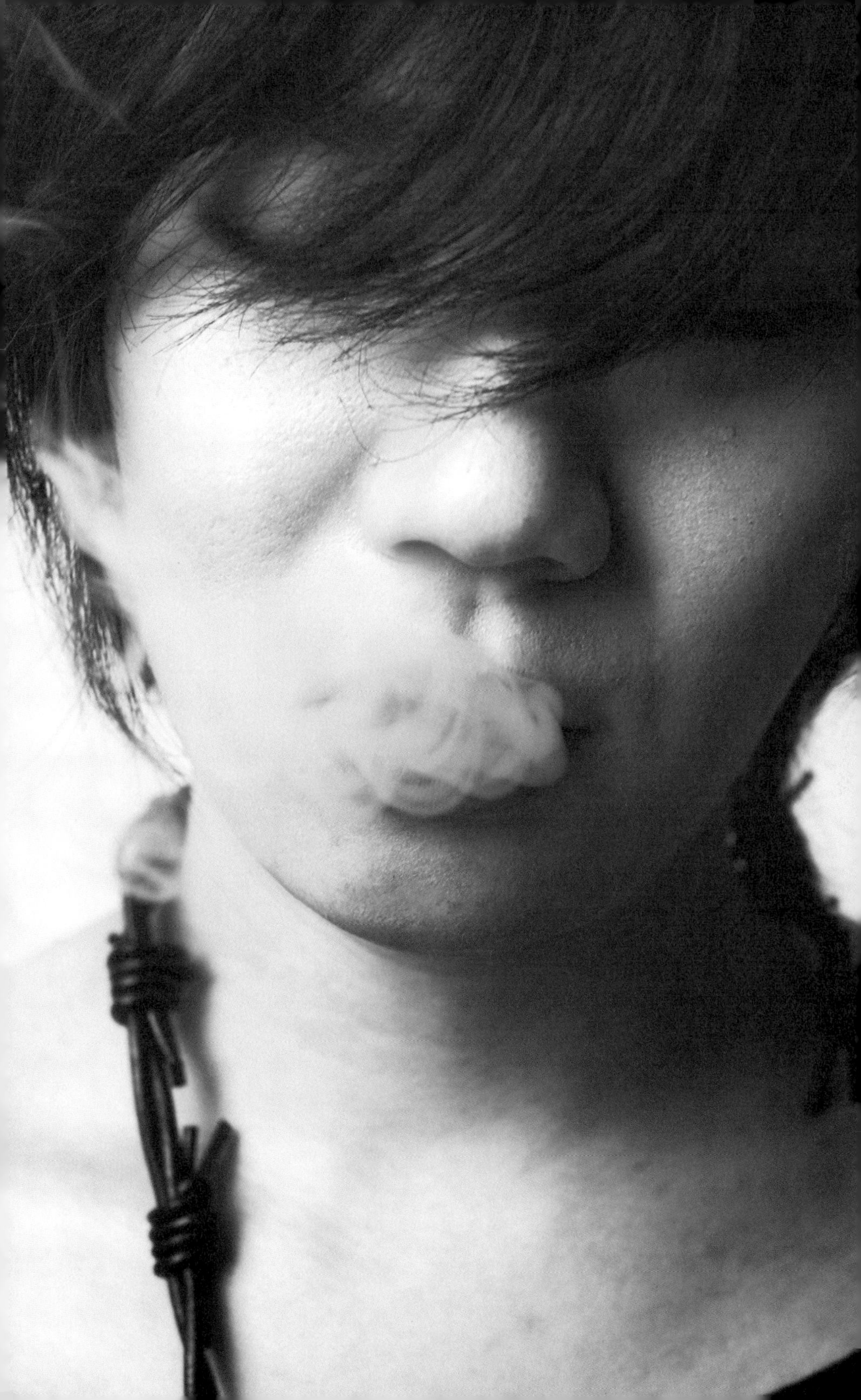

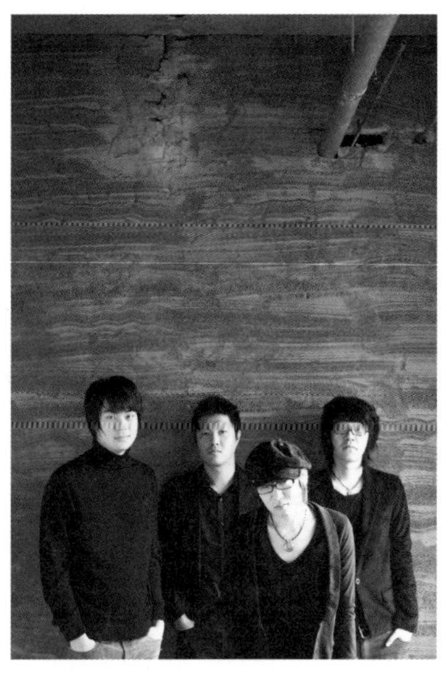

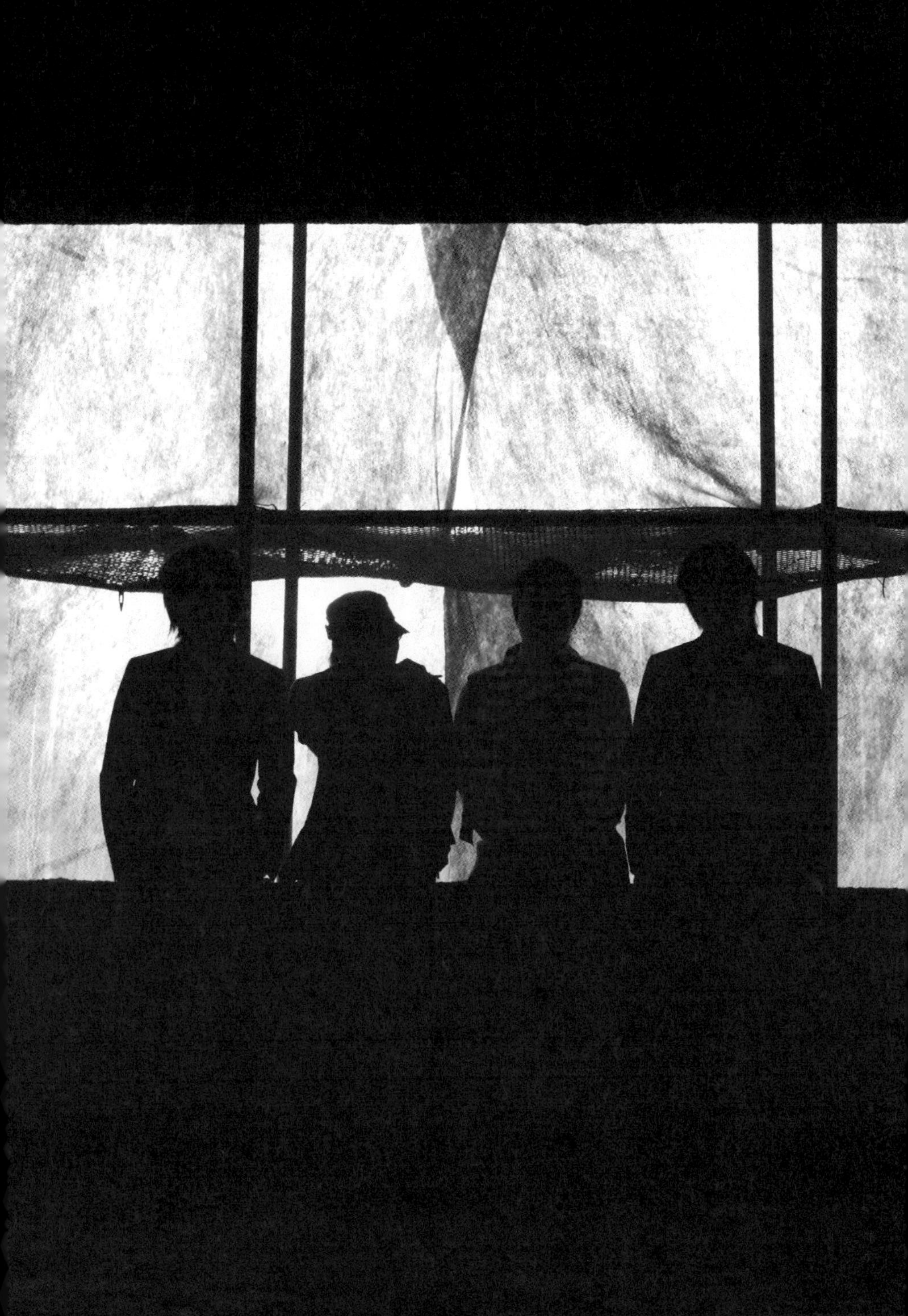

My People

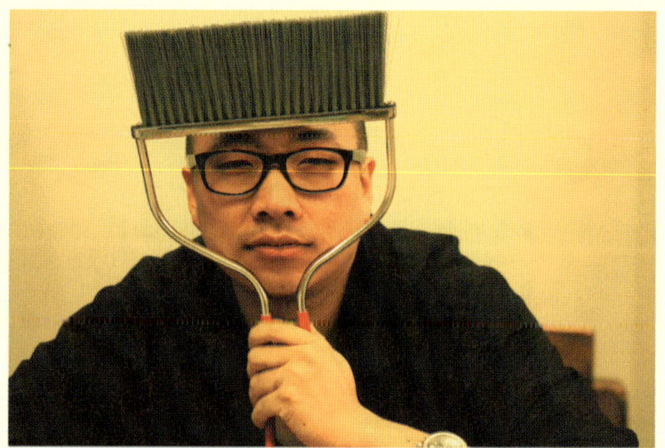

Doni

Dong Hoon Choi
Photographer
1978

My People

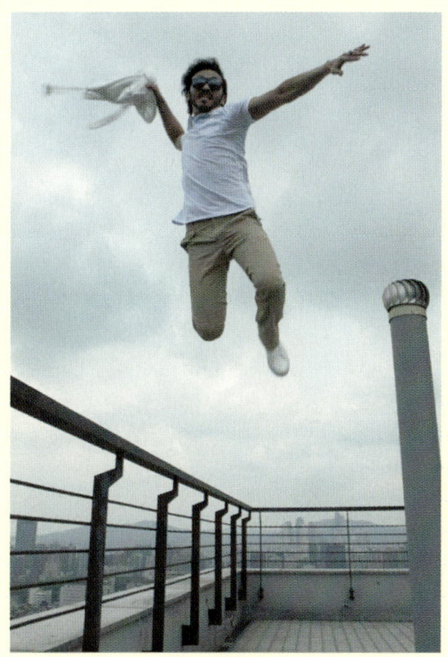

HongShi

Jae Hong Song
Dancer
1980

My People

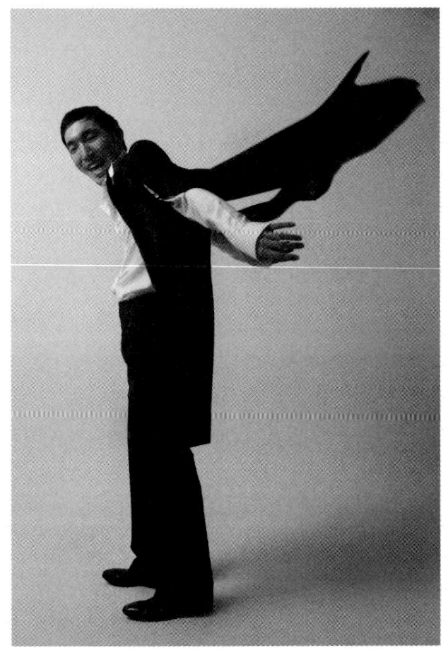

Juho

Juho Song
Fashion Designer
1982

My People

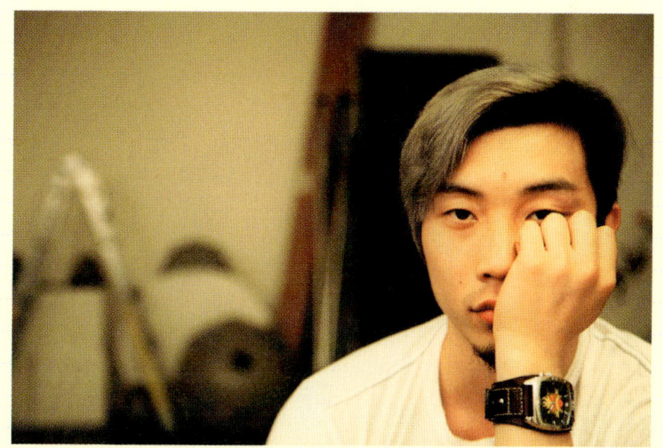

Noah

Chang Hoon Lee
Illustrator
1979

My People

Seop

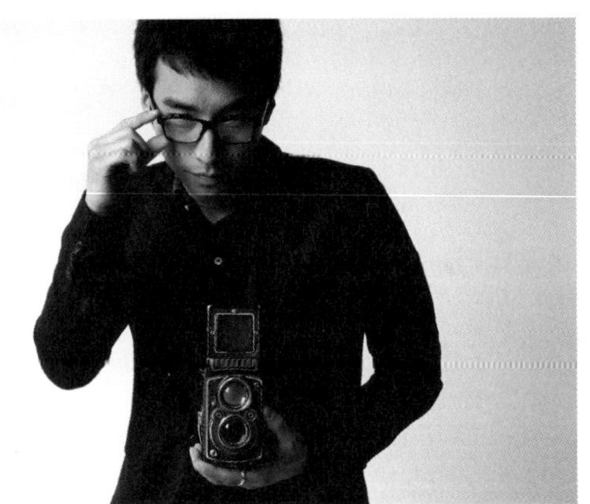

Seop

Yoon Seop So
Studio by100 Staff
1986

My People

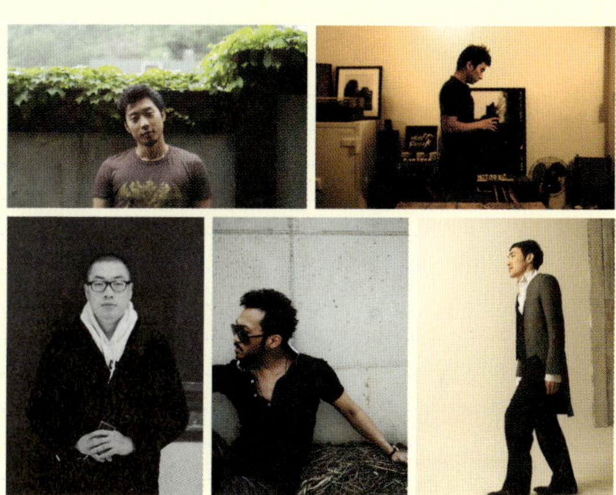

내가 좋아하는 카메라,

내가 좋아하는 구도,

내가 좋아하는 색감,

내가 좋아하는 패션,

내가 좋아하는 음악.

나의 스타일, 나의 감성, 나의 또다른 나

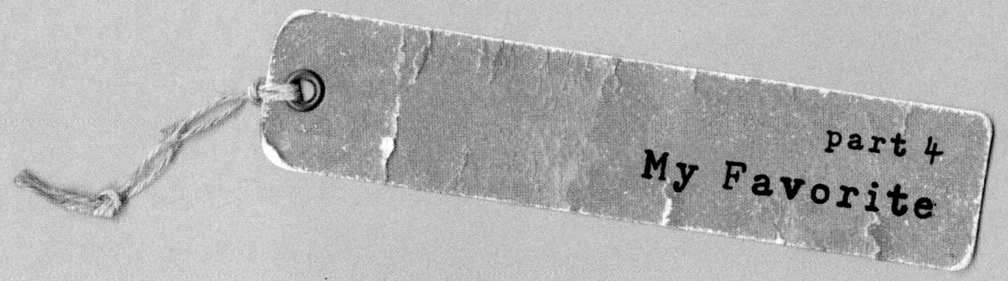

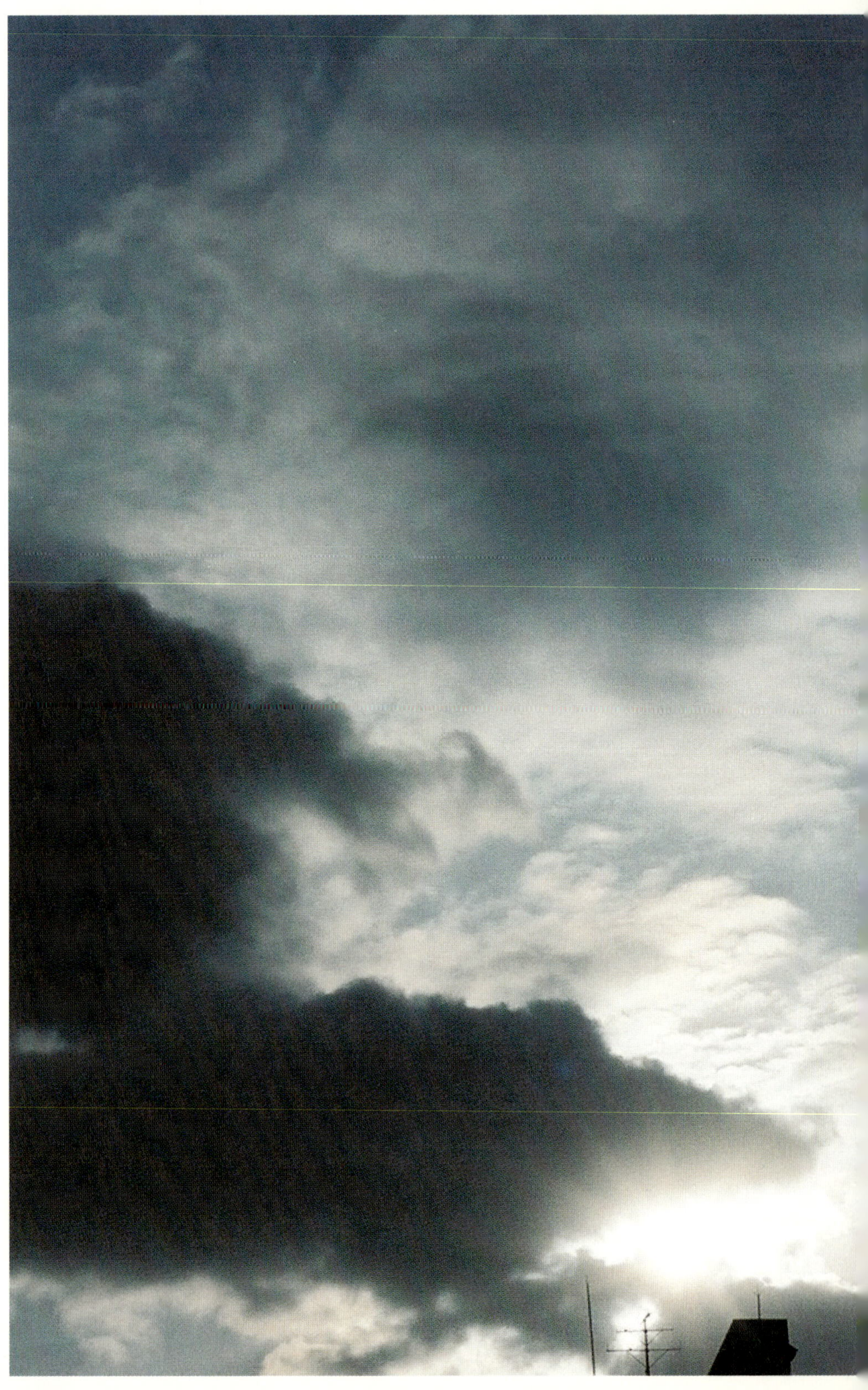

my favorite 카메라

오늘도, 컴컴한 내 방에서 눈을 떴다. 커튼을 젖히고 하늘부터 바라보았다. 구름이 많고 드라이한 날씨가 나를 재촉하는 것 같았다. 후드티와 컨버스를 신고 카메라 가방에서 FM2를 챙긴다. 얼마 전 구입한 자전거를 타고 논현동을 돌았다. 3년간 살았던 우리 동네는 가끔 마치 나를 알아보기라도 하는 듯 안정되고 편안한 마음을 가지게 만들어준다. FM2는 셔터를 감아야 하기에 자전거에서 내려 주변을 돌아보며 천천히 셔터를 누르게끔 도와준다. 흐린 날의 구름을 좋아하는 나는, 그날도 집에 돌아와 생각해보니 반 이상은 하늘과 구름만 찍은 것 같다.

나는 현재 20여 종의 카메라를 가지고 있다.

그것들은 각각의 특성이 모두 다르고 필름의 사이즈나 색감, 모양이 모두 다르기 때문에 촬영 컨셉에 따라 맞는 카메라를 가지고 촬영을 한다.

그중에서 나의 페이보릿favorite을 골라보라고 한다면, 나는 주저 없이 니콘 FM2를 이야기한다. 나는 어디를 가든 카메라를 들고 다니는 편인데, 니콘 FM2는 내가 일상을 담고 사람들을 촬영할 때 제일 많이 쓰는 카메라이기도 하다.

솔직히 색감이야 필름을 어떤 것을 쓰고 노출을 어떻게 맞추느냐에 따라 더 크게 좌지우지되기 때문에, 색감 때문에 FM2를 쓰는 것은 아니다. 나는 FM2의 셔터 소리와 셔터를 누를 때의 오른쪽 검지손가락의 느낌이 너무나도 좋다.

계절마다 바람의 냄새와 느낌이 다른데, 그중 가을바람은 콧속을 시원하게 하는 청량함이 있다. 내가 느끼기에 FM2의 셔터 소리는 가을바람의 청량함을 꼭 닮았다. 똑같은 '찰칵'이지만, FM2의 셔터 소리는 더 청량하고 상쾌하다. 그리고 FM2의 셔터를 누를 때 묵직한 듯하면서 가볍게 샥 눌리는 오른손 검지손가락의 그 느낌이 나는 너무 좋다.

친구 주호와 삼청동을 찾아 떨리는 마음으로 사진을 찍을 때 사용한 카메라도 FM2였다. 다음날 인화한 사진을 받았을 때 내가 생각하며 찍었던 느낌 그대로 사진이 나왔다. FM2가 나의 페이보릿 카메라favorite camera가 된 데에는 그날의 기억도 한몫한다.

다시 카메라를 잡고 촬영을 하게 되었을 때, 나는 FM2 블랙 바디와 감도 100짜리 필름으로 일년간 거의 하루도 안 쉬고 촬영을 했다. 내추럴하고 깨끗한 느낌을 표현하기에는 FM2에 감도 100짜리 기본 필름을 쓰는 것이 내 눈에는 가장 예쁘게 나오는 것 같다.

니콘에서 나온 필름 수동카메라인 FM2는 사실 들고 다니기에는 꽤 무거운 편이다. 그래서 사람들에게 추천하기에는 살짝 걸리는 부분이 있다.

요즘에는 콤팩트한 디지털카메라를 들고 다니는 이들이 대부분이라, 그 정도의 무게감을 가진 카메라를 거의 매일 들고 다니는 것은 어떤 이들에게는 쓸데없는 고생처럼 느껴질 수도 있을 것이다,

하지만 나처럼 필름으로 사진교육을 받았던 세대의 사람들이나 필름 특유의 색감을 좋아하는 사람들에게는 그러한 단점이 아무런 걸림돌이 되지 않는다. 무겁고 짐이 되는 것이야 사실이지만, 사진가가 원하는 사진을 찍기 위해서라면 조금 무거운 카메라라는 이유는 눈꼽만큼의 영향도 끼치지 않는 법. 마치 사랑하는 이의 단점이 문제되지 않듯이 말이다.

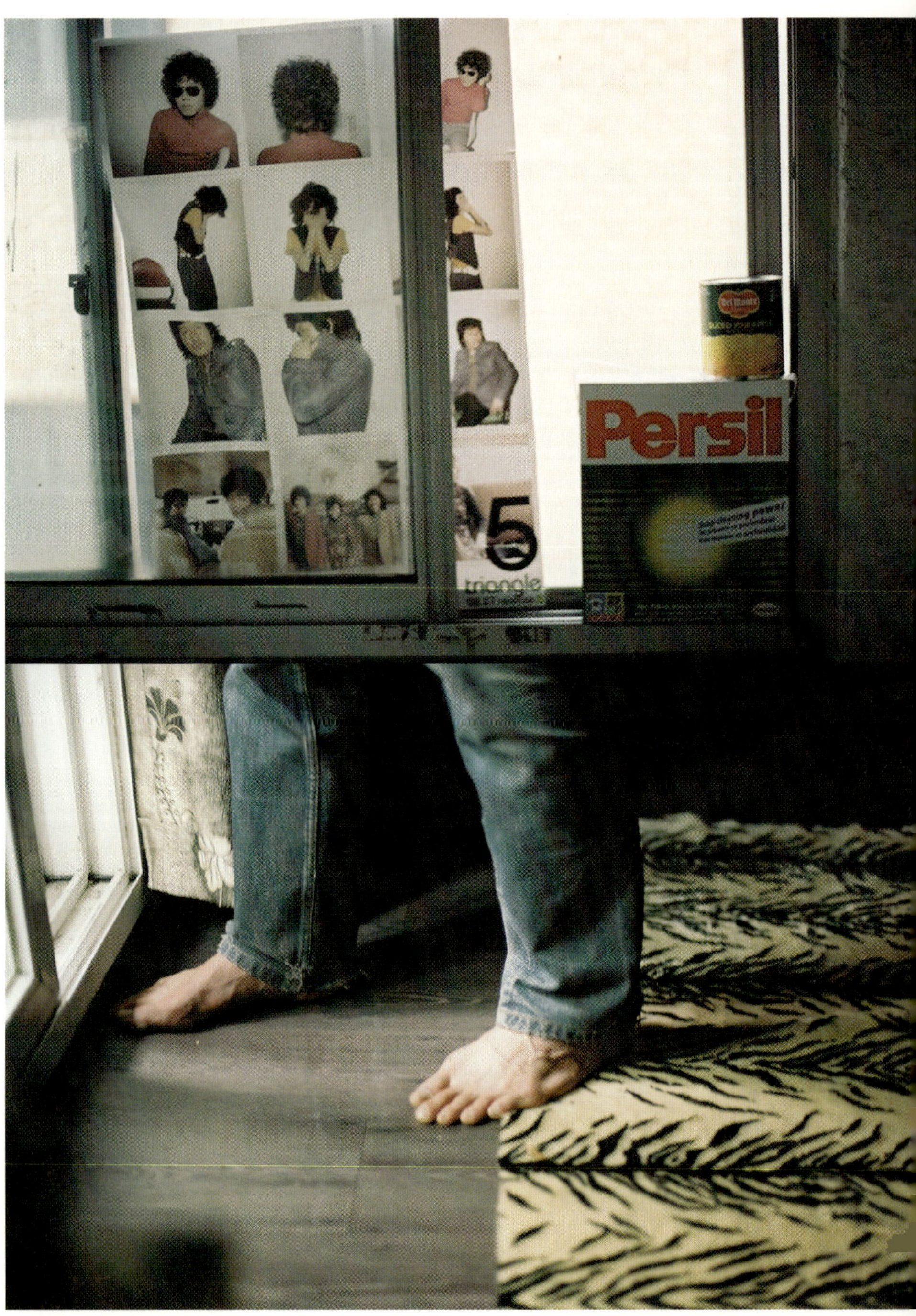

Persil
triangle
5
Del Monte

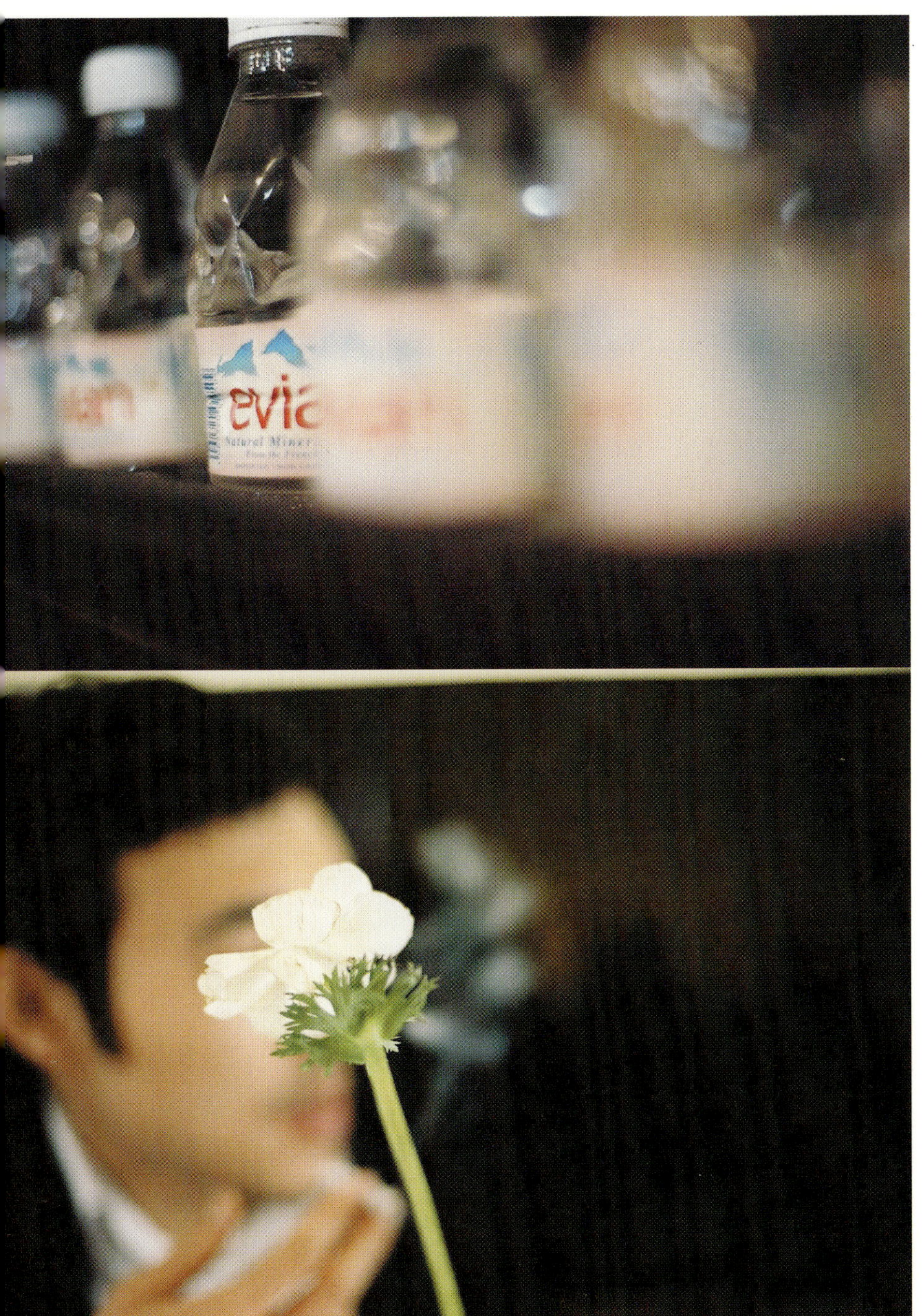

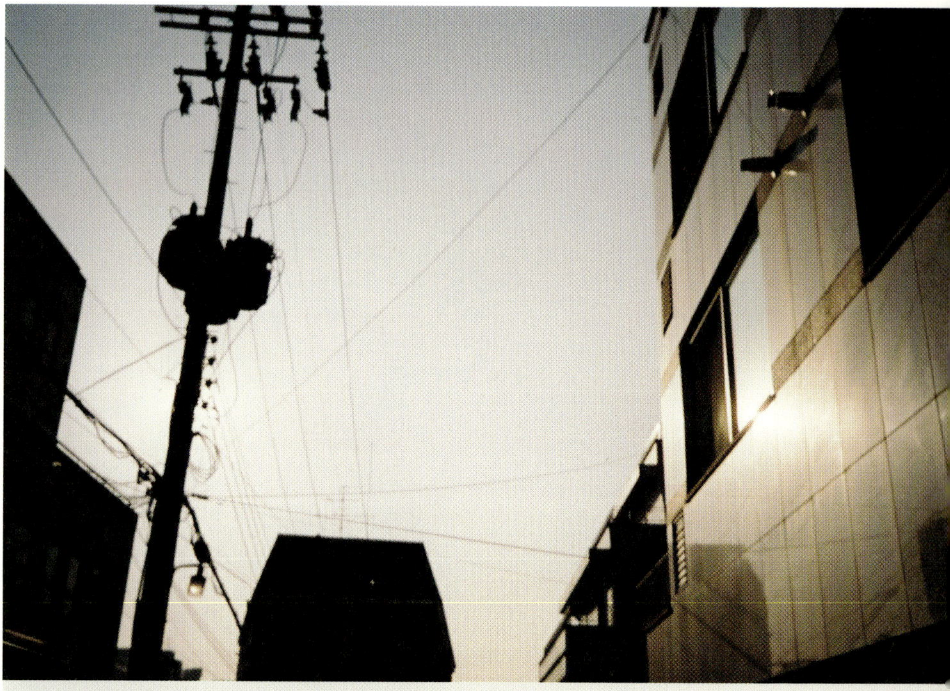

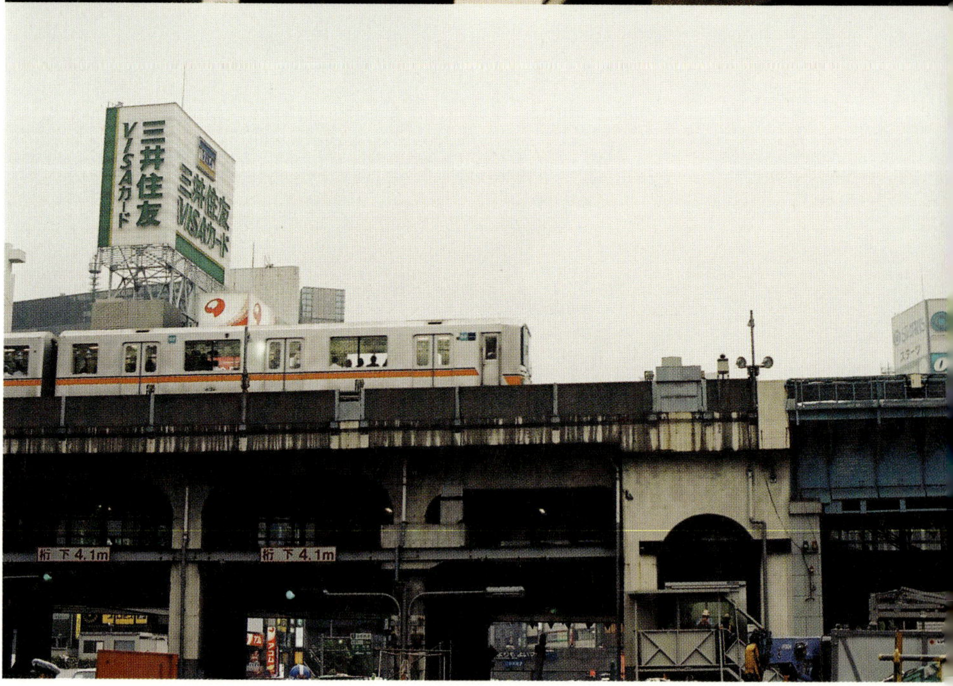
三井住友
VISAカード
三井住友
VISAカード
桁下4.1m
桁下4.1m

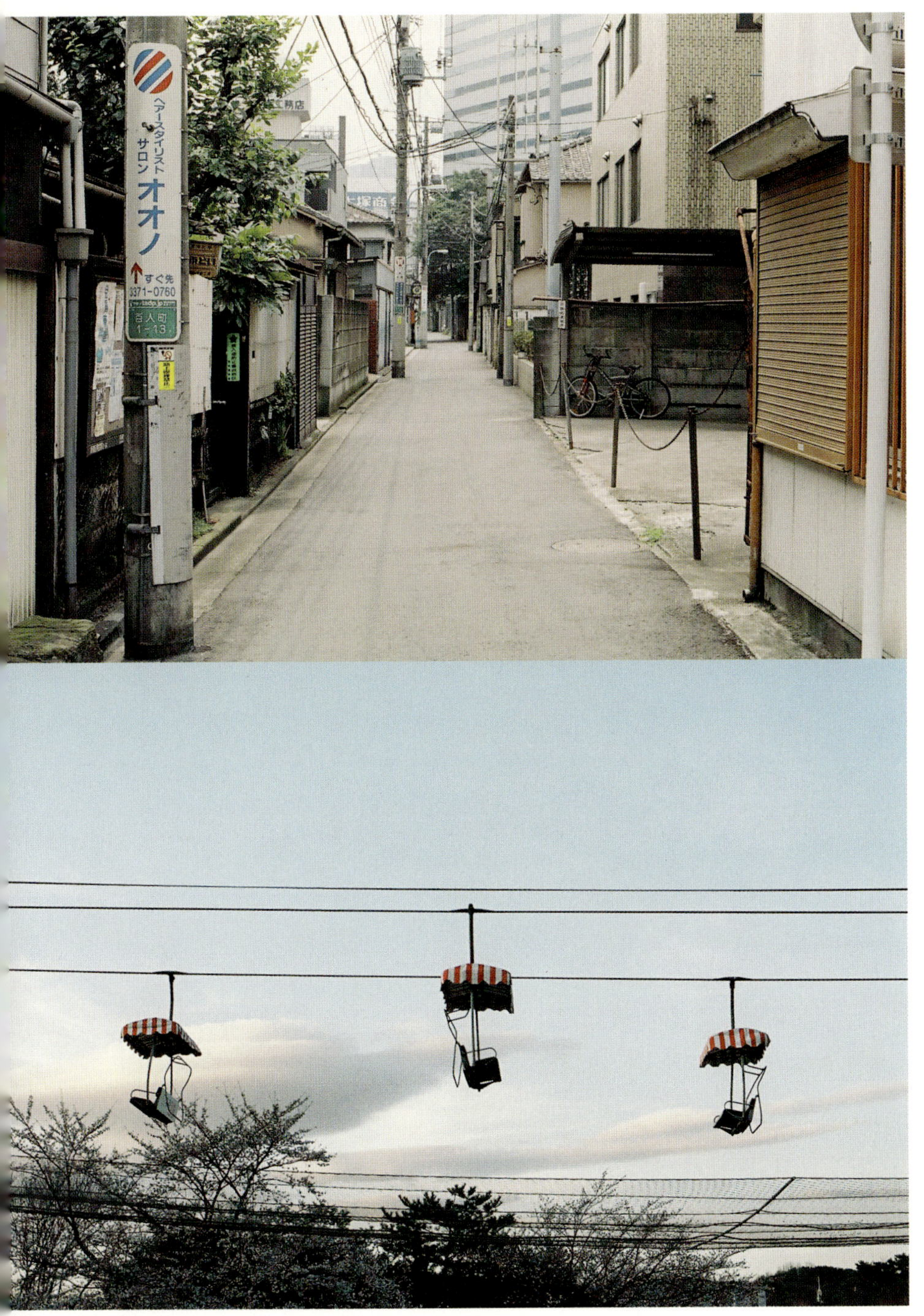

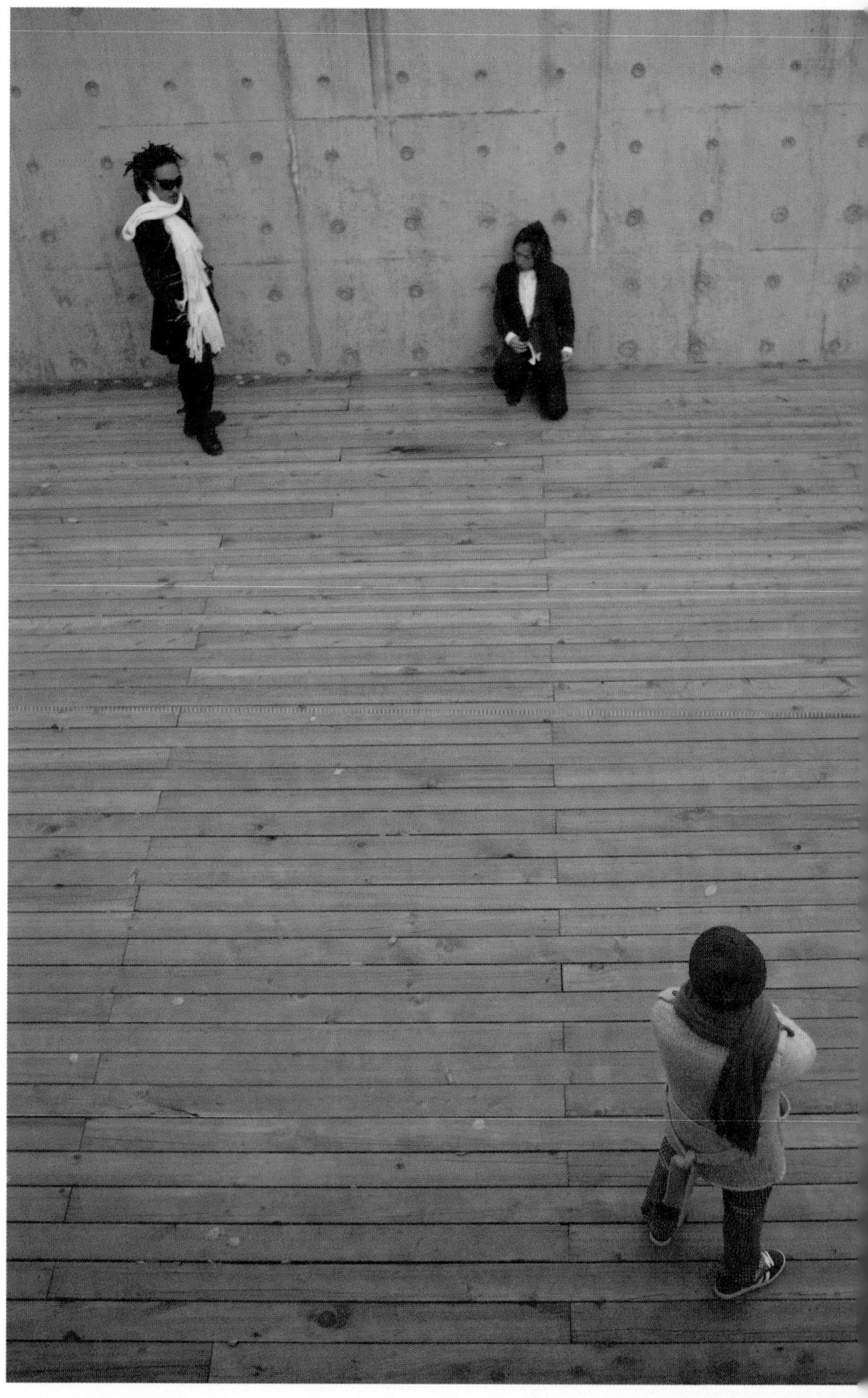

my favorite

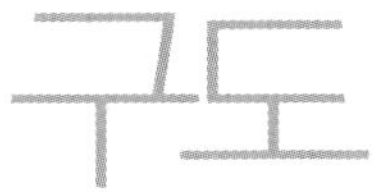

하우스룰즈의 1.5집 앨범 재킷과 포스터를 찍는 날이다. 오후 늦게 사람들과 만나 파주에 있는 출판단지를 찾았다. 겨울의 문턱이라 그런지 사람들의 옷 장착이 헤비했기 때문에(아니, 사실은 늘 그래왔기 때문에), 그들을 여기저기 떨어뜨리고 멀리서 심플하고 가볍게 셔터를 눌렀다. 그리고 사진 역시 심플하게 나왔다. 특별한 컨셉이 잡힌 촬영이 아닌 이상 배경도 인물도 심플하고 가볍게 세워두고 촬영을 한다. 그래서인가……. 심플한 구도는 내가 가장 좋아하는 구도이다.

수많은 사진가들은 그들마다 특유의 구도와 색감을 가지고 있다. 나 또한 사진을 찍다보니 내가 좋아하고 많이 찍게 되는 구도가 나온다.

보기와는 다르게 심플하고 깔끔한 걸 좋아하는 내 성격은 사진에서도 그대로 나타난다. 나는 사진도 심플하고 깔끔하게 담아내는 것을 좋아하고, 그런 스타일로 촬영을 많이 하게 된다.

인물촬영을 먼저 이야기해보자.

나 같은 경우는 인물촬영 시 백그라운드에 인물 이외의 것들을 놓는 것을 좋아하지 않는다. 그래서 소품이 많은 촬영은 거의 하지 않는다. 물론 촬영 컨셉에 따라 달라질 수는 있지만, 그래도 프레임 안에 인물 이외의 것들은 최대한 없애기 위해 노력한다.

내가 인물촬영에서 즐겨 사용하는 구도는, 인물만 있는 심플한 백그라운드를 설정한 뒤 인물을 프레임의 한쪽으로 몰아서 촬영하는 것이다. 세로 프레임에서는 위나 아래쪽으로 쏠려서 인물이 위치하도록 찍고, 가로 프레임의 경우는 오른쪽이나 왼쪽으로 인물을 몰아서 촬영을 한다.

혹은 인물의 반쪽만 찍는다.

얼굴의 한쪽만 찍는 경우도 많은데, 얼굴을 상하로 나누어 위쪽이든 아래쪽이든 한쪽만 찍는 경우도 있고, 혹은 좌우로 나누어 왼쪽이든 오른쪽이든 한쪽 얼굴만 찍는 경우도 있다.

사람은 누구나 왼쪽이든 오른쪽이든 한쪽 얼굴이 더 예쁘거나 잘생기게 나온다. 그럼 그중 잘 나오는 쪽으로 촬영을 한다. 피사체나 클라이언트도 나의 그런 인물사진에 만족하고 흥미를 가진다. 인물사진이라고 해서 좌우 구도를 맞춰 증명사진 찍듯 찍어야 한다는 공식은 세상 어디에도 없다.

많이 받는 질문 중 하나가 어떻게 해야 인물사진을 잘 찍을 수 있느냐는 것이다. 그런데 그 질문에 답하기가 쉽지 않다.

흔히들 사람들이 말하는 얼짱각도는 45도 위에서 아래로 촬영을 하는 것인데, 그렇게 찍으면 렌즈의 굴곡으로 눈이 1.5배 정도 크게 나오면서 턱라인은 아래로 쏠려 얼굴이 작고 갸름하게 나오기 때문이다.

하지만 실질적인 화보나 인물촬영에서는 그런 각도에서 거의 촬영을 하지 않는다. 왜냐하면 인물사진에서 중요한 것은 그 사람만의 표정을 잡아내는 것이기 때문이다.

예컨대, 현영 씨를 찍는다면 그녀의 목소리를 찍는 것이 현영 씨의 특징을 가장 잘 잡아낸 것일 것이다. 목소리만으로도 그 사람이 누구인지 알아볼 수 있기 때문이다. 하지만 목소리를 찍을 수는 없는 노릇이니, 피사체의 특징을 잘 연구해야 한다.

만약 내가 지훈이를 찍는다면 굳이 얼굴을 찍지 않아도 그가 정지훈임을 표현할 수 있다. 지훈이의 특징은 넓은 어깨와 입술에 잔뜩 힘을 주고 입꼬리를 올리며 웃는 그만의 미소이다. 그래서 나는 지훈이의 인중 중간부터 어깨라인까지만 잡아서 인물사진을 찍을 것이다. 그것만으로도 그가 정지훈임을 알 수 있기 때문이다.

인물촬영이 잡히면, 나는 그의 이전 화보를 모두 조사한다. 그리고 그중 느낌이 잘 나온 사진을 자세히 분석한다. 어떤 각도에서, 어떤 조명에서 촬영을 했는지를 파악하는 것이다. 그리고 이때는 이렇게 찍으면 더 좋았겠다,는 식으로 혼자서 상상을 하며 연구를 한다.

그리고 그것들을 실제 촬영에 접목하는 것이다.

풍경 또한 인물촬영과 마찬가지로 심플하고 깨끗하게 촬영하는 편이다.

예를 들어 바다를 촬영한다고 하자. 멋지고 힘차게 들어오는 파도를 기다려서 찍는 사람이 있는가 하면, 나 같은 경우는 저 멀리 수평선을 기준으로 전체 프레임에서 바다가 3분의 1, 하늘이 3분의 2 정도 되도록 프레임을 이등분하고 거기에 등대를 아주 작게 왼쪽이나 오른쪽 3분의 1 지점쯤 두고 찍는다.

그러면 별다른 테크닉 없이 꽤나 심플한 바다사진이 나오게 된다. 역동적인 바다보다는 단순한 선과 평면적인 느낌이 나는 바다사진을 찍는 것 또한 깨끗하고 단순한 구도를 좋아하는 나의 취향 때문일 것이다.

가끔 이런 질문을 받곤 한다.

"왜 그렇게 찍어요?"

왜 그렇게 찍을까? 그건 나도 모른다. 사진을 찍을 때 그렇게 찍게 되고 그 구도가 나의 페이보릿이 되어버린 걸 보니 내가 그런 구도를 좋아하는 것 같다.

구도라는 것은 이렇게 찍어야 한다 저렇게 찍어야 한다는 식의 어떤 공식처럼 정해진 것이 아니다. 구도를 어떻게 잡든 그것은 당신의 구도이고 당신의 스타일이다.

피카소의 그림은 추상적이고 괴기스럽기도 하다. 그가 처음 그런 그림을 그렸을 때 '악마를 그려내는 화가'라는 소리를 들을 정도로 엄청난 비난을 받았다. 하지만 피카소가 역사적으로 뛰어난 미술가로 남을 수 있는 것은 바로 그만의 그런 독창성과 특이함 때문인 것이다.

당신만의 어떠한 구도는 어쩌면 먼 훗날 당신을 희대의 사진가로 남길 수도 있다.

그런데 그런 구도는 절대 한 번에 뚝딱 하고 나오는 것이 아니다. 이 말은 여러 구도로, 많이 찍어보아야 한다는 뜻이다.

나는 카메라를 들고 나가는 날은 꼭 하늘을 찍었다. 10년 가까이 아마 몇 천 개의 하늘을 찍었는지도 모르겠다. 처음에는 그냥 하늘만 찍었다. 그런데 어쩐지 허전하고 아쉬웠다. 그래서 주변건물이나 나무, 산 등을 프레임 안에 넣어보았다. 때로는 많이 넣어서 구도를 잡아보기도 하고, 때로는 아주 조금만 걸쳐서 찍어보기도 하고……. 그렇게 10년을 하루같이 하늘을 찍다보니 내가 좋아하는 하늘사진의 구도를 발견하게 되었다.

카메라를 잡고 45도만 위로 올려 찍으면 하늘을 찍게 된다. 이보다 쉬울 순 없다. 하지만 내 눈에 예뻐 보이는 심플한 하늘사진 구도를 찾는 것은 결코 하루아침에 발견할 수 있는 일이 아니다.

많이 찍고 주변사람들에게 많이 보여주고, 그러다보면 자연스레 남들이 좋아하는 구도와 당신이 좋아하는 구도가 나올 것이다. 그리고 그것은 당신의 구도가 될 것이다.

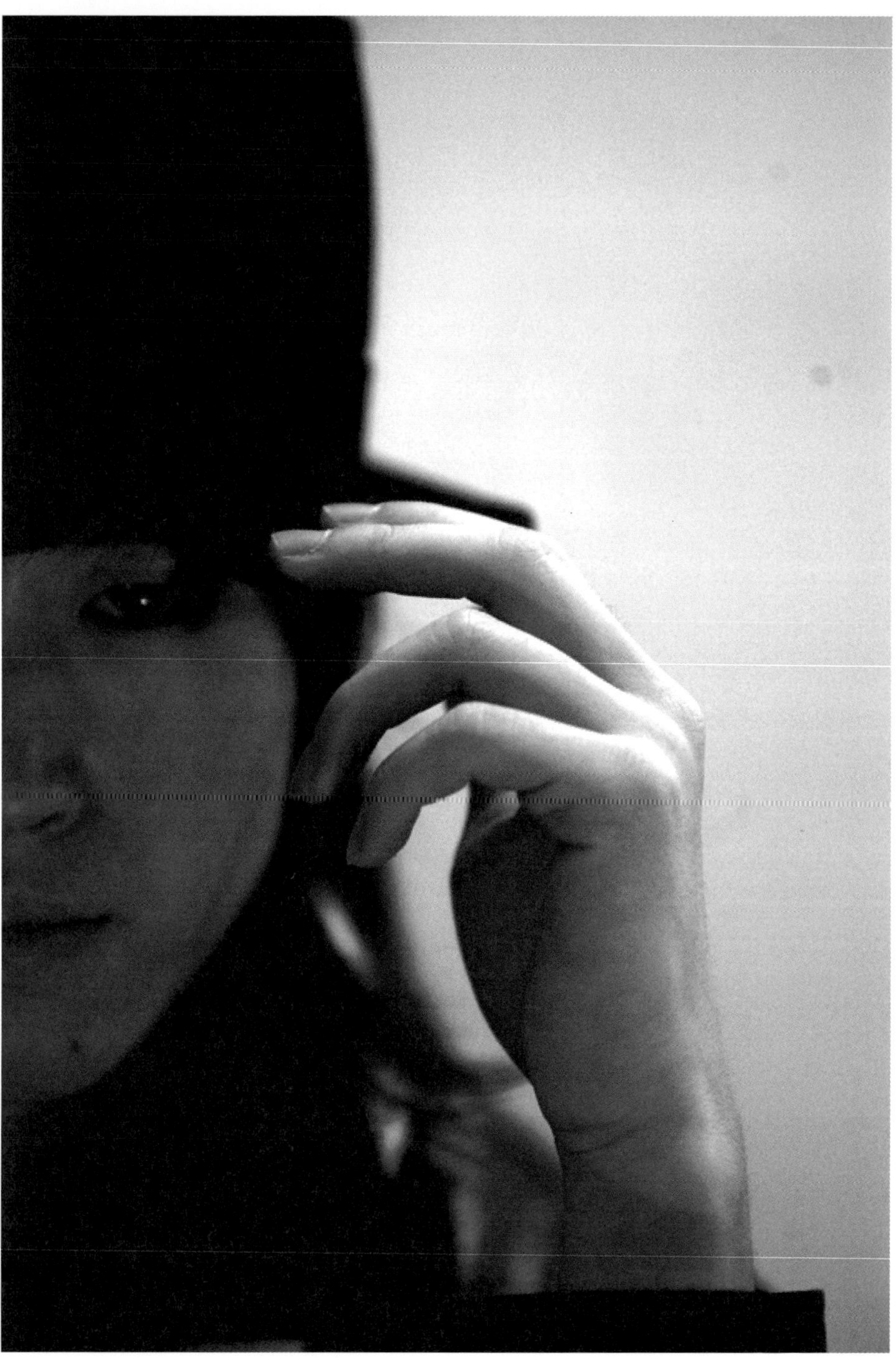

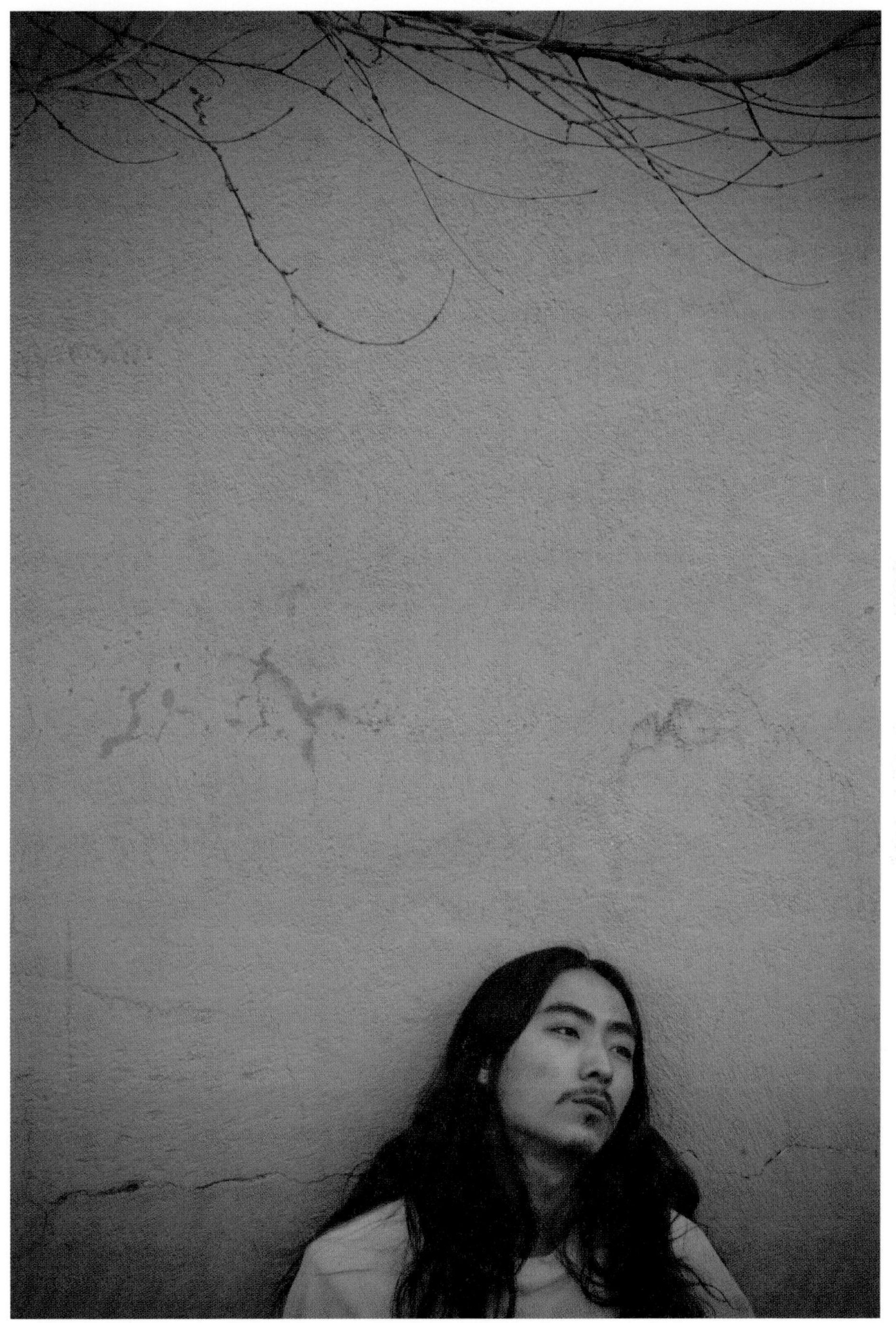

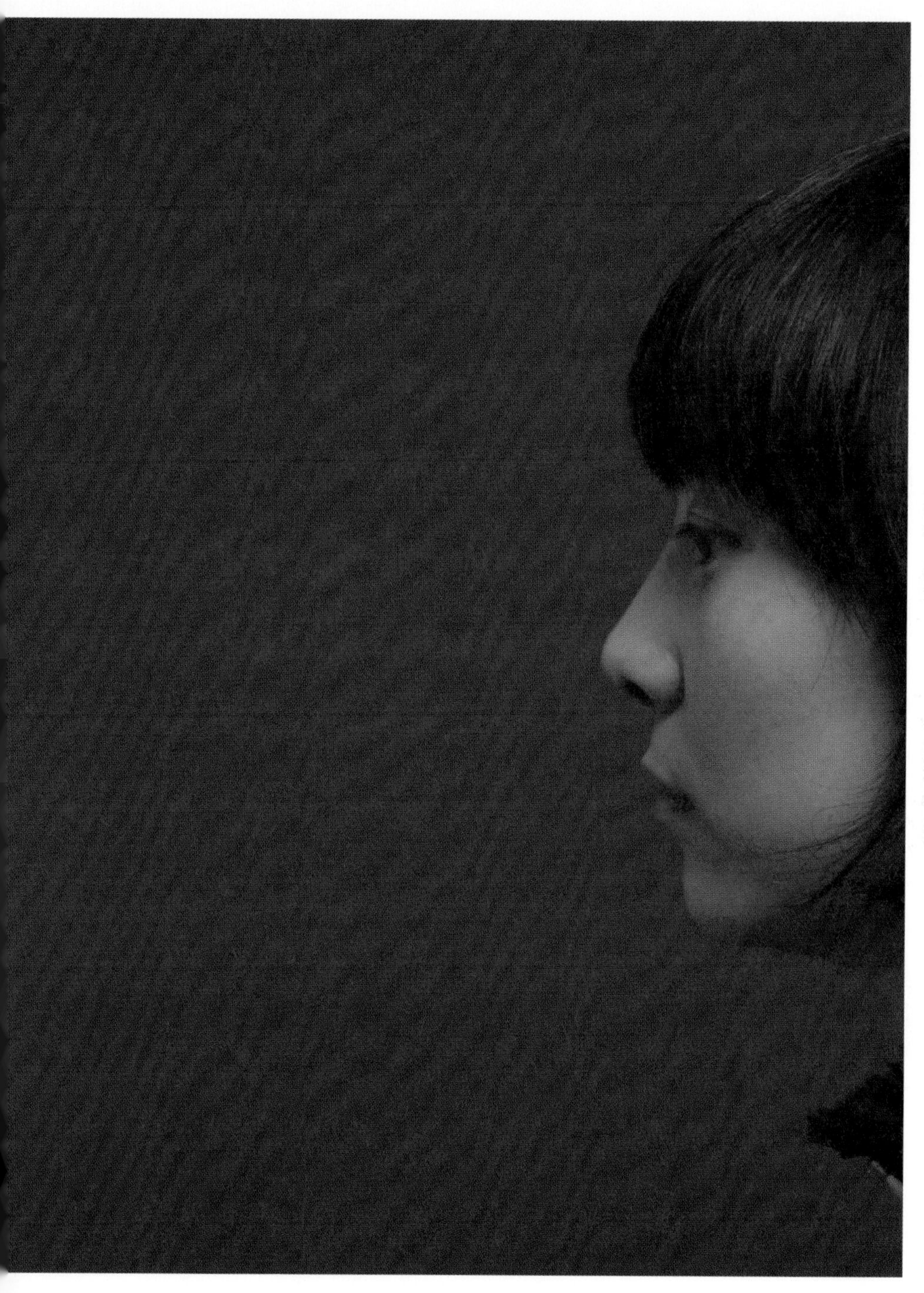

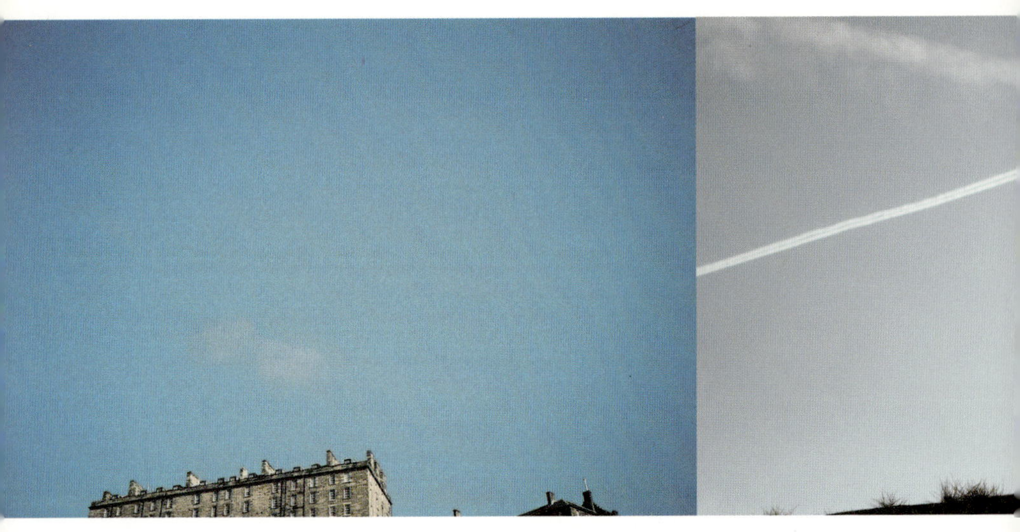

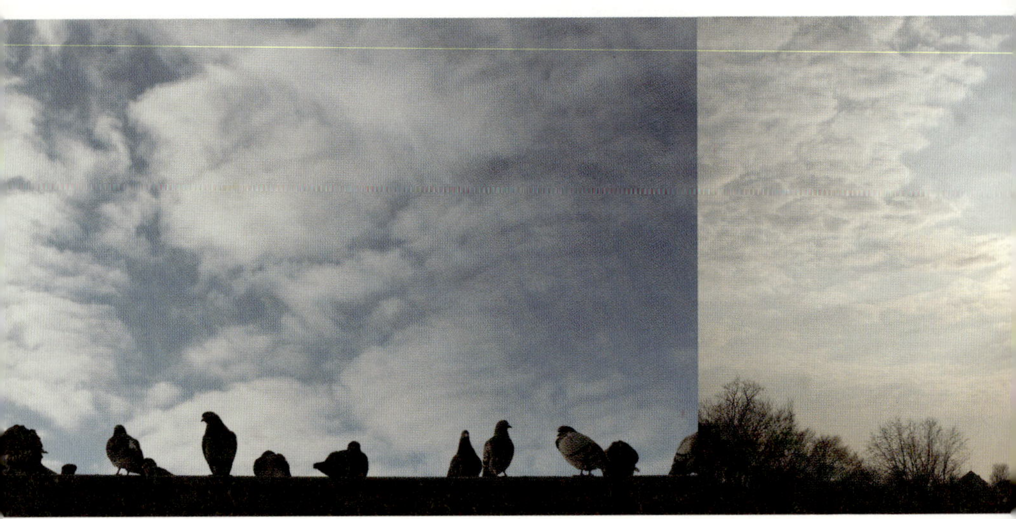

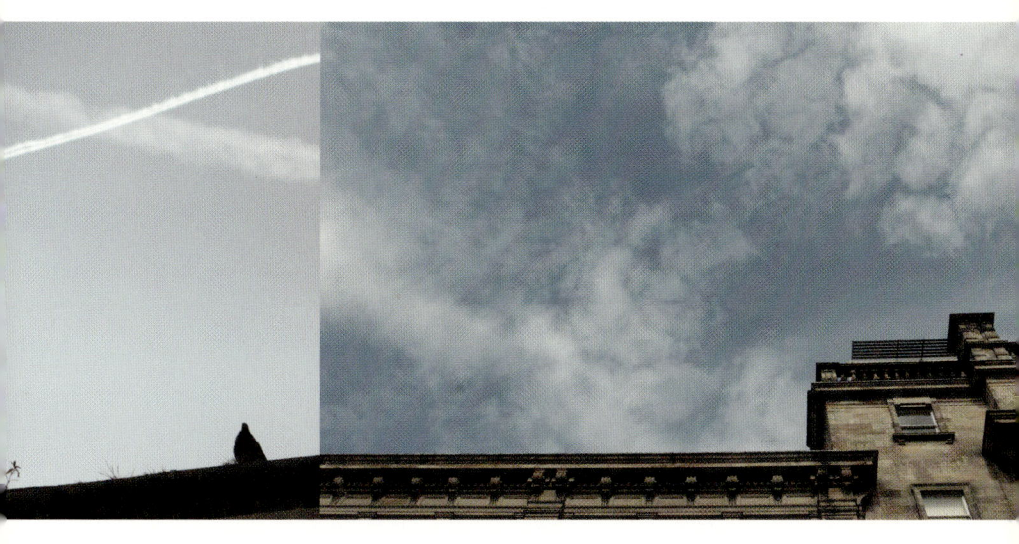

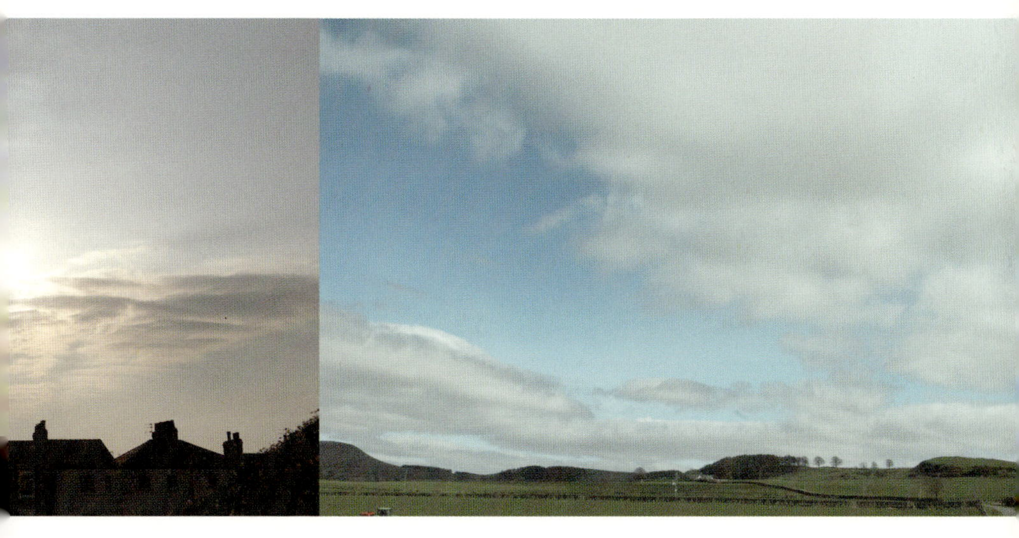

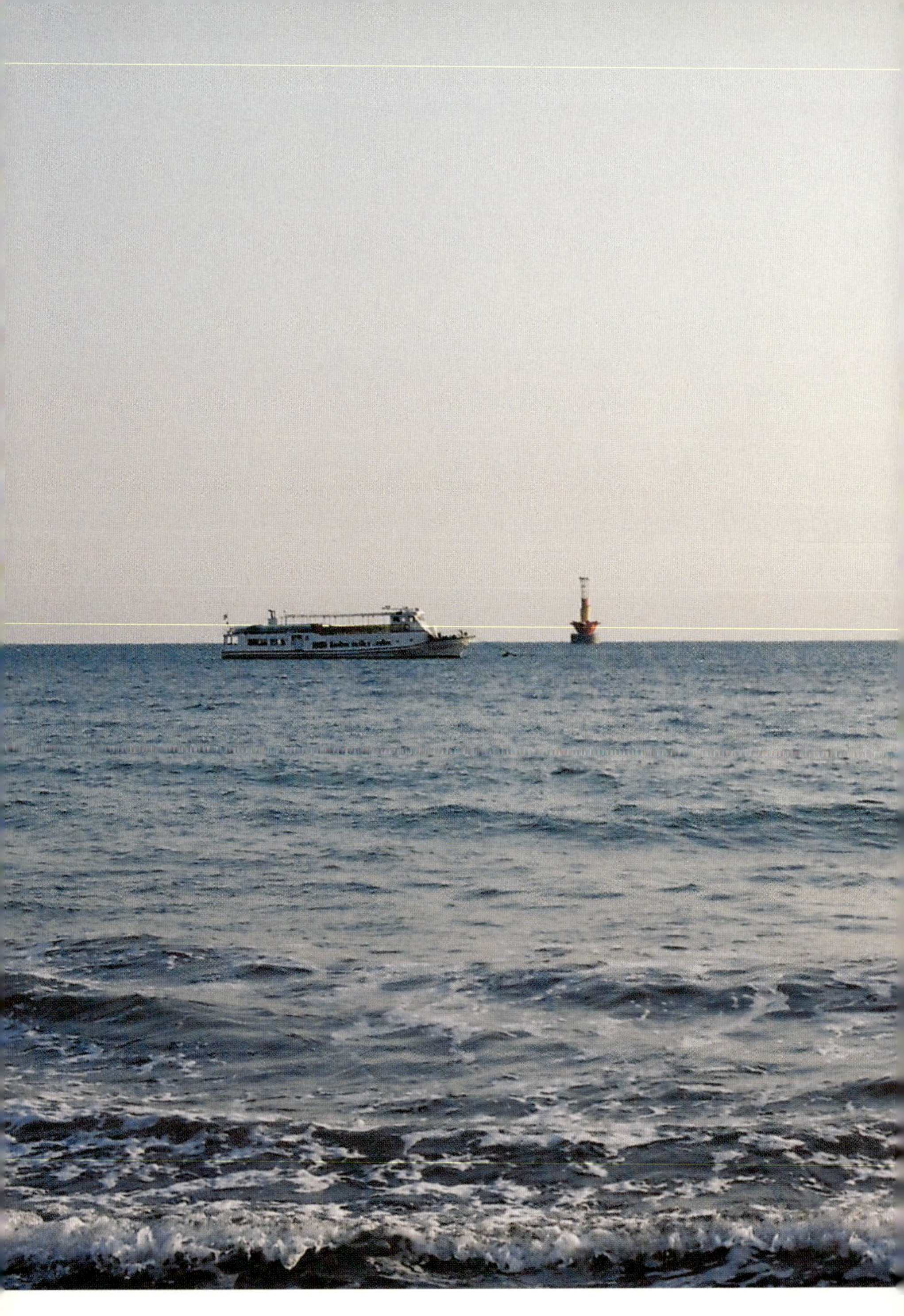

my favorite

색감

오늘도 여지없이 눈을 뜨자마자 베란다로 나가 하늘부터 바라보았다. 전형적인 가을하늘이었다. 적당한 구름, 자로 잰 듯한 파란 하늘. 오늘은 가볍게 로모를 손에 쥐고 감도 100 필름을 끼워넣었다. 바람이 기분이 모든 것이 가을이었고, 가을을 좋아하는 로모는 경쾌한 소리를 내며 나와 함께 가을을 담아내고 있었다. 파랗게 물든 36장의 사진들이 나를 미소 짓게 만들고 기분 좋게 만들어준다. 이래서 사진 찍는 일이 너무나 즐겁다…….

사진에 있어 중요한 요소들은 여러가지가 있겠지만 그중에서도 색감은 굉장히 큰 비중을 차지한다. 스스로 내 사진의 색감을 정의 내려본다면, '무슨 색'이라고 이름을 붙이기보다는 '차갑고 휑한 색'이라는, 어쩌면 추상적일 수도 있는 이름으로 말하고 싶다.

나는 따뜻한 사진보다는 춥고 어둡고 차가운 사진을 좋아한다.

그래서 옐로나 레드 계열보다는 블루 계열의 색감을 더 좋아한다. 그리고 여름보다는 겨울에 찍는 사진을 더 좋아한다. 실제로도 계절에 따라 내가 사용하는 필름 양은 큰 차이를 보인다.

**휑하고 차가워 보이는 배경에, 옅거나 짙은 파란색이 들어간 색감.
내가 좋아하는 색감이다.**

하지만 필름만으로는 그런 색을 낼 수가 없다.

이유는 간단하다. 필름카메라에는 화이트밸런스를 맞추는 기능이 없기 때문이다.

모든 색은 색온도를 지니고 있다.

색온도는 K 캘빈값로 그 수치를 측정하는데, 보통 태양광은 6천~7천 사이의 캘빈도에 속한다. 그리고 색온도가 높을수록 블루, 낮을수록 레드에 가깝게 색이 나온다.

그런데 하늘, 주변건물, 조명 등 촬영하는 곳의 환경에 따라 색온도는 달라진다. 일반적으로 화이트밸런스의 기준 값이 되는 흰색 역시 상황에 따라 동일한 흰색이 아니다. 육안으로 보기에는 A라는 곳에서의 흰색과 B라는 곳에서의 흰색이 동일한 것처럼 보일 수 있으나, 실제 따로 구분해서 비교해 보면 색이 다르게 나오는 것이다. 이럴 때 화이트밸런스를 맞추는데, 흰 종이를 촬영해서 그것을 기준으로 밸런스를 잡거나 색온도를 조절하여 맞추는 것을 화이트밸런스를 맞춘다고 한다.

색온도에 따라 사진의 전체적인 색감이 크게 달라지기 때문에, 색온도를 예측하기 위해서는 일단 상황에 따라 화이트밸런스를 맞춰야 한다. 그런데 필름카메라에는 화이트밸런스를 맞추는 기능이 없는 것이다.

필름마다 약간의 색감 차이가 있지만(필름은 주광용 필름과 텅스텐 필름이 있는데, 우리가 흔히 사용하는 필름은 주광용 필름이다), 색감에 가장 큰 영향을 미치는 것은 역시 색온도와 필터이다. 그래서 내가 좋아하는 색감을 표현하기 위해서 색온도가 높은 때에 촬영을 하거나 필터를 사용한다.

흐리거나 비가 오는 날, 그리고 어두울수록 색온도가 올라가기 때문에, 그리고 색온도가 높을수록 푸른 톤을 띠기 때문에, 나는 흐린 날, 비 오는 날, 새벽녘 촬영을 즐긴다.

혹은 필터를 사용하기도 한다. 색온도 변환 필터는 앰버 계열과 블루 계열 두 가지가 있다. 색온도가 필름의 색온도보다 낮으면 사진이 붉은색을 띠게 되는데, 이때 블루 계열의 필터를 사용하여 색온도를 높이면 된다. 색온도가 필름의 색온도보다 높을 경우에는 앰버 계열의 필터를 써서 색온도를 낮추면 된다. 대표적인 필터로는 80A, 85B가 있다.

어찌 보면 복잡하거나 이해하기 어려울 수도 있는 필름의 색감에 비해, DSLR의 경우에는 색온도 차이에 대한 개념적인 이해만 했다면 너무나 쉽게 색온도를 조절할 수 있는 기능이 있다. 메뉴의 화이트밸런스로 들어가면 색온도를 조절할 수 있게 되어 있으니, 찍어본 사진의 색감을 이용해서 색온도를 높이거나 낮추기만 하면 색온도의 화이트밸런스를 쉽게 맞출 수 있다.

나야 블루 계열의 색감을 좋아하지만, 사람마다 저마다 좋아하는 색감이 있을 것이다. 색온도를 이해하고 조금만 공부한다면 자신이 원하는 색감을 충분히 표현해 촬영할 수 있을 것이다.

흑백 b/w

흑백이란 말 그대로 흑과 백, 검정색과 흰색으로 이루어진 색을 말한다.

요즘은 흑백사진만 찍는 사람들도 많을 정도로 대중들이 흑백사진을 선호한다. 사진의 시초 또한 컬러보다는 흑백이 그 역사가 더 오래되었다.

나 또한 개인적으로 흑백사진을 너무나 좋아한다.

고등학생 시절 처음 앙리 카르티에 브레송의 전시에서 보았던 작품들도 흑백사진이었다. 그리고 그때부터 나는 흑백사진의 매력에 빠지게 되었다.

그런데 나는 그냥 흑백사진보다 거기에 옐로나 브라운, 레드의 색감이 가미된 흑백사진을 좋아한다.

고등학교 사진학과 시절, 디지털이 없던 그때 우리의 모든 작업은 아날로그였고 대부분이 흑백사진이었다. 선생님께 과제를 받으면 친구들과 서로 찍어주거나 장난식으로 찍은 사진들이 한두 롤쯤은 있었는데, 그런 사진들은 과제를 다 끝내고 난 뒤 시간적 여유가 그리 없을 때 작업을 하곤 했다. 그런데 선배들에게 말하지 않고 그런 사진들의 인화작업을 했다가 걸리는 날엔 크게 기합을 받곤 했다.

그래도 몰래몰래 작업을 하던 그때, 그때부터 내가 좋아하는 흑백사진의 색감이 나오게 되었다.

필름 현상을 끝내면, 확대기에 필름을 끼워넣고 일정 시간 동안 빛을 쏘아준다. 그러면 필름 속의 형상을 바닥에 깔아놓은 인화지가 인식한다. 그후 현상액이 들어 있는 바트에 인화지를 넣고 살짝살짝 흔들어주면 인화지에 방금 빛을 먹은 그 형상이 마술처럼 사진으로 인화된다. 적절한 밝기 혹은 자신이 원하는 정도의 사진이 나오면, 정지액이 담긴 다음 바트에 인화지를 옮긴다. 현상이 끝나도 필름이나 인화지에 묻은 현상액은 작용을 하기 때문이다.

그 다음이 정착이라는 것인데, 말 그대로 그 상태를 유지할 수 있도록 정착시키는 것이다. 그런데 여기서 문제가 발생한다. 보통 정착하는 시간이 12~15분가량 되는데 꼭 이 시간에 선배들이 들이닥치는 경우가 많았다. 다 된 밥에 재 뿌리는 정도?

그럴 때면 우리는 정착이 덜 된 사진을 꺼내어 여기저기 숨기곤 했다.
그렇게 인화된 사진은 얼룩이 지거나 색이 바래, 온전한 흑백사진이 아닌, 흑백사진에 옐로나 브라운, 레드가 감도는 묘한 색감이 된다.

그때는 사진이 제대로 나오지 못한 것이 안타깝고 속상했지만, 졸업을 하고 사진을 정리하다보니 오히려 그런 사진들의 느낌이 훨씬 좋게 느껴졌다. 뭐랄까…… 새 옷보다 빈티지를 좋아하는 나의 스타일처럼 말이다.

그래서 지금은 디지털로 흑백작업을 해도 개인작업일 경우에는 약간의 색감을 넣어, 흑백이라고 하기엔 뭐하지만 내가 보기엔 예쁜 색감의 흑백사진으로 작업을 하곤 한다.

색감이라…….

말 그대로 색의 느낌이다. 자기의 느낌대로, 자신이 표현하고픈 대로의 색이 바로 '나의 색감'인 것이다.

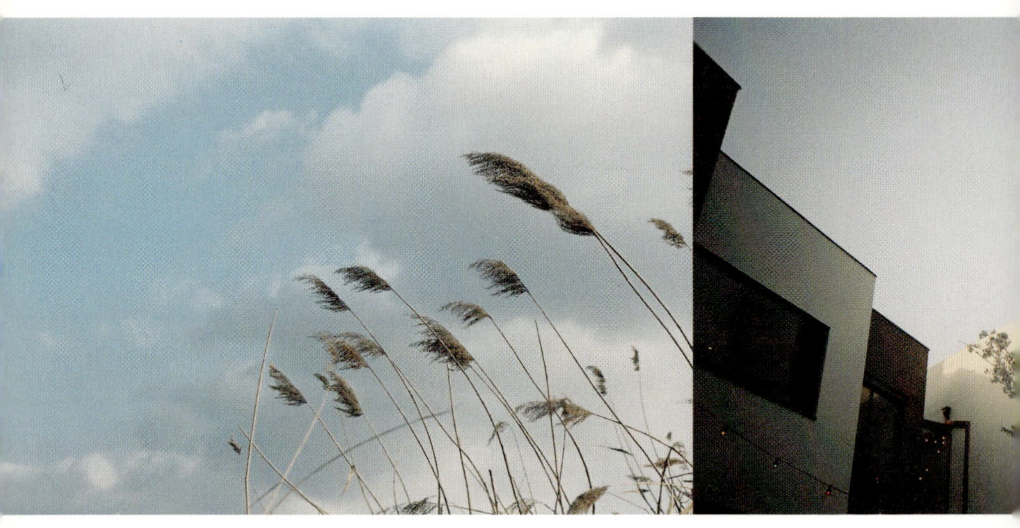

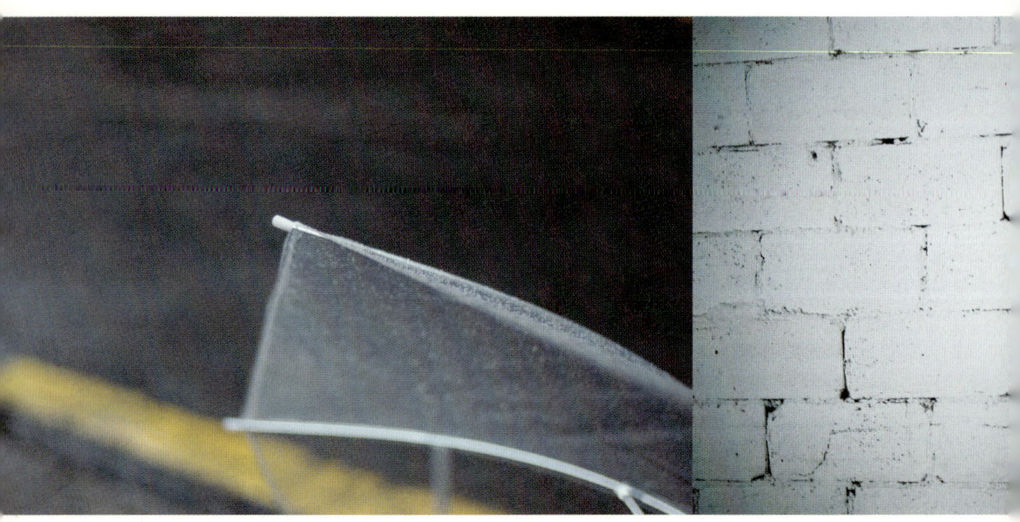

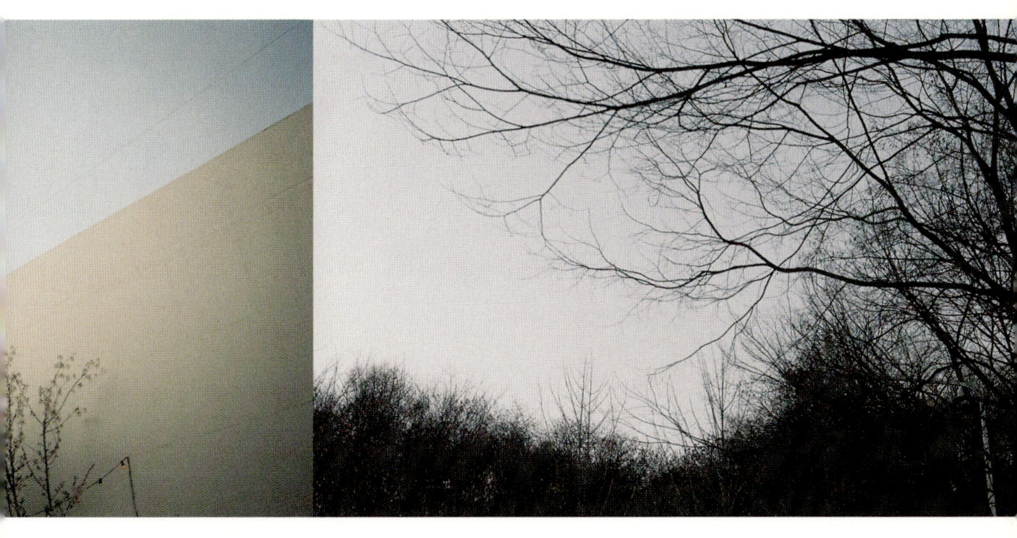

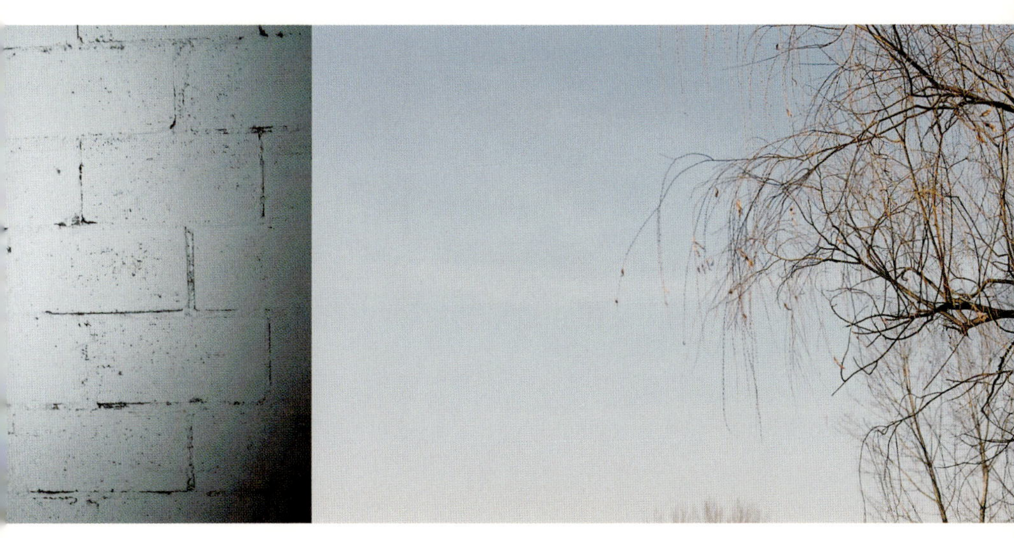

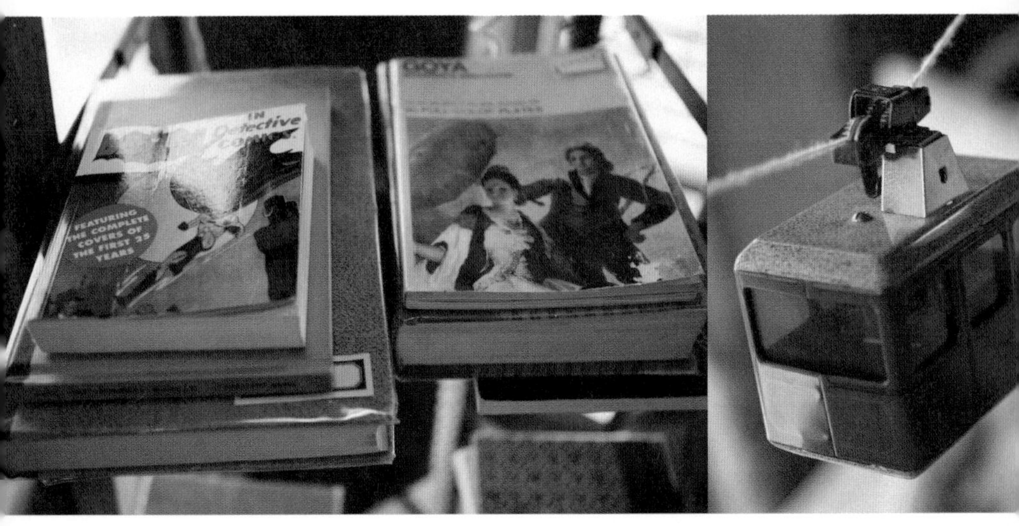

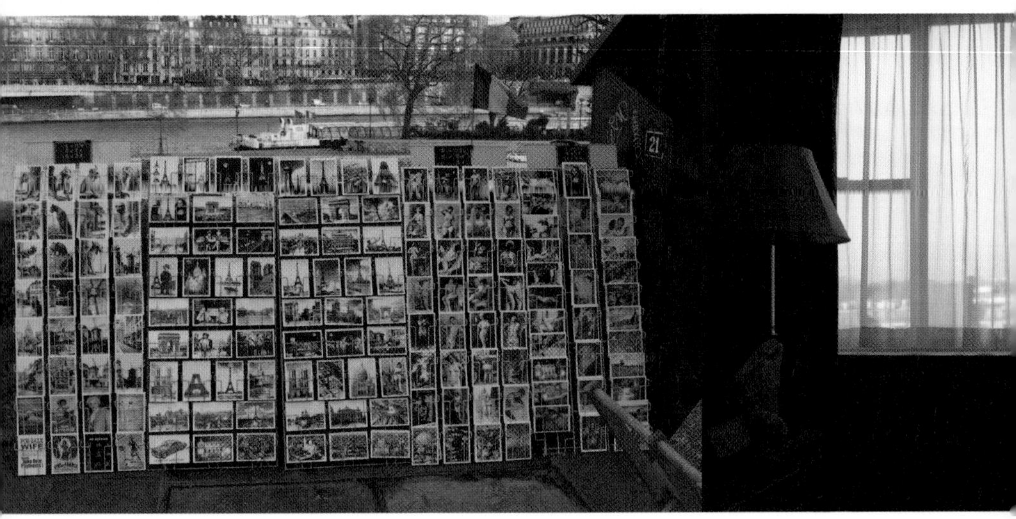

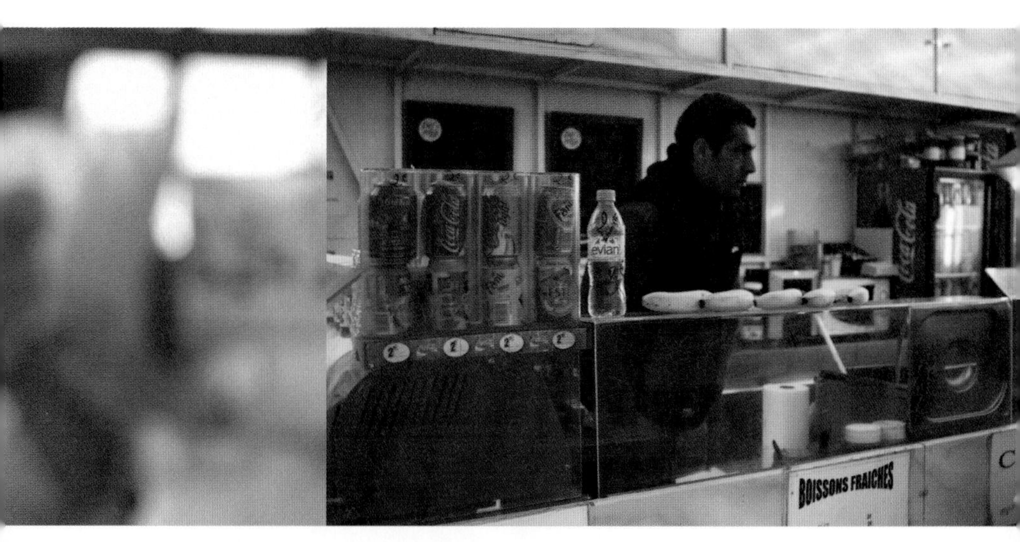
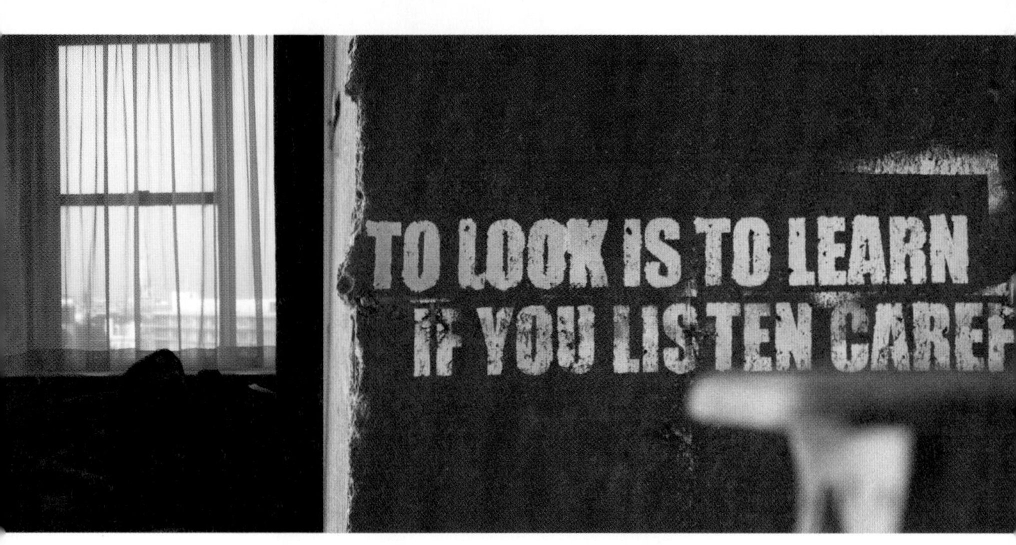
TO LOOK IS TO LEARN
IF YOU LISTEN CAREF

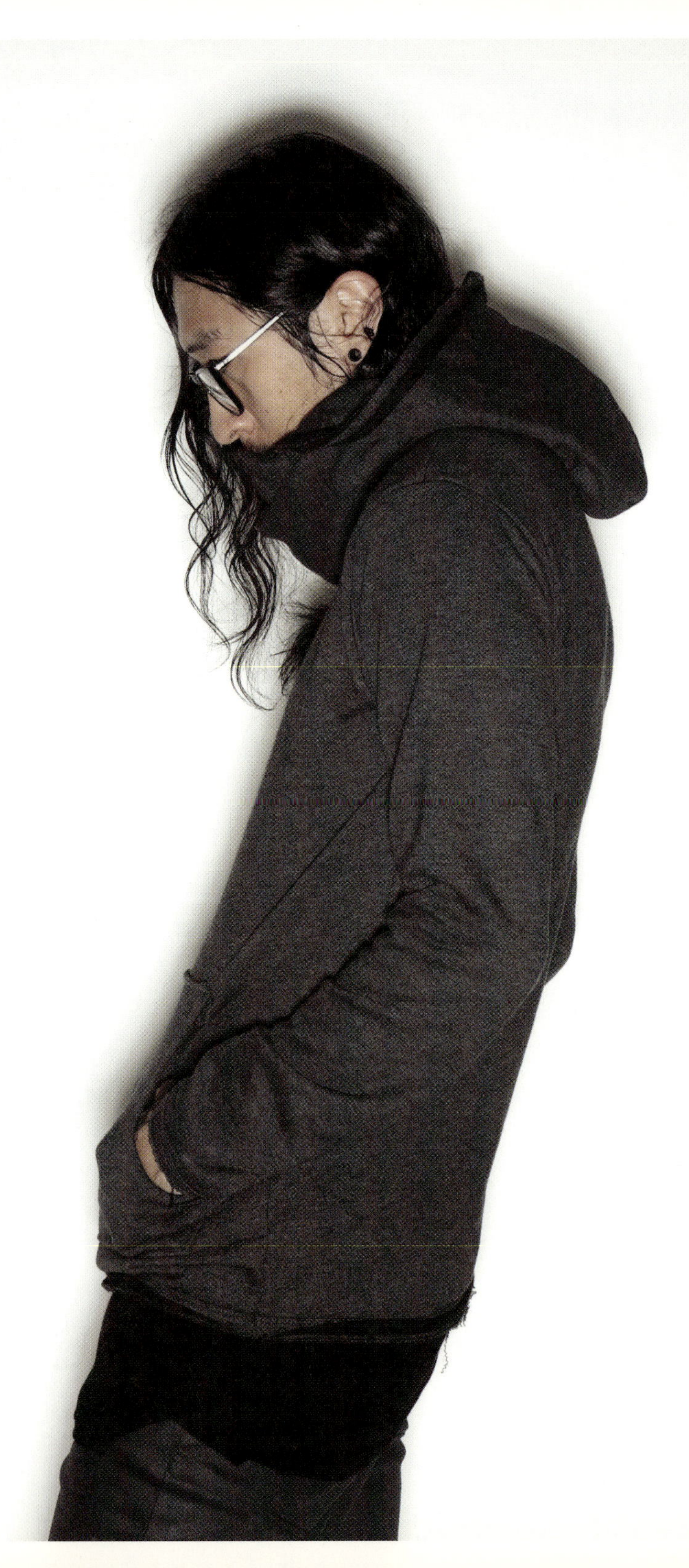

my favorite

패션

떨리는 마음으로 큰 고민 끝에 앤트워프에서 라프시몬 코트를 구입했던 기억이 난다. 2백만 원이 넘는 코트를 구입하는 것이 얼마나 큰 도전이었는지 모른다. 20분이 넘는 고민 끝에 구입해 고이고이 조심스레 걸어두곤 언제 입을까 많은 고민을 했던 기억이 있다. 어제는 광 장시장에 가서 8천원짜리 구제 티셔츠를 5천원으로 깎기 위해 할머니와 10분간 실갱이를 하였다. 인심 좋은 할머니들은 항상 가격을 깎아주시고 토마토주스까지 사주시곤 하신다. 그 렇게 모아온 옷들은 집 안 가득 다른 이들의 서재처럼 나의 든든한 재산, 취미, 친구가 되어 준다.

나는 어릴 때부터 사진만큼이나 패션에도 관심이 많았다.

아마 이태원에 살았던 지역적인 요인과, 아버지 때문에 보게 되었던 외국 뮤직비디오 속의 뮤지션들의 모습, 아버지의 보물이었던 LP판 앨범 재킷 사진 속의 락커들의 모습 등이 영향을 미쳤을 것이다.

처음 옷을 사고 싶다는 생각을 했던 때가 정확히 기억이 난다.

중학교 1학년 때 처음으로 극장이란 곳을 가게 되었다. 그때 본 영화는 톰 행크스 주연의 '포레스트 검프'였는데, 영화 자체로도 큰 감동과 재미가 있었지만 정작 내 기억에 선명하게 남은 것은 의외의 장면이었다.

영화 중반쯤에 미국 히피들이 베트남 반전 시위를 하는 장면이 나오는데, 그들이 입고 있던 옷은 밀리터리룩과 히피룩, 그리고 빈티지룩이 섞여 있는, 어찌 보면 거지 같아 보일 수 있는 그런 옷들이었다. 그 장면을 보고 '나도 저 사람들처럼 입고 싶다'는 생각이 들었다. 영화를 보고 난 후 며칠이 지나도 그들의 파격적이고 괴기스러울 수도 있는 옷들만 생각이 났다. (안타깝게도 생긴 것도 그닥 깔끔치 못한 내가 히피 보헤미안 빈티지룩에 빠지게 된 것이다.)

하지만 나는 엄마가 사주신 옷 외에는 한 번도 옷을 사본 적이 없었다. 그런 옷들은 어디에서 구입할 수 있는지조차 몰랐다.

며칠간 고민하던 나는 이태원 옷가게에서 일을 하는 아는 형을 찾아가 그런 옷들을 살 수 있는 곳이 어디인지 물어보았다. 그 형은 이대앞에 위치한 나름 유명한 빈티지샵들을 소개해주었다.

나는 그날부터 태어나서 처음으로 엄마한테 옷을 사달라며 졸라대기 시작했다. 그리고 며칠간의 끈질긴 노력 끝에 나는 10만원가량을 받아들고 이대앞으로 가게 되었다.

처음 가보는 이대 근처를 구경도 하고 헤매기도 하다가 마침내 빈티지샵을 발견하였다. 그 샵에는 '포레스트 검프'에서 보았던 히피들의 복장과 비슷한 옷들이 엄청나게 많이 걸려 있었다. 나는 몇 번의 착장과 고민 끝에 드디어 빈티지룩을 구입했다.

즐거운 마음으로 집에 도착하여 오늘 산 옷이라며 구입한 옷들을 엄마에게 보여주었다. 엄마는 나에게 시원하게 욕을 한보따리 하시고는 방으로 들어가셨다. 그도 그럴 것이, 어른들이 보기에는 재활용센터에서나 팔 법한 옷들을 중학교 1학년 아이가 빈티지룩이랍시고 10만원이나 주고 사들고 왔으니, 욕을 먹을 만도 했다.

그리고 며칠 뒤.

나는 새로 산 옷들을 입고 친구들과의 약속 장소에 나갔다. 내 모습을 본 친구녀석들은 깔깔대며 약올리고 웃느라 정신이 없었다. 이해가 안 갔다. 내 눈에는 오히려 녀석들의 옷차림이 더 별로로 보였기 때문이다.

엄마의 꾸지람과 친구들의 약올림으로 결국 나는 내가 이상한 사람이라고 생각했고, 어쩔 수 없이 그 당시 유행하던 힙합 스타일로 옷을 입고 다닐 수밖에 없었다.

그렇게 시간은 흘러, 고등학교에 입학하게 되었다.

새로 사귄 친구들 중 가방과 신발이 유난히 튀는 친구가 있었다. 우리는 패션에 관한 대화를 나누다 둘 다 비슷한 스타일의 옷을 좋아한다는 것을 알게 되었다. 그렇게 친해지게 된 친구와 나는 몇 주 뒤 함께 이대앞 빈티지샵을 가게 되었다.

그 샵에 도착하니, 몇 년 전 맡았던 빈티지한 그 냄새가 그때와 똑같이 물씬 풍겨왔다. 우리는 함께 빈티지 스타일의 옷들을 구입했다. 다행히 그때는 '구제'라는 이름으로 빈티지 패션을 좋아하는 친구들이 생겨나기 시작할 때였다. 나는 그런 친구들 사이에서도 과감하고 오버스러울 수도 있는 옷들을 구입하는 편이었다.

그렇게 빠지게 된 빈티지 스타일은 스물여덟살이 된 지금까지도 영향을 끼치고 있다.

빈티지의 매력?
낡은 것에 있다고 볼 수 있다.

색이 바래고 적당히 찢어진 청바지, 적당히 해진 슬림한 티셔츠, 독일군들이 입던 밀리터리 코트, 닳고 낡힌 군화, 올드 패션이 물씬 풍기는 오버 선글라스…….

물건 속에 새겨진 시간의 흐름이야말로 빈티지의 매력이다. 그런 점에서 나는 패션뿐만 아니라 카메라도 옛날 카메라를 좋아한다. 황학동에서 구입한 20년, 30년 된 카메라들의 빈티지한 색감과 낡은 외관이 좋다.

나는 스스로 옷을 잘 입는다고 할 수도 없고 거지 같아 보인다는 말을 들으면서도, 빈티지한 내 스타일을 고집한다. 패션도 예술이라면 예술이라고 말할 수 있고, 그렇기에 자기만의 스타일을 가지는 것은 중요하다고 생각한다. 아마 죽을 때까지 빈티지는 나의 페이보릿 패션이 될 것 같다.

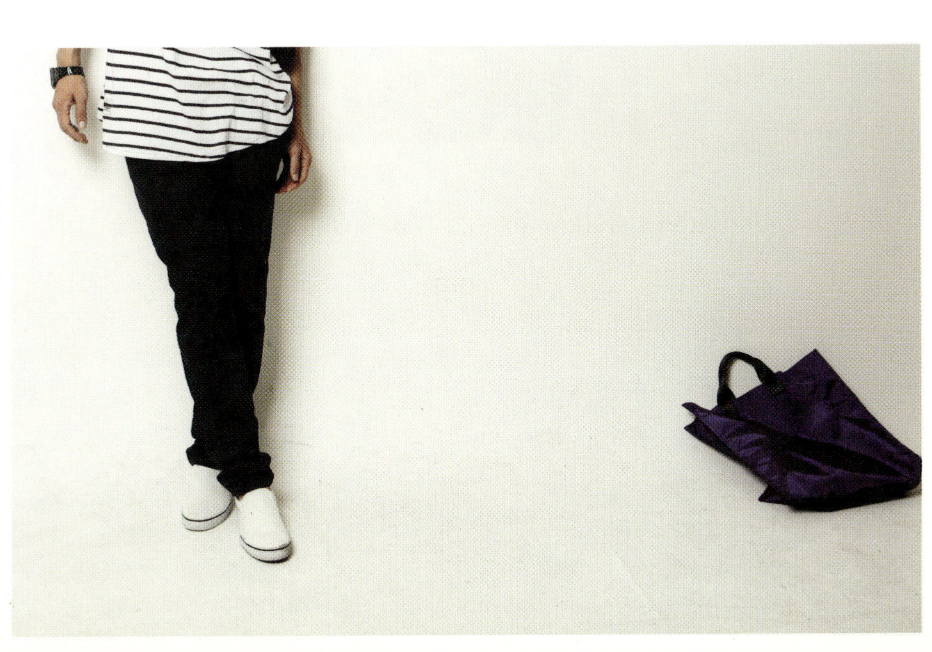

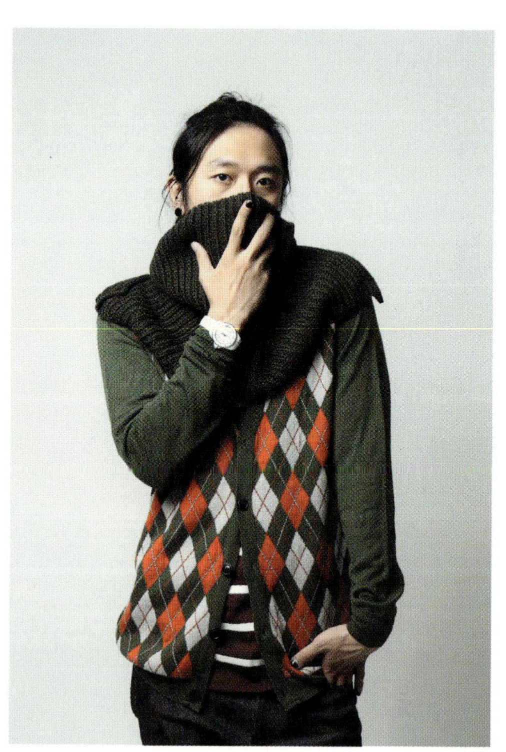

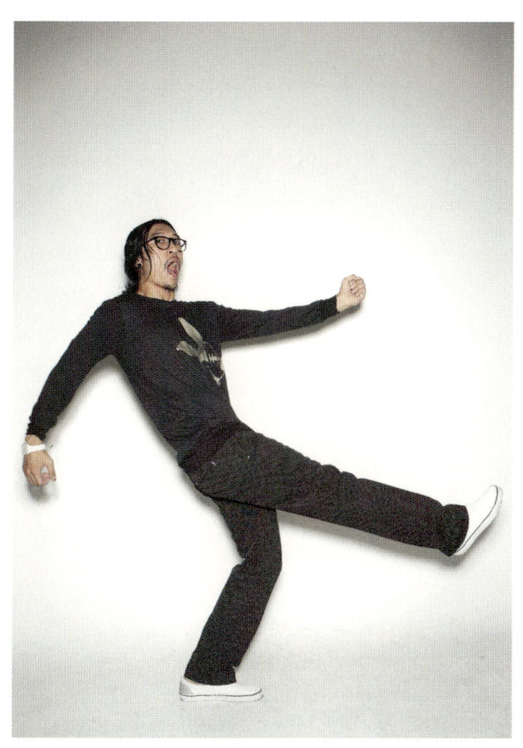

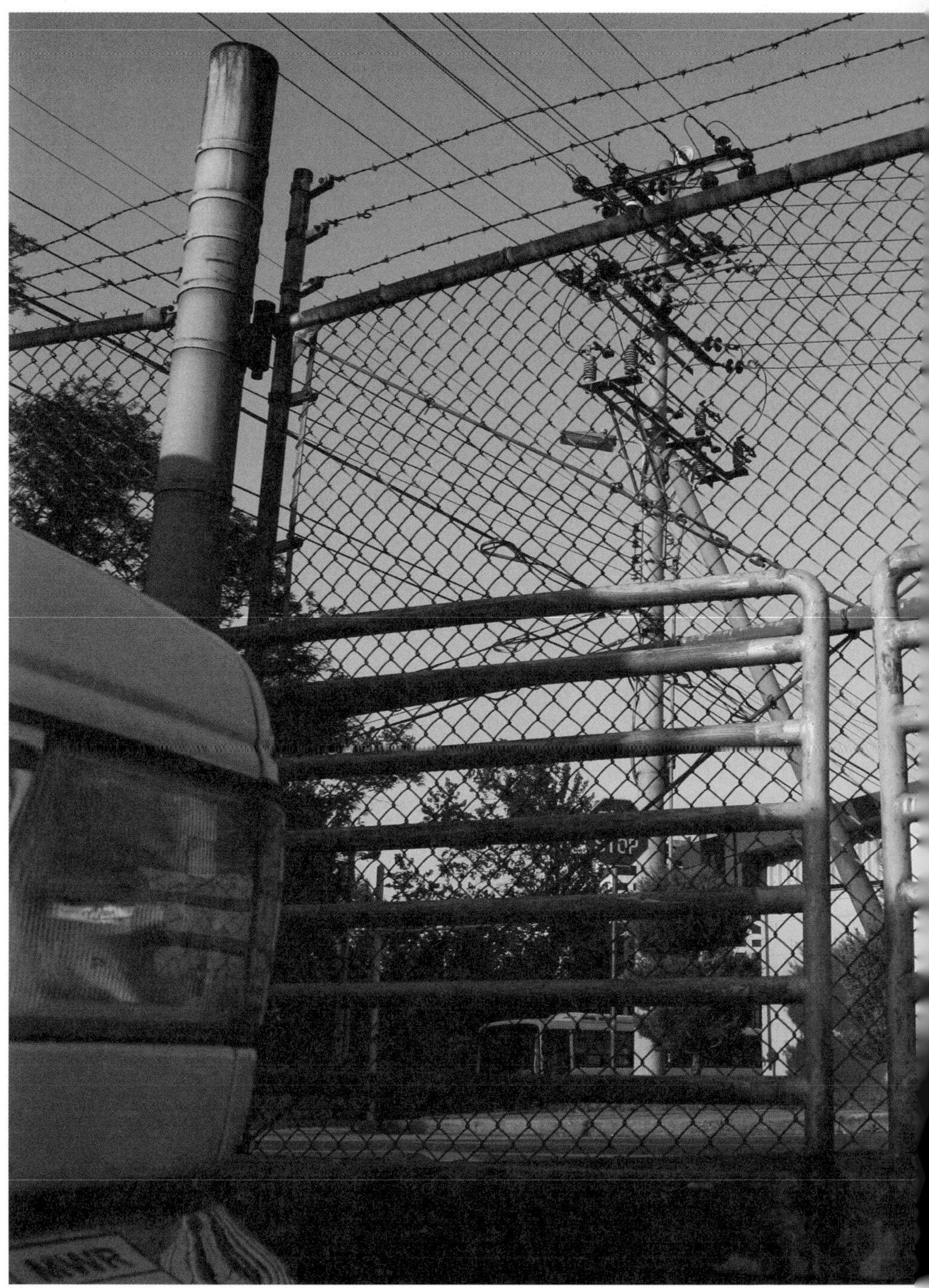

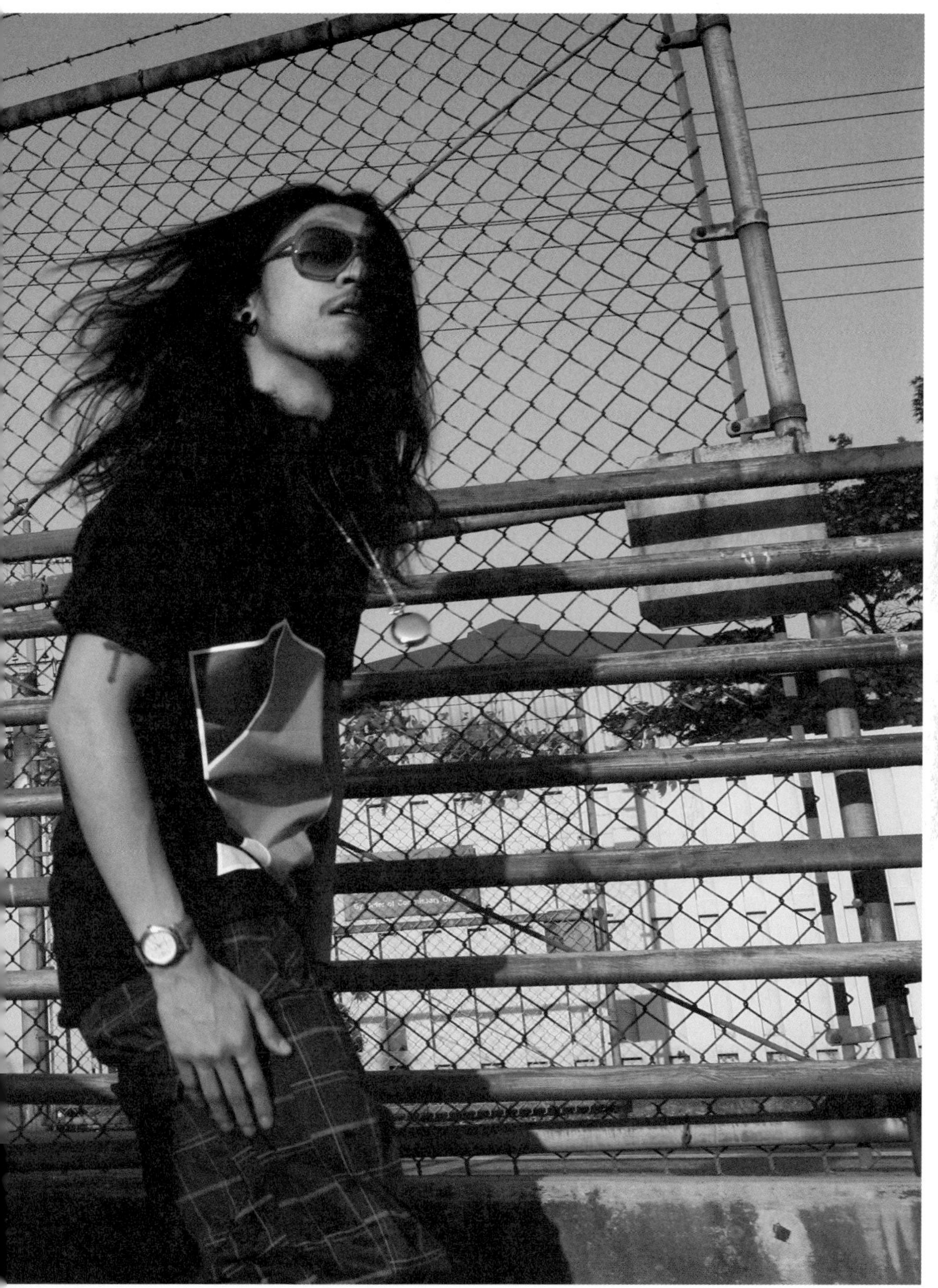

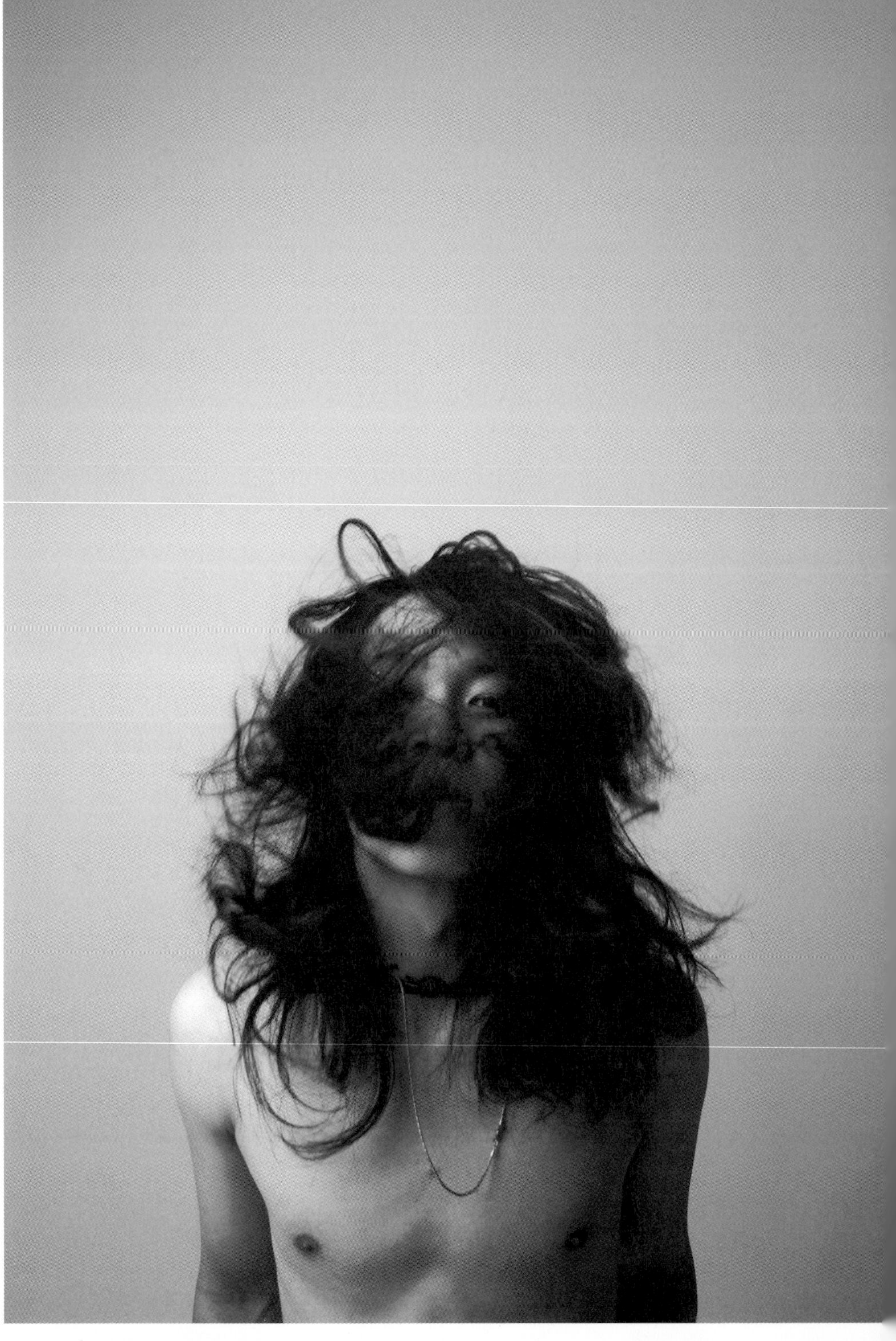

my favorite

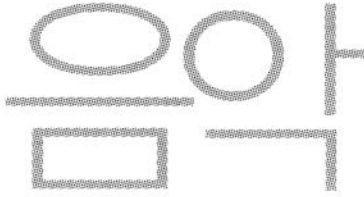

The Big Jump by Chemical Brothers. 다른 모델의 패션 화보를 찍는 날이었다. 두 번째 촬영이 끝나고 모델이 옷을 갈아입으러 들어갔을 때, 유난히 리듬을 타는 녀석이 눈에 들어왔다. 캐미컬 브라더스의 음악과 잘 어울릴 법한 그 녀석을 세워놓고 옷을 벗겼다. 당황하지 않고 옷은 벗은 그의 머리를 풀고 세 컷을 찍었다. 사실 그날 모델보다 이 녀석이 훨씬 멋졌다. 그 아이도 캐미컬의 음악을 꽤나 좋아한다고 했다.

스튜디오 촬영을 하거나 혼자서 촬영을 다닐 때, 음악은 나의 촬영 결과물에 분명히 큰 영향을 끼친다.

어떤 음악을 틀어놓고 촬영을 하는가?
어떤 음악을 들으며 사진을 찍는가?

이 질문 또한 인터뷰할 때마다 에디터들에게 빠지지 않고 받게 되는 질문 중 하나이다.

사실 그렇다. 스튜디오 촬영시에도 늘 음악을 틀어놓고, 혼자 사진을 찍으러 다닐 때에도 항상 귀에 이어폰을 꽂는다.

선곡에 대해 많은 고민을 하기도 한다. 스튜디오 촬영은 이미 컨셉이 다 나온 상태에서 촬영에 들어가기 때문에 그날의 컨셉에 따라 음악을 선곡한다. 혼자서 사진을 찍으러 다닐 때에는 그날의 날씨나 내 감정을 고려해서 음악을 고른다.

그날의 음악이 재즈나 라운지처럼 조용하고 차분한 음악이라면 사진도 그런 느낌을 받은 것처럼 나오고, 빠르고 강한 비트에 기계음이 많이 들어간 일렉트로니카나 트랜스, 하우스 같은 장르의 음악이라면 사진도 과감하고 다양한 구도의 결과물로 나오곤 한다.

이렇듯 어떤 사진가에게는 음악이 촬영에 큰 영향을 주기도 하는데, 나 같은 경우는 특별한 컨셉이 아닌 이상 평소에 좋아하는 장르인 재즈, 보사, 라운지 장르의, 차분하고 듣기 편한 음악을 들으며 촬영을 하는 편이다. 사실 음악을 장르 구분 없이 모두 좋아하는 편이지만, 그래도 좋아하는 장르를 뽑자면 그런 장르의 음악들이다.

내가 재즈를 좋아한다고 하면 어떤 이들은 나와 매치가 되지 않는다고 생각할 수도 있다. 코요태라는 그룹의 음악과 거리가 멀어서일 수도 있고, 내 이미지나 외모와 어울리지 않아서일 수도 있다.

그런 내가 재즈라는 장르를 좋아하게 된 데는 크게 두 가지 이유가 있다.

첫째는 우리 아버지이다. 아버지가 재즈 음악을 하시기 때문에 나는 아주 어릴 때부터 스탄 게츠 Stan Getz, 조지 벤슨 George Benson, 마일즈 데이비스 Miles Davis 등의 음악을 들으면서 자랐다. 그런 음악들을 오랜 시간 동안 귀에 못이 박히게 들으면서 커서, 그 음악들은 나도 모르게 나의 귀와 머리, 마음속까지 익숙하게 되어진 것이다.

둘째는 런던여행이다. 런던의 지하철은 지상으로부터 꽤나 깊이 내려가야 해서 핸드폰은 거의 터지지 않는다고 보면 된다. 그 깊고 삭막하고 정신없는 지하철역을 여기저기 돌아다니고 있을 때였다. 문득 내 귓가로 재즈 음악이 흘러들어왔다.

'아, 유럽에서는 지하철에서도 재즈 음악을 틀어주는구나…… 참, 좋다.'

그런데 걸어가면 갈수록 음악소리가 점점 크게 들려왔다. 그러다 어느 순간, 내 눈앞에 뜻밖의 풍경이 펼쳐졌다. 내 또래쯤 되어 보이는 네명의 연주자들이 환승역 중간에서 라이브 재즈 연주를 하고 있었다. 그들은 창피함을 느끼는 것처럼 보이지도, 구걸하는 것처럼 보이지도 않았다. 그저 즐겁게 즐기며 공연을 하고 있었다.

놀라웠다. 그들이 너무나 멋져 보였다. 우리나라의 홍대나 압구정 같은 유명한 곳이 아니라, 그냥 지하철역에서 공연을 한다는 것이 가장 마음에 들었다. 지하철역에서의 재즈 공연이라……. 이 얼마나 멋지고 낭만적인가.

나는 한참을 그들의 연주에 빠져들었다. 문득, 머릿속에서 생각이 떠올랐다. 한국에 돌아가서 꼭 저런 멋진 공연을 하겠다는 생각이었다.

몇 개월 뒤, 한국에 돌아온 나는 콘트라베이스를 구입했다.

하지만 그건 결코 쉬운 결정이 아니었다. 6개월간의 런던생활은 내 통장 잔고의 바닥을 보이게 만들었고, 악기를 사버리게 되면 정말 잔고가 없는 상황이었다. 많은 고민을 했지만, 똥고집 같은 내 성격은 결국 비싼 콘트라베이스를 구입하고야 말았다.

정확히 기억이 나는데, 악기를 사고 난 뒤 내 통장의 잔고는 6만 9천원이었다. 지금 이 문장을 쓰며 웃음이 터졌다. 6만 9천원이 남는 걸 알면서도, 언제 무슨 일이 터질지 모르면서도, 5백만원 가까이 하는 악기를 사는 것이 제정신일까? 그렇지만 그때나 지금이나 그것에 대해 후회하진 않는다.

나는 악기를 구입하고, 서점에서 콘트라베이스 교본을 구입해 독학으로 콘트라베이스를 공부하기 시작했다. 당연히 무리였다. 화성악을 공부한 것도 아니고 기타를 칠 줄도 모르면서 처음 본 악기를 다룰 수 있다면 그건 천재겠지만, 이미 알고 있던 사실대로 나는 천재가 아닌 걸로 밝혀졌다. 결국 유럽에서 찍은 사진들이 잡지에 실리면서 돈이 들어왔고 나는 그 돈으로 인터넷을 통해 레슨 선생님을 구했다.

그렇게 콘트라베이스를 배운 게 2년째가 되었다. 콘트라베이스를 배우면서, 더욱 많은 재즈 장르의 음악들을 알게 되었고 듣게 되었다. 아직도 많이 부족하고 연습도 공부도 더 해야겠지만, 언젠가 어딘가에서 펼쳐질 나의 공연을 위해 지금도 틈틈이 레슨과 연습을 하고 있다.

음악과 사진…….
어릴 때부터 나를 공기처럼 감싸고 있던 두 장르. 음악은 나의 사진들에 많은 영향을 주었고, 지금도 주고 있으며, 앞으로도 그럴 것이다.

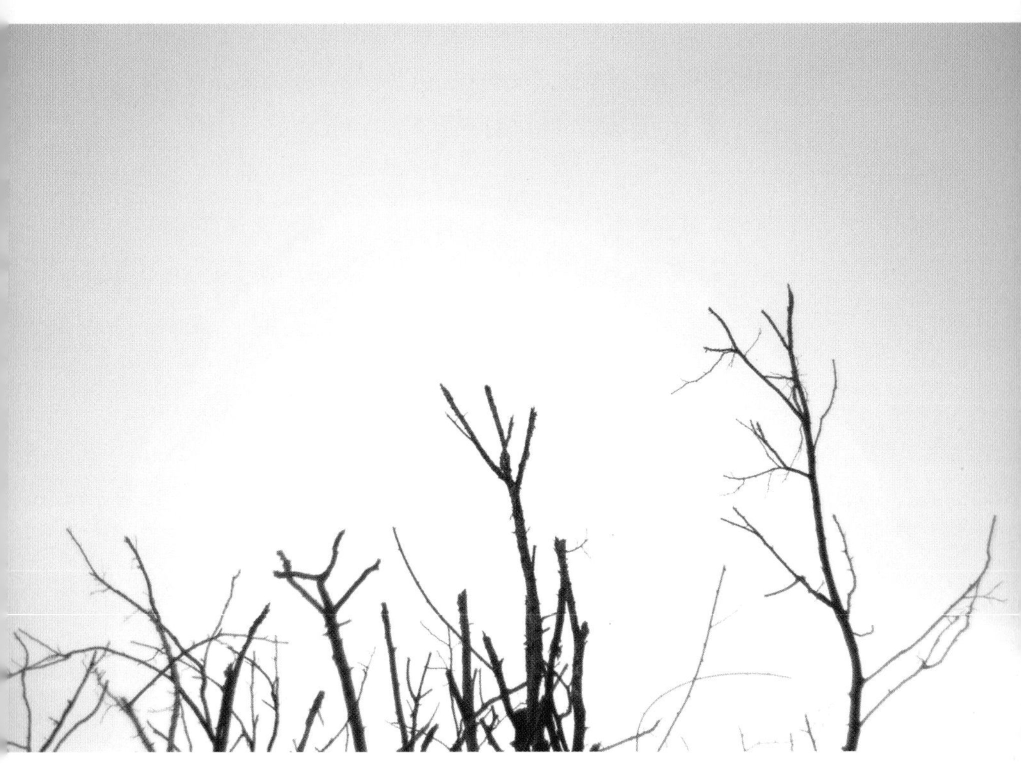

I Belong To You _ Lenny Kravitz

Autumns Evening Breeze _ Sound Providers

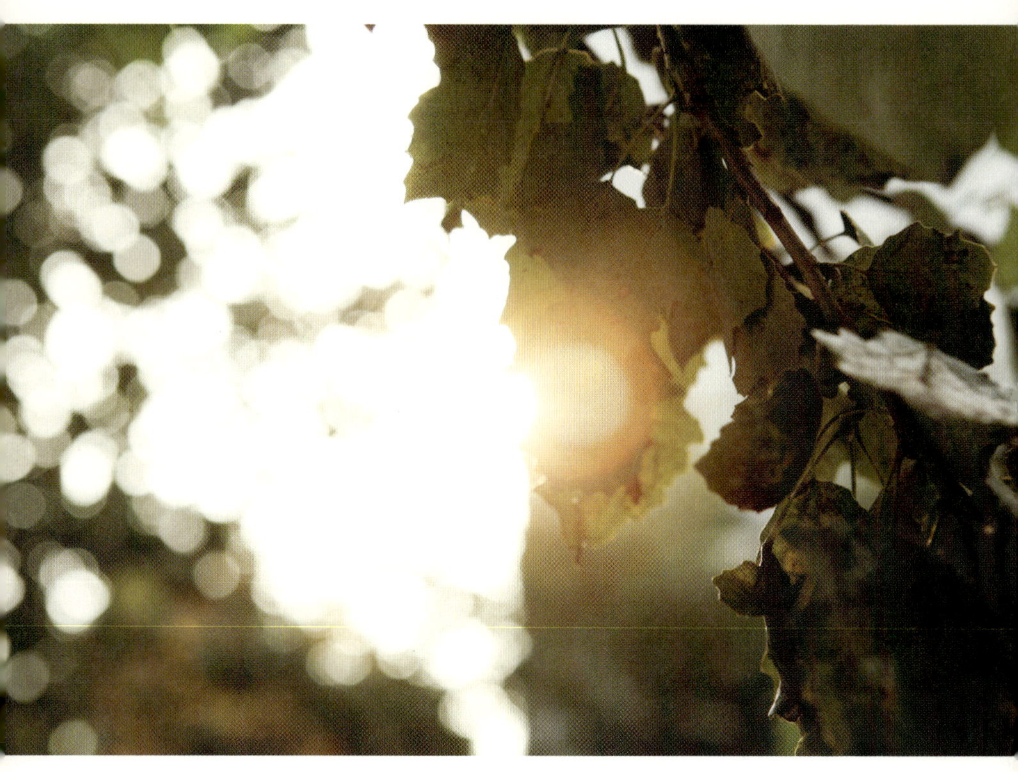

Six Play _ George Benson

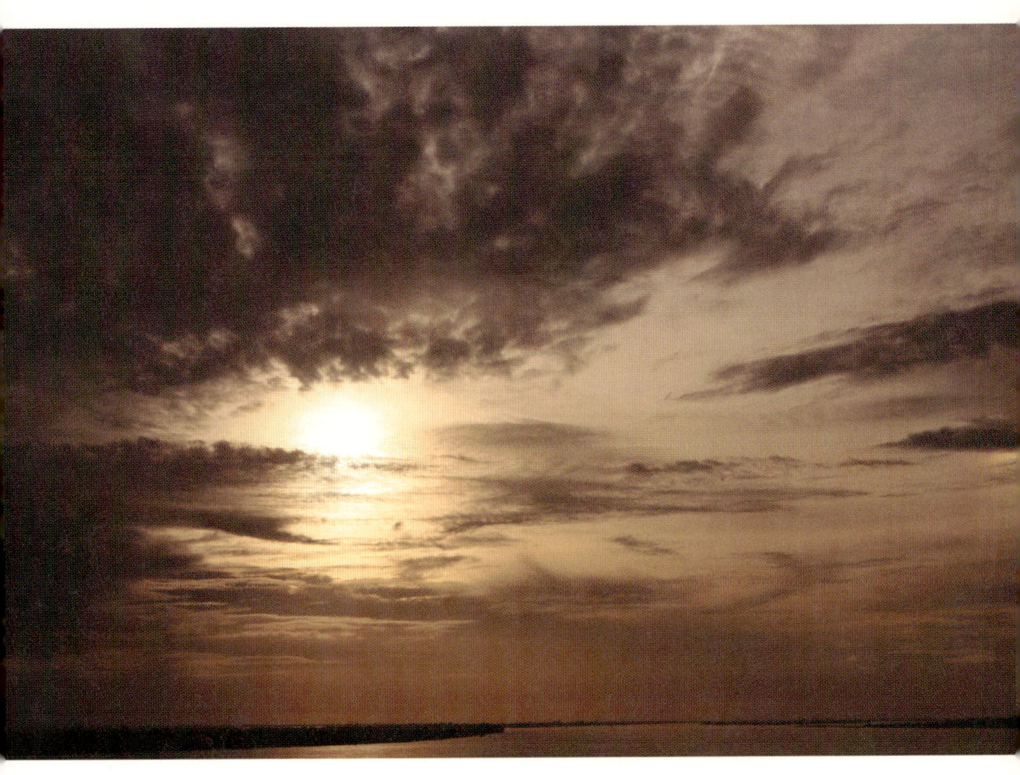

What am I to you? _ Norah Jones

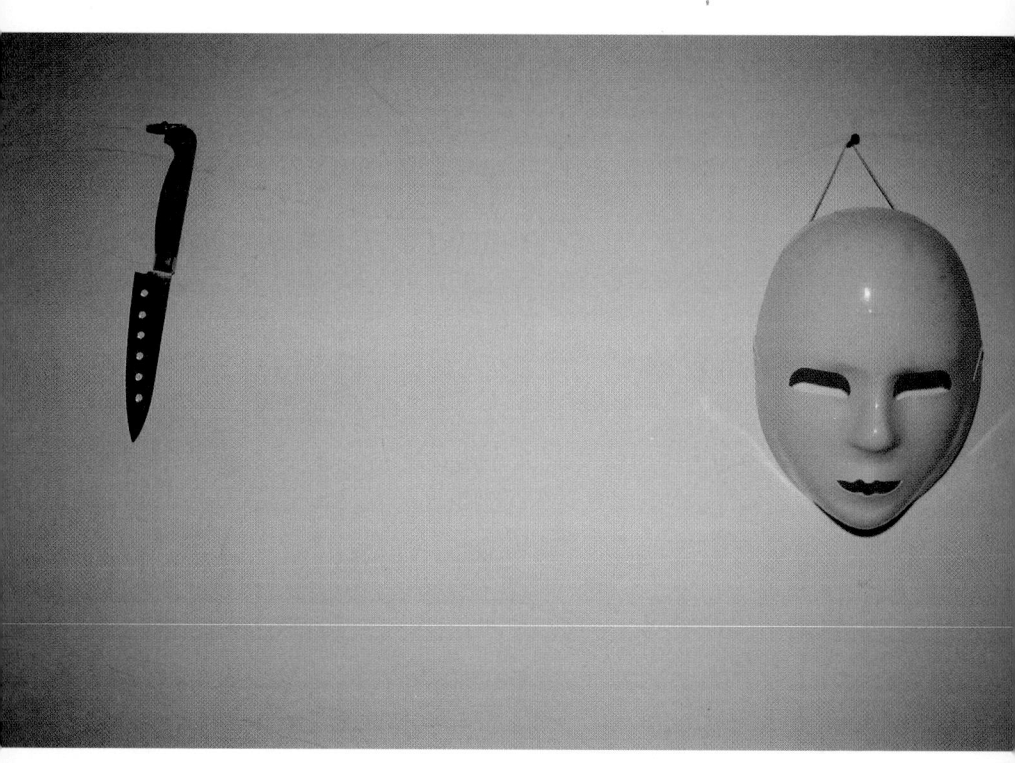

Something About Us _ Daft Punk

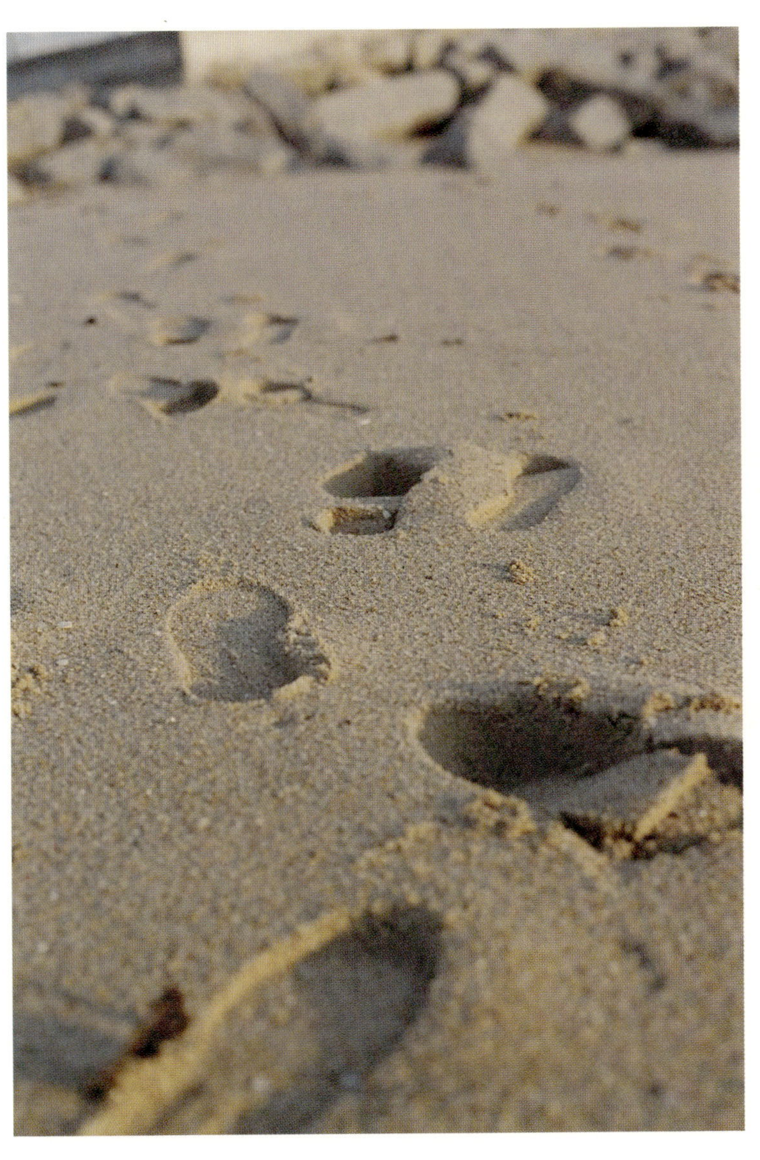

Corcovado _ Myrra

My Favorite Polaroid

Sunchon

Jeonnam, Korea
Oct. 2008

My Favorite Polaroid

Sunchon

Jeonnam, Korea
Oct. 2008

My Favorite Polaroid

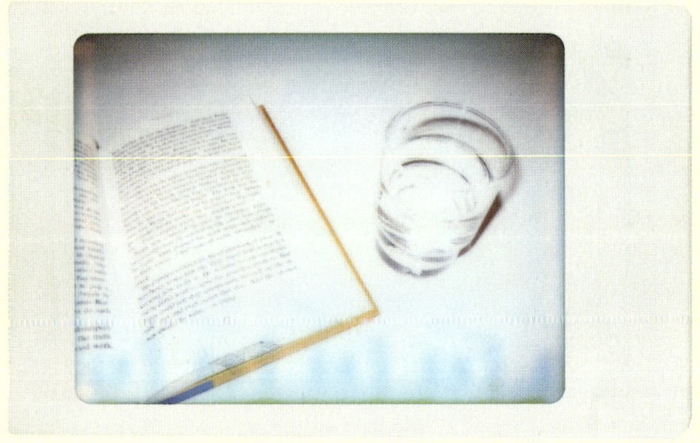

Sinsa-dong

Seoul, Korea
Oct. 2008

Seoul, Korea
Nov. 2008

Sinsa-dong

Seoul, Korea
Nov. 2008

사진첩을 정리하다 우연히 찾은 지난 사진은

그때의 날씨와 그날 그곳의 냄새까지도 되살려준다.

어떠한 장면이, 어떠한 사람이, 어떠한 날의 어떠한 느낌이,

단 한 장의 사진으로 인해

머리와 가슴으로 재생된다는 것.

사진이란 참 묘한 것 같다.

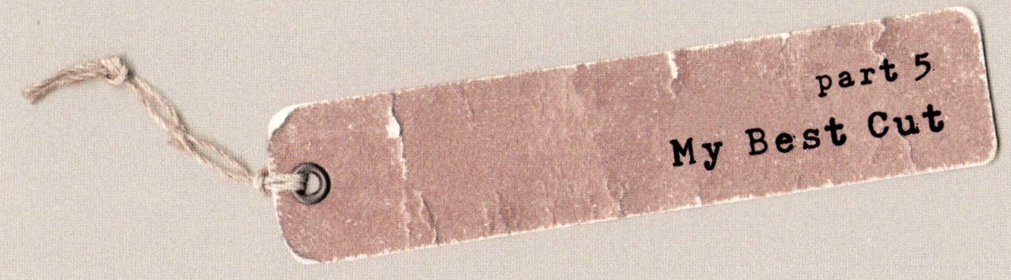

눈이 시리도록 보고

손이 시리도록 셔터를 눌렀다.

뭘 찍는가 무엇을 위해 셔터를 누르는 것인가 따위의

위선된 의문은 멀리 내팽겨쳐버린 채

금방이라도 폭발할 듯한 감성을 꾹꾹 눌러가며

여기저기에 정신과 시선을 분할하였다.

코끝으로 스미는 공기는 뇌까지 전달되는 듯한 전율을 선사했지만

홀린 듯 텅 비어버린 나의 껍데기는

그러한 전율에 아무런 반사신경도 일으키지 않았다.

한동안 그러하겠지…….

두렵다…….

그리고

떨린다…….

1인용 의자

1인용 의자

1인용 사람

1인용 마음

당신은 몇 인용입니까?

혹은

당신은 몇 인용이었습니까?

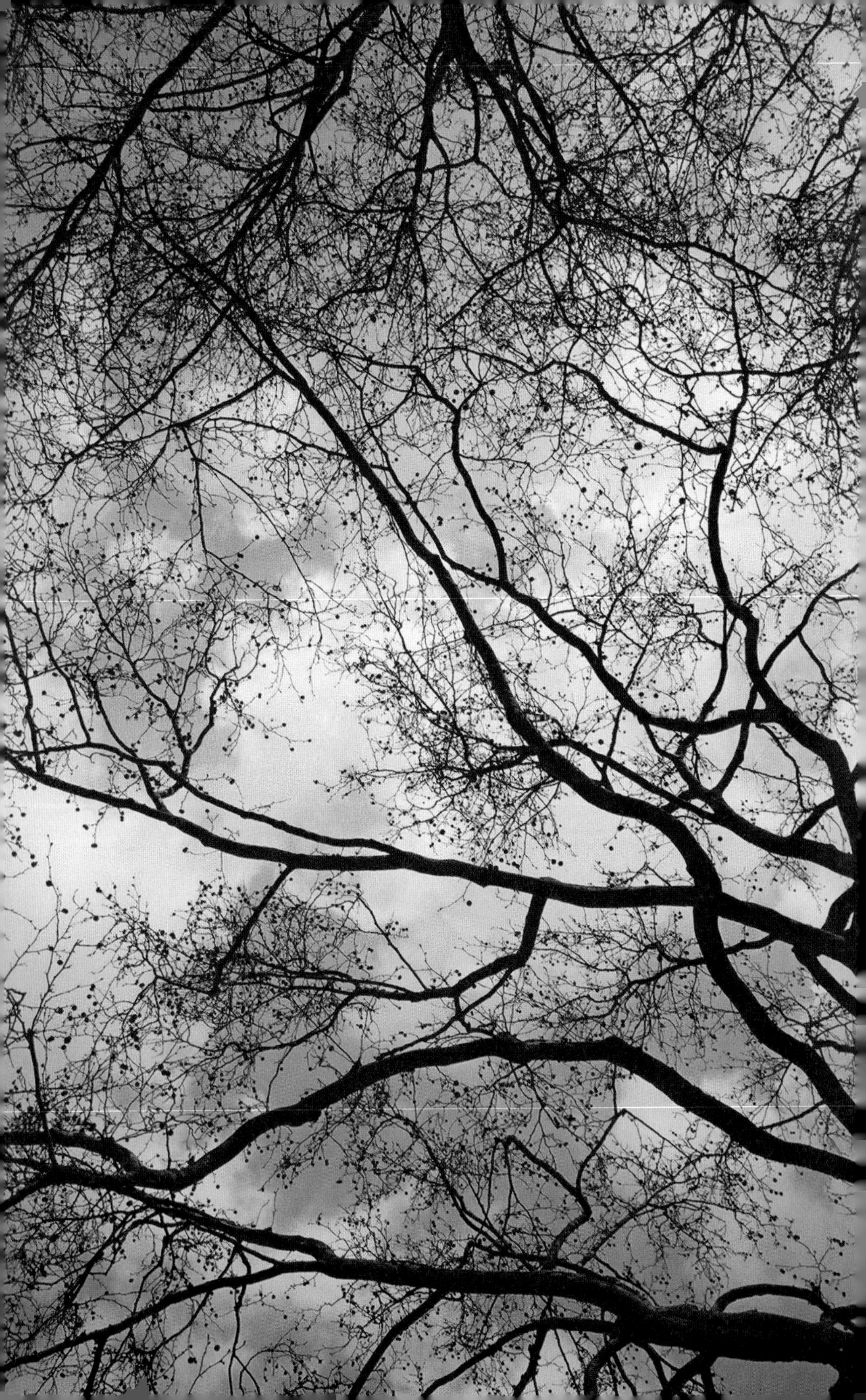

하 늘 에 나 무 로 줄 을 굿 고 점 을 찍 어

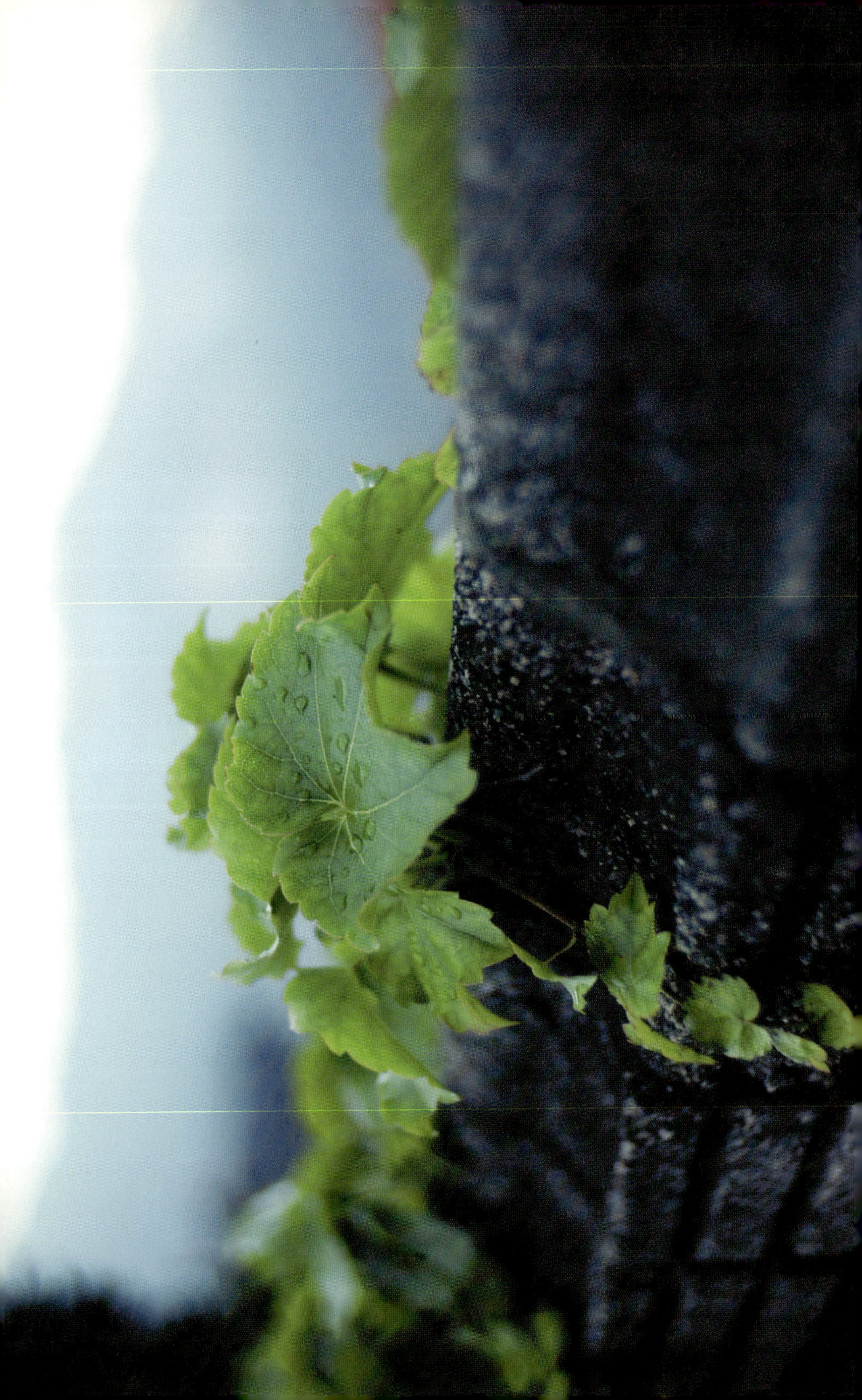

아침 그리고 이슬

카메라를 메고 아침 일찍 부암동을 찾았던 7월의 초여름 어느 날.

담장 위 덩굴잎에 살포시 얹혀진 아침이슬을 보았고, 나는 주저없이 셔터를 눌러 그것을 담아냈다.

맑고 깨끗해 보이는 그것을 나는 한참이나 바라보았다.

아침, 시작, 잎 위의 이슬. 이들은 분명 공통점을 가지고 있다.

이것은 끝없는 반복인 동시에 타他의 도움 없이 스스로 혹은 자연스레 일어난다는 것이다.

'시작'이란 단어는 결코 쉽거나 가볍지 않다.

인간이 살아가며 머릿속으로 구상하는 '시작'은 실로 엄청난 양을 가지고 있지만,

그것을 실천으로 옮기는 것은 빙산의 일각일지도 모른다.

인간이라는 나약한 존재의 작은 시작들은 도전이 되고,

그 도전은 성공이 되며,

몇몇의 성공은 기적으로까지 승화된다.

우리가 현재라는 편리함에 익숙해져 '시작'의 의미를 상실한 채 살아가고 있을 때,

과거에 수천 수억의 시작은 현재와 미래를 창출해내고 있다.

나는 시작이란 의미에 대해 꽤나 중요하게 생각한다.

누군가의 시작, 무언가의 시작은 여태껏 그래왔던 것처럼

우리들에게 또다른 시너지로 다가와 새로운 희망이 되리라 믿어 의심치 않는다.

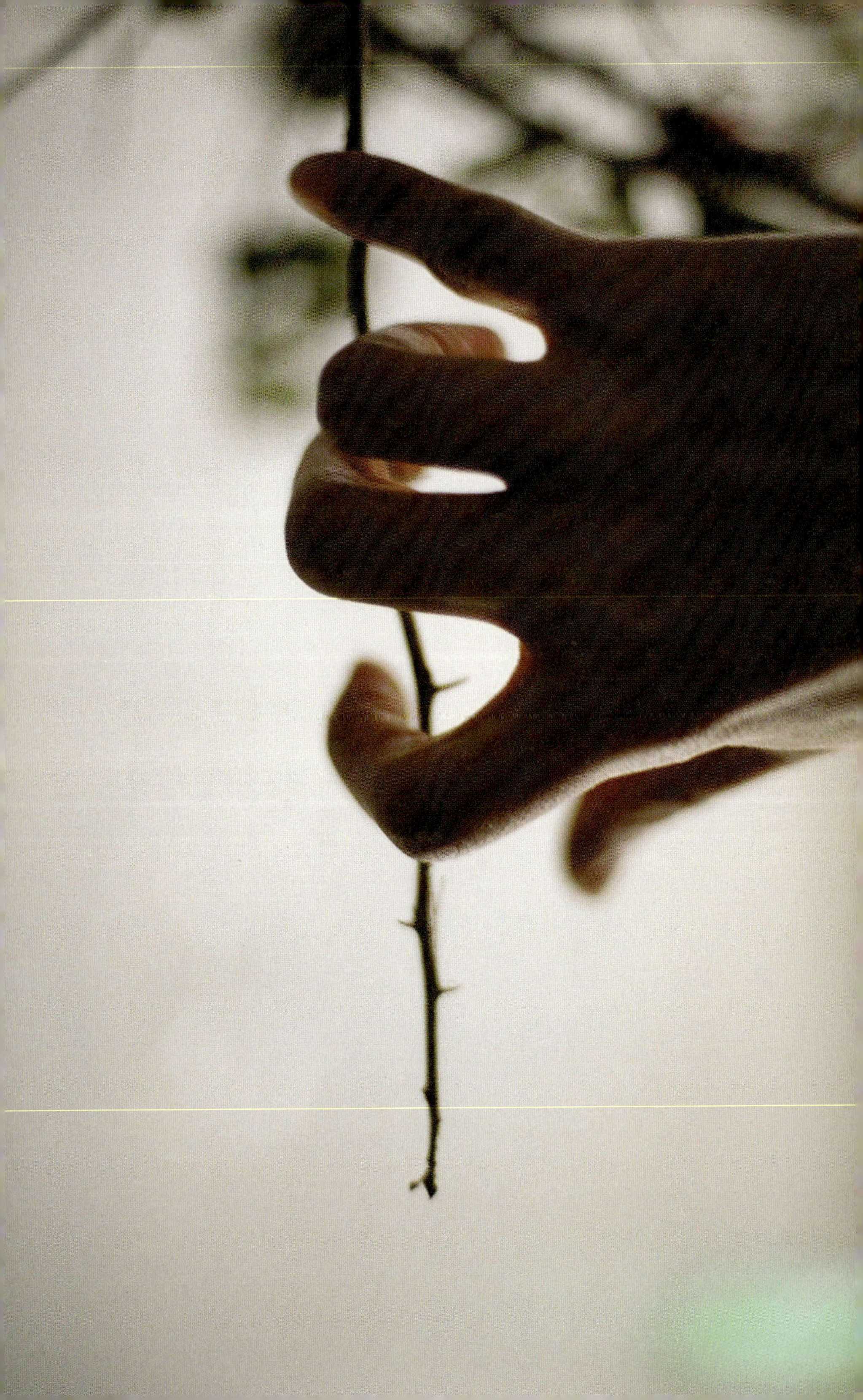

가시 같은 그대를 알면서도 잡으려 하는

각오에 의한 신뢰.

It's LOVE.

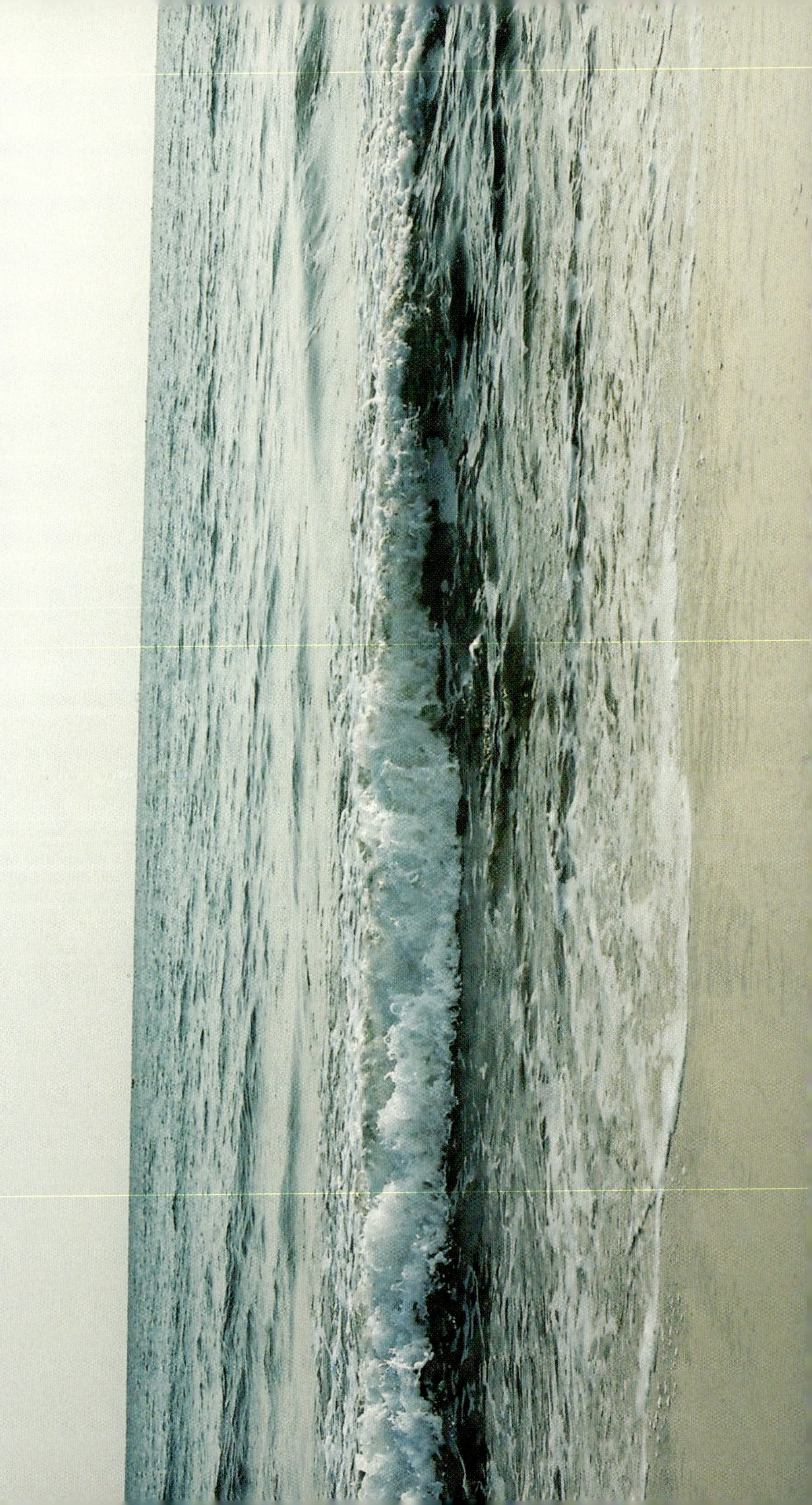

슬 픈 바 다

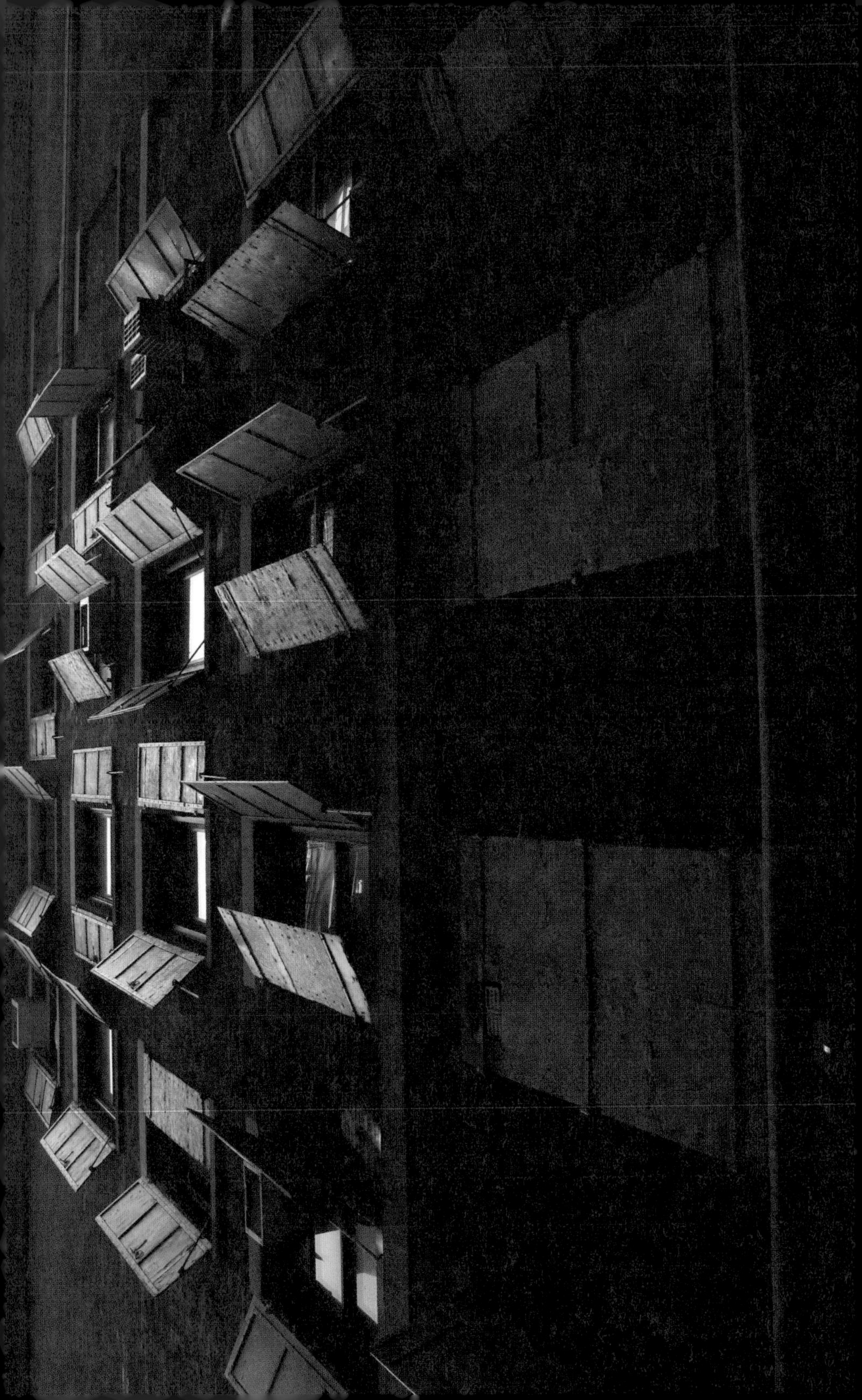

창문을 열어요.

아니면 당신의 마음이라도…….

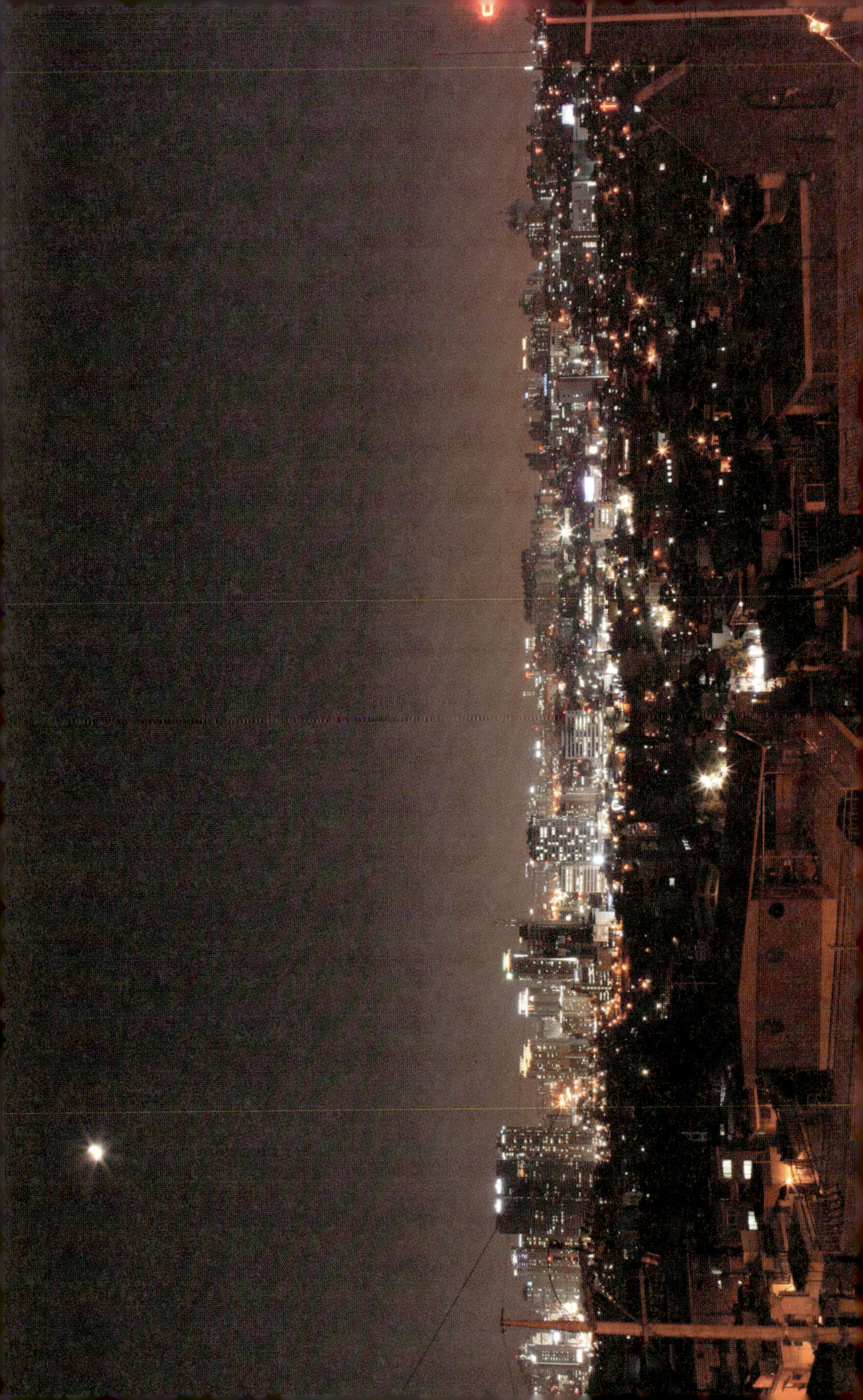

밤

밤이다.

소수의 사람들에게
심각한 감성의 변화,
이별한 옛사람,
내일에 대한 걱정,
불면증,
배고픔,
외로움,

그리움 등……

수만가지 생각으로
해가 뜰 때까지

뒤척이고
생각하고
슬퍼지게
만드는

또 밤이다.

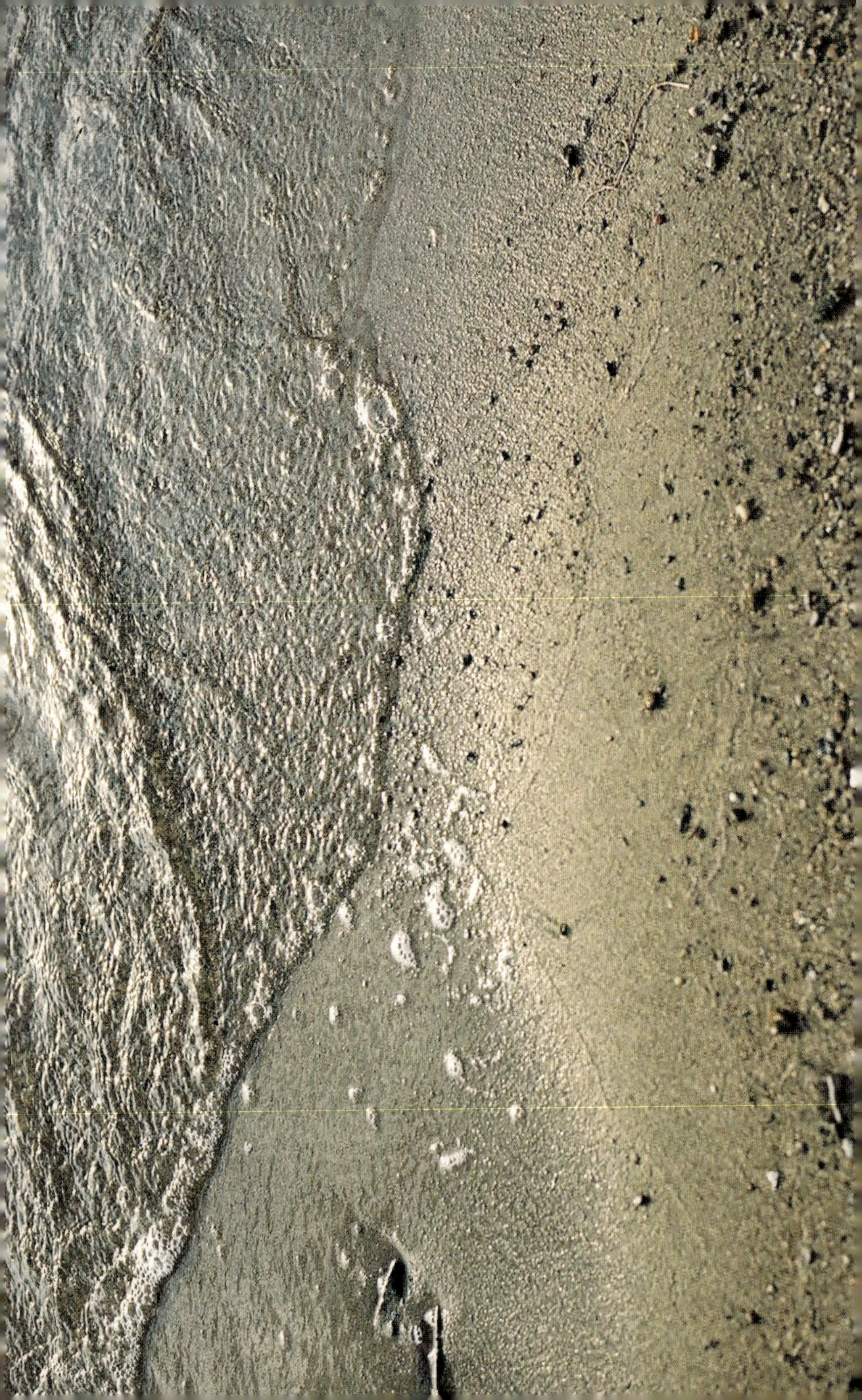

파도

머릿속 백사장에 너의 이름을 새기고

마음속 파도 위에 너의 이름을 지우고.

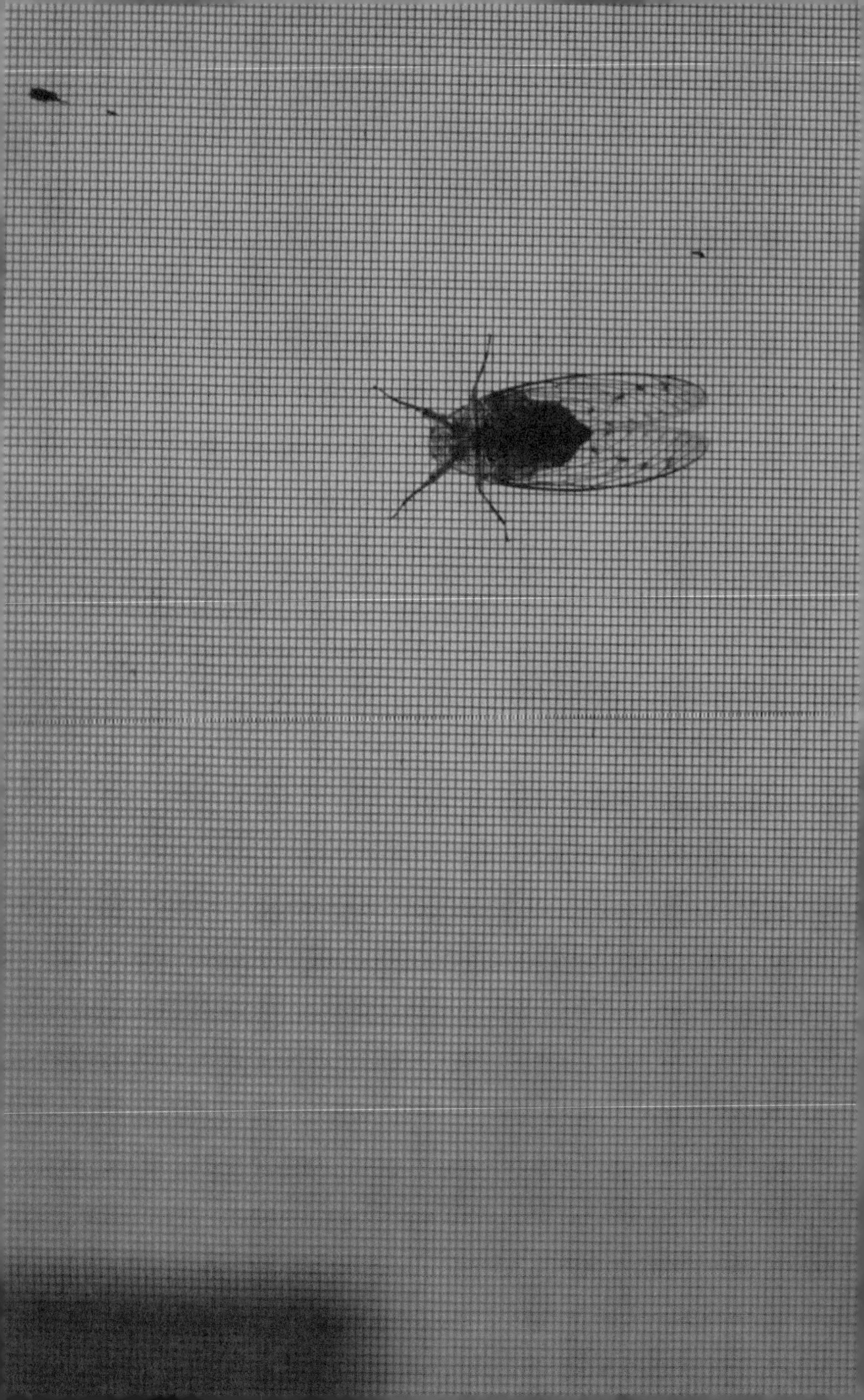

매미가 우는 이유

8월 중순 30도가 넘는 무더위가 난리를 치던 그때.

아침까지 작업을 하다 해가 뜨고 나서야 겨우 잠이 들었다. 그런데 고막이 터질 듯 울어대는 매미 울음소리에 결국 세시간 만에 잠이 깼다.

15평쯤 되는 나의 원룸 창문에 붙어서 울고 있는 매미. 그 울음소리는 귀가 아플 정도로 엄청나게 크게 들렸다.

내가 일어났는데도 매미는 계속 울어대고 있었다. 나는 도대체 매미가 왜 저렇게 우는 건지 궁금해졌다.

잠이 덜 깨 비몽사몽하는 와중에도 네이버에 들어가 검색창에 '매미'를 쳤다.

그리고 검색된 매미에 관한 정보를 읽어내려가다 나름 그 이유를 알 것 같았다.

매미는 10년 동안을 땅속에 있다가 바깥세상으로 나와서 고작 열흘 남짓을 살다 생을 마감한다고 한다.

순간 이런 생각이 들었다. 그러니 저토록 서럽게 울 만도 하지.

나는 여자친구가 떠나갔을 때도 그토록 서럽게 울었는데, 10년을 기다려 열흘 만에 생을 마감해야 한다면 울 시간조차 짧디짧을 텐데…….

그래서 그렇게 서럽게 목놓아 울기만 하는구나. 하지만 그러기엔 우는 시간이 너무 아깝다는 생각이 들었다.

매미 또한 신의 창조물이라면 그 존재에 대한 어떠한 이유가 있겠지만, 그래도 그건 조금 불공평하고 억울한 것 같다는 생각이 들었다.

그날 이후, 나는 그들의 울음소리가 세상에서 제일 서럽고 슬프게만 들려왔다.

내년, 내후년, 앞으로 평생, 여름이면 들려올 매미의 울음소리는 지난 28년간 들었던 소리와는 다르게 내 귓가에 들려오겠지.

울지 마 매미야…….

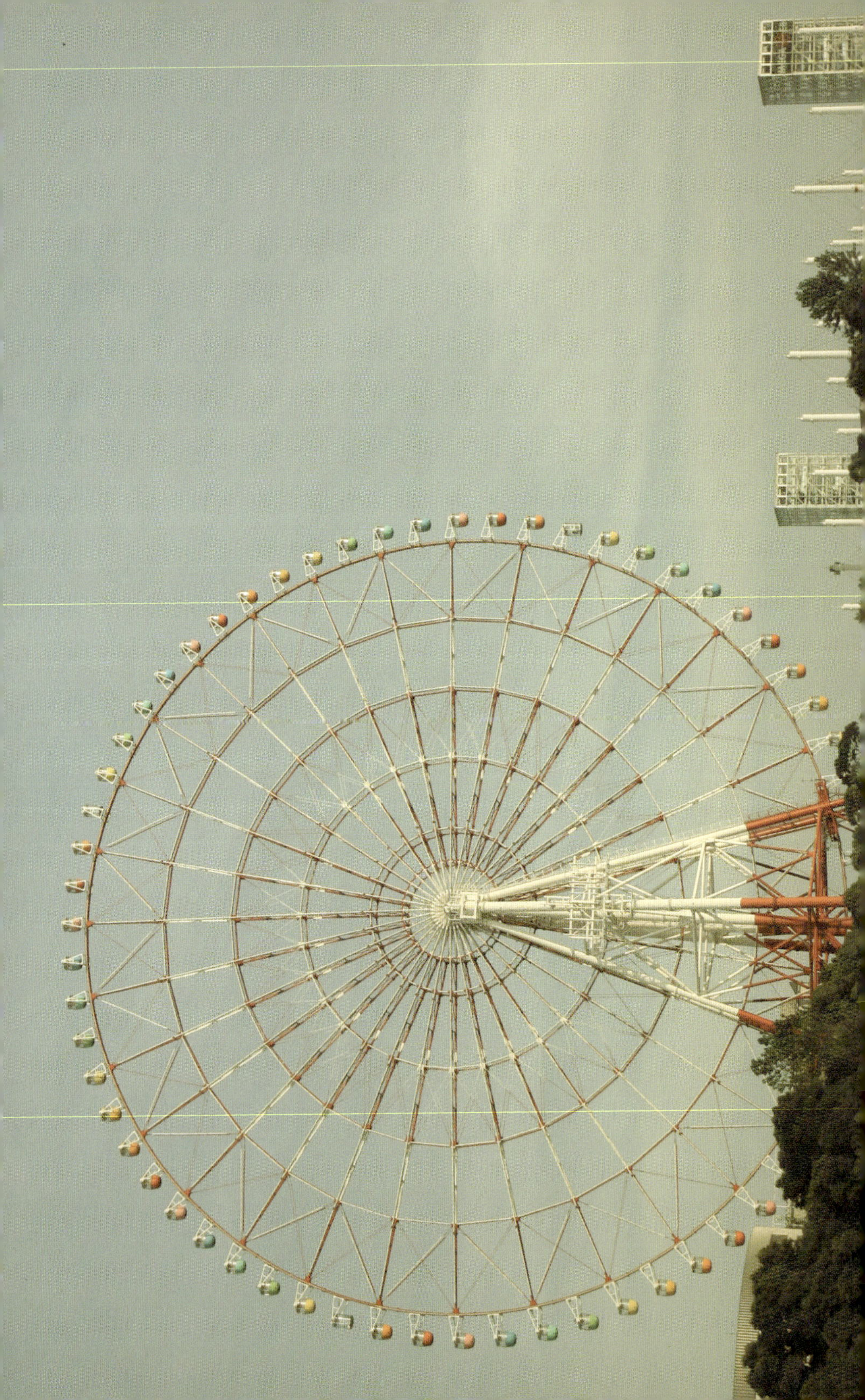

햇살이 눈이 부셔 인상을 찡그리며
날씨가 더워져서 땀으로 샤워하며
장대비 주룩주룩 장마에 끈적끈적
달보다 태양에게 시간을 빼앗기고
시원한 파란 하늘 가을을 기다리고

괜찮아.

그게 바로 여름이잖아.

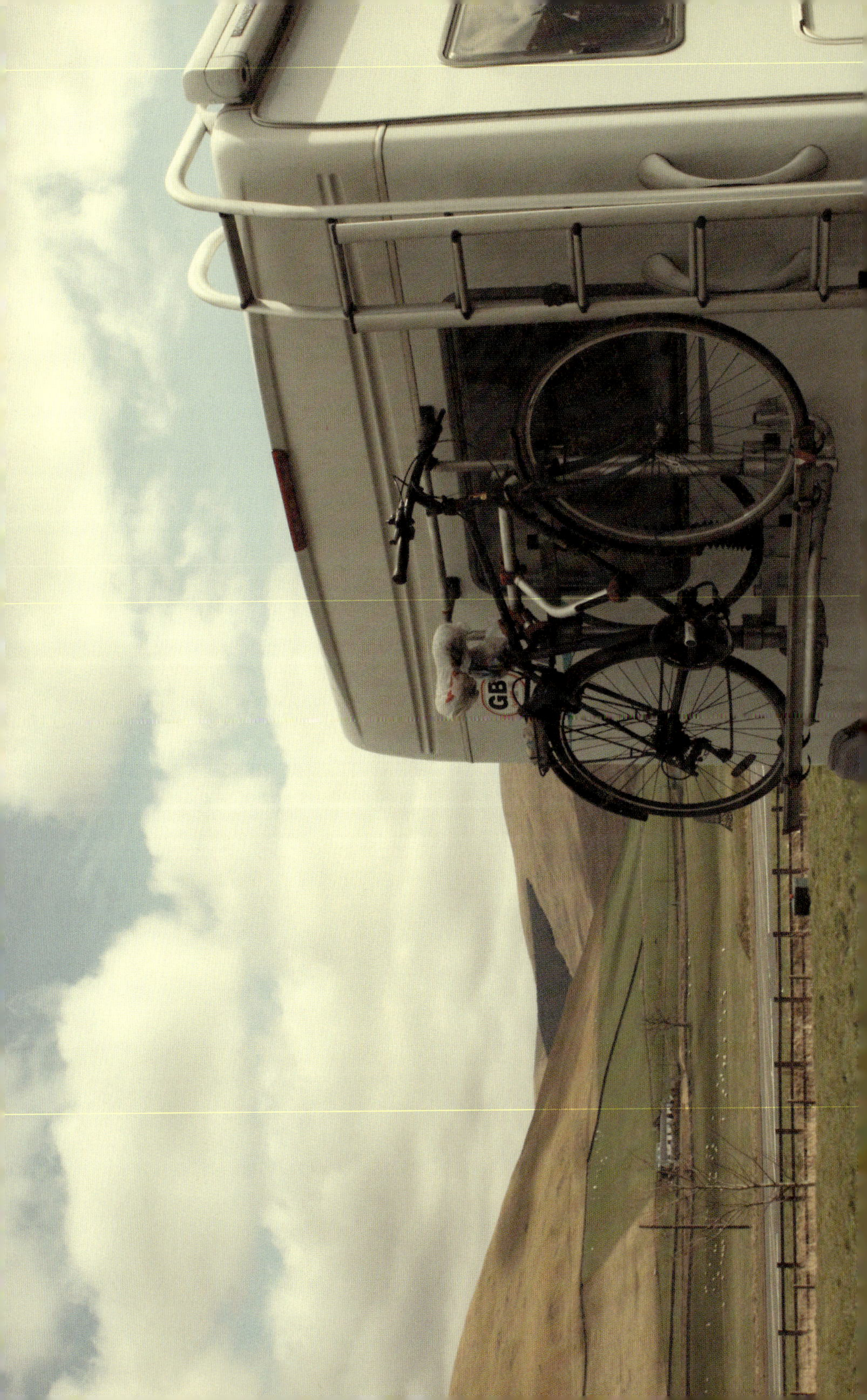

로망

답답함.
숨통이 막힐 듯한 일상.
나를 괴롭히는 몇몇의 인물들.
뜻대로 이루어지지 않는 삶의 애환 따위…….

여행이 가져다주는 일시적 기억상실과 용기, 그리고 자신감.
훌훌 털어버리고 이해하고 용서할 수 있는 너그러움.

일상탈출, 현실도피의 명목보다는
자기계발과 마인드컨트롤의 심화.

여행이 우리에게 주는
몇 가지의 큰 선물들.

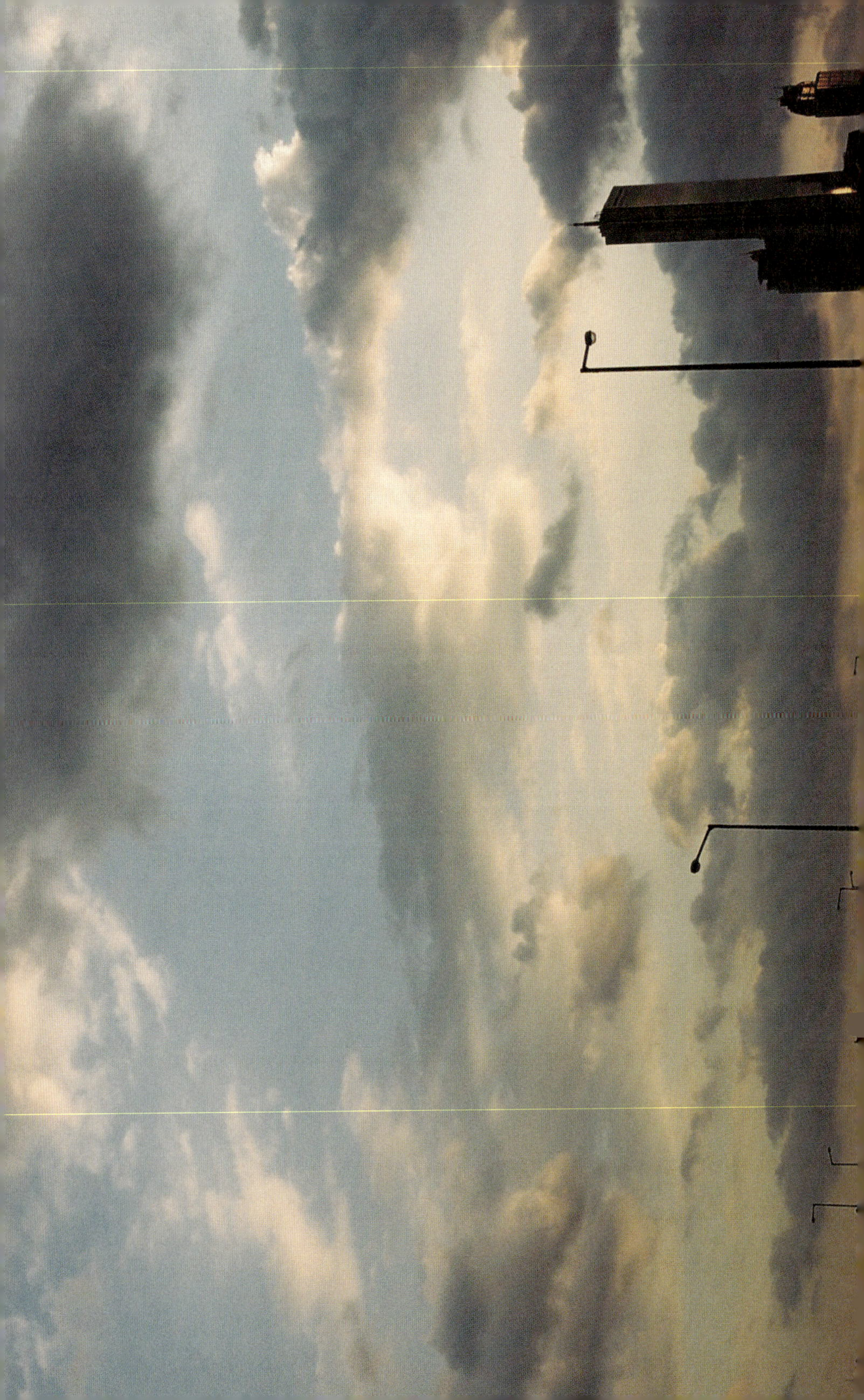

어떠한 이들에겐 한낮의 뜨거운 태양보다

해질녘 은은한 노을의 아름다움이 더 멋스럽게 느껴지는 것처럼

지금이 아니더라도

혹

조금은 늦은 감이 있더라도

저녁의 노을처럼 은은함으로 표출될

그들과 그것들에 대한 기대감으로 목말라 있기도 하다.

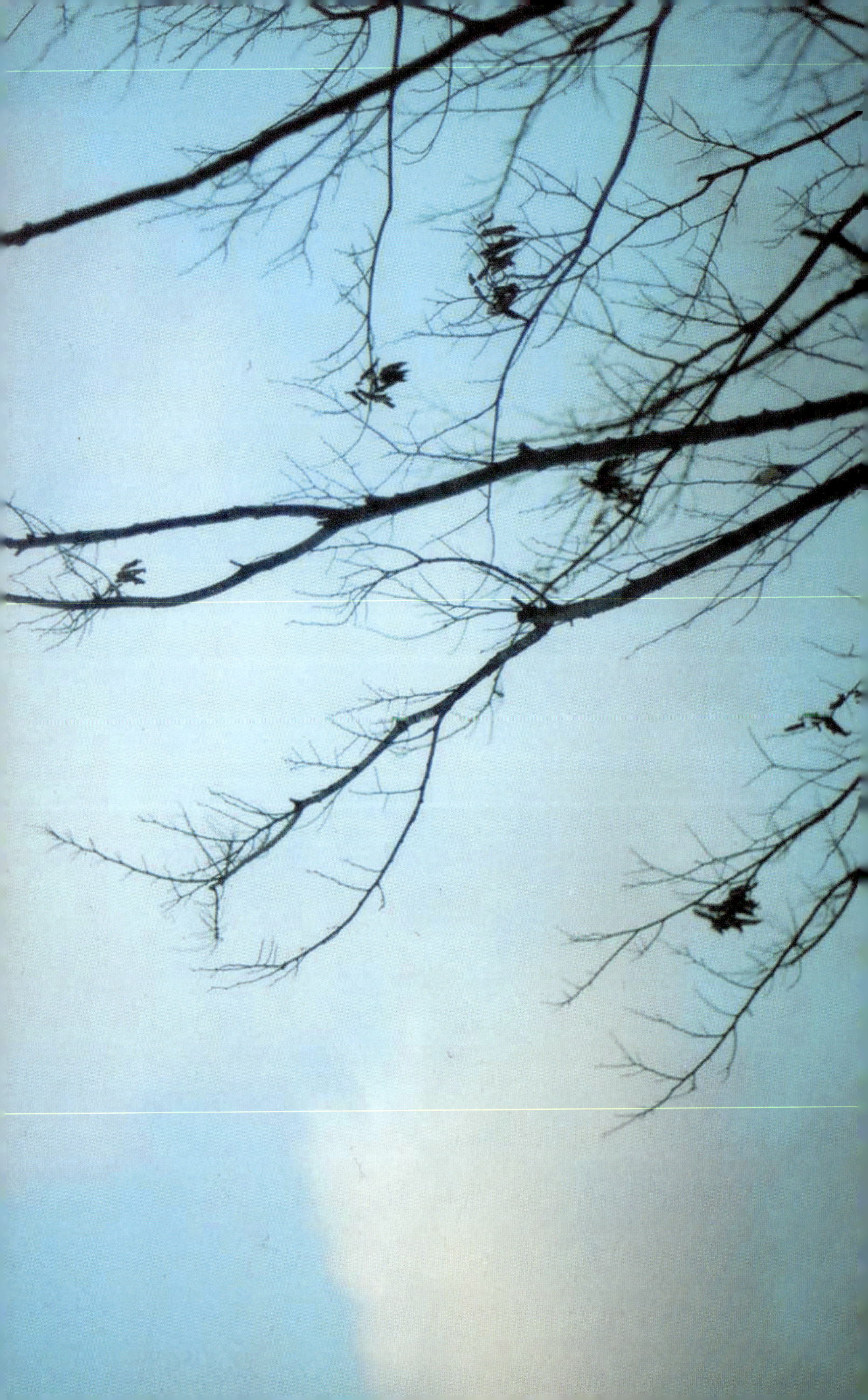

겨울나무

조금은 아쉬운 겨울.

12월 31일보다 11월 30일 마지막 달력을 찢기 전의 쓸쓸함이 더 아쉬운…….

그리고 마치며...

밥보다 사진이 좋았던 시절.
집이 어려워지고 사진과 생이별을 하고.
4년 만의 재회 또 다시 이별.
마치 연인의 질긴 운명처럼
사진은 내게 그런 존재였습니다.
날 너무 아프고 힘들게 하지만
내게 살아가는 이유와 기쁨을 주는 사진.
무언가를 이룰 수 있었던 것은.
사진을 다시 하고 싶은 열망 때문이었는지도
모릅니다.
사진가가 되고 싶던 한 소년의 꿈이
지금의 나를 만들었는지도 모릅니다.
사진...
정말. 고맙습니다.
그리고
이 책을 통해 나의 눈물과 꿈을 함께 공유해준
당신...
정말. 고맙습니다.

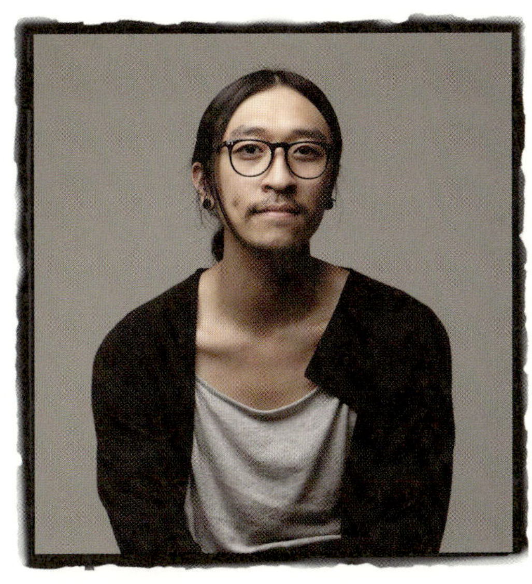

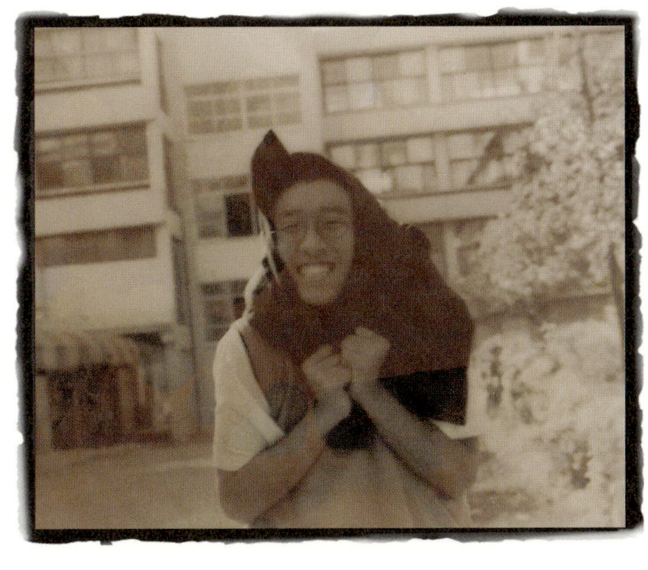

당신에게 말을 걸다

© 백성현 2008

1판1쇄	2008년 12월 29일
1판4쇄	2009년 10월 9일

지은이	백성현
펴낸이	김정순
기획·편집	변경혜
디자인	김리영 모희정
마케팅	정상희 한승일 임정진
펴낸곳	(주)북하우스 퍼블리셔스
출판등록	1997년 9월 23일 제406-2003-055호

주소	121-840 서울시 마포구 서교동 395-4 선진빌딩 6층
전자메일	editor@bookhouse.co.kr
홈페이지	www.bookhouse.co.kr
전화번호	02-3144-3123
팩스	02-3144-3121

ISBN   978-89-5605-315-8 03810

이 도서의 국립중앙도서관 출판도서목록(CIP)은 e-CIP 홈페이지(http://www.nl.go.kr/cip.php)에서
이용하실 수 있습니다. (CIP제어번호 : CIP2008003698)